Kaspisches Meer
SASSANIDENREIC
Tigris
Persischer Golf
ARABIEN
Asir-Gebirge
JEMEN
Arabisches Meer

Pendo

SHERRY JONES

Aïsha

Das Juwel von Medina

Aus dem Amerikanischen von
Emma und Samuel Daußig

Pendo

Die Originalausgabe erschien 2008 unter dem Titel »*The Jewel of Medina*«
bei Beaufort Books, New York.

Aisha ist ein Werk der Fiktion. Ausgenommen der historischen Persönlichkeiten sind alle Figuren des Romans sowie die Dialoge frei erfunden.

1. Auflage 2008

Umschlaggestaltung: Hauptmann & Kompanie
Werbeagentur, München-Zürich
Gesetzt aus der Fairfield
Satz: BuchHaus Robert Gigler, München
Druck und Bindung: GGP Media GmbH, Pößneck
Printed in Germany
ISBN 978-3-86612-219-2

Prolog

EIN EINZELNER ZEIGEFINGER

Medina, Januar 627
Alter: Vierzehn Jahre

Der sündige Wind wehte den Skandal vor sich her, als ich, die Arme um Safwans Taille geschlungen, nach Medina hineinritt. Meine Nachbarn strömten aus ihren Häusern wie Gewittergüsse in ein Wadi. Kinder drückten sich in Gruppen an den Straßenecken herum, zeigten mit den Fingern auf mich und gafften. Ihre Mütter zogen sie an sich und taten so, als würden sie sich abwenden. Männer spuckten in den Staub und murmelten abfällige Bemerkungen. Die Lippen meines Vaters zitterten wie eine Träne auf ihrem Weg, das Auge zu verlassen.

Was sie sahen: meinen Umhang, der mir von den Schultern gerutscht war, mein offenes Haar, das mir ums Gesicht wehte. Sie sahen die Frau des Propheten Gottes, die sich an einen anderen Mann klammerte. Was sie nicht sahen: meine Mädchenträume, die in Scherben auf der Erde lagen, zertrampelt von einer Wirklichkeit, die so hart und gnadenlos war wie Pferdehufe.

Ich senkte die Lider, denn ich wollte mein Spiegelbild nicht in den Augen meiner *Umma* sehen, in den Augen meiner Gemeinde. Als ich mir die aufgesprungenen Lippen leckte, schmeckte ich Salz und mein eigenes Elend. Mein Magen schmerzte, als würden kräftige Hände ihn auswringen wie Wäsche, nur dass ich innerlich schon ausgetrocknet war. Ich legte meine Wange an Safwans Schulter, aber durch den Trab des Pferds schlugen nur Knochen auf Knochen.

»*Az-Zaniya!*«, schrie jemand. »Ehebrecherin!«

Ich öffnete die Augen einen Spaltbreit. Die Mitglieder der *Umma* zeigten entweder mit dem Finger auf mich und beschimpften mich oder begrüßten mich mit ausgebreiteten Armen. Ich sah Heuchler, die johlend ihre schmutzigen Zähne bleckten. Die Ansar, unsere Helfer, standen stumm und wachsam da. Tausende drängten sich am Straßenrand und atmeten den Staub ein, den wir aufwirbelten. Sie starrten mich an, als wäre ich nicht einfach ein vierzehnjähriges Mädchen, sondern eine mit glitzernden Schätzen beladene Karawane.

Als das Pferd stehen blieb, ließ ich mich von seinem Rücken in Mohammeds Arme gleiten. Mein Leben lag wieder in den Händen meines Mannes, und ich atmete erleichtert auf. An dem Versuch, mein Schicksal selbst zu gestalten, wäre ich beinahe zerbrochen, aber seine Liebe besaß die Kraft zu heilen. Sein dichter, weicher Bart streichelte meine Wange und liebkoste mich mit dem Duft nach Sandelholz. Sein Atem verströmte das Aroma von *Miswak*, rein und würzig wie ein Kuss.

»Ich danke Allah, dass du heil zurückgekommen bist, meine Aisha«, murmelte er.

Ich spürte das Raunen der Menge in meinem Rücken und hob mühsam den Kopf, um mich umzusehen. Omar nahte mit finsterer Miene. Er war Mohammeds Berater und Freund, aber kein Freund der Frauen.

»Wo warst du, bei Allah? Warum warst du allein mit einem Mann, der nicht dein Ehemann ist?«

Sein Vorwurf peitschte wie ein *Samum* durch die Menge, sodass aus der schwelenden Glut der Gerüchte züngelnde Flammen wurden.

»*Az-Zaniya!*«, schrie wieder jemand. Ich zog den Kopf ein, als schleudere man mir statt Worte Steine entgegen.

»Kein Wunder, dass Aisha sich auf *Fahischa* reimt, du Hure!« Die Leute lachten, und dann begannen sie zu skandieren: »Aisha – *Fahischa!* Aisha – *Fahischa!*« Mohammed trug mich durch das Gedränge zum Eingang der Moschee. Ihre Gesichter waberten vor mir wie Teile eines Mosaiks: Hamal mit den Hängebacken und seine blasse Frau Fazia-jetzt-Dschamila mit einem vom Kreischen pflaumenblauen Gesicht, die Klatschbase Umm Aiman, die ihre runzligen Lippen schürzte, der Goldschmied Abu Ramzi, mit goldenen Ringen an den drohenden Fäusten. Ich hatte damit gerechnet, dass die Leute tuscheln würden, wenn ich eintraf, oder die Brauen heben – aber das? Menschen, die mich mein Leben lang kannten, wollten mich plötzlich in Stücke reißen. Und Safwan – ich drehte mich suchend nach ihm um, aber er war verschwunden. Wie immer.

Grobe Finger rissen an meinen Haaren. Als ich aufschrie und sie fortschlug, traf mich schleimiger Speichel am Arm. Mohammed stellte mich auf die Füße, drehte sich um und hob eine Hand. Stille legte sich über die Menge wie ein Leichentuch, das sogar die wütenden Blicke verdeckte.

»Aisha muss sich ausruhen«, sagte Mohammed. Seine Stimme klang so erschöpft, wie ich mich fühlte. »Bitte, geht nach Hause.«

Er legte mir schützend seinen Arm um die Schultern, und wir gingen in die Moschee. Meine Schwesterfrauen standen am Eingang zum Innenhof, zwei rechts, zwei links. Sauda kam mir mit schrillem Freudengeheul entgegengelaufen und drückte mich an ihren fülligen Körper. Sie lobte Allah für meine sichere Rückkehr, dann küsste sie ihr Amulett, um den bösen Blick abzuwehren. Als Nächste kam Hafsa. Weinend bedeckte sie meine Hände und mein Gesicht mit Küssen und flüsterte: »Ich dachte schon, du würdest nie mehr zurückkommen.« Ich sagte ihr nicht, dass sie beinahe recht behalten hätte. Umm Salama nickte mir steif zu, als fürchtete sie, ihr Kopf könnte von ihrem langen, schlanken Hals fallen. Zainab warf Mohammed mit halb geschlossenen Augen lüsterne Blicke zu, als wären die beiden allein.

Aber mein Mann sorgte sich einzig um mich. Als mein Magen sich wieder verkrampfte und ich mich vor Schmerzen krümmte, hob er mich erneut hoch, als wäre ich mit Luft gefüllt. Und tatsächlich war kaum noch etwas anderes in mir übrig. In seinen Armen schwebte ich zu meiner Hütte. Er schob die Tür mit dem Fuß auf, trug mich hinein und stellte mich wieder auf die Beine, während er mein Lager ausrollte. Ich lehnte mich gegen die Wand, dankbar für die Stille – bis Omar mit wütenden Vorwürfen ins Zimmer polterte.

»Siehst du, wie sie den heiligen Propheten Allahs beschämt?«, schrie er außer sich. »Wie sie mitten durch die Stadt reitet, die Arme um einen anderen Mann geschlungen, mit wehendem Haar, als wäre es das Kleid einer Hure!«

»Eine Hure mit nach Erbrochenem stinkenden Atem und Haaren wie ein Vogelnest?«, zischte ich ihm spöttisch entgegen.

»Bitte, Omar«, sagte Mohammed. »Siehst du nicht, dass sie krank ist?«

»Du bist zu nachsichtig mit ihr.«

»Ich bin glücklich zu sehen, dass sie lebt, gepriesen sei Allah.« Der liebevolle Blick meines Mannes ließ mich erröten. Wie nah ich daran gewesen war, ihn mit diesem Schwindler zu betrügen! Safwan hatte mich mit der Aussicht auf Freiheit gelockt, nur um mich dann seinen Wünschen zu unterwerfen. Safwan, der mir etwas versprochen und dann etwas ganz anderes gegeben hatte – genau wie früher als kleiner Junge. Er war nicht anders als alle anderen Männer. Außer vielleicht Mohammed.

»*Ya Habibati*, welche Belohnung soll ich Safwan ibn al-Mu'attal dafür geben, dass er dich mir wohlbehalten zurückgebracht hat?«

»Hundert Peitschenhiebe wären das Richtige«, knurrte Omar.

»Aber Safwan hat ihr das Leben gerettet.«

»Omar scheint der Meinung zu sein, er hätte mich den Schakalen überlassen sollen«, sagte ich. »Oder den Beduinen.«

»Dann wärst du wenigstens als ehrbare Frau gestorben.«

»Aishas Ehre ist nicht beschädigt worden«, sagte Mohammed.

»Sag das Hassan ibn Thabit«, entgegnete Omar. »Ich habe eben gehört, wie er Spottverse über deine Frau und diesen buhlerischen Soldaten rezitiert hat.«

Spottverse. Kein Wunder, dass die Mitglieder der Gemeinde wie eine Meute räudiger Hunde nach meinen Fersen geschnappt hatten, als ich an ihnen vorbeiritt. Hassans Verse konnten die Menge beinahe ebenso schnell zur Raserei anstacheln, wie Mohammeds erhobene Hand sie zur Ruhe brachte.

Aber ich wollte nicht, dass Omar sah, wie ich zitterte. »Safwan und ich? Das ist ja lächerlich«, sagte ich. »Ich bin die Frau von Allahs heiligem Propheten. Wieso sollte ich mich mit einem Niemand wie ihm einlassen?«

Ich spürte Mohammeds prüfenden Blick auf mir. Hitze brannte mir unter der Haut wie Feuer. Hatte er die Lüge hinter meinem Lachen gehört?

Entschlossene Schritte hallten über den Hof. Eine Männerhand riss die Tür zu meiner Wohnung auf. Sein silberner Ring blitzte auf wie eine Schwertklinge: Ali, auf dreifache Weise verwandt mit Mohammed – Vetter, Ziehsohn und Schwiegersohn – und dennoch zutiefst eifersüchtig auf seine Liebe zu mir. Mein Magen verkrampfte sich vor Schmerz, und ich lehnte den Kopf an Mohammeds Schulter.

»Da ist sie ja!« Ali streckte den Arm aus und zeigte mit dem Finger auf mich. »Ganz Medina kocht vor Abscheu über deine Verderbtheit, Aisha, und die Männer streiten sich. Unsere eigenen Leute wenden sich gegeneinander. Deinetwegen ist der Zusammenhalt der *Umma* gefährdet.«

»Und, hast du mich verteidigt?« Doch schon als ich die Frage aussprach, kannte ich die Antwort.

Er wandte sich an Mohammed. »Wie kann ich sie verteidigen, wenn selbst Safwan sich weigert, etwas zu ihren Gunsten zu sagen?«

Natürlich. Safwan hatte sich nicht nur eilends verdrückt, als die Menge in Wallung geriet, er war sogar ins Haus seiner Eltern geflüchtet, als mein Vater und Ali ihm ein paar Fragen stellen wollten. Was für ein heldenhafter Retter. Tränen brannten mir in den Augen, doch ich unterdrückte sie hastig. Die Einzige, die mich retten konnte, war offenbar ich selbst.

»Safwan braucht mich nicht zu verteidigen«, sagte ich mit zitternder Stimme und immer noch auf Mohammed gestützt. »Ich kann für mich selbst sprechen.«

»Sie soll sich erst einmal ausruhen«, sagte Mohammed. Er führte mich zu meinem Lager, aber ehe ich dazu kam, mich hinzulegen, verlangte Ali, dass ich ihnen berichtete, was geschehen war. Die *Umma* müsse auf der Stelle die Wahrheit erfahren, sagte er. Immer mehr Menschen versammelten sich vor der Moschee und verlangten Antworten.

Ich schloss die Augen und rief mir die Geschichte in Erinnerung, die Safwan und ich uns in meinen wachen Momenten auf dem Weg in die Stadt ausgedacht hatten. Ich hätte nach meiner Achathalskette gesucht, sagte ich, während ich die glatten Edelsteine an meinem Hals befühlte. »Mein Vater hat sie mir zur Hochzeit geschenkt, erinnerst du dich?« Ich schaute Mohammed an. »Sie bedeutet mir ebenso viel, wie deinen *anderen* Frauen die Halsketten bedeuten, die du ihnen geschenkt hast.«

Sein Gesichtsausdruck änderte sich nicht. Atemlos erzählte ich weiter, spann eine Geschichte, die damit anfing, dass ich hinter eine Sanddüne gehuscht war, um mich zu erleichtern, und dann wieder zu meinem *Haudadsch* zurückgegangen war. Während ich in meiner Sänfte darauf wartete, dass man mich auf ein Kamel hob, hatte ich nach meiner Halskette getastet – und festgestellt, dass sie fort war!

»Ich habe in meinen Kleidern gesucht, auf dem Boden des *Haudadsch*, draußen im Sand. Ich hätte den Treiber um Hilfe gebeten, aber der war gerade dabei, die Kamele zu tränken.« Meine Stimme stolperte wie zarte Füße auf steinigem Boden. Ich holte tief Luft, um mich zu beruhigen. »Ich folgte meinen Schritten zurück hinter die Düne, ließ den Sand durch meine Finger rieseln. Als ich es schon aufgeben wollte, fand ich sie schließlich. Schnell lief ich zurück zur Karawane – aber sie war schon weit fort, und ich sah sie in der Ferne wie Ameisen, die hintereinander her in den Morgen krabbelten. Ich wusste, dass ich euch nie einholen würde, und so setzte ich mich in den Sand und wartete darauf, dass mich jemand holen kam.«

»Jemand?« Ali näherte sich mit seiner spitzen Nase, um eine Lüge zu erschnüffeln. »Du meinst wohl Safwan.«

»*Ya* Ali, lass sie zu Ende berichten«, ermahnte ihn Mohammed.

»Sie tischt uns ein Märchen auf.« Ali spuckte auf den Lehmboden, wischte sich wütend den Mund mit dem Handrücken. »Du vergeudest unsere Zeit mit deiner Fantasterei, denn wir kennen alle längst die Wahrheit.«

»Ali, bitte«, sagte Mohammed etwas strenger. Ali verschränkte die Arme vor der Brust und schürzte verächtlich die Lippen. Unter seinem Blick verließ mich beinahe der Mut. Kannte er tatsächlich den wahren Grund, warum ich mich von der Karawane entfernt hatte? Vielleicht sollte ich lieber die Wahrheit sagen – aber ein Blick in das besorgte Gesicht meines Mannes ließ mich davor zurückschrecken. Selbst Mohammed, der mich so gut kannte, als wären unsere Seelen eins, würde nicht verstehen, warum ich für so wenig so viel aufs Spiel gesetzt hatte – und er würde mir womöglich nicht glauben, wenn ich ihm sagte, dass ich immer noch unberührt war.

»Du hast dich also in den Sand gesetzt, um zu warten«, sagte Omar. »Und wie geht deine unglaubliche Geschichte weiter?«

Ich schloss die Augen, mir war leicht schwindlig. Wie ging die Geschichte weiter? Safwan und ich hatten sie während unseres Ritts immer wieder eingeübt. Ich stieß einen tiefen Seufzer aus, um meinen Herzschlag zu beruhigen. Der nächste Teil der Geschichte entsprach der Wahrheit.

»Als die Sonne aufgegangen war, fand ich Schatten in einem Palmenhain«, sagte ich. »Ich legte mich unter den kühlenden Blättern nieder. Dann muss ich eingeschlafen sein, denn das Nächste, woran ich mich erinnere, ist Safwans Hand auf meiner Schulter.«

Omar grunzte. »Hast du das gehört, Prophet? Safwan ibn al-Mu'attal berührt deine Frau. Wir wissen alle, wohin das führt.«

»Warum seid ihr nicht sofort nach Hause geritten?«, brüllte Ali mich an.

»Weil etwas mit mir passiert ist.« Auch das entsprach der Wahrheit. »Ich bekam heftige Krämpfe, als würde mir ein Messer in den Bauch gestoßen.« Mohammeds Blick wurde sanfter – ein gutes Zeichen, denn es bedeutete, dass er mir wenigstens ein bisschen Glauben schenkte.

»Ich konnte nicht reiten, solange ich mich vor Schmerzen

krümmte. Deswegen hat Safwan sein Zelt für mich aufgeschlagen, im Schatten unter den Palmen.«

Ali lachte laut auf. »Und wo war Safwan, während du in seinem Zelt gelegen hast?« Ich schenkte ihm keine Beachtung, denn ich wollte nur noch diese Befragung hinter mich bringen und schlafen.

»Ich habe mich stundenlang übergeben. Safwan hat versucht, mir zu helfen. Er gab mir Wasser und fächelte mir mit einem Palmwedel Luft zu. Doch nach einer Weile bekam er Angst um mich, und so sind wir aufgebrochen, um Hilfe zu suchen.« Ich erzählte ihnen nicht, wie Safwan mich beinahe um den Verstand gebracht hatte mit seinem panischen Händeringen. *Allah bestraft uns*, hatte er immer und immer wieder gejammert. Zusammen mit dem Wasser spuckte ich Galle und Reue. *Bring mich nach Medina*, sagte ich missmutig. *Ehe Allah uns beide tötet*.

Als ich meine Geschichte beendet hatte, schaute Ali mich mit finsterem Blick an. »Das ist nicht die ganze Wahrheit«, knurrte er. »Warum ist Safwan so weit hinter der Karawane zurückgeblieben? Wusste er, dass du unter den Dattelpalmen auf ihn warten würdest?«

»Ich habe Safwan gebeten, der Karawane in einigem Abstand zu folgen«, sagte Mohammed. »Er sollte sich vergewissern, dass die Mustalik in ihr Lager zurückkehrten.«

»Sie macht ihm doch schon seit Jahren schöne Augen!«

Ich schnaubte verächtlich, so als würden mich seine Worte amüsieren, anstatt mir das Blut in den Adern gefrieren zu lassen. Er sagte die Wahrheit – aber wer außer mir wusste das?

»Hast du Beweise, Ali?«, fragte ich. Einen Moment lang hielt ich seinem Blick stand, dann senkte ich die Lider aus Angst, er könnte die Panik in meinen Augen sehen. »Ein einzelner ausgestreckter Zeigefinger hat nicht viel Aussagekraft.«

Dann legte ich mich mit Mohammeds Hilfe auf mein Bett und kehrte ihnen allen den Rücken zu: dem argwöhnischen Omar, Ali, der so sehr darauf bedacht war, das Schlechteste von mir zu denken, meinem Mann, der eine wütende Menge mit einer erhobenen Hand zum Schweigen bringen konnte, aber diesen Männern erlaubt hatte, mich zu verleumden. Warum war ich bloß zurückgekehrt? Ich schloss die Augen und träumte wieder von der Flucht. Aber diesmal wusste ich, dass es nur ein Traum war. Mit Allahs Hilfe würde ich vielleicht mein Schicksal mitgestalten können, aber ich konnte ihm nicht entfliehen. Dies wenigstens hatte ich in den vergangenen Tagen aus meinen Fehlern gelernt.

Ich schlief unruhig, gepeinigt vom Fieber und von Reue, bis gezischeltes Flüstern mir in den Kopf stach wie vom Wind aufgewirbelter Sand und mich aus dem Schlaf riss. Mohammed und Ali saßen auf den Kissen neben meinem Lager und stritten – meinetwegen.

»Ich kann nicht glauben, dass Aisha so etwas tun würde«, sagte Mohammed. Seine Stimme klang wie eine zerbrochene Muschel, schwach und rau. »Ich liebe sie, seit sie dem Schoß ihrer Mutter entsprungen ist. Ich habe mit ihr und ihren Freundinnen mit Puppen gespielt. Ich habe aus derselben Schale mit ihr getrunken.«

»Sie ist vierzehn Jahre alt«, entgegnete Ali mit erhobener Stimme. »Sie ist kein kleines Mädchen mehr, auch wenn sie viel jünger ist als du. Und Safwan ist in ihrem Alter.«

»Schsch, Ali! Störe nicht Aishas Schlaf.«

»Dann lass uns einen Ort finden, wo wir ungestört reden können.« Ich hörte Kleider rascheln. *Geht nicht*, hätte ich am liebsten gefleht, aber ich war zu schwach. Und so stöhnte ich nur. Mohammed legte mir eine Hand auf die Stirn.

»Ihre Haut ist ganz heiß«, sagte er. »Ich kann sie nicht allein lassen.«

»Dann muss ich eben hier sprechen.«

»Bitte, Vetter. Ich schätze deinen Rat.«

Mit angehaltenem Atem wartete ich auf Alis nächste Worte. Welche Strafe würde er für Safwan und mich vorschlagen? Auspeitschen? Verbannung aus der *Umma*? Den Tod?

»Verstoße sie«, sagte Ali.

»Nein!« Ich setzte mich auf, bereit, meine Arme um den Hals meines Mannes zu schlingen und mich mit aller Kraft festzuhalten. Mohammed streichelte meine schweißnasse Stirn. Ein Lächeln huschte über sein Gesicht.

»Verstoß mich nicht«, sagte ich. Ali, von dem ich am wenigsten wollte, dass er mein Flehen hörte, hatte ich ganz vergessen.

»Ich verstoße dich nicht, *Habibati*. Aber ich habe mich entschlossen, dich für eine Weile zurück ins Haus deiner Eltern zu schicken. Fern von all den bösen Zungen werden Abu Bakr und Umm Ruman dich mit Allahs Hilfe wieder gesund pflegen.«

»Schick mich nicht weg!« Ich klammerte mich vor Alis Augen an seine Hand und weinte. »Ich liebe dich, *Habibi*.«

Ich meinte diese Worte so ernst wie noch nie zuvor.

»Ich liebe dich auch, mein Liebling.« Aber Mohammeds Stimme drang wie aus weiter Ferne an meine Ohren, und seine Augen wirkten betrübt. Ich legte mich hin und hielt seine Hand fest, als wäre sie eine Puppe, dann schlief ich langsam wieder ein.

Im Halbschlaf hörte ich Alis leise, eindringliche Stimme.

»Denk an die *Umma*, denk daran, wie gefährdet ihr Zusammenhalt ist«, sagte er. »An einem solchen Skandal könnte die Gemeinde zerbrechen. Du musst jetzt sofort handeln, Vetter. Schick Aisha endgültig zurück zu Abu Bakr.«

»Meine Aisha verstoßen?« Mohammeds Lachen klang nervös und unsicher. »Das wäre, als würde ich mir das Herz herausreißen.«

»Sie ist beschmutzt«, flüsterte Ali. Mit jedem seiner Worte vergrößerte sich mein Hass auf ihn. »Du musst dich von ihr distanzieren, bevor dieser Skandal auch dich befleckt. Viele Männer in dieser Stadt sähen nur zu gern deinen Sturz.«

Langsam und vorsichtig zog Mohammed seine Hand aus meiner Umklammerung und ließ mich allein in meinem Meer aus Ängsten treiben.

»Siehst du es denn nicht?«, drängte Ali. »Doch, ich weiß, dass du es siehst. Warum machst du dann so ein sorgenvolles Gesicht? Eine Ehefrau ist leicht zu finden. Nimm dir eine andere Kindbraut.«

Noch Jahrhunderte später ist mein Name mit Skandal behaftet. Aber jene, die mich verachteten, die mich als »Az-Zaniya« und »Fahischa« beschimpften, kannten mich nicht. Sie haben nie die Wahrheit erfahren – über mich, über Mohammed, darüber, wie ich ihm das Leben ge-

rettet habe und wie er meins gerettet hat. Und wie ich ihnen allen das Leben gerettet habe. Hätten sie mich auch im Wissen der Wahrheit verspottet?

Dort, wo wir jetzt und heute sind, ist alle Wahrheit bekannt. Aber in eurer Welt ist das anders. Dort, wo ihr seid, sind Männer immer noch bestrebt, ihre Frauen zu verstecken. In der Gegenwart bedecken sie euch mit Schleiern und mit Lügen, die besagen, ihr wärt minderwertig. Uns Frauen aus der Vergangenheit tilgen sie aus den Geschichten über Mohammed, oder sie berichten Falsches über uns, dass es uns in den Ohren und den Augen schmerzt. Wo ihr seid, schelten Mütter ihre Töchter mit einem einzigen Namen. »Du Aisha!«, rufen sie, und die Mädchen wenden sich beschämt ab. Wir können unserem Schicksal nicht entkommen, nicht einmal im Tod. Aber wir können unser Schicksal in die eigenen Hände nehmen und mitgestalten.

Die Mädchen wenden sich ab, weil sie die Wahrheit nicht kennen: dass Mohammed uns Freiheit geben wollte und dass es die anderen Männer waren, die sie uns weggenommen haben. Dass keine Frau jemals lebendig sein wird, bis wir unser Schicksal selbst gestalten können. Bis wir Entscheidungen treffen können.

So viele Missverständnisse. Hier, wo wir sind, halten wir die Wahrheit in den Händen wie Wasser, versuchen vergeblich, sie nicht durch unsere Finger rinnen zu lassen. Die Wahrheit ist zu flüchtig, um sie zu halten. Sie muss weitergereicht werden, sonst versickert sie wie Regen in der Erde und ist für immer verloren.

Ehe sie verschwindet, werde ich euch meine Geschichte erzählen. Meine Wahrheit. Ich werde euch von meinem Kampf berichten. Und wer weiß, was dann geschehen wird? Wenn Allah es will, wird mein Name seine wahre Bedeutung wiedererlangen. Dann wird er nicht mehr für Verrat und Schande stehen. Wenn Allah will, wird mein Name wieder an das erinnern, was uns so wertvoll und teuer ist. An das, wofür ich gekämpft habe – nicht nur für mich selbst, sondern für alle meine Schwestern.

Mein Name lautet: »Aisha«. Und er bedeutet »Die Lebende«. Möge es wieder so sein, jetzt und für immer.

1

BEDUINEN

Mekka, 619
Alter: sechs Jahre

Es war mein letzter Tag in Freiheit. Aber er begann wie tausendundein Tag zuvor: Vom Blinzeln der Sonne geweckt, rief ich aus: »Schon wieder zu spät!«, sprang aus dem Bett und lief, *schon wieder zu spät, zu spät, zu spät,* mein Holzschwert in der Hand, so eilig durch die fensterlosen Zimmer meines Elternhauses, dass meine nackten Füße auf den kühlen Steinboden klatschten.

Das schummrige Licht der Öllampen, die an den Wänden flackerten, war ein schwacher Ersatz für das Sonnenlicht, das ich so liebte. Als ich an der Küche vorbeiflitzte, drehte mir der scharfe Geruch nach vergorenem Gerstenbrei den Magen um. Schneller, schneller. Gleich würde der Prophet kommen. Wenn er mich sah, würde er mit mir spielen wollen, und dann würde ich Safwan ver- passen.

Aber ich hätte mir denken können, dass meine Mutter mich mal wieder erwischen würde: Sie war wachsamer als der böse Blick. »Wo willst du denn hin?«, rief sie aus, als sie sich mir wie eine Wand entgegenstellte, die Hände in die Hüften gestemmt.

Ich wäre ihr ausgewichen und weitergelaufen, aber sie packte mich mit ihren vom jahrelangen Teigkneten kräftigen Händen. Ihre

Finger gruben sich in meine Schultern wie die Klauen eines Falken. Ihr prüfender Blick wanderte über mein vom Schlaf zerzaustes Haar, mein sandfarbenes Kleid, auf dem wie auf einer Landkarte die Spuren unserer gestrigen Spiele zu sehen waren: ein rundlicher Abdruck, wo ich im Dreck gekniet hatte, um mich vor den feindlichen Beduinen zu verstecken, ein Riss im Ärmel von meinem Kampf gegen Safwan und unsere Freundin Nadida, die mich fangen wollten, rote Flecken Granatapfelsaft vom Mittagessen, graue Streifen von dem riesigen Stein, den Safwan und ich heimlich unter das Schlafzimmerfenster unseres frisch verheirateten Nachbarn Hamal gerollt hatten.

»Du bist total schmutzig«, sagte meine Mutter. »So gehst du nicht aus dem Haus.«

»Bitte, *Ummi*, ich bin schon so spät dran!«, entgegnete ich, aber sie rief nach meiner Schwester.

»Meine Tochter geht nirgendwohin, solange sie aussieht wie ein wildes Tier«, sagte sie. »Zieh dir saubere Kleider an und dann geh zu Asma in den Hof, damit sie deine Mähne bändigt. Ich gehe Wasser holen, um der Königin von Saba das Haar zu waschen.«

Sie meinte ihre Schwesterfrau Qutaila. Die Hauptfrau meines Vaters, seine erste Frau, wies allen Frauen des Harems die zu erledigenden Arbeiten zu. Die große, dunkelhäutige Qutaila, die immer dicker wurde, beneidete meine Mutter um ihre helle Haut und ihr leuchtend rotes Haar und fürchtete sich vor ihrem feurigen Temperament. Also erinnerte sie meine Mutter immer wieder daran, wer die Hauptfrau im Harem meines Vaters war: Sie nannte sie Papagei, als Schimpfwort für die unwichtige Zweitfrau. Außerdem trug sie *Ummi* Arbeiten auf, die normalerweise von Dienern oder Eseln verrichtet wurden – wie zum Beispiel Wasser in riesigen Lederschläuchen aus dem Brunnen zu holen. Es war eine demütigende Arbeit, denn der Zamzam-Brunnen lag im Zentrum von Mekka, und alle konnten sehen, wie meine Mutter, die überschwappenden Schläuche an einer über ihre schmalen Schultern gelegten Stange befestigt, keuchend nach Hause stapfte. Wenn sie zum Wasserholen geschickt wurde, bekam meine Mutter jedes Mal schlechte Laune. Kein guter Moment, um mich mit ihr anzulegen.

»Ich höre und gehorche«, sagte ich, aber kaum war *Ummi* in der Dunkelheit verschwunden, schlüpfte ich in die Küche. Unsere Nachbarin Raha saß in einer schattigen Ecke und fächelte sich mit einem Palmwedel Luft zu. Sie lächelte, als sie mich sah, und nahm aus ihrem Sack einen Granatapfel, der so rot und glänzend war wie ihre Wangen.

»Nein, zuerst bekomme ich einen Kuss«, neckte sie mich, als ich versuchte, ihr den Granatapfel aus der Hand zu nehmen. Ich hüpfte auf ihren Schoß, gerade lange genug, um meine Wange an ihre zu drücken und den Lavendelduft in ihren geflochtenen Haaren zu riechen. Sie rieb ihre Nasenspitze an meiner und brachte mich so zum Kichern, dass ich meine Eile ganz vergaß – bis Asma hereinkam. Ich brach den Granatapfel auf, ohne darauf zu achten, dass die weichen Samen auf den Boden fielen, als ich zur Tür flitzte, um den Händen meiner Schwester zu entwischen.

»*Ya* Aisha, wo willst du hin?«, hörte ich Asma rufen. Als wüsste sie das nicht ganz genau. Sie und ihre Mutter Qutaila schalten mich immer, weil ich mich einfach nicht davon abbringen lassen wollte, draußen mit Safwan zu spielen. *Er wird dir nur Ärger machen. Wenn du mit deinem zukünftigen Ehemann spielst, ziehst du nur den bösen Blick auf dich.*

Ich rannte davon, ohne auf die Rufe meiner Schwester zu achten, schwang mein Holzschwert und wirbelte mit den Füßen den weichen, heißen Sand auf, als ich durch das Straßengewirr eilte, vorbei an den hohen, dunklen Steinhäusern mit den runden Türbögen und den mit Palmwedeln gedeckten Dächern, vorbei an den dicht gedrängt stehenden Häusern, die mich beobachteten wie tuschelnde, zahnlose alte Männer. Dahinter zogen Mekkas felsige Berge unter dem gnadenlosen Blick der Sonne ihre Schatten ein.

Safwan und Nadida hockten in Nadidas Spielzelt und flüsterten miteinander.

»*Marhaba*«, sagte ich. »Ihr Turteltauben.« Nadidas langes, schmales Gesicht wurde tiefrot. Ich musste lachen, aber Safwan sprang auf und zog mich ins Zelt.

»Schsch!«, machte er. »Willst du, dass sie uns hören?« Mit einer

Kinnbewegung deutete er auf das Fenster des Bräutigams Hamal und auf den Stein, den wir am Abend zuvor dorthin gerollt hatten.

»Sie sind gerade da drin«, sagte Nadida. »Du müsstest sie mal sehen. Sie ist genauso alt wie ich und mit diesem alten Ziegenbock verheiratet.« Sie berührte die kleine, rote Figur, die an einem Faden um ihren Hals hing. »Möge Hubal mich vor diesem Schicksal bewahren.« Ihre Eltern beteten immer noch zu Götzen und nicht zu dem einen wahren Gott wie Safwan und ich.

Safwan legte einen Finger an die Lippen und zupfte an einem seiner großen Ohren, während er lauschte. Ein schriller Schrei wie das Klagen der Trauerweiber von Medina ließ mich zusammenzucken. Dann hörten wir einen Mann stöhnen und dann sein raues Lachen.

»Bei Allah, bringt er sie um?«, fragte ich.

Safwan und Nadida kicherten. »Wahrscheinlich wünscht sie sich, sie wäre tot«, sagte Nadida.

Safwan ging vor und bedeutete mir, ihm zu folgen. In gebückter Haltung schlichen wir zu dem großen Stein. Als Safwan gerade auf den Stein steigen wollte, erschreckte mich ein erneutes Stöhnen aus dem Innern des Hauses: Hamal war ein Riese. Wenn er uns dabei erwischte, dass wir in sein Fenster spähten, konnte er uns beide mit einer Hand zermalmen. Ich zog an Safwans Ärmel, aber er kletterte auf den Stein und lugte durch das Fenster. Dann drehte er sich grinsend zu mir um.

»Komm schon«, flüsterte er, »sei kein Kleinkind.« Er reichte mir eine Hand, um mir hochzuhelfen, aber da war ich schon längst oben und versuchte, nicht auf mein lautes Herzklopfen zu achten, das Hamal bestimmt hören würde. Als meine Augen sich an das schummrige Licht in dem Zimmer gewöhnt hatten, sah ich zuerst nur auf dem Boden verstreute Kleider, dann Tabletts mit Essensresten und schmutzigem Geschirr. In den Gestank nach Gerste und verdorbenem Fleisch und faulen Äpfeln mischte sich Schweißgeruch.

Leises, regelmäßiges Grunzen lenkte meinen Blick zum Bett. Ein Rinnsal aus Schweiß lief über Hamals breiten, nackten Rücken, während er seinen Körper hochstemmte und wieder nach unten wuchtete. Ich starrte seinen Hintern an, der so groß war wie mein aus der Blase einer Ziege gefertigter Ball und bedeckt mit schwarzen Haaren, und sah, wie die Backen sich bei jedem Stoß anspannten und wieder entspannten. Unter ihm ragten dünnen Arme und Beine hervor und zappelten wie die Beine eines von einem Schuh zertretenen Skarabäus. Eine Mädchenstimme schien zu schluchzen, Fersen traten nach Hamals Hüften. Ich hielt den Atem an und packte Safwans Arm: Er brachte sie tatsächlich um!

Aber dann sah ich, dass Safwan grinste. Als Hamal immer lauter grunzte und seinen Hintern immer schneller bewegte, zog Safwan mich nach unten. Unter dem Fenster kauernd hörten wir Hamal »Hi! Hi! Hi!« schreien wie eine Hyäne. Ich schlug mir die Hand vor den Mund und schaute Safwan mit großen Augen an, doch er kicherte nur. Auch ich tat so, als würde ich lachen, denn ich wollte nicht, dass er merkte, wie sehr mich der Anblick des unter diesem haarigen Ungeheuer zerquetschten Mädchens entsetzte.

Ich lehnte mich gegen die Hauswand, versuchte ruhig zu atmen und betete, dass Safwan nicht hörte, wie sich mir der Magen umdrehte. Eines Tages würde ich ihn heiraten – und dann würden wir *so etwas* tun? Er lächelte grimmig, und seine Augen schienen mich zu verspotten, als hätte er die gleichen Gedanken. Aber im Gegensatz zu mir schien ihm die Vorstellung sogar zu gefallen. Natürlich würde er derjenige sein, der Hamals Rolle übernahm, und ich würde das arme Ding sein, das schluchzend unten lag und mit Armen und Beinen strampelte. »Das ist die Ehe, Aisha«, flüsterte er. Am liebsten wäre ich davongelaufen. Ich musste an meine Mutter denken: Kein Wunder, dass sie so oft ein mürrisches Gesicht machte.

Und dann, als hätte ich sie herbeigezaubert, kam *Ummi* so schnell um die Ecke gerannt, dass ihr dunkles, langes Kleid ihr um den Körper flatterte wie die Flügel einer aufgescheuchten Krähe.

»Was macht ihr da?«, rief sie. Plötzlich waren laute Stimmen aus dem Zimmer zu hören, und als sie zu dem Fenster aufblickte, schrie sie auf, als hätte sie sich verbrannt. Ich drehte mich zu Safwan um, doch der Platz, auf dem er eben noch gesessen hatte, war leer. Er war wie ein *Dschinn* spurlos verschwunden, sodass ich allein das Gekreische und die Ohrfeigen meiner Mutter abbekam. Sie war außer sich vor Zorn, nicht nur, weil ich ungehorsam gewesen war und ungewaschen das Haus verlassen hatte, sondern weil sie mich jetzt auch noch verwirrt und verängstigt unter Hamal ibn Affans Schlafzimmerfenster erwischt hatte.

Ich lächelte sie so unschuldig wie möglich an. Ihr Gesicht sah aus, als hätte man es wie einen Brotteig geknetet.

Plötzlich erschien Hamal im Fenster. Er verpasste mir eine Kopfnuss, sodass ich aufschrie, von dem Stein kletterte und zu *Ummi* lief. Am liebsten hätte ich mich in den Falten ihres Kleids versteckt, aber ich hütete mich davor, in ihre Reichweite zu geraten. Wenn sie mich erst einmal zu fassen bekam, würde sie ihren Handabdruck auf meinen Wangen und auf meinen Pobacken hinterlassen.

»Ich bitte tausendmal um Vergebung, Umm Ruman«, sagte Hamal, während er sich das Haar hinter die Ohren schob. Er hatte sich eine ausgebleichte blaue Dschellaba übergezogen und band sich einen Gürtel um seinen dicken Bauch. Sein Gesicht war voller roter Flecken und schweißnass. »Und ich dachte, ich hätte den Vorhang zugezogen.«

»Ich bin mir ganz sicher, dass du das getan hast.« Meine Mutter beäugte mich. »Aber jemand hat ihn wieder aufgezogen.«

»Nein«, entgegnete ich, »der war schon offen.« *Ai!* Was hatte ich gerade gesagt? Jetzt wussten sie natürlich, dass wir ihnen zugesehen hatten. Ich wünschte, die Mittagshitze würde mich in Ohnmacht fallen lassen oder dass ich wie Safwan einfach verschwinden könnte. Als ich Hamals laute Stimme hörte, versteckte ich mich hinter den Röcken meiner Mutter, denn plötzlich hatte ich mehr Angst vor ihm als vor ihr.

»Wenn du schon spionierst, du kleines Gör, dann solltest du wenigstens lernen, besser zu lügen«, sagte er grimmig. Meine Mutter entschuldigte sich bei ihm, aber er entgegnete, er habe selbst Kinder, sie solle sich keine Gedanken machen. »Ich habe meine Töchter verheiratet, sobald sie ihre erste Monatsblutung hatten. Das ist die einzige Möglichkeit, Ärger zu vermeiden.«

Ob ich gekommen sei, um seine neue Frau kennenzulernen, fragte er mich. Ganz Mekka spreche von ihrer großen Schönheit. »*Ya* Dschamila«, sagte er, ohne sich nach ihr umzudrehen. »Ihr richtiger Name lautet Fazia, was ›siegreich‹ bedeutet, aber ich habe ihr einen anderen Namen gegeben«, erklärte er uns, »damit niemand sagen kann: ›Hamals Frau ist siegreich.‹«

Ein blasses, zerbrechlich aussehendes Mädchen erschien neben Hamal am Fenster. Sie hielt sich ein Laken vor die Brust und die Lider gesenkt. Ihre Lippen waren geschwollen, und als sie lächelte, sah man ihre vorstehenden Zähne, und sie hatte eine riesengroße Nase. Eine echte Schönheit! Beinahe hätte ich laut gelacht, doch dann sah ich die Schatten unter ihren Augen und die zitternde Hand, die das Laken hielt.

Sie war wirklich noch ein Mädchen, nicht einmal so alt wie meine Schwester, und schon verheiratet mit einem Mann, der so alt war wie mein Vater. Sie wirkte so scheu und so ängstlich, dass ich ihr am liebsten die Stirn gestreichelt hätte, so wie Asma es bei mir machte, wenn mich ein Albtraum quälte. Aber das war kein Albtraum – für Fazia-jetzt-Dschamila war dies das Leben als Ehefrau, das sie mit gesenktem Blick und klaglos ertragen musste. Das würde mir nicht passieren, schwor ich mir insgeheim. Wenn irgendein Mann jemals versuchen sollte, mir wehzutun, würde ich mich zur Wehr setzen. Und wenn ich etwas zu sagen hätte, dann würde ich niemals beim Sprechen den Kopf senken, als würde ich mich schämen. Wenn das meinem Mann nicht gefiel, dann konnte er mich verstoßen, aber das würde mir nichts ausmachen. Lieber wäre ich eine einsame Löwin, die in Freiheit brüllte, als ein Vogel in einem Käfig ohne eigenen Namen.

»*Achlan*, Fazia«, sagte ich und gab ihr ihren Namen zurück. Sie hob den Kopf und schenkte mir ein Lächeln, das ihre Augen erreichte.

Meine Mutter verabschiedete sich hastig und zerrte mich nach Hause. So wie sie keuchte, hätte man meinen können, ich sei so dick und schwer wie Hamal. Mit ihren kräftigen Fingern hielt sie meine Hand so fest, dass ich fürchtete, sie würde mir die Knochen brechen. Bestimmt würde ich Prügel beziehen, aber daran dachte ich gar nicht, denn mir gingen die Bilder nicht aus dem Kopf, die ich eben gesehen hatte, der Anblick von Hamal auf diesem zerbrechlichen Mädchen. So würde es mir auch eines Tages ergehen – aber, Allah sei Dank, nicht mit einem Mann, der so viel älter war als ich. So wie das Mädchen geweint und gestrampelt hatte, musste sie große Schmerzen gehabt haben. Kein Mann und keine Frau würden jemals so viel Macht über mich ausüben. Außer vorerst noch meine Mutter.

Im Haus angekommen, ließ *Ummi* meine pochende Hand los. Ich massierte mir die Finger, verzog jedoch keine Miene.

»Was hast du da unter dem Fenster gemacht?«, wollte sie wissen.

»Ich habe im Schatten gesessen.«

»Aha. Im Schatten gesessen.« Sie verschränkte die Arme vor der Brust. »Auf einem Stein, der ganz zufällig unter Hamal ibn Affans Schlafzimmerfenster lag? Und wie ist der Stein dahin gekommen? Hamal sagt, gestern hat er noch nicht da gelegen.«

Ich riss die Augen so weit auf, wie ich konnte. »Vielleicht ist er ihm bisher nicht aufgefallen.«

»Du hast spioniert!«, schrie sie. »Zusammen mit Safwan.« Sie funkelte mich so wütend an, als hätte nicht Qutaila, sondern sie mich vor Safwan gewarnt. Als hätte sie nicht verächtlich geschnaubt über die abergläubische Qutaila, die sich wegen des bösen Blicks ängstigte. *Das Bekannte ist immer besser als das Unbekannte*, erwiderte meine Mutter jedes Mal auf Qutailas Jammern und ließ mich mit Safwan spielen, so viel ich wollte.

»Wir haben dort gesessen, mehr nicht. Wir wussten nicht, dass die beiden da drinnen waren.«

»Genug!« Sie hob eine Hand. »Ich sollte diese Lügen auf der Stelle aus dir herausprügeln.« Ihr feuerrotes Haar wirkte wie ein Flammenkranz um ihren Kopf.

Ohne mit der Wimper zu zucken, wartete ich auf den Schlag. Wie stolz Safwan auf mich sein würde, wenn er sehen könnte, wie furchtlos ich meinem Schicksal ins Auge blickte. Wenn er Mekka verließ, um sich den Beduinen anzuschließen, würde ich mit ihm gehen.

Aber anstatt mich zu schlagen, ließ *Ummi* ihre Hand langsam sinken und strich mir das Haar aus der Stirn. Ich musterte ihr Gesicht: Was hatte sie mit mir vor? Ihre Mundwinkel zuckten, als würde sie mir etwas verschweigen.

»Beinahe hätte ich vergessen, warum ich heute losgegangen bin, um dich zu holen«, sagte sie. »Du musst im Haus bleiben, Aisha. Männer und Jungen, die nicht mit dir verwandt sind, dürfen dich nicht sehen.«

»Im Haus bleiben?« Ich runzelte die Stirn. »Aber Safwan und ich gehen heute zum Markt, um uns die Karawane aus Abessinien anzusehen.«

»Von jetzt an wirst du ohne mich oder deinen Vater weder zum Markt noch sonst wohin gehen«, sagte sie in dem Ton, den sie immer anschlug, wenn sie Regeln aufstellte. »Ab heute wirst du unter Verschluss gehalten.«

»Unter Verschluss?« Ich wurde hellhörig. »Das gilt für Asma, nicht für mich.«

»Von jetzt an gilt es auch für dich.«

»Warum?« Ich starrte sie mit offenem Mund an wie ein Fisch an Land. »Für wie lange denn?«

»Bis dein Mann etwas anderes entscheidet.«

»Mein Mann?« Zum ersten und einzigen Mal in meinem Leben erhob ich die Stimme gegen meine Mutter. Ich wusste, dass sie mich wegen meines schrillen, quengelnden Tons schlagen würde, aber ich musste sie dazu bringen, es sich anders zu überlegen, ehe sie die Lippen zusammenpresste, zum Zeichen, dass ihr Entschluss feststand und sie sich von keinem Argument umstimmen lassen würde, und sich weigerte, weiter über das Thema zu sprechen.

»Safwan würde mich sowieso nicht verstecken wollen«, sagte ich. »Du kannst ihn fragen, *Ummi*. Er wird es dir bestätigen.«

»Safwan hat nichts damit zu tun«, entgegnete meine Mutter. Aus dem Innenhof ertönte Qutailas Stimme: *Papagei! Wo bleibt mein Essen?*

Ummis Seufzer klang wie das Scharren einer Klinge auf Stein. »Wenn du heiratest, Tochter, sorg dafür, dass du die Hauptfrau im

Haushalt bist. Nimm dein Schicksal in die Hand, denn sonst wird es dich beherrschen.«

Mein Herz klopfte so wild wie die Hufe fliehender Pferde, und ich lief zu meiner Mutter, halb benommen vor Not, denn ich musste verhindern, in Gefangenschaft zu geraten. Unter Verschluss würde ich bis zu meinem Hochzeitstag kaum einen Schritt mehr aus meinem Elternhaus machen dürfen. Ich würde in diesem kalten, düsteren Grab festsitzen bis zu meiner ersten Blutung – was noch sechs Jahre oder länger dauern konnte. Ich würde gar keine Jungen mehr zu Gesicht bekommen – auch Safwan nicht –, nur die albernen Mädchen, die mit ihren Müttern zu Besuch kamen.

»Es ist ungerecht, mich einzusperren!« Ich schlang die Arme um die Taille meiner Mutter und klammerte mich fest, als sie mich von sich wegschieben wollte. »Du bestrafst mich, nicht wahr? Ich habe dich vor Hamals Haus in Verlegenheit gebracht, und jetzt willst du dich dafür rächen.«

»Lass mich los!«

»Erst, wenn du es dir anders überlegst. Ich will nach draußen, *Ummi*.« Ich ließ nicht locker, hoffte immer noch, dass es sich um einen grausamen Scherz handelte, und fürchtete, dass ich wie ein Häuflein Elend zu Boden sinken würde, wenn ich mich von ihr löste.

Das jahrelange Wasserholen und Teigkneten hatte meiner kleinen, zierlichen Mutter erstaunliche Kräfte verliehen. Sie packte meine Unterarme so fest, dass ich dachte, sie würde sie brechen. Schließlich gelang es ihr, sich aus meiner Umklammerung zu befreien und mich zu Boden zu werfen.

»Du tust, was ich dir sage, und wenn nicht, gibt es Prügel«, fauchte sie. »Das hat nichts mit Bestrafung zu tun.«

Rücklings auf dem Boden liegend schaute ich in ihr gerötetes Gesicht, und in diesem Augenblick begriff ich, dass ihr Entschluss unwiderruflich feststand. Ich fühlte mich, als würden sich starke Hände um meinen Hals legen, mir Tränen aus den Augen pressen und die Luft zum Atmen nehmen.

»Ich will nicht im Haus bleiben!«, jammerte ich. »In dieser muffigen Höhle werde ich sterben!«

»Allah hat unsere Familie heute gesegnet.« Die Stimme meiner Mutter klang so kalt und hart wie die Steine, auf denen ich lag. »Aber die Ehre eines Mädchens kann leicht geraubt werden. Wenn du sie verlierst, ist es genauso, als wärst du tot.«

Qutaila rief wieder nach ihr, diesmal in einem schärferen Ton. *Bei Allah, ich werde dich den Abort ausräumen lassen, wenn ich nicht auf der Stelle mein Essen bekomme!*

Ummi wandte sich von mir ab und ging mit forschen Schritten – und hängenden Schultern – in Richtung Innenhof.

»Wenn ich Safwan heirate, laufen wir zusammen weg!«, rief ich hinter ihr her. »Dann siehst du mich nie wieder! Dann wird es dir leidtun!«

Sie blieb stehen und schaute mich ein letztes Mal an. »Bilde dir nicht ein zu wissen, was Allah mit dir vorhat, Aisha.« Sie presste die Lippen zusammen, drehte sich um und ging.

Ich rappelte mich auf und lief ihr nach, hielt jedoch inne, als ich die Tür zum Innenhof erreichte. Unser Ghazabaum ließ seine filigranen Blätter hängen, als würde er trauern. Unter dem Baum servierte meine grimmig dreinblickende Mutter Qutaila eine große Portion Gerstenbrei, während Qutaila sich beschwerte, der Brei wäre zu matschig.

»Hast du in all den Jahren immer noch nicht richtig kochen gelernt, Umm Ruman?«, fragte sie spöttisch. »Dieser Brei ist etwas für zahnlose Säuglinge! Habe ich das etwa bestellt?«

Die Frauen, die bei Qutaila zu Gast waren, begannen zu kichern, doch meine Mutter verteilte weiter mit dem Schöpflöffel Gerstenbrei. Sie hielt die Lider gesenkt, aber ich sah, wie sie errötete. Ich spürte, wie meine Tränen auf meinen Wangen trockneten. Am liebsten wäre ich in den Hof gerannt, um *Ummi* zu verteidigen, doch ich wusste, dass ich alles nur noch schlimmer machen würde – für sie und für mich. Also lief ich in mein Zimmer, warf meine Spielsachen gegen die Wand und schlug schreiend mit den Fäusten auf mein Bett ein.

Bis an mein Lebensende lebendig begraben in diesem Haus.

Ich hatte immer gewusst, dass es irgendwann passieren würde, aber nicht, dass man mir das mit sechs Jahren schon antun würde. Nur wenige Mädchen wurden gleich nach der Geburt versprochen, so wie es mit mir geschehen war, aber sie wurden erst eingesperrt, wenn sie ihre erste Blutung bekamen. Noch nie zuvor hatte man ein so kleines Mädchen wie mich einfach weggeschlossen.

Eines Tages würden Safwan und ich aus Mekka fortreiten und all seine lächerlichen Traditionen hinter uns lassen. Wir hatten uns in die Finger gestochen, unser Blut vermischt, gelobt, die Stadt zu verlassen, sobald wir verheiratet waren, und uns den Beduinen anzuschließen. Nichts konnte diesen Schwur brechen. Wenn man mich für immer einsperrte, würde ich fliehen. Bei den Beduinen hätte ich die Freiheit, mein Leben so zu gestalten, wie ich es wollte, ich würde herumrennen und schreien und Schlachten schlagen und meine eigenen Entscheidungen treffen dürfen. Denn in der Wüste spielte es keine Rolle, ob man eine Frau oder ein Mann war. In der Wüste gab es keine Wände. *Nimm dein Schicksal in die Hand, denn sonst wird es dich beherrschen.*

Mit diesen Gedanken, mein Kopfkissen fest umklammert, am ganzen Körper steif und verkrampft, fiel ich aus meinem Unglück in tiefen Schlaf und träumte davon, wie ich durch die Wüste ritt, den Wind in den Haaren, ein Schwert in der Hand und endlich frei.

2

TREIBSAND

Mekka, 622

Alter: neun Jahre

Kurze Blicke, die ich auf sein Gesicht erhaschte, und sein helles Lachen, das ich von Weitem hörte, hielten Safwan über die nächsten Jahre für mich lebendig. Verborgen hinter dem Vorhang am Fenster meines Zimmers sah ich ihn frei und kraftvoll über Steine springen und durch den Sand laufen, dabei schwang er sein Holzschwert kampfeslustig hin und her und stieß wilde Beduinenschreie aus. Wie ein scheuer, von Wolken verhangener Mond spähte ich durch den Stoff, sehnte mich danach, gesehen zu werden, und fürchtete es zugleich. Meine Eltern hatten mir so lange eingebläut, wie gefährlich es sei, gesehen zu werden, dass es mich vor dem Blick jedes Mannes grauste, der nicht zur Familie gehörte. Es war, als könnte mir ein einziger heimlicher Blick meine Jungfräulichkeit rauben. Und so beobachtete ich, gefangen hinter meinem Vorhang, wie das Leben draußen ohne mich weiterging, so als wäre ich gestorben.

Während meiner rastlosen Jahre unter Verschluss in unserem Haus in Mekka lernte ich jede Steinplatte im Fußboden, jeden Riss in den Wänden kennen. Zum Glück war das Haus groß – aber einfach, nicht so prunkvoll von außen wie einige der neueren Häuser, die die reichen Händler von Mekka sich errichten ließen. Und es war angenehm kühl, denn es besaß dicke Mauern und nur wenige Fenster – nur eins in meinem Zimmer, das ich mir wegen des Lichts ausgesucht hatte, und eins in der Küche, wo häufiger gelüftet werden musste. Wie in den meisten Häusern war bei uns der Harem abgetrennt von den Räumen der Männer, zu denen der *Madschlis* meines Vaters gehörte, ein rechteckiger Raum, mit rot-gold gemusterten Teppichen an den Wänden und zahllosen Kissen auf dem Boden. Zum Harem gehörten die Schlafzimmer der Frauen, die Küche mit einem Wohnbereich, ein Vorratsraum und ein von hohen Steinmauern geschütztes Bad unter freiem Himmel. Die Wohnbereiche der Frauen und Männer trennte ein großer Innenhof mit dornigen, Schatten spendenden Bäumen, in denen ein paar Schaukeln hingen für meine Freundinnen und mich. Außerdem gab es dort für die Kinder eine Wippe aus Akazienholz. Vom Harem aus gelangte man in den vorderen Teil des Hauses, wo sich das Wohnzimmer befand und eine Treppe, die zu einem Balkon führte, auf dem mein Vater die meisten Abende mit seinen Frauen verbrachte. Das Dach bestand aus Palmwedeln, die frische Luft hereinließen und gleichzeitig gegen die Hitze schützten. Wie gern wäre ich an den Wänden hochgeklettert, zwischen den Palmwedeln hindurchgekrochen und davongeflogen!

»Warum bist du so traurig, Eselsgesicht?«, fragte mein Vater mich immer wieder. Dann seufzte ich vernehmlich, ließ den Kopf hängen und hoffte, er würde mich in den Arm nehmen. Manchmal zog er mich auf seinen Schoß, kitzelte mich am Kinn und brachte Lachen in das Haus, dessen Mauern die Sonne aussperrten, nach der ich mich so sehr sehnte. Mit geschlossenen Augen atmete ich den Geruch meines Vaters ein, genoss den Duft nach Honig und Knoblauch und Kardamom. Ich drückte mein Gesicht in seinen Bart, der grau und drahtig war, während seine Stirn sich weich und glatt anfühlte. Aber mein Vergnügen war immer nur von kurzer Dauer, denn nach wenigen Minuten schickte er mich wieder fort und erklärte, er habe zu tun.

In Wahrheit brachte die Unterstützung seines Freundes Mohammed meinem Vater in jenen Jahren ebenso viel Kummer und Sorge ein wie Freude. Nicht jeder in Mekka glaubte, dass Mohammed ein Prophet war oder dass es nur einen Gott gab. Die Kaufleute, vor allem die Führer der Koreischiten – zu denen auch der Stamm der Haschim zählte, dem Mohammed und mein Vater angehörten –, verachteten seine wunderschönen, poetischen Offenbarungen von Allah. *Er ist bloß ein von einem* Dschinn *besessener* Kahin, höhnten sie und verglichen ihn mit den Wahrsagern, die in Kapuzenmänteln umherzogen und auf Marktplätzen unverständliches Zeug erzählten.

Aber Mohammeds Worte waren kein Unsinn. Im Koran, seinen Rezitationen von Gott, verkündete er nicht nur die Einzigartigkeit Allahs, sondern entlarvte die anderen Götter in der Kaaba, dem heiligen Schrein von Mekka, als Götzen. Die so genannten Götter in der Kaaba seien nichts weiter als Holzstücke und Steinklumpen, sagte er, was die Kaufleute, die die Verehrer dieser Götzen – und deren Gold – in die Stadt lockten, wütend machte. Die Führer der Koreischiten, darunter Mohammeds Vetter Abu Sofian, hatten sich geschworen, den Propheten mit allen ihnen zur Verfügung stehenden Mitteln aufzuhalten.

Aber wer würde es wagen, ihm ein Haar zu krümmen, solange er unter dem Schutz des mächtigen Al-Mutim stand? Die Kaufleute verspotteten Mohammed, wenn er seine Verse rezitierte, und schlugen mit einem Schafsuterus nach ihm, wenn er in der Öffentlichkeit betete, aber ihre Furcht vor seinem Beschützer war so groß, dass sie es nicht wagten, ihm wirklich etwas zuleide zu tun. Es sei eine Schande, meinte *Abi*, dass Al-Mutim seinen Schutzmantel nicht über alle Gläubigen ausbreiten konnte.

Auch mein Vater hatte einen Beschützer, der ihn vor Ungemach bewahrte, wenn auch nur unzureichend. *Abis* Clan, die Tain, hatte sich von ihm abgewandt, was er eines Tages zu spüren bekam, als Abu Sofian meinen Vater und meinen Vetter Talha mit Hilfe eines Freundes Rücken an Rücken fesselte und die beiden in der Wüste aussetzte. Als der Beduinenscheich Ibn Dughumma sie in der gleißenden Sonne entdeckte, brachte er sie in sein Zelt, rieb ihre verbrannte Haut mit *Chatmi* ein und bot sich meinem Vater als Beschützer an. Die Koreischiten akzeptierten die Vereinbarung – aber nur, wenn mein Vater aufhörte, den Koran zu rezitieren und in der Öffentlichkeit zu beten. Die Kaufleute fürchteten sich vor dem sanften, zu Tränen rührenden Gesichtsausdruck, den mein Vater beim Beten aufsetzte: *Dieses Gesicht wird unsere Frauen dazu verleiten, Mohammed zu folgen!* Mein Vater errichtete als Antwort neben unserem Haus eine Moschee, die zu einem Versammlungsort für die Gläubigen wurde – und die Koreischiten noch mehr in Harnisch brachte.

Meine Tage unter Verschluss zogen sich hin, Vergangenheit, Gegenwart und Zukunft bildeten eine lange, dünne Linie wie eine Karawane, deren Anfang und Ende nicht mehr zu sehen waren. Tagsüber verrichtete ich lustlos meine Arbeiten, knetete Brotteig, spann Wolle und webte Stoffe, während ich von der Zeit träumte, wenn ich frei von den mich einsperrenden Mauern und frei von den bösen Zungen meiner Nachbarn sein würde. Ich verabscheute die langweiligen, immer gleichen Frauenpflichten und lebte nur für die Abende, die ich mit *Abi* verbrachte.

Wir saßen stundenlang zusammen, *Abi* und ich. Er lehrte mich die Rezitationen des Propheten, deren Worte so süß wie Honig an meinen Lippen schmeckten und die ich hingebungsvoll auswendig lernte. Wenn ich um mehr Gedichte bat, trug er die Gedichte vor aus der Zeit vor dem Islam. Als ihm meine Blässe auffiel, suchte er aus seinem Stall ein Pferd für mich aus – eine schlanke, nachtschwarze Stute, die ich Scimitar taufte – und ritt an kühlen Abenden mit mir in die Wüste aus. Das waren die Abende, die ich in all den Jahren, die ich im Haus meiner Eltern verbrachte, am meisten liebte: zu spüren, wie mein Puls schneller ging, wenn wir über die weiche rote Erde galoppierten, die warme Flanke des Pferds unter meiner Hand, die frische Luft an meiner Haut und in meinen Haaren.

Ich lebte für die Abende, aber auch die Tage hielten einen Höhepunkt bereit: wenn der Prophet Allahs uns besuchte. Vor allem in den ersten Jahren kam Mohammed jeden Tag, um in der Moschee zu beten und im *Madschlis* mit meinem Vater die Ereignisse des Tages zu besprechen. Und jedes Mal brachte er ein Geschenk für mich mit, das er in den Falten seiner Dschellaba versteckte. Er lachte und neckte mich, wenn ich danach suchte, und dann setzte er sich auf den Boden und spielte mit mir. Ich fragte mich nie, warum ihm das erlaubt war, wo doch sonst kein Mann mich ansehen durfte. Mohammed gehörte zu meinem Leben, seit ich auf der Welt war, und ich dachte mir nichts dabei, seine Spielzeugpferde mit meinen zu attackieren und zu schreien: »Stirb, Beduine!«

Doch dann, ich war etwa neun Jahre alt, erschien er eines Morgens mit düsterem Blick und zerfurchtem Gesicht an unserer Tür. Er raunte meiner Mutter etwas zu, woraufhin sie ausrief »Bei Allah!« und wie ein Ball, aus dem die Luft gewichen war, zu Boden sank. Mit klopfendem Herzen wollte ich zu ihr eilen, denn so erschüttert hatte ich *Ummi* noch nie erlebt, doch sie verscheuchte mich nur. Als ich mich in der Hoffnung auf eine Erklärung zu Mohammed umdrehte, sah ich, wie er mit meinem Vater im *Madschlis* verschwand. Neugierig folgte ich ihnen.

»Al-Mutim ist tot«, hörte ich Mohammed durch die geschlossene Tür sagen, an der ich lauschte. »Man hat ihn mit aufgeschlitzter Kehle in seinem Bett gefunden. Einige halten Abu Sofian für den Schuldigen.«

»Es würde mich nicht wundern, wenn Abu Sofian dahintersteckte«, antwortete mein Vater. »Es heißt, Al-Mutim habe ihn mehr als einmal daran gehindert, dich zu töten.«

»Al-Mutim hat mich vor dem Tod bewahrt«, sagte Mohammed mit seltsam erstickter Stimme, »und dabei sein Leben verloren. *Ya* Abu Bakr, das kann nicht so weitergehen. Wir müssen Mekka verlassen, bevor noch mehr Menschen in meinem Namen sterben.«

Ich schnappte nach Luft und presste die Hände an meine heißen Wangen. Mekka verlassen? Wie sollte das gehen? Kein Mann entfernte sich jemals von seinem Stamm, und Frauen taten es nur, um zu heiraten. Unsere Vorfahren hatten das Land besiedelt, unsere Familien waren alle miteinander verwandt. Ja, Safwan und ich hatten vor, wegzulaufen und uns den Beduinen anzuschließen, aber das war etwas anderes: Wir wollten fort, um Abenteuer zu erleben, und nicht, um der Schande zu entfliehen. Wir konnten jederzeit zurückkehren. Aber wer jetzt vor den Koreischiten floh und die Stadt verließ, würde nie wieder nach Mekka zurückkehren können, höchstens als Sklave.

Tagelang zitterten mir die Beine, als würde die Erde unter meinen Füßen beben. *Wir müssen Mekka verlassen*, hörte ich Mohammed immer wieder sagen, und ich spürte mein Herz flattern, als wollte es davonfliegen und sich vor mir verstecken, als wollte es mich daran hindern, Nadida, meine Vettern und Kusinen, Safwan und den Markt und die Berge, die ich liebte, zu verlassen. Mein Vater war genauso nervös wie ich. Als er einmal mit Mohammed im *Madschlis* saß, ging ich ins Zimmer, um ihnen Wasser einzuschenken, und verschüttete, abgelenkt durch ihr Gespräch, etwas davon auf seinen Arm. Er hob die Hand, um mich zu schlagen, aber zu meiner Überraschung packte Mohammed ihn am Handgelenk. »Sei nachsichtig mit ihr, mein Freund«, sagte er. »Mir zuliebe.«

Die beiden tauschten einen Blick aus, während ich verdattert dastand. Es war unerhört, dass sich ein Mann in die häuslichen Angelegenheiten eines anderen einmischte. Aus solchen Anlässen hatten Männer einander schon verprügelt und sogar getötet. Doch mein Vater nickte, als hätte Mohammed recht.

»Verzeih mir«, sagte *Abi* – nicht zu mir, sondern zu Mohammed.

Als Mohammed sich verabschiedete, tätschelte er mir die Wange. »Von heute an brauchst du keine Angst mehr zu haben, dass dich jemand roh behandelt, Aisha.« Seine goldenen Augen waren so weich wie Honig in der Sonne. »Dies wenigstens kann ich für dich tun.«

Später, in meinem Zimmer, grübelte ich über Mohammeds Worte nach. Wie kühn von ihm, meinem Vater zu sagen, wie er mich zu behandeln hatte – als würde ich ihm gehören!

Vielleicht gehöre ich ihm ja tatsächlich.

Der Gedanke traf mich wie ein Schlag, und plötzlich saß ich kerzengerade im Bett, alle Sorgen wegen des Verlassens von Mekka waren vergessen. War ich – konnte es sein – ich wagte kaum, diesen Gedanken zu Ende zu denken. Konnte es sein, dass ich nicht Safwan, sondern Mohammed versprochen war?

Bilde dir nicht ein, du wüsstest, was Allah mit dir vorhat. Ich musste an die Worte denken, die *Ummi* an jenem schrecklichen Tag zu mir gesagt hatte, als meine Zeit als Gefangene im Haus meiner Eltern begonnen hatte. Ihre Warnung war mir gleichgültig gewesen, denn ich wusste, dass ich als Safwans Ehefrau nur seinen Anweisungen Folge leisten müsste. Daran konnte nicht einmal Allah etwas ändern, denn so stand es in unseren Gesetzen und Traditionen, als wäre es in die Felsen am Berg Hira gemeißelt.

Jetzt fragte ich mich: Hatte Allah bereits in mein Schicksal eingegriffen und dafür gesorgt, dass ich anstatt Safwan Mohammed versprochen war? Dann würde meine Wegschließung auch einen Sinn ergeben. Wenn ich die zukünftige Ehefrau des Propheten Allahs war, wäre ich viel wertvoller und viel gefährdeter – vor allem, solange Männer wie Abu Sofian herumschlichen und nach Gelegenheiten suchten, Mohammed zu schaden. Wenn ich meine Jungfräulichkeit verlor, selbst wenn es durch Vergewaltigung geschah, würde nicht nur ich, sondern auch Mohammed besudelt sein.

Ich ließ mich auf mein Bett sinken und fühlte mich, als wäre mein Körper mit Steinen gefüllt. Mit Mohammed verheiratet! Das konnte nicht sein. Er war älter als mein Vater, viel älter als Hamal im Vergleich zu Fazia-jetzt-Dschamila. Andererseits – warum durfte er mich unter Verschluss besuchen, während es allen anderen Männern streng verboten war? Argwohn legte sich wie eine schwere Hand auf meine Brust und raubte mir den Atem.

»Safwan«, flüsterte ich, »komm und rette mich. Beeil dich, sonst ist es zu spät.«

Nach Al-Mutims Tod fielen mir die zunehmenden Falten im Gesicht meines Vaters auf und sein verhärteter Mund. Abends saß er mit meiner Mutter und Qutaila im Hof, wo sie lange Gespräche führten, während ich mich, längst ins Bett geschickt, im Schatten verbarg und versuchte, ihre bedrohlich klingenden Worte zu verstehen.

»Folter«, murmelte mein Vater. »Mord.« Meine Mutter und Qutaila stießen spitze Schreie aus und begannen zu weinen, wenn er davon sprach, dass wir Mekka würden verlassen müssen.

»Allah wird uns schützen«, sagte mein Vater dann. »Es gibt keinen Grund, zu weinen. Wir haben nichts zu befürchten.«

Eines Abends, als ich, halb erdrückt vom Gewicht ihrer Worte, im Bett lag, ließ der Schrei einer Frau mich ans Fenster eilen. Im fahlen Licht des Halbmonds sah ich, wie vier Männer meine geliebte Nachbarin Raha, die Frau mit den Granatäpfeln und den funkelnden Augen, aus ihrem Haus zerrten, wie sie sie schubsten und schlugen, als sie sich wehrte.

»Wo ist denn jetzt dein großartiger Prophet, du muslimische Hure?«, fragte ein Mann mit heiserem Lachen. Im Licht der Sterne konnte ich das Gesicht von Abu Sofian ausmachen, dessen fetter Körper schweißnass glänzte, und das pockennarbige, hassverzerrte Gesicht von Omar, der Raha den Mund zuhielt. Ich sprang auf und ab und trommelte mit den Fäusten gegen die Wand.

»Raha!«, schrie ich. »Lasst sie los, ihr Koreischitenhunde!« Ich rannte in die Küche, Rahas Wimmern noch in den Ohren, schnappte mir ein Messer und riss die Haustür auf, aber meine Mutter packte mich am Handgelenk und hielt mich zurück.

»Wo willst du hin?«, herrschte sie mich an.

»Raha!«, keuchte ich. »Abu Sofian verprügelt sie.«

Mein Vater zog sich seinen Umhang über, griff nach seinem Schwert und lief nach draußen. Meine Mutter schlug die Tür hinter ihm zu, dann sah sie mich wütend an.

»Was hattest du denn vor? Dich von diesen Männern beglotzen lassen? Oder Schlimmeres?«

»Ich wollte Raha retten.«

»Womit denn? Mit einem Küchenmesser? Diese Männer haben Schwerter, Aisha. Sie könnten dich in Stücke hauen.«

»*Ya Ummi*, ich kann kämpfen. Safwan hat es mir beigebracht. Siehst du?« Ich schwang mein Messer – sehr eindrucksvoll, wie ich fand. »Lass mich Raha zu Hilfe eilen, bitte, *Ummi*. Die Männer bringen sie um, wenn wir sie nicht retten.«

»Auf der Straße mit dem Schwert kämpfen? Du bist wohl verrückt geworden. Du bist ein Mädchen, kein Junge. Du kannst überhaupt niemanden retten. Das ist Aufgabe der Männer.«

»Aber was ist mit Raha? Was ist mit *Abi*? Ich habe vier Männer gesehen, und er ist allein.«

»Dein Vater würde eher sterben, als deine Hilfe anzunehmen«, sagte sie. Ihre Augen funkelten wie die eines wilden Tiers. »Du weißt genau, was diese Männer mit dir machen würden. Es würde Schande über deine Familie bringen. Willst du das?«

»Aber Abu Sofian …«

»Abu Sofian ist der Grund dafür, dass du jetzt schon unter Verschluss bist!«, schrie sie. Ihr Gesicht war so rot, als würde jemand sie würgen. »Er hat überall in Mekka damit geprahlt, dass er dich entjungfern würde. Er sagte, du hättest ihn mit deinem roten Haar gereizt.«

Bei der Vorstellung, dass dieser fette Bock mich begrapschte, hatte ich ein Gefühl, als würden tausend Ratten über meine Haut flitzen. Ich lief in mein Zimmer zurück, um meinen Vater vom Fenster aus anzufeuern, hoffte zu sehen, wie er Abu Sofian in den Staub stieß. Der Anblick, der sich mir bot, ließ mich aufschreien: Mein Vater lag auf dem Rücken, und Abu Sofian stand über ihm und drückte ihm seine Schwertspitze in die Wange. Blut tropfte aus der Wunde. Im Hintergrund sah ich Omar, der Raha knebelte und auf einen Karren stieß.

Abu Sofian blickte auf und sah mich kreischend am Fenster auf und ab springen. Er grinste lüstern und leckte sich die dicken Lippen. »*Ya* Abu Bakr, deine hübsche kleine Tochter mit dem feuerroten Haar ist gekommen, um sich von dir zu verabschieden.«

»*Ya Abi,* lass mich rauskommen!«, schrie ich, während ich Abu Sofian wütend anfunkelte. »Ich werde dich und Raha retten.«

»Ja, lass sie rauskommen«, sagte Abu Sofian und zeigte seine Zähne. »Ich werde mich an ihrem heißen Blut wärmen, und du darfst weiterleben.«

Mein Vater nutzte den Augenblick, in dem sein Feind abgelenkt war, sprang auf und griff nach seinem Schwert. Abu Sofian hieb mit seiner Klinge nach ihm, aber mein Vater wich behände aus und ging zum Gegenangriff über. Sie kämpften miteinander, bis Abu Sofian meinem Vater eine Wunde an der Stirn zufügte. Während *Abi* sich das Blut aus den Augen wischte, stieg Abu Sofian auf sein Pferd und galoppierte davon, gefolgt von Omar, der Raha in seiner Gewalt hatte. Ich brüllte aus Leibeskräften hinter ihnen her.

Meine Mutter eilte mit einem Stück Leinen nach draußen, um die Wunde meines Vaters zu verbinden. »Ich bin unverletzt, Aisha«, rief *Abi* mir zu. Zusammen mit meiner Mutter ging er zu Rahas Haus, dessen Tür offen stand wie ein schreiender Mund, um sich um Rahas Mann zu kümmern, der blutend und mit dem Schwert in der Hand vor der Schwelle lag.

»Raha«, stöhnte ich. »Ich hätte dich retten können, ganz bestimmt. Ach Raha, es tut mir so leid.«

Mein Magen zog sich zusammen wie eine Faust. Ich warf mich auf mein Bett und tränkte mein Kissen mit heißen Tränen. Die arme Raha – was würde aus ihr werden? Ich hatte meinen Vater davon berichten hören, dass Gläubige ausgepeitscht wurden – Frauen, schwache alte Männer –, bis sie verbluteten. Ich dachte an Rahas Wangen mit den hübschen Grübchen, an das Funkeln in ihren Augen, wenn sie mir heimlich Honigplätzchen zusteckte und mein Haar mit Blüten schmückte. Was machten sie jetzt mit ihr? Ihre Schreie hallten in meinem Kopf wider. Ich zog mir das Kissen über den Kopf, aber es half nicht.

Ich hätte diese Männer aufhalten können, wenn meine Mutter nicht gewesen wäre. Mit einem echten Schwert zu kämpfen konnte nicht viel anders sein als mit einem Holzschwert, wie ich es so oft mit Safwan getan hatte. Ich hätte den Kopf dieses stinkenden Abu Sofian in den Staub rollen lassen, und der pockennarbige Omar wäre wimmernd wie ein geschlagener Hund nach Hause geschlichen.

Warum, Allah? Warum ließ er zu, dass Raha so etwas widerfuhr, Raha, die ihn so sehr liebte? Hieß es nicht, er würde uns beschützen? Vielleicht hatte er so viel zu tun, dass er Rahas Schreie nicht gehört hatte. Oder aber er hatte Rahas Schreie gehört und mich gerufen, damit ich für sie kämpfte. Und ich hatte versagt.

Du kannst überhaupt niemanden retten. Das ist Aufgabe der Männer.

Die Rüge meiner Mutter traf mich jetzt noch härter als beim ersten Mal. In der Welt meiner Mutter bedeutete Frausein Hilflosigkeit. Machtlosigkeit. Denn was bedeutete ein Schwert anderes als Macht? In ihrer Welt durften Frauen nicht kämpfen, im Gegenteil, sie mussten sich unterwerfen. Sie durften nicht planen, sondern mussten andere für sich planen lassen. Sie waren nicht auf der Welt, um zu leben, sondern um zu dienen.

Ich zog mich am Fenster hoch und betrachtete die Sterne, stellte mir vor, sie wären Allahs tausendundein Auge. Was sah er, wenn er mich anschaute? Minderwertigkeit, eine verkümmerte Seele, ein Licht, das schwächer leuchtete als das eines Mannes? Oder sah er, was ich fühlte – ein Licht so hell wie das Feuer in dem Busch, in dem er Moses erschienen war? Mohammed, der die Geschichten der Leute in der Schrift kannte, hatte mir von dem brennenden Busch erzählt, von dem Feuer, das atmete und sprach und lebte wie das Feuer, das jetzt in meiner Brust brannte.

Raha war fort, und sie würde nicht von mir, sondern von Männern gerettet werden. »Raha«, flüsterte ich. »Wenn nur ich dich auch retten könnte.« Meine Augen füllten sich erneut mit Tränen, aber ich blinzelte sie fort. Wie ein Krieger es getan hätte.

Gefangen in meinem Zimmer konnte ich niemanden retten. In dieser Hinsicht hatte meine Mutter recht gehabt. Aber ich würde nicht für immer hier gefangen sein. Eines Tages würde ich heiraten, entweder Safwan, der als Kamerad mit mir in die Schlacht ziehen würde, oder Mohammed, der mir beibringen würde, wie man mit einem Schwert umging, wenn ich ihn darum bat. Ich würde so tun, als wäre es ein Spiel, und wir würden in seinem Innenhof üben.

So oder so, ich würde mein Leben nicht in Angst und Schrecken vor den Launen eines Abu Sofian und seinesgleichen verbringen. Nicht für mich selbst oder die Menschen, die ich liebte, kämpfen zu können wäre die schlimmste Art der Sklaverei. Nie wieder würde ich hilflos zusehen, wie diese Koreischiten meine Leute bedrohten. Ich würde der beste Kämpfer werden, den Mekka je gesehen hatte. Wenn Abu Sofian uns dann angriff, würde er zuerst Aisha schlagen müssen. Und das würde ihm nie gelingen.

3

ER WARTET AUF DICH

Mekka, später Medina, 622–623

Mohammeds Adoptivsohn Zaid fand Raha am nächsten Tag an einen Baum gefesselt und am ganzen Körper blutend.

»Sie wollten mich zwingen, den Propheten zu verleugnen«, erzählte sie meiner Mutter ein paar Tage später mit zittriger Stimme auf dem Balkon, während ich unten auf der Treppe stand und lauschte. »Am liebsten hätte ich sie verflucht, aber die Worte wollten mir nicht über die Lippen kommen.«

Omar und Abu Sofian hatten sie abwechselnd ausgepeitscht und ihr angedroht, sie zu töten, wenn sie ihnen nicht gehorchte. Als sie vor Schmerzen ohnmächtig geworden war, hatten sie sie in der Annahme, sie sei tot oder würde bald sterben, an dem Baum zurückgelassen.

Ummi atmete hörbar ein, dann flüsterte sie eindringlich: »Haben sie dich …, wurdest du …?«

»Sie haben mich nicht entehrt, Allah sei Dank«, sagte Raha. Sie ließ einen Augenblick verstreichen. Als sie weitersprach, klang ihre Stimme zaghaft, als käme sie von weit her. »Aber zu meiner Schande musste ich mich auf Verlangen der Familie meines Mannes vor meiner Rückkehr in mein Haus von einer Hebamme untersuchen lassen. Wäre ich vergewaltigt worden, hätten sie darauf bestanden, dass er mich verstößt.«

Ich sog entsetzt die Luft ein – warum sollte sie wegen der Übeltaten anderer bestraft werden? –, dann schlug ich mir die Hand vor den Mund. Aber es war zu spät: Der Kopf meiner Mutter erschien über dem Geländer, ehe ich mich in Sicherheit bringen konnte. Sie sprang auf, scheuchte mich von der Treppe und folgte mir auf den Fersen.

»Du solltest im Bett liegen und nicht lauschen, wenn Erwachsene sich unterhalten«, murmelte sie, als sie mich in mein Zimmer bugsierte. »Aber ich bin froh, dass du gehört hast, was Raha zugestoßen ist. Vielleicht bist du uns jetzt dankbar, dass wir dich im Haus halten. Raha hat Glück gehabt, aber dich hätten diese Männer nicht so leicht davonkommen lassen.«

Wie der Lavendel, den sie so sehr liebte, war Raha ein zähes Gewächs. Eine Woche nach ihrer Entführung hatte sie alle ihre Habseligkeiten gepackt und führte ihren Mann nach Yathrib, der Stadt im Norden, wo Mohammeds entfernte Verwandte lebten, die sich bereit erklärt hatten, ihm und seinen Anhängern Schutz zu gewähren. Während ich vom Fenster aus zusah, wie sie sich auf den Weg machten, schluckte ich meinen Kummer hinunter und erinnerte mich daran, dass ich jetzt eine Kriegerin war. Aber als die kleine Karawane sich entfernte und immer kleiner wurde, zog sich meine Brust zusammen, als würde mein Herz schrumpfen. Möge Allah diesen Schurken Abu Sofian dafür verfluchen, dass er meine Raha vertrieben hatte, dachte ich.

Am nächsten Abend trommelte Ali an unsere Tür und verlangte Mohammed zu sprechen. Als ich nach vorne lief, sah ich meine Mutter in der Tür stehen, eine Hand vor dem Mund. Ali schob sich mit funkelnden Augen an ihr vorbei und ging gestikulierend auf Mohammed zu, der gerade aus der Moschee meines Vaters kam.

»*Ya* Vetter, Abu Sofian und seine Freunde schicken heute Nacht ihre Söhne, um dich zu töten«, sagte er keuchend. »Ein Jüngling von jedem Stamm in Mekka ist dabei, damit kein Stamm die Schuld an deinem Tod allein trägt.«

Meine Mutter stieß einen so schrillen Schrei aus, dass mir beinahe das Herz stehen blieb. Ich lief zu ihr hin, aber sie schüttelte den Kopf und befahl mir, in mein Zimmer zu gehen. Stattdessen wandte ich mich zu Mohammed um, dessen Gesicht so bleich war, als wäre er schon tot. Er nickte Ali zu und führte die Männer in den *Madschlis*. Nachdem ich mich vergewissert hatte, dass meine Mutter nicht hinsah, lief ich hinter ihnen her. Nach mehr als zwei Jahren unter Verschluss wusste ich, dass niemand mir etwas erzählen würde, aber inzwischen war ich zu einer sehr geschickten Spionin geworden.

Verborgen hinter dem Vorhang lauschte ich, während die Männer über einen Plan berieten. Da die Mörder noch in derselben Nacht zuschlagen würden, mussten sie sofort handeln. Mohammed musste Mekka so schnell wie möglich verlassen, und er würde lange fortbleiben müssen – womöglich für immer.

»Allah hat seine Absichten deutlich kundgetan«, sagte Mohammed zu *Abi*. »Ich werde so bald wie möglich nach Yathrib aufbrechen.«

»Ich werde dich begleiten«, erklärte mein Vater. »So Allah will, wird dir nicht ein einziges Haar gekrümmt werden.«

»Ya Abu Bakr, ich kann ihn besser beschützen als du«, wandte Ali ein. »Wäre es nicht besser, wenn ich dich nach Yathrib begleite, Mohammed?«

»Gott hat dich für eine andere Aufgabe ausersehen, Ali«, erwiderte der Prophet.

Mein Vater lieh sich ein paar Sachen von einem seiner Diener, damit Mohammed sich verkleiden konnte, dann brachte er ihn eilig in eine Höhle außerhalb der Stadt. In der Zwischenzeit hüllte Ali sich in Mohammeds rotes Gewand, legte sich auf dessen Bett und tat so, als würde er schlafen. Meine Mutter, ihre Schwesterfrauen, Asma und ich gingen ebenfalls zu Mohammeds Haus – ich saß auf dem ganzen Weg durch die Stadt im Sattel und genoss das Abenteuer und die frische Luft. Wir stiegen die Treppe zu einem Schlafzimmer hoch und sahen vom Fenster aus zu, wie mehrere Männer sich ans Haus anschlichen. Als sie an die Tür klopften, streckten wir unsere Köpfe hinaus, so wie Mohammed es uns aufgetragen hatte.

»Kommt morgen wieder«, sagte Mohammeds Frau Sauda ruhig, umklammerte jedoch dabei das Amulett, das sie vor dem bösen Blick schützte, als könnte sie sich daran festhalten. »Der Prophet schläft. Morgen früh ist er bereit, euch zu empfangen.«

Weil es ihnen widerstrebte, sich mit Gewalt Zutritt zum Haus zu verschaffen und Mohammed zu töten, während Frauen anwesend waren, blieben sie tuschelnd vor der Tür stehen und wachten über seinen Schlaf – so glaubten sie zumindest. Am nächsten Morgen, nachdem *Abi* und Mohammed längst geflohen waren, trat Ali aus dem Haus, ließ Mohammeds rotes Gewand fallen, zog sein Schwert und verscheuchte die Söhne der Koreischiten wie einen Schwarm Fliegen. Als die Mörder fort waren, gingen wir Frauen nach Hause und packten unsere Sachen. Der Zeitpunkt war gekommen, an dem wir Mekka verlassen mussten.

In einer mondlosen Nacht machten auch wir uns auf die Flucht, geschützt von einer Dunkelheit so finster wie ein Grab. Mit tränenerstickter Stimme verabschiedeten wir uns von unserer Heimat, von der Stadt unserer Vorfahren, von unserem Geburtshaus und von unserem heiligen Tempel, der Kaaba. Wir nahmen fast nichts mit – nur Proviant und Wasser und einige Kleidungsstücke. Unser schmutziges Geschirr ließen wir zurück. Wir zerschnitten unsere Familienbande. Was hatten unsere Verwandten uns schon Gutes getan? Wir hatten die *Umma* – die Gemeinschaft der Gläubigen –, und wir hatten Mohammed. Zu unserer Karawane gehörten Mohammeds Töchter Fatima und Umm Kulthum, seine Frau Sauda, meine Mutter und Qutaila, mein Bruder Abd ar-Rahman, meine Schwester und ich. Alia, die dritte Frau meines Vaters, die sich weigerte, unseren Gott anzuerkennen, ließen wir zurück. Ihren Götzen Manat fest mit beiden Händen umklammernd, schaute sie uns nach, als wir uns auf den Weg machten. Sie werde für uns beten, sagte sie, damit wir unseren Irrtum einsahen, ehe es zu spät war.

»Du solltest lieber für dich selbst beten«, murmelte ich, aber meine Mutter weinte und umarmte Alia, bis Qutaila die beiden voneinander trennte.

Ich hätte auch geweint, wenn ich mich nicht entschlossen hätte, eine Kriegerin zu werden. Mekka war die einzige Heimat, die ich je gekannt hatte, und selbst unter Verschluss hatte ich von seinem farbenfrohen Markt geträumt, von seinen zerklüfteten Bergen und der würfelförmigen Kaaba voller furchteinflößender, prächtiger Götter. Würde ich meine geliebte Stadt je wiedersehen? Würde ich Nadida je wiedersehen, meine Freundin, die mit ihrem schmalen Gesicht und ihrem großen Mund die Gesichter der Götzen in der Kaaba nachahmen konnte, bis wir uns alle den Bauch hielten vor Lachen? Würde Safwans Familie uns folgen, oder würden sie in Mekka bleiben und Safwan mit einem anderen Mädchen verheiraten? Als wir die Stadt verließen, warf ich noch einmal einen Blick zurück in der Hoffnung, die Gesichter meiner Freunde zu sehen, aber es war schon spät am Abend. Mekka schlief, als wären die Mörder nie durch ihre Straßen geschlichen.

Wir ritten auch nach Yathrib, denn die dort ansässigen arabischen Stämme – die Aus und die Chadradsch – hatten Mohammed und seinen Anhängern ihren Schutz angeboten. Die Reise war lang, und der Sand in der Wüste war teilweise so tief, dass wir Decken vor den Füßen der Kamele ausbreiten mussten, damit sie nicht einsanken. Es ging durch weite, mit schwarzen Felsen bedeckte Ebenen und durch Steinwüsten, wo ein einziger falscher Schritt genügte, um sich einen Knochen zu brechen, durch schattige Palmenwälder, vorbei an dem düster drohenden Berg Subh, der sich zwischen uns und dem Roten Meer wie ein riesiger Dschinn erhob. Immer weiter ging die Reise zu unserem Propheten, zu meinem Vater und zu einem neuen Leben, wo wir frei von Angst sein würden, wie wir hofften.

Am Morgen des zwölften Tages kamen wir an. Ich weinte und rieb mir die Augen gegen das überwältigende Grün, das uns empfing. Grün leuchtete in obszönem Überfluss auf saftigen, mit Blumen übersäten Grünflächen, schlug uns auf üppig mit Gras und Lavendel bewachsenen Hügeln entgegen, und überall sah man Sträucher und Bäume. Es tropfte von zarten Zweigen, an denen unreife Granatäpfel hingen, von knorrigen, verholzten Akazien und flüsterte aus blassblättrigen Olivenbäumen, die der Landschaft blaue und graue Schatten schenkten, an denen das Auge sich von dem blendenden Grün ausruhen konnte. An den rostroten Bergen, die die Stadt an drei Seiten umgaben, sprang das Grün hervor, als wäre es lebendig. Auf dem Rücken meines Kamels spürte ich die Luft wie ein kühles, feuchtes Tuch an meiner Haut, während ich den frischen, sauberen Duft der Blüten einatmete, die den Morgen vergoldeten.

Das also war Yathrib. Oder, wie Mohammed es nannte, al-Medina, »die Stadt«. Und was für eine Stadt! Als wir durch das bescheidene Tor aus Stein und Lehm ritten, stieg uns allerdings, begleitet vom Blöken der Schafe und Muhen der Kühe, ein ganz anderer Geruch in die Nase. Ich hielt mir die Nase zu gegen den scharfen Gestank nach Dung, der mir die Augen tränen ließ. Fliegenschwärme umwirbelten uns wie Sandstürme, Fliegen setzten sich in meine Augenwinkel und nahmen mir die Sicht auf die elenden Lehmhäuser und das zahnlose Grinsen der armselig gekleideten Bauern. *Ummi* hatte Tränen in den Augen, als wir durch die einzige schäbige Straße der Stadt ritten.

Schon nach wenigen Tagen nörgelte meine Mutter von morgens bis abends. Warum waren wir aus unserer Heimat fortgegangen? Sicher, es gab Probleme in Mekka, aber im Vergleich zu Medina war es das Paradies. In dieser Stadt gab es nicht einmal einen richtigen Markt, wo wir alles kaufen konnten, was wir brauchten, von Geschäften und farbenprächtigen Karawanen ganz zu schweigen. Und wo waren die Menschen aus fernen Ländern in ihren seltsamen Kleidern, die in fremden Sprachen redeten, die wie Musik klangen? Wir vermissten unseren majestätischen, schwarzen Berg Hira und unsere Verwandten und Freunde.

Wer uns dagegen nicht fehlte, war Abu Sofian, doch schon bald holte sein Schatten uns ein. Wir waren elf Tage geritten, um nach Medina zu gelangen, aber selbst diese Entfernung reichte nicht aus. Die Koreischiten bedrohten uns selbst hier. Für sie gehörte Götzenanbetung und Geld so fest zusammen wie Schuss und Faden an einem Webstuhl. Wenn man die Götzen abschaffte, so fürchteten sie, würde auch das Geld verschwinden. Also versuchten sie, stattdessen unsere *Umma* zu vernichten. Jede Woche hörten wir von einem anderen Mörder, der von Abu Sofian geschickt worden war, um Mohammed zu töten. Mohammed selbst ermunterte uns, das feuchte, grüne Gras und den Schatten zu genießen, aber an dem ständigen Klimpern seiner Gebetsperlen, die er durch seine Finger laufen ließ, erkannten wir, dass er zutiefst besorgt war. Wenn ich in unserem neuen Haus allein war, spielte ich im Garten mit meinem Holzschwert und tat so, als würde ich Mörder verjagen und den Propheten beschützen. In all der Aufregung dachte ich gar nicht mehr an die Ankündigung meiner Verlobung, die meine Eltern vergaßen, weil sie zu sehr beschäftigt waren. Aber ich vergaß nicht, nach Safwan Ausschau zu halten. Auch seine Familie würde bald die *Hidschra* nach Medina antreten müssen. In Mekka war kein Gläubiger mehr seines Lebens sicher.

Würde Safwan mich finden, wenn er kam? Hier standen die Häuser einzeln. Die Menschen in Medina bauten hauptsächlich Dattelpalmen und Gerste an oder widmeten sich der Viehzucht. Von meinem Fenster aus konnte ich mehr Schafe und Ziegen als Menschen sehen. Nicht dass ich häufig aus dem Fenster geschaut hätte: Selbst die leichteste Brise trug den Gestank nach Dung in mein Zimmer. Deswegen saß ich lieber auf der Schaukel, die mein Vater für mich in die Dattelpalme in unserem Hof gehängt hatte. Mit der Zeit lernte ich so hoch zu schaukeln, dass ich über unser Haus hinweg in das dahinterliegende Tal sehen konnte. Jedes Mal, wenn ich einen Blick auf diese hügelige Landschaft und auf den Horizont erhaschte, hielt ich Ausschau nach Safwan.

Vielleicht hatten seine Eltern die Abreise aufgeschoben, weil sie von den Schwierigkeiten gehört hatten, die wir in Medina meistern mussten. Viele von uns litten an Fieber – von den Fliegen und Mücken, sagte meine Mutter. Mein Vater wäre beinahe am Fieber gestorben, und ich hatte tagelang im Fieberwahn im Bett gelegen. Mein Haar hatte sich während der wenigen Tage im Bett so verfilzt, dass *Ummi* es mir mit einem Messer abschneiden musste. Als sie damit fertig war, sah ich nicht mehr aus wie eine Tochter, sondern wie ein Sohn.

»Deine Haare werden wieder wachsen«, tröstete sie mich. Aber als ich in den Spiegel schaute und mein jungenhaftes Gesicht sah, das kurze Haar und die leuchtenden Augen, hoffte ich, dass sie sich irrte.

Nachdem ich mich von meiner Krankheit erholt hatte, rief mein Vater mich in den Garten, reichte mir ein Glas Wasser, das mit dem Saft der Galantwurzel versehen war, und erklärte, er müsse mit mir reden. Während ich mir mit zitternden Händen das Haar kämmte, hatte ich große Mühe, meinen flatternden Atem zu beruhigen. So offiziell hatten meine Eltern mich noch nie zu einem Gespräch gebeten, und ich konnte mir schon denken, um was es ging.

Bitte, Allah, bitte lass sie mir sagen, dass Safwan mein Mann sein wird. Lass sie mich nicht mit Mohammed verheiraten. Ich weiß, dass er dein Bote ist, aber er ist ein alter Mann – und ich will mit den Beduinen reiten und frei sein.

Aber Allah erhörte meine Gebete nicht. Als ich meinen strahlenden Eltern gegenübersaß und mein köstlich würziges Wasser trank, schlugen meine Wünsche gegen ihre Worte wie die Flügel eines Vogels gegen den Draht seines Käfigs.

Mohammed, sagten sie, würde mein Ehemann werden. Es sei alles arrangiert worden an dem Tag, als unser zu Hause mein Gefängnis wurde.

Ich stellte mein Glas so heftig ab, dass etwas von dem Wasser überschwappte. »Und was ist mit Safwan?«

Meine Mutter schnaubte verächtlich. »Dieser Junge? Er wird nie mehr sein als ein Fußsoldat in der Armee der *Umma*. Aber du, meine Tochter, wirst mit dem obersten Feldherrn verheiratet sein.«

»Ya Aisha, Mohammed ist dir sehr zugetan«, sagte mein Vater. »Eure Hochzeit wird in wenigen Tagen stattfinden.«

In wenigen Tagen? Die Flügel in meiner Brust flatterten wie wild. Die Gesichter meiner Eltern schienen sich vor meinen Augen zu drehen. »Aber … ich bin doch noch gar keine Frau«, krächzte ich. Unsere Tradition schrieb vor, dass ein Mädchen erst nach dem Einsetzen der Blutungen verheiratet werden konnte.

»Das habe ich auch gesagt.« Meine Mutter warf meinem Vater einen durchdringenden Blick zu. »Aber dein Vater will, dass die

Hochzeit stattfindet, bevor Ali Fatima heiratet, die Tochter des Propheten.«

»Ali meint, wir wetteiferten um Mohammeds Gunst«, bemerkte Abi mit einem Achselzucken. »Ich will nur sicherstellen, dass Mohammed nicht vergisst, wer sein engster Freund ist.«

Die Flügel in meiner Brust schlugen so laut, dass sie die Stimmen meiner Eltern übertönten. In wenigen Tagen schon würde ich unter Mohammed liegen, und er würde mich mit seinem Körper fesseln und mir wehtun. Würde er meine Schmerzensschreie hören? Oder würde er mich immer fester und schneller stoßen, so wie Hamal es mit Fazia-jetzt-Dschamila getan hatte?

»Aisha! *Ya* Aisha!« Die Stimme meiner Mutter riss mich aus meiner Schreckensvision. Ich starrte sie entgeistert an, fragte mich, wie sie so etwas zulassen konnte. War sie noch meine Mutter – mit dem Herzen und dem Wissen einer Frau über das, was im Ehebett passierte?

»Was ist los mit dir?«, fragte *Ummi* mit zu Schlitzen verengten Augen. »Deine Tränen sehen nicht aus wie Freudentränen.«

»Ich …« Ich zögerte, denn ich fürchtete ihre Zunge, die so scharf war wie ein Schwert. Aber als ich wieder daran dachte, dass ich Mohammed heiraten und das Bett mit ihm teilen sollte, erschien mir der Zorn meiner Mutter weit weniger bedrohlich. »Ich will Safwan heiraten«, sagte ich zaghaft.

Mein Vater runzelte die Stirn und strich sich über den Bart, als dächte er über das Problem nach, während meine Mutter ein lautes, schrilles Lachen ausstieß.

»Glaubst du etwa, dein Vater hätte dich hierher bestellt, um dich zu fragen, was du willst?«, fragte sie und durchbohrte mich mit ihrem Blick. »Du dummes Mädchen. Wann begreifst du es endlich?«

Die Tage im Haus meiner Eltern, die sonst nie hatten vergehen wollen, sah ich jetzt durch meinen Tränenschleier dahinjagen. Ich vergaß meinen Schwur, eine Kriegerin zu werden, und träumte stattdessen, dass Safwan kommen und mich retten würde. Doch jeder Sonnenaufgang wurde von Enttäuschung getrübt, sobald ich aufwachte und mich die Furcht wieder packte. Um mich aufzumuntern, zeigte meine Mutter mir das Hochzeitskleid, das sie für mich gekauft hatte – *rote und weiße Seide, Aisha, wir haben sie extra aus dem Jemen kommen lassen* –, aber bei seinem Anblick brach ich zu ihrem Verdruss nur erneut in Tränen aus. Tränen füllten meinen Mund, meine Nase und meinen Magen, der sich gegen jedes Essen sträubte, sodass ich alles, was ich herunterwürgte, wieder ausspuckte.

Im ganzen Haus liefen die Hochzeitsvorbereitungen, während ich mich in mein Zimmer verkroch und auf ein Wunder wartete. Jeden Tag kam meine Mutter in mein Zimmer und zischelte, Mohammed sei da und wolle mich sehen, doch ich blieb auf meinem Bett sitzen und kehrte ihr stumm den Rücken zu. *Seit wir ihr die Neuigkeit eröffnet haben, ist sie ganz scheu geworden*, hörte ich sie zu ihm sagen. In Wirklichkeit hob sich mein Magen jedes Mal bei der Vorstellung, Mohammed zu treffen, und ich wusste, ich durfte ihm nicht unter die Augen kommen, denn er würde mir meinen Abscheu sofort ansehen. Ich kam nicht gegen meine Gefühle an, aber ich wollte Mohammed auch nicht verletzen, denn er war immer nett zu mir gewesen.

Wie würde es mir als seine Ehefrau ergehen? Würde er mir verbieten, mit meinen Puppen und meinen Holzpferden zu spielen, so wie Qutaila es Asma verboten hatte, als sie ihre erste Blutung bekam? *Du bist jetzt eine Frau und hast keine Zeit mehr für solche Kindereien.* Würde er mir einen anderen Namen geben? Würde er mich einsperren, so wie Omar es mit seinen Frauen und Töchtern machte? Seine Hauptfrau konnte ich nicht werden, denn er hatte ja schon eine, Sauda; ich würde die Nebenfrau sein, der Papagei, und damit ihren Launen ausgeliefert. Würde Sauda mich zu ihrer Sklavin machen und mich die niedrigsten Arbeiten verrichten lassen? Jede Frage bereitete mir mehr Kopfschmerzen, als wären meine Sorgen Fäuste, die gegen meinen Schädel trommelten.

Der Tag, vor dem ich mich so fürchtete, war viel zu schnell da. *Ummi* kam in mein Zimmer und riss die Vorhänge auf, sodass das grelle Sonnenlicht sich wie Wasser auf mein Gesicht ergoss.

»Heute wirst du dich nicht in deinem Zimmer verstecken«, sagte sie. »Steh auf und zieh dich an, Aisha. Die Hochzeitsgäste werden in einer Stunde eintreffen.«

Solange ich konnte, blieb ich im Bett, bis das Bedürfnis, mich zu erleichtern, mich schließlich auf die Beine brachte. Ich zog ein sauberes Hemd und einen Rock an und stapfte barfuß in den Garten. Das kühle Gras unter meinen Füßen spürte ich kaum. Schon bald würde die Sonne uns mit ihrem feurigen Atem braten, und Mohammed würde mich mit in sein Haus und in unser Ehebett nehmen. Als ich mir das vorstellte, konnte ich nur noch stoßweise atmen, so als läge der Prophet bereits auf mir, und ich lief so lange im Garten im Kreis herum, bis ich nur noch meinen Puls in meinen Ohren hörte und das Stampfen meiner Füße auf dem Boden spürte.

Als die ersten Gäste eintrafen, rief meine Mutter mich ins Haus, damit ich sie begrüßte. Vom Grill neben unserem Haus wehte der Geruch nach gebratenem Fleisch herein, aber diesmal lief mir nicht das Wasser im Mund zusammen. *Ummi* lächelte, als sie meine vom Laufen geröteten Wangen erblickte.

»Wusste ich's doch, dass du aufgeregt sein würdest an deinem großen Tag«, rief sie freudig aus.

Ich sagte nichts – weder zu ihr noch zu Saudas Freundin Umm Aiman, der Frau von Zaid, deren altes Gesicht sich in tausend Fältchen legte, als sie mir erklärte, wie glücklich ich mich schätzen müsse. Ich sagte auch nichts zu Mohammeds Tochter Fatima, die mir zuflüsterte, dass Mohammeds Herz immer ihrer Mutter gehören würde, und auch nichts zu Sauda, die mir in die Wange kniff und versprach, dass wir uns als Schwesterfrauen gut verstehen würden. Und als alle Frauen in unserem Wohnzimmer versammelt waren und mich vergessen hatten, schlich ich mich nach draußen, um – zum ersten Mal seit Jahren – mit den Kindern zu spielen, die in unserem Garten herumtollten.

So viele Kinder! Mein Körper war so leicht wie Luft, als ich zu ihnen hinauslief: Kusinen, Kinder von den Freunden meiner Eltern, kleine Mädchen, größere Mädchen, Mädchen, die ich noch nie gesehen hatte, und Mädchen, die oft zum Spielen kamen, und, Allah sei gepriesen, wilde, laute, ausgelassene Jungen, Jungen mit Ohren so groß wie Krughenkel, Jungen mit krächzenden Stimmen, Jungen, die einander mit Holzschwertern attackierten und Mädchen als Geiseln nahmen, die vor Vergnügen kreischten. Einige Kinder spielten unter lautem Geschrei mit einem Ziegenblasenball im Gras, andere schoben sich gegenseitig auf der Schaukel an, bis sie schwindelnde Höhen erreichten, um dann mit einem gewagten Sprung auf dem Boden zu landen. Oder rangelten um den höchsten Platz auf der Wippe.

Nach kurzer Zeit stand ich an der höchsten Stelle und beherrschte die Wippe wie eine Königin. Als Nadida zu mir heraufkletterte, schwang ich mein Holzschwert, weil ich dachte, sie wollte mich hinunterstoßen.

Dann sagte sie: »Safwan«, und ich hielt inne.

»Er ist gestern Abend in Medina eingetroffen«, flüsterte sie.

Beinahe wäre ich von der Wippe gefallen. Unter mir hatten sich einige Jungen versammelt wie Geier und piksten mich mit ihren Stöcken in die nackten Füße. Ich trat nach ihnen und verscheuchte sie mit lautem Gebrüll. War Safwan jetzt vielleicht sogar hier?

Knurrend schubste ich Nadida zu Boden und spielte mich für Safwan auf, ob er nun zuschaute oder nicht. Als *Ummi* kam, um mich ins Haus zu holen, knurrte ich auch sie an.

»Siehst du nicht, dass ich gerade spiele?« Die Kinder um mich herum machten große Augen, überzeugt, dass ich gleich Prügel beziehen würde, aber ich machte mir keine Sorgen. Seit Mohammed meine Eltern gebeten hatte, »nachsichtig« mit mir umzugehen, behandelten sie mich stets wie eine Prinzessin.

Jetzt jedoch funkelten die Augen meiner Mutter so hart und schwarz wie Onyx.

»Aisha, jetzt wird nicht gespielt. Er wartet auf dich. Alle warten auf dich!« Sie packte mich am Fußgelenk und riss mich auf den weichen Boden. Meine Spielkameraden jubelten und kreischten.

»Geh zu deinem Mann!«, rief Nadida, übermütig wie immer. »Er wartet im Bett auf dich.«

Meine Mutter zuckte zusammen, warf Nadida einen zornigen

Blick zu und zog mich auf die Beine. Dann zerrte sie mich so unsanft in Richtung Harem, dass ich das Gefühl hatte, sie würde mir den Arm ausrenken.

»Sieh dich bloß an«, schimpfte sie, während meine Spielkameraden hinter uns her johlten. »Du setzt deinen guten Ruf aufs Spiel und wälzt dich im Dreck. Bist du die Tochter von Abu Bakr oder ein wildes Tier?«

Im Haus duftete es nach Kardamom aus dem *Madschlis*, wo mein Vater mit den Männern zusammensaß. Als wir an der Tür vorbeikamen, reckte ich den Hals in der Hoffnung, Safwan zu sehen, und stemmte mich in den Boden, aber *Ummi* zog mich weiter, und meine Füße rutschten über die Steinplatten.

Im Wohnzimmer fächelten die Frauen sich mit Palmwedeln Luft zu und lächelten mich an, als *Ummi* mich an ihnen vorbei zu dem ummauerten Bad hinter dem Haus zerrte. Über einer Lage aus schwarzen Kohlen, die einen beißenden Geruch verbreiteten, stand eine Wanne mit dampfendem Wasser. Asma tauchte einen Lappen in das heiße Wasser und begann, mir das Gesicht zu schrubben.

»Verwöhntes Blag«, sagte sie. Ihre Augen tanzten unter ihren dichten Brauen. »Du wirst eine schöne Ehefrau abgeben.«

Trotz meiner Proteste zog sie mir das Hemd über den Kopf. Meine Wangen glühten, als sie mich so entblößte, und ich bedeckte meine knospenden Brüste mit den Armen, worüber Asma laut lachte.

»Diese Dattelsamen wirst du nicht länger verstecken können«, neckte sie mich. »Von heute Abend an wirst du sie mit deinem Mann teilen müssen.« Sie zwinkerte mir zu. »Hoffen wir, dass er nicht zu fest daran knabbert.«

Ein Schauder überlief mich, als hätte ich mich in einem Nest aus Skorpionen gewälzt, und ich schüttelte mich, als meine Schwester mir heißes Wasser über den Rücken goss.

»Red keinen Unsinn, Asma«, fauchte meine Mutter. »Heute findet nur die Hochzeit statt, nicht der Vollzug. Aisha hat noch keine Blutung gehabt.«

Kein Vollzug! Ich wusste nicht, was das Wort bedeutete, aber es hatte irgendetwas mit Blut zu tun. Ich presste meine Hände noch fester an meine Brust, damit mein Herz nicht zersprang.

»Warum verheiratet ihr sie dann, wenn sie noch so jung ist?«, fragte Asma.

»Frag deinen Vater, nicht mich«, entgegnete *Ummi* und goss mir einen Becher heißes Wasser über den Kopf. »Diese Rivalität zwischen ihm und Ali hat ihm den Verstand vernebelt.«

»Aber wer hat schon mal davon gehört, dass eine Neunjährige verheiratet wird?«

»Das habe ich Abu Bakr auch gefragt.« Meine Mutter warf den Becher so heftig in die Wanne, dass Wasser auf den Lehmboden spritzte, wo es wie Murmeln in alle Richtungen kullerte. »Aber du weißt ja selbst, wie er ist. Genauso stur wie seine jüngste Tochter.« Sie warf mir einen durchdringenden Blick zu, dann führte sie das Gespräch mit meiner Schwester fort.

»›Die Zeiten haben sich geändert‹, hat dein Vater gesagt. ›Wir haben ein neues Haus in einer neuen Stadt und einen neuen Gott. Warum sollten wir uns an die alten Traditionen halten, wenn es um die Ehe geht?‹ Ich würde lieber noch warten. Aber dein Vater trifft die Entscheidungen, und ich muss mich fügen. In dieser Hinsicht gelten die alten Traditionen offenbar noch.«

Aus einem Kamelhaarbeutel nahm sie mein Hochzeitskleid und hielt es mir an. Bei seinem Anblick wäre ich beinahe wieder in Tränen ausgebrochen. Doch dann erinnerte ich mich daran, dass ich mir vorgenommen hatte, so zu tun, als wäre ich glücklich. So würden alle starr vor Schreck sein, wenn ich mit Safwan davonlief.

»Es ist dir zu groß«, sagte *Ummi*. Sie zog mir das Kleid über den Kopf, sodass ich einen Augenblick lang blind und gefesselt war, während ich mir meine Flucht ausmalte. »Wir hatten nicht damit gerechnet, dass die Hochzeit schon so bald stattfinden würde.«

Die Seide fühlte sich kühl und weich an wie Wasser. Das Kleid war so weit ausgeschnitten, dass man die Grube an meinem Hals sehen konnte, die aussah, als hätte jemand an der Stelle seinen Daumenabdruck hinterlassen. Die weißen Ärmel waren an den Schultern weit und reichten mir bis zu den Handgelenken, die sie umschmiegten wie die Hand meines Vaters. Einen Moment lang kam ich mir tatsächlich schön vor – bis meine Mutter mir einen Spiegel aus poliertem Messing vorhielt und ich meine grelle Haarfarbe und meine schlammgrünen Augen erblickte. Warum konnte ich nicht so ein edles dunkles Gesicht haben wie die schönen Frauen, die die Dichter besangen?

Ich bat um ein Kopftuch, aber meine Mutter schüttelte den Kopf. »Der Prophet liebt dein rotes Haar. Das weißt du doch.«

Ein teuflischer Sturm braute sich in meinem Magen zusammen, wirbelte durch meinen Rumpf, bis ich glaubte, er würde meinen ganzen Körper erfassen. Bei Allah, es fing schon an! Ich war noch gar nicht verheiratet, und doch bestimmte Mohammed – oder zumindest seine Wünsche – bereits, wie ich mich zu kleiden hatte.

Ich sah meine Träume von der Freiheit dahinschwinden wie das Licht in den Augen meiner Großmutter, als sie auf dem Totenbett gelegen hatte, und mir wurde schwindelig. Das war nicht mein Leben! Ich, Aisha, war dazu bestimmt, ein Schwert zu führen und auf Kamelen durch die Wüste zu galoppieren. Und jetzt sollte ich unter den zornigen Blicken meiner Mutter ein Leben der Knechtschaft antreten, mit einem alten Mann und der zahnlosen, grinsenden Sauda als einziger Gefährtin.

Aber die Verheißung der Rettung hob meine Stimmung wie der Anblick einer schimmernden Oase am Wüstenhorizont. Als Saudas fleischiges Gesicht in der Tür erschien und sie verkündete, »er« sei bereit, hatte ich ein Lächeln auf mein Gesicht gezaubert. Meiner Mutter muss die Veränderung aufgefallen sein, denn sie tätschelte mir liebevoll die Schulter, eine seltene Geste der Zuneigung.

»Heute erfüllst du die ganze Familie mit Stolz«, sagte sie mit tränenerstickter Stimme. Ich wandte mich ab, bereit, Reißaus zu nehmen, doch sie hielt mich fest.

»Geh langsam und mit erhobenem Kopf, denn alle werden dich anschauen«, sagte meine Mutter. »Eine Braut strahlt Würde aus.«

Aber wie sollte mir das gelingen, wo meine Beine so sehr zitterten, als hätte ich keine Knochen? Mit schwankenden Schritten und rasendem Puls, der mir in den Ohren hämmerte, betrat ich den dunklen Harem, wo die Frauen Tamburine schlugen und die Öllampen Schatten über die Wände tanzen ließen. Mit leuchtenden Augen schwebte Raha mir wolkengleich entgegen und drückte mir einen duftenden Strauß Lavendel in die Hand.

»Sei stark, *Humaira*, mein kleiner Rotschopf«, flüsterte sie mir zu, als sie ihre Wange an meine schmiegte. »Allah wird dich dafür belohnen.« Dann wandte sie sich an die anderen Frauen und hob die Hände. »Aisha, erhoben über alle Frauen!«, rief sie.

Das Freudengeheul der Frauen erfüllte den Raum, als sänge tausendundein Vogel. Glänzende, lächelnde Gesichter wirbelten um mich herum wie die Farben eines Prismas. Mit breitem Grinsen, sodass ihre schwarzen Zähne und die noch schwärzeren Zahnlücken zu sehen waren, streute Sauda Rosenblätter vor meine Füße. Der Duft der Blütenblätter milderte den Geruch von brennenden Öllampen, ehe er sich in den Parfüms der Frauen verlor. Mohammeds Töchter aus seiner Ehe mit Chadidscha, die vor Jahren gestorben war, standen beisammen und schauten der Prozession zu: Ruqaiya, bleich wie der Bauch einer Taube, lächelte matt, Umm Kulthum stämmig und robust, und die unscheinbare, rundgesichtige Fatima, deren höfliches Lächeln ihre Augen nicht erreichte. Wo war Safwans Mutter? Ich suchte die Gesichter im Zimmer ab, in den Ecken, im Flur. War sie nicht mit ihrem Sohn aus Mekka gekommen?

»Geh weiter«, flüsterte meine Mutter. »Zum Schlafzimmer deiner Eltern. Der Prophet erwartet dich dort.«

Mit zittrigen Knien trat ich in den dunklen Flur. Jetzt brauchte mich niemand mehr zu ermahnen, ich sollte langsam gehen. Blut pulsierte in meinen Beinen, die am liebsten gerannt wären – aber in die entgegengesetzte Richtung. Hinter dem Vorhang zum Schlafzimmer meiner Eltern konnte ich Männer lachen hören. Männer! Ich war so viele Jahre lang von ihnen ferngehalten worden – und jetzt sollte ich dieses Zimmer betreten.

Eine nach der anderen verschwanden Mohammeds Töchter durch den Vorhang, dann die Nachbarinnen, die immer noch ihr Freudengeheul ausstießen und ihre Tamburine schlugen, und zum Schluss Sauda mit ihren Rosenblütenblättern. Dann war ich an der

Reihe. Ich blieb stehen und starrte den safrangelben Seidenvorhang an, der einmal das Hochzeitskleid meiner Mutter gewesen war. *Wo blieb Safwan?*

»Geh, Aisha!« Die Stimme meiner Mutter brachte mich wieder zur Besinnung. Ich befahl meinem rechten Fuß, einen Schritt vorwärts zu machen. Nichts geschah. Ich schloss die Augen und holte tief Luft. Hinter dem Vorhang wartete meine Zukunft auf mich – ein von anderen für mich bestimmtes Schicksal, als wäre ich ein Schaf oder eine Ziege, die man für diesen Tag gemästet hatte. Ich begann zu zittern wie ein dünner Zweig.

»Worauf wartest du noch? Auf den Ramadan?«, krächzte meine Mutter. Dann streckte sie eine Hand aus und zog den Vorhang auf. Licht ergoss sich wie Honig über meine Haut, Licht aus zahllosen Lampen und Kerzen wärmte mich. Ein schwerer Duft lag in der Luft – der seltsame, berauschende Duft nach Weihrauch, der mir Nase und Mund füllte, sodass ich würgen musste. Lieder trällerten aus den Kehlen der Frauen, die sich entlang den Wänden aufgestellt hatten, während die Männer, die sich im Vordergrund drängten, die Hälse reckten, um mich zu sehen: der reiche Othman, der mit beringten Fingern seinen Schnurrbart zwirbelte, der schmaläugige Omar, ein neuer Konvertit zum Islam, der sich die dicken Lippen leckte und meinen Körper mit kalten Augen musterte. Hamal, der Mann, dessen haariger Hintern jahrelang Tag und Nacht meine Erinnerung beherrscht hatte, zwinkerte mir zu, und ich erschauderte.

Mein Vater, groß und eindrucksvoll wie *Dschibril* persönlich, überragte sie alle. Er hatte sich den Bart mit Henna gefärbt, und er schaute mich stolz und liebevoll an, als er mich endlich in den Raum zog. Er begrüßte mich mit einem sanften Kuss auf die Wange, dann legte er mir eine Kette aus milchweißen Achatperlen um den Hals.

»Hab keine Angst«, flüsterte er. »Nimm deinen Mut zusammen, und wir werden alle stolz auf dich sein.«

Widerstrebend setzte ich einen Fuß vor den anderen. Ali stand höhnisch lächelnd vor mir und verstellte mir die Sicht. Ich verdrehte den Hals, um zu sehen, was sich hinter ihm befand, wünschte, er würde mir aus dem Weg gehen. Mein Vater hielt jetzt eine silberne, mit Milch gefüllte Schale in beiden Händen wie eine Opfergabe und betrachtete mich mit feuchten Augen. Er blinzelte ein paar Tränen fort. Abi weinte! Am liebsten wäre ich zu ihm gelaufen, hätte mich an ihn geschmiegt und all die auf mich gerichteten Blicke im Raum vergessen. Nach zwei weiteren Schritten blieb ich wieder stehen und funkelte Ali wütend an. Dann legte meine Schwester mir eine Hand auf den Rücken und schob mich weiter. Die Frauen hörten auf zu singen und lachten leise, als ich über den Saum meines Kleids stolperte. Ali wich gerade rechtzeitig aus, ehe ich ihm auf den Fuß trat. Jetzt, als der Weg frei war, hob ich den Blick – und schrie vor Schreck auf. Mohammed saß nur ein paar Schritte von mir entfernt auf dem Sitz des Bräutigams und streckte mir eine Hand entgegen, seine Augen so sanft wie zwei wolkenverhangene Monde.

Ich wankte, als bebte die Erde unter meinen Füßen. Ich starrte Mohammed an, Auge in Auge mit meiner Zukunft, und schluckte die Galle, die mir in die Kehle stieg. Er lächelte mich an und zeigte seine makellosen Zähne.

»Aisha«, sagte er. Er wollte mich beruhigen mit seiner tiefen Stimme, die mich stattdessen erschütterte wie ein Erdbeben. »Meine wunderbare Kindbraut. *Ya Humaira*, du brauchst keine Angst zu haben. Ich bin es nur.«

Sein Gesicht wirkte so gütig – und so alt. Seine Hand berührte mich fast. Als ich zurückwich, atmeten alle hörbar ein. Er sah mich so entgeistert an, dass mir Tränen über die Wangen liefen.

Schluchzend wandte ich mich von Mohammed ab, von dem Freund, den ich verletzt hatte, und von meinem Vater, den ich verraten hatte, rannte los – und kollidierte einmal mehr mit meiner Mutter, die sich mir in den Weg stellte.

Sie packte mich an den Schultern, und als es mir nicht gelang, mich loszureißen, ließ ich mich zu Boden sinken – ich würde alles tun, um dem angewiderten Blick meiner Mutter zu entgehen.

»Was hast du vor?«, fauchte sie mich an und schüttelte mich so heftig, dass mein Kopf hin und her wackelte wie der einer Stoffpuppe. »Willst du uns ruinieren?«

»Bei Allah, was geht hier vor?« Omars raue Stimme brachte alle zum Schweigen. »Wird es heute eine Hochzeit geben oder nicht?«

»Schilt sie nicht, Omar«, sagte Mohammed sanft. »Sie ist noch jung. Vielleicht ist das alles zu viel für sie …« Hoffnung keimte in mir auf, aber mein Vater machte sie sogleich wieder zunichte.

»Nein!«, rief er so laut, dass ich herumfuhr und ihn anschaute. Seine Augen, in denen nichts Liebevolles mehr lag, schienen aus ihren Höhlen treten zu wollen. Er wandte sich an meine Mutter. »Umm Ruman, hilf deiner Tochter.«

»Was sein muss, muss sein, *ya* Aisha. Du musst gehen«, sagte sie.

Ich zitterte so heftig, dass meine Knochen geklappert hätten, wären sie nicht von Haut umgeben gewesen. Panisch sah ich mich im Zimmer um, schaute in die entsetzten Augen meines Abi, der um seine Zukunft bangte. Ich schaute Mohammed an – und einen Moment lang ließ ich mich von seinem festen Blick beruhigen. Wäre es so schrecklich, mit ihm verheiratet zu sein? Ich würde die Königin von Medina sein – zumindest eine davon. In Mohammeds Haus würde ich immer geliebt werden. Aber es würde mir niemals erlaubt sein, frei und wild durch die Wüste zu reiten oder mit einem Schwert zu kämpfen.

Dann lieber gleich sterben.

Bei diesem Gedanken gaben meine Beine unter mir nach, ich sank zitternd zu Boden und verbarg den Kopf unter meinem Arm, um die grinsenden und entgeisterten Gesichter um mich herum nicht sehen zu müssen.

Als ich meine Mutter stöhnen hörte, riskierte ich einen Blick in ihre Richtung. Sie breitete die Arme aus und verdrehte die Augen gen Himmel, als wollte sie sagen: *Muss ich denn alles machen?*

Dann, ehe ich mich's versah, hob sie mich mit einer einzigen Bewegung vom Boden auf und drückte mich wie ein Baby an ihre Brust. Es war das erste Mal seit vielen Jahren, dass ich ihr so nah war. Als sie mich quer durch den Raum trug, atmete ich ihren würzigen Duft ein und schmiegte meine Wange an ihre. *Ummi*. Doch bevor ich dazu kam, sie zu küssen, legte sie mich in Mohammeds Schoß. Die Zuschauer jubelten, während ich nur noch heftiger weinte.

»Seht, wie sie ihre Mutter mit ihren Tränen ehrt«, hörte ich Qutaila sagen.

»Lob sei Allah für ihre Tränen«, rief Sauda aus. »Eine glückliche Braut zieht den bösen Blick auf sich.«

Mohammeds Arm legte sich sanft um mich, und obwohl ich ihn am liebsten abgeschüttelt hätte, tat ich es nicht. Mit tränenverschleierten Augen schaute ich mich flehend nach meiner Mutter um, aber sie hatte sich abgewandt. Sie rieb sich die Hände, als wollte sie Mehl abklopfen.

»Möge euer gemeinsames Leben lang und glücklich sein«, sagte sie. Dann warf sie meinem Vater einen zornigen Blick zu und verließ das Zimmer.

4

DER STACHEL DES SKORPIONS

Medina, 623–625
Alter: zehn bis zwölf Jahre

Wenigstens werde ich nicht länger in diesem Gefängnis sitzen. Mit diesen Worten tröstete ich mich am Tag meiner Hochzeit mit Mohammed. Obwohl mein Körper sich bei der Vorstellung verkrampfte, mit ihm das Bett teilen zu müssen, jubilierte mein Herz bei der Aussicht, endlich mein Elternhaus verlassen zu dürfen. Doch dann verbeugte er sich an der Tür und sagte: »Auf Wiedersehen.« Mir war, als wäre mein Herz ein kleiner Vogel, der von einer großen Hand zerdrückt wurde.

»Du kannst nicht mit mir kommen, *Humaira*. Noch nicht«, sagte er. »Es schickt sich nicht. Du musst bei deinen Eltern bleiben, bis du erwachsen bist. Aber ich werde dich jeden Tag besuchen.«

Weinend sah ich zu, wie er auf sein Kamel stieg, aber ehe ich dazu kam, ihn zurückzurufen, hatte meine Mutter mich wieder ins Haus gezogen und die Tür zugeknallt.

»Ich habe dir gesagt, das war die Hochzeit, nicht der Vollzug«, sagte sie.

»Aber ich will mit Mohammed gehen. Ich habe es satt, in dieser Höhle zu leben.«

Meine Mutter schnalzte mit der Zunge. »Du willst mit Mohammed gehen? Und dann? Alle würden empört den Kopf schütteln und die arme Aisha bedauern, die der lüsterne Mohammed in so einem zarten Alter in sein Haus genommen hat.«

Qutaila, die neben ihr stand, nickte. »In der *Umma* wird jetzt schon darüber getuschelt, dass der Prophet eine Neunjährige geheiratet hat.«

»Und warum kann ich dann nicht einfach in sein Haus ziehen?«, fragte ich. »Wo doch sowieso schon alle darüber reden.«

»*Ya* Umm Ruman«, sagte Qutaila, »du musst diesem Kind noch einiges beibringen.« Sie schaute meine Mutter mit hochgezogenen Brauen an, dann wandte sie sich an mich. »Männer heiraten aus zwei Gründen, Aisha. Damit die Frauen ihnen im Bett Vergnügen bereiten und damit sie ihnen Kinder gebären. Vorerst kannst du weder das eine noch das andere für den Propheten tun, das wirst du erst können, wenn deine Blutungen anfangen.« Sie wedelte mit dem Zeigefinger vor meiner Nase herum. »Bewahre dir deine Tränen lieber für diesen Tag auf.«

Meine Mutter stieß einen Schrei aus, schob mich in mein Zimmer und sagte mir, ich solle das dumme Zeug vergessen, das Qutaila gesagt hatte, und schlafen gehen.

»Und deine albernen Ideen in Bezug auf Safwan musst du auch vergessen«, fügte sie hinzu. »Du bist jetzt Mohammeds Ehefrau, und dafür solltest du dankbar sein, anstatt zu weinen.«

Da sie nichts von meinen Träumen ahnte, konnte meine Mutter nicht ermessen, welche Qual es für mich bedeutete, im Haus eingesperrt zu sein, und wie sehr ich mich danach sehnte, in die Geheimnisse des Frauseins eingeweiht zu werden. Für andere Mädchen bedeutete die Hochzeit das Ende ihrer Wegsperrung, und nach der Hochzeitsnacht flogen sie hinaus wie Schmetterlinge. Erst wenn mein Blut floss – und mein Körper erblühte –, würde ich Freiheit erlangen.

Ich verbrachte viel Zeit auf der Schaukel im Garten, doch jetzt hielt ich, wenn ich mich so hoch schwang, dass ich über die Dächer sehen konnte, Ausschau nach Mohammed, dem Einzigen, der mir

Freiheit bescheren konnte – auch wenn ich den Preis fürchtete, den sie mich kosten würde. Fast drei Jahre lang schwang ich mich jetzt schon dem Frausein entgegen und stürzte immer wieder zurück in die Mädchenzeit, schwankte zwischen meiner Rolle als Tochter und als Ehefrau, zwischen meiner Sehnsucht nach einem neuen Leben und meiner Angst davor. Ich prallte gegen die Wände meines düsteren Elternhauses, vor den Blicken der Öffentlichkeit verborgen wie die Götzen in der Kaaba. Meine Brüste waren jetzt so heilig wie die beiden Hügel von Mekka, meine Jungfräulichkeit ein Tempel, der vor Plünderern und Hypokriten wie Ibn Ubayy, dem Möchtegernanführer von Medina, bewacht werden musste.

Ibn Ubayy, ein korpulenter Mann mit Augen so dunkel wie schwarze Kieselsteine, war vor unserer Ankunft das Oberhaupt von Medina gewesen. Aber mit seinem großspurigen Auftreten kam er gegen Mohammeds freundliches Lächeln nicht an. Seine Anhänger liefen in Scharen zum Islam über und ließen Ibn Ubayy fallen wie einen alten Kanten Brot. Gekränkt fragte er jeden, der ihm zuhörte: »Seht ihr denn nicht, wie weich und schwach Mohammed ist?«

Um Mohammed in Verruf zu bringen, begann Ibn Ubayy, Sauda und Fatima in der Öffentlichkeit zu beleidigen. Jedes Mal, wenn sie zum Markt gingen, versuchten Ibn Ubayy oder einer seiner widerlichen Freunde, in ihre Nähe zu gelangen und sie zu berühren. *Was kostet eine Stunde mit dir im Bett, Habibati? Ich würde in Gold dafür bezahlen, wenn ich einmal diese prächtigen Brüste anfassen dürfte.* Wenn ich diese Geschichten hörte, lief mir ein kalter Schauer über den Rücken. Wie hoch wäre der Preis, damit ich es einem Mann gestatten würde, mich schwitzend und grunzend unter sich zu zerquetschen? Im ganzen Hidschaz gab es nicht genug Dinare!

Nach unserer Hochzeit sah ich Mohammed häufiger denn je. Er besuchte mich nicht nur jeden Tag, wie er es versprochen hatte, sondern verbrachte viel Zeit mit mir im Garten, wo wir mit Holzschwertern kämpften, mit meinen Puppen und mit meinen Freundinnen spielten. Anfangs bekam ich Herzklopfen in seiner Gegenwart und schrak vor seinen Berührungen zurück, weil ich mich vor dem Ehebett fürchtete und vor der Macht, die er als Ehemann über mich hatte, aber sein Lachen und seine liebevolle Art führten dazu, dass ich mich allmählich entspannte.

Ich kannte Mohammed schon mein Leben lang. Er hatte mich gleich nach der Geburt in den Armen gehalten und mit einem besonderen Gebet gesegnet, während ich, hungrig von Geburt an, strampelnd und gierig nach einer Brustwarze gesucht hatte. Von meinen Eltern wusste ich, dass er mir das Leben gerettet hatte, indem er meinen Vater dazu überredete, gegen das Gesetz von Mekka zu verstoßen. Da in jenem Jahr zu wenige Jungen geboren wurden, hatte man beschlossen, dass alle neugeborenen Mädchen lebend in der Wüste begraben werden sollten. *Sind Mädchen nicht auch Geschöpfe Gottes?*, hatte Mohammed zu meinem Vater gesagt, der bei diesen Worten vor Erleichterung in Tränen ausbrach.

In Mohammeds Augen waren Mädchen und Frauen mehr als nur etwas, das Männer nach Lust und Laune besitzen oder verstoßen konnten. Er war der Meinung, dass Gott sie achtete, und er achtete sie selbst. Als seine Ehefrau würde ich im Gegensatz zu den meisten Frauen eine Stimme haben, auf die er hören würde. Und ich würde von ihm respektiert werden. Und ich würde, wie *Ummi* mir versicherte, verehrt werden von den Gläubigen, deren Zahl seit Mohammeds Offenbarung vor zehn Jahren ständig wuchs. Schon wenige Zeilen von Allahs Poesie, die wie süßer Honig von Mohammeds Lippen tropfte, konnten die härtesten Herzen erweichen. Selbst Omar, den Abu Sofian nach Mekka geschickt hatte, damit er Mohammed tötete, hatte das Haus des Propheten als Gläubiger verlassen, nachdem er die Verse gehört hatte. Ich kannte viele solcher Geschichten, die meine Mutter mir atemlos und voller Ehrfurcht erzählte.

Jetzt, wo wir den Klauen der Koreischiten entkommen waren, entwickelte sich unsere *Umma* allmählich zu einer einflussreichen Macht im Hidschaz, und diejenigen, die Mohammed am nächsten standen, würden am reichsten belohnt werden.

»Du wirst unter den Frauen von Medina den höchsten Status innehaben – und eines Tages im ganzen Hidschaz«, sagte meine Mutter mit verträumten Augen, als sehnte sie sich selbst danach, Mohammeds Frau zu werden.

Wenn ich meine erste Blutung bekam, würde ich zu Mohammed ziehen und »in jeder Hinsicht« seine Frau werden, sagte meine Mutter immer wieder, und jedes Mal schnappte ich nach Luft, als bürdete sie mir eine schwere Last auf. »Was für ein hohes Ansehen die Tochter von Abu Bakr genießen wird!«, rief sie gern aus und fügte hinzu, dass ich mit der dicken, mütterlichen Sauda als einziger Schwesterfrau Mohammeds Herz in der Hand haben würde.

»Für Mohammed ist Sauda mehr eine Haushälterin als alles andere«, sagte meine Mutter. »Gewinne ihr Vertrauen, dann wird sie dir die führende Position im Harem überlassen. Da du noch so jung bist, wirst du vielleicht darum kämpfen müssen, seine Hauptfrau zu bleiben, falls er noch mehr Ehefrauen nimmt – es sei denn, du schenkst ihm einen Erben. Dann wirst du die Herrin im Harem sein – falls es das ist, was du möchtest.«

Ich biss die Zähne zusammen und behielt meine bitteren Worte für mich. Natürlich würde ich Mohammeds Hauptfrau werden: Ich hatte lange genug zugesehen, wie meine Mutter Qutailas Kleider wusch, Qutailas Wasser schleppte und sich von Qutaila beleidigen ließ.

»Schneide mein Haar um einen Fingerbreit«, befahl Qutaila meiner Mutter an jenem heißen Nachmittag.

»Ich habe mit so etwas keine Erfahrung«, entgegnete meine Mutter. »Du solltest lieber Barira darum bitten.« Barira, eine neue Dienerin aus Abessinien, hatte uns alle mit ihrem Geschick im Haareschneiden in Erstaunen versetzt.

»Ich habe Barira vor über einer Stunde zum Markt geschickt, und sie ist noch nicht zurück«, sagte Qutaila und reichte meiner Mutter die Schere.

Mit grimmiger Miene begann meine Mutter, Qutailas Haarspitzen zu kürzen. Aber im Gegensatz zu Barira gelang es ihr nicht, die Haare in einer geraden Linie abzuschneiden, sodass sie Qutaila in einem nach oben gekrümmten Bogen über den Rücken fielen. Ängstlich beobachtete ich *Ummi* bei der Arbeit, sah, wie sie konzentriert die Augen zusammenkniff und wie ihre Haut sich rötete, als sie das schlechte Ergebnis bemerkte.

»Bei Allah, willst du den ganzen Tag damit verbringen?«, fauchte Qutaila.

»Dein Haar trocknet so schnell, da fällt es mir schwer, es gleichmäßig zu kürzen«, sagte *Ummi*. »Ich muss noch ein wenig nachschneiden.«

Qutaila schnaubte. »Ich hätte es besser wissen müssen, als eine Frau mit sechs Daumen mit so einer simplen Aufgabe zu betrauen.«

Sie hätte es wirklich besser wissen müssen. Hatte *Ummi* es ihr nicht gleich gesagt? Als Qutaila nach unten schaute und all die Haare sah, die wie ein Teppich auf dem Boden lagen, sprang sie zornig auf und packte meine Mutter an den Schultern.

»Du Stümperin!«, kreischte sie. »Sieh dir bloß an, was du mir angetan hast!« Sie hob die Hand und verpasste meiner Mutter eine schallende Ohrfeige.

Beim Anblick von *Ummis* Tränen, die so selten fielen wie Regen, und ihrer knallroten Wange, die sie hastig mit einer Hand bedeckte, packte mich kalte Wut. Etwas Metallenes blitzte in der Sonne auf, als meiner Mutter die Schere aus der Hand fiel, die ich mir sofort schnappte und gegen Qutaila richtete. Die Angst in ihren Augen brachte mich zum Lachen und ließ meine Mutter zusammenzucken.

»Nein, Aisha!«, schrie *Ummi*. »Lass sofort die Schere fallen.«

»Wag es nie wieder, die Hand gegen meine Mutter zu heben«, knurrte ich, während ich auf Qutaila zuging. »Sonst schneide ich dich in Stücke.« Ihre Augen wurden so groß wie Trinkschalen.

Aber bevor ich auf Qutaila losgehen konnte, riss meine Mutter mir die Schere aus der Hand. »Geh in dein Zimmer«, sagte sie, »und warte dort auf mich.«

Ich wartete sehr lange, ging in meinem Zimmer im Kreis herum und schäumte vor Wut über diese Ohrfeige. Wie gemein Qutaila zu meiner Mutter war, als wäre *Ummi* ein Hund! Und wie hündisch meine Mutter reagiert hatte, wie sie gewimmert und sich die Wange gehalten hatte.

Niemals würde ich so ein Leben führen wie meine Mutter. Wenn Sauda versuchte, mich in Mohammeds Harem herumzuscheuchen, würde ich sie meine scharfe Zunge spüren lassen. Wenn sie mich schlug, würde ich sie entweder töten oder dafür sorgen, dass sie sich den Tod herbeisehnte. Ich war Aisha bint Abu Bakr, die Geliebte des Propheten und niemandes Sklavin.

Als meine Mutter endlich in mein Zimmer kam, zitterten ihre Lippen, und ihr Gesicht war bleich bis auf die roten Striemen auf ihrer Wange.

»Ich wollte dich bloß verteidigen«, sagte ich. Sie lachte nur spöttisch, hob die Hand und ohrfeigte mich so heftig, dass mir die Ohren dröhnten. Ich krümmte mich zusammen, um mich vor ihr zu verbergen, aber als ich aufblickte, weinte sie leise.

»Du hast überhaupt nichts verteidigt«, sagte sie. »Du hast Qutailas Zorn entflammt, und jetzt wird sie mich dafür bestrafen.«

»Dich bestrafen? Warum? Ich habe sie doch angegriffen, nicht du.«

»*Ya* Aisha, hast du denn in all der Zeit, die du hier in diesem Haus verbracht hast, immer noch nichts begriffen?« Sie wischte sich die Tränen mit dem Ärmel fort und seufzte. »Qutaila hasst mich seit dem Tag, an dem ich in diesen Harem gekommen bin. Sie hasst mich, weil dein Vater mich liebt, und all ihr Streben und Trachten zielt darauf ab, mich zu demütigen.« Mit hängenden Schultern wandte sie sich zum Gehen.

»*Ya Ummi*«, sagte ich leise. »Kann ich nicht irgendetwas für dich tun?«

Ihr Lächeln war schief wie ein gebrochener Flügel. »Es gibt nur eins, was du tun kannst, Aisha: Vergiss nie, was du heute erlebt hast, und sorge dafür, dass es dir nie so ergeht.«

Die *Umma* wuchs stetig an, aber unsere Vorräte gingen zur Neige. Die Menschen kamen nach Medina, um den Koreischiten zu entgehen, doch schon bald begannen sie sich zu fragen, ob die neue Religion es wert war, zu hungern. Im *Madschlis* meines Vaters zerbrachen sich Mohammed und seine Gefährten den Kopf darüber, wie sie all die Konvertiten ernähren sollten, während ich reglos wie eine Eidechse auf einem Stein vor der Tür hockte und lauschte.

Gebannt hörte ich zu, als Ali vorschlug, Karawanen zu überfallen, um die *Umma* zu versorgen. Mein Vater sprach sich dagegen aus und erklärte, wir seien Kaufleute und keine Beduinen.

»Aber wir sind auch keine Bauern, und doch gibt es in Medina nichts als Korn und Vieh«, entgegnete Omar. »Mit wem sollen wir in dieser abgelegenen Stadt Handel treiben? Mit den Schafen vielleicht?«

»*Ya* Vetter, die Koreischiten haben uns gezwungen, unsere Heimat zu verlassen und unsere Lebensgrundlage aufzugeben«, sagte Ali. »Sollten wir dafür nicht wenigstens eine Entschädigung verlangen?«

Mohammed lachte. »Glaubst du im Ernst, Abu Sofian wird sich freiwillig auch nur von einem einzigen Dirham trennen? Selbst nach seinem Tod würde er zurückkommen, um seine Beute zu bewachen.«

»Dann müssen wir ihn zum Zahlen zwingen«, sagte Omar. »Der ganze Hidschaz wird uns für unsere Schwäche verachten, wenn wir es nicht tun.«

Die Argumente, die Ali und Omar vorbrachten, waren überzeugend. Mohammed befahl seinem mächtigen Onkel Hamza, einen Überfall auf die nächste Karawane der Koreischiten zu organisieren, die in der Nähe von Medina vorbeikommen würde. Wenige Wochen später schwor der wütende Abu Sofian, jeden Gläubigen in Hidschaz zu töten, um sich für seine Verluste zu rächen.

»Sollen sie doch kommen und gegen uns kämpfen«, prahlte Ali, schwang sein Schwert und ließ seine Muskeln spielen. »Diese dickbäuchigen Kaufleute werden beim Anblick ihres Bluts in Ohnmacht fallen.«

Ich war zwölf Jahre alt, da berichteten unsere Kundschafter Mohammed, dass Abu Sofian mit einer Armee von neunhundert Mann auf Medina zumarschierte.

Othmans Stimme zitterte, als er uns die Nachricht überbrachte. »Wie sollen wir eine so große Übermacht schlagen?«

»Ihr habt schließlich Ali auf eurer Seite!« Ich hörte, wie Ali sein Schwert zog. »Keine Angst, alter Mann. Hamza und ich werden sie alle töten.«

Eine ganze Weile sagte niemand etwas. Dann hörte ich meinen Vater Worte aussprechen, die so beruhigend waren wie eine kühle Brise.

»*Ya* Mohammed, ich bin dankbar, Ali und Hamza auf meiner Seite zu haben. Aber vor allem bin ich glücklich darüber, dass Allah auf unserer Seite ist. Ich stimme Ali zu. Lass uns Abu Sofian entgegentreten und ihm zeigen, wessen Gott er fürchten muss.«

An dem Tag, als unsere kleine Armee aus Medina aufbrach, klammerte Qutaila sich weinend an meinen Vater, während meine Mutter stumm und gefasst neben ihm stand. Auch Asma weinte sich die Augen aus, aber ich streichelte *Abis* Bart, küsste ihn auf die Wange und versprach ihm, für seine sichere Heimkehr zu beten. Von meinem Fenster aus schaute ich voller Stolz zu, wie er auf sein Pferd stieg und davonritt, ein Abbild des Heldenmuts in seinem Kettenhemd und mit ledernem Helm und Schild. Wie sehnte ich mich nach dem Tag, an dem ich den Kriegern auf dem Schlachtfeld Wasser reichen durfte, wie die Frauen es einstmals taten! Dann würde ich mein Schwert mitnehmen und mich bei der ersten Gelegenheit in den Kampf stürzen.

Nach wenigen Tagen kehrten unsere Kundschafter nach Medina zurück und überbrachten die Nachricht, dass die *Umma* die Schlacht bei Badr gewonnen hatte! Und nicht nur das, unsere Männer hatten so viele Koreischiten getötet, dass ihr Blut das Wasser des Roten Meers noch tiefer rot gefärbt hatte.

Qutaila und meine Mutter fielen einander tatsächlich um den Hals, und Asma und ich tanzten lachend durch den Garten. Die Männer, die nicht nach Badr gezogen waren, liefen durch die Straßen und stießen Jubelschreie aus, als hätten sie auch zu diesem Sieg beigetragen. Mit anhaltendem Freudengeheul brachten wir unseren Stolz auf unsere Armee und unseren Dank an Allah zum Ausdruck. Manche weinten um ihre Verwandten unter den Koreischiten, die in der Schlacht gefallen waren, aber nicht ich. Ich jubilierte vor Freude darüber, dass wir jetzt frei waren von der Angst, die Abu Sofian uns so lange eingejagt hatte.

Einige Monate später, als ich meine erste Blutung bekam, war mir erneut danach, Freudentänze aufzuführen. Endlich würde Mohammed mich zu sich holen und ich dieses Grab verlassen! Doch während meine Mutter mich wusch und ein Stück Stoff zwischen meinen Beinen befestigte, riss ich angestrengt die Augen auf, um Tränen vergießen zu können, denn dem Brauch nach musste ich weinen, wenn ich mein Elternhaus verließ.

»Bei Allah, was heulst du denn?«, fragte meine Mutter und wedelte mit den Händen, als wollte sie meine Tränen wegwischen. »Du bist jetzt eine Frau, Aisha, du solltest jubeln, anstatt dich wie ein Kind aufzuführen.«

Aber welche Frau spielte mit Spielzeug? Ich vertrieb mir immer noch tagelang die Zeit mit meinen Holzpferdchen. Meine Puppen und Stofftiere kannten alle meine Geheimnisse. Doch *Ummi* schüttelte den Kopf, als ich meine Spielsachen von den Regalen in meinem Zimmer nahm und sie in meinen Beutel aus Ziegenleder stopfte.

»Lass deine Stofftiere hier«, sagte sie. »Du wirst in der Moschee viel zu tun haben. Mohammed hat weder Sklaven noch Diener. Sauda versieht alle Arbeiten, und du wirst ihr zur Hand gehen müssen.« Ich zuckte die Achseln und machte weiter, doch sie riss mir den Beutel aus der Hand. »Keine Tochter von Abu Bakr betritt ihr Brautgemach mit einem Sack voll Spielsachen! Du bist die Ehefrau des Propheten – nicht seine Tochter.«

Nachdem ich alle meine Sachen eingepackt hatte und meine Mutter wieder aus dem Zimmer gegangen war, schnappte ich mir meine Lieblingspuppe Laila vom Bett, verbarg sie in meinem Kleid und folgte *Ummi* ins Wohnzimmer. Mohammed begrüßte mich mit einem Lächeln so warm wie die Sonne. Als er an jenem Tag breitbeinig, die Hände in die Hüften gestemmt, in dem kühlen Zimmer mit den weiß getünchten Wänden vor mir stand, wirkte er viel jünger als fünfundfünfzig. Sein weißes Gewand hing lose um seinen kräftigen Körper, und seine dunklen Locken lugten unter seinem weißen Turban hervor.

Aus seinen Augen flossen süße Blicke wie Honig über mein Gesicht und meinen Körper, betrachteten mein rot-weiß-gestreiftes Hochzeitskleid, als hätten sie es noch nie gesehen.

»Heute«, sagte er, »bin ich der glücklichste Mann im ganzen Hidschaz.«

»Heute und an jedem zukünftigen Tag«, erwiderte ich kokett.

»Ja, ich kann mich wirklich glücklich schätzen«, sagte er mit einem Nicken, »mit so einer bescheidenen jungen Frau verheiratet zu sein.«

»Wenn du Bescheidenheit suchst, dann hättest du Al Kaswa heiraten sollen. Dieses Kamel habe ich noch nie mit etwas prahlen hören.«

Mohammeds Lachen klang wie das Gebrüll eines Löwen. Auch mein Vater lachte, und sogar meine Mutter, deren Augen jedes Mal wie Kerzenlicht zu tanzen schienen, wenn sie Mohammed anschaute. »Jetzt weißt du, was auf dich zukommt, Prophet«, sagte sie. »Ich hoffe, du wirst es dir nicht anders überlegen.«

»Und die Chance verpassen, jeden Morgen lachend aufzuwachen?«, sagte Mohammed.

Plötzlich musste ich daran denken, wie ich mit Mohammed im Bett liegen würde, und von dem Augenblick an bekam ich nichts mehr von dem mit, was gesagt wurde. Ich erinnere mich nicht mehr, ob meine Mutter mir einen Abschiedskuss gab oder Tränen vergoss, ich weiß nicht mehr, was mein Vater murmelte, als er mir ein ledernes Beutelchen mit fünf Dirham in die Hand drückte. Vor meinem geistigen Auge sah ich nur noch den alten Hamal mit seinem haarigen Hintern, der seine zarte, junge Frau halb unter sich erdrückte. Fazia-jetzt-Dschamila war damals nur ein oder zwei Jahre älter gewesen als ich jetzt.

Der Morgenhimmel schimmerte rot, als Mohammed und ich auf seinem weißen Kamel Al Kaswa von meinem Elternhaus aufbrachen und über das Grasland ritten, das uns von der Stadt trennte. Wolken waberten vor der Sonne. Palmwedel wiegten sich im Wind, als würden sie uns willkommen heißen. Blühender Lavendel sprenkelte die blassgrüne Landschaft und erfüllte die Luft mit seinem Duft. Schafe, an denen wir vorbeiritten, blökten wie greinende Kinder. Ich nahm die Zügel in die Hände und fragte mich, ob ich mein Elternhaus je wieder betreten würde.

Und dann erreichten wir die nach Dung stinkende Stadt. Noch nie hatte ich so viele Fliegen gesehen wie in jenen Tagen in Medina. Sie labten sich an dem Dung, den Schafe, Ziegen und Hunde in den Straßen hinterließen, und setzten sich dann in unsere Augenwinkel. Während ich um mich schlug, um die Fliegen zu verscheuchen, vergaß ich einen Moment lang unser Ehebett.

»Die Fliegen lieben alles Süße«, neckte mich Mohammed. »Von mir wollen sie nichts wissen, siehst du?«

Die Fiegenplage ließ nach, als wir uns der Moschee näherten. Ich blinzelte und sah die Stadt zum ersten Mal, seit wir vor zwei Jahren hierhergekommen waren. Frauen mit Tonkrügen oder Wäschekörben auf dem Kopf gingen zum Teich oder kamen von dort. Männer in grob gewebter, heller Kleidung führten Esel mit ihren Karren an bescheidenen Lehmhäusern vorbei. Al Kaswa blieb stehen, als wir von einem großen, dünnen Mann mit einem schielenden Auge und einem kleineren Mann mit einem langen Schnurrbart angehalten wurden. Beide Männer grüßten Mohammed und starrten mich an. Ich zog meinen Umhang fester um mich.

»*Ya* Mohammed, ist deine junge Braut endlich reif?«, fragte der jüngere Mann mit einem schmutzigen Grinsen. »Ich hoffe, du schreist heute Nacht nicht zu laut, Kleine. Es wäre grausam, uns arme Junggesellen, die allein schlafen müssen, so zu quälen.«

Meine Wangen wurden ganz heiß, und ich spürte, wie Mohammeds Körper sich anspannte.

»Du schläfst allein, du armer Kerl?«, sagte ich und rümpfte die Nase. »Bei Allah, so wie du stinkst, wundert mich das nicht.« Der Mann lief rot an, als die Leute, die um ihn herumstanden – darunter sein großer Gefährte – in lautes Gelächter ausbrachen.

»Gut gemacht, *Humaira*«, sagte Mohammed, als wir weiterritten. »Das waren Ibn Ubayys Männer. Wenn sie mich noch mal so in Verlegenheit bringen, werde ich ihnen Manieren beibringen müssen.«

»Ich habe noch nie gehört, dass Esel lernfähig sind«, erwiderte ich.

Mohammed lachte und drückte zärtlich meinen Arm. »Ich werde mich in Schlagfertigkeit üben müssen, um mit dir mithalten zu können.« Aber er sagte nichts zu unserer Hochzeitsnacht und darüber, was mich erwartete. Ich dachte an die Worte meiner Schwester Asma, die inzwischen verheiratet war und mit ihrem Mann zusammenlebte. *Hände wie Skorpione, die über deine Haut krabbeln,* hatte sie mir am Abend zuvor ins Ohr geflüstert, während sie mir das Haar bürstete. *Und dann – der Stich von seinem Stachel zwischen deinen Beinen!*

Mir blieb der Mund offen stehen, als Mohammed mir die Moschee zeigte. Dieses Lehmhaus war das Haus des Propheten Gottes? Ich hatte einen Palast erwartet und nicht so ein niedriges Haus aus Lehmziegeln, mit einem bescheidenen Aufbau über der hinteren Hälfte des Daches. Al Kaswa ging vor dem Eingang auf die Knie, Mohammed stieg ab und half mir aus dem Sattel. Dann stand plötzlich ein Mann vor uns, dessen schwarzes Gesicht genauso glänzte wie sein kahler Kopf. Das also war Bilal. Auch er trug ein weißes Gewand und dazu eine Halskette aus hellen Muscheln und dunklen Knochenperlen und in den Ohren Elfenbeinstäbchen. Das war der Mann, dessen Stimme ich fünfmal am Tag gehört hatte, wenn er auf die Moschee stieg und die Gläubigen zum Gebet rief: *Allahu akbar!* Selbst wenn er ganz normal redete, klang seine Stimme, als wollte er ein Gebet anstimmen. Er hatte ein freundliches Lächeln, bei dem er Zähne entblößte, die so weiß waren wie ausgeblichene Knochen. Sein gütiger Blick beruhigte meinen krampfenden Magen. Falls er sich ausmalte, was mir in der vor mir liegenden Nacht blühte – wie alle anderen es zu tun schienen –, so ließ er es sich nicht anmerken.

Mohammed nahm mich an der Hand und führte mich in die Moschee, die aus einem großen, einfachen, langen Raum bestand, dessen einzige Farben unterschiedliche Schattierungen von Braun waren, von den Kieselsteinen und dem Sand auf dem Fußboden bis zu den mit Lehm verputzten Wänden. Der Teil des Daches, der nicht überbaut war, bestand aus lose ineinander verwobenen Palmwedeln, durch die das Tageslicht so fiel, als würde es Licht regnen. In den Lichtstreifen tanzten Staubkörnchen. Mohammed hatte den Arm um meine Schultern gelegt und zeigte auf die Palmenstämme, die er und seine Helfer mit langen Messern abgehackt und in regelmäßigen Abständen aufgestellt hatten, um das Dach zu tragen.

Er hob mich auf einen Baumstamm, der so dick war, dass meine ganze Familie darauf Platz gefunden hätte. Von hier oben leitete er jeden Freitag am Mittag die Gebetsstunde. Mit seinen Händen fing er etwas Wasser aus dem geweihten Wasserspender auf und gab es mir zu trinken. Während ich trank, erklärte er mir, wie er mit Omars Hilfe ein Kupferrohr von dem nahen Brunnen durch die Wand verlegt hatte, durch das Wasser hereinströmte, mit dem die Gläubigen sich vor dem Gebet die Hände und Füße waschen konnten. Ich wunderte mich darüber, wie bescheiden dieses Haus war im Vergleich zu meinem Elternhaus. Ich würde mit Sauda reden und dafür sorgen müssen, dass wir diesen düsteren Raum mit ein paar Möbeln und bunten Kissen schmückten.

Wir traten durch eine Tür mit Rundbogen in einen großen, rechteckigen Hof, wo hohe, graugrüne Grasbüschel wuchsen und verschiedene Bäume Schatten spendeten: buschige Akazien, eine hohe Dattelpalme nahe bei der Moschee, die so hoch war, als wollte sie den Himmel berühren, Ghazabäume mit fedrigen Blättern und Ästen, die sich bogen wie zum Gebet erhobene Arme. Am Ende des Hofs stand eine Hütte aus Lehmziegeln, und daneben sah ich ein Zelt, das mit dicken Kamelfellen gegen die Hitze isoliert war. Mohammed ging mir voraus um die Moschee herum, wo ein ausgetretener Pfad zu einem gemauerten Brunnen und weiter in einen üppigen Garten führte: Granatapfelbäume mit orangefarbenen, glockenförmigen Blüten, grazile Limonenbäume, leuchtend blaue Indigopflanzen und zarter Flachs, der noch nicht in Blüte stand. Das sei der Garten seiner Tochter Fatima, erklärte mir Mohammed. Sie komme immer noch jeden Tag, um ihn zu pflegen, sei jedoch, seit sie mit Ali verheiratet war, der Schaukel entwachsen, die in einem dornigen Baum hing.

»Ich hoffe, dass du deine Freude an der Schaukel hast, *Humaira*«, sagte er. Ich schaute ihn fragend an. War ich nicht auch eine verheiratete Frau?

Als wir zurück in den Hof kamen, zeigte Mohammed auf die kleine Hütte, die mir so armselig vorgekommen war, und sagte, sie gehöre Sauda. Falls ich etwas brauche, wenn er gerade beschäftigt sei, könne ich Sauda entweder in der Hütte oder im Kochzelt finden.

»Sie hat sich um meine Töchter gekümmert, nachdem deren Mutter gestorben war, und ich bin mir ganz sicher, dass sie sich ebenso liebevoll um dich kümmern wird«, sagte Mohammed. Am liebsten hätte ich protestiert. Hielt er mich für ein Kind? Wollte ich, dass er mich für ein Kind hielt? Ich sagte nichts.

Im Zelt köchelte über einem großen Feuer ein schwarzer Kessel mit Gerstenbrei, und auf flachen Steinen bauschten sich Brotfladen. Durch eine Luke im Zelt entwich der Rauch in die zarte Morgenluft, doch es duftete nach Brot und Korn und brennender Holzkohle. Nur zwei Öffnungen an den Schmalseiten des langen, breiten Zelts und der Haupteingang, durch den man eintrat, wenn man von der Moschee kam, ließen Tageslicht herein, aber mehrere Öllampen, die an geschnitzten Palmenstämmen hingen, spendeten so viel Licht, dass es drinnen fast so hell war wie draußen. Die Feuerstelle, eine große, mit Steinen ausgekleidete Grube, bildete das Kernstück des Kochzelts. An der rechten Schmalseite kauerte ein Junge auf einem verschossenen roten Teppich und spielte mit Spielzeugsoldaten. Hinter ihm lagen Murmeln, Puppen, Muscheln und bunte Stöckchen, woraus ich schloss, dass dies die Spielecke für die Kinder des Haushalts war – von denen die meisten, wie ich von Mohammed wusste, erwachsen waren. An der gegenüberliegenden Schmalseite lag ein zweiter Teppich, dessen Farben bis zur Unkenntlichkeit ausgeblichen waren, und darauf verteilt lagen lauter Kissen in verschiedenen Brauntönen. Dort würden Sauda und ich, geschützt vor der Sonne und der Mittagshitze, unsere Mahlzeiten einnehmen.

Gegenüber der Feuerstelle, gleich neben dem Eingang, standen große Holzkisten mit Messern und Schalen und Tellern aus gebranntem Ton, rote und graue, braune und dunkelgrüne, viele davon angeschlagen. Neben den Kisten befand sich eine mit grauen Adern durchzogene Marmorplatte, auf der die Speisen zubereitet wurden, und darauf standen ein riesiger Mörser mit einem Stößel von der Größe eines Knüppels, ein Korb mit gemahlener Gerste und eine Schale mit geklärter Butter. In einem hohen Holzfass lagen Datteln in einem klebrig-süßen Nektar, der zum Süßen diente oder mit Wasser zu einem erfrischenden Getränk vermischt wurde.

In der Nähe der Feuerstelle hockte Sauda mit erhitzten Wangen neben einer Steinplatte und mahlte Gerste. Mohammed begrüßte sie mit einem freundlichen Lächeln. Sauda stand ächzend auf, watschelte grinsend auf mich zu und drückte mich an ihren fülligen Körper. Ihr unparfümierter Moschusgeruch verschlug mir den Atem.

»Ach, was für ein mageres, kleines Ding«, sagte sie. »Am besten, ich fange gleich an zu kochen. Du brauchst etwas auf die Rippen!« Sie stupste mich mit dem Ellbogen an. »Ein Mann braucht ein bisschen was zum Anpacken, wie du schon bald lernen wirst.«

Meine Wangen glühten. Bei Allah, hatte heute niemand etwas anderes als das Schlafzimmer im Sinn? Ich senkte die Lider, um meine Scham zu verbergen.

»*Ya* Sauda, siehst du, wie meine Braut errötet?«, schalt Mohammed sie sanft. »Du bringst uns alle beide in Verlegenheit.«

Aber Sauda lachte nur und drückte mich noch einmal an sich, ehe sie Mohammed umarmte. Sie rief ihren Sohn aus erster Ehe zu sich, damit er uns begrüßte – kaum sechs Jahre alt, war der pausbäckige Abdal bereits auf dem besten Weg, so dick zu werden wie seine Mutter –, dann schob sie uns in Richtung Hof, damit sie sich der Zubereitung des Essens widmen konnte.

»Geht! Genießt die ersten gemeinsamen Tage und Nächte«, sagte sie. »Sie sind die erinnerungswürdigste Zeit einer Braut.« Dann fügte sie mit leuchtenden Augen hinzu: »Lass dich von ihm verwöhnen, Aisha, du wirst noch früh genug mit mir hier im Kochzelt arbeiten.«

Tage und Nächte. Gemeinsam. Was würden Mohammed und ich dann tun? Viele Dinge, wenn ich Asma glaubte. Unaussprechliche Dinge. *Sobald sie blutet, kann sie ein Kind empfangen*. Ich, ein Kind bekommen? Ich konnte mir nicht vorstellen, irgendeinem Mann meinen Körper zu zeigen. *Mach die Augen zu, dann geht es schnell vorbei*. Mohammed führte mich quer über den Hof zu einer etwas neueren Hütte mit einer kleinen, einfachen Tür aus grünem Holz, gleich neben der Moschee.

»Hier wirst du wohnen, und hier werde ich schlafen, wenn ich die Nacht bei dir verbringe«, sagte er. »Hier bist du in meiner Nähe, und es gibt eine schmale Verbindungstür zur Moschee, damit du keine Angst zu haben brauchst, wenn du alleine bist.« Mein Hochzeitskleid schlug mir wie Ketten um die Knöchel, als wir erst wieder zurück in die Moschee gingen, um uns an dem Wasserspender die Hände zu waschen. Das kühle Wasser lief über meine zitternden Hände und beruhigte mein pochendes Herz.

»Lass uns Allah bitten, dass er unsere Ehe segnet«, sagte Mohammed. Er nahm zwei aus Dattelfasern gewebte Matten, die an der Wand lehnten, und rollte sie so aus, dass sie nach Süden, gen Mekka, zeigten. Gemeinsam verrichteten wir zwei *Raka'at*: Wir verbeugten uns, gingen auf die Knie und berührten den Boden mit der Stirn.

»O Allah, nähre meine Liebe für sie und nähre ihre Liebe für mich«, betete Mohammed, während wir uns auf den Boden warfen. »Erfülle uns mit Liebe füreinander.«

Gib mir Mut, betete ich. *Und bitte mach, dass es nicht allzu wehtut.*

Wir rollten unsere Matten auf und stellten sie wieder an ihren Platz. Dann nahm Mohammed meine Hand und führte mich wieder nach draußen. Mir war so schwindlig, als hätte ich einen Sonnenstich abbekommen. An der Tür zu meiner Hütte blieben wir stehen. Mohammed trat hinter mich und hielt mir mit beiden Händen die Augen zu.

Ich unterdrückte einen Schrei und drückte meine Puppe, die immer noch unter meinem Kleid verborgen war, fest an mich. Nur wenige Zentimeter hinter mir spürte ich seinen Körper.

»Lass uns eintreten und unsere Liebe zum Ausdruck bringen«, sagte er.

Mit unsicheren Schritten betrat ich die Hütte. Der Boden knirschte unter meinen Sandalen, und es roch nach Lehm und Stroh. Mohammed nahm die Hände von meinem Gesicht, und ich öffnete die Augen.

»Bei Allah!«, rief ich aus. »Hast du mich ins Paradies gebracht?«

Auf schlichten Wandregalen stand eine ganze Armee von Spielzeugsoldaten und Holzpferdchen mit Mähnen aus echtem Pferdehaar, auf dem Bett saßen zwei Puppen mit dunklem Haar und eine wie ein Junge gekleidete Puppe mit einem Turban, außerdem entdeckte ich ein Springseil und einen Ball – und unter dem Fenster lehnte ein echtes Schwert mit einer geschwungenen Klinge und einem gehämmerten Messinggriff an der Wand, so klein und leicht, dass ich es mühelos heben konnte.

»Ab jetzt wird nicht mehr mit Stöcken gekämpft«, sagte Mohammed. »Ich werde dir beibringen, wie man mit einem richtigen Schwert umgeht.«

Ich schob meine Puppe tiefer in mein Kleid, dann ließ ich das Schwert durch die Luft sausen. »Jetzt?«

Er lachte und schüttelte den Kopf. Seine Augen funkelten.

»Für heute hatte ich an ein anderes Spiel gedacht«, sagte er.

Das Schwert fiel mir aus der Hand und landete krachend auf dem Boden.

Ich hielt den Atem an, als er mich anfasste. Ich sah, wie sein Blick sich veränderte, und wartete auf die Hände wie Skorpionfüße, auf den Stich mit dem Stachel. Das war der Anfang von etwas Neuem, etwas Schrecklichem. Bald würde ich auf meinem Bett unter ihm liegen, zerquetscht wie ein Skarabäus, strampelnd und schluchzend, während er mich mit seinem Körper traktierte. Er wollte mir bestimmt nicht wehtun, aber wie sollte er es vermeiden? *Beim ersten Mal tut es immer weh. Mach einfach die Augen zu und bete, dass er schnell fertig ist.*

»Warte«, sagte ich mit bebender Stimme. Ich nahm meine Puppe Laila und hielt sie vor mich hin. Meine Hände zitterten so sehr, dass Laila auch zitterte.

»*Ya* Mohammed, was möchtest du gern spielen?«, fragte Laila und schüttelte ihr Haar. »Verstecken? Pferdchen und Soldat? Oder möchtest du uns lieber auf der Schaukel anschubsen?«

Er sah mich durchdringend an. »Dies ist ein ernster Augenblick, Aisha. Später ist Zeit für Kinderspiele.«

Dann zog er mir das Kopftuch vom Kopf und ließ es los, sodass es über meine Schultern zu Boden glitt.

»Was für hübsches rotes Haar, wie flüssiges Feuer«, murmelte er. Ich schloss die Augen und versuchte es zu genießen, als er mir mit den Fingern die Wangen streichelte, als er mit seiner Hand über meinen Kopf fuhr, aber ich konnte an nichts anderes denken als an das nächste Kleidungsstück, das er mir ausziehen würde.

Er küsste meinen Scheitel. Ließ seine Finger über meinen Arm gleiten. Zog vorsichtig an meinem Kleid, bis es von meinen Schultern rutschte und wie das Kopftuch zu Boden fiel. Am liebsten hätte ich meine nackten Arme mit meinen Haaren oder meinen Händen bedeckt, doch stattdessen klammerte ich mich an meiner Puppe fest und betete, er würde es kurz machen. Als seine Finger ganz zärtlich meine Arme berührten, bekam ich eine Gänsehaut. Obwohl es heiß und stickig war in dem kleinen Raum, war mir kalt.

»Aisha«, sagte er. »Sieh mich an.«

Ich schaute ihm in die Augen. Sein Blick war sanft und wild zugleich, während er sich vorbeugte und mich auf den Mund küsste. Schnell machte ich die Augen wieder zu und versuchte, mich zu entspannen, aber als ich seinen Atem an meiner Haut und seinen Mund an meinen Lippen spürte, drückte ich meine Puppe noch fester an mich. Er schob seine Zunge in meinen Mund, legte seine Hände an meine Taille und ließ sie über meine Rippen bis zu meinen Brüsten gleiten. Verzweifelt knautschte und verdrehte ich meine Puppe, um ihn nicht von mir wegzustoßen. Dann hörte ich etwas reißen und zuckte vor Schreck zusammen.

Ich schaute nach unten. Die arme Laila lag schlaff in meinen Händen, die Augen leer, der Kopf fast vollständig abgerissen.

»O nein!«, schrie ich. »Ich habe sie getötet.« Schafswolle quoll aus ihrem Hals, und ihr hübscher Kopf baumelte in einem seltsamen Winkel. Ich begann zu schluchzen, als wäre sie keine Stoffpuppe, sondern ein Kind aus Fleisch und Blut.

Zärtlich nahm Mohammed sie mir aus den Händen und betrachtete den Riss.

»Nein, sie ist nicht tot, nur verwundet«, sagte er. »Zum Glück ist

Sauda sehr geschickt mit Nadel und Faden. Sie wird deine Puppe reparieren, ohne dass eine Narbe zurückbleibt.«

»Nein!« Ich schluchzte noch lauter. »Sie wird sie kaputt machen. Ich hab doch deine Sandalen gesehen …«

Mohammed lachte so laut, dass ich aufhörte zu weinen. »*Ya Humaira*, Sauda hat genug mit dem Haushalt zu tun. Ich flicke meine Sachen selbst – einschließlich der Sandalen.«

Jetzt musste ich trotz meiner Tränen auch lachen und legte Laila weg. Wie dumm von mir, wegen einer Puppe zu weinen! Ein anderer Ehemann hätte mich angeschrien oder womöglich sogar geschlagen, aber nicht Mohammed. Ich trat auf ihn zu und legte ihm meine Arme um den Hals wie eine Halskette. Er umschlang mich mit den Armen und drückte mich fest an sich. Sein Körper fühlte sich so warm an, als wäre er den ganzen Tag in der Sonne gewesen, und er duftete nach Kardamom und *Miswak*. Ich spürte sein Herzklopfen an meinem Ohr wie das Getrappel von Kinderfüßen. Er streichelte mein langes Haar, aber diesmal nicht nur mit den Fingerspitzen, sondern mit der ganzen Hand.

»*Humaira*«, sagte er. »Dein Körper mag bereit sein für mich, aber ich fürchte, dein Herz ist es nicht.«

Als ich ihm ins Gesicht sah, erwartete ich, wieder Begierde in seinen Augen zu sehen – stattdessen zuckten seine Mundwinkel, weil er ein Grinsen unterdrückte.

»Glaubst du, ich liebe dich nicht?«, fragte ich.

»Ich weiß, dass du mich liebst, *Habibati*. Aber es ist nicht dieselbe Liebe wie die, die ich für dich empfinde. Deine Liebe ist die eines kleinen Mädchens, nicht die einer Frau.« Er seufzte. »Aber das Risiko bin ich mit einer Kindbraut nun mal eingegangen.«

Ich zuckte zusammen. Ein Kind! Kinder wohnten bei ihren Eltern. Würde er mich in mein düsteres Gefängnis zurückschicken?

»In mancher Hinsicht bin ich ein Kind«, sagte ich. »Aber ich war fünf Jahre lang im Haus meines Vaters gefangen. Wie soll man denn erwachsen werden, wenn man keine Abenteuer erlebt und keine Erfahrungen macht? Wenn du mich dorthin zurückschickst, werde ich in fünf Jahren noch genauso sein wie jetzt.«

Er grinste. »Dich zurückschicken? Warum sollte ich das denn tun? Wo du so fröhliches Lachen an diesen einsamen Ort bringst. Du wirst nie wieder in deinem Elternhaus wohnen, *Humaira*. Du und ich, wir werden zusammenbleiben, solange wir leben – und danach im Paradies.«

»Aber – was ist mit dem Vollzug der Ehe? Ohne das ist man doch nicht richtig verheiratet.«

»Eine Hochzeit findet im Herzen statt, nicht im Schlafzimmer.« Dann zog er mich an sich und hauchte mir einen Kuss auf die Stirn. »Auch wenn ich mich gern im Schlafzimmer amüsiere – und das wirst du auch, wenn du so weit bist. Bis dahin haben wir andere sehr wichtige Dinge zu tun.«

Er ließ mich los, und ich trat einen Schritt zurück, um ihn anzusehen – aber er bückte sich nach dem Schwert, das ich hatte zu Boden fallen lassen, hielt es ins Licht und drehte es hin und her, sodass die Sonnenflecken, die sich in der Klinge spiegelten, auf seinem Gesicht tanzten. Dann drehte er sich entschlossen zu mir um.

»Lektion Nummer eins«, sagte er. »Wie man seinen Gegner entwaffnet.«

5

UNRUHESTIFTERIN

Medina, März 625

Die Sonne war ein weiß glühendes Schwert, das schwache alte Männer und hechelnde Hunde niederschlug. Ihre gnadenlosen Hiebe ließen die arme Fatima Zuflucht in ihrer Hütte suchen, wo sie dunkle Tücher vor die Fenster hängte und sich mit einem feuchten Lappen auf der Stirn ins Bett legte. Mir dagegen machte die Hitze nichts aus, vor allem nicht an diesem Tag.

Während der Jahre im Haus meines Vaters waren mir das bunte Treiben, die Geräusche und Düfte des jährlichen Markts von Medina immer entgangen. Zu diesem großen Fest kamen Händler aus dem ganzen Hidschaz und aus ferneren Gegenden in das Kainuka-Viertel am Rand der Stadt. Und heute würde ich ungeachtet der Proteste Alis endlich hingehen. Nichts würde mich davon abhalten – weder die Hitze noch Alis grimmige Blicke, nicht einmal die Gefahr, dass unsere Nachbarn, die Kainuka, uns angreifen konnten.

Während wir unsere Pferde und Saudas Kamel sattelten, beklagte Ali sich übel gelaunt über die Hitze – aber ich wusste, dass er in Wirklichkeit erbost war wegen der Aufgabe, die er übernehmen musste. Ich hatte sein mürrisches Gesicht gesehen, als Mohammed ihm aufgetragen hatte, uns zu begleiten. Zweifellos betrachtete er diese Beschützerrolle als unter seiner Würde. Lustlos lehnte er an der Wand der Moschee und sah gelangweilt zu, wie die arme Sauda sich abmühte, auf ihr Kamel zu steigen.

»Wer halbwegs bei Verstand ist, bleibt heute zu Hause, wo es kühl ist«, sagte er laut, als unterhielte er sich mit Allah persönlich. Sein Gesicht war angespannt und seine Miene schroff.

»*Ya* Ali, nur Faulpelze lassen sich wegen der Hitze ein solches Ereignis entgehen.« Ich saß schon im Sattel und funkelte ihn zornig an. »Aber mit Faulheit kennst du dich ja gut aus.«

So langsam wie eine Schlange, die ihre alte Haut abstreift, löste er sich von der Wand und schlenderte zu Sauda hinüber.

»Was soll ich denn machen?«, knurrte er. »Kein Mann darf die Frauen des Propheten berühren. Aber so etwas wissen kleine Mädchen wahrscheinlich nicht.« Er legte sich den Rand seines Umhangs über die Hand, dann gab er Sauda einen Schubs und half ihr in den Sattel. Während sie sich den Schweiß von der Stirn wischte, ließ er das Kamel aufstehen. Ich zuckte zusammen, als ich hörte, wie sie sich überschwänglich bei Ali für seine Hilfe bedankte.

»Ich weiß, dass du uns nicht begleiten wolltest«, sagte sie zu ihm. »Aber ich schwöre bei Allah, ich habe den Propheten nicht darum gebeten, sondern versucht, es ihm auszureden.«

Sauda wollte einfach nur ihre Satteltaschen verkaufen, sie wollte niemandem zur Last fallen. Das hatte sie jedenfalls am Morgen zu Mohammed gesagt, als sie ihn um Erlaubnis gebeten hatte, auf den Markt im Kainuka-Viertel zu gehen.

Als sie in meine Hütte gekommen war, um Mohammed zu fragen, hatte er es ihr zuerst verboten. Der *Suk* im Kainuka-Viertel war der einzige interessante Markt in Medina, und er fand nur einmal im Jahr statt. Einerseits konnte Sauda dort ihre schönen Lederarbeiten zu einem guten Preis verkaufen. Andererseits trieben die Kainuka seit vielen Jahren Handel mit unserem Feind Abu Sofian. Ihr Bündnis mit den Koreischiten war stabil und gründete auf etwas, das Mohammed nicht besaß: Geld. Nicht nur unsere Überfälle auf die Karawanen der Koreischiten sorgten für Unmut unter den Kainuka, sondern auch, dass Mohammed behauptete, der Prophet zu sein, dessen Ankunft in ihrem heiligen Buch vorausgesagt wurde. Ihre Anführer hatten ihn verspottet und erklärt, ihr Gott würde niemals einen Araber als Messias zu den Juden schicken.

»Es tut mir leid, Sauda, aber ich kann dir nicht gestatten, zum Markt zu gehen«, hatte Mohammed gesagt. »Die Beziehungen zwischen uns und den Kainuka sind sehr angespannt, und ich fürchte, es ist zu gefährlich für dich.« Sauda hatte ihn angeschaut wie ein Häufchen Elend. Monatelang hatte sie an diesen Satteltaschen gearbeitet, hatte das Leder so lange gegerbt, bis es butterweich war, hatte es mit Mondsicheln und Sternen verziert, mit einer Knochennadel zusammengenäht und die fertigen Taschen mit Fransen geschmückt, die so dicht und wellig waren wie das Fell der Kamele. Wer konnte ihr verübeln, dass sie die Taschen verkaufen wollte, jetzt, wo sie endlich fertig waren?

»*Ya* Mohammed«, mischte ich mich ein. »Bilden wir unsere Armee aus, damit sie gegen unsere Feinde kämpft oder damit sie vor ihnen davonläuft? Krieger bleiben nicht aus Angst vor der nächsten Schlacht in ihren Häusern hocken. Ich werde Sauda beschützen und jedem die Hand abhacken, der es wagt, sie anzufassen.«

Mohammed verkniff sich ein Grinsen. »Du willst also auf den Markt, kleiner Rotschopf? Aber wirst du dort Probleme verhindern oder Unruhe stiften?«

Ich reckte trotzig das Kinn vor. »Ich werde alle Probleme verhindern, die verhindert werden müssen, und so viel Unruhe stiften wie nötig.«

Schließlich erlaubte er uns, zum Markt zu gehen – mit Ali, der versuchte, es ihm auszureden. »Ich bin nicht dazu da, Kinder zu hüten«, erklärte er. »Du solltest es machen wie Abu Bakr und Aisha im Haus halten, um Ärger zu vermeiden.«

Im Haus halten! Meine Brust zog sich zusammen, als hätte man mir eine Rüstung angelegt. Aber ich kannte Mohammed gut genug, um zu wissen, dass ich mit meinem Sinn für Humor sein Herz erweichen konnte, und rang mir ein Lachen ab. Er schaute mich mit hochgezogenen Brauen an.

»Habe ich einen Witz verpasst, Aisha?«, fragte er. »Lass mich mitlachen.«

»Ach, es ist nichts«, erwiderte ich und zwinkerte ihm zu. »Aber aus Alis Worten schließe ich, dass er nichts von meinen Fähigkeiten ahnt. Falls es zu einem Kampf kommen sollte, wird er meine Hilfe brauchen.«

Mohammed musste lachen, schüttelte jedoch den Kopf. »Was du sagst, mag ja stimmen, andererseits muss ich Ali auch recht geben. Aber da uns bisher nichts von Streitigkeiten auf dem Markt zu Ohren gekommen ist, erlaube ich euch hinzugehen.«

»Bei Allah, du begehst einen großen Fehler, Vetter«, sagte Ali und warf mir einen zornigen Blick zu. »Wirst du denn wenigstens darauf bestehen, dass sie das Schwert hierlässt? Ich sehe ihr an, wie begierig sie ist, es zu benutzen.«

»Mein Schwert hierlassen?« Mein Puls raste. »Aber was ist, wenn mich jemand angreift? Wie soll ich mich dann verteidigen?« Ohne mein Schwert würde ich eine hilflose Frau sein, die auf männliche Hilfe angewiesen war.

»Ich erlaube dir, es zum Markt mitzunehmen«, sagte Mohammed. »Aber du musst mir versprechen, es nur zu benutzen, wenn dich jemand angreift. Und auch dann musst du zuerst Ali um Hilfe bitten. Ich schicke ihn zu deinem und Saudas Schutz mit. Es ist besser, wenn du seinen Schutz auch in Anspruch nimmst.«

Ich lief zu ihm und schlang ihm die Arme um die Taille. Ich durfte auf den Markt! Es würde mein erster Ausflug seit sechs Jahren sein.

»Pass gut auf Aisha auf, Vetter«, sagte Mohammed grinsend. »Sie hat mich gestern Abend im Schwertkampf geschlagen. Falls es zu einem Kampf kommen sollte, beobachte sie gut, du kannst vielleicht noch etwas von ihr lernen.« Ali, der so viel Humor besaß wie ein Felsbrocken, lächelte nicht.

»Ihr Närrinnen! Ausgehen zu wollen, während in Medina die Hölle los ist«, knurrte Ali, als wir aufbrachen. Sauda schaute mich ängstlich an. Ihr war es zutiefst unangenehm, einem Mann Unbehagen zu bereiten – mir nicht.

»Mach dir keine Sorgen, Sauda«, sagte ich so laut, dass Ali es hören konnte. »Wenn du erst einmal deine Satteltaschen verkauft hast und Ali deine prallvolle Börse sieht, wird seine Laune sich schon verbessern. Dann trägt er dich noch auf dem Rücken nach Hause.«

Ali schnaubte verächtlich. Dann, als die Hitze uns ihre schwere Hand auf Mund und Nase legte, ritten wir schweigend weiter. Der Gestank nach Dung stieg mir in die Nase. Fliegen schwirrten in Schwärmen um uns herum und setzten sich in meine Augenwinkel. Die Sonne tauchte alles in gleißendes Licht. Irgendwo in der Stadt kreischten Frauen aus Trauer über einen Verstorbenen. Ich zog mein Kopftuch enger um mich und spähte durch den Schlitz auf die Straßen von Medina, während ich mich bemühte, durch den Mund zu atmen, um den Gestank nicht so intensiv wahrzunehmen. Sauda, die vor mir herritt, keuchte und betete und erntete verächtliche Blicke von Ali.

»O Allah, warum hast du dir ausgerechnet diesen Tag ausgesucht, um uns deinen heißesten Atem entgegenzublasen?«, stöhnte sie. Dann, um Allah nicht zu beleidigen, fügte sie hastig hinzu: »Aber du weißt immer, was für uns das Beste ist.«

Schon bald ritten wir unter dem Schatten von Dattelpalmen, vorbei an Frauen, die zu zweit oder zu dritt mit leeren Körben auf dem Kopf zum Markt gingen. Ihre bunten Kleider waren grüne, rote und blaue Farbtupfer in den graubraunen, von Lehmhäusern gesäumten Straßen. Lachende Kinder, denen die Hitze nichts ausmachte, liefen um die Frauen herum. Ich erfreute mich an ihrer Freiheit und erinnerte mich daran, wie ich in den Straßen von Mekka mit kräftigen Füßen den Sand aufgewirbelt und geschrien hatte, bis meine Lunge brannte. Aus der anderen Richtung kamen uns Männer entgegen, die mit Peitschen und Flüchen ihre Esel vor sich hertrieben. Die armseligen Tiere zogen Karren, die beladen waren mit Wein, Honig und Reis, seltenen Gütern aus fernen Ländern, die die Männer auf dem Markt gekauft hatten. Mit Herzklopfen erinnerte ich mich an die exotischen Düfte, die bunten Farben und die seltsamen, melodischen Sprachen auf dem Markt in Mekka. Erwartete uns etwas Ähnliches im Kainuka-Viertel?

Nur wenige Gläubige gingen in unsere Richtung. Sie grinsten und warfen Ali spöttische Blicke zu, weil er mit zwei Frauen unterwegs war.

»Jemand sollte den Propheten benachrichtigen!«, rief ein dünner Mann mit abstehenden Ohren. »Ali entführt seine Ehefrauen!«

»Einem Mann mit zwei Spitzen an seinem Schwert ist eine Ehefrau nicht genug«, rief ein anderer, und alle lachten. Alis Augen verengten sich zu Schlitzen, als er sein Schwert Zulfikar zog. Ich hatte ihn damit prahlen hören, er hätte die Klinge des Schwerts gespalten, indem er es aus einer zugenagelten Scheide gerissen hatte. Aber ich wusste, dass Mohammed ihm das Schwert, so wie es war, nach der Schlacht von Badr geschenkt hatte.

Als wir kurz darauf den Stadtrand von Medina erreichten, war es, als gelangten wir in eine andere Welt. Von der Bauernstadt mit ihren von Schafen und Ziegen bevölkerten Straßen war nichts mehr geblieben. Das Kainuka-Viertel war düster und voller Schatten. Läden säumten die mit Kopfsteinen gepflasterte Straße, in deren Mitte lauter Marktstände aufgebaut waren, aber die hohen Häuser dahinter verschatteten die Sonne, sodass die Szenerie düster und bedrohlich wirkte. Männer standen in den dunklen Eingängen zu ihren Läden und beobachteten uns aus den Augenwinkeln. Der Duft nach gebratenem Lammfleisch und Minze ließ mir das Wasser im Mund zusammenlaufen, doch mein Magen verkrampfte sich angesichts der lüsternen Blicke der Händler, die die Speisen feilboten. Überall priesen Marktschreier ihre Ware an – bis wir vorüberritten und nur noch Tuscheln zu hören war.

Ich spannte jeden Muskel in meinem Körper an, wie um mich mit einer Rüstung zu schützen, und heftete den Blick auf die bunten Perlen, kupfernen Armreifen und farbenfrohen Stoffe, die an den Ständen hingen. Ein grinsender alter Mann, der an seinem Stand Schmuck verkaufte, hielt, als wir an ihm vorbeiritten, ein langes Messer hoch, das er hin und her drehte, als betrachtete er sich darin wie in einem Spiegel, und warf mir dann einen durchdringenden Blick zu. Ein Verkäufer mit einem Ziegenbärtchen streckte mir seine Zunge echsenhaft entgegen und lachte laut auf, als ich mein Gesicht mit meinem Kopftuch bedeckte. Bei dem Gedanken an Mohammeds Warnungen lief mir ein kalter Schauer über den Rücken. Ich drehte mich nach Sauda um und wollte ihr vorschlagen, zur Moschee zurückzukehren, aber Alis höhnisches Grinsen hielt mich davon ab. Er würde Mohammed von meiner Furcht erzählen, und dann wäre dies mein erster und letzter Ausflug gewesen. Ich tastete nach meinem Schwert, erinnerte mich daran, dass ich eine geschickte Kämpferin war, und spürte, wie sich mein Herzschlag und meine Atmung beruhigten.

Unsere kleine Karawane hielt an. Ich sprang von meiner Stute Scimitar und band sie an einem Pfosten fest, bemüht, nicht an all die Augen zu denken, die auf mich gerichtet waren. Ali half Sauda von ihrem Kamel und machte sich mit ihr auf den Weg, sodass ich allein zurückblieb. Während ich versuchte, mein nervöses Pferd zu beruhigen, suchte ich die Menge nach boshaften Gesichtern ab. Anscheinend waren inzwischen alle zu sehr mit Feilschen und Verkaufen beschäftigt, um ein paar Muslimen ihre Aufmerksamkeit zu schenken, und ich schalt mich innerlich dafür, dass ich mich von meiner Fantasie hatte beeinflussen lassen. Zum ersten Mal seit Jahren durfte ich mich frei in der Öffentlichkeit bewegen, und das Vergnügen würde ich mir auf keinen Fall von meinen kindischen Ängsten verderben lassen. Und um Sauda würde Ali sich schon kümmern. Ich musste nur jede Art von Ärger vermeiden, damit Mohammed mich auch weiterhin solche Ausflüge unternehmen ließ.

Ich schlenderte über den Markt und vergaß die Gefahr beim Anblick all der schönen Sachen: kunstvoll verzierte Kajalbehälter, Parfümflaschen aus Silber oder buntem Glas, duftende Myrrhe und Weihrauch, blutrote Rubine an goldenen Halsketten. Als ich eine Halskette von einem Tisch nahm und in die Sonne hielt, um die Steine im Licht leuchten zu sehen, wurde sie mir aus der Hand gerissen. Ich starrte in das verzerrte Gesicht einer Frau, deren Augen wie glühende Kohlen funkelten.

»Muslimische Diebin!«, fauchte sie. »Reicht es nicht, dass ihr die Karawanen der Koreischiten überfallt und ihnen unsere Güter stehlt? Lass die Finger von meiner Ware!« Ich wich zurück und trat jemandem auf den Fuß.

»Bei Allah, verzeih mir meine Ungeschicklichkeit.« Meine Wangen begannen zu glühen, noch bevor ich in Safwans schön geschnittenes Gesicht aufblickte. Seit ich ihn das letzte Mal gesehen hatte, war er gewachsen und fast so groß wie mein Vater, und seine Ohren standen ihm nicht mehr vom Kopf ab. Sein markantes Kinn, seine schräg stehenden dunklen Augen und das lange Haar, das ihm über den Rücken fiel, ließen mich an einen Araberhengst denken. Seine geschwungenen Lippen erinnerten mich an die lange zurückliegenden Nächte, als ich nur von ihm geträumt hatte. Ich senkte den Blick, zu aufgeregt, um etwas zu sagen.

»Meine Füße fühlen sich geehrt, so eine hübsche Last tragen zu dürfen.« Seine Stimme klang so sanft wie das Schnurren eines Katers. Mein Puls flatterte, und ich musste mich an einem Stand festklammern, um mein Gleichgewicht zu halten. »Du wirst doch nicht in Ohnmacht fallen?«, sagte Safwan. »Das wird die Hitze sein. Du brauchst eine kühle Brise.«

Er nahm einen Fächer aus Palmenblättern von einem Stapel in seiner Reichweite und hielt ihn mir hin. Ich stand da wie versteinert. Es schickte sich nicht für mich, ein Geschenk von einem anderen Mann als Mohammed und meinem Vater anzunehmen – aber das war nicht der Grund, warum ich erstarrte. Ich fürchtete, dass seine Finger meine Hand berühren könnten oder dass ich die Wärme seiner Hand an dem Fächer spüren würde, wenn ich ihn anfasste. Allah würde mich bestimmt auf der Stelle tot umfallen lassen, wenn ich seinen Propheten verriet! Safwans Augen funkelten, als er sah, wie ich nach Luft rang.

»Wir Mitglieder der *Umma* müssen einander in jeder Situation beistehen.« Er fächelte mir Luft zu, als wäre er mein Diener – aber kein Diener hätte es gewagt, mir so nah zu kommen oder mich mit seinen Blicken zu liebkosen, während die Palmenblätter mich an Nase und Wangen kitzelten. Mein Puls raste wie das galoppierende Pferd, auf dem ich in meinen Träumen mit Safwan durch die Wüste geritten war.

»Bei Allah, dieses Lächeln ist den Schmerz in meinen Zehen wert!«, murmelte er. »Ich kann nur hoffen, dass mir als Nächstes ein Kamel auf den Fuß tritt, damit du mich tausendmal mit so einem Lächeln trösten kannst.«

Ich musste über seinen Übermut lachen, aber als ich ihn anschaute, sah ich, dass er nicht scherzte. Und dann fragte ich mich: War das womöglich die Gefahr, die ich gewittert hatte, als wir uns dem Markt genähert hatten?

»*Ya* Aisha«, sagte er. »Du fehlst mir.«

Plötzlich ertönte ein Schrei und lenkte unsere Aufmerksamkeit auf den Stand des Goldschmieds. Dort standen ein paar Frauen, die mit dem Finger auf Sauda zeigten und laut lachten. Sauda, die von alldem nichts mitbekam, befühlte ein Stück Leder, das sie gerade gekauft hatte, und watschelte zu dem Haus hin, vor dem Ali sich mit seinen Freunden die Zeit vertrieb. Beim Gehen wackelten ihre nackten Oberschenkel wie Fett an einem großen Stück Fleisch. Jemand hatte ihr den Saum ihres Kleids in den Gürtel gesteckt.

Der glatzköpfige Goldschmied bog sich vor Lachen und hielt sich die Seiten. Andere Händler klopften ihm auf den Rücken, um ihm zu seinem Streich zu gratulieren.

»Das wahre Gesicht des Islam wurde enthüllt!«, spottete er.

Ali bemerkte das Geschrei nicht und unterhielt sich weiter mit seinen Freunden. Ich rief nach Sauda und wollte ihr zu Hilfe eilen, aber Safwan hielt mich am Ärmel fest. »Nein, Aisha, das ist zu gefährlich für dich«, sagte er. Ich riss mich von ihm los, rannte zwischen den Ständen hindurch, ohne auf seine Rufe zu achten, warf Körbe mit Obst um und fegte Schmuck auf den Boden.

Als ich Sauda erreichte, stellte ich mich mit ausgebreiteten Armen schützend hinter sie. »Bleib stehen, Sauda«, sagte ich. »Jemand hat deinen Rock hochgesteckt.«

Sauda schrie auf und tastete entsetzt nach ihren nackten Schenkeln. »Aus dem Weg!«, rief jemand. »Wir können nichts mehr sehen!« Der Goldschmied kam breit grinsend auf mich zu.

»Wer es wagt, sich den Ehefrauen des Propheten Mohammed zu

nähern, kriegt es mit mir zu tun!«, schrie ich und hoffte, dass niemand hörte, wie meine Stimme zitterte.

Nach nur wenigen Wochen Übung mit Mohammed war ich nicht einmal geschickt genug, um mit einem Esel zu kämpfen, geschweige denn mit einem Mann. Aber irgendjemand musste Sauda verteidigen, und Ali war beschäftigt. Außerdem konnte ich es mir leisten, mutig zu sein: Kein Mann würde es wagen, ein zwölfjähriges Mädchen anzugreifen. So dachte ich jedenfalls.

»Seht mal, da ist ja noch eine muslimische Hure, die möchte, dass man ihren Rock hebt«, höhnte der Goldschmied. »Komm her, Schätzchen, ich hebe deinen vorne hoch.« Mit diesen Worten streckte er seine Arme aus wie die Scheren eines Skorpions. Ich zog mein Schwert und traf seinen Handrücken mit der Spitze der Klinge. Mit einem Aufschrei drückte er die Wunde an seinen Mund. Als er sein Blut schmeckte, verzerrte sich sein Gesicht vor Hass, und die Augen schienen ihm vor Wut aus dem Kopf treten zu wollen. Er zog seinen Dolch.

»Aus dem Weg, Sauda!«, schrie ich, woraufhin sie zu einem Haus lief und sich mit dem Rücken gegen die Wand drückte, während ich mich meinem Angreifer zuwandte. Der Goldschmied kam grinsend näher, aber er passte nicht auf, wahrscheinlich, weil er nur ein Mädchen vor sich hatte. Ich hob mein Kinderschwert und schlug ihm mit einem Trick, den Mohammed mir beigebracht hatte, den Dolch aus der Hand. Verwirrt starrte er mich an, als seine Waffe klirrend zu Boden fiel. Ein paar Männer in seiner Nähe lachten, aber andere zückten ihre Dolche und kamen langsam auf mich zu. Ich schaute mich nach Ali um, aber noch ehe ich dazu kam, ihn zu Hilfe zu rufen, stürzte Safwan sich zähnefletschend mit erhobenem Schwert in das Getümmel.

»Jeder Feigling kann es mit einem Mädchen aufnehmen«, rief er. »Aber wollen wir doch mal sehen, ob ihr räudigen Kainuka einen muslimischen Krieger schlagen könnt!«

Die Männer kreuzten ihre Klingen mit den unseren, und einen Moment lang war es genauso, wie ich es mir immer erträumt hatte: Safwan und ich kämpften Seite an Seite. Ein Mann, dem ich eine

Schnittwunde am Arm beibrachte, zog sich zurück. Safwan schnitt seinem Gegner die Nasenspitze ab, dennoch griff der Mann ihn unbeirrt weiter an.

»Du musst sofort hier weg, Aisha!«, rief Safwan mir zu. »Das ist kein Ort für dich.«

Immer noch gekränkt von seiner Bemerkung, dass jeder Feigling es mit einem Mädchen aufnehmen könne, drehte ich mich um und schlug seinem Gegner den Dolch aus der Hand.

»Vielleicht ist das kein Ort für *dich*, Safwan«, entgegnete ich und sah voller Genugtuung, wie seine Augen sich weiteten, als er sich nach mir umdrehte. Aber im nächsten Augenblick legte sich ein Arm um meinen Hals, ich wurde gegen einen harten Männerkörper gepresst und halb erwürgt. Ich spürte heißen Atem an meinem Ohr, und eine blutige Hand fuhr mir über den Mund.

»Leck's ab, Schätzchen«, knurrte der Goldschmied. »So eine gute Gelegenheit, Kainukablut zu schmecken, kriegst du nie wieder.«

Ich stieß ihm meinen Ellbogen in die Rippen und mein Schwert ins Bein. Er ließ mich los, und ich wirbelte herum, um mit ihm zu kämpfen, aber schon kamen Ali und seine Freunde mit erhobenen Schwertern angestürmt.

»Du hast mehr als genug getan, du Unruhestifterin«, fauchte Ali mich an, als sein Freund mit den großen Ohren den Goldschmied mit seinem Schwert durchbohrte. Erschüttert sah ich zu, wie der Goldschmied zu Boden ging, sich krümmte und Blut spuckte.

»Wir müssen sofort weg von hier!«, schrie Ali.

Er holte Sauda und führte sie zu ihrem knienden Kamel. Ich sprang auf Scimitar und wischte meine Klinge am Stoff des Sattels ab, behielt jedoch das Schwert in der Hand für den Fall, dass jemand mich angriff.

Sauda schluchzte, als ihr Kamel sich erhob. »Noch nie habe ich mich so geschämt«, sagte sie. »Diese Leute haben alles gesehen.«

Ich versuchte, mein Schwert in die Scheide zu stecken, doch meine Hand zitterte so sehr, dass es mir nicht gelang. Ein Mann war tot, und ich hätte auch sterben können, aber wofür? Wegen eines sinnlosen Streichs! Meine abendlichen Schwertduelle und Fantasiekämpfe waren Spiele gewesen – aber das hier war das wirkliche Leben. Und der Tod. Schaudernd holte ich tief Luft.

»Keine Sorge, Sauda«, sagte ich, bemüht, mit fester Stimme zu sprechen. »Wenn Mohammed davon erfährt, wird er dafür sorgen, dass der ganze Stamm der Kainuka dafür bezahlt – mit seinem Blut.«

Der Schrei eines Mannes erschütterte die schwüle, heiße Luft, und ich drehte mich um. Auf dem Markt wogte ein Knäuel aus Männern, die mit Schwertern, Stöcken und Fäusten aufeinander losgingen. Safwan war nirgendwo zu sehen, offenbar hatte er nicht verlernt, zu verschwinden wie ein Dschinn. Alis Freund mit den großen Ohren sank zu Boden, und ein Kainuka stand über ihm mit einem blutigen Schwert in der Hand.

Ali funkelte mich wütend an, als er die Zügel von Saudas Kamel nahm. »Siehst du, was du angerichtet hast?«

»Ich habe Sauda beschützt, während du mit deinen Freunden gemütlich auf Kissen herumgesessen hast«, erwiderte ich.

»Ja, Aisha, das hast du getan«, sagte Sauda. Sie wischte sich die nassen Wangen und lächelte mich dankbar an. »Du hast für mich dein Leben aufs Spiel gesetzt. Ich danke Allah für eine Schwesterfrau wie dich!«

»Mit deinem Drang, dich aufzuspielen, hast du einen blutigen Kampf angezettelt«, sagte Ali kopfschüttelnd. »Vielleicht hört Mohammed jetzt endlich auf Omar und mich. Wo Frauen hingehen, gibt es Ärger. Der beste Ort für euch ist zu Hause.«

6

EINE SCHLECHTE IDEE

Derselbe Tag

Wie erwartet ging Ali nach unserer Rückkehr vom Markt schnurstracks zu Mohammed und berichtete ihm von dem Kampf. Und wie erwartet stellte er sich selbst als tapferen Krieger dar, der mir unbesonnenem Kind, das den ganzen Ärger verursacht hatte, zu Hilfe geeilt war.

Ich beeilte mich, gefolgt von der keuchenden Sauda, selbst mit Mohammed zu sprechen. Als ich im *Madschlis* eintraf, war Ali bereits dort und beschrieb mit stolzgeschwellter Brust, wie er und seine Freunde die Männer, die für den Streich mit Saudas Rock verantwortlich waren, getötet hatten. Dabei erwähnte er mit keinem Wort, dass er anfangs seine Pflicht vernachlässigt und sich mit seinen Freunden zum Plaudern getroffen hatte.

»Diese feigen Kainuka werden es nicht wieder wagen, über uns zu lachen, Vetter«, sagte er grinsend. »Mit diesen beiden Schwertspitzen habe ich jedem Mann, der sich mir näherte, die Augen ausgestochen. Jetzt hat ihre Weigerung, die Wahrheit des Islam zu erkennen, sie im wahrsten Sinne des Wortes blind gemacht.«

Während ich mir Alis Prahlerei anhörte, widerstand ich dem

Drang, von meinen eigenen Heldentaten zu berichten. Ich war nicht stolz auf das Blutbad, das durch einen banalen Streich ausgelöst worden war. Außerdem wusste Mohammed sowieso, dass ich mich gegen erfahrene Kämpfer nicht lange zur Wehr setzen konnte, jedenfalls nicht allein. Wenn ich ihm beschrieb, welche Rolle ich in der hässlichen Szene gespielt hatte, würde ich auch von Safwan erzählen müssen. Immer noch ganz verwirrt von der Begegnung mit ihm, war ich alles andere als in der Lage, mit Mohammed über ihn zu sprechen.

Als Sauda und ich durch die Tür kamen, zeigte Ali mit dem Finger auf mich.

»Hier kommt diejenige, die das alles ausgelöst hat«, sagte er. »*Ya* Mohammed, du hättest sie mal sehen sollen. Ein Mädchen, schlimmer noch, deine Frau, die lauthals den gesamten Markt herausfordert! Sie hat das Versprechen, das sie dir gegeben hat, bei der erstbesten Gelegenheit gebrochen.«

Meine Ohren brannten, als wären seine Lügen Kerzenflammen. Dennoch schwieg ich aus Furcht, der Name Safwan könnte fallen – während ich mich gleichzeitig nach einer Nachricht von ihm sehnte. Was war mit ihm geschehen, nachdem wir fortgeritten waren? War er verwundet oder gar getötet worden? Ich versuchte mich zu erinnern, ob ich ihn in dem Gewühl gesehen hatte, nachdem ich auf mein Pferd gestiegen war. Andererseits war Safwan schon immer gut im Verschwinden gewesen.

Zum Glück hatte Sauda keine Skrupel, von ihren Erlebnissen zu berichten.

»*Ya Nabi*, du hättest Aisha sehen sollen«, sagte sie. »Die Kleine hat drei Männer in Schach gehalten! Sie hat ihnen gedroht, sie alle zu töten, wenn sie uns nicht in Ruhe ließen. Hätte sie es nur getan!«

Ali verschränkte die Arme vor der Brust. »Ja, sie wären gestorben – vor Lachen. Du hättest mal erleben sollen, wie sie mit dem Kinderschwert um sich geschlagen hat, das du ihr gegeben hast. Sie war eine größere Gefahr für sich selbst als für alle anderen. Ich habe dir gleich gesagt, Vetter, dass sie ins Haus gehört.«

»Bei Allah, sie hat mich verteidigt«, sagte Sauda, »als niemand anders zur Stelle war.«

Mohammed sah mich mit zusammengezogenen Brauen an. »Ich habe nur den Entwaffnungstrick angewendet, den du mir beigebracht hast«, sagte ich. »Das hat sie zumindest einen Moment lang abgelenkt. Außerdem«, zu meinem Verdruss spürte ich, wie ich errötete, »habe ich nicht allein gekämpft. Jedenfalls nicht die ganze Zeit.«

»Ja, das ist richtig. Dieser Junge ist dir zu Hilfe gekommen«, sagte Sauda. »Aber er war kein besserer Kämpfer als du.«

»Safwan ibn al-Mu'attal«, sagte Ali. Er schaute mich mit zusammengekniffenen Augen an, als hätte er mich bei einer Lüge erwischt. »Was hatte er überhaupt auf dem Markt zu suchen, Aisha?«

»Woher soll ich das wissen?«, fragte ich schnippischer als beabsichtigt. Was warf Ali mir vor? Er nickte grinsend, als hätte ich gerade seinen Verdacht bestätigt.

Plötzlich sah ich wieder Safwans schön geschnittenes Gesicht vor mir, als er mir mit dem Palmenfächer Luft zugefächelt hatte, und mir brach der Schweiß aus. Ali musterte mich so forschend, dass ich fürchtete, er könnte meine Gedanken lesen. Hatte er etwa beobachtet, wie Safwan und ich miteinander geredet hatten? Hatte er gesehen, wie nah Safwan mir gekommen war und dass ich mich nicht von der Stelle gerührt hatte?

»*Ya* Aisha, hatte Mohammed dir nicht aufgetragen, mich zu rufen, sobald es Ärger gab?«, fragte Ali. »Stattdessen hast du einen Streit vom Zaun gebrochen, ohne auch nur einmal meinen Namen zu rufen.«

Mohammed sah mir durchdringend in die Augen, und die Vene an seiner Stirn trat hervor – immer ein Zeichen dafür, dass er zornig war.

»Du hast heute sehr unbesonnen gehandelt, Aisha«, sagte er. »Diese Männer hätten dich töten können. Vielleicht wäre es klug von mir, deine Freiheit für eine Weile einzuschränken, bis du lernst, dich zu beherrschen.«

»Bei Allah, tu das nicht!«, stieß ich verzweifelt hervor. »Ich verspreche dir, dass nichts dergleichen jemals wieder vorkommen wird.«

»Aber du hast bereits ein Versprechen gebrochen, das du mir gegeben hattest. Du hattest gesagt, du würdest dich an Ali wenden, falls es Ärger geben sollte.«

Ich senkte den Blick, um seine Enttäuschung nicht zu sehen. Ich war so erpicht darauf gewesen, allen zu zeigen, wie gut ich mit dem Schwert umgehen konnte, dass ich ganz vergessen hatte, nach Ali zu rufen. Und Mohammed hatte recht, ich hatte unbesonnen gehandelt.

»Ich wollte mein Versprechen halten«, sagte ich. »Aber alles ist so schnell gegangen, und ich wollte Sauda beschützen …«

»Aisha ist sehr temperamentvoll«, sagte Sauda, um ein gutes Wort für mich einzulegen. »Sie wollte keinen Schaden anrichten.«

»Sie braucht eine starke Hand«, ereiferte sich Ali. »Sauda ist schon immer zu nachsichtig gewesen. Obwohl deine Töchter natürlich sehr gut erzogen sind, Vetter.« Seine Augen durchbohrten mich wie Dolche. »Wenn du nicht vorhast, deiner Kindbraut Grenzen zu setzen, dann wird deine zukünftige Frau das vielleicht tun. Hafsa bint Omar könnte eine gute Hauptfrau deines Harems werden, und sie wird dafür sorgen, dass so eine Katastrophe nicht noch einmal passiert.«

»Eine neue Frau?«, fragte ich Mohammed, als er mich später in meiner Hütte aufsuchte. »Aber warum? Ich bin doch gerade erst eingezogen. Langweilst du dich schon mit mir?«

»Selbstverständlich nicht, Aisha«, antwortete Mohammed. Er zog mich auf seinen Schoß. »Aber Omar möchte unsere Familien stärker aneinander binden, und deshalb hat er mir die Hand seiner Tochter Hafsa angeboten. Ihr Mann ist im Kampf für unsere Sache gefallen, und sie hat niemanden, der sie beschützt.«

»Heißt das, du wirst alle Frauen heiraten, die durch die Schlacht von Badr zu Witwen geworden sind?« Ich setzte einen verschlagenen Blick auf, um meinen Kummer zu verbergen. »Wo sollen die denn alle wohnen?«

Natürlich wusste ich, dass er nicht alle Witwen der *Umma* heiraten würde. Omar war ein besonderer Fall. Früher ein erbitterter Gegner des Islam, war er zu einem wichtigen Mitglied des engsten

Kreises von Mohammeds Gefährten geworden. »Ich muss seine Tochter heiraten«, erklärte Mohammed. »Es gibt keine andere Möglichkeit.«

Omar sei bereits genug gedemütigt worden, fuhr er fort. Zuerst hatte er Mohammeds Gefährten Othman gefragt, ob er Hafsa zur Frau nehmen wolle. Aber Othman, ein dicker, wohlhabender Mann mit einem Schnurrbart so lang wie ein Pumpenschwengel, hatte gerade erst Mohammeds Tochter Umm Kulthum geheiratet und geantwortet: »Ich kann nicht so kurz danach wieder eine Frau nehmen.«

»Aus Respekt vor Othman hat Omar das hingenommen«, sagte Mohammed. »Dann ist er zu Abu Bakr gegangen.«

Ob mein Vater die schöne Hafsa heiraten wolle, hatte Omar gefragt. *Abi* hatte den Kopf gebeugt und seine Hände betrachtet und sich gefragt, was er tun solle. Wenn er ja sagte, hätte er eine jähzornige Frau am Hals, die den Frieden in seinem Haus stören würde. Aber ein Nein wäre eine Beleidigung für Omar. Also sagte er nichts. Während mein Vater schweigend vor ihm stand, wurde Omars Gesicht erst rot, dann grau wie verbrannte Kohle, und dann war er zu Mohammed geeilt.

»Diese so genannten Freunde verspotten mich mit Gleichgültigkeit gegenüber meiner Tochter«, hatte er sich beklagt.

»Othman und Abu Bakr haben sie abgelehnt, weil ich sie darum gebeten habe«, antwortete Mohammed. »Denn ich möchte Hafsa selbst heiraten.«

Nachdem Mohammed seine Geschichte beendet hatte, hielt ich mir den krampfenden Magen. Hafsa bint Omar war bekannt dafür, dass sie eine verwöhnte, ichsüchtige Frau war, die ihre Nachbarn schon so manches Mal mit ihrem Gezeter um den Schlaf gebracht hatte.

»Wenn du dir unbedingt noch eine Frau nehmen musst«, sagte ich, »kannst du dann nicht eine nettere heiraten? Hafsa wird mich zu ihrem Papagei machen, und ich werde ganz unglücklich sein.«

Mohammed lachte in sich hinein. »Du, die Nebenfrau? Als Papagei beschimpft? So wie du dich heute gegen Ali behauptet hast, wage ich das zu bezweifeln.«

Ich konnte nur hoffen, dass er recht behalten würde – aber war meine Mutter nicht früher auch eine starke Frau gewesen? Als ich das belustigte Funkeln in seinen Augen sah, wagte ich noch einen Versuch.

»Omar ist erst kürzlich zum Islam konvertiert, und vor der *Hidschra* nach Medina war er ein enger Vertrauter von Abu Sofian«, sagte ich. »Woher willst du wissen, dass er kein Spion ist? Wenn du seine Tochter heiratest, bringst du uns womöglich alle in Gefahr.«

Mohammed schüttelte den Kopf. Unsere Armee habe die Koreischiten in Badr vernichtend geschlagen, erinnerte er mich. Dieser Sieg habe die *Umma* nicht nur gestärkt und geeint, sondern Abu Sofian – und dem ganzen Hidschaz – auch gezeigt, dass man uns fürchten und respektieren musste.

»Diese Ehe dient dem Wohl der *Umma*«, sagte er. »Wir sind eine sehr junge Gemeinschaft, und wir tun etwas, was es unter Arabern noch nie gegeben hat – wir haben unser Stammesgebiet verlassen, um eine Familie außerhalb der Verwandtschaftsbindungen zu gründen. Hafsas Witwenschaft hat einen Keil zwischen meine engsten Gefährten getrieben. Wenn ich diesen Keil lösen kann, indem ich sie heirate, dann werde ich das selbstverständlich tun.«

Nach jenem schrecklichen Tag auf dem Markt versuchte Mohammed, mit den Kainuka Frieden zu schließen, aber sie verspotteten ihn nur, bewarfen ihn mit Steinen und forderten ihn auf, beim nächsten Mal anstatt eines Mädchens und einer alten Frau richtige Männer in den Kampf zu schicken. Besorgt um unsere Sicherheit, schickte Mohammed die Männer der *Umma* los, um den ganzen Stamm aus der Stadt zu vertreiben. Dann, nachdem dieses Problem gelöst war, traf er Vorbereitungen für die Hochzeit mit Hafsa.

Ich hatte eingesehen, warum Mohammed wieder heiraten musste, dennoch schleppte ich mich am Tag der Hochzeit mit betrübt hängendem Kopf im Hof herum. Sauda dagegen strahlte übers ganze Gesicht und gratulierte Hafsa, aber für mich war es alles andere als ein Vergnügen, eine gehässige Schwesterfrau im Harem willkommen zu heißen. Erst recht eine Frau von ausnehmender

Schönheit, die in ihrem teuren, leuchtend blauen Kleid mit dem Hochmut eines Pfaus umherstolzierte.

Widerstrebend ging ich an der hohen Dattelpalme vorbei, zwischen den alten Akazien hindurch, über das hohe, graue Gras und den blutroten Sand zu dem Ghazabaum, unter dem Hafsa stand. Immer wieder wanderte mein Blick zu ihrem Kleid, als wäre sie eine Blume und mein Blick eine hungrige Biene: zu ihrem Unterkleid aus feinstem Chiffon, der noch tiefer blau schimmerte als der Mittagshimmel, zu ihrem reich bestickten, violetten Seidenkleid, das an den Seiten geschlitzt und tief ausgeschnitten war, um das herrliche Blau darunter sichtbar werden zu lassen, zu dem Gürtel aus kostbarer blauer Spitze, den sie um die Taille trug, zu dem ebenfalls tiefblauen Kopftuch über ihrem tuscheschwarzen Haar, das sie bestimmt mit Indigo färbte. Plötzlich kam mir mein rot-weiß-gestreiftes Kleid armselig vor, und mein rostrotes Haar greller denn je.

Als ich mich näherte, stand Ali lächelnd auf und flüsterte ihr etwas zu. Sie lachte, warf einen kurzen Blick in meine Richtung und antwortete ihm so leise, dass er sich vorbeugen musste, um sie zu verstehen. Er lachte auch, und die beiden tauschten verschwörerische Blicke aus, ehe er sich Mohammed zuwandte.

Während ich vor Mohammed und Hafsa stand und die Segenswünsche nicht herausbekam, weil ich wie ein unbeholfenes Kind über die verhassten Worte stolperte, grinste Ali voller Genugtuung. Hafsa schaute mich an und hob dabei ihre Nase so hoch, als wollte sie die Vögel einladen, sich darauf niederzulassen. Tatsächlich erinnerten mich ihre säuberlich gezupften Augenbrauen an flatternde Vögel, weil sie sie ständig über ihren mandelbraunen Augen hob und senkte.

»Was für ein hübsches Kleid«, sagte sie und zog die Brauen schon wieder hoch. Der Geschmack in meinem Mund war bitter wie Traubenkerne. Ihr herablassender Ton machte mich so wütend, dass ich ihr am liebsten die glänzenden Haare ausgerissen hätte, die sie sich immer wieder von der Schulter schüttelte. Neben uns stand Sauda, befingerte ihr Amulett gegen den bösen Blick und wünschte Mohammed ein glückliches Leben mit seiner neuen Frau.

»Du musst Aisha sein, die Kindbraut«, sagte Hafsa. Ihre Worte tropften wie Gift von ihrem falschen Lächeln.

»Ich bin Mohammeds Lieblingsfrau«, erwiderte ich und funkelte sie zornig an, um sie gleich wissen zu lassen, dass ich beabsichtigte, das auch zu bleiben.

Sie hob eine zarte Hand vor ihren kokett gähnenden Mund. »Wie schön für dich«, sagte sie und tätschelte mir den Kopf. Ich widerstand der Versuchung, ihre Hand wegzuschlagen. »Ich hoffe, du konntest seine Aufmerksamkeit genießen, solange du sie hattest.« Sie schaute Ali an, der uns mit einem listigen Lächeln beobachtete, dann wandte sie sich wieder mir zu. »Wenn er erst einmal seine sieben Nächte mit mir verbracht hat, wirst du feststellen, dass seine Gefühle sich geändert haben.«

»Ja, nach sieben Nächten allein mit dir wird mein Mann mich mehr lieben denn je«, entgegnete ich. Ihre Brauen schossen so hoch, als wollten sie endgültig fortfliegen.

Am nächsten Tag jedoch konnte ich nicht feststellen, ob Mohammed mich tatsächlich mehr liebte als zuvor. Als ich ihnen am Morgen in Hafsas neuer Hütte ihre Mahlzeit servierte, saßen die beiden so dicht beieinander auf einem Kissen, dass sie genauso gut auf seinem Schoß hätte sitzen können. Und mit welchem Appetit Mohammed sich über sein Essen hermachte! Zusammen mit der heißhungrigen Hafsa vertilgte er einen Berg Datteln, der fast so groß war wie ihr Kopf.

Hafsa sah großartig aus. Ihr dichtes Haar fiel ihr wie ein Strom aus Tusche über die Schultern. Ihre Pumphose aus blauer, mit gelben Vögeln bestickter Seide bauschte sich um die Hüften und betonte ihre üppigen Formen. Sie hatte ihre Augen bereits dick mit Kajal geschminkt, was sie noch erotischer wirken ließ. Die Blicke, mit denen sie Mohammed bedachte, waren auf kokette Weise abwechselnd einladend und zurückweisend, gefolgt von einem hellen Lachen. Um den Hals trug sie eine Kette aus Lapislazuliperlen mit goldenen Einschlüssen, die wie Sterne auf einer dünnen, bronzefarbenen Schnur funkelten.

Die beiden turtelten ununterbrochen miteinander, und als ich an die Nacht dachte, die sie gerade miteinander verbracht hatten, an Hafsas Körper unter Mohammeds, drehte sich mir der Magen um. Da beugte Hafsa sich auch noch an ihm vorbei nach vorne, um sich ein Stück Obst zu nehmen, wobei ihre Brust ganz leicht seinen Arm berührte. Er gab einen kehligen Laut von sich und schaute sie mit einem Appetit an, den alle Datteln im ganzen Hidschaz nicht würden stillen können.

»Bei Allah! Die Ehe hat euch beide wohl sehr hungrig gemacht«, bemerkte ich und zwang mich zu lachen, um Mohammeds Aufmerksamkeit auf mich zu ziehen, doch er schien mich gar nicht wahrzunehmen.

»Ja, wir sind unersättlich.« Hafsa nahm eine Dattel, schob sie Mohammed ganz langsam zwischen die Lippen und zog dann ihre Finger genauso langsam zurück, während sie ihn heißblütig anschaute. »*Ya Habib*, was ist das für eine Geschichte von einem Aufruhr auf dem Kainuka-Markt, die mir zu Ohren gekommen ist? Hat deine Kindbraut wirklich einen Kampf angezettelt? Wenn ich im Harem das Sagen hätte, dann wäre das nie passiert.«

In meinem Bauch braute sich etwas zusammen, das mir die Nackenhaare sträubte.

Sie sah mich mit hochgezogenen Brauen an. »Ach, du bist ja noch hier? Und betrachtest meine Halskette, wie ich sehe. Sie ist ein Geschenk von Mohammed, das er mir zum Zeichen seiner Liebe gemacht hat. Du hast bestimmt eine ebenso schöne Kette.«

»Ein Zeichen?«, erwiderte ich. »Wozu brauche ich ein Zeichen, wenn ich seine Liebe habe?«

Aber liebte Mohammed mich wirklich? Hatte er mich auch nur ein einziges Mal angesehen, als ich ihm und seiner neuen Frau am Morgen das Essen serviert hatte? Als ich mit meinem leeren Teller über den Hof ging, fragte ich mich, ob meine Befürchtungen sich bewahrheiteten. Würde Hafsa Mohammeds Herz erobern und seine Hauptfrau werden? *Bitte, Allah, habe ich nicht schon genug gelitten?* Ich musste eine Möglichkeit finden, sie von diesem Thron zu stoßen. Aber wie? Sie hatte noch sechs Tage allein mit Mohammed vor sich und zwei prächtige Brüste, mit denen sie ihn betören konnte.

Ich, die ich immer noch so jungfräulich war wie ein Neugeborenes, konnte nicht mit ihr konkurrieren. Im Kochzelt stellte ich den Teller so vehement ab, dass er in zwei Teile zerbrach.

»Bei Allah, was ist denn in dich gefahren, Aisha?«, fragte Sauda kopfschüttelnd, nahm mein Gesicht in beide Hände und schaute mich an. »Du siehst ja aus, als würdest du gleich weinen.«

»Weinen? Aus welchem Grund denn? Bloß weil mein Mann sich in eine andere Frau verliebt und mich plötzlich ganz vergessen hat?«

Sauda grinste. »Du weißt doch, wie das in den ersten Nächten ist. Dann sind sie wie zwei brünstige Ziegen und können gar nicht voneinander lassen. Aber das hält nicht lange an.«

Ich runzelte die Stirn. Einen schwitzenden, grunzenden Mann auf sich zu haben sollte angenehm sein? Den Eindruck hatte ich an dem Tag, als wir in Hamals Fenster gelugt hatten, überhaupt nicht gewonnen. Andererseits hatte Dschamila Hamal nicht weggestoßen. Ich spürte, wie Sauda mich musterte. Wahrscheinlich fragte sie sich, warum ich ihr nicht zustimmte, und würde gleich erraten, dass meine Ehe noch nicht vollzogen war. Um sie abzulenken, hob ich die Scherben des Tellers auf und warf sie ins Feuer.

»Sie wird bald die Führung des Harems übernehmen«, murmelte ich. »Dann können wir beide uns gleich umbringen.«

Sauda runzelte die Stirn. »Das ist eigentlich meine Rolle. Aber ich möchte sie nicht, Aisha. Ich habe die Kinder großgezogen, die Mohammeds erste Frau ihm geschenkt hat, und ich habe meinen Jungen aus meiner ersten Ehe. Ich habe in meinem Leben genug Zeit damit verbracht, Anweisungen zu geben.«

Hoffnung keimte in mir auf. »Dann könntest du doch mich zur Hauptfrau machen.«

Sie schüttelte den Kopf. »Du bist viel zu jung, um einen Haushalt zu führen.«

»Aber nicht zu jung, um für dich zu kämpfen«, erinnerte ich sie.

Sauda legte nachdenklich den Kopf schief, dann musste sie lachen. »Bei Allah, du sprichst so wahr wie der Engel Gabriel. Also gut, Aisha, ich werde dich zur Hauptfrau des Harems bestimmen.«

Ich wollte ihr gerade vor Freude um den Hals fallen, doch sie hob abwehrend eine Hand. »Freu dich nicht zu früh«, sagte sie. »Erst muss Hafsa bint Omar zustimmen.«

Ich stampfte auf dem Lehmboden auf. »Sie wird mich nie als Autorität akzeptieren, und Mohammed ist zu verliebt, um sie dazu zu bringen.«

»Aber bestimmt nicht mehr lange.« Sauda lachte in sich hinein. »Hafsa ist schrecklich jähzornig, noch schlimmer als ihr Vater, wie ich gehört habe. Kennst du das Sprichwort ›Ein Nagel mit stumpfer Spitze bringt Schande über sich selbst‹? Wir werden nicht allzu lange auf ihren ersten Wutausbruch warten müssen, du wirst schon sehen. Dann werden die Wolken über den Augen des Propheten sich wieder lichten.«

Mir kam eine Idee. Eine gute – aber zugleich eine schlechte. Ich redete sie mir aus, aber nachdem Hafsa mich am nächsten Tag zum dritten Mal als *Papagei* verunglimpft hatte – und Mohammed wiederholt nahelegte, mich im Haus zu halten –, überlegte ich es mir wieder anders. Irgendetwas musste unternommen werden, und zwar bald. Es war nicht zu übersehen, dass Ali ihr Verbündeter war. Ich hoffte inständig, dass Mohammed ihr nichts davon sagte, dass unsere Ehe noch nicht vollzogen war, sonst würde sie die wichtigste Position im Harem sofort an sich reißen.

Sie musste gedemütigt werden. Wenn ich ihr erzählte, was ich wusste, würde sie mir gegenüber nie wieder hochnäsig sein. Wie konnte eine Frau wie ein Pfau umherstolzieren, nachdem so viele Männer sie zurückgewiesen hatten?

Aber Mohammed hatte mich schwören lassen, das Geheimnis für mich zu behalten. Um Hafsa zu demütigen, würde ich ihn verraten müssen. Ich überredete Sauda, den beiden ihre Mahlzeiten zu bringen, denn ich fürchtete, dass ich meine Zunge nicht würde zügeln können. Aber am Freitag, fünf Tage nach der Hochzeit, schlenderte Hafsa ins Kochzelt und verlangte Dattelsaft. Dann blieb sie gelangweilt stehen und sah zu, wie Sauda und ich das Geschirr von ihren Mahlzeiten mit Mohammed säuberten.

»Ich sagte, ich will Dattelsaft«, fauchte sie. »Seid ihr beide taub?«

Nur die Hauptfrau eines Harem hatte das Recht, anderen Befehle zu erteilen. »Hast du etwas gehört, Sauda?«, fragte ich.

»Ich beanspruche die Rolle der Hauptfrau im Harem«, verkündete Hafsa, verschränkte die Arme vor der Brust und trommelte mit den hennaroten Fingernägeln auf ihrem Unterarm. »Ihr wisst ja, was das bedeutet. Ihr habt jeden meiner Wünsche zu erfüllen.«

»Oh, wir alle haben Wünsche, nicht wahr, Sauda?«, bemerkte ich. »Ich zum Beispiel wünsche mir Hilfe beim Abwasch.«

»Ich wünsche, dieses Zelt zu verlassen, bevor ich etwas Unheiliges sage«, stieß Sauda hervor und eilte davon, um Wasser zu holen.

»Ich weiß, was deine Wünsche sind, Aisha.« Hafsa reckte ihre lange, elegante Nase hoch. »Wie bedauerlich, dass dein Mann sie dir nicht erfüllt.«

Eine ganze Weile stand ich reglos da, blinzelte in ihr grinsendes Gesicht und fragte mich, wie viel sie über Mohammed und mich wusste. Hatte er ihr erzählt, dass unsere Ehe nicht vollzogen worden war?

»Wie seltsam, dich über Mohammeds Gefühle sprechen zu hören«, sagte ich. »Wo er doch gar keine Gefühle für dich hat.«

»Ach nein? Was glaubst du denn wohl, warum er mich geheiratet hat?« Ihre Brauen flogen hoch. Meine schlechte Idee kam mir wieder in den Sinn und mischte böse Wünsche in meine guten Vorsätze – den Wunsch, Hafsa zu demütigen und mich über sie zu stellen. Dann, ehe ich recht wusste, wie mir geschah, war mir die schlechte Idee schon herausgerutscht.

»Mohammed wollte dich gar nicht heiraten«, sagte ich. »Dein Vater hat ihn darum gebeten, und Mohammed hat ihm den Gefallen getan.« Hafsa verdrehte die Augen und stieß ein kurzes Lachen aus. Als ich sah, dass sie mir nicht glaubte, erzählte ich ihr, wie Omar von einem Mann zum anderen gegangen war, um einen Ehemann für sie zu finden – wobei ich die Geschichte noch ein bisschen nach eigenem Geschmack ausschmückte.

Dabei beobachtete ich, wie ihr überhebliches Lächeln erstarb und sich tiefe Falten in ihre Stirn gruben. Das triumphierende Leuchten in ihren Augen verwandelte sich in zorniges Funkeln. Das waren die ersten Anzeichen des schrecklichen Jähzorns, von dem ich gehört hatte! Meine Worte machten ihren ganzen Stolz zunichte. Als ich geendet hatte, rollte eine einzelne Träne über ihre Wange und hinterließ eine schwarze Kajalspur.

Aber jetzt war es zu spät für eine Umkehr. »Dein Vater musste Mohammed auf Knien anflehen, damit er dich heiratete«, sagte ich.

»Wo hast du das gehört?«, kreischte sie. »Wie kannst du solche verletzenden Gerüchte verbreiten? Warte nur, bis Mohammed davon hört. Dann wird er dich schlagen, bis dein Rücken so rot ist wie dein Haar!«

»Ich war dabei, als dein Vater Mohammed angefleht hat, dich zu nehmen«, log ich.

»Du Hündin!«, schrie sie. »Ich werde dich eigenhändig verprügeln für deine Lügenmärchen.« Dann ging sie mit Fäusten, Fingernägeln und Zähnen auf mich los, bis Sauda uns mit Armen so dick und muskulös wie die eines Ochsen trennte.

»Schluss jetzt! Schämt ihr euch nicht, euch zu prügeln wie Beduinenweiber?«, schnaubte Sauda. »Die Ehefrauen des Propheten. Was würde er wohl dazu sagen, wenn er euch sehen könnte?«

»Er würde sagen, dass sie Prügel verdient für ihre frechen Lügen!«, kreischte Hafsa und zeigte mit dem Finger auf mich.

»Still! Du machst mich noch taub«, sagte Sauda. »Was für Lügen, Aisha?«

»Ich habe ihr nur erklärt, aus welchem Grund Mohammed sie geheiratet hat«, antwortete ich. »Aber die Wahrheit tut manchmal weh.«

Sauda griff nach ihrem Amulett. »O nein, Aisha, das hast du nicht getan!«

»Diese Geschichte ist eine Lüge!« Hafsa hörte gar nicht mehr auf zu schreien. »Mein Vater hat mir selbst erzählt, wie es gewesen ist. Jeder Mann in der *Umma* wollte mich zur Frau haben, aber Mohammed hat sie alle ausgestochen. Mein Vater hat nirgendwo gebettelt. Sauda kennt die Wahrheit. *Ya* Sauda, sag ihr, dass Mohammed meinen Vater um meine Hand gebeten hat.«

Schweißperlen bildeten sich wie Blasen auf Saudas Stirn und

Oberlippe. Sie bückte sich, um die Teller aufzuheben, die ich gestapelt hatte, und richtete sich wieder auf. »Bei Allah, es spielt keine Rolle, wer wen gebeten hat«, sagte sie. »Du bist mit dem Propheten Gottes verheiratet, alles andere ist unwichtig.«

Hafsa stampfte mit dem Fuß auf. »Du bist auf ihrer Seite, ich hab's gewusst! Bei Allah, ich weiß, wo ich die Wahrheit erfahre.« Sie stieß Sauda so unsanft aus dem Weg, dass ihr die Teller aus den Händen fielen, und bei dem lauten Scheppern hörte Hafsa nicht, wie ich ihr riet, Mohammed nicht zu stören, während er sich auf einen Gottesdienst vorbereitete. Wütende Flüche auf den Lippen, stürmte sie aus dem Zelt und hinterließ eine Staubwolke, die Sauda und mich einhüllte, als wir die zerbrochenen Teller aufhoben.Sauda schaute mich kopfschüttelnd an. »Du bist ein gutes Mädchen, Aisha, aber jetzt hast du einen großen Fehler begangen.«

»Sie hat mich wütend gemacht«, entgegnete ich. Sauda schnaubte. Wie in einem Traum gingen wir zum Zelteingang. Keine von uns wagte es, ein Wort zu sagen.

Aus der Moschee hörten wir Geschrei und lautes Scheppern. Wir hörten Hafsas Schluchzer, die klangen wie das Kreischen eines Klageweibs, und Mohammeds tiefe Stimme, die sich näherte. Mein Puls raste, und mir wurde so schwindlig, dass ich mich an Sauda festhalten musste. Würde er Hafsa wegen ihres Tobsuchtsanfalls verstoßen? Das wäre für sie eine Katastrophe und meine Schuld. Aber nein, seine Freundschaft mit Omar war zu wichtig.

Verborgen hinter dem Zelteingang sahen wir Mohammed mit versteinertem Gesicht über den Hof kommen. Sein rotes Zeremoniengewand war mit schwarzem Kajal verschmiert, und sein Turban saß ihm schief und halb aufgelöst auf dem Kopf. Er stürmte auf Hafsas Hütte zu, und sie rannte, seinen Namen kreischend, hinter ihm her.

»Bin ich etwa weniger wert als ein Esel, der wenigstens an den höchsten Bieter verkauft wird?«, schrie sie, stolperte und fiel auf die Knie.

Ich wollte ihr zu Hilfe eilen, doch Sauda hielt mich am Arm fest. »Du hast genug Schaden angerichtet.«

Ja, das hatte ich wirklich – leider! Und ich konnte es nicht mehr rückgängig machen. *Vergib mir für den Schmerz, den ich verursacht habe*, betete ich. Hafsa rappelte sich auf und lief in ihre Hütte. Sauda und ich hörten ihre Schreie, wahrscheinlich hörte sie ganz Medina.

Nach einer Weile wurde es stiller. Sauda und ich standen schweigend da und warteten. Die Tür der Hütte öffnete sich, und Mohammed trat heraus. Er hatte seinen Turban wieder in Ordnung gebracht, aber die schwarzen Flecken auf seinem Gewand waren noch zu sehen. Als er am Kochzelt vorbeiging, drehte er sich um und sah mich an.

In seinen Augen lagen Enttäuschung über den Verrat, Zorn, Fassungslosigkeit.

»Möge Allah dir vergeben, Aisha.« Seine ruhige Stimme versagte ihm, und seine Augen füllten sich mit Tränen. Ich breitete hilflos die Hände aus, wünschte, ich könnte ihm seinen Kummer abnehmen, doch er bleckte die Zähne.

»Und möge er mir die Kraft geben, dir ebenfalls zu verzeihen«, sagte er. »Ich weiß, dass du mit deinen grausamen Worten nur ein Herz brechen wolltest. Aber, bei Allah, mit deinem Verrat hast du gleich zwei Herzen gebrochen.«

7

MOHAMMED IST TOT

Uhud, April 625

In den Wochen nach jenem schrecklichen Abend, an dem ich Hafsa gedemütigt hatte, wählte Mohammed mir gegenüber seine Worte mit großer Vorsicht. Das traf mich so sehr, dass ich jedes Mal hätte weinen können, aber ich konnte ihm seine Reserviertheit nicht verübeln: Ich hatte sein Vertrauen nicht verdient.

Aber ich schwor mir, dass sich das am Berg Uhud ändern würde. Dort würden wir der Armee Abu Sofians entgegentreten.

Abu Sofian führte eine Armee nach Medina. Die Berichte unserer Kundschafter hatten niemanden überrascht: Wir wussten schon lange, dass er Krieger um sich sammelte. Nach der demütigenden Niederlage der Koreischiten in Badr musste er seinen Ruf wiederherstellen, denn seitdem kursierten in ganz Hidschaz Spottverse über die Mekkaner. *Faule Kaufleute mit weichen Händen und noch weicheren Köpfen* lautete eine berühmte Zeile unseres Poeten Hassan ibn Thabit.

Die Niederlage hatte Abu Sofian viele Verbündete unter den Beduinen gekostet – Stämme, unter deren Schutz er seine wertvollen Handelskarawanen zu stellen pflegte –, denn Beduinen kämpften lieber auf der Seite der Sieger. Bei einigen dieser Stämme, die einzig und allein an Beute und Sklavinnen interessiert waren, galt Loyalität überhaupt nichts. Und solange es ihm nicht gelang, unsere Armee zu besiegen, konnte Abu Sofian weder das eine noch das andere liefern.

Als wir hörten, dass Abu Sofian mit fünfhundert Mann auf unsere Stadt zumarschierte, waren wir auf ihn vorbereitet. Unsere Armee hatte seit Monaten an den Waffen geübt.

»Sollen sie ruhig kommen«, sagte Mohammed, als er auf seinem Baumstumpf in der Moschee stand und der *Umma* von dem bevorstehenden Angriff berichtete. »Auf unserem eigenen Territorium werden wir sie mit Leichtigkeit schlagen.«

Aber er wurde überstimmt. Die Männer, die in Badr gekämpft hatten, galten in der *Umma* als Helden, und diejenigen, die bei der Schlacht nicht dabei gewesen waren, brannten darauf, ihrerseits Ruhm zu erwerben. Im Schutz der Stadtmauern Pfeile abzuschießen war längst nicht so aufregend, wie in einer Schlacht Mann gegen Mann Köpfe abzuschlagen. *Wir müssen ihnen im offenen Kampf entgegentreten*, riefen diese Heißsporne. *Gib uns auch die Chance, zu Märtyrern Allahs zu werden*.

Schließlich lenkte Mohammed ein. »Soll ich es ihnen verwehren, wenn sie unbedingt kämpfen wollen?«, sagte er zu mir, als ich Einwände erhob. Also legten Mohammed und seine Krieger das Wenige an Rüstung an, das sie hatten, sammelten die Frauen zusammen, die freiwillig mitkommen wollten, um zu helfen, ritten die ganze *Barid* bis zum Berg Uhud und warteten, wie sie es schon in Badr getan hatten.

Zu meiner großen Freude hatte Mohammed mir erlaubt, mich der Armee als Helferin anzuschließen, aber insgeheim hoffte ich auf eine Chance, mit den Männern gegen die Koreischiten zu kämpfen. Ich konnte mich noch gut an Abu Sofians hässliches Gesicht erinnern, als er die arme Raha in Mekka geschlagen und verschleppt hatte. Seit jener Nacht schürte ich ein Feuer des Hasses in meiner Brust und wartete auf den Tag, an dem ich dieses verfressene Schwein für seine Grausamkeit bestrafen konnte. Als Mädchen war es mir nicht gestattet, mich unter die Krieger zu reihen, obwohl ich wusste, dass ich besser kämpfen konnte als die Hälfte unserer Männer. In der Schlacht von Badr hatten ein paar Frauen ein Schwert geführt, aber in erster Linie waren wir dazu da, Wasser zu holen und die Verwundeten zu versorgen. Was auch immer Mohammed von mir verlangte, ich würde meine Aufgabe so gut wie möglich erfüllen, um ihm zu beweisen, dass ich seiner und des Islam würdig war.

Doch am Berg Uhud konnte ich an Mohammeds gerunzelter Stirn ablesen, dass er andere Sorgen hatte, als an mich zu denken. Er fragte sich, ob er, als er sich darauf eingelassen hatte, den Koreischiten hier entgegenzutreten, womöglich die falsche Entscheidung getroffen hatte. Die karge Landschaft, die nur aus Sand und schwarzen Felsen bestand, bot kaum Schutz. Und unsere Armee war bemitleidenswert klein. Wir waren mit tausend Mann aufgebrochen, doch dann hatten unsere Kundschafter berichtet, dass die Koreischiten mit dreitausend Kriegern auf Kamelen und zweihundert auf Pferden anrückten. Daraufhin war Ibn Ubayy, der Anführer der Heuchler mit seinen dreihundert Kriegern abgezogen.

Am späten Vormittag beobachteten wir Frauen fassungslos, wie die Armee der Koreischiten wie eine silberne Flut über die fernen Hügel strömte. Ihre Kettenhemden und ihre bunt bemalten Schilde reflektierten das helle Sonnenlicht, sodass mir die Augen brannten und mein Herz sich mit Angst füllte. Nicht weit unterhalb von uns ließ Mohammed unsere Soldaten eine lange Front bilden, den Rücken zu dem steilen Berg aus schwarzem Felsen. Nachdem er die ganze Nacht lang auf dem Berg eine Strategie ausgearbeitet und gebetet hatte, sah er ausgezehrt und blass aus, und seine Augen wirkten trüb.

»Wenn es den Koreischiten gelingt, auf den Berg und in unseren Rücken zu gelangen, sind wir verloren«, sagte er. Er ließ fünfzig Pfeilschützen auf dem felsigen Pass Aufstellung nehmen. »Bewacht den Berg, als wäre er eure Mutter«, befahl er ihnen. »Egal, was passiert, ihr dürft ihr nicht von der Seite weichen, verstanden? Haltet den Pass, selbst wenn ihr sehen solltet, wie Aasvögel uns das Fleisch von den Knochen reißen.«

Seine unheilvollen Worte versetzten mich in Angst und Schrecken, und zum ersten Mal wurde mir das Grauen des Kriegs bewusst. Mein Herz begann wie wild zu pochen und ließ sich auch nicht beruhigen, als Mohammed mit unseren Soldaten ein Gebet sprach. Wir Frauen auf dem Berghang stimmten ein, priesen Allah und baten um einen leichten Sieg.

»Sie mögen uns zahlenmäßig überlegen sein, aber wir haben Allah auf unserer Seite!«, rief Mohammed. Das Gebrüll unserer Männer, das sich wie ein *Samum* erhob, gab mir Hoffnung und munterte mich auf. Im Vergleich zu den gut ausgerüsteten Truppen, die in der Ferne den Staub aufwirbelten, bot unsere Armee einen bedauernswerten Anblick; die meisten Männer trugen nichts als ihre Dschellabas und hatten nicht einmal einen Schild, um sich zu schützen, und unsere Kavallerie verfügte nur über zwei Pferde. Aber was Mohammed gesagt hatte, stimmte: In Badr hatten wir die Koreischiten mit weniger Männern geschlagen – die noch dazu schlechter ausgebildet waren –, und so Allah wollte, würden wir sie auch heute wieder besiegen.

Ich wollte unbedingt kämpfen. Mohammed wusste, dass ich mit Schwert und Dolch umgehen konnte. Wenn ich ihn noch einmal bat, mich in die Reihen der Krieger aufzunehmen, würde er diesmal nachgeben? Als ich die Menge nach ihm absuchte, hörte ich eine vertraute Stimme. Vor Schreck blieb mir beinahe das Herz stehen.

»Ich hätte mir denken können, dass ich dich hier antreffen würde.«

Ich fuhr herum: Vor mir stand Safwan, groß und sehnig, mit einem Kettenhemd, das seine Brust und seine breiten Schultern wie eine silberne Haut bedeckte. Seine Augen glühten dunkel. Seine Mundwinkel verzogen sich zu einem angedeuteten Grinsen.

Ich wand mich unter seinem Blick. Was, wenn jemand beobachtete, wie wir einander ansahen? Ich senkte die Lider.

»Viel Glück.«

»*Ya* Aisha, du weißt, dass man nur mit Geschick eine Schlacht gewinnt. Das Glück hilft nur in Liebesdingen. Und auf diesem Gebiet habe ich nur Pech.«

»Mögest du bei den Koreischiten mehr Glück haben als bei den Frauen«, sagte ich mit zitternder Stimme, während ich mich ängstlich umschaute, ob uns jemand beachtete. Aber alle schienen zu sehr mit den Vorbereitungen für die Schlacht beschäftigt, um von einem Krieger und einer Helferin Notiz zu nehmen.

»Ich soll die Mekkaner töten, nicht küssen«, erwiderte Safwan. Ich spürte die Anziehungskraft seines Blicks, und fast gegen meinen Willen schaute ich ihn wieder an. Seine Augen waren wie Abgründe, dass ich fürchtete, hineinzufallen und mich darin zu verlieren. »Außerdem gibt es für mich nur eine Frau.«

Vom Pass her ertönte ein Schrei. *Die Koreischiten kommen! Im Namen Allahs, macht euch bereit zu töten oder getötet zu werden!* Ich drehte mich um und sah unsere Feinde mit Schwertern in den Händen und Tod in den Augen gegen uns anrennen wie ein Wirbelsturm. Entsetzt schrie ich auf und klammerte mich an Safwans Arm.

»Die Schlacht beginnt!«, stieß ich hervor und wollte schon zurück ins Lager laufen, doch Safwan tätschelte mir die Hand.

»Die wollen uns nur Angst einjagen«, sagte er. »Erst müssen wir noch die Förmlichkeiten hinter uns bringen. Du wirst sehen: Sie werden anhalten, sobald sie in Hörweite sind, und damit prahlen, wie sie uns alle abschlachten werden. Dann schicken sie ihre besten Krieger vor und wir die unseren, und die kampfen dann auf Leben und Tod. Und erst *danach* beginnt die Schlacht.«

Omar ging an uns vorbei. Mit den Federn an seinem Helm sah er aus wie ein Pfau. Als er mich erblickte, blieb er stehen und schrie mich an, ich solle mich ins Lager zu den Frauen begeben. Mit glühenden Wangen drehte ich mich nach Safwan um, aber er war verschwunden.

Omar betrachtete das Schwert an meiner Seite und streckte die Hand aus. »Her damit. Wir lassen keine Kinder auf dem Schlachtfeld kämpfen, schon gar keine Mädchen.«

Mein Schwert herausrücken? Eher hätte ich ihm meinen Arm gegeben. Aber die Männer um uns herum beobachteten das Geschehen. Einem von Mohammeds Befehlshabern den Gehorsam zu verweigern wäre ein unheilvoller Beginn für eine Schlacht. Also zog ich mein Kinderschwert aus der Scheide, händigte es Omar aus und ging zurück zu den Zelten.

Hafsa kam mir entgegen, als ich das Lager betrat. Seit unserem Streit hatte ich alles getan, damit sie mir verzieh, und endlich schien sie mir ihr Herz zu öffnen.

»Hast du etwa geglaubt, mein Vater würde dich an den Kämpfen teilnehmen lassen? Er wollte eigentlich überhaupt keine Frauen mitnehmen.«

»Er fürchtet bloß, ich könnte ihn übertrumpfen«, murmelte ich.

Die Armee der Koreischiten verteilte sich in der sandigen Ebene wie ein Schwarm Heuschrecken. Mir dröhnte der Puls in den Ohren, und Schweiß lief mir über den Rücken. Bei Allah, wie sollte unsere winzige Armee der Vernichtung entgehen? In der Mitte, in vorderster Front der Koreischiten, stand Abu Sofian, fett wie immer, leckte sich die Lippen mit seiner dicken Zunge und bleckte grinsend seine gelben Zähne. Mir stieg die Galle hoch, und ich sah mich verzweifelt nach einem Schwert um, als Ersatz für das, das Omar mir weggenommen hatte. *Bitte, Allah, gib mir die Chance, ihn heute zu töten.*

Zur Rechten von Abu Sofian warf ein junger Kämpfer, dessen Bart ihm fast bis an den Nabel reichte, finstere Blicke in unsere Richtung. Zu seiner Linken saß der berühmte Koreischitenkrieger Chalid ibn al-Walid kerzengerade auf einem dunklen Pferd; die Narbe in seinem Gesicht war deutlich zu erkennen.

Abu Sofian trat vor und hob die Hände, um seine Soldaten zum Schweigen zu bringen, woraufhin sich der Stimmenlärm und das Klirren von Metall allmählich legten. Unsere Armee stand in perfekter Formation, keiner zuckte auch nur mit einer Wimper.

»Männer von Medina!«, rief Abu Sofian. »Angehörige der Stämme der Chadradsch und der Aus! Wir hegen keinen Groll gegen euch. Ihr seid nicht diejenigen, die unsere Karawanen überfallen und unser Gold und Silber stehlen. Ihr seid nicht diejenigen, die versuchen, unsere Stadt zu zerstören, indem sie unsere Götter verspotten. Wir sind gekommen, um eine Schlacht zu führen gegen Mohammed, den Sohn von Abdallah ibn al-Muttalib, und die Männer aus Mekka, die seine Gefolgsleute sind.

Ihr seht die Größe unserer Armee. In unseren Reihen befinden sich auch blutrünstige Beduinenkrieger. Ihr seid nur ein erbärmlicher Haufen zerlumpter Soldaten ohne Rüstung und ohne Pferde. Ist dieser Mohammed es wert, dass ihr in seinem Namen euer Leben opfert? Denn wir werden euch alle töten, falls das nötig ist, um ihn zu ergreifen. *Ya* Chadradsch, geht nach Hause! Ya Aus, geht nach Hause! Nicht euer Blut wollen wir …«

Ehe er seinen Satz beenden konnte, begannen unsere Helfer, die Ansar, wie wir die Aus und Chadradsch nannten, ihn niederzubrüllen.

»Wir werden unseren Propheten niemals im Stich lassen«, schrie jemand.

»Lang lebe Mohammed, der Bote Allahs!«, riefen andere. Stolz erfüllte meine Brust. Sauda, die sich zu Hafsa und mir gesellt hatte, schniefte und wischte sich eine Träne von der Wange.

»Allah segne die Ansar«, sagte sie. »Sie lieben uns mehr, als es unsere eigenen Verwandten tun.«

Der Kampf begann, und wir rannten aufs Schlachtfeld, die Tücher zum Verbinden von Wunden um die Taille geschlungen, in jeder Hand einen Wasserschlauch. Anfangs hatten wir nicht viel zu tun, denn unsere Krieger erwiesen sich als unverwundbar. Wie in Badr standen sie dicht gedrängt und hinderten die Armee der Koreischiten daran, bis zum Berg vorzudringen. Die Feinde warfen sich uns Welle um Welle entgegen, aber unsere Einheit war eine unüberwindliche Klippe. Wir Frauen jubelten jedes Mal, wenn sie sich wieder zurückziehen mussten, und wir hatten gute Gründe zu frohlocken: Unser Ziel war es, zu überleben. Und bisher sah es so aus, als würde uns das gelingen. Denn sollten die Koreischiten uns hier am Uhud besiegen, würden sie bis nach Medina vorrücken, alle dort verbliebenen Männer töten und die Frauen und Kinder als Sklaven nehmen. Ihr Ziel war es, den ganzen Hidschaz von Mohammed, der *Umma* und dem Islam zu befreien.

Am Rand des Schlachtfelds schlug Abu Sofians schlitzäugige Frau Hind ihr Tamburin und feuerte die Soldaten an. Zusammen mit drei oder vier anderen Frauen, die alle in Seide und Spitze gekleidet waren – ein Zeichen ihres hohen Status in Mekka –, sang sie mit lauter Stimme: *Wenn ihr sie schlagt, werden wir euch umarmen und auf weichen Teppichen betten. Wenn ihr unterliegt, werden wir euch verlassen und euch nie wieder lieben.*

Der Gesang und das Rasseln des Tamburins wurden von Trommelwirbel begleitet – so glaubten wir zunächst. Dann wurde uns klar, dass das Geräusch, das wir hörten, von der Kavallerie der Koreischiten verursacht wurde. Krieger auf Pferderücken donnerten heran, um unsere Soldaten zu zermalmen. Starr vor Schreck, die Augen weit aufgerissen, packte ich Hafsas Arm. Sie kamen direkt auf uns zu, und im Gegensatz zu den Infanteriesoldaten trampelten die Pferde alles nieder, was ihnen im Weg stand, egal, ob es sich um Krieger oder Helferinnen handelte. Wir zogen die Köpfe ein, als Pfeile über uns hinwegschwirrten, und ich wartete zitternd darauf, dass ich von hinten erschlagen oder von Pferdehufen zertrampelt werden würde. Aber unsere Bogenschützen oben auf dem Pass schossen ihre Pfeile über unglaublich weite Entfernungen in die Augen der Koreischitenpferde, die ihre Reiter wiehernd abwarfen. Erleichtert atmeten wir auf, und wir weinten und lachten und dankten Allah. Schon türmten sich im Sand die Leichen von Koreischiten, Beduinen und Pferden, die Luft war erfüllt vom Gestank nach Blut, während die überlebenden Feinde davonliefen und ihre Kamele zurückließen. Ich machte Luftsprünge, umarmte Hafsa und Sauda und vergoss Freudentränen. Gelobt sei Allah! Wir hatten gewonnen.

Jubel ertönte auf dem ganzen Schlachtfeld. Unsere Männer rannten mit erhobenen Schwertern hinter den Mekkanern her, lachten und verspotteten sie. Als sie die Kamele der Koreischiten entdeckten, ließen sie die Feinde laufen und begannen, die Satteltaschen zu plündern. Sie verschütteten Reis auf dem Boden, sie tranken Weinschläuche aus, rissen Schwerter und Dolche an sich und stopften sich den Mund voll mit getrockneten Früchten und gepökeltem Fleisch. Und dann kamen die Pfeilschützen unter lautem Jubelgeschrei vom Pass herunter, um sich ihren Teil der Beute zu nehmen.

»Vorsicht!«, schrie ich und gestikulierte mit den Armen. »Was macht ihr da, ihr habgierigen Narren?« Mein Hochgefühl war in Panik umgeschlagen, und ich rief verzweifelt nach Mohammed, aber er war nirgendwo zu sehen.

Die Koreischiten hatten sich gar nicht zurückgezogen. Hinter mir bebte die Erde unter den Hufen ihrer Pferde, und mit rasendem Puls sah ich, wie Chalid ibn al-Walid seine Kavallerie um den Berg herum und hinauf zu dem aufgegebenen Pass führte. Hafsa und ich schrien uns die Seele aus dem Leib, aber auf dem Schlachtfeld hörte uns niemand – und dann hatten die Koreischiten uns in die Zange genommen. Als unsere Soldaten sich mit vollem Mund umdrehten, erblickten sie die feindlichen Soldaten, die wie eine Lawine den Berg herunterströmten und direkt auf sie zupreschten. Ehe sie dazu kamen, ihre Schwerter zu ziehen, ruderten sie mit den Armen und vergossen Wein und Blut in den Wüstensand. Meinen Beutel mit Salben an mich gedrückt, rannte ich zu ihnen und versuchte, nicht an die Pfeile zu denken, die mir um die Ohren flogen. Mit pochendem Herzen wich ich den vor Wut rasenden Männern mit ihren Dolchen und Schwertern aus. Zwar wusste ich, dass sie mir absichtlich nichts zuleide tun würden, aber auch, dass im Eifer des Gefechts Unfälle passieren konnten.

Eben noch siegreich im Feld, kämpfte jetzt jeder muslimische Krieger um sein Leben. Während ich die Kopfwunde meines stöhnenden Nachbarn Hamal verband, sah ich den mächtigen General Hamza fallen und hörte den Jubelschrei von Hind, deren Vater und Bruder in Badr von seiner Hand getötet worden waren. Als ich auf der Suche nach Hafsa das Schlachtfeld überquerte, sah ich Mohammeds Milchbruder Abdallah mit einem Pfeil in der Schulter auf die Knie sinken. Seine Frau Umm Salama rannte an mir vorbei und fing ihn in ihren Armen auf – und dann rannten alle Frauen los, um nach ihren Männern, Brüdern und Söhnen zu suchen. Ich suchte das Feld nach Mohammed ab. *Bitte, lass ihn am Leben sein*. Ich sah Safwan, der sich durch ein Gewimmel von Koreischiten kämpfte. Er führte sein Schwert ungenau, unbesonnen und wütend. Mohammed hatte mich gelehrt, mich beim Kämpfen nicht von meinen Gefühlen leiten zu lassen. *Benutze deinen Verstand und lass deine Gefühle beiseite*, ermahnte er mich immer wieder.

Aber wo war Mohammed? Sein Pferd floh reiterlos und mit vor Angst geweiteten Augen vor dem Gemetzel. Ich lief zu Abdallah, der neben Mohammed gekämpft hatte. Umm Salama zerriss ihr Kleid, um ihm seinen blutenden Arm verbinden zu können.

»Wir waren in Kämpfe unterhalb des Passes verwickelt, als die Koreischiten angriffen«, sagte er. »Sie haben mit Steinen geworfen und mit Pfeilen geschossen und vor allem auf Mohammed gezielt. Ich hätte weitergekämpft, aber der Pfeil hat mir den Arm gelähmt. Talha hat mich zum Brunnen geschickt, um Wasser zu holen, doch dann ist mir schwarz vor Augen geworden.«

Mit pochendem Herzen rannte ich quer über das Feld zu dem Brunnen, der sich im Schatten des großen, unheilkündenden Uhud befand. Dort stand die magere, spitznasige Hind, die ihr Tamburin weggeworfen hatte, mit dem ledernen Schöpfeimer in der Hand und ließ unsere Frauen nicht ans Wasser.

»In Badr habt ihr unsere Männer daran gehindert, ihren Durst zu stillen, aber jetzt haben wir den Brunnen in der Hand«, rief sie lachend. In diesem Moment wünschte ich, ich hätte mein Schwert, dann hätte ich ihr die Hände abgehackt.

»Gib mir den Eimer«, fauchte ich sie an, »sonst entreiße ich ihn dir.«

Ihr Lachen klang wir ein schrilles Kreischen. »Ach, du bist doch Mohammeds kleine Hure, nicht wahr?«, sagte sie. »Ich weiß gar nicht, warum du es so eilig hast. Dein Mann ist tot.«

»Du Lügnerin!« Ich stürzte mich auf sie, packte den Schöpfeimer und rammte ihn ihr mit aller Kraft in den Körper, sodass sie nach Luft japsend zu Boden stürzte. Die Frauen der *Umma* drängten sich um mich und füllten ihre Schläuche mit Wasser. Nachdem auch ich meinen Schlauch gefüllt hatte, hob ich den Eimer auf, um ihn wieder in den Brunnen hinunterzulassen. Aber als ich sah, dass Hinds Freundinnen ihr wieder auf die Beine geholfen hatten, warf ich das halbvolle Behältnis nach ihr, sodass sie von Kopf bis Fuß nass wurde. Alle unsere Frauen lachten, dann eilten wir zurück auf das Schlachtfeld, um unseren Männern beizustehen.

»Lacht nur, solange ihr es noch könnt!«, schrie Hind uns nach. »Bald werden alle Koreischiten sich den Bauch halten vor Lachen, wenn wir die Lebern eurer jämmerlichen Kämpfer essen – einschließlich der Leber eures großartigen Propheten!«

Panik packte mich, während ich überall nach Mohammed suchte. War er wirklich tot? Aber wenn er gefallen wäre, würden wir dann nicht das Siegesgeschrei der Koreischiten hören? Wie aufs Stichwort hallten die Jubelrufe unserer Feinde von den Felsen wider. Die Mekkaner auf dem Feld stimmten ein, hissten ihre Fahne und fassten einander an die Bärte.

»Es ist vollbracht!«, bellte Abu Sofian vom Pass her. »Mohammed ist tot! Ehre sei Hubal! Wir haben die Verräter für immer vernichtet!«

Die Schreie der Koreischiten pochten wie Faustschläge in meinen Ohren, aber ich weigerte mich, zuzuhören. Er konnte nicht tot sein! Das würde Allah nicht zulassen. Ali und mein Vetter Talha beschützten ihn. *Bitte, Allah, mach, dass ihm nichts passiert ist.* Den Wasserschlauch in den Händen, rannte ich weiter, vorbei an Männern, Felsbrocken und niedrigem Gestrüpp, das in der trockenen Gegend wuchs. Immer wieder seinen Namen rufend, suchte ich ihn in dem Inferno aus Staubwolken und Pferdehufen. Ich stellte mir vor, wie er gebrochen und blutend am Boden lag, wie er würgte von dem metallischen Geruch nach warmem Blut und dem beißenden Gestank von Erbrochenem und Pferdemist. Mit dem Handrücken wischte ich mir die Tränen fort, damit ich etwas sehen konnte. Einer unserer Ansar bat um Wasser – doch dann wurde ihm mit einem Dolch die Kehle aufgeschlitzt. Seine Augen traten aus den Höhlen, und Blut quoll aus seinem Mund. Ich blieb wie versteinert stehen und sah zu, wie er zu Boden sank. Im nächsten Moment kam sein Angreifer grinsend auf mich zugerannt. Nach seinem langen Kopftuch zu urteilen, war er Beduine. Ich schnappte mir das Schwert des Toten, hob es hoch in die Luft und schrie – und der Beduine zog sich zurück.

Auf dem Weg den Hang hinauf suchte ich unter den sich windenden Leibern nach Mohammed, nach seinem Kettenhemd und seinem glänzenden Helm. Neben mir stieg ein Pferd; von Gott gewarnt duckte ich mich und entging knapp seinen scharfen Hufen. Kurz darauf sah ich Ali, und zum ersten Mal in meinem Leben war ich glücklich darüber, ihn zu sehen. Wo er war, konnte Mohammed nicht weit sein.

Dann entdeckte ich ihn – auf dem Boden zu Alis Füßen. Sein Gesicht war mit Blut bedeckt, und seine Augen waren geschlossen. Ich schrie auf, aber niemand hörte mich. Koreischitenkrieger stürzten sich knurrend und fauchend auf die Männer, die Mohammed verteidigten: Ali, Talha, Omar, mein Vater und – ich konnte es nicht fassen – Umm 'Umara, eine Ansar, die ich aus dem öffentlichen Badehaus kannte. Mit ihrem Schwert durchbohrte sie einen Angreifer und riss es gleich wieder aus seinem Bauch, um dem Mann hinter ihr Blut in die Augen zu spritzen. Ihr dunkles Haar flog ihr wild ums Gesicht, ihre Augen funkelten, ihr Mund war vor Wut verzerrt. Ihr Anblick ließ mein Herz jubilieren.

Ermutigt von ihrer Tapferkeit, schob ich mich unbemerkt von den Kämpfenden durch das Gewühl, ausnahmsweise einmal froh, so klein zu sein, denn ich musste unbedingt zu Mohammed. Sosehr ich mich danach sehnte, eines Tages an Umm 'Umaras Stelle zu sein, in diesem Moment dachte ich nur an Mohammed. Ich kniete neben ihm nieder, riss einen Streifen Stoff von meinem Umhang, benetzte ihn mit Wasser aus meinem Schlauch und tupfte meinem Gemahl mit zitternden Händen das Blut von der Stirn.

»Mach die Augen auf«, sagte ich. »Schau mich an, *Habib*. Bitte, sei am Leben! *Ya* Allah, lass ihn am Leben sein, ich flehe dich an!«

Mohammed rührte sich nicht. Seine Augen blieben geschlossen. Als ich einen Schrei hörte, fuhr ich herum und sah, wie Talha sein Schwert fallen ließ, sich die blutende Hand hielt und in die Grube stürzte, die unsere Männer ausgehoben hatten, um die Koreischiten zu fangen. Am liebsten wäre ich ihm zu Hilfe geeilt, aber wie konnte ich Mohammed allein lassen? Ich kniete neben ihm mit gezogenem Schwert, um jeden abzuwehren, der sich ihm näherte.

Aber es war niemand mehr übrig, der uns hätte attackieren können. Über uns auf dem Pass verkündete Abu Sofian den Tod von Mohammed und den Sieg der Koreischiten.

»Allah ist tot!«, schrie er. »Lang lebe Hubal! Lange leben die Koreischiten!«

Ich umklammerte den Griff meines Schwerts, während Ali seines durch die Luft schwang. »Ich werde dafür sorgen, dass dieses Großmaul ein für alle Mal verstummt«, knurrte er, aber mein Vater schüttelte den Kopf.

»Du weißt doch, was der Prophet sagt: Wir kämpfen nur, wenn wir angegriffen werden. Diese Schlacht ist beendet.«

Ich hörte ein Stöhnen, und als ich mich umdrehte, sah ich, wie Mohammeds Augen sich langsam öffneten. Erleichterung umspülte mich wie sanfter Regen.

»Gelobt sei Allah, er lebt!«, rief ich.

Mein Gesicht war das erste, das er sah, meine Hand die erste, die er drückte. »Mein Engel der Gnade«, sagte er. »Bin ich im Paradies?«

Ich lachte mit Tränen in den Augen. »So leicht kommst du uns nicht davon«, sagte ich. »Allah hat noch Arbeit für dich.«

Er betastete zuerst den Verband an seinem Kopf und dann die Kettenhemdglieder, die in seiner Wange steckten. Als er sie berührte, zuckte er vor Schmerz zusammen.

»*Ya* Prophet, erlaube mir, sie zu entfernen«, sagte ein Ansar. »Ich verspreche dir, du wirst keine Schmerzen spüren.«

Er brachte seine Lippen an Mohammeds Wangen und begann zu saugen. Bald hatte er den ersten Ring entfernt, dann den zweiten.

»Er hat dein Blut geschmeckt, Vetter.« Ali warf dem Ansar wütende Blicke zu.

Mohammed lächelte. »Ja, das hat er«, sagte er. »*Ya* Ubaida, du hast dir gerade einen Platz im Paradies verdient. Einem, der das Blut des Propheten geschmeckt hat, kann das Feuer der Hölle nichts anhaben.«

»Manche würden alles tun, nur um in seine Nähe zu gelangen«, knurrte Ali, als wir alle den Berg hinunterstiegen. »Ich hätte diese Ringe mit den Fingern entfernen können.«

Der Ansar hörte ihn und runzelte die Stirn. »Beachte ihn nicht«, sagte ich. »Ali kann es nicht ertragen, wenn Mohammed einem anderen als ihm eine Gunst erweist.«

»Warum bist du hier, Aisha?«, fragte Ali. »Hat Omar dir nicht gesagt, du sollst im Lager bleiben?«

»Sie gehorcht ja nicht mal ihrem eigenen Mann«, schnaubte Omar. »Warum sollte sie dann auf mich hören?«

In dem Augenblick holte Safwan uns ein. »*Ya* Aisha, ich habe gesehen, wie du diesen Beduinen verscheucht hast«, sagte er. »Ich wollte dich gerade vor ihm retten.«

Ich erwiderte seinen Blick nicht, aber meine Wangen begannen zu glühen. Was, wenn Omar oder Ali auffiel, wie vertraut er mich anschaute?

»Ich kann mich selbst retten«, erwiderte ich, ohne den Blick zu heben.

Schrilles Geschrei zerschnitt die Luft wie ein Dolch. Auf dem Schlachtfeld unter uns stand die von Kopf bis Fuß beschmutzte Hind mitten in dem Blutbad, die Augen aufgerissen, als wollten sie aus den Höhlen treten, das graue Haar wild um ihren Kopf, das blaue Gewand – die Farbe der Trauer – vom Wind aufgebläht, als sie die Arme in die Luft reckte. In einer Hand hielt sie etwas Dunkles.

»*Ya* Mohammed, jetzt haben wir uns für die Schlacht in Badr gerächt!«, kreischte sie. »Dein Onkel Hamza, der so genannte ›Löwe von Allah‹, der Mörder meines Vaters und meines Bruders, ist tot!« Wir sahen, wie sie das dunkelviolette, triefende Etwas an ihre Lippen brachte.

»Bei Allah, ist sie von einem Dschinn besessen? Was macht sie da?«, flüsterte ich.

»Hind hat geschworen, aus Rache für Badr Hamzas Leber zu essen.« Mohammeds Stimme klang ruhig, aber in seinen Augen standen Tränen der Trauer um seinen Onkel. »Offenbar hat sie diesen Schwur nicht vergessen.«

Als sie in die glibberige Leber biss, musste ich würgen. Dann, als sie sich krümmte und sich in den Sand übergab, wandte ich mich ab, um es ihr nicht gleichzutun.

»Ich werde sie töten.« Ali zog sein Schwert. »Allah wird sich freuen, wenn ich sie in die Hölle befördere.«

»Steck dein Schwert weg, Ali. Hast du denn nie genug vom Kämpfen? Die Schlacht ist vorüber«, sagte Mohammed erschöpft. »Wenn Allah möchte, dass Hind stirbt, wird er sie selbst töten.«

8

WIE MAN EINEN MANN VERRÜCKT MACHT

Medina, April 625

Der Weg vom Berg Uhud nach Medina war nicht weit – für eine Karawane nur ein halber Tag –, aber nach der Niederlage schleppten wir uns wie geprügelte Hunde durch den Wüstensand nach Hause. Der Tod von fünfundsechzig Männern machte unsere Schritte und unsere Zungen schwer.

Am Abend zuvor hatten wir die Gefallenen am Fuß des Bergs Uhud begraben, und währenddessen hatte ich aus dem Augenwinkel die tapfere Umm ʻUmara beobachtet und ihre einfache Kleidung, ihre selbstbewusste Haltung und ihren sicheren Gang bewundert. Mohammed hatte die Toten zu Helden erklärt, zu Märtyrern des Islam, die im Paradies reich belohnt würden. Doch während der Zeremonie herrschte alles andere als Jubelstimmung. Wir wussten, dass viele der Gefallenen unehrenhaft gestorben waren, dass sie Opfer ihrer Gier, Trunkenheit und Unbesonnenheit geworden waren. Als Reaktion auf das Desaster am Berg Uhud verbot Mohammed seinen Anhängern das Trinken von Wein. Ich nahm mir vor, noch einmal in mich zu gehen und über mein Verhalten nachzudenken, vor allem, was Safwan anging.

Seit dem Vorfall auf dem Markt ließ Ali mich nicht mehr aus den Augen und lauerte auf eine Gelegenheit, mich in Mohammeds Augen in Misskredit zu bringen. So hoffte er, den Platz meines Vaters als erster Gefährte des Propheten Gottes einzunehmen.

Als verheiratete Frau – erst recht als die Frau des Propheten – war ich durch jede Art von Klatsch sehr gefährdet. Jedes noch so beiläufige Gespräch mit einem anderen Mann konnte zu Spekulationen über mich führen. »*Warum geht sie nicht weg?*«, sagten die Leute dann. »*Der gesenkte Blick und die gemurmelten Worte einer Frau animieren einen Mann nur.*«

Auf dem Weg zurück zur Moschee gelobte ich mir, Safwan zu vergessen, bedeutete er mir doch nichts mehr. Von nun an würde ich mich ausschließlich auf Mohammed konzentrieren, meinen Gemahl und Freund. Nach seiner Niederlage würde er mich mehr denn je brauchen.

Aber als Mohammed wenige Tage darauf schon wieder heiratete, fiel es mir schwer, mich noch um irgendjemanden als mich selbst zu kümmern.

Zainab bint Chuzaima war keine auffallende Schönheit, aber sie war auch keine hässliche Eselin. Sie besaß vielversprechende Vorzüge: eine Haarfarbe wie gebrannter Honig, ein tiefes Grübchen im Kinn, Haut so rein wie das erste Tageslicht, wenn auch sehr blass, was sie so zerbrechlich wirken ließ wie ein rohes Ei. Hafsa und ich waren uns einig, dass sie sehr hübsch sein könnte – wenn sie sich etwas Mühe gäbe.

»Bei Allah, hat sie noch nie etwas von Henna gehört? Oder von Kajal?«, murmelte Hafsa, während wir zusahen, wie die Hochzeitsgäste Mohammed und seine Braut begrüßten, die besser bekannt war als Umm al-Masakin, als »Mutter der Armen«.

»Ihre kleinen Wüstenrattenaugen könnten ein bisschen Schminke gebrauchen«, fuhr Hafsa fort. »Und sieh dir bloß dieses Hochzeitskleid an! Das hat sie sich wahrscheinlich von einem ihrer Schützlinge aus der Zeltstadt geliehen.«

Umm al-Masakins Kleid war wahrhaftig unscheinbar und glanzlos. Aber ihr Lächeln war so warm wie Gold, und wenn sie Mohammed anschaute, erwiderte er es mit großen Augen, als könnte er es nicht fassen, dass er so einen guten Fang gemacht hatte. Ich spürte, wie mein Blut zu kochen begann. Hatte er Hafsa nicht genauso angesehen, als sie mir beinahe seine Liebe – und meine Position – weggenommen hätte?

Aber Umm al-Masakin war ganz anders als Hafsa. Anstatt mich mit Verachtung zu strafen, wie Hafsa es an ihrem Hochzeitstag getan hatte, begrüßte sie mich so freundlich, als würden wir uns schon immer kennen. Als ich ihr in die Augen schaute, sah ich nur Aufrichtigkeit. Aber schön war sie nicht, und ich fragte mich: Was hatte Mohammed dazu veranlasst, sie zu heiraten? Sicher, sie war auch durch die Schlacht in Badr zur Witwe geworden, aber es gab eine ganze Menge Kriegerwitwen, wie ich Mohammed gegenüber bemerkt hatte.

»Es ist meine Pflicht, für sie zu sorgen und sie bei der Versorgung der Armen zu unterstützen«, hatte Mohammed mir am Abend zuvor erklärt – in dem lüsternen Blick jedoch, mit dem er sie jetzt betrachtete, konnte ich keine Spur von Pflichtgefühl erkennen.

Dieser Blick verfolgte mich drei Tage lang, während ich darauf wartete, dass Mohammed aus ihrer Hütte kam.

»Sie hat ein Anrecht auf sieben Nächte mit ihm, aber sie verlangt nur drei«, berichtete Sauda uns. »Sie sagt, sie kann die armen Leute in der Zeltstadt nicht so lange allein lassen.«

»Ich habe gehört, dass sie diesen Leuten jede Woche säckeweise Gerste und Datteln bringt«, sagte Hafsa.

»Während wir hier in der Moschee hocken und dahinwelken«, bemerkte ich. »Wir haben es schon schwer genug, seit Mohammed seine ganze Beute aus den Überfällen verschenkt. Jetzt, wo *sie* hier ist, möchte ich wissen, was aus dem bisschen Gerste und Obst wird, das er uns zuteilt.«

»Unsere Vorräte rührt niemand an«, sagte Sauda. »Ich verstecke sie an einem geheimen Ort.« Sie sah Hafsa und mir in die Augen und wartete darauf, dass wir sie fragten, wo dieser Ort sich befand. Als keine von uns beiden ein Wort sagte, platzte sie heraus: »In der Zuflucht des Propheten, oben auf dem hinteren Teil des Dachs der

Moschee. Jedes Mal, wenn mir die Vorräte ausgehen, klettert Bilal die Palme hinauf und bringt mir einen Beutel.«

Hafsa stieß mich mit dem Ellbogen an, als wir uns auf den Weg zu unseren Hütten machten. »Eins rate ich dir: Vertraue Sauda nie etwas an, von dem du nicht willst, dass die ganze *Umma* es erfährt«, sagte sie. »Diese Frau ist so ein Plappermaul, dass sie nicht mal ihre eigenen Geheimnisse für sich behalten kann.«

Ich hörte ihre Worte kaum, denn mich verfolgte immer noch der Blick, mit dem Mohammed die Mutter der Armen an seinem Hochzeitstag angesehen hatte. Konnte Umm al-Masakin mir, auch wenn sie weder besonders schön noch besonders elegant war, Mohammeds Liebe stehlen?

Aber was war ich bereit zu tun, um mir Mohammeds Gunst zu erhalten? Umm al-Masakin war Witwe, ihr war das Ehebett vertraut, während ich schon allein bei dem Gedanken an den Stachel des Skorpions zitterte. Hafsa beruhigte mich, als ich ihr, nachdem sie sich von dem Schock erholt hatte, dass unsere Ehe noch nicht vollzogen war, von meinen Ängsten erzählte.

»Es tut nur einen kleinen Moment weh, und danach macht es Spaß«, sagte sie. »Und Mohammed wird bestimmt sanft mit dir umgehen.«

Schmerz hin oder her, ich beschloss, alles daranzusetzen, dass er mir wieder seine Aufmerksamkeit widmete. Als seine Leidenschaft für Hafsa verflogen war, wie Sauda es vorausgesagt hatte, hatte er sich in die Vorbereitungen für die erste Schlacht am Berg Uhud und für die anschließende Hochzeit gestürzt. Jetzt, wo weder militärische Aktionen noch weitere Eheschließungen in Sicht waren, schien der beste Zeitpunkt gekommen, um mir sein Herz zurückzuerobern. Noch an diesem Abend würde ich meine Ängste überwinden und eine echte Ehefrau für ihn werden, so wie meine Mutter es für meinen Vater war. Meine Mutter hatte im Herzen meines Vaters eine tiefe Liebe entflammt, sodass er sie stets anschaute, als trüge sie einen wertvollen Schatz in den Falten ihrer Kleider. Seit der Schlacht am Berg Uhud, wo ich an seine Seite geeilt war, als er mich brauchte, hatte ich wieder Zuneigung in Mohammeds Augen entdeckt. Mit Unterstützung von Hafsa und meiner Schwester würde ich noch in dieser Nacht das Feuer der Liebe in seinem Herzen entfachen.

In meiner Hütte wusch ich mich ausgiebig und rieb mir anschließend die Haut mit Lavendelblüten ein. Um meinen Teint aufzuhellen, cremte ich mein Gesicht mit einer aus Gipskristallen hergestellten Lotion ein und verteilte mithilfe eines Lavendelstängels eine dunkle Schminkpaste auf meinen Augenlidern. Irgendwie gelang es mir, meine Hände ruhig zu halten, obwohl ich innerlich zitterte. Ich zog mein rot-weiß-gestreiftes Hochzeitskleid an und bürstete mir das Haar, bis es Funken sprühte. Ich zündete Kerzen und Weihrauch an, um meiner Hütte eine einladende, romantische Atmosphäre zu verleihen. Zum Schluss nahm ich das Tamburin und übte den Tanz, den meine Schwester mir beigebracht hatte. *Das ist ein Tanz, mit dem man einen Mann verrückt machen kann*, hatte sie mit einem verschlagenen Lächeln gesagt.

Das Klimpern des Schellenrings war so laut, dass ich sein Klopfen nicht hörte. Ich drehte und wand mich, die Hände, mit denen ich das Instrument schlug, hoch über den Kopf erhoben, stampfte mit den Füßen den warmen Lehmboden, als er plötzlich breit lächelnd vor mir stand. Ich schüttelte mein Tamburin und warf mein Haar in den Nacken, reizte ihn mit Blicken, so wie ich es bei Hafsa gesehen hatte, tanzte auf ihn zu, riss ihm den Turban vom Kopf, warf ihn auf den Boden und rezitierte Verse aus einem Liebesgedicht.

Während ich mich in dem Dämmerlicht bewegte, beobachtete ich ihn aus dem Augenwinkel in der Hoffnung, das Feuer in seinen Augen zu sehen, das dort an dem Tag gelodert hatte, als er mich zum ersten Mal in die Moschee gebracht hatte. Mit zitternden Fingern löste ich den Gürtel, der mein Kleid zusammenhielt, aber als ich ihm in die Augen schaute, sah ich nur Verwirrung.

»*Ya Zaudschi*«, sagte ich. Verunsichert breitete ich die Arme aus, damit er die kunstvollen Hennamuster sehen konnte, die Hafsa mir auf die Handflächen und die Unterarme gemalt hatte, und bedeutete ihm, näher zu kommen. »Was hältst du von meinem Tanz? Ich habe ihn nur für dich eingeübt.«

»Er gefällt mir sehr«, sagte er. Seine Stimme klang so warm wie eine Umarmung. »Ich wusste gar nicht, dass du eine Tänzerin bist. Allmählich habe ich den Eindruck, dass du alles kannst.«

»So ist es.« Ich schlang meine Arme um seine Taille und legte den Kopf in den Nacken, um ihm in die Augen sehen zu können.

»Ich kann alles tun, was du willst, *Habib*. Alles, was du wünschst.« Ich schmiegte mich an ihn, doch er betrachtete mich mit zusammengezogenen Brauen. Ehe ich etwas sagen konnte, klopfte jemand an die Tür.

Mit einem frustrierten Seufzer riss ich sie auf. Omar stürmte an mir vorbei, als hätte er mich nicht gesehen. Doch die Panik in Omars Augen sagte mir, dass ich meine Liebesnacht mit Mohammed würde aufschieben müssen.

»*Ya* Prophet, verzeih mir, dass ich hier eindringe«, sagte Omar, nachdem die beiden Männer sich auf die traditionelle Weise begrüßt hatten – sie reichten sich die rechte Hand, legten einander die linke auf die Schulter und küssten sich auf die Wange. »Etwas Schreckliches bahnt sich an, und ich wollte dich lieber sofort darüber in Kenntnis setzen.«

»Er mag dir ja vielleicht verzeihen, aber ich nicht«, sagte ich halb im Scherz. Omar schoss einen Blick in meine Richtung, als sei ich ein Hund, der um einen Leckerbissen bettelt, dann begann er, in der Hütte auf und ab zu gehen und nervös an seinem Bart zu zupfen, als überlegte er, ob er es riskieren konnte, in meiner Gegenwart zu sprechen. Ich setzte mich auf ein Kissen in der Ecke, faltete die Hände im Schoß und senkte den Blick, damit er nicht sehen konnte, wie sehr ich mir wünschte, er würde wieder verschwinden. Andererseits war ich auch neugierig auf das, was er zu sagen hatte.

Schließlich wandte er sich an Mohammed. »Ibn Ubayy ist zu weit gegangen. Ich komme gerade vom Markt, wo er zusammen mit seinen Kumpanen über ein Spottgedicht über dich gelacht hat.«

Mohammeds Gesicht verdüsterte sich. Auf Spottverse von Dichtern reagierte er besonders empfindlich. Ein Dichter konnte einen Mann mit einem einzigen Vers vernichten. So war es Ibn Ubayy ergangen, als Mohammed in Medina eingetroffen war. *Hier*, hatte der alte Hassan ibn Thabit gerufen, *kommt der Mann, der unsere geteilte Stadt einen wird*. Aufgrund weniger gut formulierter Worte war die Loyalität der Menschen umgeschwenkt. Sie waren auf die Straße gelaufen, um dem Propheten Gottes auf seinem weißen Kamel zuzujubeln, und hatten von Ibn Ubayy nichts mehr wissen wollen.

»Prophet, dieser Dichter behauptet, du hättest die Niederlage am Berg Uhud verschuldet«, fuhr Omar fort. »Ich habe seine Verse selbst gehört. Er sagt, du wärst der Erste gewesen, der die Kamele der Koreischiten geplündert hat. Er sagt, deine Habgier hätte die *Umma* um einen großen Sieg gebracht und vielen deiner Männer das Leben gekostet.«

Die Vene an Mohammeds Stirn pulsierte. »Wer verbreitet diese Lügen?«, knurrte er und packte Omars Bart mit beiden Händen. »Wer, Omar? Ich werde ihn ein für alle Mal zum Schweigen bringen.«

»Ibn Ubayy bezahlt ihn«, sagte Omar. »Ibn Ubayy ist derjenige, den du zum Schweigen bringen musst. Überlass das mir, Prophet. Ich werde dich noch heute Abend rächen.«

Mohammed ließ die Hände sinken. »Du weißt, dass wir Ibn Ubayy nicht töten können. Als Toter würde er mehr Gefolgsleute gewinnen, als er jetzt hat.«

»Er hat schon eine ganze Menge Leute unter Vorspiegelung falscher Tatsachen dazu bewogen, sich ihm anzuschließen. Die Anführer der Nadir haben ihren Vertrag mit uns gebrochen und stattdessen ihm die Treue geschworen. Auch einige Beduinenstämme unterstützen Ibn Ubayy. Sie wollen ihn zum Herrscher von Medina machen.«

Mohammed lachte in sich hinein und sagte, er wolle sehen, wen die Beduinen eine Woche später bevorzugten. Aber nachdem Omar uns wieder allein gelassen hatte, ließ er sich neben mir auf ein Kissen sinken und starrte grübelnd vor sich hin.

»Warum machst du dir Gedanken?«, fragte ich und tätschelte ihm die Hand. »Du willst doch sowieso nicht der Herrscher von Medina sein, oder? Sollen sie doch Ibn Ubayy auserwählen. Wenn er bekommt, was er will, lässt er uns vielleicht in Ruhe.«

Mohammeds Stirn legte sich in tiefe Falten. Ich schaute ihn entgeistert an. Der Mohammed, den ich kannte, lebte für das Paradies und die Belohnung, die ihn dort erwartete. Seit wann strebte er nach weltlicher Macht? »Du bist anderer Meinung«, sagte ich.

»Als wir nach Medina kamen, stand mir nicht der Sinn danach, über irgendjemanden zu herrschen.« Er verzog das Gesicht. »Das Lobgedicht von Hassan ibn Thabit hat mich beschämt. Damals wollte ich Ibn Ubayy nichts wegnehmen. Aber die Dinge haben sich geändert, Aisha.«

Seine Hand, die die meine so zärtlich gehalten hatte, verkrampfte sich, und seine Augen funkelten so wild wie die eines Löwen. »Wenn wir unsere Macht aufgeben, werden die Koreischiten uns vernichten«, sagte er. »Dann wird die *Umma* sich verstreuen wie Sand im Wind. Der Name Allahs, den wir jetzt von den Dächern rufen, wird nur noch gewinselt werden.«

Und Mohammed würde alles verlieren, wofür er all die Jahre gekämpft hatte. Die Erkenntnis erfüllte mich mit Mitgefühl, und ich blinzelte die Tränen der Enttäuschung fort, die mir in die Augen getreten waren. Diesmal würden wir unsere Ehe nicht vollziehen, denn jetzt brauchte Mohammed meinen Trost.

»Feinde zu haben ist nichts Neues für dich«, sagte ich, während ich ihm die Hand streichelte. »Aber du hast inzwischen mehr Anhänger denn je – selbst unter den Beduinen! Eine verlorene Schlacht bedeutet überhaupt nichts. Das werden die Leute schnell vergessen.« Er schüttelte stirnrunzelnd den Kopf, den Blick in die Ferne gerichtet. Ich legte eine Hand an seine Wange und drehte sein Gesicht so, dass ich ihm in die Augen sehen konnte. Sein gequälter Gesichtsausdruck erfüllte mich mit Zärtlichkeit. »Du brauchst nur ein paar Koreischiten-Karawanen zu überfallen, dann werden alle ausrufen: *Mohammeds Armee ist der Schrecken der Wüste!*«

Sanftmut legte sich über seine Augen, glättete seine Züge und erfüllte sie mit Liebe. Liebe! Der Ehemann, den ich unbedingt zurückerobern wollte, war wieder der meine! Beglückt sprang ich auf und tänzelte zu meinem Wandschirm. Vielleicht konnte ich Mohammed ein wenig aufheitern. Ich wusste, wie man sich fühlte, wenn man Feinde hatte, wenn man verspottet wurde und sich Lügenmärchen über sich anhören musste. Und ich kannte die Angst, alles zu verlieren, was einem lieb und teuer war.

Hinter dem Wandschirm zog ich mein Kleid aus. Darunter trug ich das Tanzkostüm, das Asma mir geliehen hatte – einen Rock aus hauchzartem Stoff, der meinen Körper umschmeichelte, und eine kurze, durchsichtige Bluse über einem Hemdchen – alles in Rot, *um seine Leidenschaft zu wecken*, hatte meine Schwester gesagt. Mein Tamburin schlagend tanzte ich hinter dem Wandschirm hervor, ließ meinen Körper wie eine Blume im Wind erbeben, wandte den Blick ab, um Mohammeds sorgenvolles Gesicht gleich wieder anzusehen, spürte, wie mein Herz vor Liebe zu ihm überquoll. Er schaute mir matt lächelnd zu, aber meinem Blick wich er aus.

Ich beendete meinen Tanz mit einer Verbeugung. Dann streichelte ich seine Wange und schenkte ihm ein liebevolles Lächeln.

»Indem du dir Sorgen machst, wirst du nichts ändern, mein Geliebter«, flüsterte ich und kniete mich vor ihn. »Lege dein Problem in Allahs Hände und vertraue darauf, dass er es löst. Denke nur an das Hier und Jetzt und an uns beide und daran, dass wir seit vielen Nächten zum ersten Mal allein zusammen sind.«

Zu meiner großen Freude lächelte er mich an, und seine Augen leuchteten.

»*Ya* Aisha, du hast recht«, sagte er. »Wir haben einander, nicht wahr? Und du hast wunderschön getanzt. Ich möchte mich gebührend dafür bedanken, *Habibati*.«

Genau das hatte ich mir gewünscht, und doch zitterte ich, als er mich auf seinen Schoß zog.

»Du hast mir die Antwort gegeben, *Humaira*«, sagte er, während er mir zärtlich mit den Fingern durchs Haar fuhr. Ein Schauder der Wonne überlief mich, und ich schmiegte mich an ihn.

»Ich habe tatsächlich mehr Anhänger denn je – und Freunde«, murmelte er. »In dieser Hinsicht war meine Heirat mit Umm al-Masakin ein Glück. Ihr Vater ist ein Beduinenscheich, wusstest du das? Sein Stamm wird uns jederzeit zu Hilfe eilen, wenn wir darum bitten.«

Mir stieg die Hitze ins Gesicht, als hätte er mir eine Ohrfeige verpasst. Wie konnte Mohammed von seiner neuen Frau sprechen, während ich auf seinem Schoß saß? Hin- und hergerissen zwischen dem Impuls, von ihm wegzulaufen, und dem Wunsch, unsere Ehe zu vollziehen, konnte ich meine Zunge nicht im Zaum halten.

»Ach, deswegen hast du also dieses langweilige Teiggesicht geheiratet«, fauchte ich und vergaß, meinen Verstand zu benutzen, wie er es mir beigebracht hatte, anstatt mich von meinen Gefühlen leiten zu lassen. »Ich hatte mich schon gefragt, wie es möglich ist, dass du dich zu so einer ...« Sein Gesicht verfinsterte sich, aber ich konnte nicht mehr aufhören. »... langweiligen Frau hingezogen fühlst.«

»Deine Eifersucht ist ziemlich unwürdig, Aisha«, sagte er streng. »Und ich verstehe sie nicht, wo ich dir doch so viel Aufmerksamkeit schenke. Umm al-Masakin ist eine bemerkenswerte Frau. Du kannst viel von ihr lernen.«

»Ich könnte sie eher mögen, wenn du sie nicht geheiratet hättest«, sagte ich und blinzelte heftig, um meine Tränen zurückzuhalten. Er runzelte die Stirn, aber ich reagierte nicht darauf. Hatte er etwa an *meine* Gefühle gedacht, bevor er sich eine weitere Frau genommen hatte?

»Ihr Mann ist in der Schlacht von Badr gefallen, und sie hat niemanden, der sie versorgt.« Er wurde lauter. »Ohne meine Hilfe würde sie verhungern, und nicht nur sie, sondern auch die Leute in der Zeltstadt, denen sie Lebensmittel bringt, seit sie nach Medina gekommen ist.«

»Und wer kümmert sich um mich, während du dich um sie kümmerst?«, fragte ich. Sein Zusammenzucken war kaum wahrnehmbar, aber da ich ständig auf seine Stimmungen lauerte, spürte ich es, als hätte er angewidert die Augen verdreht.

Beschämt senkte ich die Lider. Wie selbstsüchtig von mir, so etwas zu sagen – und wie dumm, wenn ich wollte, dass er mich nicht mehr als Kind betrachtete! Würde ich jemals lernen nachzudenken, ehe ich den Mund aufmachte, würde ich jemals lernen, meine Zunge zu zügeln? Ich hatte meine Chance vertan, Mohammeds Herz zu erobern. Erneut traten mir Tränen in die Augen, aber diesmal konnte ich nicht verhindern, dass sie mir über die Wangen liefen. »Bitte, vergiss, dass ich das gesagt habe«, flüsterte ich.

»Jetzt bist du diejenige, die Trost braucht, *Habibati*.« Mohammed hob einen Arm und schüttelte seinen Ärmel vor meinen Augen. Ich verstand: Dieses Spiel hatten wir jahrelang gespielt. »Schau hinein«, sagte er. »Da ist etwas für dich drin.«

Mein Puls begann zu rasen. Mohammed schenkte jeder neuen Frau eine Halskette, die Abu Ramzi, der Goldschmied, kostenlos für ihn herstellte. Ich hatte die wunderschöne Rubinhalskette der Mutter der Armen gesehen – »für deine Tugend«, hatte Mohammed zu ihr gesagt. Auch Sauda hatte er eine Halskette geschenkt, eine aus Muscheln aus dem Roten Meer, die sie jedoch immer in ihrer Hütte aufbewahrte. »Sie könnte den bösen Blick anziehen, wenn ich sie trage«, meinte sie.

Ich wischte mir die Tränen fort, steckte eine Hand in seinen Ärmel und tastete nach Edelsteinen oder Perlen – und machte einen letzten Versuch, Mohammed zu verführen, indem ich die zarte Haut an der Innenseite seines Unterarms streichelte. Ich wollte, dass er vor Wonne seufzte, doch stattdessen lachte er.

»Such weiter«, sagte er. Meine Finger berührten etwas Hartes. Als ich den Gegenstand aus dem Ärmel zog, hielt ich ein Pferdchen in der Hand. Es war aus erlesenem Ebenholz und so kunstvoll geschnitzt, dass jeder Muskel ausgebildet war, und es trug einen Sattel aus echtem Leder.

»Das ist deine Stute Scimitar«, sagte Mohammed. »Mein Sohn Zaid hat sie für dich geschnitzt, und Sauda hat den ledernen Sattel angefertigt. Für deine Sammlung, *Humaira*.«

Ich drehte das kleine Kunstwerk in alle Richtungen. Es war wunderschön. Aber es war ein Kinderspielzeug. Trotz aller Mühe, die ich mir gegeben hatte, war ich für Mohammed immer noch seine Kindbraut. Wahrscheinlich erwartete er jetzt von mir, dass ich das Pferdchen in seinem Bart vergrub oder es wiehern ließ und ihn aufforderte, mit mir zu spielen. Und einerseits hätte ich tatsächlich Lust dazu gehabt, aber andererseits wäre ich am liebsten mit seinem Geschenk ins Kochzelt gerannt und hätte es ins Feuer geworfen.

»Scimitar möchte bestimmt ihre neuen Freunde kennenlernen«, sagte Mohammed. »Soll ich deine anderen Pferdchen holen?«

Ich betrachtete das Spielzeug in meinen Händen und wusste nicht, was ich sagen sollte. Mohammed berührte meine Wange. »Sind das etwa Tränen? Verzeih mir, *Humaira*. Ich habe dich mit dem Geschenk verletzt.«

Das Bedauern ließ die Linien an seiner Stirn und um seine Augen tiefer erscheinen. Wärme erfüllte meinen Körper wie das Licht einer sanft brennenden Lampe. Wie konnte ich mich bei Mohammed über irgendetwas beklagen? Er hatte auch so schon genug Sorgen.

»Dein – dein Geschenk gefällt mir sehr«, stammelte ich. »Es ist wunderschön. Das sind bloß Freudentränen!« Ich rang mir ein Lächeln ab. »*Ya Zaudschi*, worauf wartest du? Hol die anderen Pferdchen, damit wir spielen können.«

9

DIE MUTTER DER ARMEN

Medina, wenige Tage später

Ich hatte es mit Flehen, Schmollen und Überreden versucht, aber Mohammed war unerbittlich geblieben: Ich musste seine scheue Braut nicht nur zur Zeltstadt begleiten, sondern auch noch den ganzen Vormittag mit ihr dort verbringen. *So wirst du lernen, was es bedeutet, wirklich arm zu sein, und du wirst deine neue Schwesterfrau achten lernen*, hatte er gesagt.

Umm al-Masakins Gesicht strahlte, als wir es ihr mitteilten. »Welch eine Ehre«, rief sie aus. Eine Ehre! Bei Allah, war ich etwa *Dschibril*? Doch dann drehte sie sich um und lächelte mich warmherzig an.

Mohammed mochte mich weiterhin als Kind betrachten, wie mein misslungener Versuch, ihn zu verführen, gezeigt hatte, aber ich war zu dem Schluss gekommen, dass das keineswegs meinen Untergang bedeuten musste. Als ich an dem Abend in seinen Armen gelegen hatte, während er tief und fest schlief, hatte ich im Dunkeln mit den Tränen gekämpft und Allah gefragt, warum ich für alles kämpfen musste, was ich mir wünschte. Aber als ich in Gedanken meine Gegner aufzählte, wurde mir bewusst, dass die gar nicht so eindrucksvoll waren. Ali ärgerte mich, aber er stellte keine Gefahr dar. Omar war einfach aufbrausend. Und Hafsa, die inzwischen meine Verbündete geworden war, interessierte sich längst nicht mehr für die Position der Hauptfrau.

Selbst die Mutter der Armen schien meinen Status nicht zu gefährden. Wenn Mohammed und ich erst einmal die Ehe vollzogen hatten, würde ich mich sicherer fühlen, aber bis dahin konnte ich mich gegen die neue Ehefrau behaupten. Sie war still und scheu – eigentlich sehr schwach, ich dagegen war stark. Aber Mohammed war stärker, und das bedeutete, dass ich, egal wie sehr ich mich dagegen sträubte, einen Tag mit Umm al-Masakin, der Mutter der Armen, in der stinkenden, flohverseuchten Zeltstadt verbringen musste.

Ich ließ mir sehr viel Zeit, als ich mich für den Ausflug fertig machte, in der Hoffnung, Umm al-Masakin würde ohne mich aufbrechen. Gewöhnlich machte sie sich nach dem Morgengebet auf den Weg, aber schließlich konnte ich nicht gehen, ehe das Brot fertig gebacken war. Sauda wäre fast in Ohnmacht gefallen, als ich mich erbot, den Teig zu mischen. Doch als sie sah, wie die Mutter der Armen, die in einer Ecke auf mich wartete, nervös an ihren Gebetsperlen fingerte, schickte sie mich fort.

Ich fütterte mein Lämmchen und zog mich in aller Ruhe um, und Umm al-Masakin wartete immer noch. Schließlich fiel mir nichts mehr ein, womit ich unseren Aufbruch noch weiter verzögern konnte, und wir verabschiedeten uns von unseren Schwesterfrauen. Wie besorgt sie um mich waren! Hafsa ermahnte mich sogar flüsternd, niemandem zu nahe zu kommen. »Schließlich willst du dir keine merkwürdige Krankheit zuziehen«, sagte sie.

Umm al-Masakin brachte den Armen jeden Tag zu essen und zu trinken, und auch wenn sie ein bisschen blass war, schien sie sich guter Gesundheit zu erfreuen. Auf dem Weg durch Medina – sie trug einen schweren Beutel mit Arzneimitteln und einen Sack Gerste, ich einen Sack Datteln – fragte ich sie, was sie tat, um nicht krank zu werden.

»Ich vertraue auf Allah«, antwortete sie knapp.

»Und ich? Wie soll ich mich schützen? Hast du dafür ein Medikament in deinem Beutel?«, fragte ich.

Sie warf mir einen schelmischen Blick zu. »Würde Allah es zulassen, dass der Lieblingsfrau seines Propheten etwas zustößt?«

»Woher weißt du, dass ich Mohammeds Lieblingsfrau bin? Hat er dir das gesagt?« Die Freude wärmte mein Gesicht wie die Morgensonne.

»Es ist gar nicht nötig, dass er mir das sagt. Ich brauche nur seine Augen zu sehen, wenn er dich anschaut. Er strahlt ja schon, wenn man nur deinen Namen erwähnt.«

»Manchmal bin ich mir ganz unsicher.« Ich überlegte, wie viel ich ihr anvertrauen konnte. »Er behandelt mich wie ein Kind – in jeder Hinsicht.« Als sie errötete und ihr Kopftuch enger um sich zog, fragte ich mich, ob ich zu freimütig gesprochen hatte.

In den Straßen der Stadt mussten wir ständig die Fliegen verscheuchen, die wie Dampfwolken von dem überall herumliegenden Dung aufstiegen, und wir hielten den Blick gesenkt, um nicht die Aufmerksamkeit von Ibn Ubayy und seinen Kumpanen zu erregen. Aber zu dieser frühen Stunde waren zum Glück nur wenige Männer unterwegs. Umm al-Masakin schritt so forsch aus, dass ich laufen musste, um mit ihr mitzuhalten.

Plötzlich hörten wir ein kleines Kind schreien. Als ich den Blick hob, lag vor mir die berüchtigte »Zeltstadt«, die über die Wüste verstreut lag wie vom Wind verwehte Wäschestücke. Verwirrt hielt ich Ausschau nach Zelten, doch ich sah nichts als zwischen Akazienästen gespannte schäbige, graue Tücher. Die »Pfosten«, die die Tücher hielten, steckten schief und so lose im Boden, dass sie aussahen, als könnte man sie umpusten. Manche Leute hatten sich die Planen auch nur zum Schutz gegen Wind und Sonne über die Köpfe gelegt.

Der Gestank übertraf alles, was Medina zu bieten hatte. Es stank so intensiv nach Urin, Fäkalien, Hundekadavern und Schweiß, dass ich würgen musste. Ein Mann, der im rostroten Sand hockte, lachte über den Ekel, der mir ins Gesicht geschrieben stand, und entblößte dabei seine grünschwarzen Zähne und sein geschwollenes Zahnfleisch.

»*Ya*, Mutter der Armen, wen hast du denn da mitgebracht?«, fragte der Mann. »Die wird dir keine große Hilfe sein.«

»Abu Shams! Wo ist dein Zelt?«, fragte Umm al-Masakin.

»Mein Sohn hat eine Ziege gefunden, und die hat es gefressen«, antwortete der Alte. »Aber mein Sohn wird die Ziege schlachten und mir etwas von dem Fleisch abgeben, ich werde also mein eigenes Zelt zum Abendessen verspeisen!« Er lachte über seine lächerliche Geschichte, und Umm al-Masakin lachte mit. Ich lächelte höflich und fragte mich, was er mit seinen verfaulten Zähnen wohl kauen konnte.

»Wenn dein Sohn mir die Haut der Ziege überlässt, kann ich dir in zwei Tagen ein Zeltdach daraus anfertigen lassen.« Umm al-Masakin hatte Sauda überredet, Tierhäute zu diesem Zweck zu gerben.

Sie bat mich, ihr den Sack zu reichen, den ich trug, öffnete ihn und nahm eine Handvoll Datteln heraus.

»Die werden bis zum Mittagessen deinen Hunger stillen«, sagte sie zu dem alten Mann. Ich starrte sie entgeistert an, als sie sich die Datteln in den Mund steckte, weichkaute und in die Schale spuckte, die der Mann ihr hinhielt, doch der machte sich gierig über die Brühe her.

Als er bemerkte, dass ich ihn beobachtete, wandte ich hastig den Blick ab, aber er lachte nur. »Hast du noch nie einen Hungernden gesehen, Schwester?«, fragte er.

»*Ya* Abu Shams, bitte behandle Aisha mit Respekt«, schalt ihn Umm al-Masakin. »Sie ist die Lieblingsfrau des Propheten Gottes, und sie gewährt uns heute die Ehre ihres Besuchs. Du sollst sie ebenso ehren, wie du den Propheten ehrst.«

Er schaute mich mit hochgezogenen Brauen an – in seinen Augen lagen Entbehrung und Schmerz. »Der Prophet ist der Größte von allen«, sagte er. »Wenn er nicht wäre, hätten wir hier nicht einmal Zelte. Aber es ist die Mutter der Armen, die uns täglich zu essen bringt und unsere Leiden lindert. Sie ist die einzige Frau, die ich ehre.« Er verschränkte die Arme vor der Brust und funkelte mich an, als hätte ich von ihm verlangt, dass er sich vor mir verbeugte.

Umm al-Masakin dankte ihm und führte mich weiter. »Beachte

Abu Shams einfach nicht«, murmelte sie, den Blick verlegen gesenkt. »Er wird immer sonderlicher, je älter er wird.«

Aber in einem Punkt hatte Abu Shams recht: Ich war der Mutter der Armen keine große Hilfe. Ich kannte mich mit den Kräutersträußchen, Pflanzenextrakten und Weihrauchbrocken, die sie in ihrem Beutel hatte, nicht aus und konnte nur zusehen, wie sie die Mischungen mit einem Stößel in einem kleinen Mörser zerkleinerte und die fertige Paste einem Mann als Salbe für die Geschwüre an seinen Armen und Beinen gab oder auf der Brust eines hustenden Säuglings verteilte oder einem Jungen einflößte, der Magenkrämpfe hatte von den verdorbenen Fleischpasteten, die seine Mutter am Tag zuvor auf dem Markt in Medina »gefunden« hatte. In einer Ecke des Zelts kauerte die Mutter des Jungen und hielt sich stöhnend den Bauch. »Mische etwas von der Gerste, die du gekocht hast, mit Essig und gib ihr das«, sagte Umm al-Masakin zu mir. »Das wird ihren Magen reinigen.«

Als ich der armen Frau die Schale mit dem Gerstenbrei reichte, umklammerte sie meine Hand mit rauen Fingern, so wie meine Großmutter es getan hatte, wenn ich sie am Sterbebett besuchte. Auch bei dieser Frau konnte ich die Gesichtsknochen sehen, als hätte sie keine Haut, aber anstatt sie angewidert anzustarren wie den alten Mann mit den verfaulten Zähnen, drückte ich ihre Hand.

»Wenn du in Zukunft etwas zu essen brauchst, wende dich an Umm al-Masakin«, sagte ich zu ihr.

»Kann die Mutter der Armen meine Kinder satt machen?« Sie schaute mich mit wissenden Augen an. »Ihr Vater konnte es nicht. Und so wie ihr beide ausseht, hat euer Mann es auch nicht leicht.«

»Allah ernährt mich, und er hilft mir, auch euch zu ernähren«, sagte Umm al-Masakin und hockte sich neben mich. »Ich habe nur Gerstenbrei, kein Fleisch, aber die Gerste macht euch nicht krank.«

Sie zog ein zusammengefaltetes Tüchlein aus ihrem Medizinbeutel und schlug es auf. Es enthielt mehrere silberne Dirham. Die Frau beäugte die Münzen, als seien sie Fische im Wasser und sie ein Raubvogel. Dennoch nahm sie sie nur widerstrebend an.

»Gott segne dich, Mutter der Armen. Du ernährst meine Kinder, während du selbst immer magerer wirst und deine Haut bleich wird. Wie kann ich ein solches Geschenk von dir annehmen?«

»Mach dir keine Sorgen um mich, Umm Abraha. Für mich ist ausreichend gesorgt.« Umm al-Masakin drückte der Frau die Münzen in die Hand. »Alles, was mein Mann bei seinem Tod hinterlassen hat, wurde seinem Bruder übergeben, einschließlich meiner Kinder.« Trauer verdüsterte ihr Gesicht. »Mir waren noch einige Kleider geblieben, die ich verkaufen konnte, Dank sei Allah. Von dem Geld wollte ich eigentlich Lebensmittel kaufen, aber der Prophet war so gütig, mich zu heiraten. Da er mich ernährt, kann ich euch jetzt ernähren.«

»Aber was würde der Prophet sagen ...«

Ich beugte mich vor und legte ihr eine Hand auf den Arm. Bei der Berührung spürte ich, wie eine tiefe Wärme von meinem Herzen durch meinen Arm in meine Fingerspitzen floss, als würde ich reine Liebe in ihre Haut gießen. »Der Prophet würde Umm al-Masakin dafür segnen, dass sie seinem Beispiel folgt und den Armen gibt.«

»Nimm das Geld, Umm Abraha«, sagte die Mutter der Armen. »Dann brauchst du vielleicht morgen nichts zu stehlen. Eine verwitwete Mutter, die stiehlt, bringt sich in große Gefahr. Wer soll deine Kinder versorgen, wenn du deine Hände verlierst?«

In diesem Augenblick ertönte die Stimme von Bilal, der die Gläubigen zum Freitagsgebet rief. Das Stimmengewirr und das Fußgetrappel rund um das Zelt übertönten Umm Abrahas tränenreichen Dank und unsere Abschiedsworte. Ich folgte Umm al-Masakin zum Zeltausgang, doch bevor ich hinausging, schaute ich Umm Abraha noch einmal an. Als unsere Blicke sich begegneten, sah ich in ihren Augen neben Dankbarkeit eine Entschlusskraft, die mich innehalten ließ.

»Sag Umm al-Masakin, dass ich das Geld zurückzahlen werde«, sagte sie. Ein Lächeln huschte über ihr Gesicht wie ein Schatten. »Und nicht mit Diebstahl. Sobald ich mich erholt habe, werde ich Arbeit finden, bei Allah!«

Ich erwiderte ihr Lächeln, auch wenn ich ihre Worte anzweifelte. Was für eine Arbeit konnte sie schon in Medina verrichten? Einer unverheirateten Frau ohne Familie und ohne besondere Fähigkeiten standen nur zwei Möglichkeiten offen, ihren Lebensunterhalt zu verdienen: als Bettlerin oder als Prostituierte. Und so wie ich Umm Abraha einschätzte, war sie zu stolz, um zu betteln, und zu strenggläubig, um ihren Körper zu verkaufen.

Ich trat vor das Zelt, wo Umm al-Masakin auf mich wartete. Schuldgefühle plagten mich, als wir auf dem Weg zurück zur Moschee die Zeltstadt durchquerten. Wie selbstsüchtig war ich all die Jahre gewesen, seit ich bei Mohammed in der Moschee lebte. Wie oft hatte ich mich darüber beklagt, dass meine Bedürfnisse nicht befriedigt wurden, während andere ganz in meiner Nähe Tag für Tag hungerten! Mein Ringen um Macht und Freiheit kam mir im Vergleich zur bitteren Not der Zeltstadtbewohner engherzig vor. Ich nahm mir vor, mich nie wieder über irgendetwas zu beklagen. Und wenn in Zukunft jemand in meiner Gegenwart abfällig über die Menschen in der Zeltstadt sprach, so wie ich es bisher selbst getan hatte, würde ich demjenigen von dem Stolz und der Würde berichten, die mir heute begegnet waren.

Als wir durch die Ansammlung aus armseligen Hütten und Zelten gingen, wünschten Frauen und Männer Umm al-Masakin Gottes Segen. Sie nickte ihnen zu und versprach, am nächsten Tag wiederzukommen. Ich sagte nichts, denn ich wusste nicht, wann ich jemals an diesen Ort zurückkehren würde.

Ein Mädchen ohne Hemd kam auf uns zugelaufen und zupfte an Umm al-Masakins Ärmel. Sie war sechs oder sieben Jahre alt und trug einen völlig zerrissenen Rock. Ihr kurzes Haar erinnerte mich an meine Krankheit kurz vor meinem Hochzeitstag.

»*Ya*, Mutter der Armen, gibst du mir ein bisschen Gerste?«, fragte das Mädchen und schaute sie mit ihren dunklen Augen herausfordernd an.

»*Achlan*, Bisar, was ist mit deinem Haar passiert?«, fragte Umm al-Masakin.

»Läuse«, antwortete das Kind. »Aber das macht mir nichts aus. So gefallen mir meine Haare besser.« Ich lachte, denn genau das hatte ich mir damals auch gewünscht. »Kann ich ein bisschen Gerste haben?«, fragte die Kleine. »Ich habe Hunger.«

»Tut mir leid, ich habe Umm Abraha gegeben, was ich noch übrig hatte«, sagte Umm al-Masakin. »Geh zu ihr, sie hat so viel, dass sie dir etwas abgeben kann. Morgen komme ich wieder und bringe einen neuen Sack Gerste mit – und für dich etwas zum Anziehen, meine Kleine.«

Das Mädchen rannte in Richtung Zelt, doch ich rief nach ihr, und sie kam noch einmal zurück. »Kein Mädchen sollte halb bekleidet herumlaufen«, sagte ich. Das Herz so voll, dass es zu bersten schien, nahm ich mein Tuch ab und legte es ihr über Kopf und Schultern. »Du möchtest doch nicht, dass die Sonne dir deine zarte Haut verbrennt.«

»*Ya* Bisar, geh gut um mit diesem Tuch«, ermahnte sie Umm al-Masakin. »Morgen bringe ich dir Kleider, die dir passen, dann kannst du es mir zurückgeben.«

»Nein, ich hole es mir selbst zurück«, sagte ich. Als die Mutter der Armen mich fragend ansah, neigte ich den Kopf. »Wenn du mir gestattest, dich noch einmal zu begleiten, Umm al-Masakin.« Ihr strahlendes Lächeln reichte mir als Antwort.

Als das Mädchen glücklich davonlief und der Wind mein Tuch aufbauschte, schaute Umm al-Masakin mich kopfschüttelnd an.

»Ich fürchte, du warst allzu großzügig«, sagte sie. »Wie willst du am Gebet teilnehmen, ohne Kopfbedeckung?«

»Allah wird für mich sorgen«, antwortete ich. »Wenn wir wieder in der Moschee sind, kann ich mir von Hafsa ein Tuch leihen.«

Doch als wir durch die Straßen von Medina gingen, bereute ich meine Großzügigkeit. In Mekka, wo die unterschiedlichsten Menschentypen die Stadt bevölkert hatten, war mein rotes Haar nichts Außergewöhnliches gewesen. In Medina dagegen, wo alle schwarzes Haar, dunkle Haut und braune Augen hatten, fiel sogar Mohammed mit seiner hellen Haut auf. Ich wurde von allen Seiten angestarrt, und mir brannten die Wangen, die sicherlich so rot waren wie mein Haar.

Während wir mit gesenktem Blick in Richtung Moschee eilten, fragte ich Umm al-Masakin, warum ihr Schwager sie nach dem Tod ihres Mannes nicht geheiratet hatte, wie es Brauch war.

»Weil ich schon einmal mit ihm verheiratet war«, sagte sie, »bevor Ubaida mich zur Frau genommen hat. Mein erster Mann hat mich vor Jahren verstoßen, weil ich mich geweigert habe, im Haus zu bleiben, anstatt mich um die Armen zu kümmern. Ubaida hat mich geheiratet, um die Ehre der Familie zu retten.«

»Hast du ihn geliebt?«, fragte ich.

Sie lächelte, als hütete sie ein Geheimnis. »Was ist Liebe, Aisha? Ist Liebe etwas, was man empfindet, oder etwas, was man tut? Wenn Liebe etwas ist, was man tut, dann habe ich meine Ehemänner beide geliebt.«

»Aber nicht genug, um dich ihren Wünschen zu unterwerfen.«

»Allah ist größer als jeder Mann. Er hat mich schon vor langer Zeit dazu bestimmt, diese wohltätige und für mich so erfüllende Arbeit zu tun. Wie könnte ich sie aufgeben wegen eines eifersüchtigen Ehemannes?«

»Manche Ehemänner würden darauf bestehen.«

»Wenn du von Gewalt sprichst, muss ich dir recht geben. Al-Tufail, mein erster Mann, hat das versucht. Aber zu seiner großen Verblüffung konnte ich mich wehren.« Ihre Augen funkelten. »Bei meiner Arbeit in den Armenvierteln habe ich gelernt, mich selbst zu verteidigen.«

Als hätte sie sie herbeigerufen, traten sechs schmuddelige Männer aus einer Gasse und stellten sich uns in den Weg. Mir gefror das Blut in den Adern, als ich in die anzüglich grinsenden Gesichter von Ibn Ubayy und seinen Kumpanen schaute – zwei davon hatte ich an dem Tag, als ich zu Mohammed gezogen war, schon einmal gesehen.

»*Marhaba, habibati*«, sagte der Kleine mit den großen Ohren. »Erinnerst du dich an mich? Du bist ziemlich schmächtig, aber allmählich bekommst du ja richtige Formen. Bist du immer noch das Spielzeug des Propheten oder auf der Suche nach einem richtigen Mann?«

»Schläfst du immer noch allein, oder hast du einen Hund gefunden, der deine Bedürfnisse befriedigt?«, entgegnete ich, doch Umm al-Masakins Stimme fuhr dazwischen wie eine frisch geschliffene Klinge.

»Lasst uns vorbei«, herrschte sie die Männer an, die sich daraufhin grinsend in die Rippen stießen.

»Ich nehme die da«, sagte Ibn Ubayy. »Mir ist eine erwachsene Frau lieber als eine rothaarige Rotzgöre.«

Hilfesuchend schaute ich mich um, aber Medina war menschenleer. Alle außer diesen Großmäulern befanden sich bereits in der Moschee. Ich würde mich selbst gegen sie zur Wehr setzen müssen. Mein Puls raste wie ein scheuendes Pferd. Ich griff nach meinem Schwert, aber ehe ich dazu kam, es zu ziehen, hatte der Mann mit den großen Ohren mich schon gepackt.

»Komm bloß nicht auf die Idee, mit mir kämpfen zu wollen«, stieß der Mann heiser hervor. Sein Atem stank nach Wein und verdorbenem Fleisch. »Du hast übrigens recht: Ich schlafe allein. Aber nicht heute Nacht.«

Dann stöhnte er auf, fasste sich an den Hinterkopf, ließ mich los und sank zu Boden. Umm al-Masakin stand mit wutverzerrtem Gesicht über ihm, den Beutel mit ihren Arzneien in der Hand. Als Ibn Ubayy sich ihr näherte, wirbelte sie herum und schlug ihm mit dem Beutel mitten ins Gesicht. Während er versuchte, sein Nasenbluten zu stillen, wandte Umm al-Masakin sich mit vor Zorn funkelnden Augen seinem großen Freund zu.

»Wenn du einer von uns zu nahe kommst, bist du der Nächste«, fauchte sie ihn an.

Sie hatte jedoch nicht bemerkt, dass ihr Beutel aufgeplatzt war und der Inhalt auf dem Boden verstreut lag. Jetzt hatte sie keine Waffe mehr – aber ich mein Schwert. Der große Mann lachte und stürzte mit ausgestreckten Armen auf sie zu. In dem Moment riss ich mein Schwert aus der Scheide und ließ es durch die Luft wirbeln.

»Wag es nicht, die Frau des Propheten Gottes anzurühren«, knurrte ich, während ich um ihn herumtänzelte, damit er nicht sah, wie meine Beine zitterten. Er zog einen Dolch und bleckte die Zähne, doch ich wandte meinen Lieblingstrick an und schlug ihm die Waffe aus der Hand.

Ich fuchtelte wie wild mit meinem Schwert in der Luft herum, um ihn mir vom Hals zu halten, während ich seinen Dolch aufhob.

»Geht mir aus den Augen!«, schrie ich. »Ihr alle! Oder macht euch darauf gefasst, in der Hölle zu braten!« Der Große ergriff die Flucht. Ibn Ubayy beäugte mein Schwert, aber anscheinend war ihm die Lust auf einen Kampf vergangen. Dann drehten er und der Kleine sich um und humpelten davon, während sie sich die schmerzenden Köpfe hielten.

Ich steckte mein Schwert wieder in die Scheide, holte tief Luft, dann half ich Umm al-Masakin, ihre Arzneimittel einzusammeln. Stirnrunzelnd betrachtete sie meine zitternden Hände.

»Bist du unverletzt?«, fragte sie.

»Das habe ich dir zu verdanken, Schwester«, sagte ich keuchend. »Und du?«

»Keiner von ihnen hat mich berührt, Dank sei Allah«, antwortete sie so trocken wie immer.

Ich lachte – über mich selbst, weil ich mich so aufgeregt hatte, und über ihre Gelassenheit. »*Ya* Umm al-Masakin, was bist du nur für eine kühne Kämpferin!«

»Du würdest nicht glauben, in was für Gefahren ich im Lauf der Jahre geraten bin. Dieser Medizinbeutel hat mich mehr als einmal gerettet.«

Nachdem wir alle Kräuter, den Mörser, den Stößel und das Räucherfass in dem Beutel verstaut hatten, eilten wir zur Moschee. Leider kamen wir nicht mehr rechtzeitig zum Beginn des Freitagsgebets. Die Gläubigen, die die ganze Moschee füllten, knieten auf ihren Matten und murmelten Gebete zu Allah, als sie sich gleichzeitig mit Mohammed, der sein rotes Gewand trug, erhoben. Da ich es nicht wagte, die Moschee ohne Kopfbedeckung zu betreten, kletterte ich über die Mauer in den Hof und half der Mutter der Armen, mir zu folgen. Dann gingen wir in meine Hütte, um uns dort zu waschen und zu beten.

Als wir fertig waren, umarmte mich Umm al-Masakin und dankte mir für meine Hilfe in der Zeltstadt. Tränen brannten mir in den Augen, als ich ihre Umarmung erwiderte. Ich hatte so viel Schlechtes über sie gedacht – und nichts davon entsprach der Wahrheit. »Ich muss mich bei dir bedanken«, entgegnete ich.

»Mohammed hat mir gesagt, ich könne etwas von dir lernen, und das habe ich getan. Nie wieder werde ich mich über seine Großzügigkeit gegenüber den Leuten in der Zeltstadt beklagen.«

»Aisha, du hast schon immer viel Mitgefühl bewiesen. Denk nur, wie liebevoll du die kleinen Lämmer und Zicklein pflegst! Kein Wunder, dass der Prophet dich von allen seinen Frauen am meisten liebt.«

Ich seufzte. »Ich fürchte, was das Frausein angeht, irrst du dich. In Mohammeds Augen bin ich immer noch ein Kind. Bisher hat mir das nichts ausgemacht, aber in letzter Zeit ...«

Umm al-Masakin öffnete ihren Medizinbeutel. »Nimm das«, sagte sie und drückte mir ein kleines Beutelchen in die Hand, in dem sich feiner, gelber, nach Sesam duftender Puder befand.

»Das ist *Wars*«, sagte sie. »Mische es unter deinen Gesichtspuder und lege es auf, wenn der Prophet dich das nächste Mal besucht. Es ist ein Aphrodisiakum.«

»Ein Aphrodisiakum? Was bedeutet das?« Ich sah sie stirnrunzelnd an.

Umm al-Masakin lächelte und zeigte ihre schönen, weißen Zähne. »Es bedeutet, dass der Prophet dich nie wieder als Kind betrachten wird.«

10

DAS FALSCHE GEBET

Badr, April 626
Alter: dreizehn Jahre

Am Jahrestag unserer Niederlage am Berg Uhud war es an der Zeit, unsere Ehre wiederherzustellen. Nicht zufrieden damit, uns geschlagen zu haben, forderte Abu Sofian uns erneut in Badr zum Kampf heraus in der Hoffnung, ein für alle Mal klarzustellen, dass seine Armee der unsren überlegen war – und um Mohammed zu töten und den Islam von der Erde zu tilgen. Aber wir wussten, dass ihm das nicht gelingen würde, denn unsere Männer hatten seit der Schlacht am Uhud doppelt so hart an den Waffen geprobt.

Wir machten uns bereit, den Koreischiten mit eintausendfünfhundert Kriegern entgegenzutreten, fünfmal so vielen, wie vor eineinhalb Jahren in der Schlacht von Badr gekämpft hatten. Mit so einer starken Armee und unter Allahs Führung hofften wir, die Koreischiten so vernichtend zu schlagen, dass sie uns endlich in Frieden ließen und wir unbehelligt unseren Glauben praktizieren konnten. Mit der Gewissheit im Herzen, siegreich zurückzukehren, packten unsere Männer singend ihre Kamele und träumten vom Ruhm auf dem Schlachtfeld oder im Paradies.

Angesichts der festlichen Stimmung hätte ein Außenstehender

meinen können, wir bereiteten uns nicht auf eine Schlacht, sondern auf eine Hochzeit vor. Ali summte vor sich hin, während er seinen Esel mit Schwertern und Pfeilen und dicken Lederschilden belud. Selbst als er mich vorbeigehen sah, geriet sein Lied nicht ins Stocken. Girlanden aus Lavendel, Margeriten und Rosen schmückten die Hälse der Kamele und verströmten lieblichen Duft. Mein Vetter Talha, groß und stark wie ein Moringa-Baum, lächelte mich an, als ich ihm einen Stapel Decken reichte. Frauen vergaßen jede Sittsamkeit und umarmten und küssten ihre Männer und zwickten ihre Söhne und Enkel in die Wangen. Alle, die zur *Umma* gehörten, waren darauf versessen, die verhassten Koreischiten ins Rote Meer zu werfen.

Und ich war wild entschlossen, mich von niemandem, nicht einmal von Omar, davon abhalten zu lassen, für meine Leute und meinen Gott zu kämpfen. In jener Nacht, als ich beobachtet hatte, wie Abu Sofian Raha entführte, hatte Allah mich zu seiner Kriegerin bestimmt. Aber er machte es mir nicht leicht, meine Rolle auszufüllen. Am Berg Uhud war mir eins klar geworden: Ich würde für die Gelegenheit und das Recht kämpfen müssen, die *Umma* zu verteidigen. Für die vor uns liegende Schlacht hatte ich mir einen Plan zurechtgelegt. Und ich hatte das Schwert, das ich am Uhud dem gefallenen Krieger abgenommen hatte.

Am liebsten würde ich meine Klinge in Abu Sofians gewaltigen Bauch versenken! Am Uhud hatte er mit seinen frechen Lügen über Mohammeds Tod meinen Hass zusätzlich geschürt. Und dann, als wir uns geschlagen in unser Lager schleppten, hatte er uns verhöhnt: *In Badr sehen wir uns wieder, mächtiger Prophet! Falls du es wagst, dich uns noch einmal zu stellen.* Falls wir es wagten? Unsere Männer brannten darauf, die Erinnerung an die Schmach am Uhud aus dem Gedächtnis der Menschen zu tilgen. Und ich, die ich mich seit über einem Jahr im Schwertkampf übte, fieberte dem Tag entgegen, an dem ich dazu beitragen konnte, meine *Umma* von der allgegenwärtigen Angst vor den Koreischiten zu befreien, deren Anführer sich damit brüsteten, sie würden alle unsere Männer töten.

Abu Sofian war nicht der einzige Rivale, den wir zum Schweigen bringen mussten. Ibn Ubayy wurde immer dreister in seinen Attacken gegen Mohammed und bezeichnete ihn gegenüber jedem, der ihm zuhörte, als »zahnlosen Löwen«. Nach der unerfreulichen Begegnung an jenem Tag in Medina hatte Ibn Ubayy Umm al-Masakin und mich in Ruhe gelassen, aber in seinem unermüdlichen Drang, Mohammed als Schwächling dastehen zu lassen, belästigte er Sauda und Hafsa jedes Mal, wenn sie einen Schritt vor die Moschee setzten.

»Mohammed wagt es nicht, mir entgegenzutreten, egal, was ich tue«, prahlte er.

Indem er Mohammeds Frauen beleidigte, bewies Ibn Ubayy einmal mehr, dass er ein Feigling war. Andere in Medina waren dagegen nicht so furchtsam. Die Angehörigen der Nadir wurden von Tag zu Tag aggressiver. Ebenso wie ihre Verwandten, die Kainuka, trieben sie Handel mit den Koreischiten, und sie hassten Mohammed dafür, dass er behauptete, der Prophet zu sein, der in ihrem jüdischen Buch angekündigt wurde.

Als Mohammed eines Abends mit meinem Vater und Omar im Gespräch vor der Festungsmauer der Nadir stand, versuchten einige ihrer Anführer, einen riesigen Felsbrocken auf Mohammeds Kopf zu werfen. Ali drängte seinen Vetter daraufhin, den gesamten Clan zu exekutieren, um ein Exempel zu statuieren, aber Mohammed entschied sich dafür, Gnade walten zu lassen. Anstatt die Nadir zu töten, ließ er sie von unseren Kriegern aus der Stadt vertreiben, so wie sie es schon mit den Kainuka getan hatten. Als ihre lange Karawane langsam die Stadt verließ, säumten die Gläubigen die Straßen, um sie zu beschimpfen und zu bespucken. Ich stand mit Hafsa, Sauda und Umm al-Masakin im Eingang der Moschee, um mir das erbärmliche Schauspiel anzusehen, aber ich vergoss keine Träne für die Verräter. Ihre Lasttiere waren so schwer beladen mit dicken Teppichen, goldenen Kerzenleuchtern, die in der Sonne schimmerten, und riesigen, mit Vorräten prall gefüllten Säcken, dass alle – einschließlich der Frauen und Kinder – zu Fuß gehen mussten. Als ich die tränennassen Gesichter der Nadir sah, fragte ich mich, ob das Exil wirklich dem Tod vorzuziehen war. Aber Mohammed brachte es einfach nicht übers Herz, die Leute der Schrift zu töten.

»Sie glauben an denselben Gott wie wir«, erklärte er mir.

Später hörten wir, dass die Nadir sich unverzüglich den Koreischiten angeschlossen hatten – und uns verlachten, weil wir sie hatten ziehen lassen. Als ich auf der Suche nach Mohammed an der Karawane entlangging, grüßten mich Männer in Lumpen, die gerade dabei waren, die ihnen zur Verfügung gestellten Kamele zu beladen. Sie gehörten zu den Ersten, die sich freiwillig zum Kampf gemeldet hatten, wie ich von Umm al-Masakin wusste. »Sie wollen Mohammed seine Güte vergelten«, hatte sie mir gesagt.

Ich blieb stehen, um mit ihnen zu plaudern, aber sie wollten mit Umm al-Masakin sprechen. Wenn ich mit ihr in die Zeltstadt ging, wurde ich von den Bewohnern mit Ehrerbietung behandelt, Umm al-Masakin dagegen wurde herzlich begrüßt. Während ich immer noch Mühe hatte, mir die Namen der Leute zu merken, und nach wie vor zusammenzuckte angesichts der Geschwüre und des Gestanks der Armut, schien Umm al-Masakin sich bei ihren Zeltstadtbewohnern mehr zu Hause zu fühlen als bei uns im Harem. Andererseits war sie damit aufgewachsen, andere Menschen zu pflegen. Ihre Mutter war die Tochter einer Hebamme und eines armen Beduinen gewesen, und obwohl sie wegen ihrer außergewöhnlichen Schönheit von einem wohlhabenden Mann zur Frau genommen worden war, hatte sie ihre arme Herkunft nie vergessen. Zusammen mit ihrer Tochter hatte sie sich um die Bedürftigen gekümmert, bei Geburten geholfen und die Kranken gepflegt.

»Ich fühle mich Allah am nächsten, wenn ich anderen helfe«, sagte Umm al-Masakin. Auch ich fühlte mich Gott nahe, wenn ich den Leuten in der Zeltstadt half. Seite an Seite mit der Mutter der Armen zu arbeiten bescherte mir einen inneren Frieden, wie ich es nie für möglich gehalten hatte. Und mit der Zeit hatte ich die liebenswürdige, gütige Umm al-Masakin so lieb gewonnen, dass ich mich fragte, wie ich ihr je hatte misstrauen können.

Gemeinsam würden wir in Badr die Verwundeten versorgen, aber ich hatte auch noch ein anderes Ziel. Ich wollte kämpfen, wollte Mohammed beweisen, dass ich eine echte Kriegerin war. Falls er überhaupt noch Augen hatte für etwas anderes als hübsche Witwen.

Seit einigen Monaten schon besuchte Mohammed das Haus von Umm Salama, eine der schönsten Frauen in Medina. Anfangs hatte er ihrem verwundeten Mann Gesellschaft geleistet, seinem Milchbruder und Freund Abdallah. Nachdem Abdallah den Wunden, die er am Berg Uhud erlitten hatte, erlegen war, stand er der Witwe in ihrer Trauer bei. So glaubte ich zumindest. Aber jetzt, Monate später, besuchte er sie noch immer, und in der *Umma* wurde schon getuschelt.

»Omar und Abu Bakr haben um die Hand der Witwe Umm Salama angehalten, und sie hat sie beide abgewiesen, kannst du dir das vorstellen?«, fragte Sauda, die über das Gerücht lachen musste. »Sie bewahrt sich für den Besten auf, bei Allah! Ich würde mich jedenfalls nicht wundern, wenn der Prophet sie für sich selbst beanspruchen würde.«

Als ich jetzt in der Karawane nach Mohammed suchte, fand ich ihn schließlich mit der Mutter der Armen, die er unbeholfen an sein Kettenhemd drückte. Ich bedachte die beiden mit einem finsteren Blick. Wie respektlos er sich gegenüber den anderen Frauen seines *Harim* benahm! Aber als ich näher kam, sah ich, dass es sich nicht um eine leidenschaftliche Umarmung handelte. Mohammeds Gesicht wirkte sorgenvoll.

»Hilf ihr, Aisha. Ich fürchte, in diesem Kettenhemd kann ich ihr nicht viel Trost spenden«, sagte er.

Erst in diesem Moment hörte ich Umm al-Masakins Schluchzen. Ich zog sie an mich und erkundigte mich nach dem Grund ihrer Traurigkeit.

»Bisar ist gestorben«, sagte sie mit erstickter Stimme. »Dieses arme kleine Mädchen! Sie hatte die Pocken, Aisha. Sie war zu schwach, um der Krankheit etwas entgegenzusetzen.« Auch ich weinte um das Mädchen aus der Zeltstadt, das uns beiden immer mehr ans Herz gewachsen war. »Ich bin die ganze Nacht bei ihr geblieben und habe versucht, ihr mit Kräutern und Tinkturen zu helfen. Aber ich habe vergessen zu beten. Ich dachte, ich könnte sie retten, bei Allah! Und jetzt ist sie tot, weil ich so hochmütig war.«

Ich schnalzte mit der Zunge. »Mohammed sagt, dass Allah allein entscheidet, ob wir leben oder sterben.« Ich schob sie ein bisschen von mir, um ihr streng in die Augen blicken zu können. »Deinen Schlaf zu opfern, um einem anderen Menschen in der Not beizustehen, ist kein Hochmut, Mutter der Armen. Aber dir die Schuld an Bisars Tod zu geben, als hättest du die Macht gehabt, ihn zu verhindern, das ist hochmütig.«

Selbst in meinen eigenen Ohren klangen meine Worte hart, aber sie schienen ihre Wirkung zu tun, denn Umm al-Masakin hörte auf zu schluchzen und schniefte nur noch ein wenig. Ich half ihr aufs Kamel, aber an ihren hängenden Schultern sah ich, dass sie zu erschöpft war für die Reise. Zwar wusste ich, dass ich nicht allein in der Lage sein würde, all die Verwundeten zu versorgen, dennoch fragte ich Mohammed, ob sie nicht in Medina bleiben könne. Stirnrunzelnd strich er sich über den Bart. »Die Männer aus der Zeltstadt haben darum gebeten, dass Umm al-Masakin uns begleitet. Sie glauben, dass sie ihnen Glück bringt. Ohne sie werden sie in Badr nicht kämpfen.«

»Sag ihnen, dass sie mich an ihrer Stelle mit euch schickt.« Schwungvoll zog ich mein Schwert. »Ich werde euch nicht nur Glück bringen, sondern auch im Kampf unterstützen.«

Er lachte und schaute mich liebevoll an, dann streichelte er meine Wange mit dem Daumen.

»Meine kleine Kriegerin.«

»So klein bin ich gar nicht mehr«, entgegnete ich. »Ich bin schon dreizehn.«

»Ja, und wie ich sehe, ist dein Schwert auch größer geworden.« Er betrachtete die Klinge mit ihren Kerben und Scharten. Omar hatte mir mein Kinderschwert nicht zurückgegeben. *Waffen sind nichts für kleine Mädchen*, hatte er mich gescholten, als ich es zurückverlangt hatte. »Ich habe ganz vergessen, Omar zu sagen, er soll dir das Schwert zurückgeben, das ich dir geschenkt habe.«

»Das brauche ich nicht mehr«, sagte ich. »An das hier musste ich mich erst gewöhnen, aber jetzt mag ich es lieber.« Ich lächelte ihn bedeutungsvoll an. »Ich werde langsam erwachsen.«

»Aber zum Kämpfen bist du immer noch zu jung, *Humaira*.

Nicht einmal Jungen dürfen mit aufs Schlachtfeld, ehe sie fünfzehn Jahre alt sind.«

»Ja, ich weiß, dass ich nicht kämpfen darf.« Ich schaute ihn so unschuldig wie möglich an. »Das Schwert nehme ich nur für alle Fälle mit, um Umm al-Masakin zu beschützen, während sie die Verwundeten behandelt.«

Mohammed grinste, und ich grinste ebenfalls. Wir wussten beide, was gespielt wurde.

Wir ritten vier Nächte lang, um nach Badr zu gelangen. Diesmal hatten wir keine Eile. Was machte es schon, wenn die Koreischiten zuerst eintrafen und uns den Zugang zu den Brunnen verwehrten, so wie wir es beim letzten Mal mit ihnen gemacht hatten? Wir hatten genug Wasserschläuche im Gepäck – und mit Allahs Hilfe würden wir sie schlagen, egal, welche Finten sie sich ausdachten.

Aber ich machte mir Sorgen um Umm al-Masakin. Als ich ihr am ersten Morgen vom Kamel half, sank sie in meine Arme und wankte dann zu ihrem Zelt.

»Meine Energie wird zurückkehren, wenn ich mich erst einmal ausgeruht habe«, versicherte sie mir.

Doch am Abend ging es ihr keineswegs besser. Ihre blasse Haut war vom Fieber gerötet, und ihr Atem ging so schwer, als laste ein Felsbrocken auf ihrer Brust. Ich drängte Mohammed, sie nach Hause zu schicken, aber sie überzeugte ihn davon, dass sie nur erschöpft war von der Arbeit in der Zeltstadt.

»Kümmere dich um sie, *Humaira*«, sagte er zu mir. »Sorg dafür, dass sie sich nicht überanstrengt.«

Ich gab mir alle Mühe, aber sie ließ sich nicht davon abhalten, jeden Abend, bevor wir aufbrachen, die Männer aus der Zeltstadt aufzusuchen. Es strengte sie so an, sich bis zum Ende der Karawane zu schleppen, die Männer aufzumuntern und dann, auf mich gestützt, zu ihrem Kamel zurückzugehen, dass sie schon vor unserem Aufbruch völlig erschöpft war. Als wir am zweiten Tag mehr als die Hälfte der Strecke zurückgelegt hatten, war es zu spät, um sie noch nach Hause zu schicken.

»Niemand kann mich so gut versorgen wie du, Aisha«, sagte sie.

Auf unserem Marsch durch die weite, feindselige Wüste erleuchteten uns Fackeln, so hell wie die Sonne, die dunkle Nacht. Unsere Kundschafter hielten nicht nur Ausschau nach marodierenden Beduinen und den Spionen der Koreischiten, sondern auch nach Anzeichen für Sandstürme, vor allem den gefürchteten Samum, den heißen Höllenwind, der schon ganze Armeen verschlungen hatte, als wäre die Wüste ein gefräßiges Ungeheuer. Mohammed jedoch schien sich über derartige Gefahren keine Gedanken zu machen, und falls doch, ließ er es sich nicht anmerken.

»Würde Allah seine Gläubigen im Stich lassen, die in den Kampf ziehen, um seinen Namen zu verteidigen?«, fragte er immer wieder.

Als hätte Gott seine schützende Hand über uns gehalten, durchquerten wir die grausame Wüste ohne Probleme bis zu dem kühlen Brunnen von al-Rawha – wo wir ungeachtet Saudas Warnung vor den *Dschinn*, die in seinen Mauerspalten lauerten, Rast machten –, bis nach al-Safra mit seinen eleganten, sonnengebleichten Häusern und Türmchen und seinen Palmengärten, die erfüllt waren vom Duft der wachsblättrigen Ligustersträucher.

Einen *Barid* von al-Safra entfernt kamen wir durch mehrere schattige Palmwäldchen und überquerten auf dem Weg zu den Bergen bei Badr einen Bach, der im Mondlicht glitzerte wie der Zopf einer jungen Frau. Zu unserer großen Freude war auf dem breiten Wüstenstreifen vor der kleinen Stadt keine Spur von den Koreischiten zu sehen. Sofort begannen die Männer, die Brunnen mit Sand zu füllen, so wie sie es bei der letzten Schlacht von Badr gemacht hatten, doch Mohammed befahl ihnen, damit aufzuhören.

»Die Koreischiten sollen sich hinterher nicht damit brüsten können, dass wir den Sieg nur mithilfe fauler Tricks errungen haben«, sagte er.

Während Mohammed das Morgengebet sprach, übergoss uns die Morgensonne mit blutrotem Licht. Umm al-Masakin, deren Gesicht so bleich war wie der abnehmende Mond, betete neben mir, doch ich nahm sie kaum wahr. In meinen Gebeten bat ich Allah um den Mut, tapfer zu kämpfen, denn ich hoffte immer noch auf die Gelegenheit, Mohammed zu beweisen, dass ich eine ebenso fähige

Kriegerin war wie Umm 'Umara – und eine ebenso vollwertige Frau wie meine Schwesterfrauen.

Nachdem ich nun schon seit zwei Jahren in seinem Harem lebte, wurde mir immer deutlicher bewusst, was für ein Aberwitz es war, dass wir unsere Ehe immer noch nicht vollzogen hatten. Wenn sich das in der *Umma* herumsprach, würden die Leute sich mehr als wundern. In meiner Ratlosigkeit hatte ich mich an Hafsa und an meine Schwester Asma gewandt und Trost bei der Mutter der Armen gesucht. Aber mit jeder Frau, die ich ins Vertrauen zog, wuchs das Risiko, dass das Geheimnis aufflog – und was würde dann passieren? Der Tanz, den Asma mir beigebracht hatte, hatte nichts genützt. Die Hennamuster, die Hafsa mir auf die Handflächen und Unterarme gemalt hatte, waren Mohammed nicht einmal aufgefallen. Und das *Wars*, das Aphrodisiakum, das Umm al-Masakin mir gegeben hatte, hatte nur dazu geführt, dass Mohammed die seltsame gelbe Lotion in meinem Gesicht besorgt angesehen und mich gefragt hatte, ob ich krank sei. Ungehalten über die unerwünschte Reaktion, hatte ich es mit Direktheit versucht.

»Das soll dein Verlangen steigern«, hatte ich gegurrt, woraufhin er mir das Haar zauste.

»*Ya Humaira*, du solltest es nicht so eilig haben mit dem Erwachsenwerden«, sagte er. »Genieße deine Kindheit, solange du es kannst.« Da hatte ich begriffen, dass Sauda recht hatte: Mohammed war an einer anderen interessiert.

Nach dem Abendgebet brachte ich Umm al-Masakin ins Bett, dann nahm ich meinen ganzen Mut zusammen und ging hinüber zu Mohammeds Zelt. Es war riesengroß und mit dicken, zotteligen Kamelfellen belegt, die ebenso rot waren wie mein Haar. Eine kühle, feuchte Brise liebkoste meine Wangen, und es duftete nach frischem Wasser und Mandelblüten. Der buckelige alte Dichter Hassan ibn Thabit marschierte gestikulierend an mir vorbei und rezitierte Verse, die an die erste Schlacht in Badr erinnerten:

Oh, wüssten die Menschen von Mekka, wie wir die Ungläubigen in der Stunde der Abrechnung vernichtet haben,

Wir töteten ihre Führer auf dem Schachtfeld, und gebrochen zogen sie von dannen.
Wir töteten Abu Dschal und vor ihm 'Utba, der zusammen mit Schaiba fiel, die Arme wie zum Opfertod ausgebreitet.
Wir töteten Suwaid, dann 'Utba und auch Tu'ma im wirbelnden Staub.
Wir töteten die Edlen und Mächtigen, die Reichen und die Geachteten
Und überließen sie dem Fraß hungriger Tiere, auf dass sie ewig in der Hölle braten.

Die Männer jubelten und durchbohrten imaginäre Feinde mit ihren Dolchen und Schwertern, als Hassan vorbeiging. Ich schlüpfte in Mohammeds Zelt. Es wurde von hohen Pfosten gehalten und war viel zu groß für zwei Personen, aber es diente auch als sein *Madschlis*, wo er geschützt vor der grellen Sonne und den Ohren von Spionen seine Berater zu Gesprächen empfangen konnte. Ich rollte eine Decke aus, damit wir keinen Sand in die Haare bekamen, breitete unser Schaffell darauf aus, legte mich darauf und schlief so fest ein, dass ich gar nicht merkte, wie Mohammed sich neben mich legte, und nicht hörte, wie Barira, die Dienerin, die meine Eltern mir mitgegeben hatten, vor dem Zelt meinen Namen rief.

»Die Mutter der Armen ruft nach dir. Beeil dich«, sagte sie, als wir schließlich beide wach waren.

Wir warfen uns unsere Umhänge über und liefen zu Umm al-Masakins Zelt.

»Ihre Haut glüht von Stunde zu Stunde mehr«, sagte Barira zu mir. Umm al-Masakin lag auf dem Rücken und warf den Kopf hin und her. Ein Geruch wie nach saurer Milch erfüllte die Luft im Zelt. Ich befahl Barira, ein feuchtes Tuch zu holen, mit dem ich Umm al-Masakins Stirn und Wangen kühlen konnte. Die Mutter der Armen schaute mich mit glasigen, obsidianschwarzen Augen an.

»Ich fürchte, es sind die Pocken. Bitte, gib mir etwas *Chatmi*«, stieß sie keuchend hervor.

Unter ihren Kleidern fand ich ihren Medizinbeutel. Im gleichen Augenblick kam Barira mit mehreren feuchten Tüchern. Mohammed betupfte Umm al-Masakins Stirn, während ich die *Chatmi*-Paste zubereitete, indem ich getrocknete Malvenstängel und -blätter zusammen mit etwas Essig im Mörser zerstieß. Dann half ich ihr, den Brei zu schlucken. Ich zwang mich, sie anzulächeln, um mir meine Angst nicht anmerken zu lassen. Bei einem normalen Fieber konnten *Chatmi* und Essig wahre Wunder wirken, aber ich hatte noch nie gehört, dass man damit die Pocken heilen konnte.

Vorsichtig hielt ich ihr eine Schöpfkelle mit Wasser an die gesprungenen Lippen. Sie packte meine Hand und drückte sie fest.

»Diese Krankheit ist sehr ansteckend«, sagte sie.

Ich schickte Barira nach draußen. »Lass niemanden ins Zelt«, wies ich sie an. »Sag ihnen, der Prophet hat es verboten.«

Dann wandte ich mich an Mohammed. »Du solltest besser auch gehen, denn du darfst nicht riskieren, dich anzustecken. Du musst eine Armee anführen.«

»Aisha.« Umm al-Masakin drückte wieder meine Hand. »Du auch. Geh.«

»Niemals.« Leise fragte ich Mohammed: »*Ya* Mohammed, gibt es denn keine andere Heilerin in der ganzen Karawane – ich bin doch so unerfahren.«

»Ich werde sehen, wen ich finden kann«, sagte er. »Bleibst du hier?«

Vor dem Zelt war lautes Rufen zu hören. Mohammed stand auf. Ich hörte Barira in ihrer Muttersprache kreischen, und im nächsten Augenblick stürmte Omar ins Zelt, zusammen mit Barira, die sich verzweifelt an seinen Arm klammerte. Er stieß sie von sich, als wäre sie eine Fliege, und sie fiel zu Boden. Ich sprang auf.

»Niemand darf dieses Zelt betreten!«, schrie ich.

»Omar ibn al-Chattab lässt sich nicht von einer mageren Frau davon abhalten, ein Zelt zu betreten«, knurrte er. Dann entschuldigte er sich bei Mohammed für sein Eindringen, ohne von der Mutter der Armen Notiz zu nehmen, die schweißgebadet zu seinen Füßen lag.

Unsere Kundschafter hatten eine kleine Gruppe Koreischiten auf Pferden beobachtet, die sich unserem Lager näherten, berichtete Omar. »Sie bringen eine Botschaft von Abu Sofian.«

Mohammed bat Omar, nach einer Heilerin für die Mutter der Armen zu suchen, und erklärte mir, er müsse sich in sein Zelt begeben, um sich auf den Besuch vorzubereiten. Ich folgte meinem Gemahl zum Zelteingang.

»Barira soll mir mein Schwert bringen«, sagte ich. »Für alle Fälle.«

Er nahm meine Hände und drückte sie ganz fest. »Denk nicht an die Schlacht«, sagte er. »Du darfst Umm al-Masakin jetzt nicht allein lassen. Ich fürchte, dass sie nicht mehr lange leben wird. Versprich mir, dass du bei ihr bleibst, egal, was passiert.«

Kein Kampf! Ich fühlte mich wie ein Ball, aus dem die Luft entwich. Ich sollte nicht dabei helfen, Abu Sofian zu besiegen? Nicht die Hochachtung und den Respekt – und vielleicht sogar die Begierde – in Mohammeds Augen sehen, nachdem die Schlacht geschlagen war? Umm al-Masakin war schon öfter krank gewesen, aber sie hatte sich jedes Mal wieder erholt. Ihre Fürsorge für die Armen hatte ihr die Kraft verliehen, Krankheiten zu widerstehen.

»Und wenn Omar eine Heilerin findet?«, fragte ich. »Warum muss ich dann hierbleiben? Ich kann nichts für Umm al-Masakin tun, aber auf dem Schlachtfeld kann ich für die *Umma* kämpfen.«

»Sie liebt dich, Aisha. Du wirst ihr ein Trost sein.« Er küsste mich auf die Stirn. »Bleib bei ihr.«

Nachdem er gegangen war, blinzelte ich meine Tränen fort und ermahnte mich, nicht so selbstsüchtig zu sein. Umm al-Masakin beizustehen war wichtiger, als tausend Schlachten zu schlagen. Ich kniete mich neben sie und schob ihr die Haare aus dem Gesicht, und schon bald stellte sich der vertraute innere Friede ein. Von dem, was sich außerhalb des Zelts abspielte, bekam ich nichts mehr mit, während ich ihr Lieder vorsang und ihr die Stirn kühlte, bis sie einschlief. Dann hörte ich draußen lautes Geschrei. Ich trat zu Barira an den Zelteingang und sah, wie vier unserer Männer, ihre Schwerter schwingend, auf Mohammeds Zelt zurannten. Ali schrie etwas, woraufhin die Männer sich in Schlachtordnung aufstellten. Es juckte mich in den Fingern, nach meinem Schwert zu greifen.

»Ohne Waffe und mit einer feindlichen Armee im Anzug fühle ich mich verwundbar«, sagte ich zu Barira. »Aber ich habe Mohammed versprochen, nicht von Umm al-Masakins Seite zu weichen. Würdest du mir mein Schwert holen? Aber pass auf, dass dich niemand sieht.«

Umm al-Masakin schlief immer noch, ihre Lippen bewegten sich, und ihr Gesicht war schweißgebadet. *Wo bleibt die Heilerin?*, dachte ich verzweifelt. Während ich Umm al-Masakin das Gesicht wusch, suchte ich vergeblich nach Anzeichen dafür, dass es ihr besser ging. Andererseits schien es ihr auch nicht schlechter zu gehen. Vor ein paar Monaten, als ich, überzeugt davon, dass ihr Ende nahte, um sie geweint hatte, war es ihr wesentlich schlechter gegangen. Beruhigt ging ich zurück an den Zelteingang. Unsere Krieger formierten sich zu immer längeren Reihen, und Ali stolzierte zwischen ihnen auf und ab und brüllte Befehle.

»Die Koreischiten kommen!«, schrie jemand, der an mir vorbeirannte.

Kamele schnaubten. Kettenhemden rasselten. Schwerter klirrten. Wo blieb Barira bloß? Unruhig ging ich im Zelt auf und ab, trat nach draußen, ging wieder hinein, um nach Umm al-Masakin zu sehen, die immer noch tief schlief. Nach einer halben Ewigkeit, so schien es mir, schlüpfte Barira ins Zelt, schlug ihren Umhang zurück und reichte mir das Schwert mit der abgenutzten Klinge und dem alten, fleckigen Griff.

Neugierig sah sie zu, wie ich ein paar Übungen machte, doch als ich damit prahlte, wie viele Koreischiten ich in der anstehenden Schlacht töten würde, runzelte sie die Stirn. »Du hast versprochen, Umm al-Masakin nicht allein zu lassen«, sagte sie.

Bei Allah! War Barira mein Gewissen? Wütend schob ich mein Schwert zurück in die Scheide.

»Wenn sie aufwacht, werden wir weitersehen.«

Fünf Männer galoppierten plötzlich auf das Lager zu; ihre Pferde hatten Schaum vor dem Maul. Die Männer trugen Kettenhemden und Helme und ihre Pferde einen Panzer aus Leder. Ihre Rüstung glänzte wie neu, ganz anders als die zerbeulten, von toten Kriegern erbeuteten Rüstungen unserer Männer. An der Spitze der Gruppe ritt wieder Chalid ibn al-Walid, den ich an seinen eiskalten Augen erkannte.

Wie sehr sehnte ich mich danach, mich davonzuschleichen und die Gespräche der Männer zu belauschen! Aber ich hatte nun einmal versprochen, Umm al-Masakin nicht allein zu lassen, und so schickte ich Barira an meiner Stelle.

Umm al-Masakin schlief immer noch. *Wie friedlich sie aussieht – zweifellos geht es ihr schon besser*, redete ich mir ein. Ungehalten stampfte ich auf den Lehmboden, sodass eine kleine Staubwolke aufflog. Offenbar hatte man keine Heilerin gefunden. Aber wenn Umm al-Masakin ernsthaft krank war, fehlten mir die Kenntnisse und die Erfahrung, um ihr zu helfen – andererseits konnte ich mir nicht vorstellen, dass das Fieber so schlimm war, wie Mohammed glaubte. Barira wäre genauso gut in der Lage, sich um sie zu kümmern, während ich an der Seite der Männer kämpfte.

Ich war bereit, für die Befreiung meiner Gemeinde von der Bedrohung durch die Koreischiten in die Schlacht zu ziehen, und doch schien ich zum Scheitern verurteilt. Warum, Allah? Zuerst am Berg Uhud, wo Omar mir mein Schwert weggenommen hatte, und jetzt in Badr, wo ich an die kranke Umm al-Masakin gefesselt war, die tief und fest schlief und meine Anwesenheit nicht einmal bemerkte.

Ihre schlaffe Hand lag in meiner wie ein nasser Lappen. Ich tastete nach ihrem Puls, und mein Herz begann zu pochen, als ich ihn zuerst nicht finden konnte. Erst als ich meine Finger an ihren Hals legte, spürte ich ein schwaches Pulsieren, so unstet wie der Gang eines Betrunkenen. Ihre Haut, die eben noch gerötet und erhitzt gewesen war, war jetzt bleich und kalt.

Ein Kribbeln lief mir über die Kopfhaut, und mir sträubten sich die Nackenhaare, als wehte ein kalter Wind durch das Zelt. »Umm al-Masakin!«, flüsterte ich in der Hoffnung, sie würde aufwachen und mich anlächeln und mir versichern, dass alles nicht so schlimm war, wie es den Anschein hatte.

Das Donnern von Pferdehufen erschütterte das Zelt. Ich sprang auf, lief zum Eingang und sah, wie die Botschafter der Koreischiten davongaloppierten. Das grimmige Lächeln im Gesicht von Chalib ibn al-Walid, der voranritt, erfüllte mich mit Angst und Schrecken. Unsere Bogenschützen hatten ihre Position eingenommen und übten, ihre Pfeile genau zur gleichen Zeit abzuschicken. Mir zersprang fast das Herz vor Sehnsucht, mich zu ihnen zu gesellen. Eigentlich hätten Umm al-Masakin und ich jetzt dort auf dem Schlachtfeld sein sollen, sie mit ihren Arzneien und ich mit meinem Schwert. Wir hätten den Kämpfern viel Glück gewünscht und ihnen Kräuter verabreicht, um ihnen Energie zu geben. Wir wären mitten im Schlachtgetümmel gewesen, und Omar hätte nicht darüber geschimpft, denn schließlich waren wir Heilerinnen, und er würde womöglich selbst unsere Hilfe brauchen. Stattdessen lag Umm al-Masakin jetzt krank im Bett, unfähig, sich selbst zu helfen, während ich im Zelt auf und ab ging und um eine Chance betete, mich an den Kämpfen beteiligen zu dürfen.

»Kannst du nicht irgendetwas tun?«, betete ich laut, den Blick zum Paradies gerichtet. »*Ya* Allah, ich flehe dich an, befreie mich aus diesem Zelt. Ich bekomme hier keine Luft!« Das Gefühl des Eingesperrtseins und der Hilflosigkeit, wie ich es unter Verschluss bei meinen Eltern empfunden hatte, war stärker als meine Liebe zu Umm al-Masakin.

Barira schlüpfte ins Zelt und flüsterte: »Die Armee kommt nicht nach Badr.«

»Das ist unmöglich!«, schnaubte ich. »Abu Sofian hat uns doch selbst herausgefordert!«

»Das war ein Trick, um den Propheten hierher zu locken, während er mit einer großen Karawane nach Medina zieht«, sagte sie. »Seine Boten haben gelacht, als sie es dem Propheten erzählt haben. Omar wollte sie auf der Stelle töten, aber der Prophet hat Nein gesagt.«

Erleichterung erfasste mich wie ein frischer Wind. Sie kamen nicht! Es würde gar keine Schlacht geben. Ich würde also doch nichts verpassen. Und noch am selben Abend würden wir nach

Hause zurückkehren können. Wir mussten Umm al-Masakin so bald wie möglich nach Medina bringen, denn dort gab es erfahrene Heilerinnen, die sie wieder gesund pflegen würden.

Wir hörten ein Stöhnen. Lächelnd betrat ich das Zelt in der Erwartung, Umm al-Masakin nach ihrem langen Schlaf etwas erholt vorzufinden. Stattdessen starrte sie mich mit vor Panik weit aufgerissenen Augen an.

»*Ya* Aisha!«, rief sie. »Hilf mir!«

Ich eilte zu ihr und zog sie in meine Arme. Sie zitterte am ganzen Leib, und ihre Haut fühlte sich so kalt an, als wäre sie in einen tiefen Brunnen gefallen.

»Meine Kinder«, keuchte sie. »Ich hätte sie nicht allein lassen dürfen. Ich möchte meine Kinder sehen, Aisha! Bitte, bring mich zu ihnen.« Mir wurde klar, dass sie im Fieberwahn war. Sie hatte ihre Kinder vor Jahren bei ihrem ersten Ehemann in Mekka zurückgelassen.

»Es wird keine Schlacht geben, Umm al-Masakin. Wir kehren nach Hause zurück. Du wirst deine Jungen bald wiedersehen.« Ich streichelte ihr übers Haar und murmelte beruhigende Worte, aber mein Herz pochte wie wild. *Bleib bei mir, Mutter der Armen. Halt noch ein paar Tage durch, bis wir Hilfe für dich holen können*, flehte ich sie im Stillen an.

»Die Schlacht wird nicht stattfinden?« Sie lächelte. »Gelobt sei Allah. Dann wird es heute auch keinen Brudermord geben.«

»Ja, gelobt sei Allah«, wiederholte ich voller Scham. Ich hatte auch über die Nachricht gejubelt, aber aus selbstsüchtigen Gründen. An das Blutvergießen und an die Toten auf beiden Seiten hatte ich nicht einmal gedacht. Aber jetzt begriff ich, dass Umm al-Masakin recht hatte: In diesen Schlachten gegen die Koreischiten kämpfte Bruder gegen Bruder, Vater gegen Sohn, Vetter gegen Vetter. Ich konnte mich noch gut an den Gestank und das Grauen der Schlacht am Berg Uhud erinnern. Während meiner Vorbereitung auf den Kampf hatte ich all diese Bilder verdrängt, doch jetzt sprach ich ein Dankgebet dafür, dass uns dieser Albtraum erspart bleiben würde.

»Meine Kinder«, stöhnte Umm al-Masakin noch einmal und

warf den Kopf hin und her. »Mein Mann hat sie mir weggenommen. Warum habe ich das nur zugelassen, Aisha? Meine kleinen Jungen.« Bittere Tränen liefen ihr über die Wangen.

»*Ya* Umm al-Masakin, du darfst dich nicht so anstrengen. Du wirst deine Jungen bald wiedersehen«, sagte ich. »Und auch die Leute aus der Zeltstadt. Sie sind doch auch deine Kinder, nicht wahr? Deswegen nennen sie dich die Mutter der Armen.«

»Die Leute aus der Zeltstadt – wer wird sich um sie kümmern?«, keuchte sie.

Bitte nicht, betete ich. *Bitte, nimm sie nicht zu dir*. Warum hatte ich Gott angefleht, mich von meiner Pflicht an Umm al-Masakins Bett zu entbinden? Ich hatte Mohammed versprochen, bei ihr zu bleiben, und jetzt würde Allah sie zu sich holen, damit ich an einer Schlacht teilnehmen konnte, die nicht einmal stattfinden würde.

»Ruf den Propheten!«, sagte sie. »Ich muss mit Mohammed sprechen!«

Ich schickte Barira los, ihn zu holen. »Er kommt gleich«, sagte ich zu Umm al-Masakin.

»Versprich mir, dass du dich um die Leute in der Zeltstadt kümmerst«, japste sie und klammerte sich so fest an meinen Arm, dass ich vor Schmerz zusammenzuckte. »Sie haben sonst niemanden.«

Ich schluckte. Ich? Mich um sie kümmern? Wie sollte ich jemals Umm al-Masakins Platz in ihren Herzen einnehmen können, den Platz einer Frau, die sich für diese Leute selbstlos aufgeopfert hatte – die für sie ihr Leben riskiert hatte und es jetzt womöglich sogar verlieren würde?

Aber ihre Hand an meinem Arm und die Panik in ihren Augen zwangen mich auszusprechen, was sie hören wollte: »Ich – ich verspreche es dir«, sagte ich. »Mach dir keine Sorgen um die Leute in der Zeltstadt, Umm al-Masakin. Ich werde mich um sie kümmern, wenn es nötig ist.«

Ihr Zittern ließ nach. Sie entspannte sich in meinen Armen und war plötzlich ganz ruhig.

»Aber das wird nicht nötig sein, Umm al-Masakin.« Ich schluckte die Tränen, die mir in den Hals liefen, verbarg meinen

Kummer. »Sobald wir dich nach Medina zurückbringen, wirst du wieder gesund.«

Sie schaute mir in die Augen. »Wie liebevoll du bist, Aisha.«

Ich begann zu weinen. Sie täuschte sich in mir. Eine liebevolle Frau wäre nicht mit dem Schwert in der Hand im Zelt auf und ab gegangen, während ihre Schwesterfrau im Sterben lag. Eine liebevolle Frau hätte Allah nicht um Erlösung von ihrer Pflicht angefleht, damit sie aufs Schlachtfeld stolzieren konnte. Wenn ich krank gewesen wäre, wäre Umm al-Masakin mir keinen Augenblick von der Seite gewichen.

»Du bist diejenige, die liebevoll ist«, sagte ich, aber ihre Augen waren leer.

»Umm al-Masakin«, stieß ich hervor. »Umm al-Masakin!« Ich schüttelte sie, aber ihr Kopf hing nur noch schlaff in meinen Armen.

Mohammed und Barira stürzten ins Zelt, aber ich sah sie nicht, denn ich hatte die Mutter der Armen auf ihr Bett gelegt und die Hände vors Gesicht geschlagen.

»Ich nehme meine Worte zurück!« Ich schluchzte in der Dunkelheit hinter meinen Händen. »*Ya* Allah, bitte vergiss mein Gebet und schick sie uns zurück. Ich wollte nur prahlen, und jetzt ist sie fort. Ich hätte für Umm al-Masakin beten sollen anstatt für mich selbst.«

Eine Hand legte sich auf meine Schulter, doch ich wich zurück. Ich verdiente keinen Trost. Aber Mohammed nahm mich in die Arme und hielt mich fest.

»Sie ist fort«, sagte ich. »Sie ist tot, und es ist meine Schuld.«

Mohammed streichelte mir übers Haar, so wie ich es bei Umm al-Masakin gemacht hatte, an dem Tag als wir aus Medina aufgebrochen waren – konnte es sein, dass das erst zwei Tage her war?

»Denk an das, was du zu ihr gesagt hast«, murmelte Mohammed. »Allah allein entscheidet, ob wir leben oder sterben. Alles andere ist Hochmut.«

Nach Ruhm zu streben, während eine Schwesterfrau im Sterben liegt – das ist Hochmut. Aber ich widersprach Mohammed nicht. Er hatte für Allah alles aufgegeben, was er je besessen hatte. Er wusste nichts von Hochmut. Noch nicht.

11

THARID UND MONDLICHT

Medina, Juli 626

Der Tod meiner Freundin Umm al-Masakin lastete auf mir wie ein schwerer Stein, der mich ächzen ließ, wenn ich aus dem Bett aufstehen wollte, und der meinen Rücken beugte, wenn ich von meiner Hütte zum Kochzelt stapfte. Um mich aufzumuntern – und wahrscheinlich auch, um mich zu waschen, denn ich hatte jedes Interesse an meiner äußeren Erscheinung verloren –, nahmen Sauda und Hafsa mich schließlich mit in den Hammam, das öffentliche Bad, wo die Frauen von Medina sich trafen, um zu baden, sich zu pflegen und Geschichten auszutauschen.

Es war ein seltsam kühler, verhangener Tag, der meiner düsteren Stimmung entsprach. Zu meiner Erleichterung war der Hammam nicht überfüllt; nur wenige Frauen lagen in den rechteckigen, mit Steinen ausgekleideten Badebecken, die sich aus einer nahe gelegenen Quelle über Kupferrohre befüllen ließen. Andere Frauen lagen auf großen Steinblöcken neben den Becken und trockneten sich ab oder saßen frisch angezogen und parfümiert da, während ihre Töchter ihnen die Haare flochten. Der Duft nach Moschus und Sandelholz, Lavendel und Rosenblüten, der die feuchte Luft erfüllte, überlagerte den Geruch der Öllampen, die an den gemauerten Wänden hingen.

Umm Aiman, Saudas sonnengebräunte Freundin und Ehefrau von Mohammeds Sohn Zaid, begrüßte uns mit flüchtigen Küssen und neugierigen Fragen.

Warum der Prophet sich nach dem Tod seiner geliebten Frau nicht in Dunkelblau kleidete, wollte sie wissen.

»Er sagt, wer um einen Gläubigen trauert, dem mangelt es an rechtem Glauben«, erklärte Sauda Umm Aiman, während wir uns auszogen und ins Bad stiegen. *Zainab sitzt jetzt an der Seite Allahs*, hatte er am Tag ihrer Beerdigung verkündet und es den Klageweibern der Stadt verboten, sich uns anzuschließen, als wir zu ihrem Grab gingen.

Warum ich so ungepflegt aussehe und meine Augen so gerötet seien, fragte Umm Aiman. Sauda erzählte ihr, wie sehr ich um Umm al-Masakin trauerte. »Aber nicht, weil sie keinen Glauben hat, bei Allah, sondern weil die Mutter der Armen ihr so schmerzlich fehlt. Die beiden waren unzertrennlich.«

Die Worte trafen mich wie Schläge auf den Kopf, sodass ich unter Wasser tauchte. Dort blieb ich, solange ich konnte, geschützt vor den Blicken meiner Schwesterfrauen. Aber natürlich konnte ich mich nicht lange vor Umm Aiman verbergen, deren Augen leuchteten, als wüsste sie ein Geheimnis über mich.

»Arme Aisha. Du und Umm al-Masakin, ihr hattet so vieles gemeinsam, nicht wahr? Sogar den Propheten«, fügte sie nickend hinzu. »Aber jetzt, wo sie tot ist, brauchst du ihn nicht mehr mit ihr zu teilen, hmm? Du hast eine Schwesterfrau verloren, aber einen Ehemann gewonnen, hmm? Vielleicht wird Allah dich ja jetzt mit einem Kind segnen. Das wird alle bösen Zungen in der *Umma* zum Schweigen bringen.«

Ich betrachtete meine Hände, um Saudas Freundin nicht mit hasserfüllten Blicken zu beleidigen.

»Ich würde Mohammed gern mit Umm al-Masakin teilen«, sagte ich, »wenn ich sie dafür wiederhaben könnte.«

Aber als meine Trauer sich allmählich legte, begriff ich, wie scharfsinnig Umm Aiman gesprochen hatte. Jetzt, wo es eine Frau weniger im Harem gab, verbrachte ich mehr Zeit denn je mit Mohammed: Wir übten den Schwertkampf im Hof, ritten zusammen in die Wüste aus und trugen ausgiebige Wortgefechte aus. Durch seine Liebe ermutigt, fühlte ich mich wie eine richtige Hauptfrau. Aber ich würde das Versprechen halten, das ich der Mutter der Armen gegeben hatte, und ihrer geliebten Zeltstadt hin und wieder einen Besuch abstatten.

Anfangs waren diese Besuche qualvoll. Niedergedrückt von meiner Trauer – und meinen Schuldgefühlen – über Umm al-Masakins Tod, hatte ich kaum Kraft, den Menschen in der Zeltstadt Trost zu spenden. Immer wieder flehten sie mich an, ich solle ihnen von Umm al-Masakins letzten Stunden berichten. Doch wie konnte ich über ihren Tod sprechen, an dem ich mitschuldig war? Als sie mich gebraucht hatte, waren mir meine eigenen Bedürfnisse wichtiger gewesen, und Allah hatte mir meine Freundin genommen. Ich gelobte mir, von nun an danach zu streben, ihren Platz einzunehmen, und zwar nicht nur als Wohltäterin der Bewohner der Zeltstadt, sondern auch, indem ich weniger an mich selbst und mehr an andere dachte.

Das Gelöbnis jedoch war schnell vergessen, als Mohammed mich nur drei Monate nach Umm al-Masakins Tod anwies, eine Hütte für eine neue Ehefrau vorzubereiten. Saudas Vorhersage bewahrheitete sich: Zehn Monate nach dem Tod von Mohammeds Milchbruder würde dessen Witwe Umm Salama in unseren Harem einziehen.

»Es heißt, sie sei sehr stolz«, erzählte Sauda uns, während Hafsa und ich Teig kneteten.

»Ihr geht es ganz anders als mir«, sagte Hafsa. »Während die Freunde meines Vaters sich wegen meines Jähzorns weigerten, mich zu heiraten, wird die schöne Umm Salama von allen umworben. Unsere Väter haben ihr beide einen Heiratsantrag gemacht, kannst du dir das vorstellen, Aisha?«

Ich lachte nur verbittert auf. Umm Salama stammte aus einer langen Linie von wohlhabenden mekkanischen Aristokraten. Ebenso wie Qutaila war sie sehr eifersüchtig. Das sei der Grund, warum sie den Antrag meines Vaters ablehnte, hatte sie mir erklärt. Omar hätte sie keinen Grund genannt. Und den Propheten hätte sie dreimal abgewiesen, ehe sie ihn schließlich erhörte.

»Ich habe meine Angewohnheiten, und ich bin zu alt, um sie zu ändern«, so lautet ihre Ablehnung. »Und ich muss mir gut überlegen, ob ich meine Kinder in ein Haus bringen möchte, wo sie vielleicht weniger geliebt werden als im Haus ihres Vaters. Außerdem möchte ich meinen Mann nicht mit anderen Frauen teilen. Abdallah hat nur mich geliebt. Es würde mich krank machen vor Eifersucht, wenn ich miterleben müsste, wie der Mann, mit dem ich verheiratet bin, eine andere auch nur begehrlich ansieht.«

Aber im Gegensatz zu den anderen Bewerbern hatte Mohammed nicht lockergelassen, sondern monatelang um sie geworben. »Ich bin wesentlich älter als du«, hatte er auf ihre Zweifel hin geantwortet, »und ich kenne deine Kinder seit ihrer Geburt. Was deine Eifersucht angeht, das ist auch kein Hindernis. Ich werde Allah bitten, sie dir zu nehmen.«

Jedoch nach ihrem Gebaren am Tag ihrer Ankunft zu urteilen, waren Mohammeds Gebete nicht erhört worden. Im Kochzelt, wo wir sie gemeinsam mit Mohammed erwarteten, musterte Umm Salama Hafsa, Sauda und mich mit einem abschätzigen Blick aus ihren grauen Augen, als wäre sie zu dem Schluss gekommen, dass wir alle wertlos waren. Obwohl sie hoch erhobenen Hauptes vor uns stand, verdüsterte die Eifersucht ihr Gesicht. So stocksteif, wie sie dastand, hätte man sie für eine Dattelpalme halten können, wäre ihre Kleidung – ein weißer Umhang über einem leuchtend blauen Kleid – nicht so farbenprächtig gewesen.

»Brrr! Mir wird ganz kalt«, murmelte Hafsa, doch ich reagierte nicht darauf. Ich sah, wie Mohammeds Nasenflügel bebten und seine Augen funkelten, als wäre er ein hungriger Löwe und Umm Salama seine nächste Beute. Und ich fragte mich: Würde ich, sein kleiner Rotschopf, es jemals mit dieser eleganten Schönheit aufnehmen können?

Umm Salama brachte vier Kinder mit in den Haushalt: einen Säugling, der in ihren Armen schlief und dessen Anblick mir einen

Stich versetzte, zwei Jungen, der ältere etwa vierzehn, der andere wesentlich jünger, und eine große, stille Tochter namens Dorra, die etwa in meinem Alter war und die zahme Ziege anlächelte, die ich an einem Zeltpfosten angebunden hatte. Obwohl es mir den Magen umdrehte, erwiderte ich das Lächeln der Neuankömmlinge. Wie fruchtbar die neue Ehefrau war! Ob es wohl lange dauern würde, bis sie Mohammed einen Erben schenkte?

Natürlich hatte ich dieselben Ängste ausgestanden, als die Mutter der Armen ihn geheiratet hatte. Wenn sie noch lebte, würde sie der neuen Frau die Hände küssen und sie in ihrem neuen Heim willkommen heißen. Dazu konnte ich mich nicht überwinden, ermahnte mich jedoch, unsere neue Schwesterfrau so lange mit Respekt zu behandeln, bis sie sich als dessen unwürdig erwies.

»Ich lasse euch allein, damit ihr einander kennenlernen könnt, während ich mich um eine wichtige Angelegenheit kümmere«, sagte Mohammed. »*Ya* Umm Salama, wenn ich zurückkomme, zeige ich dir deine Hütte.« In seinen Augen blitzte etwas auf, das mich an meinen ersten Tag mit ihm erinnerte.

»Bei Allah! Wir sollten ihm ein Tuch reichen, damit er sich den Sabber vom Kinn wischen kann«, flüsterte Hafsa spöttisch. Umm Salama betrachtete das schlafende Kind in ihren Armen und errötete leicht. Mir fiel auf, dass sie nicht lächelte.

Wehmütig sah ich zu, als Sauda sich hingerissen über den Säugling beugte und wie eine Glucke gurrte. Wie würde es wohl sein, ein eigenes Kind zu haben, fragte ich mich. Als ich Umm Salama zu unserem »Nest« führte, wie Hafsa die mit Kissen ausgelegte Ecke nannte, wo wir es uns immer gemütlich machten, liefen die Kinder zum Spielen in den Hof. Dann füllte ich ein Glas mit Dattelwasser für die neue Schwesterfrau und atmete den Duft nach Rosenöl ein, als ich in ihre Nähe kam.

Den Blick auf unsere Hände gerichtet, lugten Hafsa und ich immer wieder heimlich zu Umm Salama hinüber, während wir weiter unseren Teig kneteten. Mit ihrer blassen Haut und den hohen Wangenknochen erinnerte sie an eine marmorne Göttin. Kein Wunder, dass so viele Männer ihr nach dem Tod ihres Mannes den Hof gemacht hatten. Und es war auch kein Wunder, dass Mohammed, der bedeutendste von allen, über so viele Monate hinweg hartnäckig geblieben war.

»Eine Schüssel Datteln ist nicht gerade ein üppiges Hochzeitsmahl«, bemerkte Sauda lächelnd. »Wir wussten nicht, dass du heute kommen würdest.«

»*Ya* Sauda, wir haben noch etwas geklärte Butter. Für ein Festmahl in letzter Minute sind Datteln mit *Samni* vollkommen angemessen«, sagte ich herrisch, um klarzustellen, welchen Status ich innehatte.

»Wir hatten gehofft, dass es ein großes Festmahl geben würde, denn dann wäre eine Ziege oder ein Lamm geschlachtet worden«, sagte Sauda. »Wir haben schon lange kein Fleisch mehr gegessen.«

Umm Salama runzelte die Stirn. Nach ihrem kostbaren Parfüm und ihren seidenen Kleidern zu urteilen, war sie es wahrscheinlich gewöhnt, Lammfleisch und Granatäpfel, Gurken und nach Safran duftenden Reis vorgesetzt zu bekommen. Ob ihr klar war, wie anders ihr Leben hier sein würde? Oder, wichtiger noch, wusste sie, wer in diesem Harem das Sagen hatte?

»Tut mir leid, dass ich euch enttäuschen muss«, sagte sie leise. »Der Prophet hat mir ein Festmahl angeboten, aber ich habe es abgelehnt. In letzter Zeit steht mir nicht der Sinn nach Festlichkeiten.«

Eine Träne kullerte ihr über die Wange, und die steife Maske, die sie für uns aufgesetzt hatte, zerbröckelte. Als ich ihren Kummer erkannte, vergaß ich für einen Moment, dass sie meine Rivalin war.

»Bitte, verzeih uns«, sagte ich. »Wir wussten nicht, dass du immer noch um Abdallah trauerst. Dennoch hast du Mohammed geheiratet – warum?«

Sie hob den Kopf und schaute mich an, als sei ich eine Spinne, die über den Boden krabbelte und die sie jeden Augenblick zertreten konnte, es jedoch aus Mitleid nicht tat. »Falls du jemals Kinder haben solltest, wirst du es vielleicht verstehen«, sagte sie.

Ihr Kleines begann zu greinen, und sie drehte sich zur Zeltwand, um es zu stillen. Wütend betrachtete ich ihren Rücken. *Falls* ich jemals Kinder haben sollte? Wusste sie etwa, dass unsere Ehe immer noch nicht vollzogen war? Bei dem Gedanken flatterte mein Puls wie Schmetterlingsflügel. In den Augen der *Umma* war eine Frau, deren Ehe nicht vollzogen war, gar keine Ehefrau. Und der einzige Ort, wo eine unverheiratete Jungfrau hingehörte, war unter Verschluss im Haus ihrer Eltern – und das würde ich um jeden Preis vermeiden.

Aber selbst wenn Umm Salama nicht ahnte, dass ich noch Jungfrau war, hatte sie mich mit ihrer Bemerkung tief getroffen – und das mit Absicht. Nach eineinhalb Jahren in Mohammeds Harem müsste ich eigentlich längst schwanger sein. Dass dem nicht so war, wurde in der *Umma* mit Verwunderung zur Kenntnis genommen, daran hatten Umm Aimans Bemerkungen im Hammam keinen Zweifel gelassen. Man mutmaßte, dass ich unfruchtbar war – eine Schande für eine Frau, war es doch ein Zeichen des Missfallens der Götter oder, in unserem Fall, Allahs.

Kurz darauf kam Mohammed ins Kochzelt. Er wirkte so erwartungsvoll, als wäre Umm Salama eine mit Honig gefüllte Schale. Er reichte ihr die Hand und führte sie nach draußen. Beim Gehen hielt sie den Kopf so gerade und ruhig, als trüge sie eine Krone.

»Warum hat sie ihn bloß geheiratet?«, überlegte ich laut, als die beiden gegangen waren.

»Ts, ts, Aisha, wie soll eine Frau sich und ihre vier Kinder versorgen, wenn sie nicht heiratet?« Sauda grinste. »Außerdem weißt du ja selbst, wie der Prophet sein kann, wenn er sich etwas in den Kopf gesetzt hat. So stur wie ein Esel.«

»Allah weiß, warum er ausgerechnet *sie* haben wollte«, sagte Hafsa. »Diese Frau ist kälter als eine Winternacht. Ich hätte ihnen als Hochzeitsgeschenk eine warme Decke geben sollen!«

Offenbar gab Mohammed sich große Mühe, seine neue Frau zu wärmen. Sieben Tage lang schloss er sich mit ihr ein, ließ sich weder im Kochzelt noch in meiner Hütte, noch – außer zum Freitagsgebet – in der Moschee blicken. Während er auf dem *Minbar* stand und seine Predigt hielt, waren seine Lippen gespannt, und die Sorgen marschierten über seine Stirn wie eine Grabprozession. Als er am nächsten Tag in meine Hütte kam, hatte ich Rosenblütenblätter auf dem Boden verstreut und mein Haar damit geschmückt und war entschlossen, ihn mit einer Liebesnacht wieder aufzumuntern – aber als er kam, brauchte er schon keine Aufmunterung mehr. Er hob mich hoch, wirbelte mich lachend durch die Luft und bedeckte mein Gesicht mit Küssen. Es machte mir nichts aus, dass er sich so väterlich gab. Wenn die Nacht erst vorüber war, würde er mich nicht mehr als Kind, sondern als Frau betrachten und, so hoffte ich, als Mutter seines Kindes.

»Wie glücklich du bist«, sagte ich. »Offenbar freust du dich ebenso wie ich, dass wir wieder zusammen sind.«

»Umm Salama und ich haben endlich die Ehe vollzogen«, sagte er mit einem strahlenden Lächeln. »Nach sechs Nächten der Enttäuschung.«

»Sechs Nächte?« Er nahm seinen Turban ab, und als er ihn mir reichte, fiel mir auf, dass er auf ungewohnte Weise gewickelt war. Ein langes Stück Stoff war unbefestigt, sodass es ihm lose über die Schultern hing. Das war sicherlich Umm Salamas Werk, dachte ich. »Warum hat sie dich so lange hingehalten?«

»Sie musste ständig ihr Kind stillen«, antwortete Mohammed, »und hatte weder Zeit noch Kraft für andere Dinge.«

»Dann war das Kind also endlich zufrieden?« Ich bemühte mich, lässig zu klingen, dabei war meine Stimme so steif wie Umm Salamas Rückgrat. »Oder ist es ihr zu anstrengend geworden, es an ihre Brust zu halten? So oder so, mein Glückwunsch.« Um ihn meine Zornesröte nicht sehen zu lassen, drehte ich mich um und bückte mich, um eine Überraschung vom Boden aufzuheben, die ich für ihn vorbereitet hatte: eine Schale *Tharid*, ein Eintopf aus duftendem Ziegenfleisch mit Brot, Mohammeds Lieblingsspeise. Es war an der Zeit, das Gesprächsthema zu wechseln, denn ich wollte, dass er seine Aufmerksamkeit *mir* schenkte.

»Schau mal, was meine Schwester mir beigebracht hat, während du fort warst«, sagte ich. »Ich hoffe, es macht dir nichts aus, aber ich habe Asma gestanden, dass wir unsere Ehe noch nicht vollzogen haben. Sie hat sich sehr gewundert.«

»Wirklich?«, murmelte Mohammed abwesend, während er das Essen betrachtete und mit geweiteten Nasenflügeln den würzigen Duft einsog.

»Ja, sehr. Sie hat gesagt: ›Aber du bist doch jetzt eine Frau! Wie kann er wieder heiraten, ehe er die Ehe mit dir vollzogen hat?‹ Und sie hat mir geholfen, diesen Eintopf zuzubereiten, um dich zu verführen.«

Er steckte sich ein großes Stück Fleisch in den Mund, kaute mit geschlossenen Augen und sagte: »Köstlich.« Ich löste mein Haar und ließ es über meine Schultern fallen, während er schlürfend seine Schale leerte und dann beklagte, dass nicht mehr da war.

»Ich habe noch etwas anderes für dich, das mindestens genauso schmackhaft ist«, sagte ich, nahm ihm die Schale weg und setzte mich auf seinen Schoß. Sein Atem duftete nach Kardamom. Ich legte den Kopf schief. »Hast du mit Umm Salama im *Madschlis* etwas getrunken?«, neckte ich ihn, um die Stimmung aufzulockern.

Er lachte. »Ihr Onkel hat mich eingeladen. Er hatte von den Problemen gehört, die ich mit Umm Salama hatte, und er hat ihr Kind zu einer Amme auf dem Land gebracht.«

»Ah, und nachdem das Kind weg war, konntest du endlich deine Aufgabe erfüllen?« Mein Ton war schroffer als beabsichtigt, geschärft von der demütigenden Erinnerung an einen anderen Abend, als ich schon einmal auf seinem Schoß gesessen hatte, um mich ihm anzubieten, und er die ganze Zeit von der Mutter der Armen geredet hatte. Aber inzwischen war ich fast vierzehn, und einige Stimmen behaupteten, ich sei dabei, mich in eine Schönheit zu verwandeln. Eigentlich müsste Mohammed bei meinem Anblick dahinschmelzen und vor Begierde stöhnen, anstatt daran zu denken, wie er sich vergeblich abgemüht hatte, seine unterkühlte Frau in Wallung zu bringen.

»Ich erzähle dir das aus einem bestimmten Grund, Aisha.« Die Vene an seiner Stirn wurde dunkler. »Umm Salama ist unglücklich darüber, dass sie ihr Kind nicht mehr hat. Anfangs ging es ihr ausgezeichnet«, sein Lächeln verschwand, »aber nach dem Vollzug der Ehe hat sie die ganze Nacht geweint.«

»Wie romantisch«, sagte ich und stand auf.

»*Ya* Aisha, bist du wirklich so grausam? Es muss die Eifersucht sein, die aus dir spricht.«

»Was erwartest du denn von mir? Einen guten Rat?« Ich sah ihn wütend an. »Lass die arme Frau in Ruhe. Siehst du nicht, wie sie leidet?«

»Sie leidet?« Er stand auf. »Mir gegenüber ist sie sehr bezaubernd. Wir haben uns die ganze Nacht unterhalten und dann den ganzen Tag in enger Umarmung geschlafen.«

Ich trat ans Fenster. »Ihr scheint euch ja richtig gut zu verstehen.«

»Ja, das tun wir. Wir waren beide bei Abdallah, als er gestorben ist. Er war mein Milchbruder, wie du weißt«, sagte er, um mich daran zu erinnern, dass sie von derselben Amme gestillt worden waren. »Ich fühle mich für seinen Tod verantwortlich. Ich hätte ihm nie gestatten dürfen, den Überfall auf die Karawane anzuführen, denn die Wunde, die er am Uhud erlitten hatte, war noch nicht verheilt – sie hatte sich wieder geöffnet und entzündet.«

»Du? Verantwortlich für seinen Tod?«, entgegnete ich. »Hast du mir nicht selbst erklärt, dass Allah allein entscheidet, ob wir leben oder sterben?«

»Das ist das, was ich weiß«, sagte er. »Was ich empfinde, ist etwas anderes.«

»Du hast Umm Salama also geheiratet, um dein schlechtes Gewissen zu beruhigen?« Ich wurde wieder weicher, denn ich wusste nur zu gut, wie sehr einen Schuldgefühle belasten konnten.

»Das ist nur einer der Gründe. Ich werde dich nicht belügen. Umm Salama bedeutet mir viel. Sie besitzt alles, was ein Mann sich nur wünschen kann: Schönheit, Bescheidenheit, Klugheit, Mut, Intelligenz.« Bei jedem Wort zuckte ich zusammen. Sollte das heißen, dass ich diese Qualitäten nicht besaß?

»Anfangs haben wir nur miteinander geredet, und es war, als hätte die Zeit Flügel bekommen. Ich bemerkte nicht, wie die Sonne unterging oder wie der Mond aufging.« Mohammed lächelte wie jemand, der gerade eine köstliche Mahlzeit zu sich genommen hatte.

Wenn es Gerechtigkeit auf der Welt gäbe, dachte ich wütend, dann würde das Fleisch aus meinem *Tharid* ihm ebenso schwer im Magen liegen wie seine Worte mir. »Wenn du sie erst einmal kennenlernst, wirst auch du sie bewundern.«

»Unerwiderte Liebe ist qualvoll«, murmelte ich, während ich meine Tränen fortblinzelte.

»Was weißt du schon davon?«, fauchte Mohammed. Ich fuhr herum, um ihn anzusehen, wandte mich jedoch gleich wieder ab, als ich seinen finsteren Blick bemerkte. Plötzlich war mir kalt. Ich nahm meinen Umhang vom Haken und wickelte mich darin ein. »Du weißt überhaupt nichts«, sagte er. »Du bist Umm Salama erst einmal begegnet.«

»Zweimal«, korrigierte ich ihn. »Ich habe sie am Berg Uhud gesehen, als sie die Pfeilwunde ihres Mannes verband. Du hättest die Liebe in ihren Augen sehen sollen.«

»Selbstverständlich hat sie ihn geliebt. Wir alle haben ihn geliebt!«

»Sie liebt ihn immer noch.« Die Vene an seiner Stirn begann zu pulsieren. »Das glaubst du mir nicht?« Ich lachte und fragte mich, wie er so blind sein konnte. Was Frauen anging, hatte der große militärische Stratege keine Ahnung. »Vielleicht lag es ja gar nicht an dem Kind! Vielleicht hat sie den Vollzug eurer Ehe hinausgeschoben, weil sie sich dagegen sträubte. Deswegen hat sie hinterher die ganze Nacht geweint. Sie mag vielleicht jetzt mit dir verheiratet sein, aber in ihrem Herzen ist sie immer noch die Frau von Abdallah ibn Abd al-Asad.«

Jetzt lachte Mohammed – ein raues Lachen wie das Knirschen von Kies zwischen Mühlsteinen. »Was für eine blühende Fantasie du hast! Du beschäftigst dich zu viel mit Liebesgedichten.«

»Um etwas über die Liebe zu erfahren, brauche ich keine Gedichte. Meine Liebe zu dir hat mich eine Menge über Liebeskummer gelehrt.«

»Deine Liebe zu mir? Welche Liebe, Aisha?«, schrie er. »Die Liebe, die versucht, jedes neue Bündnis, das ich eingehe, zu sabotieren?«

»Bündnis?«, schnaubte ich. »So nennst du also neuerdings die Ehe?«

»Eine Ehe ist beides! Umm Salamas Vater hat großen Einfluss in Mekka. Er kann uns sehr nützlich sein.«

»Ach, *deswegen* hast du sie geheiratet – wegen ihrer familiären Beziehungen. Dass sie außerdem so unglaublich schön ist, ist purer Zufall.«

»Nichts ist einfach. Nicht mehr. Die Macht der *Umma* wird immer größer, und wer viel Macht hat, der hat auch viele Feinde. Jedes neue Bündnis, das ich eingehe, erweitert unseren Einfluss im Hidschaz – und vergrößert unsere Überlebenschancen.«

Ich funkelte ihn zornig an. Erwartete er tatsächlich von mir, dass ich glaubte, er hätte Umm Salama wegen ihres Einflusses auf die Mächtigen in Mekka geheiratet? »Und was ist mit der Liebe, Mohammed? Ist in deinem Leben noch Raum für Liebe? Oder bist du zu sehr damit beschäftigt, deinen Einfluss zu erweitern?«

Seine Augen loderten vor Wut, seine Nasenlöcher weiteten sich, und sein Gesicht zog sich zusammen wie eine geballte Faust. Ich wich vor ihm zurück, als er einen Schritt auf mich zu machte.

»Liebe?«, schrie er. »Siehst du irgendwo Liebe? Denn ich sehe keine. Ich sehe nur ein verwöhntes Kind, das sich selbst liebt!« Er schnappte sich seinen Turban und stürmte aus der Tür.

Einen Moment lang blieb ich wie angewurzelt stehen und rang nach Luft. »Irgendjemand muss mich ja schließlich lieben«, murmelte ich. Dann riss ich die Tür auf und schaute mich um.

»Mohammed!«, rief ich. »Komm zurück!« Ich lief in den Hof, um ihn zu suchen, dachte, vielleicht war er in den *Madschlis* gegangen, aber dort war alles dunkel. Die Moschee? Dann, im Fenster von Umm Salamas Hütte, sah ich sein Profil im flackernden Lampenlicht. Ich stand da wie vom Donner gerührt. Er war zu *ihr* gelaufen?

Ein Schrei wollte sich meiner Kehle entringen, doch ich presste die Lippen zusammen, denn ich gönnte Umm Salama nicht die Genugtuung des Sieges über mich. Ich drehte mich um und ging zurück zu meiner Hütte. Nach wenigen Schritten blieb ich stehen. Der

Gedanke, die Nacht allein in meiner Hütte zu verbringen, während mein Mann sich mit seiner neuen Gespielin vergnügte, war mir unerträglich. *Allah, erlöse mich von diesem elenden Leben!* Ich dachte an Mohammeds Worte: *Siehst du irgendwo Liebe?* Nein, das tat ich nicht. War es etwa Liebe, einer Frau so viel Kummer zu bereiten, wie Mohammed mir zumutete?

Ich brach in Tränen aus. Wenn ich ein Mann wäre, würde ich jetzt durch die Wüste reiten. Niemand würde mich einsperren oder mich mit »Papagei« anreden oder meinen Wert an der Anzahl der Kinder messen, die ich gebar. Dann würde ich mein Leben selbst bestimmen, so wie die Männer es taten mit ihren Schwertern und Pferden, ihrem Mut und ihrer Klugheit. Und dann wurde mir klar: Ich besaß all das und war dennoch nicht frei. Noch nicht.

Mit tränenüberströmtem Gesicht lief ich zum Stall, wo Scimitar mich schon zu erwarten schien. »Komm, wir gehen zu den Beduinen«, sagte ich zu ihr, und bald darauf galoppierten wir durch Medina. Die Sterne flogen an uns vorbei, als Scimitars Hufe im Takt mit meinem Puls über den Sand donnerten. Der Wind rauschte mir in den Ohren. Zwei Reiter machten den Weg frei, um mich vorbeizulassen. Einer von ihnen rief meinen Namen. Seine Stimme klang verlockend und irgendwie vertraut, doch ich widerstand dem Impuls anzuhalten und trieb Scimitar an, noch schneller zu laufen. Niemand würde mich aufhalten. Ich lehnte mich in den Wind. Sand stach mir ins Gesicht wie ein raues Streicheln. Dann geriet die Welt aus den Fugen, und ich taumelte mit ausgebreiteten Armen durch die Luft, als würde ich fliegen. Ich versuchte, nach einem Stern zu greifen, doch schon begann ich zu stürzen. Der Schoß der Erde öffnete sich für mich, und ich landete in einer weichen Düne, die noch warm war von der Tageshitze.

Wieder hörte ich meinen Namen. Männerhände packten mich an den Armen und zogen mich auf die Beine. Ich stellte mir vor, wie ich aussehen musste, Sand rieselte mir aus den Haaren und den Kleidern, Sand klebte mir wie weißer Puder an den Wimpern und den Lippen. Ich spuckte, schlug mir den Sand von den Kleidern und verlor das Gleichgewicht, immer noch benebelt von dem Sturz.

Starke Arme fingen mich auf, und dann schaute ich in das besorgte Gesicht von Safwan.

»Aisha.« Mein Name aus seinem Mund klang so rund und voll wie der Mond, und da begriff ich, dass es seine Stimme gewesen war, die ich gehört hatte, als ich aus der Stadt hinausgeritten war. »Bist du verletzt?« Er wischte mir den Sand von Stirn und Wangen. Die Hitze seines Körpers umfing mich wie die Berührung eines Liebhabers. Mir wurde schwindlig.

Er trat einen Schritt zurück, legte mir die Hände auf die Schultern, damit ich nicht noch einmal umfiel, und nahm sie wieder weg. Eben noch gewärmt von seiner Nähe, fror ich plötzlich in der kalten Nachtluft und zog meinen Umhang fester um mich. Der peitschende Wind wirbelte den Sand auf, und die Welt um uns herum verschwand.

»Verzeih mir, Aisha«, sagte er und trat noch einen Schritt zurück. »Ich wollte mich dir nicht aufdrängen. Ich dachte, du wärst verletzt.«

Er sprach und benahm sich so förmlich. Hatte ich mir diese Augenblicke in seinen Armen eingebildet? Ich spürte, wie mein Gesicht ganz heiß wurde. Wie hatte ich es zulassen können, dass er mich anfasste? Ich senkte die Lider in der Hoffnung, dass er nicht bemerkte, wie ich errötete, und dankte Allah dafür, dass er den Mond hinter einer Wolke verbarg.

Ich rang mir ein Lächeln ab. »Das Einzige, was verletzt ist, ist mein Stolz.«

Er ließ die Arme hangen, doch seine Augen hörten nicht auf, mich zu liebkosen. Mein Herz begann zu pochen.

»Mein Pferd.« Ich schaute in aller Richtungen, nur nicht in seine Augen. »Wo ist mein Pferd? Scimitar!«

»Ich fürchte, sie ist fort. Aber ich kann dich zur Moschee zurückbringen.« Endlich begegneten sich unsere Blicke, und er hielt mich mit den Augen fest, als hätte er die Arme um mich geschlungen.

»Das ist ein großzügiges Angebot – aber ich kann es nicht annehmen.« Die Leute würden sich das Maul zerreißen, wenn sie mich mit Safwan zusammen aus der Wüste zurückkehren sahen.

Enttäuschung verfinsterte seine Miene. »Verzeih mir. Ich habe nur an mich gedacht.«

Ich grinste, um die Stimmung aufzuheitern. »Ja, wie selbstsüchtig von dir! Mich auf deinem Pferd reiten zu lassen, während du zu Fuß nebenhergehen würdest.«

Doch er lächelte nicht. »Ich wollte hinter dir auf dem Pferd sitzen, die Arme um deine Taille geschlungen«, sagte er. »Ich wollte mich an dich schmiegen.«

Eigentlich hätte ich ihn dafür schelten sollen, dass er so dreist mit mir redete, doch gleichzeitig erregten mich seine Worte. Wenn Mohammed nur so liebevoll mit mir sprechen würde!

»Aber allein, um deine Gegenwart eine Weile zu genießen, würde ich gern neben dir hergehen«, sagte er.

»Ich fühle mich geehrt.« Erneut schaute ich mich nach Scimitar um. »Leider können wir nicht riskieren, mitten in der Nacht zusammen gesehen zu werden. Wo ist nur mein Pferd? Scimitar! Scimitar!«

»Also gut.« Er ging zu seinem Pferd, einem prächtigen, zimtfarbenen Hengst, nahm die Zügel und hielt sie mir hin. »Reite nach Medina und binde ihn vor der Moschee an. Ich komme zu Fuß nach und hole ihn ab.«

»Aber – zu Fuß wirst du bis zum frühen Morgen brauchen! Ich habe eine bessere Idee.« Mein Puls raste, und Safwans durchdringender Blick schien meine Zunge zu lähmen. Verzweifelt hielt ich Ausschau nach Scimitar. »Was hältst du davon, wenn wir zusammen bis kurz vor die Stadt reiten? Dann steigst du ab und ich reite allein zur Moschee.«

Endlich lächelte er, und die Wolken gaben den Mond frei. Doch als ich gerade auf sein Pferd stieg, hörte ich Hufgetrappel. Enttäuscht und zugleich erleichtert drehte ich mich um und sah Scimitar über eine Düne kommen.

»Da ist sie ja!«, rief ich, als wäre ich begeistert. Ich sprang hinunter in den Sand, um ihr entgegenzulaufen. Sie blieb vor mir stehen und schob mir ihre Nüstern gegen den Hals.

Hastig stieg ich auf und ritt zu Safwan hinüber. Irgendwann im

Laufe des Abends war ihm sein Turban vom Kopf gefallen, und sein langes Haar wehte frei und glänzend im Mondlicht. Mir schlug das Herz bis zum Hals.

»Scimitar«, sagte er. »Ist das nicht ein seltsamer Name für eine Stute?«

»Nicht, wenn die Stute Aisha bint Abu Bakr gehört.«

»Die Stute hat Glück«, sagte Safwan und streichelte ihre Mähne. Dann nahm er meine Hand und hob sie zärtlich an seine Lippen. Sein Blick durchdrang mich wie zuvor seine Körperwärme, und sein Kuss verbrannte mir beinahe die Finger. Ich schnappte nach Luft, zog meine Hand weg, gab Scimitar die Fersen und galoppierte in Richtung Medina – zurück in meine Ehe, die mir trotz aller Probleme wesentlich weniger gefährlich erschien als die nächtliche Wüste.

12

EIN LÄCHERLICHES GERÜCHT

Medina, September 626

Von Mohammeds Frauen war ich die einzige, die sich auf dem Markt von Medina bewegen konnte, ohne von Ibn Ubayy und seinen Kumpanen gekniffen und mit lüsternen Bemerkungen belästigt zu werden. Weil sie die Demütigungen leid waren, schickten Hafsa und Sauda seit einiger Zeit schon lieber mich zum Einkaufen. Ich tat ihnen den Gefallen gern, denn so konnte ich an der frischen Luft sein und ein bisschen Freiheit genießen.

Aber als Umm Salama mich bat, ihr Kuhmilch zu besorgen, sträubte ich mich. Was würde sie als Nächstes von mir verlangen? Dass ich Wasser aus dem Brunnen holte, damit sie sich die Haare waschen konnte? Sie äußerte ihren Wunsch, als ich auf dem Weg zum Kochzelt den Hof überquerte und an ihr und Mohammed vorbeikam, die gemeinsam unter der Dattelpalme ruhten. Er hatte seinen Kopf in ihren Schoß gelegt, und sie fütterte ihn mit dicken Weintrauben. Er war so hingerissen, dass er mich nicht sah.

»Du musst etwas für mich tun«, sagte sie. Ich ging weiter, als hätte ich sie nicht gehört. Doch dann rief Mohammed meinen Namen, und mir blieb nichts anderes übrig, als stehen zu bleiben.

Umm Salama richtete sich aus dem Gras auf wie ein Schwan, der sich in die Luft erheben wollte, und schwebte auf mich zu. »Meine Kinder mögen die Ziegenmilch nicht, die hier getrunken wird«, sagte sie. »Ich habe ihnen für die heutige Mahlzeit Kuhmilch versprochen.«

Sie drückte mir eine Münze in die Hand. »Ich wage nicht, selbst auf den Markt zu gehen, weil ich mich vor den Händen dieser Rüpel fürchte.« Als wäre sie so rein, dass ein einziger kleiner Kniff ihre Tugend ruinieren könnte.

Ich warf Mohammed, der zu uns getreten war, einen flehenden Blick zu.

»Ich wollte eigentlich heute Morgen zur Zeltstadt gehen«, log ich.

»Du wirst deinen Besuch bestimmt auf den Nachmittag verschieben können«, entgegnete er. »Um Umm Salamas Kindern eine Freude zu machen.«

Er musterte mich eingehend, und ich senkte den Blick. Nach unserem schrecklichen Streit an dem Abend, als ich in die Wüste geritten war, hatte ich mir fest vorgenommen, in Zukunft auf seinen Rat zu hören. Er hatte mir verziehen, aber nicht, ohne mich vorher zu tadeln. *Ich bin nicht so wie andere Männer, aber ich bin dennoch ein Mann*, hatte er mit strenger Miene gesagt. Ich wusste, was er meinte: Er unterschied sich von anderen Männern darin, wie er seine Frauen behandelte. Er hörte sich unsere Meinungen an und ermunterte uns, diese zur Sprache zu bringen. Aber letzten Endes war Mohammed der Herrscher uber den Haushalt und über die *Umma*. Er war derjenige, der alle Entscheidungen traf, auch für uns. Und als seine Ehefrau musste ich mich ihm unterordnen.

Der Spaziergang zum Markt vertrieb meine schlechte Laune. Die Morgensonne küsste mein Gesicht, als ich durch die Straßen von Medina ging, und Leute, die ich seit Wochen nicht gesehen hatte, grüßten mich lächelnd. Je weiter ich mich von der Moschee entfernte, desto leichter wurde die Last des Lebens im Harem, bis selbst der Gestank nach Dung mich nicht mehr störte. Auch die Fliegenschwärme machten mir nicht mehr so viel aus. Ich hatte festgestellt, dass Kajal nicht nur die Blicke der Männer anzog, sondern auch Fliegen fernhielt. Ich hoffte nur, dass ich diesmal nicht Safwans Blicke auf mich zog.

Wenn ich an meine Begegnung mit ihm in jener Nacht in der Wüste dachte, errötete ich so sehr, dass ich fürchtete, meine Haare würden gleich in Flammen stehen. Was hatte er sich davon versprochen, so offen mit mir anzubändeln? Glaubte er im Ernst, ich würde Mohammed, den heiligen Propheten Gottes, betrügen? Sicher, früher hatte ich davon geträumt, mich mit Safwan zusammen den Beduinen anzuschließen, aber das waren Kinderträume gewesen. Jetzt war ich erwachsen und meiner Familie, meinem Mann und vor allem meinem Gott Rechenschaft schuldig.

Was mein Verhalten noch verabscheuungswürdiger machte.

Hatte ich mir nicht geschworen, Safwan zu vergessen und mich auf meine Ehe zu konzentrieren? Aber jedes Mal, wenn ich ihm begegnete, lösten sich meine guten Vorsätze in Wohlgefallen auf. Ich bekam Herzklopfen, als ich daran dachte, wie er vorgeschlagen hatte, mit mir zusammen auf einem Pferd durch die Wüste zu reiten. Hastig schüttelte ich die Erinnerung ab. Egal, was Safwan vorhatte, er würde nicht zum Ziel kommen. Ich war die Ehefrau des Propheten Gottes. Wenn Safwan das nicht respektieren konnte, dann musste ich es wenigstens selbst respektieren. Und wenn mein Verstand jedes Mal aussetzte, wenn ich Safwan begegnete, dann musste ich eben vermeiden, dass ich auf ihn traf.

Eine Kakophonie von Geräuschen riss mich aus meinen Gedanken. Ich war auf dem Markt angekommen. Ziegen meckerten, Karrenräder quietschten, Kinder rannten lachend und kreischend herum, während ihre Mütter nach ihnen riefen. Bei all dem Lärm konnte ich kaum noch den Singsang der Marktschreier hören, als ich an den Ständen vorbeiging. Der köstliche Duft von Lammbraten ließ mir das Wasser im Mund zusammenlaufen – leider konnte ich mir nichts davon kaufen, denn die Münze, die Umm Salama mir gegeben hatte, reichte nur für die Milch. Ich hielt mir den Bauch gegen das Magenknurren, als ich am Stand des Fleischhändlers vorbeiging, und fragte mich, wann ich wohl jemals wieder so eine

Delikatesse vorgesetzt bekäme. Nicht so bald, hoffte ich einerseits, denn ein Festmahl in unserem Haushalt bedeutete unweigerlich eine neue Hochzeit. Nicht dass ich mir Sorgen machen musste, dass noch mehr Frauen in unseren Harem einziehen könnten. Nach den Regeln, die Mohammed selbst aufgestellt hatte, waren wir komplett. Er hatte seinen Anhängern erklärt, jeder dürfe sich vier Frauen nehmen: Sauda, Hafsa, Umm Salama und ich waren vier. Allah sei Dank! Es war zu anstrengend, mir immer und immer wieder die Position der Hauptfrau zu erkämpfen. Außerdem bedeutete jede weitere Ehefrau, dass die Abstände zwischen Mohammeds Besuchen in meiner Hütte immer länger wurden. Er verbrachte abwechselnd bei jeder von uns eine Nacht: eine bei Sauda, die nächste bei mir, dann eine bei Hafsa und dann eine bei Umm Salama, unabhängig davon, wen er bevorzugte. Er war entschlossen, uns alle gleich zu behandeln – ein löbliches Ziel, aber meiner Meinung nach unmöglich zu verwirklichen. Ich war mir sicher, dass er sich mehr auf seine Nächte mit Hafsa und Umm Salama freute als auf seine Zeit mit mir. Die beiden bereiteten ihm Genuss, während ich ihn nur in Gespräche verwickelte. Oder es war so, dass er einfach nichts anderes von mir wollte. Sauda waren ihre gemeinsamen Nächte mit Mohammed inzwischen ohnehin gleichgültig geworden.

»Ich kann keine Kinder mehr bekommen, wozu soll es also gut sein? Lieber beschäftige ich mich mit meinen Lederarbeiten«, hatte sie mir einmal gesagt.

Tatsächlich verdiente Sauda eine Menge Geld mit ihren schön gearbeiteten Wüstenstiefeln, Sandalen und Satteltaschen. Weder sie noch ihr Sohn mussten auf Fleisch verzichten oder zerschlissene Kleider tragen. Wir warfen ihr jedes Mal neidische Blicke zu, wenn sie das Geld zählte, das sie eingenommen hatte.

»Es ist ungerecht«, beklagte sich Hafsa einmal bei mir. »Auch wir mögen hübsche Dinge. Ein Ehemann ist verpflichtet, für die Angehörigen seines Haushalts zu sorgen, aber der unsere versorgt lieber alle anderen.«

»*Ya* Hafsa, du solltest mal einen Tag in der Zeltstadt verbringen, ehe du dich beklagst«, erwiderte ich. »Woche für Woche sterben dort Menschen an Hunger. Uns mag vielleicht ab und zu der Magen knurren, aber wir sind am Leben.«

»Ich rede nicht von Lebensmitteln. Ich möchte Kleider. Sieh dir das an – diesen Umhang habe ich schon dreimal geflickt. Und du bist aus deinem Kleid längst herausgewachsen, Aisha. Die Ärmel bedecken nicht einmal mehr die Handgelenke!«

Am liebsten hätte ich Hafsa erzählt, dass die Leute in der Zeltstadt sich in Ziegenhäute wickelten oder ohne Kopfbedeckung in der grellen Sonne herumliefen, aber ich konnte nachvollziehen, was sie meinte. Wir darbten nicht so sehr, wie sie glaubte, aber vieles wäre leichter gewesen, wenn Mohammed sich ein bisschen mehr um häusliche Dinge gekümmert hätte.

Ich legte ihr einen Arm um die Schultern. »Das ist das Pech, wenn man mit dem Propheten Gottes verheiratet ist«, zog ich sie auf. »Er denkt nur ans Paradies, und deswegen müssen unsere Körper leiden.«

Andererseits, überlegte ich jetzt, war Mohammed vielleicht gar nicht das Problem. Er beschäftigte sich nicht viel mit uns, das stimmte, aber er verlangte auch wenig. Im Vergleich zu den Leuten in der Zeltstadt oder zu Frauen, die von ihren Ehemännern geschlagen oder von ihren Schwesterfrauen misshandelt wurden, führten wir ein sorgloses Leben.

Würde mein Leben immer noch so sorglos sein, wenn Umm Salama die erste Frau im Harem wurde? Als Tochter reicher Eltern war sie es gewohnt, bedient zu werden. Sie würde uns alle herumscheuchen, damit wir ihre und die Wünsche ihrer Kinder erfüllten. Ich wusste, dass es nur eine Möglichkeit gab, mir meine Führungsrolle zu sichern. Am Abend würde ich Mohammed bitten, ein für alle Mal von allen zu verlangen, dass sie mich als Hauptfrau anerkannten. Dann würde mir niemand mehr diese Position streitig machen können.

Doch das eigentliche Problem im Harem war, dass wir Frauen uns langweilten – vor allem Hafsa, die noch andere Interessen hatte, als Hennamuster zu malen. In anderen Harems waren die Frauen damit beschäftigt, ihre Kinder großzuziehen, aber in Mohammeds

Haushalt gab es keine Kinder – außer den Kindern, die von Frauen aus erster Ehe mitgebracht worden waren, und die meisten davon waren schon größer. Wir Frauen verbrachten unsere Tage mit Nichtstun, machten aus kleinen Problemen große Dramen und zankten uns, anstatt unsere Zeit zu nutzen, um Geld zu verdienen, so wie Sauda es machte.

Als ich auf dem Markt an einem Stand vorbeikam, wo eine Frau Kunden die Haare schnitt und frisierte, kam mir eine Idee: Hafsa konnte doch ihre Fertigkeit in der Kunst der Hennamalerei den Frauen anbieten, die den Hammam besuchten! Vor allem Bräute würden sich darum reißen, sich die Hände und Füße mit kunstvollen Mustern aus Pfauen und Blumen bemalen zu lassen, und sie würden sie gut dafür bezahlen. So wäre sie erstens beschäftigt, und zweitens könnte sie sich mit dem verdienten Geld hin und wieder ein neues Kleid leisten. Ich beeilte mich, die Milch für Umm Salama zu kaufen, um möglichst schnell wieder zu Hause zu sein und Hafsa von meinem Plan zu berichten.

Ich fand einen Stand, an dem Milch angeboten wurde, ließ meine Schläuche füllen und wollte mich, den Kopf voll mit Ideen, wie man Geld verdienen könnte, eilig auf den Heimweg machen. Doch der Duft von Blumen und Gewürzen lockte mich zu einem anderen Stand und verführte mich dazu, einige Parfüms auszuprobieren.

Während ich mir ein paar Tropfen Rosenöl aufs Handgelenk träufelte, hörte ich hinter mir Gelächter, dann Mohammeds Namen, woraufhin das Gelächter noch lauter wurde. Ich griff nach meinem Schwert. War Ibn Ubayy in der Nähe? Nein, das waren Frauenstimmen. Ich zog mir mein Kopftuch vors Gesicht und lauschte.

»Stellt euch das mal vor – sie hat dem Propheten in einem durchsichtigen Nachthemd die Tür aufgemacht – er konnte alles sehen!«, sagte eine ältere Frau.

»*Ai!* Dieser sittsame Mann? Wahrscheinlich hat er darum gebetet, dass der Erdboden sich auftun möge, um sie zu verschlucken«, sagte eine andere Frau.

»Sie hat mir erzählt, seine Augen hätten wie brennende Fackeln geleuchtet, und sein Gesicht wäre rot angelaufen.«

»Aber warum hat sie ihm denn überhaupt die Tür aufgemacht?«

»Sie sagt, sie dachte, es wäre Zaid.« Die erste Frau schnaubte verächtlich. »Als würde sie nicht die Stimme ihres eigenen Mannes an der Tür erkennen.«

»Sie hat sich also dem Propheten absichtlich gezeigt? Ist sie denn nicht züchtig?«

»Zainab bint Dschahsch und züchtig?« Die alte Frau stieß ein gackerndes Lachen aus. »Der müssten eigentlich Pfauenfedern wachsen! Und es wird immer schlimmer mit ihr. Seit der Prophet sie nackt gesehen hat, betrachtet sie nur noch ihr Spiegelbild.«

Entgeistert riskierte ich einen Blick: Wie erwartet handelte es sich bei der alten Frau um Saudas Freundin Umm Aiman, Ehefrau von Mohammeds Adoptivsohn Zaid. Neben ihr stand eine kleine, dicke Frau mit hervorquellenden Augen.

»Der Prophet hat sie nackt gesehen?«, quakte die Dicke. Die Parfümverkäuferin hob die Brauen. Umm Aiman ermahnte ihre Freundin, nicht so laut zu reden, worauf diese ihre Stimme senkte. Trotzdem konnte ich sie noch verstehen. »Wie kann das sein?«

»Als sie die Tür im Nachthemd aufgemacht hat, hat er zu ihr gesagt, er würde im Hof warten, bis sie angezogen ist. Aber dann kam ein Windstoß und hat den Schlafzimmervorhang aufgeweht. Das war der ›Atem Gottes‹, sagt sie. Als hätte Allah gewollt, dass es passiert. Der Prophet hat alles gesehen, behauptet sie. *Alles!*«

»Aber – woher weiß sie denn, was er gesehen hat?«

»Als sie sich umgedreht hat, stand er vor dem Fenster, die Wangen glühend vor Begierde. Er hat sich eine Hand vor die Augen geschlagen, aber es war zu spät. Sie hat sich schnell einen Umhang übergeworfen und ist in den Hof gelaufen, um sich zu entschuldigen, aber er hatte sich bereits mit hochrotem Kopf auf den Weg gemacht und schrie: ›Gelobt sei Allah für den Sinneswandel‹.«

»Wie merkwürdig. Was bedeutet das denn?«

»Ich verstehe es auch nicht, aber Zainab behauptet, es bedeutet, dass er sie liebt. Der arme Zaid! Sie liegt ihm Tag und Nacht damit in den Ohren. ›Mohammed liebt mich‹, sagt sie zu ihm. ›Er hat mich schon immer geliebt, aber jetzt kann er an nichts anderes mehr denken.‹ Der Prophet ist ihr Vetter, und Zainab sagt, er hätte sie schon vor langer Zeit geheiratet, wenn seine Chadidscha, seine erste Frau, nicht darauf bestanden hätte, seine einzige Frau zu sein.

›Ich habe jahrelang gewartet, bis die alte Frau endlich gestorben ist, aber dann musstest du ja um meine Hand anhalten‹, hat sie Zaid vorgeworfen. ›Jetzt bin ich an dich gebunden, und Mohammed bleibt nichts anderes übrig, als eine Frau nach der anderen zu heiraten und zu versuchen, mich zu vergessen.‹«

»Der arme Zaid«, sagte die Frau noch einmal, die Umm Aiman zuhörte.

»Bei Allah, es bricht ihm das Herz. Und mir bricht es auch das Herz zu sehen, wie mein Mann leidet. Sie will, dass er sie verstößt, damit sie den Propheten heiraten kann, davon bin ich überzeugt. Zaid würde es besser gehen ohne sie, glaub mir.«

Ihre Stimmen wurden leiser. Als ich mich umdrehte, sah ich sie fortgehen. Sie steckten immer noch die Köpfe zusammen und lachten – so wie bald die ganze *Umma* lachen würde. Sauda konnte kein Geheimnis auch nur einen Tag lang für sich behalten, aber ihre Freundin Umm Aiman war noch schlimmer.

Ich eilte zurück zur Moschee, um Mohammed von dem Gerücht zu berichten, das ihm viel größeren Schaden zufügen konnte als alles, was Ibn Ubayy sich ausdachte. Die Schande, die er wegen der verlorenen Schlacht am Berg Uhud auf sich geladen hatte, war nichts dagegen. Ich wusste, dass das alles höchstens zur Hälfte stimmte, aber andere würden jedes Wort für die blanke Wahrheit halten und die Geschichte ausschmücken und weitererzählen. Gerüchte werden auf dem Weg von Mund zu Mund immer pikanter. Bald würde überall von Inzest getuschelt werden – es sei denn, Mohammed unternahm etwas gegen diese Lügen, ehe es zu spät war.

Ich fand ihn im Hof mit Umm Salama. Er stand mit nacktem Oberkörper vornübergebeugt, während sie ihm für das Freitagsgebet das Haar wusch – was eigentlich meine Aufgabe war.

»Was hat dich denn so lange aufgehalten, Aisha?«, fragte er. »Ich musste Umm Salama bitten, deine Aufgabe zu übernehmen.«

»Ich habe wichtige Neuigkeiten«, antwortete ich, immer noch keuchend vom Laufen.

»Das wird bis nach dem Gottesdienst warten müssen.« Er hob seinen triefenden Kopf und begann, sich das Haar mit einem Tuch zu trocknen. Seine Arme waren schlank und muskulös. Seine festen Brustmuskeln ließen meinen Puls schneller gehen. Als ich Umm Salamas Blick auf mir spürte, wandte ich mich ab.

»Ich muss es dir jetzt erzählen«, beharrte ich. »Vor dem Gottesdienst.« Bis zum Mittag würde Umm Aiman ihre Geschichte in der ganzen *Umma* verbreiten, und die Leute würden sogar in der Moschee tuscheln. Wenn er von dem Gerücht wusste, konnte er vielleicht in seiner Predigt etwas dazu sagen.

»Tut mir leid, *Humaira*, die Zeit reicht nicht. Wir können uns nachher unterhalten.« Umm Salama nahm ein Rasiermesser, um Mohammeds Bart zu trimmen. Ihre Blicke begegneten sich, und als ich sah, wie vertraut sie einander anschauten, drehte ich mich auf dem Absatz um und ging zu meiner Hütte. Nach dem Gottesdienst? Bitte sehr! Sollte sich doch die ganze Stadt das Maul zerreißen. Mir konnte es gleichgültig sein.

Dennoch bangte ich um ihn, als die Gläubigen in die Moschee strömten. Mit gesenktem Kopf lauschte ich nach Klatsch über Mohammed und die Frau seines Sohnes. In einer Ecke sah ich Umm Aiman und kämpfte mich gegen den Strom zu ihr hin.

»Ich habe ihr vorgeschlagen auszuziehen«, murmelte sie. »Der Prophet hat Zaid gesagt, er soll sie nicht verstoßen. Du hättest hören sollen, wie sie daraufhin geschrien hat! Also habe ich zu ihr gesagt: ›Wenn es dir hier nicht gefällt, warum gehst du dann nicht? Niemand zwingt dich, hierzubleiben.‹ Ich habe ihr sogar beim Packen geholfen – natürlich unter Tränen. Wenn sie wüsste, wie froh ich bin, sie loszuwerden, würde sie womöglich aus lauter Trotz bleiben!«

Ein Raunen ging durch die Moschee, und als ich aufblickte, sah ich Zainab bint Dschahsch im Eingang stehen. Ich bemühte mich, sie nicht anzustarren, aber mein Blick wanderte immer wieder zu ihr hin wie eine Biene zu einer saftigen Blume. Sie war genauso schön wie Umm Salama, aber auf andere Art. Umm Salama war eine Gazelle, elegant und zurückhaltend, Zainab dagegen war eine Löwin, die Energie versprühte. Ihre Augen leuchteten golden wie reife Datteln, und das offene dunkle Haar, das ihr Gesicht mit wilden Locken einrahmte, fiel weich auf ihr seidenes grünes Schultertuch.

Als sie die Moschee betrat, verstummte das Gemurmel. Die Leute mochten über sie tratschen, aber nicht so, dass sie es hören konnte. Erhobenen Hauptes ging sie bis in den vorderen Teil der Moschee, wo die Männer beteten, und rollte mit einer anmutigen Handbewegung ihren Gebetsteppich aus. Offensichtlich verging sie nicht vor Scham, und warum sollte sie auch? Ein durchsichtiges Nachthemd, ein vom Wind aufgewehter Vorhang, ein errötender Prophet – lächerliche Gerüchte!

Dann ertönte Bilals sonore Stimme, und gleich darauf stürmte Mohammed in die Moschee wie ein Sonnenstrahl in seiner weißen Dschellaba, dem roten Umhang und dem strahlenden Lächeln. Sein Haar quoll in glänzenden Locken unter seinem weißen Turban hervor – wieder so gebunden, dass ihm hinten ein Stück Stoff über den Rücken hing, so wie alle Männer den Turban neuerdings trugen. Seine frisch gewaschene Haut leuchtete, und er schritt aus wie ein stolzer Hirsch. Mit einem Satz sprang er auf den Dattelpalmstumpf vorne im Raum.

Von seiner erhöhten Position aus ließ Mohammed den Blick über die Menge schweifen. Etwas flackerte in seinen Augen auf, als er mich entdeckte, so als hätte er mich kaum erkannt, dann schenkte er Umm Salama ein herzerwärmendes Lächeln. Meine Wangen brannten, und ich senkte den Kopf. Mohammed, der mich einst seine »Liebste« genannt hatte, strafte mich seit unserem Streit über seine neue Frau mit Gleichgültigkeit. Aber nachdem er erst einmal meinen Bericht über dieses schreckliche Gerücht gehört hätte, würde er mir so dankbar sein, dass er wahrscheinlich zwei Nächte hintereinander bei mir verbringen würde. Dann würde ich endlich Gelegenheit bekommen, ihm zu beweisen, dass ich erwachsen geworden war.

Wie eine Motte flatterte sein Blick von Gesicht zu Gesicht – und blieb an Zainab hängen, die direkt unterhalb von ihm stand. Als ich das Leuchten in seinen Augen sah, schien der Boden unter meinen Füßen zu wanken. Die Gerüchte entsprachen also der Wahrheit! Ich wünschte, eine Hand würde von oben kommen und mich aus dem Raum entfernen. Am liebsten wäre ich nach vorne gerannt und hätte ihr jede einzelne Locke von ihrem schamlosen Kopf gerissen. Am liebsten hätte ich Mohammed angeschrien, weil er so leicht auf alles hereinfiel. Aber ich hatte es schon mehrmals mit Schmollen und Schreien probiert und ihn damit in die Arme der Nächsten getrieben. Und Zainab bint Dschahschs Arme waren der letzte Ort, wohin ich ihn treiben wollte.

Zainab war in der ganzen *Umma* nicht nur für ihre außergewöhnliche Schönheit, sondern auch für ihren unwiderstehlichen Charme bekannt. Es hieß, jeder Mann, der sie auch nur ansah, würde ihr sofort verfallen. Vor allem Zaid war ihr vollkommen ergeben, so glaubten wir zumindest. Wenn sie in unseren Harem kam, wie sollte ich dann verhindern, dass ich in ihren Schatten und in Vergessenheit geriet, dass ich zur Dienerin degradiert wurde? Ich war nur eine magere, rothaarige Dreizehnjährige mit schmalen Hüften und einer scharfen Zunge. Sie dagegen war eine Frau wie eine Oase, üppig, mit goldenen Augen – und gerissen genug, um den heiligen Propheten Gottes zu verführen.

Ich fiel auf die Knie und presste Hände und Stirn auf den grob gewebten Gebetsteppich, dessen Fransen sich in meine Haut drückten. Hielt meine Tränen zurück, stand auf, verbeugte mich, warf mich wieder zu Boden. *Wie konntest du das zulassen? Hast du mir nicht schon genug Prüfungen auferlegt?*

Nach dem Gottesdienst ging ich in meiner Hütte auf und ab, drehte nervös die Enden meines Gürtels zwischen den Fingern und fragte mich, wie ich Mohammed von dem Gerücht berichten sollte. Würde er mir wieder vorwerfen, ich sei eifersüchtig? Bei Allah, ich musste unbedingt verhindern, dass ihr Plan aufging! Ich hatte das Funkeln in Zainab bint Dschahschs Augen gesehen. Sie spielte ein Spiel, dessen Regeln ich nicht kannte – aber die ich erraten konnte, nachdem ich gehört hatte, wie sie Mohammed verführt hatte. Und in diesem Wettstreit hatte ich wenigstens einen Vorteil: Ich war mit Mohammed verheiratet, während sie die Frau seines Sohnes war.

Wenn ich Mohammed in meiner Hütte empfing, würde ich nichts als mein Nachthemd tragen und darunter nur meine nackte Haut. Sobald er eingetreten war, würde ich das Nachthemd zu Boden gleiten lassen und nackt vor ihm stehen. Er würde die Frau vergessen, die er nicht haben konnte, und die jungen, knospenden Brüste der Frau streicheln, die er bereits liebte.

Endlich hörte ich seine nahenden Schritte und ging ihm draußen entgegen. Meine Hand fühlte sich kalt an, als ich ihn ins Innere der Hütte führte. »Gibt es etwas Dringendes, das du mit mir besprechen musst?«

»Besprechen? Eigentlich nicht. Aber dringend ist es schon«, antwortete ich in der Hoffnung, dass er nicht hörte, wie meine Stimme zitterte. Ich fummelte an dem Gürtel, der mein Nachthemd hielt, und versuchte, ihn zu lösen.

»Bitte, Aisha, ich habe andere Sorgen«, sagte er. Seine Stimme klang rau und ungehalten. Ich zögerte, stellte mir vor, wie demütigend es sein würde, nackt vor ihm zu stehen, während er errötete und verlangte, dass ich mich bedeckte. *Du hast dir schon wieder den falschen Zeitpunkt ausgesucht, Aisha.* Aber selbst wenn er davoneilte, würde mein Bild in sein Gedächtnis eingebrannt sein. Er würde sich daran erinnern, und vielleicht würde es dieselbe Begierde in ihm wecken, die ich vor zwei Jahren in seinen Augen gesehen hatte. Ich zog an den Gürtelenden und spürte, wie der Knoten sich fester zurrte.

»Moment«, sagte ich, als er etwas hinzufügen wollte. Verzweifelt versuchte ich, den Knoten zu lösen. Ein Klopfen an der Tür ließ mich zusammenzucken, und in dem Moment löste sich der Knoten, und mein Nachthemd öffnete sich – aber Mohammed hatte sich bereits abgewandt. Ich eilte hinter meinen Wandschirm, während er die Tür öffnete.

»Vater, hilf mir! Zainab ist verschwunden!«, rief Zaid gequält. Dann hörte ich gedämpfte Stimmen, dann nichts mehr. Ich trat hinter meinem Wandschirm vor. Mohammed war mit Zaid gegangen und hatte die Tür hinter sich verschlossen und die Hütte so trostlos und leer hinterlassen wie meine geöffneten Arme.

Mohammed blieb sehr lange fort. Als er endlich zurückkehrte, empfing ich ihn in meinem seidenen Hochzeitskleid. Ich hatte mein Haar gebürstet, bis es glänzte, und meine Hände mit Henna bemalt. Ich begrüßte ihn mit einem Kuss und einem liebevollen Lächeln. Wenn ich jedes Mal schmollte, nachdem er mir etwas anvertraut hatte, würde Mohammed mir nie wieder etwas erzählen. *Ein weiser Mann kennt seine Feinde*, hatte mein Vater immer gesagt. Wenn ich verhindern wollte, dass andere Frauen Mohammeds Herz stahlen – und mir meinen Status im Haushalt streitig machten –, musste ich mich mit ihrer Taktik vertraut machen.

Er ging stöhnend in meiner Hütte umher, packte sich mit beiden Händen an den Bart, als würde er sich daran vorwärtsziehen. »Bei Allah, ich begreife nicht, was vor sich geht!«

Wie Umm Aiman vorausgesagt hatte, war Zainab zurück ins Haus ihrer Eltern gezogen und verlangte, dass Zaid sie freigab. Mohammed hatte sie besuchen wollen, aber ihr Vater hatte ihn nicht ins Haus gelassen. *Vergib mir, Prophet, aber ihr guter Ruf steht auf dem Spiel,* hatte er gesagt.

»Ich muss unbedingt mit ihr reden«, sagte Mohammed zu mir. »Sie macht einen Fehler. Sie glaubt, ich würde sie heiraten, aber das kann ich nicht.«

Ich hatte mich auf ein Kissen gesetzt. »Du hast ja schon vier Frauen«, sagte ich.

Er schnaubte und machte eine wegwerfende Handbewegung, als wollte er sagen: *Wen interessiert das schon?*

»Sie ist die Frau meines Sohnes«, sagte Mohammed. »Es ist mir verboten, sie zu heiraten. Selbst Allah kann daran nichts ändern.«

»Und Zainab auch nicht«, bemerkte ich. »Egal, wie weit die Vorhänge sich öffnen.«

»Zainab hat nichts Ungebührliches getan. Der Wind hat die Vorhänge aufgeblasen.«

»›Der Atem Gottes‹«, murmelte ich, als ich an Umm Aimans Worte dachte, die ich auf dem Markt gehört hatte.

»Du hast recht«, sagte Mohammed. »Wenn die Leute einen Schuldigen brauchen, dann müssen sie Allah die Schuld geben.«

»Warum sollte Gott dem armen Zaid, der schon so viel ertragen musste, solchen Kummer bereiten? Er hat Jahre in der Sklaverei verbracht, bis du ihn adoptiert hast. Er ist nicht einmal dein leiblicher Sohn. Warum sollte Allah ihm Zainab wegnehmen und dir geben, wo du mit so viel Glück gesegnet bist. Und warum sollte er deinen Feinden noch mehr Argumente gegen dich in die Hand geben?«

»Nur Allah kennt die Antworten auf deine Fragen, *Humaira*. Ich werde heute Nacht um seinen Rat beten.« Er küsste mich auf die Stirn und wandte sich ab, ohne mir in die Augen zu schauen.

Seufzend kroch ich ins Bett – wieder allein –, während Mohammed durch die Tür verschwand, die von meiner Hütte in die Moschee führte. Vom Bett aus konnte ich durch den Türspalt sehen, wie er sich zu Boden warf und betete. Ich war in Versuchung, selbst ein Gebet an Allah zu richten – *Schick sie zurück zu Zaid!* –, doch ich sagte mir, dass ich nichts zu befürchten hatte.

Zainab konnte noch so viele Intrigen spinnen, Mohammed würde sie nicht bekommen. »Sinneswandel« oder nicht, es wäre zu gefährlich für ihn, wenn er sie heiratete. Es würde weder Gott noch der *Umma*, noch den wenigen Verbündeten unter den Beduinen gefallen, die uns geblieben waren. Die Leute würden Mohammed und Zainab steinigen oder in die Verbannung schicken. Dann würde die *Umma* auseinanderfallen, und Ibn Ubayy würde endlich zum Herrscher über Medina gewählt werden. Würde Mohammed alles, was er mit so viel Mühe erreicht hatte, wegen einer Frau wegwerfen? Noch während er betete, musste ihm klar sein, dass er sie aufgeben musste.

Eine ganze Weile lang schaute ich zu, wie Mohammed in stillem Gebet kniete, Sand aufhob und durch die Finger rieseln ließ und die Stirn auf den Gebetsteppich drückte, so wie ich es getan hatte. Dann sah ich zu meinem Entsetzen, wie er plötzlich aufsprang, und hörte, wie er einen Schrei ausstieß. Sein Körper zuckte und krampfte, dann stürzte er rücklings zu Boden und rollte zitternd und stöhnend hin und her, während die Augen ihm aus den Höhlen zu treten drohten.

Irgendwann blieb er reglos mit geschlossenen Augen liegen. Er keuchte, und seine Haut glänzte schweißnass. Mit pochendem Herzen lief ich zu ihm, legte ihm die Hände auf die Brust, um seinen Herzschlag zu spüren. »Mohammed?«, flüsterte ich.

Er hob den Kopf und schaute mich mit weit aufgerissenen Augen an. Dann lächelte er.

»Allah hat zu mir gesprochen, Aisha. Wie weise er ist! Er hat mir alles deutlich vor Augen geführt.«

Mein Puls beruhigte sich ein wenig. Mohammed hatte von Allah eine Offenbarung erhalten! Ich betrachtete ihn voller Ehrfurcht – die sich gleich darauf in Entsetzen verwandelte. An der Begeisterung, die in seiner Stimme lag, erkannte ich, dass er eine Möglichkeit gefunden hatte, sich Zainab zur Frau zu nehmen. Ich rang mir ein Lächeln ab. Er setzte sich auf und packte meine Hand.

»Aisha, Allah hat mir erlaubt, Zainab zu heiraten. Nein – er hat es mir befohlen.«

Ich versuchte nicht einmal, mein spöttisches Grinsen zu verbergen. »Allah beeilt sich ja wirklich, dir deine Wünsche zu erfüllen«, bemerkte ich. »Du sagst, er hat dir erlaubt, die Frau deines Sohnes zu heiraten?«

»Die Frau meines *Adoptivsohnes*. Du hast selbst darauf hingewiesen, dass Zaid nicht mein leiblicher Sohn ist.«

Panik schnürte mir die Brust und die Kehle zusammen. Er hatte tatsächlich eine Möglichkeit gefunden! Und Allah hatte ihm dabei geholfen. Dennoch gelang es mir, ruhig zu sprechen. »Aber in den Augen der *Umma* – in den Augen aller Bewohner des Hidschaz – ist es dasselbe.«

»Genau darum geht es.« Mohammed nickte, wie er es immer tat, wenn mir ein schwieriges Manöver mit dem Schwert gelungen war. »Wir haben uns all die Jahre über geirrt. Leibliche Kinder und Adoptivkinder sind nicht dasselbe. Wenn ich eine Frau heirate, die das Bett meines leiblichen Sohnes geteilt hat, begehe ich Inzest. Aber warum sollte ich zögern, wenn der Sohn gar nicht von meinem Blut ist?«

Tränen traten mir in die Augen. Wie lange würde ich mich noch beherrschen können? Doch ich lächelte tapfer weiter. »Du änderst also die Tradition. Aber, *Habibi*, musst du Zaid das Herz brechen? Warum kannst du deine Offenbarung nicht bekannt machen – und Zainab einem anderen Mann überlassen?«

Sein Blick sagte: *Hast du immer noch nichts gelernt?* »Die ganze Umma redet schon über sie, *Humaira*. Einige behaupten sogar, sie sei von mir schwanger! Wer würde eine Frau heiraten, die solche Schande über sich gebracht hat? Ich kann nicht zulassen, dass ein Mitglied meiner Familie weiterhin auf diese Weise verleumdet wird. Wenn Zaid sie verstößt, kann ich das Gerede nur zum Schweigen bringen, indem ich sie heirate.«

Ich sprang auf, stürmte aus der Moschee und warf mich auf mein Bett. Mohammed folgte mir und legte sich neben mich, den Kopf auf die verschränkten Arme gebettet. Er starrte an die Decke, als würden dort tausend Sterne funkeln. »Mein Onkel und meine Tante werden hocherfreut sein. Und Zainab natürlich auch.«

Natürlich. Und ich? Ich konnte nur neben meinem Mann liegen und an meinem Kummer ersticken. Hatte er mich nicht auch einmal begehrt? Und hatte er nicht jedem anderen Mann in der *Umma* verboten, mehr als vier Frauen zu heiraten? Aber offenbar galten die Regeln nicht für den Propheten Gottes – nicht mehr.

»Gelobt sei Allah für den Sinneswandel«, flüsterte ich.

Ich drehte ihm den Rücken zu und sträubte mich gegen seine Umarmung. *Warum?*, betete ich. *Warum bezieht sich sein Sinneswandel nicht auf mich?*

Ich fiel in einen unruhigen Schlaf und träumte von einem Mann mit langem, glänzenden Haar und einem schön geschnittenen Gesicht wie ein Araberhengst, einem Mann, der nur Augen für mich allein hatte.

13

KOMM MIT MIR

Medina, Januar 627

Hatte das Wüten des Sturms etwas zu bedeuten, der uns am nächsten Tag den Sand um die Beine peitschte? Wir flüchteten aus dem Hof, die Kopftücher eng um uns gezogen, um unsere Gesichter vor den Nadelstichen der Sandkörner und unsere Augen vor dem Anblick unseres Propheten zu schützen, der gerade den Ehevertrag mit der Frau seines Sohnes unterzeichnete. Staub verdüsterte den Himmel, verdunkelte die Sonne und verbarg, wie manche zischelten, die Blasphemie vor Allahs zornigem Blick.

Andere hielten dem Propheten die Treue.

»Uns scheint es unklug zu sein, diese Verbindung einzugehen«, sagte mein Vater während des Festessens, als ich ihm aus einem Krug Wasser in seine gelbe Kürbisschale goss. »Aber wer von uns kann von sich behaupten, dass er die Absichten Allahs versteht?«

»Allahs Absichten sind klipp und klar.« Ali fuchtelte mit einem Brotkanten in der Luft. »Indem er diese Ehe anordnet, lässt er keinen Zweifel mehr daran, dass ein Adoptivsohn nicht dasselbe ist wie ein leiblicher Sohn.« Er sah meinen Vater mit zusammengekniffenen Augen an. »Und niemand sollte Freunde über Angehörige stellen.«

Omar verschränkte die Arme vor der Brust und bedachte Ali mit einem finsteren Blick.

»Leider ist die Auslegung der Offenbarungen des Propheten entsprechend unserer Bedürfnisse innerhalb der *Umma* zu einem beliebten Zeitvertreib geworden«, sagte er. »Einige behaupten, dass Mohammed diesmal genau dasselbe tut.«

»Das sind verräterische Worte, Omar.« Ali sank auf sein Kissen. Gegen den Einwand des mächtigen Omar klang sein Gebell wie ein Winseln.

»Ist es verräterisch zu behaupten, dass der Prophet ein Mensch ist?«, entgegnete Omar. »Zainab bint Dschahsch ist das Juwel des Hidschaz. Wenn ich sie auf die Weise bekommen könnte, würde ich mich leicht davon überzeugen lassen, dass es Allahs Wille ist.«

Als er zu der lachenden Braut hinüberschaute, die in ihrem schimmernden, flammend roten Kleid am anderen Ende des Raums saß, schienen seine Augen Feuer zu fangen. Schweiß trat ihm auf die Stirn, und er leckte sich die Lippen. Während ich ihn beobachtete, sah er mich plötzlich vorwurfsvoll an. Von seinem Blick verwirrt, berührte ich aus Versehen Talhas Hand, als ich seinen Becher mit Wasser füllte. Die verbotene Berührung jagte mir einen solchen Schrecken ein, dass ich etwas Wasser auf seinen Schoß verschüttete, was Talha zum Lachen brachte

»Denk an deinen Anstand, Aisha!«, knurrte Omar.

Hastig zog ich mich zurück. Meine Wangen glühten, als hätte Omar mich beim Liebäugeln mit Talha erwischt, den ich mehr liebte als meinen eigenen Bruder Abd ar-Rahman. An diesem Abend wurden in Allahs heiliger Moschee anzügliche Bemerkungen gemacht und derbe Witze erzählt. *Seht ihr, wie der Prophet nach seiner Braut giert? Ein Wunder, dass er es geschafft hat, monatelang mit der Hochzeit zu warten.* Während die Zeltplanen im Wind schlugen, stießen Frauen und Männer einander in die Rippen, grinsten zähnebleckend und ließen ihren bösen Zungen freien Lauf. *Natürlich hat er gewartet. Er musste sich schließlich vergewissern, dass sie nicht von seinem Sohn schwanger war, oder?* Ich bewegte mich durch das Stimmengewirr, schenkte den Gästen mit zittrigen Händen und wallendem Blut

Wasser ein und stellte ihnen Teller mit Fleisch hin. Die Andeutungen, die ich überall zu hören bekam, machten mich so wütend, dass ich manch einem am liebsten meinen Wasserkrug auf den Kopf gehauen oder die Zunge abgeschnitten hätte. Als ein paar Männer vom Clan der Chadradsch versuchten, mich in ihr Gespräch zu verwickeln, attackierte ich sie mit der einzigen Waffe, die zu benutzen mir gestattet war.

»Er hat jetzt fünf Frauen in seinem Harem, während er uns nur vier zugesteht, ist das gerecht?«

»Der Prophet Gottes muss ja über besondere Fähigkeiten im Bett verfügen.«

»Hier kommt eine seiner Frauen, fragen wir sie doch. *Ya* Aisha, wie wird dein Mann fünf Frauen befriedigen?«

Ich lachte verächtlich, um mir meine Panik nicht anmerken zu lassen, denn ich hatte mir schon dieselbe Frage gestellt. Wo er jetzt so viele andere hatte, die seine Wünsche erfüllen konnten, wie sollte ich jemals Mohammeds wahre Ehefrau werden?

»Ich habe gerade euren Frauen das Essen gebracht«, sagte ich. »Sie haben mir eine ähnliche Frage gestellt: Wie kann der Prophet fünf Frauen befriedigen, wenn unsere Männer es kaum bei einer schaffen?« Ihre Spöttelei erstarb wie der Blick eines züchtigen Mädchens.

In dem geschlossenen Raum, der erfüllt war vom Gestank ungewaschener Körper, den kein Parfüm überdecken konnte, und dem Duft nach gebratenem Fleisch, verkrampfte sich mein leerer Magen. Hungrig schob ich mich zwischen den ganz in Weiß gekleideten Männern und den in farbenfrohe Kleider gehüllten Frauen hindurch, um ins Kochzelt zu gehen.

Ich hielt den Kopf gesenkt, um mich vor weiteren zotigen Bemerkungen zu schützen, aber die Frage der Chadradsch verfolgte mich. Wie wollte Mohammed uns alle zufriedenstellen? Von jetzt an würde ich jeweils vier Nächte allein verbringen müssen. Mit jeder neuen Frau, die in den Harem einzog, würde es schwieriger für mich werden, seine Aufmerksamkeit auf mich zu lenken. Würde er am Ende ganz vergessen, die Ehe mit mir zu vollziehen?

In letzter Zeit spürte ich jedes Mal, wenn er bei mir lag, eine seltsame Kraft in meinem Körper, die mich zu ihm hinzog. Dann schmiegte ich mich an ihn, und er nahm mich in die Arme – aber mehr passierte nicht. Meine Haut sehnte sich nach seiner Berührung an Stellen, die er nie erkundete. Ich lag da und fragte mich, was ich als Nächstes tun sollte, wie ich ihn dazu bringen konnte, mich zu streicheln. Wenn ich seine Hand hierhin oder dorthin führte, würde er sie entsetzt wegziehen? Wenn ich ihn bat, mich zu lieben, würde er mich auslachen und seinen »kleinen Rotschopf« nennen? Und während ich dann dalag mit meiner Sehnsucht und meinen Fragen, würde er irgendwann zu schnarchen beginnen, unempfänglich für meine Reize.

Oder besaß ich vielleicht gar keine Reize? Als Kind hatte ich mir so lange gewünscht, ein Junge zu sein, dass ich nie zugehört hatte, wenn meine Mutter und meine Schwester mir beizubringen versuchten, wie eine Frau sich kleidete, frisierte und schminkte oder wie sie einen Mann mit ihren Blicken betörte. Und mit meinem hässlichen rötlichen Haar und den Augen von der Farbe eines trüben Teichs war ich womöglich für Mohammed gar nicht begehrenswert. Als ich jedoch an Safwans erregten Blick in jener Nacht in der Wüste dachte, begannen meine Wangen zu glühen. Würde so ein aufregender Mann eine unattraktive Frau begehren?

»Bei Allah, ist das eine Hochzeit oder eine Beerdigung?« Safwans Stimme riss mich aus meinen Gedanken. Seine Augen durchbohrten mich so unverhohlen, dass ich mich hastig abwandte, besorgt, dass man uns sehen könnte.

»Seit dem Tag, als deine Mutter dich unter Verschluss genommen hat, habe ich dich nicht mehr so betrübt gesehen«, sagte er. »Aber das ist natürlich verständlich. Wahrscheinlich fühlst du dich im Moment ziemlich vernachlässigt.«

Mein Gesicht wurde so heiß wie eine Flamme, die von einem Blasebalg zum Lodern gebracht wurde. In Erinnerung an meinen Schwur funkelte ich ihn zornig an und bemühte mich, nicht zu sehen, wie das durchtriebene Lächeln seine hohen Wangenknochen zur Geltung brachte.

»Im Moment bekomme ich viel Aufmerksamkeit«, sagte ich. »Leider gegen meinen Wunsch.« Ich versuchte, an ihm vorbeizugehen, doch er versperrte mir den Weg.

»Unerwünschte Aufmerksamkeit ist besser als keine, Aisha.« Sein Blick wurde noch intensiver. »Außerdem bin ich nicht davon überzeugt, dass sie wirklich ungewollt ist.«

Ich ignorierte meinen rasenden Puls und das vertraute Kribbeln unter meiner Haut. Es war seine Unverfrorenheit, redete ich mir ein, die mich zum Zittern brachte. In aller Öffentlichkeit mit der Frau des Propheten Gottes zu liebäugeln! Als ich mich im Raum umschaute, sah ich Hunderte von Augenpaaren, die auf Mohammed und Zainab gerichtet waren, hörte die Streitgespräche über den Willen Allahs und die Bedeutung von Inzest, sah, wie Mohammed seine neue Frau voller Begierde anschaute, während er sein Essen kaum anrührte, sah, wie Ali Safwan und mich anstarrte. Ich drehte mich auf dem Absatz um, schubste Safwan zur Seite und eilte nach draußen.

Den Kopf schützend gegen den vom Wind aufgewirbelten Sand eingezogen, lief ich zum Kochzelt – doch bevor ich den Eingang erreichte, zupften Hände an meinem Kleid, und dann wurde ich von zwei Armen umschlungen. Safwans Körper presste sich gegen meinen. Ich wehrte mich mit aller Kraft, aber er zog mich nur noch näher, als wollte er einen Knoten festzurren. »Gibst du denn niemals auf?«, fragte ich, doch meine Worte wurden vom Wind übertönt.

Er berührte mein Ohr mit seinen Lippen, und sein warmer Atem ließ mich erschaudern. »Niemals«, sagte er.

Er zog mich hinter das Zelt, nahm beim Gehen den Turban ab, sodass sein langes Haar mein Gesicht liebkoste.

»Was hast du vor?«, japste ich, als wir uns im Windschatten befanden – und außer Sichtweite vom Eingang der Moschee. »Willst du, dass wir beide sterben? Sie werden uns steinigen, wenn sie uns zusammen erwischen.«

»Das würde der Prophet niemals zulassen, jedenfalls nicht bei dir. Und du würdest mich beschützen.«

Ich riss mich aus seiner Umklammerung los. »Wenn du es verdient hättest.«

Er runzelte die Stirn. »Hast du die Jahre vergessen, die wir als Kinder zusammen verbracht haben, Aisha? Haben wir nicht geglaubt, wir würden eines Tages heiraten?«

»Da waren wir noch Kinder.«

»Ich habe davon gehört, wie du geweint hast bei deiner Hochzeit. Du wolltest *mich*.«

»Na und?« Ich schrie ihn an, denn ich wusste, dass der Wind meine Stimme hinwegfegen würde, ehe sie die Moschee erreichen konnte. »Man hat mir schließlich keine Wahl gelassen.«

»*Ya* Aisha, ich wünschte, ich wäre damals an Mohammeds Stelle gewesen. Wenn du meine Frau wärst, hättest du nicht so traurige Augen. Ich kann verstehen, dass du bei ihm unglücklich bist. Fünf Frauen, und eine davon wie eine Tochter!«

»Zainab ist nicht seine Tochter«, sagte ich. »Sie ist es nie gewesen, auch nicht, als sie noch mit seinem Sohn verheiratet war.«

»Nein. Aber du.«

Seine Worte trafen mich wie ein Pfeil, der mein Herz durchbohrte. Safwan hatte recht. Für Mohammed war ich eher Tochter als Ehefrau. Wusste Safwan, dass meine Ehe eine Lüge war? Ich musterte sein Gesicht, aber ich konnte kein Mitleid entdecken – nur dasselbe Begehren, das ich damals in Mohammeds Augen gesehen hatte.

»Ich weiß nicht, wovon du redest«, sagte ich.

»Der Prophet ist – wie alt? Achtundfünfzig? Alt genug, um dein Großvater zu sein, ja sogar dein Urgroßvater. Viel zu alt für eine temperamentvolle Frau wie dich.«

Er trat näher. Ich wäre vor ihm zurückgewichen, aber hinter mir befand sich das Zelt.

»Aisha. Ich denke immerzu an dich. Ich kann nicht anders! Es ist, als hätte ich Fieber, als wäre ich im Delirium, geblendet von Visionen deiner Schönheit. Ich muss dich haben, Aisha. Komm mit mir. Wir gehen noch heute Nacht fort.«

Ein Schauer überlief mich, als er seine Hände auf meine Schultern legte und dann an meinen Armen hinuntergleiten ließ. Ich stand da wie in Trance, schaute in sein schönes Gesicht, hörte die

Worte der Liebe, die aus Mohammeds Mund zu hören ich mich seit Monaten sehnte.

»Er hat so viele andere Frauen«, murmelte Safwan. »Wie lange wirst du ihm fehlen? Aber wenn ich dich zur Frau hätte, würde ich nie wieder eine andere Frau ansehen. Du wärst die Welt für mich. Du *bist* meine Welt.«

Er kam mir so nah mit seinem Gesicht, dass ich seinen Atem an meinen Wangen spürte, während ich meine Hände in seinem Haar vergrub, das wie ein Wasserfall nach vorne fiel. »Aisha«, flüsterte er, dann drückte er seine Lippen auf meinen Mund. Seine Hände kneteten meine Arme. Er küsste mich noch einmal, bis ich die Lippen öffnete. Ich spürte, wie mein Körper zum Leben erwachte wie ein Tier, das aus einem Käfig befreit wird. Ich ließ mich gegen ihn sinken und erwiderte seinen Kuss, während der Wind um uns herum tobte. *»Habibati«*, flüsterte er – und dann erschien mir Mohammeds Gesicht.

Plötzlich überkam mich tiefe Scham, sie überflutete meine Haut wie ein Fieber. Niemand außer Mohammed hatte jemals »Liebste« zu mir gesagt. Ich schob Safwan von mir weg, rannte um das Zelt herum, achtete nicht auf den Sand, der mir in die Haut stach, und stürzte zur Moschee – wo Ali im Torbogen stand und mich scharf musterte.

»Was hast du da draußen gemacht bei dem Sturm?«, fragte er.

»Ich war im Kochzelt, um in Ruhe zu essen«, antwortete ich.

Seine Mundwinkel zuckten, als unterdrückte er ein Lachen. »Sag mir, Aisha, woran hast du dich denn heute gelabt? Oder sollte ich lieber fragen an *wem*?« Safwan schob sich an uns vorbei, den Turban ordentlich auf dem Kopf. Als Ali den Hals reckte, um ihm nachzusehen, wie er sich unter die Menge mischte, floh ich zu meiner Hütte.

Auf dem Weg stieß ich beinahe mit Omar zusammen, der mich missbilligend musterte. »Dein Vetter Talha hat heute Abend damit geprahlt, er würde dich nach Mohammeds Tod heiraten. Wie kommt er dazu, so etwas zu sagen? Oder hast du ihn etwa dazu ermutigt?«

Mir fuhr der Schreck in die Glieder. Talha, mein zukünftiger Ehemann? Auf die Idee war ich noch nie gekommen. »Ich rechne damit, dass Mohammed noch viele Jahre leben wird«, entgegnete ich kühl.

»Ich habe gesehen, wie du Talhas Hand berührt hast, als du ihm Wasser eingeschenkt hast«, sagte Omar.

»Das war ein Versehen!«, zischte ich wütend.

»So wie ihr Frauen euch aufführt, ist es kein Wunder, dass in der *Umma* so viele Gerüchte über den Propheten kursieren.«

Erhobenen Hauptes wandte ich mich von ihm ab und ließ ihn stehen. In meiner Hütte stand Hafsa vor der Tür, die von der Moschee direkt in meine Hütte führte, und schaute mich mit großen Augen an. »*Ya* Aisha, was hat mein Vater zu dir gesagt, dass du so außer dir bist?«

»Er hat behauptet, ich hätte Talha schöne Augen gemacht.«

»Nach allem, was ich gesehen habe, hat er den falschen Mann im Verdacht.«

Ich spürte, wie ich errötete. »Ich weiß nicht, wovon du redest.«

Sie stieß mich mit dem Zeigefinger an. »Ich habe gesehen, wie du zusammen mit Safwan die Moschee verlassen hast. Sieh dich vor, Aisha. Er ist kein Kind mehr.«

»Ja, das ist mir auch schon aufgefallen.« Ich grinste, um sie nicht merken zu lassen, wie mein Herz pochte. »Aber ich glaube, ich sollte mich eher vor Omar vorsehen. Warum verdächtigt er mich?«

»Er verdächtigt jede Frau. Was glaubst du wohl, warum ich so erpicht darauf war, zu heiraten – beide Male? In seinem Haus braucht eine Frau nur einen flüchtigen Blick auf ihr Spiegelbild zu werfen, und schon glaubt er, sie führt Übles im Schilde. Er ist erbost über den Skandal, den diese Heirat verursacht hat. Und natürlich macht er Zainab dafür verantwortlich.«

»Warum auch nicht? Sie hat Mohammed schließlich verführt.«

»Bei Allah, du bist einer Meinung mit meinem Vater?« Hafsa tat so, als würde sie in Ohnmacht fallen, dann flüsterte sie. »Aber du hast recht: Mein Vater ist derjenige, vor dem wir uns in Acht nehmen müssen. Heute habe ich gehört, wie er zu Ali gesagt hat, die

Frauen des Propheten sollten alle im Haus gehalten werden, um weitere Gerüchte zu unterbinden.«

»Gott bewahre uns davor! Wir würden uns gegenseitig umbringen, wenn wir alle die ganze Zeit im Haus bleiben müssten.« Plötzlich war es zu heiß und zu eng in meiner kleinen Hütte, als hätten die Wände sich nach innen bewegt.

»Wer fürchtet sich schon vor Omar? Ich jedenfalls nicht«, sagte ich und wischte mir die feuchten Hände an meinem Kleid ab.

»Ich fürchte mich vor meinem Vater, und das solltest du auch tun«, sagte Hafsa. »Er weiß, wie er mit dem Propheten reden muss. Und er kann sehr überzeugend sein.«

Obwohl ich die Achseln gezuckt und verächtlich geschnaubt hatte, versetzte mich die Vorstellung, die Moschee nicht mehr verlassen zu dürfen, in Angst und Schrecken. Ich musste daran denken, wie ich im Haus meiner Eltern am Fenster gestanden und zugesehen hatte, wie das Leben an mir vorbeimarschierte wie eine nach Gewürzen duftende Karawane. Doch ich konnte mir einfach nicht vorstellen, dass Mohammed einer so drastischen Maßnahme zustimmen würde. Hatte er uns Frauen nicht mehr Rechte gegeben? Vor der Zeit des Islam galten Frauen als Leibeigene der Männer. Jetzt konnten wir Grundbesitz erben, durften vor Gericht aussagen und die Bedingungen für eine Eheauflösung in Eheverträgen festhalten. Waren uns diese Rechte nicht auf Allahs Geheiß gegeben worden? Mohammeds Offenbarungen bewiesen, dass Gott auch Frauen wertschätzte.

Aber es war nicht die Angst vor dem Eingesperrtwerden, die mich dazu brachte, dass ich an jenem Abend rastlos in meiner Hütte auf und ab ging. Mir brannten immer noch die Lippen, entflammt von Safwans Kuss. Seine Verführungskünste weckten meine Sehnsüchte. *Komm mit mir. Heute Nacht.* Als würde ich den Propheten Gottes wegen eines einfachen Kriegers verlassen, egal, wie verlockend sein Angebot sein mochte. Aber Safwan stellte mir etwas in Aussicht, das Mohammed mir nicht bieten konnte: die Freiheit, mit dem Wind zu reiten, als Kriegerin zu kämpfen, selbst zu entscheiden, wie ich leben wollte.

Hatte ich nicht einst an Safwans Lippen gehangen, wenn er mir seine gewagten Pläne unterbreitete? Ja, er war nur ein einfacher Krieger, aber er war alles andere als gewöhnlich. Das Leben an seiner Seite würde nie langweilig werden. Wir würden jeden Tag neue Abenteuer erleben. Und er würde nicht seine ganze Zeit mit anderen Frauen verbringen. *Du wärst die Welt für mich.* Ach, würde Mohammed mir doch so ein Versprechen machen!

Als es an der Tür klopfte, die zur Moschee führte, blieb mir beinahe das Herz stehen. Safwan würde es nicht wagen, in meine Hütte zu kommen – oder? Mit zitternder Hand öffnete ich – aber es war Mohammed, der kam, um sich über seine Hochzeitsgäste zu beklagen.

»Das Essen ist längst beendet, aber drei Männer sind immer noch da und streiten sich über die Geschichte unserer Inzestgesetze«, sagte er mit zusammengebissenen Zähnen.

»Ich wette, Zainab wünscht, sie könnte sich in Luft auflösen«, sagte ich grinsend.

»Sie ist sehr geduldig«, erwiderte Mohammed. »Sie sitzt mit dem Gesicht zur Wand und hofft, dass die Männer merken, wie schlecht sie sich benehmen. Aber bisher ist ihnen noch nichts aufgefallen.«

Auch er ging auf und ab und stampfte mit den Füßen auf. Am liebsten hätte ich ihn in die Arme genommen – bis mir wieder einfiel, warum er so aufgebracht war.

»Warum bittest du die Männer nicht einfach, zu gehen?«, fragte ich. Aber ich wusste, das würde er nie tun, aus Angst, seine Gäste zu beleidigen – oder, schlimmer noch, aus Angst, sie könnten erraten, warum er sie so schnell loswerden wollte.

Wieder klopfte es an die Tür. Ich öffnete sie einen Spaltbreit und spähte mit angehaltenem Atem hinaus, während ich betete, dass es nicht Safwan sein möge. Zu meiner Erleichterung stand vor mir ein Mann, der etwa so groß war wie ich, mit runden, ängstlichen Augen und einem Schnurrbart, der so steif war, als hätte er ihn in Kerzenwachs getaucht.

»Gute Neuigkeiten für den Propheten«, sagte er.

Nachdem der Bote eingetreten war, begrüßte er Mohammed und

berichtete ihm mit zitternder Stimme, dass seine Gäste endlich gegangen waren.

»*Ya Nabi*, deine schöne Braut erwartet dich in ihrem Zimmer.« Seine Augen leuchteten, als wäre er derjenige, der gleich in Zainabs Bett steigen würde.

Als ich Mohammeds strahlendes Lächeln sah, traten mir Tränen in die Augen. Er entschuldigte sich und eilte in den Hof hinaus, den kleinen Mann auf den Fersen, während ich in der Tür stand und ihm nachschaute, das Herz im Hals. Der Wind hatte nachgelassen, und die Nacht war kühl. Der Sichelmond schimmerte wie ein Dolch über Zainabs Hütte. Mohammed drehte sich um, sah den Mann hinter sich und blieb abrupt stehen. Der kleine Mann kicherte, als Mohammed zu ihm herumwirbelte und ihn zornig anfunkelte.

»*Ya* Anas, hattest du nicht gesagt, die Gäste wären gegangen?«

»Das sind sie. Abu Ramzi, Abu Shams und Abu Mahmud haben die Moschee gemeinsam verlassen. Sie haben mich gebeten, dich von ihnen zu grüßen.«

»Und du, Anas? Hast du vor, die Nacht mit mir und meiner neuen Frau zu verbringen?«

Wieder kicherte der kleine Mann. »Ich fürchte, ich würde nur im Weg sein. Aber falls du irgendetwas wünschst ...« Er wackelte komplizenhaft mit den Augenbrauen.

Ein Windstoß blies Anas den Turban vom Kopf. Fluchend lief er hinterher. Mohammed ließ sich ins Gras sinken. Er zitterte und rollte die Augen, als wären sie lose Steine. Ich schrie auf und rannte zu ihm, denn so hatte ich ihn schon einmal erlebt.

Eine Tür wurde zugeknallt, und im nächsten Moment kam Hafsa im Nachthemd angelaufen, das Haar offen über den Schultern. Gemeinsam legten wir Mohammeds Kopf in meinen Schoß. Schweißperlen standen ihm auf der Stirn. Seine Lippen bewegten sich, während er den Kopf hin und her warf.

Umm Salama schwebte herbei wie eine bleiche Wolke. Mit einer Hand hielt sie sich ihren Umhang vors Gesicht. Sie kniete sich neben Mohammed und nahm seine schlaffe Hand. »Ist er krank?«

»Er hat eine Offenbarung«, flüsterte ich.

Anas sank neben uns auf die Knie. »Ich wollte ihm nichts Böses, ich schwöre es bei Allah!«

Mohammed hörte auf zu zittern, und der Wind legte sich wie ein Seufzer. Mit dem Saum meines Kleids tupfte ich ihm den Schweiß von der Stirn. Er öffnete die Augen, sah unsere Gesichter und richtete sich auf.

»Bist du immer noch hier?«, sagte er zu Anas. »Gut. Dann wirst du Zeuge dessen, was Allah verkündet.«

Mit unserer Hilfe stand er auf, dann sprach er mit geschlossenen Augen Worte aus, die ich lieber nie in meinem Leben gehört hätte – Worte, die mein Leben und das Leben aller im Harem für immer ändern sollten.

Er sagte: »Betritt das Haus des Propheten nur, wenn du eingeladen wirst, und geh, sobald die Mahlzeit beendet ist.«

Er sagte: »Wenn du seine Frauen um etwas bittest, sorge dafür, dass sich zwischen dir und ihnen ein Vorhang befindet. Das ist züchtiger für dein Herz und für die Herzen der Frauen.«

Und: »Du darfst dem Boten Gottes nie etwas zuleide tun oder jemals nach seinem Tod seine Witwen heiraten. Das wäre unerträglich in den Augen Gottes.«

Als er geendet hatte, wandte er sich ab, ging in Zainabs Hütte und schloss die Tür. Anas trat von einem Bein aufs andere und wiederholte Mohammeds Worte. Ich saß auf dem Boden und fuhr nervös mit den Händen durch den Sand. *Sorge dafür, dass sich zwischen dir und ihnen ein Vorhang befindet*. Was sollte das bedeuten? Würden die Frauen Mohammeds demnächst überall Vorhänge mit sich herumschleppen müssen?

Stille legte sich über den Hof wie ein Leichentuch, als wir Schwesterfrauen einander ängstlich ansahen.

»Es sieht so aus, als würden wir demnächst viel Zeit im Haus verbringen«, bemerkte Hafsa schließlich mit bebender Stimme.

»All unsere Zeit«, pflichtete Umm Salama ihr bei. Sie hielt sich so aufrecht wie immer, aber ich sah, wie ihre Hand zitterte, als sie sich eine Träne aus dem Augenwinkel wischte. »Wie sollen wir uns sonst vor den Blicken der Männer verbergen?«

»Offenbar ist es meinem Vater endlich gelungen, Mohammed zu überzeugen«, sagte Hafsa.

Auf dem Weg zu meiner Hütte zerbrach ich mir den Kopf über Mohammeds Worte. Würde er mich wirklich in der Moschee einsperren wie einen Vogel in einen Käfig? Lieber würde ich sterben, als mich für den Rest meines Lebens ans Haus fesseln zu lassen. Würde ich nie wieder in die Zeltstadt gehen dürfen? Ich rang nach Luft, als versuchte jemand, mich mit einem Kissen zu ersticken.

Später lag ich im Bett und starrte an die Decke. Wir durften nach seinem Tod nicht wieder heiraten? Selbst der Prophet Gottes konnte nicht ewig leben, das hatte er mir selbst gesagt. Er würde bald sechzig werden, und die Jahre, die ihm blieben, konnte ich an den Fingern einer Hand abzählen. Ich würde eine sehr junge Witwe sein. Würde ich bis ans Ende meines Lebens Witwe bleiben, nie wieder heiraten dürfen, so einsam wie der Mond an einem sternenlosen Himmel?

Komm mit mir, hatte Safwan gesagt. *Wir reiten zusammen fort und kommen nie wieder zurück*. Als er das gesagt hatte, dachte ich, er sei von einem Dschinn besessen. Jetzt jedoch schien Safwan ein Engel der Gnade zu sein, den Allah mir persönlich geschickt hatte.

14

DER PREIS DER FREIHEIT

Rotes Meer, Januar 627

Nach der Offenbarung, die Mohammed in seiner Hochzeitsnacht erhalten hatte, sprachen meine Schwesterfrauen drei Tage lang darüber, was seine Worte bedeuten konnten. Verzweiflung lastete auf mir wie ein nasser Umhang, als ich hörte, wie sie alle zu dem Schluss kamen, dass wir von nun an die Moschee nicht mehr verlassen durften. In meiner Hütte betete ich darum, dass Allah mich bald zu sich nehmen möge, falls ich wieder eingesperrt würde. Lieber würde ich frei im Paradies umherwandern, als den Rest meines Lebens innerhalb dieser Mauern zu verbringen.

Aber als Mohammed nach seinen sieben Nächten mit Zainab aus ihrer Hütte trat, überraschte er uns. Der »Vorhang«, der für uns vorgesehen war, erwies sich am Ende doch nicht als Gefängnistür.

»Ibn Ubayy sagt, er belästigt euch, weil er euch mit gewöhnlichen Sklavinnen verwechselt«, verkündete er uns im Hof. »Ihr müsst euch von diesen Frauen unterscheiden, indem ihr euer Gesicht verhüllt. Dann wird er so etwas nicht mehr behaupten können.«

Die Erleichterung war wie eine kühle Brise, als ich hörte, dass ich nicht wieder wie eine Gefangene im Haus leben müsste. Doch dann erklärte Mohammed uns, wie wir uns zu bedecken hatten: komplett von Kopf bis Fuß – nur ein Auge durfte zu sehen sein.

»Damit haben Ibn Ubayy und seine Heuchler also den Sieg davongetragen«, murmelte ich. Mohammed sah mich scharf an, aber ich war zu empört, um mich darum zu scheren.

»Hast du jemals versucht, herumzulaufen und dir dabei ein Auge zuzuhalten?« Ich bedeckte mit einer Hand ein Auge, zog mein Kopftuch übers Gesicht und ging los. Nach wenigen Schritten schätzte ich den Abstand zu einer Dattelpalme falsch ein und stieß mit dem nackten Fuß dagegen. Ich hielt mir meinen schmerzenden Zeh, während meine Schwesterfrauen mir grimmig schweigend zuschauten.

»Ya Prophet Gottes, siehst du, was das für einen Spaß macht?«, rief ich mit einem sarkastischen Grinsen. »Nach drei Schritten habe ich deine neue Regel schon übertreten.«

Mohammed runzelte die Stirn. »Es ist nicht meine Absicht, euch Schwierigkeiten zu bereiten«, sagte er. »Ich werde darüber nachdenken.«

Am Abend besprachen Mohammed und Omar in meiner Hütte das Problem mit dem *Hidschab* – während ich mich, wie es von nun an – verkündet aus dem Mund des Propheten – Vorschrift war, hinter meinem Wandschirm verbarg, sobald ein Mann meine Hütte betrat.

»Die Augen einer Frau sind das Verführerischste an ihr«, sagte Omar. »Selbst deine Frauen wissen, wie sie einen Mann damit verführen können. Ein Auge zu bedecken ist die einzige Möglichkeit, einen Skandal zu vermeiden.«

Mohammed überlegte einen Moment, entschied sich dann dagegen, aber für das Kopftuch, mit dem wir unser Gesicht außerhalb des *Harim* verhüllen sollten.

Omars Worte machten mich trotzdem wütend, doch ich sagte nichts. Was hätte ich ihm auch entgegnen können? Ich hatte meine Augen bei Safwan benutzt, allerdings nicht, um ihn zu verführen, sondern um die Wirkung meiner Reize zu überprüfen. Und jetzt – wie Omar womöglich vorausgesagt hätte – träumte ich davon, mit

Safwan durch die Wüste zu reiten, frei von allen Pflichten des Harems.

Aber ich trauerte im Stillen darum, dass ich nun nie Gelegenheit haben würde, zu kämpfen. Ich hatte so lange davon geträumt, eine Kriegerin zu werden, und jetzt, kurz vor meinem fünfzehnten Geburtstag, hatte Allah meine Pläne durchkreuzt. Als ich mich jedoch im Harem darüber beklagte, stieß ich auf wenig Mitgefühl.

»*Ya* Aisha, die neuen Regeln dienen dem Nutzen der *Umma*«, sagte Fatima, die mit Zainab und Umm Salama in einer Ecke des Zelts saß. »Wie soll mein Vater sein Reich aufbauen, wenn er sich gleichzeitig ständig Sorgen um dich machen muss? Es ist das Beste, wenn du von jetzt an im Haus bleibst.«

»Nicht alle haben etwas davon.« Zainab grinste höhnisch. »Der arme Safwan ibn al-Mu'attal wird auf ihre Gesellschaft verzichten müssen.«

»Was du brauchst, ist ein Kind, Aisha.« Fatima streichelte den kleinen Jungen, den sie gerade stillte. »Dann wärst du zu beschäftigt, um dich zu beklagen.« Mein Herz verkrampfte sich wie eine Faust, aber ich verdrehte nur die Augen, als seien ihre Worte lächerlich.

Sauda schnalzte mit der Zunge. »*Ya* Fatima, du verspottest eine Frau, weil sie kein Kind hat, während du dein eigenes stillst? Es würde dem Propheten das Herz brechen, wenn er es hören könnte.«

»Mir bricht es auch das Herz.« Hafsa schaute Fatima von der Seite an. »Ich bin schon fast genauso lange in Mohammeds Haus wie Aisha, und ich habe ihm auch noch kein Kind geschenkt.«

Zainab strich sich die dunklen Locken aus dem Gesicht. »Zwei unfruchtbare Frauen? Das ist mehr als Zufall.«

Hafsas Gesicht wurde so rot, als wäre sie zu lange in der Sonne gewesen. »Willst du damit andeuten, dass der Prophet uns verschmäht? Bei Allah, wenn du einen Beweis brauchst, bringe ich dir mein Laken, wenn er das nächste Mal die Nacht bei mir verbracht hat.«

»Ich brauche gar nichts zu beweisen«, sagte ich mit glühenden Wangen. »Vor allem nicht gegenüber einer Frau, die noch den Vater ihres Ehemannes verführen würde.«

»Und ich brauche keine Beweise.« Ein kaum merkliches Lächeln umspielte Zainabs Mund. »Ich weiß nur zu gut, was für ein lüsterner Mann Mohammed ist. Trotzdem kommt es mir merkwürdig vor, dass nach Jahren der Ehe keine von euch beiden ein Kind hat. Könnte es das Werk Allahs sein? Vielleicht wartet er darauf, dass Mohammed seinen Samen in einem wertvolleren Garten aussät.« Zufrieden tätschelte sie ihren Bauch.

Am liebsten hätte ich mein Schwert gezogen und ihr die Zunge abgehackt. Über Umm Salamas Gesicht huschte ein geheimnisvolles Lächeln, so flüchtig wie ein Schatten, aber Zainab warf den Kopf in den Nacken und krähte wie ein Rabe. Um den Hals trug sie eine Kette von Mohammed mit einem prächtigen Anhänger aus Topas, der ihre goldfarbenen Augen hervorhob. Ich trug immer noch die Achathalskette, die mein Vater mir zur Hochzeit geschenkt hatte, und sehnte mich nach einem Geschenk von meinem Gemahl, nach etwas, das mich als die Seine auszeichnete. Aber noch mehr sehnte ich mich danach, aus dem Harem befreit zu werden, frei zu sein von Zainabs Sticheleien und Spötteleien, frei von Umm Salama und ihrer neuen Freundin Fatima.

Mein Wunsch erfüllte sich wenige Tage später, als ich dazu auserwählt wurde, Mohammed auf einer Reise zu begleiten. Ein Mann hatte versucht, Mohammed zu töten, aber der Dolch, den er nach ihm warf, hatte sein Ziel verfehlt, Allah sei Dank! Als Ali dem Angreifer drohte, ihm mit seinem Schwert die Augen auszustechen, hatte er gestanden: *Abu Sofian von den Koreischiten hat meinen Scheich bestochen, Mohammed töten zu lassen*. Er war ein Angehöriger der Banu Al Mustalik, eines mächtigen Stammes, der am Roten Meer ansässig war. *Wenn sie erfahren, dass ich gescheitert bin, werden tausend Männer meines Stammes eure Stadt angreifen. Sie warten am Brunnen von Al Muraisi.*

»Wir müssen sie überraschen und als Erste angreifen«, hatte Ali sofort gedrängt, und ausnahmsweise war Mohammed diesmal mit ihm einer Meinung gewesen.

Während die Truppen sich für den Kampf vorbereiteten, wetterte Omar gegen Mohammeds Angewohnheit, Ehefrauen auf einen

Feldzug mitzunehmen. Doch es gelang ihm nicht, Mohammed umzustimmen, Allah sei Dank. Mohammed umgab sich lieber mit Frauen als mit Männern, und er mochte es nicht, allein zu schlafen. Immer darauf bedacht, Gerechtigkeit walten zu lassen, ließ er uns Stängel von Palmzweigen ziehen, um zu bestimmen, wer von uns ihn begleiten durfte – und zu meiner Erleichterung gewann ich.

Allerdings machte er Omar ein weiteres Zugeständnis und verbot mir, mein Schwert mitzunehmen. Als ich Mohammed darauf hinwies, dass Umm 'Umara in voller Kampfmontur reiten würde, zauste er mir das Haar, als wäre ich ein Kind. »Umm 'Umara ist nicht meine Frau«, sagte er. »Und mit verschleiertem Gesicht würde es dir schwerfallen zu kämpfen.«

Am Abend unseres Aufbruchs wurde ich mit einer weiteren unangenehmen Konsequenz der neuen Regeln konfrontiert: Omar hatte sich für mich eine Kamelsänfte ausgedacht, den *Haudadsch*. Er bestand aus einem auf zwei langen Stangen befestigten Sitz und war rundum mit Vorhängen bestückt. Ich zog die Vorhänge auf und rief Mohammed zu mir, der gerade die Karawane inspizierte.

»Der *Haudadsch* ist unbequem«, sagte ich, als er sich näherte. »Ich würde lieber auf meinem Pferd reiten oder mit dir auf deinem Kamel.«

»Du wirst dich schon daran gewöhnen, *Humaira*. In Indien reisen Prinzessinnen auf diese Weise«, sagte Mohammed. Also blieb ich in meiner Kiste sitzen, die noch auf dem Boden stand, und hielt mich an den Stangen fest, als ein paar Diener mich wankend und stolpernd auf mein Kamel hoben. Als das Kamel aufstand, fürchtete ich, kopfüber aus der Sänfte zu fallen.

Nach einer Weile gewöhnte ich mich an den schaukelnden *Haudadsch* und beruhigte mich. Dann musste ich wieder an Fatimas Worte denken, an Zainabs Lachen und Umm Salamas hämisches Grinsen. Was für eine Katastrophe wäre es, wenn sie erführen, dass unsere Ehe immer noch nicht vollzogen war! Sie würden mir die niedrigste Position im Harem zuweisen, mich zu ihrer Dienerin machen. Nicht einmal Sauda würde mir dann noch helfen können.

Es gab nur eine Möglichkeit für mich, meine Freiheit zu wahren, und die bestand darin, Mohammeds wahre Ehefrau zu werden. Aber dieses Ziel schien in unerreichbare Ferne gerückt zu sein. Er hatte nicht nur zwei neue Ehefrauen, die ihn sehr in Anspruch nahmen, es kamen auch fast täglich neue Nachrichten über geplante Anschläge auf sein Leben. Unsere Niederlage am Berg Uhud hatte ihn unter den Wüstenstämmen viele Anhänger gekostet, und seine Heirat mit Zainab hatte sein Ansehen unter den in den Städten ansässigen Clans geschmälert. Bei den vielen Sorgen, die ihn plagten, war es kein Wunder, dass er weder die Veränderungen an meinem Körper noch das Verlangen in meinen Augen bemerkte.

Vielleicht würde Mohammed mich auf diesem Feldzug endlich wahrnehmen. Zwei oder vielleicht sogar drei Nächte lang würde er mir allein gehören. Jetzt, wo Zainab meine Position im Harem offen in Frage stellte, musste unsere Ehe unbedingt vollzogen werden. Es durfte nicht sein, dass ausgerechnet sie die Erste war, die Mohammed einen Sohn schenkte.

In der ersten Nacht schaukelten wir wie schwerfällige Schiffe durch die hohen Wellen des Wüstensands. Am folgenden Morgen schlugen wir in Al Muraisi, am weichen, weißen Strand des Roten Meers, unser Lager auf und warteten auf die Mustalik. Ich stand im Zelteingang und betrachtete wie gebannt das blaue Wasser, sah, wie die Wellen am Strand scharrten wie Finger auf der Suche nach einem Schatz, lauschte ihren leisen Seufzern. Eine feuchte Brise ging über das Wasser, streichelte mein Gesicht und hinterließ einen salzigen Geschmack auf meinen Lippen. Die unendliche blaue Weite von Himmel und Meer verlieh mir eine nie gekannte Leichtigkeit, und ich holte tief Luft. Mir wurde so schwindlig, dass ich mich am Zelt festhielt vor Angst, ich könnte davonschweben – während ich mir doch in Wirklichkeit nichts sehnlicher wünschte. Ich stellte mir vor, wie ich mit den Möwen fliegen würde, wie ich frei von allen Fesseln die sonnenwarme Luft atmete und ganz allein entscheiden würde, was ich wann und wo tun wollte.

Mohammed führte den ganzen Tag mit seinen Offizieren Strategiegespräche. Den Kopf in meinen Schoß gebettet, schlief er wenig, nachdem er noch lange mit mir über seine Sorgen wegen der

Schlacht gesprochen hatte. Wenn wir unterlagen, würden die Koreischiten beim nächsten Mal gar nicht erst mit Schwertern und Pfeilen gegen uns antreten müssen, dann würden sie uns allein mit ihrem Hohngelächter vernichten.

»Diese fischfressenden Mustalik könnten wir mit geschlossenen Augen schlagen«, sagte ich zu Mohammed, während ich ihm half, seinen Helm aufzusetzen und sich mit seinem Schild zu wappnen. Die Mustalik führten ein sorgloses Leben am Roten Meer, wo das Klima mild war und wo Obst und Gemüse wild und im Überfluss gediehen. Die Berge schützten sie vor den Beduinen, mit denen wir uns jedes Mal herumschlagen mussten, wenn wir uns in die Wüste hinauswagten. »Ich habe gehört, der Scheich der Mustalik musste für diese Schlacht erst einmal sein Schwert vom Rost befreien.«

Mohammed lachte und küsste mich wollüstig – und ich erwiderte seinen Kuss. Das kurze Zusammentreffen mit Safwan hinter dem Kochzelt hatte mich einiges gelehrt. Ich schmiegte mich an den Körper meines Mannes, ohne mich um das raue Kettenhemd zu scheren, und öffnete den Mund, um seine Zunge zu einem Tanz einzuladen. Als wir uns voneinander lösten, loderte in Mohammeds Augen das Feuer, auf das ich so lange gewartet hatte.

»Du steckst doch immer wieder voller Überraschungen«, sagte er.

Ich küsste ihn noch einmal. »Nach deinem Sieg werde ich dich noch mehr überraschen.«

Er eilte zum Zelteingang.

»Ya Zaudschi, wo gehst du hin?«

»In die Schlacht«, sagte er. »Um so schnell wie möglich zu siegen.«

Während ich vom Lager aus die Kampfhandlungen beobachtete, suchten meine Finger nach meinem Schwert wie nach einem amputierten Bein. Mohammed hatte mich so gut ausgebildet, dass ich fast jeden Mann schlagen konnte, aber all das zählte nicht. Ich durfte außerhalb unseres Zelts nicht einmal mein Gesicht zeigen. Doch nachdem die Schlacht begonnen hatte, ließ ich meinen Schleier fallen und feuerte unsere Männer von Weitem lauthals an. Wir mussten unbedingt gewinnen, damit der ganze Hidschaz lernte, wie hoch der Preis des Verrats war.

Der Kampf entwickelte sich nur langsam. Lange flogen nur Pfeile hin und her. Hin und wieder schaute ich zu Mohammed hinüber, der von seinem Kamel aus seine Soldaten dirigierte. Ein paar Mal erwiderte er meinen Blick, und das Glühen in seinen Augen ließ mein Herz schneller schlagen als die Herzen unserer Krieger. Schließlich ritt er zu Ali hinüber und besprach sich kurz mit ihm. Im nächsten Augenblick zerriss das Geschrei blutdurstiger Männer die Luft, und unsere Kämpfer stürmten mit erhobenen Schwertern und wehenden grünen Fahnen über den Strand. Aus Angst um das Leben unserer Männer hielt ich den Atem an – doch dann brach ich in lautes Gelächter aus, als ich sah, wie die Bogenschützen der Mustalik ihre Bogen fallen ließen und die Flucht ergriffen. Einige ihrer Schwertkämpfer setzten sich tapfer zur Wehr, doch unsere Soldaten überrannten sie einfach wie galoppierende Pferde. Die schwarzgelbe Standarte der Mustalik fiel, unsere Soldaten stürmten laut schreiend ihr Lager, plünderten die Zelte und fingen die Frauen ein, die zu entkommen versuchten.

Ausnahmsweise war es mir diesmal ganz recht, nicht mitten im Schlachtgetümmel zu sein. Ich hatte auch so genug Aufregung. Nach den Blicken zu urteilen, die Mohammed mir beim Abschied zugeworfen hatte, würde er schon sehr bald zurückkehren. Freudig ging ich ins Zelt und wusch mich mit Wasser aus meinem Ziegenlederschlauch. Ich bürstete mein Haar und zerdrückte ein bisschen Lavendel an meinem Busen. Mithilfe eines Kochmessers, das mir als Spiegel diente, umrahmte ich mir die Augen mit Kajal. Dann legte ich die Achatkette an, befühlte die milchig-weißen Perlen und bewunderte ihren Schimmer auf meiner sonnengeküssten Haut.

Dann wartete ich. Ich rollte unser Schaffell aus, verteilte ein paar Kissen darauf und nahm eine verführerische Pose ein. Wenn Mohammed kam, würde ich für ihn bereit sein. Erregt von dem leichten Sieg unserer Armee und vom Anblick meines Körpers, der sich ihm darbot wie ein Festschmaus, würde er sein Kettenhemd ablegen und mich mit seinem Körper bedecken. Endlich würde ich erfahren, was Sauda meinte, wenn sie mir zuzwinkerte, und warum Hafsa jedes Mal leuchtende Augen bekam, wenn von einer Nacht mit Mohammed die Rede war. Und dann, so Allah wollte, würde ich endlich den lange ersehnten Sohn bekommen.

Nach einer Weile setzte ich mich auf und versuchte, mein Herz zu beruhigen, das wie ein Lämmchen in meiner Brust zitterte. Die Sonne stieg so schnell auf wie ein Pfeil, während das Rote Meer in einem Rhythmus, der so alt war, wie die Erde, an den Strand plätscherte. Was hielt ihn nur so lange auf? Nach dem Sieg würde er die Aufteilung der Beute beaufsichtigen – aber welche Reichtümer würden die Mustalik auf einem Feldzug mitführen? Ich stand auf und ging erst auf und ab und dann im Kreis, so wie ich es immer im Haus meiner Eltern gemacht hatte. In gewisser Weise hatte sich für mich seitdem wenig geändert. Ich hatte mir so viel Freiheit versprochen, wenn ich erst mit Mohammed zusammenleben würde, aber jetzt war ich gefangen hinter dem *Hidschab* und lief erneut im Kreis herum, frustriert darüber, dass ich nach wie vor nicht die geringste Spur von Entscheidungsfreiheit besaß.

Ich ging zum Zelteingang und streckte den Kopf nach draußen. Im Lager war kein Laut zu hören, als wäre niemand da. Ich schlang mir mein Kopftuch um, und dann wagte ich mich nach draußen auf die Suche nach Mohammed.

Leere Zelte dösten in der Mittagssonne. Hin und wieder ließ ein Windstoß vom Roten Meer her die Eingangsplanen flattern. Wie ein Schatten huschte ich zwischen den Zelten hindurch, begleitet von der Angst, von Omar und seinesgleichen entdeckt und bestraft zu werden.

Vom Rand des Lagers, ganz dicht an der Küste gelegen, hörte ich einen Schrei. Vorsichtig und durch den Schleier, der nur ein Auge freiließ, in meiner Sicht behindert, ging ich in die Richtung, aus der der Schrei kam. Nach einer Weile hörte ich derbes Gelächter. Ich schlich mich noch ein bisschen näher heran und lugte um ein Zelt herum. Unsere Männer hockten unter einem großen Baldachin, nicht wenige von ihnen mit Frauen in den Armen, die sie lachend noch fester hielten, wenn sie sich wehrten. »Seht mal, die hier habe ich schon gezähmt«, prahlte Ali, während er den Oberkörper eines Mädchens etwa in meinem Alter befummelte. Das Mädchen stand reglos mit geschlossenen Augen da, die Wangen tränennass.

»Sieh mal, *Habibati*, wie demütig Alis Sklavin sich ihm hingibt«, sagte ein Mann, der sich mit einer strampelnden Gefangenen abmühte.

»Sein Schwert ist nicht das Einzige an Ali, das zwei Spitzen hat«, rief ein anderer, und alle grölten vor Lachen.

»Braucht man zwei Spitzen, um sich die Töchter der Mustalik gefügig zu machen? Dann verratet mir mal, warum die Sklavin des Propheten ihm zu Füßen hockt, noch ehe er sie angerührt hat!«

Dann sah ich Mohammed. Er stand im Zelt und beugte sich über eine wunderschöne Frau, die vor ihm kniete.

Ihr Haar hatte die Farbe einer Messingglocke, ihr Mund war ein roter Halbmond, und sie trug ein blaues Kleid, das glitzerte, als hätte man es in Diamantsplittern gewälzt. Mohammed betrachtete sie so hingerissen, als wäre sie eine Schlangenbeschwörerin, die mit ihren flehenden Augen eine süße Melodie spielte.

»Du hast recht, einer Prinzessin gebührt es nicht, zur Sklavin zu werden«, sagte er. »Aber wir leben in sonderbaren Zeiten. Nichts ist mehr, wie es noch vor einigen Monaten gewesen ist.«

»Ich bitte dich, Prophet Allahs, schick mich nicht in die Sklaverei«, sagte sie mit einer Stimme, so leicht und erfrischend wie Regen. »Siehst du, wie zart meine Hände sind? Schau dir meine Haut an – sie ist noch nie von der Sonne berührt worden. Ich habe ein von Pflichten freies Leben geführt. Als Sklavin würde ich sterben.«

Er betrachtete tatsächlich ihre Haut. Mir fuhr der Schreck in die Glieder.

»Meine Krieger haben heute mutig gekämpft«, sagte er. »Soll ich dem Mann, der dich gefangen hat, etwa sagen, er muss auf seine Beute verzichten?«

Sie senkte die Lider und lenkte seinen Blick auf ihren üppigen Busen.

»Ich bin deiner Barmherzigkeit ausgeliefert«, sagte sie. »Ich tue alles, was du von mir begehrst.«

Was er von ihr begehrte? Die Begierde stand ihm deutlich ins lüstern zuckende Gesicht geschrieben. Ich hätte seine nächsten Worte aussprechen können, noch ehe er sie gedacht hatte.

»Es gibt einen Ausweg«, sagte er. »Ich kann dich vor der Sklaverei bewahren und gleichzeitig vermeiden, den Unmut meiner Männer zu erregen, wenn du eins tust.«

Hoffnung erhellte ihr Gesicht wie Sonnenlicht. Sie hob ihr hübsches Gesicht und sah ihn flehend an. Ich spürte, wie meine Pläne für den Abend – und für mein Leben – mir wie Sand zwischen den Fingern zerrannen. Ich musste mich am Zeltpfosten festhalten, um nicht das Gleichgewicht zu verlieren.

»Alles, was du verlangst«, sagte sie. »Ich bin deine demütige Dienerin.«

Er sank vor ihr auf die Knie und nahm ihre Hände. Seine Augen liebkosten ihr Gesicht, als liebte er sie schon sein Leben lang.

»Heirate mich«, sagte er.

Ich ließ mein Kopftuch fallen und flüchtete vor der widerlichen Szenerie – Männer, die Frauen befummelten, Ali, der seiner schluchzenden Sklavin den Hals küsste, Mohammed, der schon wieder der nächsten Schönheit einen Heiratsantrag machte. Sie würde seinen Antrag annehmen. Ihr blieb gar keine andere Wahl. Die Ehe war der Preis für ihre Freiheit, auch wenn ich ihr hätte sagen können, dass unser Leben nichts mit Freiheit zu tun hatte. Wusste sie, dass sie als Mohammeds Ehefrau ein Leben als Gefangene führen würde? Dass sie auf Seide und Geschmeide verzichten und sich künftig von Gerstenbrei und Datteln würde ernähren müssen? Beim Laufen stieß ich gegen Zelte, die beinahe umfielen. Mein Kopftuch wehte wie ein Segel hinter mir her, sodass mein Haar und mein verzerrtes Gesicht zu sehen waren, aber das war mir gleichgültig. Was hatte es für einen Zweck, sich zu überlegen, wie ich meinen Ehemann erfreuen konnte, wenn er gar keinen Gedanken daran verschwendete, mich zu erfreuen?

»Aisha!«, hörte ich jemanden rufen, doch ich rannte weiter.

Sollte Omar doch vor Wut platzen, wenn seine ach so kostbaren Regeln missachtet wurden! »Aisha! Warte!«

Ich schlüpfte in mein Zelt und ließ den Eingang hinter mir zufallen. Eine Männerhand schob die Plane zur Seite.

»Du brauchst kein Wort zu sagen, Omar«, sagte ich mit zitternder Stimme, aber es war Safwan, der ins Zelt trat.

»Ich habe gesehen, wie du Mohammed beobachtet hast«, sagte er leise. »Und ich weiß, warum du weinst. Arme Aisha.« Als ich seine mitfühlenden Worte hörte, liefen mir die Tränen wie ein Wasserfall über die Wangen, obwohl ich versuchte, sie zurückzuhalten. Mit einem Seufzer zog er mich in seine Arme, hielt mich fest und ließ mich weinen. Tröstende Worte murmelnd streichelte er mir das Haar. Dann, als ich mich etwas beruhigt hatte, küsste er mir die Tränen von den Augen und den Wangen.

»Süße Aisha«, sagte er. »Komm mit mir. Heute Nacht. Ich habe den perfekten Plan.« Wie eine Ohrfeige brachten seine Worte mich zurück in die Wirklichkeit. Ich riss mich von ihm los und bedeckte mein Haar mit dem Kopftuch.

»*Ya* Safwan, willst du sterben? Geh lieber, ehe dich jemand hier erwischt.«

»Ich will dich, *Habibati*, sonst nichts.« Wieder nannte er mich Liebste. Aber diesmal wärmte es mir das Herz.

»Hör zu«, sagte er. »Wir haben den Sieg so schnell und mühelos errungen, dass unsere Männer nicht einmal vom Kampf erschöpft sind. Und der Prophet kann es gar nicht erwarten, seine Prinzessin nach Medina zu bringen und zu heiraten. Verzeih mir«, fügte er hinzu, als er sah, wie ich zusammenzuckte.

»Der Prophet hat uns befohlen, die Zelte abzubauen und uns für den Rückmarsch heute Abend bereitzumachen. Aber ich soll als Kundschafter zurückbleiben, um aufzupassen, ob die Mustalik zurückkehren. Ich habe mir folgenden Plan ausgedacht: Wenn die Karawane am Wadi al-Hamd Rast macht, entfernst du dich und versteckst dich. Die Vorhänge deines *Haudadsch* sind zugezogen, niemand wird dein Verschwinden bemerken – und wenn sie es bemerken, werden sie schon viel zu weit von der Oase entfernt sein!«

Ein zufriedenes Lächeln breitete sich auf seinem Gesicht aus und erinnerte mich daran, wie er, als wir noch Kinder waren, mal wieder irgendeine Idee ausgeheckt hatte, die uns alle in Schwierigkeiten brachte. Aber damals erwartete uns nur eine Strafpredigt oder höchstens eine Ohrfeige, wenn wir erwischt wurden. Jetzt ging es um wesentlich mehr. Wenn wir davonliefen, würden wir für immer aus der *Umma* ausgestoßen werden, oder, falls man uns jagte und ergriff, würde man uns steinigen.

Draußen rief Omar meinen Namen. Safwan bekam plötzlich kalte Hände. »Allah rette mich!«

»Schsch! Sonst hört er dich noch. Komm mit«, flüsterte ich und zog ihn mit mir hinter meinen Wandschirm. »Bück dich, sonst sieht er dich!« Ich spürte, wie seine Hand, die ich hielt, zitterte.

»Du darfst eintreten«, sagte ich laut.

»Was ist, wenn er hier nachsieht?«, flüsterte Safwan.

»Beruhige dich! Er wird nicht hier nachsehen. Der Wandschirm dient doch gerade dazu, dass er mich nicht sehen kann.«

»Hast du etwas gesagt, Aisha?«, dröhnte Omars Stimme durch das Zelt.

»Ich sagte: Ich hasse diesen Wandschirm.«

»Der ist zu deinem eigenen Schutz da«, sagte Omar. »Du wirst schon noch lernen, ihn zu mögen.«

»Das bezweifle ich«, entgegnete ich. Safwan hatte aufgehört zu zittern, Allah sei Dank, doch dann tat er etwas wesentlich Gefährlicheres: Er hob meine Hand an seine Lippen und küsste meine Handfläche, sodass es mir heiß und kalt über den Rücken lief und meine Stimme zitterte.

»Bist du hergekommen, um mit mir über die neuen Regeln zu sprechen?«, fragte ich.

»Du klingst, als ginge es dir nicht gut«, sagte Omar. Ich zog meine Hand von Safwans Lippen fort.

»Ich ... bin müde, das ist alles. Was willst du?«

»Der Prophet hat mich geschickt, um dir mitzuteilen, dass wir sofort aufbrechen«, sagte Omar. »Pack deine Sachen, damit wir das Zelt abbauen können.«

»Wo ist Mohammed? Warum kann er mir das nicht selbst sagen?«

»Das wirst du noch früh genug erfahren.« Ich hörte, wie die Eingangsplane zufiel, und als ich um den Wandschirm herumlugte, war Omar fort.

»Raus jetzt, Safwan! Mohammed kann jeden Augenblick herkommen.«

»Wartest du heute Nacht auf mich?«

Ich schaute ihm in die Augen und wartete auf die Antwort meines Herzens. Dann wurde mir bewusst, dass unsere Zeit abgelaufen war.

»Geh jetzt«, sagte ich.

»Ich werde nach dir Ausschau halten. Aisha. Im Wadi al-Hamd. Unter der höchsten Dattelpalme.«

»Wir werden sehen«, sagte ich. »Geh jetzt.«

Safwan beugte sich vor und hauchte mir einen gefährlichen Kuss auf die Lippen, dann verließ er das Zelt. Bei dem Durcheinander, das draußen herrschte, würde ihn niemand bemerken. Schließlich war er derjenige, der mir das Spionieren beigebracht hatte.

»Wir sehen uns heute Nacht«, flüsterte ich, als ich mir sicher war, dass er mich nicht mehr hören konnte. »Vielleicht.« Dann drehte ich mich um und begann meine Träume einzupacken – für eine andere Nacht mit einem anderen Mann.

15

DIE UNGEPFLÜCKTE BLUME

Wadi al-Hamd, Januar 627

Als unsere Karawane nach Medina aufbrach, schwankte ich innerlich mit jedem wankenden Schritt, den mein Kamel machte. Safwans Angebot, mit ihm zu fliehen, ließ mein Herz höher schlagen. Mit ihm würde ich mir meinen Traum von Freiheit erfüllen können, denn das war schließlich unser gemeinsamer Traum aus Kindertagen, oder nicht? Gleichzeitig erschauderte ich bei dem Gedanken, Mohammed zu verlassen. Würde Allah mich tot umfallen lassen, wenn ich nicht bei seinem Propheten blieb?

Ganz benommen vor Unentschlossenheit, lehnte ich mich in meiner Sänfte zurück. Seit ich denken konnte, war Mohammed mein Morgenlicht gewesen. Sicher, wir hatten eher ein Vater-Tochter-Verhältnis, aber seine Freundschaft bedeutete mir alles. Andererseits, wenn er mich weiterhin als Kind betrachtete und nicht als seine Frau akzeptierte, würde ich niemals die Kontrolle über mein Leben haben, die ich brauchte. Je länger die Karawane seiner Ehefrauen wurde, desto geringer wurden meine Chancen, seine Aufmerksamkeit auf mich zu lenken, ihm einen Erben zu schenken und meine Position als Hauptfrau in seinem Harem zu verteidigen. Wie würde ich die Angst ertragen, die sich mit jeder weiteren Heirat wie eine dunkle Wolke in mir zusammenbraute? Aber wie würde ich andererseits es ertragen, Mohammed nie wieder zu sehen und zu berühren, nie wieder mit ihm zu reden?

Wenn er mich in meinem *Haudadsch* aufsuchte, würde ich mich entscheiden. Wenn ich sein Gesicht sah, würde ich wissen, was ich tun musste. Vielleicht würde er sich dafür entschuldigen, dass er mich im Zelt hatte warten lassen. *Ich war auch enttäuscht, Aisha, würde er sagen. Ich wollte keine weitere Ehefrau haben, aber mir blieb keine andere Wahl.*

Mein Entschluss änderte sich mit jedem Schaukeln des Kamels – fliehen oder bleiben, Safwan oder Mohammed –, während unsere Karawane durch die Nacht zog. Fackeln leuchteten uns den Weg, ihr flackerndes Licht spiegelte sich in den Augen von Wüstenratten, ließen Felsen als Felsen erkennen und nicht angriffslustige Schakale oder Dolche schwingende Beduinen in ihnen vermuten. Wir beleuchteten den Wüstensand beinahe so hell wie die Sonne, aber sosehr ich auch meine Augen anstrengte, ich konnte Mohammed nirgendwo entdecken. Schließlich fragte ich meinen Kameltreiber, wo er sich aufhalten könnte.

»Er begleitet seine zukünftige Frau, die Prinzessin der Mustalik«, antwortete der Mann. »Soll ich ihn zu dir holen lassen?« Ich schloss den Vorhang und ließ mich in meinen Sitz sinken.

In der Oase am Wadi al-Hamd machten wir eine lange Rast – und endlich kam Mohammed zu mir. Oder, besser gesagt, er streckte, als er an meinem Kamel vorbeiging, kurz den Kopf durch den Vorhang.

»Sei gegrüßt, Aisha. Ich freue mich zu sehen, dass es dir gut geht«, rief er aus – und war schon wieder verschwunden.

»Warte!« Ich schob den lästigen Vorhang zur Seite und rief ihm nach. »*Ya* Mohammed, komm zurück!« Ich sah, wie er kurz die Stirn runzelte, ehe es ihm gelang, ein Lächeln aufzusetzen. Dann kam er zu mir zurück. Auch ich rang mir ein Lächeln ab. Von den nächsten Augenblicken hing alles ab. Ich nahm seine Hand und streichelte sie zärtlich mit den Fingerspitzen.

»Ich warte schon die ganze Zeit auf dich, *Habibi*«, sagte ich honigsüß. »Werden wir hier ein Lager aufschlagen? Wir beide hatten doch gestern Abend etwas vor, erinnerst du dich?«

Sein Blick schoss zum Anfang der Karawane, wo er mit seiner neuen Prinzessin geritten war. »Das wird nicht möglich sein.«

»Mohammed, du hast gestern kaum geschlafen. Du wirst doch sicherlich zu mir kommen und ein wenig ruhen.« Ich schämte mich für den kläglichen Ton in meiner Bitte.

»Ich muss mich jetzt um andere kümmern«, sagte er. »Wir haben zweihundert Frauen und Kinder aus dem Lager der Mustalik mitgenommen.«

Ich schob seine Hand weg. »Seit wann machst du dir Gedanken darüber, wie es unseren Kriegsgefangenen geht? Nein – spar dir eine Antwort. Seit du dich mit einer von ihnen verlobt hast, stimmt's? Du hast doch vor, eine Mustalik-Hündin zu heiraten, nicht wahr?«

»Sie ist eine Prinzessin, Aisha. Dschuwairiya ist die Tochter des Scheichs. Sie in unserem Harem zu haben wird für uns alle von Vorteil sein. Denk doch einmal darüber nach! Heute wollten die Mustalik uns töten. Wenn sie meine Frau wird, werden sie unsere Verbündeten.«

Ich zögerte. Die Mustalik als Verbündete zu haben wäre tatsächlich von großem Vorteil für die *Umma*. Für mich dagegen wäre eine zusätzliche Schwesterfrau so nützlich wie ein Buckel.

»Ich habe die Mustalik kämpfen sehen«, sagte ich. »Wäre es nicht ein noch größerer Vorteil, wenn sie sich mit unseren Feinden verbündeten?«

»Sie gehören dem größten Stamm im Hidschaz an«, entgegnete Mohammed. »Sie haben großen Einfluss. Das ist Allahs Werk! Zuerst hat er uns einen leichten Sieg beschert, und dann hat er mir die Tochter des Scheichs geschenkt. Diese Ehe ist sowohl der *Umma* als auch dem Islam förderlich.«

»Gelobt sei Allah!«, sagte ich lächelnd, obwohl mein Herz zu brechen drohte. »Aber warum musst du die heutige Nacht mit ihr verbringen?«

»Sie ist unglaublich schön.« Er bekam einen verträumten Blick.

»Solange sie bei mir ist, ist sie in Sicherheit. Aber wenn sie fliehen würde, hätte sie niemanden, der sie beschützt. Und wenn ihr etwas zustieße, würde das ihren Vater zu einem furchteinflößenden Feind machen.«

»Die Ärmste.« Ich war heiser vor Wut, aber ich wusste, wenn ich ihn meine Gefühle spüren ließ, würde ich ihn verlieren. »Schick sie doch zu mir. Ich werde auf sie aufpassen.«

Mohammed schüttelte den Kopf. »Du würdest zusehen, wie sie nach Al Muraisi zurückläuft.«

»Du solltest herkommen und auf mich aufpassen.« Mein Lächeln sollte verführerisch wirken, aber es fühlte sich so an, als würde etwas meine Lippen spannen. »Vielleicht habe *ich* ja vor zu fliehen.«

»Ich habe keine Zeit für solchen Unsinn, Aisha. Wenn es irgendetwas gibt, was du mit mir besprechen möchtest, musst du warten, bis wir wieder zu Hause sind. Ich muss jetzt gehen und für Dschuwairiya ein Schlaflager herrichten.«

Allah bewahre, dass ihre zarten Prinzessinnenhände ganz rau wurden, wenn sie ein Schaffell ausrollte! Während Mohammed davoneilte, um sich um seine Zukünftige zu kümmern, trug ich mein Schaffell zu einer mit Gras bewachsenen Stelle und rollte es missmutig aus. Der süße Duft von Jasmin kroch an mir hoch wie eine Rankpflanze und raubte mir die Luft. Die nächtliche Brise seufzte schwermütig in den Dattelpalmen. Das Rascheln der Palmwedel hörte sich an wie Fußgetrappel im Wüstensand. Der Mond schien so hell, dass die Sterne verblassten.

Ich zitterte unter meiner Kamelhaardecke, die ich mir bis über den Kopf zog, und wünschte mich in Mohammeds Arme. Aber nein, er war anderweitig beschäftigt – mal wieder. Was für eine Närrin ich gewesen war, zu glauben, ich könnte seine Liebe mit meinem Feuer in etwas Tieferes, Reiferes verwandeln – in etwas, aus dem ein Kind für mich und ein Erbe für ihn entstehen würde.

In seinen Augen war *ich* ein Kind. Wie lange würde es noch dauern, bis meine Mitfrauen das bemerkten? Dann würde ich gezwungen sein, sie bis ans Ende meines Lebens lächelnd zu bedienen. Ich würde ihre Kinder versorgen müssen anstatt meine eigenen. Mein Magen verkrampfte sich, bis ich mich vor Schmerzen krümmte. Dann dachte ich an Safwan, und die Schmerzen ließen nach. Er hatte mir angeboten, mich von alldem zu befreien, mich mit an einen Ort zu nehmen, wo wir nach unseren eigenen Regeln leben konnten. Ich seufzte und hütete den Gedanken wie eine kleine Flamme. Safwan würde bald kommen, und ich würde ihn erwarten. Alles andere lag in Allahs Händen.

Mich am nächsten Morgen noch vor der Dämmerung von der Karawane zu entfernen war überraschend einfach. Ich reichte dem Mann, der mein Kamel belud, mein aufgerolltes Schaffell, kletterte in den *Haudadsch* und wartete mit klopfendem Herzen auf einen Moment, in dem keiner hinsah. Während die Männer mit Packen beschäftigt waren und einander mit prahlerischen Versen über die Schlacht gegen die Mustalik unterhielten, schlich ich über den nachtkalten Sand und versteckte mich hinter einer Düne. So leicht wie ich war, würden die Männer den Unterschied gar nicht merken, wenn sie meinen *Haudadsch* auf den Rücken des Kamels hievten. Und da es niemandem außer Mohammed gestattet war, hinter den Vorhang zu sehen, bestand keine Gefahr, dass mein Fehlen bemerkt wurde.

Von meinem Versteck aus hörte ich den Ruf zum Aufbruch und dann das Blöken der Kamele und das Klappern von Kochtöpfen, als die Karawane sich in Bewegung setzte. Am Nachmittag würden sie Medina erreichen, meinen *Haudadsch* auf den Boden stellen und darauf warten, dass ich ausstieg. Mein Puls ging schneller, als ich mir den Schock in den Gesichtern der Männer vorstellte, wenn sie feststellten, dass ich nicht mehr da war. Was würde Mohammed dann sagen? Würde er sich an mein Stirnrunzeln erinnern und daran, dass ich angedroht hatte zu fliehen? Würde sein Herz nach mir rufen? Oder würde er vor Zorn rot anlaufen, auf sein Pferd springen und in die Wüste galoppieren, um mich zu suchen? Verzweifelt sah ich mich nach einem Versteck um. Aber würde es mir gelingen, mich vor dem Propheten Gottes zu verstecken?

Meine Schwesterfrauen würden aus ihren Hütten gelaufen kommen, wenn sie hörten, dass ich verschwunden war. Sauda würde gestikulieren und an den Vorhängen rütteln, als könnte ich in dessen Falten verborgen sein. Hafsa würde weinen und fürchten, dass sie mich nie wiedersehen würde. Umm Salama und Zainab würden sich ein paar Tränen abringen. Ohne mich im Harem würden sie nur noch miteinander um Mohammeds Herz wetteifern müssen – es sei denn, die Prinzessin Dschuwairiya entpuppte sich als Rivalin.

Und was für einen Aufruhr mein Verschwinden erst bei den Männern verursachen würde! Omar würde vor Wut platzen, vor allem, wenn er feststellte, dass Safwan ebenfalls fehlte. *Frauen machen nur Ärger*, würde er sagen. *Deswegen sperre ich meine zu Hause ein.*

Ali würde über mein Verschwinden frohlocken. Er würde meinen Vater verspotten: *Wie traurig, dass deine Tochter solche Schande über dich gebracht hat, Abu Bakr*. Dann würde er versuchen, ihn aus dem Kreis von Mohammeds Gefährten zu verstoßen. Und *Abi*, der mich über alles liebte, würde so von Trauer gebeugt sein, dass er keinen Widerstand mehr leisten würde. Mein Verschwinden würde seine Freundschaft mit Mohammed zerstören, denn wie würde er ihm dann noch in die Augen sehen können?

Die Ehre der ganzen Familie hing von den Frauen ab. Mein Vater, meine Mutter, meine Schwester und mein Bruder, selbst Asmas Ehemann Subair und ihr Sohn Abdallah – sie alle würden meinetwegen leiden. Sie würden es hinnehmen müssen, dass man mit dem Finger auf sie zeigte, über sie tuschelte und lachte, sie würden sich gemeine Verse über Safwan und mich anhören müssen. Sie würden die Familie der Ehebrecherin sein, die den Propheten Allahs verraten hatte. Meine Mutter würde sich in Dunkelblau kleiden, sich das Gesicht mit den Fingernägeln zerkratzen und versuchen zu vergessen, dass ich je gelebt hatte. In den Augen der *Umma* würde ich tot sein. Nein, noch schlimmer als tot. Es würde verboten sein, meinen Namen auszusprechen. Nie wieder würde eine Frau ihrer Tochter den Namen »Aisha« geben.

»Was habe ich nur getan?« Ich sprang auf und lief zu der Stelle, wo die Karawane eben noch gestanden hatte, aber sie war fort, unterwegs auf diesem weiten Meer aus Sand zu einer weiteren Hochzeit – und einer Hochzeitsnacht für Mohammed.

»Halt!« Ich sprang auf und ab und wedelte mit den Armen und rief Mohammeds Namen. Ich schrie, bis ich heiser war, und strengte meine tränenden Augen an, um die lange Reihe aus Kamelen, Pferden und Männern zu sehen, die am Horizont immer kleiner wurde. Je kleiner sie wurde, umso größer kam ich mir vor, bis ich mich, überwältigt von meiner Tat, auf den Boden sinken ließ. Niemand – außer Allah – wusste, was ich getan hatte.

Vergib mir, betete ich. *Hilf mir*. Aber nicht einmal Gott konnte meine Tat ungeschehen machen. Und ich wusste nicht einmal, ob ich das wirklich wollte.

In Wahrheit war mein Leben in Medina unerträglich geworden. In der *Umma* mochte getuschelt werden, meine Eltern mochten trauern, meine Schwesterfrauen mochten sich wundern oder mich verhöhnen, aber niemand konnte über mich urteilen. Niemand hatte sechs Jahre unter Verschluss verbracht, sich die Finger an den Wänden wundgekratzt und sich geschworen, sich nie wieder einsperren zu lassen. Keine andere Frau lebte in der permanenten Angst, die wenigen Freiheiten zu verlieren, die ihr geblieben waren. Ich kam mir wieder vor wie das Mädchen auf der Wippe, das sich mit einem Holzschwert gegen seine Angreifer verteidigte – aber das Spiel dauerte schon viel zu lange, und ich war erschöpft. Wenn Safwan kam, würde ich endlich Ruhe haben.

Der große, schöne Safwan mit dem markanten Gesicht und dem Haar so dick und glänzend wie die Mähne eines Pferds. Bald würde er in einer Sandwolke über die Wüste galoppiert kommen und mich in ein anderes Leben entführen. Wo würden wir hingehen? Nach Ta'if, der Stadt mit den schönen Rosengärten und den berühmten Weinbergen? Oder vielleicht nach Damaskus, der prächtigen Stadt, von der ich so viel gehört hatte? An einem so großen Ort, wo es von Menschen nur so wimmelte, konnte man in der Menge untertauchen und ein neues Leben anfangen, und niemand würde Fragen stellen.

Die Morgendämmerung brachte ein überwältigendes Licht, und die aufgehende Sonne färbte die Luft mit Wärme. Gras und Laub kitzelten mein Gesicht wie Mohammeds Bart. Ich hatte es getan, und endlich konnte ich aufatmen. In meinem Tagtraum kam Mohammed auf seinem weißen Kamel Al Kaswa angeritten und lachte vor Erleichterung darüber, mich gefunden zu haben. *Ich habe mich entschlossen, alle meine anderen Frauen zu verstoßen und nur noch mit dir zusammenzuleben, Aisha*, sagte er.

Sein zärtlicher Kuss verursachte mir eine Gänsehaut. Ich öffnete die Augen, um ihn anzusehen – und erblickte stattdessen Safwan, der neben mir lag.

»Meine Aisha«, sagte er. »Endlich gehörst du mir.«

Seine Lippen waren so süß, und sein Atem war so warm. Ich schloss die Augen wieder und erwiderte seinen Kuss, keusch wie ein Kind. Ich spürte ein Kribbeln unter der Haut und suchte seine Zunge mit meiner. Unsere Körper berührten sich leicht – meine Brüste an seiner Brust, sein Schenkel an meiner geheimsten Stelle, meine Zehen an seinen Unterschenkeln. Ein Duft wie Moschus ging von seinem Körper aus. Mein Stöhnen, das so lustvoll klang wie das Schnurren einer Katze, die sich im Sonnenlicht streckt, überraschte mich.

»Mein Safwan«, sagte ich – aber die Worte klangen merkwürdig, als hätte sie jemand anders ausgesprochen.

Doch sie mussten etwas in ihm geweckt haben. Seine Augen weiteten sich, er stieß einen knurrenden Laut aus und machte sich mit feuchten Küssen über meinen Hals her. Wohlige Schauder schüttelten meinen Körper und unterdrückten den Schrei, der sich meiner Kehle entringen wollte. Bei Allah, das ging mir alles zu schnell! Ich dachte an Mohammed, an seinen zärtlichen Kuss am ersten Tag, daran, wie er von mir abgelassen hatte, als er meine Angst gespürt hatte. Safwan packte meine Brüste und drückte sie fest. Ich versuchte, mich von ihm loszureißen, doch er öffnete mein Hemd und entblößte mich. Als ich die Begierde in seinem Gesicht sah, schrie ich auf. Ich schob seine Hände weg, setzte mich auf und bedeckte mich.

Er runzelte die Stirn. »Was machst du?«

»Was machst *du*?«, fragte ich atemlos. Ich versuchte Zeit zu gewinnen, während ich gegen die Wut ankämpfte, die ich eigentlich nicht empfinden dürfte. Natürlich erwartete Safwan, dass ich mich ihm hingab. Auch ich hatte Begierde empfunden – aber eher wie ein helles Leuchten, das ich nur aus dem Augenwinkel wahrnahm.

In seinem Gesichtsausdruck spiegelte sich seine Verwirrung. »Ich tue, was wir vorhatten. Weswegen wir hier sind.«

Mein Mund wurde ganz trocken. Ich war nicht in diese Oase gekommen, um mich mit Safwan zu vereinen. Ich war gekommen, um zu fliehen. Aber als ich die Leidenschaft in Safwans Blick sah, wurde mir bewusst, dass ich seine Wünsche würde erfüllen müssen, damit er mir meine erfüllte.

Plötzlich verlegen, senkte ich die Lider. »K-könntest du ein bisschen langsamer machen?«

»Wir haben nicht viel Zeit«, sagte er, während er sich mir wieder näherte. »Jemand könnte zurückkommen, um dich zu suchen.«

Entschlossen band ich mein Hemd zu. »Das wäre eine Katastrophe. Dann warten wir lieber.«

»Ich habe lange genug auf dich gewartet, Aisha.« Als er mich diesmal küsste, waren seine Lippen hart. Seine spitze Zunge schoss in meinen Mund wie die einer Echse. Er drückte mich zu Boden und legte sich auf mich.

»Seit Jahren träume ich von diesem Augenblick«, sagte er. »Seit dem Tag an Hamals Fenster. Erinnerst du dich?« Ich schaute ihn an, um zu sehen, ob er scherzte, aber sein Blick war so intensiv, dass ich mich abwenden musste.

»Safwan, da war ich noch ein kleines Mädchen«, stammelte ich.

»Aber du wolltest es auch«, entgegnete er. »Du wolltest mich heiraten, weißt du noch? Du solltest meine Frau werden.« Er schob seine Hand zwischen meine Beine, sodass ich vor Schreck erstarrte. Ich versuchte, mich zu befreien, doch er drückte mich so fest auf den Boden, dass er mir wehtat.

»Der Prophet hat deine Blume gepflückt, aber ich werde jetzt ihren Duft genießen«, sagte er und schob mir erneut die Zunge in den Mund.

Vergeblich versuchte ich, ihn wegzuschieben. Er war einfach zu schwer. Grunzend und stöhnend presste er seine Lippen auf meinen Mund, zerrte an meinen Kleidern, schob sie mir hoch bis über die Hüften. Ich strampelte und wand mich, um mich aus seiner Umklammerung zu befreien, wünschte, ich hätte mein Schwert dabei. Seine Finger brannten auf meiner nackten Haut. Ich wedelte mit den Armen, bekam seine langen Haare zu fassen und riss mit aller Kraft daran. Als er vor Schmerz aufschrie, bekam ich endlich Luft und konnte etwas sagen.

»Meine Blume wurde noch nicht gepflückt«, japste ich.

Er erstarrte, stützte sich mit den Armen ab und schaute mich an. »Was hast du gesagt?«

»Meine Ehe wurde noch nicht vollzogen.«

Safwan setzte sich fluchend auf, während ich mich zitternd in Sicherheit brachte. Er lachte – ein ungewohnter Anblick, wie mir plötzlich auffiel – und schüttelte den Kopf.

»Du bist schon immer eine schlechte Lügnerin gewesen«, sagte er. »Bei Allah, sag mir die Wahrheit!«

Also erzählte ich ihm von dem Tag, als ich in meine neue Hütte gezogen war, und von meiner kindlichen Angst, die Mohammeds Feuer gelöscht hatte. Ich erzählte ihm nicht von den vielen Malen, die ich versucht hatte, Mohammed zu verführen, worauf er mir jedes Mal den Kopf getätschelt und mich »kleiner Rotschopf« genannt hatte, und auch nicht davon, wie oft ich gegen die Tränen angekämpft hatte, während er mit dem Rücken zu mir eingeschlafen war. »In seinen Augen bin ich immer noch ein Kind.«

»Bei Allah, ich wünschte, das hättest du mir eher erzählt!«, rief er erbittert aus. Ich starrte ihn an. Wann hätte ich denn je Gelegenheit gehabt, Safwan etwas zu erzählen? Wenn wir uns gesehen hatten, hatte er jeden Augenblick dazu genutzt, mir seine Liebe zu erklären.

»Ja, wenn du es gewusst hättest, wärst du bestimmt zärtlicher mit mir umgegangen«, fauchte ich. Offensichtlich hatte er sich noch nie Gedanken über meine Gefühle gemacht.

Er stand auf und klopfte sich den Sand von seiner Dschellaba.

»Der Prophet wird mich töten«, sagte er. »Wenn Allah ihm nicht zuvorkommt.«

»Wenn ich eben mein Schwert gehabt hätte, hätte ich das womöglich getan«, sagte ich.

Mit finsterem Gesicht ging Safwan im Sand auf und ab. »Eine Jungfrau«, murmelte er. »Wenn ich dich jetzt nehme, würde das den Propheten entmannen.«

»Safwan, das interessiert ihn nicht! Deswegen bin ich hier.«

Er blieb stehen und musterte mich. »Ich dachte, du wärst hier, weil du mich liebst.«

Ich spürte, wie mein Magen sich zusammenzog. Liebte ich ihn? Darüber hatte ich noch nie nachgedacht. Vor Jahren hatte ich ihn regelrecht angebetet. Er war mein Retter gewesen, der mich aus dem Käfig lockte, der mein Schicksal zu sein schien. Seinetwegen hatte ich es gewagt, von einem anderen Leben zu träumen, als meine Mutter es führte: von einem Leben voller Abenteuer, in dem Frauen und Männer gemeinsam durch die Wüste ritten und Seite an Seite kämpften. Aber liebte ich ihn?

»Ich wollte dich nicht verletzen.« Er half mir auf die Beine, legte seine Arme um mich und zog mich an sich. »Du bist ein großes Risiko eingegangen, als du hier auf mich gewartet hast. Wenn das nicht beweist, dass du mich liebst, kann nichts es beweisen.« Er küsste mich wieder, doch ich hing schlaff in seinen Armen und dachte über seine Frage nach. Liebte ich ihn?

»Aisha, spürst du, wie verrückt du mich machst?« Er drückte meine Hand an seine Brust, damit ich das Pochen seines Herzens spüren konnte. »Bei Allah, mit mir wirst du nicht die Probleme haben, die du mit Mohammed hast. Ich möchte dich jetzt sofort besitzen, hier unter dieser Palme.«

»Hast du nicht gesagt, wir sollten uns auf den Weg machen? Wenn uns jemand hier erwischt, wird man uns töten.«

»Das stimmt. Und Ubaina ibn Hisn erwartet uns heute Abend. Sie sind ganz in der Nähe.« Er warf sich in die Brust. »Sie wollten die Karawane des Propheten überfallen, aber es ist mir gelungen, es ihnen auszureden.«

»Ubaina ibn Hisn? Aber er gehört zu den Ghatafaniten!«

Safwan grinste. »Wir werden uns ihnen heute Nacht anschließen. Ubaina sagt, es würde ihn hoch erfreuen, uns auf seiner Seite zu haben.«

Ich trat einen Schritt zurück. »Aber sie sind Verbündete der Koreischiten!«

»Und das verleiht ihnen umso größere Macht. Es wird dem Propheten niemals gelingen, dich zurückzuholen – nicht ohne Krieg.«

Ich wich noch weiter vor ihm zurück. »Du würdest gegen die *Umma* kämpfen?« Ich hatte Allah geschworen, die *Umma* immer zu beschützen.

»Für dich würde ich gegen jeden kämpfen.« Er trat auf mich zu, doch ich schreckte zurück. Er runzelte die Stirn. »Sie sind Beduinen, Aisha. Wir werden das Leben führen, von dem wir immer geträumt haben.«

»In Zelten schlafen, ständig unterwegs, niemals baden. Unsere Haut wird braun und runzlig werden von der Sonne. Wir werden Kamelmilch trinken. Was ist das für ein Leben?«

»Früher hast du es dir gewünscht. Du hast doch von nichts anderem geredet!«

»Ja, als wir Kinder waren. Aber inzwischen bin ich erwachsen geworden.«

»Und deine Zunge ist auch schärfer geworden.« Er funkelte mich zornig an. »Seit wann gibt eine Frau ihrem Mann Widerworte? Wir tun, was ich sage.«

Er drehte sich um und ging zu seinem Pferd. Ich blieb stehen. Er schwang sich aufs Pferd und ritt auf mich zu. Sein Gesichtsausdruck war unerbittlich.

»Ich werde nicht auf der Seite der Ghatafaniten kämpfen«, sagte ich.

»Keine Sorge. Die erlauben ihren Frauen nicht, zu kämpfen.«

»Und du wirst auch nicht auf ihrer Seite kämpfen.«

Seine Augen verengten sich zu Schlitzen. »Ich lasse mir von keinem albernen Mädchen vorschreiben, was ich zu tun und zu lassen habe.«

Wut schoss durch meine Adern wie heißer Dampf aus einem kochenden Kessel. »Albernes Mädchen? Wag es nie wieder, mich so zu bezeichnen. Ich bin eine Kriegerin, Safwan. Eine Kriegerin!«

Er sprang vom Pferd und baute sich mit vor der Brust verschränkten Armen vor mir auf. »*Ya* Aisha, hast du vergessen, wer von uns beiden der Mann ist?«

»Siehst du hier irgendwo einen Mann? Ich sehe nur einen Verräter.« Immer noch schäumend vor Wut, lehnte ich mich zurück, holte aus und spuckte ihm ins Gesicht.

Safwan wollte mir eine Ohrfeige verpassen, aber ich sah seine Hand kommen, duckte mich und schaute triumphierend zu, wie er vorwärtsstolperte.

»Gegen den Propheten zu kämpfen wäre Verrat an Allah«, schrie ich ihn an. »Ich habe nicht vor, in der Hölle zu braten. Aber wenn du das unbedingt willst, dann kannst du ja …«

Diesmal war er schneller. Ehe ich meinen Satz beenden konnte, hatte er mich an den Schultern gepackt. Sein Griff war eisern. Seine Augen funkelten vor Zorn. Er spuckte beim Sprechen und bedeckte meine Augen mit winzigen Speicheltröpfchen. Sein Atem roch nach Zitronen.

»Ich entführe die jungfräuliche Braut des heiligen Propheten Gottes!«, schrie er. »Dafür werden wir beide in der Hölle braten!«

16

DIE KÖNIGIN DES HAREMS

Medina, Februar 627

Safwans Worte trafen mich wie Faustschläge, sodass mir die Luft wegblieb, sie füllten meine Augen mit Tränen und meinen Mund mit Galle. Ich krümmte mich vor Schmerzen und spie Angst und Reue. Safwan reichte mir einen Wasserschlauch, um mir den Mund auszuspülen, dann half er mir auf sein Pferd – aber noch ehe ich richtig aufsitzen konnte, begann ich erneut zu würgen.

Übelkeit warf mich zu Boden, und die Sonne erschlug mich mit ihrer gnadenlosen Hitze. Safwan trug mich zu einer grasbewachsenen Stelle und schlug sein Zelt im Schatten einer Palme auf. Ich kroch hinein, legte mich auf sein Schaffell und rollte mich zusammen wie ein Kind im Mutterleib. Vor Schmerzen stöhnend wagte ich nicht, den Gedanken auszusprechen, der uns beide plagte: Allah hatte schon angefangen, mich zu bestrafen.

Ich hatte meinen Pakt mit ihm vergessen, meinen Schwur, die *Umma* gegen unsere Feinde zu verteidigen, und nur an meine eigenen Wünsche gedacht.

Vergib mir, betete ich. *Und bitte mach, dass Mohammed mir vergibt.*

Als ich am späten Abend auf Safwans Pferd nach Medina zurückkehrte, hagelten die Anschuldigungen der *Umma* auf mich nieder. Um mich vor dem Skandal zu schützen, schickte Mohammed mich ins Haus meiner Eltern, wo ich voller Entsetzen über die Sünde nachdachte, die ich beinahe begangen hätte. Auf Ehebruch stand die Todesstrafe – aber kein schneller, gnädiger Tod durch Enthaupten, sondern Stein für Stein, langsam und unter schrecklichen Schmerzen. In Anbetracht der Gerüchte, die bereits in der *Umma* kursierten, war ich mir nicht sicher, ob ich diesem qualvollen Tod entrinnen würde. Aber zumindest würde ich in dem Wissen sterben, dass ich Mohammed treu geblieben war. Und wenn wir uns im Paradies wiedersahen, würde auch er die Wahrheit wissen.

Im Haus meiner Eltern betete ich jeden Tag um Allahs Gnade, flehte ihn an, mir mein Leben zu schenken und mich wieder zu Mohammed zurückkehren zu lassen. Jeden Morgen blühte neue Hoffnung auf – würde Mohammed mich besuchen? –, und dann fielen die Blütenblätter wieder ab wie Tränen. Die Wochen zogen sich dahin wie ein Leichenzug. Mein Vater sprach kaum mit mir und wandte sich ab, wenn er mich sah. Meine Mutter dagegen machte sich Sorgen um mein Schicksal und sprach offen darüber mit Asma oder den wenigen Freundinnen, die es wagten, dabei gesehen zu werden, dass sie ein Haus betraten, in dem eine angebliche Ehebrecherin wohnte.

»Was Aisha getan hat, war dumm«, sagte *Ummi*. »Aber hat sie deswegen den Tod verdient?«

Was für eine Loyalität! Kein Wunder, dass ich die meiste Zeit im Bett verbrachte. Wie früher schon lebten meine Eltern in einem düsteren Haus, in das keine Hitze eindrang, weil kein Sonnenlicht hereingelassen wurde, sodass eine Atmosphäre entstand, die etwa so anheimelnd war wie in einem Grab. Mir fehlten das große, helle Kochzelt im Hof der Moschee und all das Geschnatter und die Neckereien unter uns Frauen, während die Kinder kreischend zwischen uns umherliefen. Meine Mutter und Qutaila dagegen wechselten den ganzen Tag über fast kein Wort miteinander.

Ich sehnte mich nach Hafsa und Sauda. Aber auf Alis Drängen hin hatte Mohammed ihnen verboten, mich zu besuchen.

»Sie müssen sich von dir fernhalten, bis dein Ruf wiederhergestellt ist«, hatte mein Vater mir erklärt.

»Ich habe nichts Böses getan«, entgegnete ich, doch mein Vater hatte sich nur wortlos abgewandt.

»Welche Hoffnung bleibt mir noch, wenn mein eigener Vater mir nicht glaubt, dass ich unschuldig bin?«, jammerte ich meiner Mutter gegenüber, als ich ihr in der Küche beim Teigkneten half.

»Wir können es einfach nicht fassen, dass unsere Tochter so etwas unglaublich Törichtes getan hat«, fauchte sie. »Diese Geschichte mit der verlorenen Halskette war ja raffiniert, aber mich führst du damit nicht hinters Licht. Was hast du dir bloß dabei gedacht, mit diesem Jungen durchzubrennen?«

Ich fühlte mich ertappt, und meine Wangen begannen zu glühen. »Ich wollte mein Schicksal in die Hand nehmen«, sagte ich.

»Wie bitte? Bist du verrückt geworden?« Ihre Augen funkelten.

»›Nimm dein Schicksal in die Hand, sonst beherrscht es dich.‹ Hast du etwa vergessen, dass du mir das immer eingebläut hast, *Ummi*?«

Ihr Lachen war so spitz wie Akaziendornen. »Bei Allah, wie alt bist du? Vierzehn oder vier? Nur ein Kind – oder eine dumme junge Frau – kann sich solchen Fantasien hingeben. Frauen haben in dieser Welt nichts in der Hand, Aisha.«

»Aber du hast gesagt …«

»Ich war eine Närrin!« Sie knallte den Teig auf den Tisch, das Gesicht puterrot. »Ich dachte, für dich könnte das Leben anders werden. Der Prophet ist ein wohlwollender, gütiger Mann, und ich glaubte, er würde dich dein Leben leben lassen – so frei wie der Wind.«

»Das würde er auch.« Dann spuckte ich meine verbitterten Worte aus. »Aber er ist nicht der Einzige, der in der Moschee das Sagen hat. Omar misstraut allen Frauen, Ali und Fatima hassen mich, und zwei meiner Schwesterfrauen wollen mir die Position der Hauptfrau streitig machen.«

»Das darfst du nicht zulassen.« Meine Mutter packte mich mit ihrer bemehlten Hand am Arm. »Diese Zainab bint Dschahsch würde eine echte Tyrannin sein. Eher möchte ich sterben, als mit ansehen zu müssen, dass du so ein Leben führst wie ich, Aisha.« Dann fiel ihr Blick auf meinen Bauch, und ihre Züge wurden hart. »Schenk deinem Mann einen Sohn, dann werden sich alle deine Probleme von allein lösen.«

Ihr vorwurfsvoller Ton brachte mich auf. »Glaubst du vielleicht, ich würde es nicht versuchen?« Ich riss meinen Arm aus ihrem Griff.

»Offenbar versuchst du es nicht intensiv genug. Du lebst jetzt schon seit über zwei Jahren bei ihm, und was hast du vorzuweisen?«

Ich zuckte zusammen, denn ich fühlte mich so gedemütigt, als hätte sie mich geohrfeigt. »Nichts – das gebe ich zu, bist du jetzt zufrieden?«, schrie ich mit zitternder Stimme. »Bei Allah, es gibt Dinge, die kann ich nicht allein schaffen!«

Sie trat näher und schaute mich an, als wäre ich eine Fremde. »Was soll das heißen?«

Ich wandte mich ab, peinlich berührt von ihrem durchdringenden Blick, wütend auf mich selbst, weil mir mein Geheimnis herausgerutscht war. Ich hatte mich meiner Mutter, die genug eigene Probleme hatte, nie anvertraut. Und jetzt, wo mir überhaupt nicht danach zumute war, wollte sie unbedingt alles erfahren.

»Ich lege mich ein bisschen hin.« Ich wandte mich zum Gehen, doch sie hielt mich am Arm fest.

»*Ya* Aisha! Ich muss es wissen. Ist der Prophet nicht in der Lage zu ... zu ...« Sie errötete, während sie nach dem richtigen Wort suchte.

Ich lachte laut auf. »Ich wünschte, das wäre das Problem.« Sosehr ich mich vor dem fürchtete, was sie dazu sagen würde, mir blieb nichts anderes übrig, als ihr reinen Wein einzuschenken. Sonst würde sich in der ganzen *Umma* das Gerücht verbreiten, Mohammed sei impotent. Er würde zum Gespött werden, auf schlimmere Weise entmannt, als er es sein könnte, wenn ihm alle seine Frauen wegliefen.

»Mohammed begehrt mich nicht, jedenfalls nicht auf diese Weise«, sagte ich zaghaft. »Von Anfang an nicht.«

»Soll das heißen, ihr habt die Ehe nie vollzogen?«

Ich nickte verlegen, fürchtete mich vor ihrem Wutausbruch. Sie würde mir die Schuld daran geben. Und warum auch nicht? Wenn ich an jenem ersten Tag nicht vor Angst gezittert hätte, hätte Mohammed mit mir geschlafen, und ich würde jetzt sein Kind in den Armen halten als stolze Hauptfrau in seinem Harem und als geehrte Mutter seines Erben.

Nach langem Schweigen legte *Ummi* ihre Hand auf meine Schulter. Ihre Zärtlichkeit überraschte mich so sehr, dass ich meine Verlegenheit vergaß. Aber als ich sie anschaute, sah ich, dass sie weinte. Es war kein kehliges Schluchzen, wie ich es die ganze Zeit unterdrückte, aus Angst, ich könnte den Eindruck erwecken, dass ich mich schuldig fühlte, nein, nur zwei einsame Tränen liefen ihr über die Wangen.

»Mein armes Kind«, sagte sie mit belegter Stimme. »Kein Wunder, dass du ihm davongelaufen bist.«

Sie breitete die Arme aus und umfing mich mit ihrem Geruch nach Gerstenmehl, Leinen und Lavendel. Im Schutz ihrer Umarmung konnte ich endlich die Tränen fließen lassen, die ich die ganze Zeit zurückgehalten hatte. Wie Sturzbäche strömten sie mir aus den Augen, Schluchzer ließen meine Brust beben, als mich Welle um Welle der Verzweiflung überkam, der Reue über falsche Entscheidungen, der Trauer um zerbrochene Träume und der Angst vor einer Zukunft, die womöglich einen qualvollen Tod für mich bedeutete.

Lange hielt sie mich, tätschelte mir den Rücken und streichelte mir übers Haar mit ihrer rauen Hand, die es gewohnt war, zu arbeiten, nicht zu trösten. Als ich schließlich keine Tränen mehr hatte und nur noch stoßweise schluchzte, ließ sie mich los.

Zärtlich lächelnd wischte sie mir das Gesicht ab, dann führte sie mich in den Garten. Es war niemand da außer einer Nachtigall, die hoch oben auf einem Granatapfelbaum saß und die Nacht mit ihrem Gesang erfüllte.

Wir setzten uns ins Gras, und *Ummi* nahm meine Hand, als handelte es sich um ein kostbares Geschenk. Als sie mich anschaute, sah ich so viel Liebe in ihren Augen, dass mein Herz beinahe zersprungen wäre.

»Mach dir nicht zu viele Sorgen um den Propheten«, sagte sie, während sie mir den Handrücken mit den Fingerspitzen streichelte. »Ich habe die Zuneigung in seinem Gesicht gesehen, wenn er dich anschaut. Es wird nicht mehr lange dauern, bis er dich auch begehrt.«

»Ich wünschte, ich wäre so zuversichtlich wie du«, sagte ich. »Aber seine neuen Frauen sind so schön, ich weiß nicht, wie ich da mithalten soll.«

»Aisha!«, rief meine Mutter verblüfft aus. »Hast du keinen Metallspiegel, Kind? Weißt du nicht, wie du aufgeblüht bist? Bei Allah, du wirst von Tag zu Tag schöner. Welche von diesen Frauen hat Haar wie Feuer oder Augen, die bei jeder Stimmung eine andere Farbe annehmen? Du wirst sie alle überflügeln, Aisha, und dann wird der Prophet dich mehr begehren als alle anderen.«

»Falls ich ihn je wiedersehe«, sagte ich und kämpfte schon wieder mit den Tränen, während ich das Gras neben mir ausrupfte.

»Er wird kommen. Und wenn er das tut«, sie tätschelte meine Hand, »dann musst du ihn von deiner Unschuld überzeugen.« Sie schaute mich an. »Bist du unschuldig?«

Ich richtete mich empört auf. »Wie kannst du mich das fragen!«

Sie machte eine wegwerfende Geste. »Was geschehen ist, ist geschehen und geht mich nichts an. Ob du unschuldig bist oder nicht, du musst den Propheten davon überzeugen, dass du so rein bist wie das Wasser aus dem Zamzam-Brunnen in Mekka. Nur dann wird er dich zurücknehmen. Du schaffst es, Aisha! Du musst! Die Zukunft der *Umma* hängt davon ab. Schon jetzt streiten sich die Leute deinetwegen auf der Straße, und es wird für uns alle noch schlimmer werden, falls Mohammed dich verstößt.«

Die unausgesprochene Alternative – die Steinigung – hing über uns wie ein Schwert, das wir beide nicht zu berühren wagten.

»Ich würde gern tun, was du mir rätst, *Ummi*. Aber ich bin mir nicht sicher, ob ich Mohammed überhaupt von irgendetwas überzeugen kann. Warum sollte er mir glauben?«

»Du bist die Einzige, der er glauben wird, mein Kind. Und dann, wenn er dich zurücknimmt – dann musst du alles in deiner Macht

Stehende tun, um schwanger zu werden, Aisha.« Sie drückte meine Hand so fest, dass es wehtat.

»Das Band zwischen Mutter und Kind ist das stärkste von allen«, fuhr sie fort. »Und wenn du dein Kind liebst, wirst du die Liebe erfahren, nach der du dich sehnst. Im Gegensatz zu der Liebe eines Mannes, die sich mit der Zeit ändert, lässt die Liebe eines Kindes nie nach. Selbst du und ich«, sie lockerte ihren Griff um meine Hand, die immer noch zitterte, »sind durch unsere Liebe für immer miteinander verbunden. Nichts und niemand kann daran jemals etwas ändern.«

Und so brachte meine Mutter mich dazu, dass ich wieder von der Zukunft träumte. Ich begann mir vorzustellen, ich sei die Königin von Mohammeds Harem, die Mutter seines lockenköpfigen Sohnes, eines kleinen Kindes, das nach Milch duftete und runde Bäckchen hätte, die ich am liebsten von morgens bis abends küssen würde. Bei Allah, ich war nicht die Jungfrau Maria! Um ein Kind zu bekommen, würde ich die Ehe mit Mohammed vollziehen müssen.

Aber wie sollte ich ihn verführen, solange ich im Haus meiner Eltern eingesperrt war und solange es mir verboten war, ihn zu besuchen? Barira war die Lösung. Als Dienerin konnte sie gehen, wohin sie wollte. Sie brachte mir jeden Tag die neuesten Nachrichten: Ali hatte in Zainabs Schwester Hamnah, die sich Geschichten über Safwan und mich ausdachte, eine willige Zeugin gefunden. Zainab hielt sich klugerweise zurück und sagte, soweit sie wisse, sei ich keusch. Inzwischen hatten die Aus und die Chadradsch sich bis aufs Blut über die Frage zerstritten, ob Safwan und ich sterben sollten, und wenn ja, wer den ersten Stein werfen würde. Auf dem Markt war Safwan einmal über eins von Hassan ibn Thabits Spottgedichten so in Wut geraten, dass er mit dem Schwert auf ihn losgegangen war.

Nachts bildeten meine Tränen kleine Pfützen unter mir. Ich schaute zum Mond empor und fragte mich jedes Mal, ob Mohammed ihn wohl auch gerade betrachtete. Dachte er an mich? Oder fand er Trost in Zainabs Armen? Eifersucht quälte mich, doch ich schüttelte sie wieder ab. Mein Selbstmitleid hatte mir nur Ärger eingebracht. Es war an der Zeit, den Tatsachen ins Auge zu blicken: Bis an mein Lebensende würden Männer mir sagen, was ich zu tun und zu lassen hatte. Ihre Regeln mochten mir nicht gefallen, aber ich konnte ihnen nicht ausweichen. Safwan konnte mich nicht vor der Knechtschaft bewahren, und eigentlich war das auch gar nicht seine Absicht gewesen, wie ich festgestellt hatte. Nicht einmal der Prophet Gottes konnte mich von diesem Joch befreien, jedenfalls nicht, ohne die Unterstützung von Männern wie Omar zu verlieren, der sich an die alten Sitten klammerte.

Wegzulaufen hatte sich als sinnlos erwiesen. Egal, wo ich hinging, das Leben würde überall gleich aussehen. Wenn ich an meinen Ketten zerrte, führte das nur dazu, dass sie sich fester zogen. Aber überall um mich herum fanden Frauen Möglichkeiten, sich diesen Fesseln zu entledigen, sich heimlich über die Regeln hinwegzusetzen und danach in ihre so genannte Gefangenschaft zurückzukehren, ehe jemand etwas bemerkt hatte. Ich war schlauer als Omar und Ali zusammen, eine bessere Kriegerin als die meisten Männer, nicht hässlicher als andere Frauen, und ich war die Tochter von Abu Bakr. Ich hatte die Macht, mein Leben nach meinem Geschmack zu gestalten – nicht durch Flucht oder mithilfe meines Schwerts, sondern indem ich meinen Verstand einsetzte.

Ich würde eine Möglichkeit finden müssen, innerhalb der engen Grenzen meines Frauseins mein Leben zu gestalten, eine Kriegerin zu sein wie Umm 'Umara, aber in einem Kampf, der ganz allein meiner war. Wenn ich Freiheit wollte, würde ich sie mir erkämpfen müssen. Mein erster Schritt würde darin bestehen, die Vorwürfe, die man gegen mich erhob, zu entkräften. Aber wie sollte ich das bloß anstellen?

Ich fiel auf die Knie und betete sehr lange, flehte Allah an, mir mein unüberlegtes Handeln zu vergeben, und bat ihn, mir zu zeigen, wie ich das Vertrauen meines Mannes zurückgewinnen konnte. Schließlich schlief ich erschöpft auf dem Fußboden ein, und Gott schickte mir seine Antwort in Gestalt eines lebhaften Traums.

Als ich erwachte, pflückte ich in unserem Garten ein Sträußchen Lavendel und bat Barira, es Mohammed zu bringen.

»Sag ihm, ich reibe mir jeden Tag die Haut mit diesem Duft ein, in Erwartung seines Besuchs«, trug ich ihr auf. Dann malte ich mir mit Henna rote und violette Blätter und Blüten auf Hände und Füße.

Als Barira am Abend zurückkehrte, berichtete sie: »Er hat nichts gesagt, aber er hat die Blumen an seine Nase gehalten und daran gerochen.«

Am nächsten Tag schickte ich ihm einen Becher Wasser. »Sag ihm, ich fülle diesen Becher jeden Tag mit Tränen, weil er mir so sehr fehlt.« Dann trug ich den Dienerinnen meiner Mutter auf, meine Kleider zu waschen und mit Lavendel zu parfümieren.

Auch an diesem Abend brachte Barira keine Antwort.

»Er hat das Wasser getrunken und gesagt, es schmeckt nicht salzig. Ich habe ihm gesagt, du weinst so viel, dass dir das Salz ausgegangen ist.«

Am dritten Tag schickte ich ihm ein Gedicht. Stirnrunzelnd betrachtete Barira das Dattelpalmenblatt, auf das ich es mühevoll geschrieben hatte. »Das kann ich nicht lesen«, sagte sie.

»Mohammed auch nicht. Sag ihm, es ist ein geheimes Gedicht, nur für seine Ohren bestimmt. Sag ihm, ich sehne mich danach, es ihm persönlich vorzutragen.«

Eine Stunde später kam Barira mit leuchtenden Augen zurück.

»Er kommt heute!«, rief sie. »Schnell, Aisha, wir müssen dich anziehen.«

Früher wäre ich in heller Aufregung umhergeeilt, darauf bedacht, fertig zu sein, wenn er eintraf. Aber während der Wochen in meinem Zimmer hatte ich viel Zeit zum Nachdenken gehabt. Vor allem über Zainab. Sie benahm sich, als wäre sie die begehrenswerteste Frau der Welt – eine Frau, auf die es sich zu warten lohnte –, und Mohammed schien derselben Meinung zu sein. Dennoch war sie kein bisschen hübscher als Hafsa oder ich. Der Unterschied lag in der Art, wie sie auftrat. Sie hielt sich so aufrecht, als wäre sie ein wertvolles Kunstwerk, das man anschauen konnte, aber nicht anfassen durfte. Und sie hypnotisierte Mohammed. Ständig folgte er ihr mit seinem Blick, und immer versuchten seine Hände, sie zu berühren – während sie ihm kokett auswich und auf »später« vertröstete.

Also ließ ich mir Zeit, um mich für Mohammeds Besuch anzuziehen. Barira bereitete mir ein Bad, und ich schrubbte mir ausgiebig die Haut und wusch mir die Haare. Dann zog ich mir das cremefarbene Kleid an, das meine Mutter mir genäht hatte, und steckte mir mit mehreren Perlmuttkämmen das Haar aus dem Gesicht. Ich legte die Achathalskette an, die ich angeblich an jenem frühen Morgen, als die Karawane ohne mich aufgebrochen war, im Sand verloren hatte – und nahm sie wieder ab. Sie würde Mohammed nur an das Ungemach erinnern, das ich ihm bereitet hatte.

Als ich gerade anfangen wollte, mich zu schminken, kam *Ummi* aufgeregt herein.

»*Ya* Aisha, sag Allah Dank! Der Prophet ist eingetroffen.«

Ich lächelte kühl. »Bitte, sag ihm, ich werde gleich kommen.«

Meine Mutter schnappte nach Luft. »Aber Aisha! Der Prophet erwartet dich. Du musst sofort zu ihm gehen!«

»Ich habe drei Wochen auf seinen Besuch gewartet«, entgegnete ich. »Da wird er auch einen Augenblick auf mich warten können.«

Nach einer ganzen Weile betrat ich das Wohnzimmer, wo lauter Lampen wie kleine Monde die kostbaren Wandteppiche beleuchteten. Meine Arme dufteten nach Parfüm. Mein Haar schimmerte wie lodernde Flammen. Mein Gesicht war geschminkt wie eine kostbare Blume. Mohammeds Augen würden Feuer fangen, kaum dass er mich erblickt hätte. *Du bist die schönste Frau, die er je gesehen hat.* Ich richtete mich auf und hob das Kinn. »*Achlan, Zaudschi.*«

Als er näher kam und ins Licht trat, erschrak ich. Er war hager und gebrechlich geworden – er war nicht mehr der mächtige Prophet Allahs, sondern ein ganz normaler Mann. Seine Schultern hingen herab, als hätte er keine Kraft mehr, sich aufzurichten. Früher hätte ich ihn aufgezogen, hätte gesagt: *Ich bin diejenige, die krank gewesen ist, Habibi*. Doch ich sagte nichts. Ich fiel ihm nicht um den Hals, obwohl ich mich danach sehnte, ihn zu umarmen. Ich war seine Lieblingsfrau. Er musste auf mich zukommen, nicht umgekehrt.

Er räusperte sich. Er schaute meine Eltern an, die an der Wand standen. Meine Mutter drehte die Ringe an ihren Fingern und verzog das Gesicht. Mein Vater wandte sich ab.

»Sag mir, dass du mir treu geblieben bist, *Habibati*«, sagte Mohammed. Seine Stimme klang dünn wie Wasser, das aus einem gesprun-genen Krug sickerte. »Ein Wort von dir ist alles, was ich brauche.«

Ich verbarg meine Zweifel hinter einem verschleierten Blick. Ich musste daran denken, wie er mich angesehen hatte, als ich ihm die Geschichte von der verlorenen Halskette erzählt hatte. Wenn ich jetzt log, würde er es wissen. Aber wenn ich die Wahrheit sagte, würde es schlimmer sein als lügen.

»Ich bin von meiner Krankheit genesen. Bist du gekommen, um mich nach Hause zu holen?« Ich wunderte mich selbst über meine ruhige, klare Stimme.

»Du siehst prächtig aus, Aisha«, antwortete er ausweichend.

»Soll ich dir schmeicheln«, neckte ich ihn, »und dir antworten, dass du auch prächtig aussiehst?«

Ich schenkte ihm ein kokettes Lächeln, doch sein Blick blieb getrübt.

»Du siehst aus, als hättest du die letzten drei Wochen nicht geschlafen«, sagte ich.

»Meine Träume quälen mich so sehr, dass ich keinen Schlaf finde.«

»Ich habe die ganze Zeit auf dich gewartet, mein Gemahl. Ich habe zu Allah gebetet, er möge dich zu mir schicken.«

»Allah hat mich verlassen.«

Als meine Mutter hörbar einatmete, wurde mir wieder bewusst, dass sie im Zimmer war. Mein Vater sah sie kopfschüttelnd an und hielt sich einen Finger an die Lippen.

»Ich habe zu ihm gebetet, aber er wendet mir den Rücken zu«, sagte Mohammed mit erstickter Stimme. »Ich weiß nicht, was er von mir will. Ich weiß nicht mehr, was richtig und falsch ist.«

Schuldgefühle überkamen mich, aber ich klammerte mich an das, was ich wusste. In der Oase im Wadi al-Hamd auf Safwan zu warten war ein schrecklicher Fehler gewesen. Aber ich hatte meinen Mann nicht betrogen. Und dort in der Wüste war mir klar geworden, wie sehr ich Mohammed liebte.

»Glaubst du, dass ich schuldig bin?« Ich ärgerte mich über das

Zittern in meiner Stimme. Mohammed bewunderte Frauen, die stark und selbstbewusst waren, nicht solche, die herumjammerten.

»Ich weiß nicht mehr, was ich glauben soll«, erwiderte er. »Es gibt Zeugen, die behaupten, sie hätten dich mit Safwan zusammen gesehen. Er ist ein gut aussehender junger Mann, und du kennst ihn schon lange.«

»Hat niemand zu meinen Gunsten gesprochen?« Ich wandte mich an meine Eltern. »*Ummi? Abi?* Wollt ihr nicht meine Unschuld bezeugen?«

Das Gesicht meines Vaters war wie versteinert bis auf seine tränennassen Augen. Meine Mutter drehte ihre Ringe und schaute abwechselnd Mohammed und mich an. »Wir wissen, wie unglücklich du die ganze Zeit gewesen bist, Aisha, weil deine Ehe nie vollzogen wurde.«

Ich lachte. »Meine eigenen Eltern halten mich für eine Ehebrecherin. Aber sie kennen mich längst nicht so gut wie du.«

Mohammed runzelte die Stirn. »Sagt deine Mutter die Wahrheit? Bist du die ganze Zeit mit mir unglücklich gewesen?«

»Natürlich bin ich unglücklich!« Ich wurde laut. Plötzlich hatte ich meine Eltern und meine neu gefundene Sicherheit vergessen. »Hast du das etwa nicht gemerkt? Hast du meine Klagen nicht gehört?«

Die Vene an seiner Stirn trat hervor. »Ich war sehr beschäftigt, wie du weißt.«

Wieder musste ich lachen. »Ja, du warst damit beschäftigt, neue Frauen zu suchen, die du heiraten konntest. Du hast recht – das ist harte Arbeit! Währenddessen schläft die, die dich am meisten liebt, allein und von dir vernachlässigt.«

»Ich habe dich nicht mehr vernachlässigt als meine anderen Ehefrauen, Aisha. Ich widme jeder von euch gleich viel Zeit.«

»Ehefrau? Wie kannst du mich deine Ehefrau nennen, wo du nie die Ehe mit mir vollzogen hast?«

»Ich habe aus Rücksicht auf dich noch gewartet.«

»Gewartet? Worauf denn? Darauf, dass ich dich anflehe? Oder dass ich dich mit Gewalt nehme?«

»Dass du erwachsen wirst«, antwortete er düster. »Nach dem Ton zu urteilen, den dieses Gespräch annimmt, wird das wohl noch eine Weile dauern.«

Ich wandte meinen Eltern den Rücken zu, dann löste ich die Bänder an meinem Hemd, öffnete es und entblößte meine Brüste. Mohammeds Augen weiteten sich vor Staunen – und dann sah ich zu meinem Entzücken das Feuer der Begierde in ihnen aufflackern.

»Ich bin kein Kind mehr.« Nachdem ich das klargestellt hatte, band ich mein Hemd wieder zu.

Er schaute mir in die Augen und blickte mich eindringlich an.

»Hat Safwan dich in der Wüste zur Frau gemacht?«

Mir wurde ganz heiß. »Wie gern möchtest du diese Gerüchte glauben!«, sagte ich. »Du hast selbst gesagt, ich sei noch nicht reif für den Vollzug der Ehe, und dennoch verdächtigst du mich, meine Jungfräulichkeit einem anderen Mann geopfert zu haben. Natürlich betrachtet Safwan mich nicht als kleines Mädchen.«

»Hat er dich zur Frau gemacht?«

»Ich war eine Frau, bevor das alles passiert ist. Aber ich warte schon lange darauf, dass du mich zu deiner Ehefrau machst.«

»Bei Allah!«, rief Mohammed. »Hast du mich mit Safwan betrogen oder nicht? Sag mir, dass du es nicht getan hast, und ich werde der ganzen Stadt verkünden, dass du unschuldig bist.«

»Sag es ihm, Aisha«, drängte meine Mutter. »Sag deinem Mann, dass du rein bist.«

»Warum sollte mein Ehemann mir glauben, wenn nicht einmal meine eigenen Eltern mir glauben?«, entgegnete ich. Sie senkte die Lider, und ich wandte mich wieder Mohammed zu. Wie konnte ich aussprechen, was er hören wollte? Ich hatte unter der Palme auf Safwan gewartet. Ich wäre beinahe mit ihm davongelaufen. War das nicht auch schon eine Art Untreue?

Der Traum, den Allah mir in der Nacht zuvor geschickt hatte, war plötzlich wieder da, als wäre ich gerade erst erwacht, und er sagte mir, was ich als Nächstes zu sagen und zu tun hatte.

»Wenn ich dir sage: ›Ja, ich habe getan, was man mir vorwirft‹, wirst du mich verstoßen, und Allah wird mich für meine Lüge bestrafen«, sagte ich. »Wenn ich sage: ›Nein, ich habe es nicht getan‹, wirst du für mich sprechen, aber in deinem Herzen wirst du immer Zweifel haben. Also werde ich nichts sagen. Es gibt nur einen, der mich von aller Schuld freisprechen kann.«

»Aber Safwan ist verschwunden!«, rief meine Mutter.

»Glaubst du etwa, ich brauche Safwan, damit er für mich spricht?« Ich richtete mich auf. Ich war die Königin von Mohammeds Harem und die Königin seines Herzens. »Ich habe den wichtigsten Zeugen auf meiner Seite. Allah wird für mich sprechen.«

»Du weißt, dass ich versucht habe, zu ihm zu beten«, sagte Mohammed.

»Vielleicht solltest du es mal mit Zuhören versuchen«, riet ich ihm. Dann ging ich mit hoch erhobenem Kopf zur Tür.

»*Ya* Aisha, ich befehle dir zurückzukommen«, dröhnte mein Vater. »Dein Gespräch mit deinem Gemahl ist noch nicht beendet.«

Ich drehte mich um und schaute sie alle nacheinander an. »Ich habe gesagt, was ich zu sagen hatte, *Abi*. Jetzt liegt alles in Allahs Händen.« Ich sah Mohammed an. »Sobald er mich von jeder Schuld freigesprochen hat, werde ich in den Harem zurückkehren – als deine wahre Ehefrau.«

Mit diesen Worten verließ ich das Zimmer und hoffte, dass sie nicht sahen, wie meine Beine zitterten. Ich ging in mein Zimmer, warf mich aufs Bett und zog mir mein Kissen über den Kopf. *Alles liegt in deinen Händen, Allah. Ich vertraue darauf, dass du mir hilfst.*

Das war der großartigste Auftritt meines Lebens gewesen – und der gefährlichste. Mohammed würde zurückkommen, aber in welcher Rolle? Als liebender Ehemann mit weit ausgebreiteten Armen, oder – Allah bewahre – als strenger Richter, der mich zum Tod verurteilte?

17

VERHEXT

Später am selben Tag

Die erbarmungslose Sonne stieg immer höher und ließ den neuen Tag erwachen. Der Schrei eines Geiers durchfuhr meine schwindende Hoffnung. Ich lag auf meinem blau-goldenen Diwan und wartete auf Mohammed, kämpfte gegen die Verzweiflung an, lehnte Bariras Tröstungen ab, nahm nicht am Abendessen teil. Wie konnte ich meinen Eltern in die Augen sehen, nachdem ich mich ihnen am Morgen so selbstbewusst widersetzt hatte?

Mohammed hätte längst zurück sein müssen. Was hatte ich falsch gemacht? Vielleicht hätte ich ihm meine Unschuld beteuern sollen, so wie er es von mir verlangt hatte. Ich hätte ihm sagen können, dass Safwan mir nicht meine Jungfräulichkeit geraubt hatte. Aber Mohammed hätte darauf bestanden, die ganze Wahrheit zu erfahren. Er hätte mich womöglich gefragt, wie es *wirklich* dazu gekommen war, dass Safwan mich allein in der Oase vorgefunden hatte. Nein, es war richtig gewesen, nichts zu sagen. Er würde mich holen kommen. Aber wann?

Ein Poltern an der Haustür ließ mein Herz höher schlagen. Mohammed! Vom Fenster aus sah ich acht Männer, unter ihnen Ali und

Hamal, die mit erhobenen Schwertern vor dem Haus standen und von meinem Vater verlangten, dass er mich ihnen auslieferte.

»Die Brunnen trocknen aus, und die Datteln verfaulen an den Bäumen«, knurrte einer. »Allah verweigert uns Regen, um uns für die Sünden deiner Tochter zu bestrafen.«

Ein Stein flog knapp an meinem Kopf vorbei. Erschrocken zog ich mich hinter meinen Vorhang aus blauen Perlen zurück, drückte mich gegen die Wand und versuchte, trotz meines lauten Herzklopfens noch meine eigenen Gedanken zu hören. Mordlust lag in den Stimmen der Männer. Würde mein Vater es mit ihnen aufnehmen können? Einer gegen zehn? Sie würden mir den Kopf abhacken und damit durch die Straßen von Medina ziehen.

»*Ya* Ali, hat der Prophet euch hergeschickt?«, fragte mein Vater so ruhig, als wären sie zum Kaffee gekommen.

»Der Prophet unternimmt nichts, das ist das Problem, Abu Bakr. Deine Tochter hat ihn verhext. Seit sie aus der Wüste zurückgekehrt ist, leidet er schreckliche Qualen.«

»Die *Fahischa* hat einen Fluch über die Stadt gebracht«, schrie ein anderer Mann. »Allah verlangt Gerechtigkeit!«

»Verhext?« Ich hörte meinen Vater in sich hineinlachen. »Bei Allah, Mohammed war heute in meinem Haus, und ich habe keine Anzeichen von Verhexung erkennen können.«

»Er war hier?«, fragte Hamal. »Davon haben wir nichts gehört.«

»Er wird eine Entscheidung über Aishas Schuld oder Unschuld treffen«, sagte mein Vater. »Wir erwarten ihn bald zurück. Was ist, wenn er sie für unschuldig erklärt?«

»Safwan ibn al-Mu'attal ist verschwunden«, rief einer. »Nur ein Schuldiger würde davonlaufen.«

»Du magst recht haben«, entgegnete mein Vater, »aber du magst dich auch irren. So oder so wird der Prophet nicht erfreut sein, wenn er wieder herkommt und feststellen muss, dass ihr seine Lieblingsfrau getötet habt. Falls er sie für schuldig erklärt, wird er selbst sie bestrafen. Aber wenn er sie für unschuldig erklärt, dann werdet ihr einen Mord begangen haben, meine Freunde. Dann wärt ihr tot, noch ehe die Sonne untergeht.«

»Mohammed würde uns dankbar sein«, sagte Ali. »Dieses Mädchen macht ihm Ärger seit dem Tag, an dem es in sein Haus eingezogen ist.«

Hamal räusperte sich. »*Ya* Ali, wenn der Prophet heute eine Entscheidung trifft, dann sollten wir lieber auf sein Urteil warten.«

»Wenn wir seine Frau töten, wird der Prophet uns töten«, sagte der andere Mann. »Und dann würden wir auf ewig in der Hölle braten.«

Zu meiner Erleichterung entfernten die Männer sich, wenn auch widerwillig. Nur Alis Stimme hallte zu mir herüber.

»*Ya* Aisha, du magst den Propheten hereingelegt haben, aber mich führst du nicht hinters Licht«, sagte er. »Ich habe dich mit Safwan zusammen gesehen, erinnerst du dich? Falls der Prophet dich für unschuldig erklärt – Allah bewahre – werde ich dich bis ans Ende deines Lebens auf Schritt und Tritt beobachten!«

Wie ein Vogel mit einem gebrochenen Flügel taumelte die Sonne nach unten und färbte den Horizont blutrot. Die Knie auf meinen Gebetsteppich gedrückt, flehte ich Allah an, meinem Gemahl die Offenbarung zu schicken, die er brauchte, um mich zu befreien und mit nach Hause zu nehmen, befreit von den Zweifeln und der Schande.

Beim Beten brach meine Stimme unter dem Gewicht meiner Taten. Warum sollte Allah mir beistehen, nach allem, was ich getan hatte? Ich hatte, während ich nachts neben Mohammed lag, von einem Leben ohne ihn geträumt. Ich hatte geplant, mit Safwan wegzulaufen.

Nach meinem Geständnis, dass ich immer noch Jungfrau war, hatte Safwan mich nicht weiter bedrängt. Aber was wäre passiert, wenn er nicht aufgegeben hätte? Ich würde jetzt mit ihm unter den Ghatafaniten leben und nach seiner Pfeife tanzen – und Mohammed, vor seinen Anhängern zutiefst gedemütigt, wäre so gut wie tot. Dann könnte Ibn Ubayy endlich die Macht über Medina an sich reißen, und das wäre das Ende von Mohammed, das Ende der *Umma* und das Ende des Islam.

Als ich mir vorstellte, wie Abu Sofians Armee in Medina einritt,

Mohammed ergriff und zu Tode folterte und alle Gläubigen abschlachtete, die sich nicht von ihm lossagten, kamen mir die Tränen. Wären meine Eltern unter ihnen gewesen – oder hätten sie sich nach meinem Verschwinden voller Scham davongestohlen?

»*Ya* Allah, vergib mir meine Selbstsucht«, betete ich. »Ich weiß, ich habe es verdient zu sterben. Ich habe es verdient, Mohammed zu verlieren. Aber um seinetwillen und um der *Umma* willen bitte ich dich: Zeige ihm, dass ich unschuldig bin.«

Ich weinte immer heftiger. »Und bitte hilf mir, das Leben zu akzeptieren, das du für mich bestimmt hast, und es so zu leben, dass es dir und deinem Propheten zur Ehre gereicht. Und ich bitte dich, Allah«, tiefer Schmerz entstand in meiner Brust, als würde mein Herz in Ketten gelegt, »hilf mir, mein Schicksal in die Hand zu nehmen und die Frau zu werden, die ich so gern sein möchte.«

Ich weinte so viel, dass ich mit meinen Tränen den Becher hätte füllen können, mit dem ich Barira zu Mohammed geschickt hatte. Als ich endlich aufhörte, lag ich erschöpft auf meinem Gebetsteppich. Und dann – hatte ich eine Offenbarung. Keine so eindeutige wie Mohammed sie erlebte, die jeweils damit endeten, dass Allah aus seinem Mund sprach. Für mich war es eher so, als hätte jemand einen Vorhang geöffnet und das Sonnenlicht in die düsteren Räume meiner armen Seele gelassen.

Ich hatte die *Umma* nicht wegen Safwan verlassen. Ich hatte nie von seinen Küssen geträumt oder von seinen liebevollen Umarmungen, sondern davon, frei durch die Wüste reiten zu können, und später von einem gleichberechtigten Leben an der Seite meines Gemahls. Es sei ein unerfüllbarer Traum, hatte meine Mutter gesagt. Aber ich glaubte ihr immer noch nicht. Hatte Mohammed nicht damals, als ich ein Säugling war, verkündet, Mädchen seien genauso wertvoll wie Jungen? Allah hatte gewollt, dass ich lebe, und er hatte mich zum Kampf gerufen. Er hatte mir ein Schwert gegeben und das Geschick einer Kriegerin – während Ali und Omar und andere Männer wie sie und, ja, auch Frauen, einschließlich meiner eigenen Mutter, mir verboten, mein Schwert zu benutzen. Sie waren es, vor denen ich davongelaufen war, sie und ihre lächerlichen Traditionen wie das Wegsperren junger Mädchen, die Rollen der Frauen im Harem und die Weisung, nach der Männer die Herren der Schöpfung und Frauen ihr Besitz waren.

Sie alle gierten nach Macht, Mohammed eingeschlossen. Im Grunde genommen strebte auch ich danach – nach der Macht, in Freiheit zu leben, für die *Umma* zu kämpfen, mein Schicksal in die eigene Hand zu nehmen. Als Frau konnte ich mir diese Macht nicht mit Gewalt aneignen, und erst recht nicht, indem ich davonlief. Mohammed hatte alle seine Frauen, mich eingeschlossen, aus politischem Kalkül geheiratet. Ich begriff inzwischen, dass ich nur Macht erlangen konnte, wenn ich ihm politisch nützlich war. Wenn es mir gelang, seinen Respekt und sein Vertrauen zu gewinnen, konnte ich seine Beraterin werden. So könnte ich auch der *Umma* helfen und das Versprechen, das ich Allah gegeben hatte, anstatt mit dem Schwert mit meiner Intelligenz erfüllen.

Freudige Erregung ergriff mich. Ich, die Beraterin des Propheten Gottes! Ich wusste, ich wäre dazu in der Lage, und ich würde meine Sache gut machen. Wie oft waren mir, wenn ich die Männer im *Madschlis* belauscht hatte, alle möglichen Lösungen eingefallen? Mohammed würde auf mich hören, wenn er zu dem Schluss kam, dass ich seines Vertrauens würdig war. Es hieß, dass selbst dieser Abu Sofian, dieser Schakal, seine keifende Frau Hind in politischen Dingen um Rat fragte.

Irgendwann musste ich eingeschlafen sein, denn als ich erwachte, strömte das Abendrot in mein Zimmer.

»Der Prophet!« Barira stürzte wild gestikulierend in mein Zimmer. »Er ruft nach dir, Aisha. Schau aus dem Fenster.«

Als ich aufstand, hörte ich jemanden etwas rufen, dann lautes Stimmengewirr. Mohammed stand im Garten meiner Mutter, die Arme ausgestreckt, ein strahlendes Lächeln im Gesicht, das Haar zerzaust, als wäre er gerade aus einem tiefen Schlaf erwacht. Um ihn herum waren viele Mitglieder der *Umma* versammelt, stießen Jubelrufe aus, warfen sich zu Boden und dankten Allah.

»*Ya* Aisha, Allah hat mir endlich eine Offenbarung zuteilwerden lassen«, rief Mohammed. »Du bist unschuldig!«

Erleichterung überlief mich wie ein kühler Regen. »Gepriesen sei Allah«, murmelte ich und ließ den Vorhang fallen.

Ich bat Barira, mir meinen Umhang zu holen, und während ich mir das Haar feststeckte, erinnerte ich mich an meinen Schwur, Mohammeds Beraterin zu werden. Um seinen Respekt zu gewinnen, würde ich ihm dafür einen Grund geben müssen. Und wenn ich wollte, dass er mich wie eine erwachsene Frau behandelte, würde ich mich wie eine solche benehmen müssen. Ich trocknete meine Tränen und wusch mir das Gesicht, um mich etwas zu beruhigen, ehe ich nach unten ging.

Barira eilte mit meinem Umhang herbei. Ich zog ihn über und bedeckte mein Haar mit einem Kopftuch. Meine Mutter kam herein, ihr Gesicht wirkte so aufgeregt wie das eines Kindes.

»Mohammed wartet auf dich. Komm und bedank dich bei ihm«, sagte sie und schob mich zur Tür, wo mein Vater stand und Mohammed anlächelte, der mich anstrahlte wie jemand, der ein kostbares Geschenk entgegennimmt.

»Ya Aisha, ich bin gekommen, um dich nach Hause zu holen und dich zu meiner wahren Ehefrau zu machen«, sagte er.

Hastig senkte ich die Lider, um mir meine Freude nicht anmerken zu lassen, denn ich fürchtete, er könnte sie für Triumph halten, womit ich mich über ihn erheben würde, oder Dankbarkeit, womit ich mich unterworfen hätte. Aber der Triumph gehörte ausschließlich Allah, und ebenso der Dank.

»Ich will dich gern begleiten, mein Gemahl«, sagte ich. »Aber zuerst möchte ich in die Moschee.«

»Wovon redest du?«, rief meine Mutter.

Ich küsste den Bart meines Vaters. »Ich danke dir für deinen Schutz während dieser schweren Zeit, *Abi*. Würdest du mir bitte ein Kamel holen lassen, damit ich nach Hause reiten kann, so wie es sich für die Frau des Propheten geziemt?«

Es war eine lächerliche Bitte, die Moschee befand sich nicht weit von hier. Aber ich war entschlossen, meine Würde wiederherzustellen. Mein Vater grinste, aber meine Mutter packte mich an den Schultern und schaute mich mit funkelnden Augen an.

»*Ai!* Der Prophet hat dir heute das Leben gerettet. Bist du zu stolz, um ihm dafür zu danken?«

»Nicht Mohammed hat meinen Namen reingewaschen, sondern Allah«, entgegnete ich. »Und Allah werde ich meinen Dank aussprechen.« Dann schenkte ich Mohammed ein gewinnendes Lächeln. »Und wenn ich in meine Hütte komme, hoffe ich, dass du dort auf mich wartest, *Zaudschi*.«

»Dein Wunsch sei mir Befehl, *Habibati*.«

18

EIN BLICK IN DEN SPIEGEL

Medina, Februar 627

Wie schnell Gefühle sich ändern können! Verlangen brannte in Mohammeds Lenden wie ein Feuer, das sich nicht in ein paar Nächten würde löschen lassen. Was mich betraf, war der Schmerz des Ehevollzugs schnell verflogen – Mohammed war so zärtlich, dass ich den Stachel des Skorpions kaum spürte. In seinen Armen zu liegen, Haut an Haut, war die Glückseligkeit, nach der ich mich mein ganzes Leben lang gesehnt hatte. Die Blicke, mit denen mich mein Ehemann bedachte, erfüllten mich mit Freude, und endlich verstand ich das Lächeln und die Seufzer und Andeutungen, die jedes Mal, wenn Mohammed sich eine neue Frau nahm, wie Zimtschwaden durch das Kochzelt waberten.

An meinen Liebsten geschmiegt lauschte ich mit erfülltem und bebendem Herzen seinen Liebeserklärungen und zärtlichen Verheißungen.

»Als ich hörte, dass du nicht in deinem *Haudadsch* warst, hatte ich das Gefühl, mein Leben wäre zu Ende«, murmelte er, während er mir übers Haar streichelte. »Als würde die Farbe des Himmels verblassen und die Glut des heißen Tages erkalten. Zum ersten Mal in meinem Leben, Aisha, hatte ich wahrhaftig Angst. Mein erster Gedanke war, mich sofort auf den Weg zu machen und dich zu suchen.«

Mir wurde ganz flau im Magen bei der Vorstellung, er wäre losgeritten, nur um mich dann in Safwans Armen zu finden. Allerdings hatte ich, als Mohammed mein Fehlen entdeckte, allein in Safwans Zelt gelegen und mich, vor Schmerzen gekrümmt, in den Sand übergeben.

»Und warum hast du es nicht getan?«, fragte ich.

»Ali hat mich davon überzeugt, dass es töricht wäre, in der Mittagshitze aufzubrechen. In Wahrheit war ich erschöpft und brauchte Ruhe. Als sich der Tag schließlich abkühlte, hat Ali Abu Huraira auf die Suche nach dir geschickt.« Er runzelte die Stirn. »Im Nachhinein muss ich sagen, dass es keine gute Entscheidung war, denn Abu Huraira war nicht vertraut mit dem Weg und hat sich verirrt.«

Ich konnte mir ein Grinsen nicht verkneifen. Wenn Ali es tatsächlich darauf angelegt hätte, mich zu finden, hätte er nicht jemanden auf die Suche nach mir geschickt, der aus Jemen stammte und gerade erst zu uns gestoßen war. Doch ich behielt meinen Verdacht für mich. Jetzt konnte Ali mir nichts mehr anhaben.

»Zum Glück hat Safwans Pferd eine feinere Nase als Abu Huraira«, sagte ich.

»Ja, ein Glück. Aber es überrascht mich nicht, dass du sicher zurückgekehrt bist, denn Allah hat dich schon vor langer Zeit für mich auserkoren.« Mohammed liebkoste mein Gesicht mit seinen kupferfarbenen Augen, bis meine Wangen glühten. »Als der Engel Gabriel, als *Dschibril* mir dein Gesicht in seiner Handfläche zeigte, wusste ich, dass wir bis zum Tod zusammenbleiben würden.«

»Und darüber hinaus.« Hitze prickelte unter meiner Haut und in meiner Brust.

»Aisha, jede Frau, die ich jemals geliebt habe, hat mich verlassen. Meine geliebte Chadidscha, die von Anfang an an mich geglaubt und mir Fatima geschenkt hat, ist nur wenige Monate, bevor du und ich einander versprochen wurden, gestorben. Und meine Mutter starb, als ich sechs Jahre alt war.«

Mein Herz lief über vor Mitgefühl, als ich mir vorstellte, wie Mohammed so früh Waise geworden war, denn sein Vater war schon vor seiner Geburt gestorben. »Das muss schrecklich für dich gewesen sein. Kannst du dich noch an sie erinnern?«

»Als hätte sie gestern noch gelebt.« Tränen traten ihm in die Augen. »Sie war wunderschön und ein Quell der Freude. Niemand hat mich so zum Lachen gebracht – bis du kamst.« Er drückte meine Hand und lächelte scheu.

»Zumindest hattest du doch deinen Onkel Abu Talib, der sich um dich gekümmert hat.« Alis Vater hatte Mohammed wie seinen eigenen Sohn aufgezogen – was Mohammed Jahre später veranlasste, sich zu revanchieren und sich seinerseits um Ali zu kümmern.

»Aber nicht sofort. In jenen ersten Jahren nach dem Tod meiner Mutter war mein Leben von Leid geprägt. Mein Großvater nahm mich bei sich auf, aber in seinem Haus gab es nur wenig Licht, denn er war fast blind. Ich durfte nicht mehr mit meinen Freunden spielen und auch nicht das Haus verlassen, es sein denn, um Wasser aus dem Brunnen zu holen. Ich wurde zum Diener meines Großvaters.«

»Wie schrecklich«, rief ich aus und zog ihn näher an mich heran. Ebenso wie ich war Mohammed in jungen Jahren gefangen gehalten worden – er hatte seine Kindheit verloren, bevor er die Möglichkeit gehabt hatte, sie zu genießen. »Dann verstehst du ja, wie ich mich unter Verschluss gefühlt habe.«

»Ich habe versucht, deinen Vater davon zu überzeugen, dass solch drastische Maßnahmen unnötig seien, aber er hatte Angst um dich«, sagte Mohammed.

Seufzend lehnte ich den Kopf gegen seine Brust. »Wir hatten nicht viel von unserer Kindheit, findest du nicht auch, *Habibi*?«

»Wir hatten bisher kein leichtes Leben, das stimmt. Aber wir beide sind nicht unterzukriegen. Das ist einer der Gründe, warum ich dich bewundere – ein Grund, warum ich dich mehr liebe als mein Leben. Du bist eine Kämpfernatur, genau wie ich.«

»Man muss sein Schicksal in die Hand nehmen, sonst beherrscht es einen«, erwiderte ich.

Mohammed nickte. »Deshalb habe ich auch so viel für den Islam riskiert, deshalb habe ich alles aufgegeben, um nach Medina zu kommen. Mein Glaube richtet sich nach den Wünschen Allahs und nicht nach denen der Koreischiten.«

Ich setzte mich aufrecht hin, denn ich witterte eine günstige Gelegenheit. »Und ich möchte in die Schlacht ziehen«, Mohammed zuckte zusammen, »was leider nicht geht, ich weiß, und ich möchte die Hauptfrau in deinem Harem sein, was sehr wohl geht. Mit deiner Hilfe.«

Er zog die Augenbrauen zusammen. »Aber das bist du doch schon, oder etwa nicht?«

»Ja – und nein. Ich habe zwar die Position eingenommen, aber nicht alle deine Frauen respektieren mich. Einige meinen, ich sei zu jung, um den Haushalt zu führen. Aber wenn du es ihnen sagst, werden sie meinen Status respektieren müssen.«

Mohammed tippte sich nachdenklich mit dem Zeigefinger gegen das Kinn und musterte mich, als wäre ich ein Puzzle, das zusammengesetzt werden musste. »Die Führung der *Umma* wurde mir von meinen Anhängern übertragen.«

»Heißt das, du wirst mir nicht helfen?«

»Der Harem ist nicht die Domäne der Männer, sondern der Frauen«, sagte er mit einem bedauernden Lächeln. »Wenn du die Hauptfrau sein willst, musst du dir dieses Privileg verdienen – von deinen Schwesterfrauen.«

Auch wenn meine Enttäuschung groß war, als ich begriff, dass Mohammed mich nicht unterstützen würde, war ich doch glücklich über die Aufmerksamkeit, die er mir widmete, seit wir die Ehe vollzogen hatten. Er blieb sieben Tage und Nächte in meiner Hütte, wie es einer jungfräulichen Braut angemessen war – auch wenn alle anderen glaubten, wir würden nur meine sichere Heimkehr feiern. Wären wir nicht ständig gestört worden, hätten wir uns ohne Unterlass liebkost und unserer Liebe versichert. Boten brachten Geschenke der *Umma*, mit denen ich zu meiner Rückkehr beglückwünscht wurde: Feigen und Honig, Granatäpfel und *Tharid*. Mohammed schmückte mein Haar mit einem schillernden Kamm aus Perlmutt aus dem Roten Meer, und ich bewunderte mein Spiegelbild in einem Handspiegel aus Messing, den mir Hassan ibn Thabit geschenkt hatte, zusammen mit einem neuen Gedicht, in dem er meine zahlreichen Tugenden pries.

Aber nicht alle waren erfreut darüber, dass ich wieder da war. Als ich am dritten Tag in Mohammeds Armen lag und mich gerade von ihm mit Weintrauben verwöhnen ließ – und von unserem Kind träumte, das in nicht allzu ferner Zukunft kommen würde –, stand Umm Salama in der Tür meiner Hütte.

Ich richtete mich so majestätisch auf, wie mein schmächtiger Körper es erlaubte.

»Willkommen zu Hause, Schwester«, sagte sie. »Es freut mich, dass du so gut aussiehst nach allem, was du durchgemacht hast.«

»Das glaube ich dir aufs Wort.«

Dann wandte sie sich an Mohammed. »Bitte verzeih mir, aber ich habe dich schon seit Tagen nicht mehr gesehen. Solltest du vergessen haben, dass die vergangene Nacht für mich bestimmt war?«

»Ich leiste Aisha Gesellschaft, seit sie wieder da ist«, erwiderte Mohammed. »Du hast es selbst gesagt, sie hat schreckliche Qualen durchlebt.«

Sie musterte mich ausdruckslos. »Verstehe.«

Nachdem sie gegangen war, zog Mohammed mich an sich, um mich zu küssen. »Meine Frau zu sein hat auch seine Nachteile. Du wirst dich zukünftig mit der Eifersucht deiner Schwesterfrauen herumschlagen müssen.«

»Nachteil? Nachdem ich jahrelang die Eifersüchtige war, ist das eine angenehme Abwechslung.« Ich schlang die Arme um ihn und küsste ihn wieder. »Eine von vielen angenehmen Veränderungen.«

Als es erneut an der Tür klopfte, mussten wir beide lauthals lachen. »Der Mangel an Privatsphäre ist ein weiterer Nachteil«, sagte ich. »Der ganze *Hidschaz* scheint sich heute vor unserer Tür zu versammeln.«

Fatima stürmte herein, das Gesicht spitz wie das einer Ratte.

»*Ya Abi*, Umm Salama ist sehr verstimmt«, sagte sie. »Zainab ebenfalls. Du kümmerst dich zu viel um deine Kindbraut. Wir anderen fühlen uns vernachlässigt.«

»Was ist los, Fatima? Unterhält Ali dich nicht genug?«, fragte ich. Als Mohammed mich kopfschüttelnd ansah, biss ich mir auf die Lippen.

»Es ist nicht gerecht gegenüber uns anderen, *Abi*, wie du sie bevorzugst«, sagte Fatima.

Mohammed bedachte seine Tochter mit einem zärtlichen Blick. »*Ya* Fatima, liebst du mich?«

»Du weißt, dass ich das tue, Vater. Mehr als sonst jemanden auf der Welt.«

»Liebst du dann nicht auch jene, die ich liebe?«

»Doch, aber ...«

»Gut.« Mohammeds Lächeln wurde breiter. Er hob meine Hand, um sie zu küssen. »Da ich Aisha mehr als alle anderen liebe, heißt das, dass du sie auch liebst. Deshalb möchtest du sie natürlich nicht verletzen mit diesen Anschuldigungen oder dadurch, dass du mich von ihr fernhältst.«

»Aber Zainab ...«

»Zainab kann sich um sich selbst kümmern. Ich weiß, dass ihr beide mittlerweile enge Freundinnen seid, aber sie hat es nicht nötig, dich vorzuschicken. Richte ihr das von mir aus, wenn du sie das nächste Mal siehst.« Er hielt ihr die Tür auf, und Fatima verzog sich schmollend.

»Jetzt«, sagte ich, »wird gleich Zainab ihre Ansprüche anmelden.«

Wenige Minuten später stand sie da, verbreitete Kälte mit ihrem eisigen Blick und erfüllte das Zimmer mit dem Duft dorniger Rosen.

»Ich bin gekommen, um zu protestieren«, sagte sie. Sie betrachtete die Körbe mit Lebensmitteln, die Seide und das Linnen, den Schmuck und die Kämme, die auf dem Boden meines Zimmers verstreut lagen. Sie nahm den Spiegel von meinem Tisch und begutachtete liebevoll ihr Spiegelbild. Doch als sie ihn wieder weglegte, war alle Zärtlichkeit aus ihren Augen verschwunden.

»Falls du dich darüber beklagen willst, dass ich zu viel Zeit mit

Aisha verbringe, das habe ich schon von den anderen gehört«, sagte Mohammed.

»Sieh dir all die Schätze an, die du ihr zu Füßen legst – und wofür? Dafür, dass sie sich benommen hat wie eine Närrin!«

»Wenn närrisches Benehmen mit Schätzen belohnt wird, dann muss Zainabs Wohnung ja bis oben hin mit Gold gefüllt sein«, sagte ich.

»Mohammed, damit bringst du Schande über deine anderen Frauen. Bitte sag den Leuten der *Umma*, sie sollen aufhören, Aisha Geschenke zu schicken«, sagte Zainab. »Auch wir mögen Honig und Granatäpfel.«

»Ich soll die Geschenke ablehnen und damit diejenigen beleidigen, die Aisha gratulieren wollen? Das kann ich nicht tun.«

»Du verwöhnst sie!«, rief Zainab aus. »Sie braucht nur einen Finger zu heben, und schon läufst du zu ihr, als wäre sie ein Kleinkind.«

Ich musste lachen. »Mit diesem Schmollmund ähnelst du eher einem Kleinkind.« Dann fiel mir wieder ein, dass Mohammed mich gebeten hatte, den Mund zu halten.

Er hob einen Arm und schaute mich an. »Ich verteidige dich schon den ganzen Nachmittag ohne großen Erfolg«, sagte er, »Möchtest du das vielleicht in die eigene Hand nehmen, Aisha?«

»Ich möchte nur auf die zerstörerische Natur der Eifersucht hinweisen«, sagte ich und schenkte Zainab ein honigsüßes Lächeln. »Und dich daran erinnern, dass die Lügen deiner Schwester Hamnah genau das sind: Lügen.«

Zainab wurde bleich wie der Mond, und ihre Augen funkelten vor Zorn.

»Mit Hamnahs Anschuldigungen habe ich nichts zu tun«, sagte sie kalt. »Wenn sie glaubte, in meinem Sinne zu handeln, dann hat sie sich geirrt.«

Mit gesenktem Blick glitt sie zur Tür hinaus und schloss sie hinter sich. Mohammeds hochgezogene Brauen und sein Kopfschütteln sagten mir, dass ich zu weit gegangen war. Ich schlug die Augen nieder, betrübt darüber, wie leicht ich in meine frühere Impulsivität zurückgefallen war. Mit solch unbesonnenen Worten würde ich das

Vertrauen meiner Schwesterfrauen niemals gewinnen. Indem ich Zainab – offenbar unberechtigterweise – für das Verhalten ihrer Schwester verantwortlich machte, hatte ich sie mir sicherlich zur Feindin gemacht, anstatt sie für mich zu gewinnen.

Panisch sah ich mich im Zimmer um. Als mein Blick auf den Bronzespiegel fiel, kam mir eine Idee.

Ich schnappte mir den Spiegel und eilte in den Hof. »Warte!«, rief ich. Zainab blieb im gesprenkelten Schatten des Ghazabaums stehen und drehte sich zu mir um. Ihre Augen waren so kalt, dass mir ein Schauer über den Rücken lief.

»*Ya* Zainab, vergib mir meine schroffen Worte«, sagte ich und rang mir ein Lächeln ab. »Ich habe gehört, dass du dich geweigert hast, mich zu verleumden. Bitte nimm das hier als Zeichen meiner Dankbarkeit.«

Ich hielt ihr den Spiegel hin. Sie nahm ihn so herablassend entgegen, als täte sie mir einen Gefallen.

»Ich habe nichts für dich getan«, sagte sie.

»Du hast mich verteidigt.«

»Meine Schwester und ich haben gesehen, wie du auf mein Hochzeitsfest gekommen bist mit Safwan ibn al-Mu'attal dicht auf den Fersen«, sagte sie. »Die Begierde war dir deutlich anzusehen, und ihm ebenfalls. Aber als Mohammed mich gefragt hat, habe ich geantwortet, ich könnte mir nicht vorstellen, dass du ihm untreu würdest. Allerdings habe ich das nicht für dich getan.«

Ich runzelte die Stirn. »Für wen dann?«

»Für Mohammed!« Zwei Boten mit Geschenken gingen an uns vorbei zu meiner Hütte. Zainab beugte sich vor und senkte die Stimme, damit sie nicht mithören konnten.

»Mir wäre es am liebsten, du würdest zusammen mit deinem Liebhaber Safwan verschwinden«, murmelte sie in einem trügerisch vertraulichen Tonfall. »Aber du hättest Mohammed in den vergangenen Wochen sehen sollen, als er glaubte, er hätte dich verloren. Es würde ihn umbringen, die Wahrheit zu erfahren. Ich habe mein Wissen für mich behalten, um ihm nicht wehzutun.«

»Du hättest die Hauptfrau in seinem Harem sein können«, sagte ich verwirrt blinzelnd. »Du hättest alles bekommen, was du dir wünschst.«

Sie grinste mich verächtlich an, als wäre ich ein Mistkäfer, den sie am liebsten zertreten würde. »Alles«, sagte sie, »außer Mohammeds Glückseligkeit.«

Verständnislos schüttelte ich den Kopf.

Ihr Lachen stach mir ins Gesicht wie Sand. »Das nennt man ›Liebe‹, Aisha. Vielleicht versuchst du es ja auch einmal damit.«

19

EIN AUFKOMMENDER STURM

Medina, März 627

Von allen Sandstürmen in der Wüste war der *Samum* der am meisten gefürchtete, ein Giftwind, der den Sand zu Säulen aufpeitschte, *Zauba'a* genannt. Diese »Teufel« jagten über den Himmel, verdunkelten die Sonne und wühlten den Boden auf wie ein unzähmbares Meer. Der *Samum* fegte durch die Wüste wie eine gierige Bestie, die alles auf ihrem Weg verschlang, er verschluckte Häuser und spuckte sie wieder aus, um sich anschließend mit entwurzelten Bäumen die Zähne zu reinigen. Der Anblick dieser gewaltigen Säulen aus aufgewirbeltem Staub ließ selbst den gottlosesten Wüstenwanderer auf die Knie sinken und um sein Leben beten, denn diejenigen, die das Glück hatten, von der zerschmetternden Gewalt der *Zauba'a* verschont zu werden, starben einen noch qualvolleren Tod durch Ersticken, wenn der rasende Sturm die Sandmassen in die Luft riss und in riesigen Wellen auf den Boden zurückschleuderte und alles unter sich in Dünen begrub, die fast genauso hoch waren wie die gelben Sandwolken.

Die, die auf wundersame Weise einen *Samum* überlebt hatten, erzählten alle, dass sie zuerst die Spitzen der wirbelnden Säulen sahen, die die Sterne zu verschlucken schienen und die Erde dröhnen ließen, als würde ihr das Herz herausgerissen. Obwohl wir in meiner Hütte saßen und draußen die Sonne an einem makellosen Himmel strahlte, sah ich in Mohammeds vor Entsetzen geweiteten Augen die Vision der *Zauba'a*, als Safwan ihm von dem Sturm erzählte, den er im Süden erlebt hatte.

Da stand er in meiner Hütte, Safwan, der Spielgefährte meiner Kindheit, und vor nicht allzu langer Zeit mein Verräter. Hinter meinem Wandschirm kochte ich vor Wut, als ich sah, wie er Mohammed ehrerbietig grüßte, und plötzlich fiel mir auf, dass sein Gesicht gar nicht so hübsch war. War seine aschfahle Haut mir zu verdanken, die er bis an den Rand des Abgrunds gelockt und dann dort allein gelassen hatte? Ich starrte ihn an, zitternd wie ein gespannter Bogen, auf dessen Sehne ein Pfeil aus Wut angelegt war. Andererseits wusste ich, dass nicht er allein die Schuld an dem trug, was geschehen war.

Das nennt man ›Liebe‹. Vielleicht versuchst du es ja auch einmal damit. So schmerzhaft es auch war, es mir einzugestehen, Zainab hatte die Wahrheit gesagt. Über Liebe musste ich noch eine Menge lernen. Ich liebte Mohammed, aber jetzt begriff ich, dass Liebe mehr war als nur ein Gefühl. Liebe war etwas, das man für einen anderen Menschen tat, so wie Zainab sich für mich eingesetzt hatte, um Mohammed nicht wehzutun. Liebe war etwas, das ich von nun an für Mohammed tun würde.

Hatte Safwan seine Lektion gelernt? Nach den leidenden Blicken zu urteilen, die er in Richtung des Wandschirms warf, lautete die Antwort Nein. Bekäme er die Gelegenheit, würde er erneut mit mir davonreiten und mich in ein Schicksal führen, über das ich nicht mehr zu bestimmen hätte als ein Kamel. Und wenn man uns erneut erwischte, würde er verschwinden und mich meinem Schicksal überlassen, so wie ich Mohammed beinahe seinem Schicksal überlassen hätte. Es beschämte mich zutiefst, als ich das begriff.

Als Mohammed seine Waschung beendet hatte, setzte er sich den Turban auf und bedeutete Safwan, neben ihm Platz zu nehmen.

»*Ya Nabi*«, sagte Safwan, »jetzt ist nicht die Zeit, sich hinzusetzen.« Seine Lippen waren weiß und die Not in seinem Blick machte mir Angst. »Ich bringe beunruhigende Nachrichten. Abu Sofian marschiert mit einer Armee von zehntausend Mann auf Medina.«

»Zehntausend?« Mohammed stützte sich an der Wand ab. »Gibt es jetzt so viele Männer in Mekka?«

»Die Nadir marschieren mit ihm, ebenso die Kainuka.« Das waren die jüdischen Stämme, die Mohammed verbannt hatte, weil sie sich gegen ihn verschworen hatten. Ali hatte darauf bestanden, sie zu töten, aber Mohammed hatte sich geweigert, dem zuzustimmen. *Unsere Gnade wird sie zu Verbündeten machen.* Leider waren sie stattdessen zu Verbündeten von Abu Sofian geworden.

»Außerdem konnten sie noch die Ghatafaniten für sich gewinnen.«

Meine Lippen kräuselten sich, auch wenn ich nichts Erfreuliches an diesen Neuigkeiten finden konnte. Wäre ich Safwan gefolgt, würden wir jetzt in Abu Sofians Gefolge auf Medina zureiten, um unsere *Umma* anzugreifen. Die Erkenntnis hinterließ einen bitteren Geschmack in meinem Mund.

Mohammed schaute angestrengt aus dem Fenster, als erwartete er den Anblick der heranrückenden Armee. »Was haben sie vor, Safwan?«

»Sie wollen uns alle töten – auch die Kinder«, erwiderte Safwan. »Ich habe ihre Dichter von muslimischem Blut singen hören, das in den Straßen fließen wird.«

Die Vene an Mohammeds Stirn pulsierte, als er im Zimmer auf und ab ging. »Uns alle töten?«, knurrte er. »Wird Abu Sofian nie dazulernen? Dafür wird er mit seinem Leben bezahlen.«

Nachdem er Safwan geschickt hatte, meinen Vater und Omar zu holen, stürzte ich hinter dem Wandschirm hervor und verbarg mein Gesicht in seinem duftenden Bart.

»Zehntausend Mann?«, sagte ich. »Wird Allah eine solche Übermacht besiegen können?«

»Wir können nur auf ein Wunder hoffen. Hätte ich doch nur früher davon erfahren! Wir hätten Hilfe holen können. Wir hätten eine

Mauer bauen können, um die Grenze nach Osten hin zu sichern.« Steil abfallende Felshänge umgaben Medina auf drei Seiten, aber im Osten schwappte die große, flache Wüste wie das Meer an den Rand unserer Oasenstadt.

Plötzlich kam mir eine Idee – und ich beschloss, sie kundzutun. Das war meine Chance, Mohammed und meiner *Umma* zu helfen! Mein Herz raste vor Aufregung – aber bevor ich etwas sagen konnte, traten Omar und mein Vater ein, und ich musste wieder hinter den Wandschirm, während Mohammed den beiden die Neuigkeit mitteilte.

»Zehntausend!« Die Stimme meines Vaters zitterte wie die eines alten Mannes. »Wie bald werden sie hier eintreffen?«

»In sechs Tagen, wenn sie ihr Marschtempo beibehalten«, erwiderte Mohammed.

Mein Vater erbleichte. »Wie viele Krieger können wir in einer solch kurzen Zeit zusammenrufen?«

»Dreitausend, allerhöchstens«, sagte Omar. Mit weit aufgerissenen Augen blickte er ins Leere, als beobachtete er eine Szenerie, die sonst niemand sehen konnte.

»Dreitausend. Das heißt, wir können ihnen nicht entgegentreten, wie wir es bei Uhud getan haben«, sagte Mohammed. »Unsere einzige Hoffnung besteht darin, hierzubleiben und uns belagern zu lassen.«

»Bei Allah, das wird keine Belagerung sein, sondern eine Invasion! Eine Armee dieser Größe wird uns alle abschlachten.« Omar wischte sich das Gesicht mit einem Taschentuch ab und drückte seine Wange gegen die kühle Wand.

»*Ya* Omar, würde Allah zulassen, dass die *Umma* vernichtet wird?«, fragte Mohammed ruhig. »Hat er uns etwa nach Medina geführt, damit wir von den Koreischiten ausgelöscht werden? Nein. Wir werden uns auch weiterhin behaupten.«

»Wir haben Freunde in Abessinien, aber die können uns nicht so schnell zu Hilfe kommen«, sagte Omar.

»Stehen wir einen Kampf durch, bis die Abessinier hier eintreffen?«, fragte mein Vater.

Omar lachte spöttisch. »Bei einem Verhältnis von drei zu eins und ohne jede Barriere zwischen ihnen und uns? Wir können unsere Angreifer vielleicht zehn Minuten lang aufhalten, so Allah will.«

»Wenn wir unsere Frauen zum Kämpfen ausbilden, wären wir mehr«, sagte Mohammed.

»Und wenn die Schlacht geschlagen ist, werden sie dann ihre Waffen niederlegen und sich uns wieder unterwerfen? Das Risiko möchte ich lieber nicht eingehen«, wandte Omar ein.

»Die Koreischiten drohen sogar, unsere Kinder zu töten«, gab mein Vater zu bedenken. »Welche Mutter würde ihre Kinder allein lassen, um zu kämpfen?«

»Ich sehe nur zwei Möglichkeiten«, sagte Omar. »Entweder wir verlassen die Stadt, oder wir fügen uns in den Tod.«

»Die Stadt verlassen? Und wo gehen wir hin?«, fragte mein Vater.

»Wir könnten uns in den Bergen verstecken. Die Frage ist nur, wie lange?«, sagte Mohammed.

»Du hast recht. Abu Sofian ist wild entschlossen, dem Islam ein Ende zu bereiten. Bei Allah, sein Hass frisst ihn auf!« Omar stieß eine Faust in die Luft.

»Vielleicht schickt Gott ja einen Sandsturm, um sie zurückzuschlagen«, sagte mein Vater mürrisch. »Oder eine plötzliche Überschwemmung, um sie alle zu ertränken.«

»Reicht die Zeit, um eine Mauer zu errichten?«, überlegte Mohammed.

»Wir würden allein sechs Tage brauchen, um die Steine dafür zu sammeln.« Mein Vater schüttelte den Kopf. »Wir könnten einen Graben ausheben wie der abessinische König, nur leider haben wir kein Wasser, um ihn zu füllen.«

Jetzt war meine Zeit gekommen, das Wort zu ergreifen. Ich holte tief Luft, um mein laut pochendes Herz zu beruhigen, und bat Mohammed um Erlaubnis zu sprechen.

»*Ya* Prophet, das hier ist eine ernsthafte Diskussion«, grummelte Omar. »Kannst du nicht dafür sorgen, dass deine Frau wenigstens ein paar Minuten lang den Mund hält?«

»Ich habe einen Vorschlag«, sagte ich. »Einen guten.«

»Die Rolle einer Frau ...«, setzte Omar an, aber Mohammed brachte ihn mit einer Handbewegung zum Schweigen.

»Bitte, Aisha. Unser Vorrat an Ideen ist erschöpft.«

»Ein Graben ohne Wasser«, sagte ich. »Ihr müsst einen riesigen Graben auf der offenen Seite von Medina anlegen. Wenn er tief und breit genug ist, wird er jeden aufhalten, der ihn zu überwinden sucht.«

Omar lief rot an. »*Ya* Prophet, verstehst du jetzt, warum ich von meinen Frauen verlange, dass sie schweigen?«

Eine Weile sagte niemand etwas. Mein Vater zupfte an seinem Bart. Mohammed trat ans Fenster und blickte zum Himmel, als wartete er darauf, dass Allah ihm die Antwort ans Firmament schrieb. Mit angehaltenem Atem lugte ich hinter dem Wandschirm hervor und versuchte, Mohammed mit purer Willenskraft dazu zu bewegen, die schlichte Schönheit meines Vorschlags zu begreifen. Als er sich schließlich umdrehte und mich anlächelte, hätte ich vor Freude am liebsten Luftsprünge vollführt.

»Aishas Vorschlag ist nicht schlecht«, sagte er. »Ein gewaltiger Graben könnte uns retten. Wenn wir ihn richtig anlegen, wird niemand in der Lage sein, nach Medina einzudringen. Gepriesen sei Allah für dich, Aisha!« Mit großen Schritten kam Mohammed hinter meinen Wandschirm, küsste mich auf den Mund, dann kehrte er freudestrahlend zu den anderen zurück. Ich lächelte stolz, denn ich wusste, dass ich wieder ein bisschen in Mohammeds Achtung gestiegen war.

»Bilal soll alle Männer und Jungen der *Umma* zusammentrommeln«, sagte Mohammed. »Wir haben viel zu tun. Allah sei gelobt! Wir sind gerettet.«

Während der nächsten sechs Tage rüstete ich mich für die Schlacht. Diese Invasion war das Ereignis, für das Allah mich gerufen hatte. Zum ersten Mal spürte ich ganz deutlich, was der Zweck meiner Mission war. Ich hatte der *Umma* schon geholfen mit meiner Idee, den Graben anzulegen, und nun würde ich unseren Feinden auch noch mit Schwert und Dolch entgegentreten und den Graben mit dem Blut der Koreischiten füllen. Es war schon lange an der Zeit, dass

Abu Sofian den Preis für das bezahlte, was er Raha und uns allen angetan hatte.

Als Bilal die Männer zur Schlacht rief, stand ich bereit. Ich legte Helm und Schild an, die ich mir von Talha erbettelt hatte, und gürtete mein Schwert um. Mit meinen unter den Helm gestopften Haaren sah ich aus wie ein Junge. Niemand würde mich zurück zur Moschee schicken, damit ich mich zu den anderen Frauen der *Umma* kauerte – und hilflos darauf wartete, dass man uns abschlachtete.

Als ich durch die Straßen lief, bewegten sich meine Füße im selben Rhythmus wie mein trommelnder Puls. Klagen, Rufe, Gelächter und das Klirren von Metall, all das konnte das laute Pochen meines Herzens nicht übertönen. Der Schrecken zerrte an meiner Kehle wie die Fänge eines tollwütigen Hundes und hämmerte auf die Stadt ein wie Hagelschlag. Er ließ die Männer sich schreiend aufbäumen und ihre Waffen schwingen. Die Angst ergriff die Frauen, sodass sie schluchzend aus ihren Häusern rannten, ihre Kinder an sich klammernd. Dschamila eilte an mir vorbei, auf dem Arm zwei kleine Kinder, panisch auf der Suche nach einem Ort, wo sie sie verstecken konnten. Um sie herum reichten Mütter ihre Säuglinge durch Türen und Fenster, um sie hoch oben in den Bäumen in Sicherheit zu bringen, in der Hoffnung, dass die blutrünstigen Eindringlinge sie nicht entdeckten.Meine Füße trugen mich pfeilschnell zu Mohammed, der schon zur Ostseite der Stadt eilte, als hätte sein doppelter Kettenpanzer kein Gewicht. In dem Gewimmel und dem aufgewühlten Staub verlor ich ihn beinahe, aber weiter vorn hörte ich die Rufe der Männer und entdeckte Omars Helm mit der roten Feder und den grauen Haarschopf meines Vaters, der seinen Helm wie immer erst im letzten Moment aufsetzen würde.

Entdeckt zu werden war das Letzte, was ich wollte. Wenn man mich erkannte, würde man mich sofort nach Hause schicken und in der Moschee unter Bewachung stellen, damit ich nicht wieder entwischen konnte. Aber ich sah meine Aufgabe nicht darin, untätig herumzusitzen und verzweifelt die Hände zu ringen. Allah hatte mich dazu ausersehen zu kämpfen und nicht dazu, mich wie ein Mädchen zu verkriechen. Ich versteckte mich hinter einem riesigen Felsbrocken und spähte um ihn herum, um festzustellen, ob die Armee der Koreischiten bereits im Anmarsch war, allerdings verwehrte mir ein Erdhügel den Blick auf die Wüste. Ich band mir meinen Schild um den Arm und kletterte in einen Korallenbaum. Ein Schlachtruf ertönte, und dann ergoss sich wie die Flut, die durch den Großen Marib-Damm brach, ein Meer von Männern über den Bergkamm weit vor uns. Unsere Krieger nahmen ihre Stellung hinter dem Graben ein und bildeten eine Linie bis zu der hohen Steinmauer um das Viertel der Kuraiza, einer der wenigen jüdischen Stämme, die in Medina verblieben waren. Zwar hatten sie der *Umma* Treue geschworen, würden jedoch nicht auf unserer Seite kämpfen, weil sie nicht bereit waren, die Nadir und Kainuka zu töten, mit denen sie verwandt waren.

Unsere Truppen verharrten still, Pfeil und Bogen im Anschlag, als die dunkle Horde das Land vor uns überflutete, Männer, die mit blutrünstigem Gebrüll auf ihren wiehernden und sich aufbäumenden Pferden auf uns zustürmten. Ich umklammerte das Heft meines Schwerts und bereitete mich auf den Kampf vor. Als die Eindringlinge so nah gerückt waren, dass wir beinahe ihren Atem spüren konnten, blieben sie unvermittelt stehen und starrten verwundert auf den gewaltigen Graben, den unsere Männer angelegt hatten – eine Schlucht, so breit wie ein Wadi, unmöglich zu überqueren.

»Warum bleibt ihr stehen, ihr Narren?«, tobte Abu Sofian, der auf seinem Pferd angaloppiert kam, den Bauch über dem Gürtel wie ein Sack Gerste. Erst im letzten Augenblick gewahrte er den Graben, der sich vor ihm auftat wie ein Grab. Mit einem heftigen Ruck warf er sich nach hinten und brachte sein Pferd vor dem Abgrund zum Stehen.

Er hievte sich aus dem Sattel, trat an den Rand des Grabens und betrachtete unser Werk voller Abscheu.

»Mohammed ibn Abdallah ibn al-Muttalib!«, rief er. »Was für eine feige List, um meine Armee aufzuhalten.«

»*Ya* Abu Sofian, du hast wohl geglaubt, du könntest uns überraschen. Aber die Überraschung ist auf unserer Seite«, rief Mohammed zurück.

»Das nenne ich keine ehrenhafte Schlacht. Kommt heraus und kämpft wie Männer, anstatt euch hinter diesem Loch zu verschanzen, das ihr vergeblich gegraben habt. Oder befürchtest du, euer großer Allah wird euch nicht beschützen?«

»Allah beschützt uns bereits«, entgegnete Mohammed. »Was glaubst du wohl, wem wir diesen großartigen Graben verdanken?« Unsere Männer begannen zu schreien und Gott zu lobpreisen. Jemand schoss einen Pfeil über die Schlucht, der sich in einem Bogen erhob und zwischen den Angreifern landete. Mehr Pfeile folgten, zischten wie Schlangen durch die Luft und machten die Pferde scheu. Ich hörte einen Schrei und sah einen Mann mit einem Pfeil im Hals seitwärts vom Pferd fallen. Ein anderes Pferd stieg vor Schmerz wiehernd, als es von einem Pfeil in der Flanke getroffen wurde. Das eiserne Meer der gegnerischen Männer begann hin und her zu wogen, als die scheuenden Pferde ausschlugen und ausbrachen, ihre Reiter zu Boden oder über den Rand der Schlucht in ihr Grab warfen.

Ali kam zu dem Baum gelaufen, auf dem ich hockte. »Was machst du denn da oben?«, herrschte er mich an. Ich versuchte etwas zu antworten, aber die Worte blieben mir im Hals stecken. Warum musste ausgerechnet er mich hier entdecken? Ich kletterte von dem Baum, um mich mit ihm anzulegen, aber er war so mit anderen Dingen beschäftigt, dass er mich einfach nur nach Hause schickte.

Fluchend stürmte ich zurück in die Moschee. Wie konnte ich mich bloß erwischen lassen? Ich hatte angenommen, Ali sei bei den Truppen am Graben. Er würde Mohammed berichten, dass ich gegen das Gebot des *Hidschab* verstoßen hatte, und dann hätte ich Mohammeds Vertrauen erneut verloren. Jetzt würde mein Mann bestimmt eine Wache vor der Moschee postieren, damit ich nicht wieder entwischte, und mich dazu verdammen, händeringend zu Hause zu sitzen, während draußen die Schlacht tobte.

Als ich Mohammed später an jenem Tag im Hof sah, war er ernst, aber Gott sei Dank nicht wütend. »Ich bewundere deinen Mut, Aisha«, sagte er. »Aber du hast bereits sehr viel zu unserer Verteidigung beigetragen mit deiner Idee, einen Graben auszuheben.«

»Wie könnte ich je genug für dich tun?« Ich wischte mir die Schweißperlen von der Oberlippe.

»Indem du dir selbst Schaden zufügst, schadest du auch mir«, sagte er. »Bitte, Aisha, bleib hier und bewache die Moschee. Es wird die Frauen und Kinder beruhigen, wenn du sie beschützt.«

Omar stürmte mit klirrender Rüstung in den Hof und packte Mohammed am Bart. In seinen Augen lag Entsetzen, so als wäre jemand gestorben. Ich hielt den Atem an.

»Huyayy, der Anführer des Nadir-Clans, ist durch das Tor der Kuraiza in die Stadt geritten«, sagte er. »Es kann nur einen Grund für seinen Besuch geben: Die Invasion von Medina.«

Mohammed schüttelte den Kopf. »Die Kuraiza haben mir zugesichert, in diesem Konflikt neutral zu bleiben. Ihr Anführer Ka'ab ist ein vertrauenswürdiger Mann.«

»Und er verabscheut es auch zu kämpfen«, wandte Omar ein. »Könnte der Anblick von zehntausend Soldaten ihn dazu bewegen, den Pakt mit uns zu brechen?«

Zum zweiten Mal an diesem Tag bemerkte ich, wie die Angst Mohammeds Gesicht verdüsterte.

»Wenn das feindliche Heer durch das Tor der Kuraiza in die Stadt einfällt, dann ist der Untergang der *Umma* besiegelt«, sagte er. »Bei Allah, Omar, ich kann nur hoffen, dass du dich irrst.« Wie durch ein Wunder erschienen graue Strähnen in Mohammeds Haar und Bart. Seine Augen lagen tief in ihren Höhlen. Gebeugt schlurfte er davon und murmelte kopfschüttelnd vor sich hin.

»*Ya Zaudschi*, mein Gemahl!«, rief ich. »Wohin gehst du?«

»Zum Beten«, erwiderte er. »Euch beiden empfehle ich dasselbe.«

20

GIFTWIND

Fünfundzwanzig Tage später

Die fünfundzwanzig Tage der Belagerung kamen uns vor wie fünfundzwanzig Jahre. Die Angst bekam einen vertrauten Geschmack, der täglich in unser Brot gemischt wurde. Sauda weinte bei jedem Sonnenaufgang, überzeugt, dass es ihr letzter war. Hafsa verschanzte sich in ihrer Hütte, weigerte sich herauszukommen und blieb auch zum Essen allein. Zainab bedachte jeden, der es wagte, sie anzusehen, mit finsteren Blicken. Umm Salama wiegte ihre Kinder im Schoß und summte traurige Melodien vor sich hin, die die Kleinen so erschreckten, dass ihre Gesichter ganz bleich wurden.

Was mich betraf, schärfte ich jeden Morgen mein Schwert. »Du wirst die Klinge noch ganz abnutzen«, fauchte Zainab.

»Dann kann ich ja deine Zunge benutzen, um zu kämpfen«, erwiderte ich. »Die ist schärfer als jedes Schwert.«

Sie lachte nicht. Niemand lachte während jener fünfundzwanzig Tage. Selbst die Kinder verloren ihre Ausgelassenheit: Anstatt herumzutollen, spielten sie still in der Ecke des Hofs. Um der düsteren Atmosphäre zu entfliehen, brachte ich Hafsa ihre Mahlzeiten, aber die dunklen Ringe unter ihren Augen und ihre matte

Stimme ließen die Stimmung im Kochzelt vergleichsweise vergnügt erscheinen.

Zehntausend Mörder lauerten vor den Toren unserer Stadt. Sie spielten mit uns, wie eine Katze ihre Beute quält, bevor sie zuschlägt. Sie verhöhnten uns, indem sie den Graben als Latrine benutzten. Sie drohten, unsere Kinder zu rösten und zu essen, schwärmten schon im Voraus von dem zarten Fleisch und beklagten zugleich die Ungenießbarkeit des muslimischen Aromas. Sie sangen lüsterne Lieder über Mohammeds Frauen und darüber, was sie mit uns anstellen würden, bevor sie uns töteten. Sie führten gespielte Schlachten zwischen den Koreischiten und den Gläubigen auf – wobei die »Gläubigen« grunzten wie die Schweine.

»Diese Demütigungen sind unerträglich«, murrte Ali gegenüber Mohammed, nachdem sie einen Tag lang die Spottdarbietungen der Feinde beobachtet hatten. »Wenn du uns wenigstens erlauben würdest, sie mit unseren Pfeilen zu attackieren, um sie in ihrem Lager in Schach zu halten.«

»Spar dir deine Pfeile auf«, entgegnete Mohammed. »Wir werden unsere Waffen noch brauchen. Abu Sofian sinnt immer noch auf eine Möglichkeit, in die Stadt einzudringen.«

Und er fand eine – wie wir am fünfundzwanzigsten Tag erfuhren. An diesem Tag kam Safwan mit Neuigkeiten zur Moschee: Ka'ab, der Anführer der Kuraiza, hatte sich einverstanden erklärt, die Tore für die Eindringlinge zu öffnen. »Mein Vertrauter bei den Ghatafaniten sagt, dass Abu Sofian seine Truppen in Bereitschaft bringt«, erklärte er Mohammed.

Wie immer belauschte ich die Gespräche der Männer, und als ich diese Worte hörte, wurde mir vor Angst so schwindlig, dass ich an der Wand Halt suchte. Abu Sofian bereitete seine Truppen vor – um uns alle abzuschlachten!

»Ich kann nicht glauben, dass Ka'ab das zulassen wird.« Mohammed schüttelte den Kopf. »Noch vor weniger als einem Jahr hat er eine Schale Milch mit mir geteilt und mir seine Loyalität zugesichert.«

»Aber sein Stamm war bis zu unserer Ankunft über viele Generationen hinweg mit den Nadir verbündet«, sagte Ali. »Und wir haben die Nadir ins Exil getrieben.«

»Und Ka'ab fürchtet jetzt, dass du dasselbe mit den Kuraiza vorhast«, warf Safwan ein.

Mohammed entschuldigte sich zum Gebet und bat Ali, seine Gefährten im *Madschlis* zu versammeln und Safwan etwas zu essen zu besorgen.

»Es wird nichts Besonderes sein«, sagte Ali. »Unsere Vorräte gehen bald zur Neige.«

»Die Eindringlinge haben ebenfalls Hunger«, sagte Safwan. »Da Abu Sofian ihnen einen leichten Sieg versprochen hatte, haben sie nur Vorräte für zwei Wochen mitgebracht.« Er grinste. »Die Beduinenkrieger sind natürlich an Hunger gewöhnt, aber ihr solltet mal die Koreischiten jammern hören.« Sein dümmliches Grinsen ärgerte mich. Wenn ich nicht gewesen wäre, würde auch er sich jetzt zum Sturm auf Medina bereitmachen.

Mohammed bedankte sich bei Safwan und ging. Ali machte sich auf, um die Gefährten zusammenzurufen, und versprach, bald wieder zurück zu sein. Als Safwan allein in der Moschee war, spähte er zu meiner Tür herüber – die ich hastig verschloss und auch auf sein Klopfen hin nicht öffnete.

»Mein Herz sehnt sich immer noch nach dir, Aisha«, gestand mir Safwan durch die Tür.

»Und deshalb hast du dich verdrückt und mich allein vor der *Umma* stehen lassen?«, keuchte ich.

»Der Prophet hatte mich weggeschickt. Er wollte mich nicht hier haben, damit sich die Leute nicht durch meine Anwesenheit an unsere gemeinsame Nacht in der Wüste erinnert fühlen.«

»Und dann bist du also zu deinen alten Freunden, den Ghatafaniten, zurückgekehrt.«

»Bei Allah! Der Prophet hat mich als Spion zu ihnen geschickt, damit ich ihre Gespräche mit Abu Sofian belausche. Ich hätte dich sonst niemals verlassen, Aisha.«

Ich sagte nichts, aber mein Herz war etwas milder gestimmt.

»Ich hoffe, du wirst mir vergeben«, sagte er. Eine Träne lief mir über die Wange. Und dann trat Stille ein. Safwan war gegangen.

Lange saß ich auf meinen Kissen und trauerte unserer verlorenen Kindheit nach. Wie unschuldig wir in jenen Tagen gewesen waren, als wir uns noch ein Leben ohne jede Einschränkung vorgestellt hatten! Aber in Wirklichkeit war uns unser Schicksal seit der Geburt vorgezeichnet gewesen. Wir würden vielleicht in der Lage sein, unsere Zukunft zu gestalten, aber wir konnten unserem Schicksal nicht entrinnen, gleichgültig, wie weit wir in die Wüste ritten.

Ich konnte meinem Schicksal nicht entfliehen, und ich wollte es auch nicht. Aber ich konnte tapfer sein, mein Schwert schwingen und bis zum bitteren Ende kämpfen. Ich schluckte meine Tränen herunter und nahm all meinen Mut zusammen. Wenn die Koreischiten eindrangen, würden sie mich nicht schluchzend und um Gnade winselnd vorfinden! Ich würde kämpfen, wie diese dickbäuchigen Kaufleute es noch nie bei einer Frau erlebt hatten.

Ich befestigte mein Schwert am Gürtel und machte mich auf zum *Madschlis*, um zu hören, worüber die Männer sprachen.

»Die feindlichen Truppen ziehen sich am Graben zusammen«, brüllte Ali. Auch wenn er noch so tobte, konnte er die Angst in seiner Stimme nicht verhehlen. Draußen vor dem *Madschlis* begannen meine Knie so heftig zu zittern, dass sie gegeneinanderschlugen.

Mohammed packte Ali am Bart und umarmte ihn. »Bereitet euch auf den Kampf vor und habt Vertrauen zu Gott.«

Ohne mich zu beachten, eilten die Männer zur Tür hinaus. Als Mohammed herauskam, flog ich in seine Arme. »Lass mich mit dir kommen, *Habibi*«, bettelte ich unter Tränen. »Ich will kämpfend an deiner Seite sterben.«

Er schlang die Arme um mich und küsste mich auf den Kopf. Ich spürte, wie sein Herz raste, als wollte es ihm aus der Brust springen. »Meine Aisha«, sagte er. »Du bist die tapferste all meiner Krieger. Deshalb musst du in der Moschee bei den Frauen und Kindern bleiben. Du kannst ihnen Mut zusprechen.«

»Was für ein Trost, darauf zu warten, abgeschlachtet zu werden!«, entgegnete ich und fing an zu weinen. »Glaubst du vielleicht, wir kauern uns in der Moschee zusammen und beten um ein Wunder? Gib uns wenigstens Waffen, damit wir unsere Feinde in die Hölle schicken können, bevor wir sterben müssen.«

»Dein Wunsch ist mir Befehl, *Habibati.*« Ihm versagte die Stimme. »Ich werde Talha mit allen nicht gebrauchten Dolchen, Schwertern und Schilden schicken, die wir noch besitzen.«

Mohammed zog mich enger an sich und küsste mich mit solcher Leidenschaft, dass ich nach Luft schnappte, als sich seine Lippen von meinen lösten. Dann schob er mich sanft von sich weg.

»Allah sei mit dir, *Zaudschi*«, sagte ich.

»Und mit dir, meine Krieger-Braut.« Er sah mich eindringlich mit Tränen in den Augen an. »Nun geh und bereite unsere Frauen darauf vor, sich Gottes Armee anzuschließen. Und wenn nicht in dieser Welt, so sehen wir uns in der nächsten Welt wieder.«

Es gelang mir kaum, mein Schluchzen zu unterdrücken. Würden wir alle wie die Schafe auf der Schlachtbank sterben? Würde ich weiterleben wollen, falls Mohammed fiel? *Bitte, Allah, beschütze ihn.*

Am ganzen Leib zitternd ging ich in meine Hütte, um meinen Dolch zu gürten und meinen Helm aufzusetzen. Dann wartete ich in der Moschee auf Talha. Als er mit einem Sack voller Waffen eintraf, schenkte er mir das erste Lächeln, das ich seit Beginn der Belagerung zu sehen bekam.

»Bei Allah, Kusine, nie habe ich eine schönere Kriegerin gesehen«, rief er aus. »Unsere Feinde können von Glück reden, wenn ihre Kehlen von so schöner Hand aufgeschlitzt werden.«

»Wer redet denn davon, Kehlen aufzuschlitzen? Ich werde ihnen die Köpfe abschlagen«, prahlte ich. Sein Lächeln war weich wie schmelzende Butter, und seine Augen wurden feucht. Ich setzte mich über die Konvention hinweg, stellte mich auf die Zehenspitzen und drückte ihm einen Kuss auf die Wange, als Dank für die Freundschaft, die er mir über die Jahre bewiesen hatte.

Als die Frauen Medinas nach und nach eintrafen, händigte ich ihnen am Eingang die Waffen aus. »Es beißt nicht«, sagte ich zu Umm Aiman, die ihr Schwert argwöhnisch betrachtete.

»Du kannst ihn ganz fest in die Hand nehmen, du wirst ihn schon nicht zerbrechen«, sagte ich zu Dschamila, deren Dolch wie ein Stück Band von ihrer kraftlosen Hand baumelte. »Genau, so wird's gemacht, *Ummi*«, sagte ich, als meine Mutter das Heft ihrer Waffe beherzt in die Hand nahm und sie mit wild rollenden Augen in einen imaginären Feind stieß.

Sauda kam außer Atem und verschwitzt angerannt. »Hafsa will immer noch nicht aus ihrer Hütte kommen«, sagte sie. »Wir können sie doch nicht einfach allein lassen.«

Zainab trat mit wütenden Blicken auf mich zu. »Was glaubst du eigentlich, wer du bist?«, herrschte sie mich an. »Bist du die Frau des Propheten oder eine gewöhnliche Kriegerin wie Umm 'Ummara?«

Meine Wangen glühten. »Umm 'Ummara hat Mohammed bei Uhud das Leben gerettet.«

»Während du herumrennst und ein Spektakel inszenierst. Und sieh dich nur an. Bewaffnet und behelmt wie ... wie ... ein Junge!« Sie schüttelte angewidert den Kopf.

Ich hob das Kinn, denn ich kannte den wirklichen Grund für ihre Verärgerung. Während meiner Verbannung im Haus meiner Eltern hatte Zainab mit der Position der Hauptfrau in Mohammeds Harem geliebäugelt. Und jetzt ertrug sie es nicht, mich mit einer Macht ausgestattet zu sehen, die sie nicht besaß. Aber wenn sich unsere Leichen im Sand türmten, würden unsere Streitereien um Machtansprüche sowieso keine Rolle mehr spielen.

Umm Salama trat vor, ihre beiden Kinder Dorra und Omar im Arm. Ihr ältester Sohn Salama war gerade fünfzehn geworden und gehörte jetzt zu den Kriegern, und ihre kleine Tochter befand sich außer Gefahr in den Armen einer Beduinenamme irgendwo in der Wüste.

»Zainab hat recht«, erklärte sie bemerkenswert ruhig für eine Frau im Angesicht des Todes. »Wir Frauen sind dazu da, Leben zu geben, und nicht, es zu nehmen. Was für ein Vorbild werde ich meinen Kindern sein, wenn sie sehen, dass ich das Blut von Menschen vergieße?«

Ich konnte nicht glauben, was ich da hörte. Mein Herz flatterte in meiner Brust wie ein Vogel, der in einem Zimmer eingesperrt ist. »Vorbild? Für wen? Wenn wir nicht kämpfen, wird es hier niemanden mehr geben, der noch berichten könnte, wie du gestorben bist«, sagte ich.

»Ich bin einer Meinung mit Zainab und Umm Salama.« Fatima funkelte mich wütend an, bis zum letzten Atemzug eifersüchtig auf die Liebe ihres Vaters. »Wenn ich schon sterben muss, dann will ich es in Würde tun.«

Ich schüttelte angewidert den Kopf und stellte meine Tasche mit den Waffen auf dem Boden ab. »Macht, was ihr wollt. Duckt euch in die Ecken, wenn eure Mörder kommen, meinen Segen habt ihr. Was mich angeht, lasst euch gesagt sein, dass Aisha bint Abu Bakr so sterben wird, wie sie gelebt hat – kämpfend!« Zitternd vor Wut verließ ich die Moschee und machte mich auf den Weg zu Hafsa.

Sie hockte im hintersten Winkel ihrer Hütte, die Arme um die Knie geschlungen. »Warum tut Allah uns das an?«, jammerte sie.

Ich kniete mich neben sie und nahm sie in die Arme. Zuerst reagierte sie nicht, aber als ich ein Lied anstimmte, spürte ich, wie ihr Körper sich entspannte, und als ich ihr sagte, dass es in Ordnung sei, Angst zu haben, dass wir alle Angst hätten, seufzte sie und legte den Kopf an meine Schulter.

»Angst ist normal«, sagte ich. »Die Frage ist nur, was man mit seiner Angst anfängt.« Ich zog die Waffe hervor, die ich ihr mitgebracht hatte – ein eleganter, geschwungener Dolch mit einem Heft aus Bronze und einer Klinge, die selbst im Dämmerlicht ihres Zimmers funkelte.

»Lass deine Gefühle durch deine Hände in diesen Dolch strömen. Und wenn er ganz davon erfüllt ist, stößt du ihn in den Bauch deines Angreifers – und du wirst sehen, wie die Angst von dir in seine Augen übergeht, wenn er durch deine Hand stirbt.«

Ängstlich nahm sie den Dolch entgegen und prüfte sein Gewicht. Sie drehte ihn herum und betrachtete ihn. Zögernd vollführte sie eine Stoßbewegung. Dann ließ sie den Dolch fallen und brach in Tränen aus.

»Ich weiß gar nicht mehr, was ich glauben soll. Ich bin so verwirrt.«

Ich hob den Dolch auf und schloss ihre Finger um den Griff. »*Ya* Hafsa, viele von uns sind verwirrt. Aber eins wissen wir alle: Jeder muss früher oder später sterben. Daran können wir nichts ändern. Aber du und ich haben Einfluss darauf, wie wir sterben wollen. Ich will lieber kämpfend sterben als am Boden kauernd. Und was ist mit dir?«

Etwas loderte in ihren Augen auf. Sie wischte sich die Tränen mit dem Ärmel ab und straffte sich ein wenig.

»Wie geht man denn überhaupt mit so einem Ding um?«, fragte sie und hob die Klinge. »Kannst du es mir beibringen?«

Ich stand auf. »In ein paar Minuten werde ich damit beginnen, euch zu unterweisen. Du bist herzlich willkommen, dich uns in der Moschee anzuschließen.« Als ich ihre Hütte verließ, war sie schon im Begriff, nach ihrem Umhang zu greifen.

Wieder in der Moschee war ich völlig überrascht, all diese Frauen zu sehen, einschließlich Zainab, Umm Salama und Dschuwairiya, die unbeholfen mit Schwertern und Schilden hantierten, und zwischen ihnen meine Mutter, die auf Mohammeds Baumstumpf-Kanzel stand und improvisierte Verse über das Töten und Verstümmeln unserer Feinde skandierte.

»*Ya* Aisha, komm her und zeig uns, wie man kämpft!«, rief *Ummi*, als sie Hafsa und mich erblickte. Sie streckte mir ihre Hand entgegen und zog mich auf den Baumstumpf. Ich hob mein Schwert in die Luft und begann mit dem Unterricht. Schon kurz darauf waren alle Frauen dabei, den Schwertkampf zu üben und sich in die Rolle einer Kriegerin zu versetzen. An den Seitenwänden saßen die Kinder in Grüppchen, klatschten in die Hände und feuerten uns an, als ginge es um ein Spiel.

Zu meinem Entzücken lernten viele der Frauen sehr schnell – selbst diejenigen, die sich anfangs widersetzt hatten. Umm Salama erwies sich als umsichtige Gegnerin, die den Verlauf eines Kampfs eher kühl kalkulierte, als sich von ihren Gefühlen leiten zu lassen. Zainab dagegen war so impulsiv wie Ali, allerdings ohne über seine

Fertigkeiten zu verfügen. Sie kämpfte wie eine Löwin, aber ich fürchtete, dass sie in einer realen Schlacht nicht lange überleben würde. Meine Mutter dagegen war unbezwingbar und kämpfte lachend gegen die glücklose Qutaila, als hätte sie sich noch nie im Leben so amüsiert. Sauda tanzte mit ihrem Schwert leichtfüßig und elegant und überwältigte Umm Aiman mühelos. Der Raum war erfüllt vom Klirren der Schwerter und dem Ächzen und den Schlachtrufen der Frauen, bis wir schließlich beschlossen, aufzuhören und uns auszuruhen. Es würde uns nichts nützen, uns zu erschöpfen, bevor die wirkliche Schlacht begann.

Hafsa und ich sammelten die Kinder ein, damit sie uns im Kochzelt bei der Essenszubereitung halfen.

»Wir könnten eigentlich alles kochen«, sagte Hafsa beim Anblick unseres letzten Sacks Gerste. »Wir werden die Energie für den Kampf brauchen, und wir wollen nichts davon übrig lassen, damit die Koreischiten es kriegen, wenn es vorbei ist.«

Als wir mit riesigen Schüsseln voller Getreide zur Moschee zurückkehrten, lagen die Frauen in Gebetshaltung auf dem Boden. Meine Mutter zeigte auf den Stumpf der Palme.

»*Ya* Tochter, wir brauchen ein Gebet und du wirst diejenige sein, die es spricht«, sagte sie. Zainab richtete sich auf und wollte protestieren, aber als meine Mutter trotzig ihr Kinn vorreckte, ließ sie sich wieder auf den Boden sinken. Ihre Blicke, mit denen sie mich bedachte, waren wie Dolche, während ich nervös auf den Stumpf kletterte.

In dem stillen Raum fühlte ich mich so winzig wie eine Ameise. Ich öffnete den Mund, um zu beten, aber meine Lippen zitterten so sehr, dass ich kein Wort herausbrachte. Wie konnte ich hier stehen anstelle von Mohammed, dem Propheten des einen Gottes? Aber hatte er mir nicht aufgetragen, den Frauen seiner *Umma* Trost zu spenden? Das war doch meine Chance, mich seines Vertrauens als würdig zu erweisen.

Allah, bitte lass mich die richtigen Worte finden. Ich öffnete den Mund erneut, und diesmal ertönten meine Worte so wahr wie die Gebetsrufe Bilals vom Dach der Moschee.

»Gib uns den nötigen Mut, um unsere Kinder und die *Umma* zu beschützen«, betete ich. »Mit dir an unserer Seite werden wir siegreich sein.«

Nach dem Essen legten sich die Frauen hin, um wenigstens etwas zu ruhen, denn die Angst in ihrem Herzen ließ sie schon seit Tagen keinen Schlaf finden. Asmas kleiner Sohn Abdallah wollte unbedingt von mir eine Geschichte hören. Also setzte ich mich auf den Baumstumpf, breitete die Arme aus, und er kletterte auf meinen Schoß. Gewärmt von seinem Atem begann ich zu rezitieren. Ein Gedicht nach dem anderen, was mir gerade in den Sinn kam: alte Liebesgedichte, Verse, die Allah Mohammed offenbart hatte, Gedichte von den Heldentaten bei Badr und Uhud und Gedichte über die Sehnsucht nach unserer Heimatstadt Mekka, die allen Tränen in die Augen trieben.

Plötzlich vernahmen wir von draußen ein Dröhnen wie das Hufgetrappel von tausendundeinem Pferd. Ein Kreischen wie von einem heftigen Sturm jagte durch die Straßen. Panik erfasste mich – sie kamen! Das Ende nahte. Mit Tränen in den Augen verabschiedete ich mich von allen, aber schließlich gab ich mir einen Ruck. Wenn es Überlebende gab, sollten sie sagen können, Aisha starb als Kriegerin, stark und stolz, und nicht jammernd vor Angst und Selbstmitleid.

Sauda schrie auf. Fatimas Säugling begann zu wimmern. Ich nahm den schlafenden Abdallah und trug ihn zu Asma. Meiner Schwester standen die Tränen in den Augen, aus denen nackte Angst sprach. Ich sprang wieder auf den Baumstumpf und zog mein Schwert aus der Scheide. Es sang und zitterte in meiner Hand, und der Gesang der Schwerter um mich herum, die in die Luft gereckt wurden, stimmte ein.

Stundenlang, so schien es mir, verharrten wir so; die Nasen schnüffelnd hochgereckt wie Hunde auf der Jagd, lauschten wir auf das Geräusch sich nähernder Schritte und hielten Ausschau nach blutrünstigen Augen. Mein Puls raste und ließ die Zeit langsamer vergehen. Ich hörte den Atem der Frauen um mich herum, nahm den Geruch der Gerste wahr, die wir gegessen, und des Staubs, den wir mit den Füßen aufgewirbelt hatten. Trotz der ungewöhnlich kühlen Luft war ich schweißgebadet. Eiskalte Schauer liefen mir über den Rücken, sodass ich die Zähne zusammenbeißen musste, damit sie nicht klapperten.

Dann ertönte vor dem Eingang der Moschee ein Krachen und ein Aufschrei. Meine Nerven waren zum Zerreißen gespannt, während ich auf den Angriff wartete – aber nichts geschah. Ich strengte die Ohren an, lauschte, konnte aber nichts hören als ein lang gezogenes, lautes Dröhnen, das anschwoll und abebbte wie das Rote Meer.

Mit zitternden Beinen stieg ich von dem Baumstumpf und durchquerte langsam den Raum, bahnte mir den Weg vorbei an den gebannt lauschenden Frauen, durch die Wolken von Düften hindurch, mit denen sie sich am Morgen parfümiert hatten, als sie noch nicht wussten, dass dieser Tag ihr letzter sein würde. Lange, keuchende Atemzüge erfüllten die Moschee. Nicht eine einzige Hand zitterte, auch wenn viele Gesichter tränenüberströmt waren.

In der Moschee war der Bereich um den Eingang herum frei geblieben; keine wollte die Erste sein, die die Feinde begrüßte. Ich trat in den freien Raum, als bestiege ich eine Bühne. Die Blicke aller Frauen folgten mir, als ich in Richtung Tür schlich. Vom Eingang her erkannte ich die Ursache der Geräuschkulisse: Ein *Samum* schleuderte Sand gegen die Häuser, riss Palmdächer ab und wirbelte sie durch die Luft. In der Ferne erblickte ich die *Zauba'a*, die Sandteufel, die sich spiralförmig zum Himmel auftürmten und die Sonne mit einer sesamfarbenen Wolke verdunkelten. Es waren weder Soldaten noch sonst jemand zu sehen. Mit gerecktem Hals spähte ich die Straße auf und ab, aber überall bot sich dasselbe Bild: Alles war leer und verlassen.

Ich stieß einen Freudenschrei aus. »Wir werden nicht angegriffen! Es ist ein *Samum*!«

Ein Geräusch, als hätte jemand ein Loch in einen großen Ball gestochen, erfüllte den Raum, als alle erleichtert aufatmeten. Hinter mir hörte ich das Rascheln von Kleidern und das Geräusch der Schwerter, die in den Scheiden verstaut wurden. Und dann, als ich den Kopf in die Moschee zurückziehen wollte, sah ich sie kommen.

Die dunklen Umrisse in der Ferne wurden größer und kamen immer näher. Wie zehntausend Wirbelwinde rannten sie durch den Sturm, ohne sich um den Sand und die aus den Palmen auf den Boden stürzenden Äste zu scheren.

»Haltet eure Waffen bereit!«, rief ich. »Der Feind nähert sich.«

Hafsa eilte an meine Seite und reckte den Hals, um etwas zu sehen. »Sie kommen, um uns zu töten«, sagte sie.

Und so war es: zehntausend Mörder, die direkt auf die Moschee zurannten, sich gegenseitig schubsten, schrien und lachten, vorausstürmten und von den hinteren festgehalten wurden. Wie ähnlich ihre Rüstung der unserer Leute war! Sie mussten sie den Leichen unserer *Umma*-Krieger weggenommen haben. Knurrend zog ich mein Schwert hervor; mich dürstete nach dem Blut der Koreischiten. Vor allem nach dem von Abu Sofian.

Dann tauchte am Kopf der Horde eine vertraute Gestalt auf – ein großer Mann mit gelocktem Bart und dem schönsten Lächeln im ganzen *Hidschaz*.

»*Ya*, Aisha, lasst uns Allah preisen!« Mohammed wedelte mit den Armen und ließ die Klinge blitzen. »Er hat das Lager der Feinde mit seinem *Samum* zerstört. Abu Sofian ist mit seiner Armee geflohen, wie wir vorausgesagt haben. Die Belagerung ist aufgehoben! Wir sind gerettet!«

21

DER GETEILTE *HARIM*

Medina, Mai 627

Wie ein Lauffeuer verbreitete sich die Nachricht in der Wüste: Der Prophet Mohammed hatte eine Armee von zehntausend Mann ohne einen einzigen Verlust auf seiner Seite besiegt. Zum Islam Konvertierte strömten massenhaft nach Medina. Beduinenscheichs, einschließlich der Führer der Ghatafaniten, verkündeten jetzt lautstark, Mohammeds Freunde zu sein. Der Negus, der König von Abessinien, schickte hundert Kamele, um ihm zu gratulieren. Der ägyptische Hohe Priester versprach Mohammed seine schönsten Kurtisanen. Während man ihn noch einen Monat zuvor überall im *Hidschaz* als einen von einem *Dschinn* Besessenen beschimpft hatte, lag dem Propheten Allahs jetzt die ganze Welt zu Füßen. Und ich stand an seiner Seite – und versuchte, meinen Platz gegen die intrigante Zainab zu verteidigen.

Wegen meiner Idee mit dem Graben war ich in Mohammeds Ansehen gestiegen, Gott sei Dank, aber auch, weil ich den Frauen geholfen hatte, sich und ihre Kinder zu verteidigen. »Wenn Aisha nicht gewesen wäre, hättest du uns am Boden kauernd und plärrend wie kleine Kinder vorgefunden«, hatte Sauda zu Mohammed gesagt, der mir zunickte, als hätte er nichts anderes von mir erwartet. Niemand verlor ein Wort darüber, wie Zainab, Umm Salama und Fatima mich kritisiert hatten.

Saudas Erzählung, wie ich die Frauen für den Kampf gerüstet hatte, trieb meinem Vater Tränen in die Augen, und als er hörte, wie meine Mutter ihre Schwertkünste demonstriert hatte, musste er lächeln. Allerdings waren nicht alle Gefährten Mohammeds beeindruckt. Omar herrschte seine Frauen an, ihre Waffen fallen zu lassen, bevor sie sich selbst verletzten, und Ali schalt Fatima, dass sie ihr Kind mit einem so scharfen Gegenstand gefährdete. »Ihr hättet eigentlich wissen müssen, dass wir Männer euch beschützen würden«, sagte er, als er sie von der Moschee abholte.

Mein Vater lachte über die Reaktion seiner Gefährten. »Wahrscheinlich wirst du jetzt das Kommando über den Haushalt übernehmen wollen, nachdem du einmal an der Macht geschnuppert hast«, sagte er zu meiner Mutter, woraufhin sie über das ganze Gesicht strahlte. Sie drehte sich zu der bleichen, verhärmten Qutaila um, die ihr Schwert wie einen stinkenden Fisch von sich weghielt, und nahm ihr die Waffe ab.

»Komm, Schwester. Es ist Zeit, nach Hause zu gehen«, sagte meine Mutter gebieterisch.

Omars Frauen folgten ihm mit erhobenen Köpfen und einem Lächeln auf den Lippen aus der Moschee.

Selbst Zainab, als sie sah, mit welch strahlendem Blick Mohammed mich bedachte, hob ihr Schwert und prahlte damit, wie sie die Angreifer der Koreischiten bei lebendigem Leibe aufgespießt hätte. Als ihr Blick auf mich fiel, fragte ich mich, ob ich mir womöglich eine noch gefährlichere Gegnerin geschaffen hatte.

Ich dachte eigentlich, ich hätte schon genug Sorgen, aber Allah schien anderer Meinung zu sein, denn er schickte mir schon bald noch eine weitere. Wenige Tage nach dem Grabenkrieg war ich mit Mohammed in meinem Zimmer, als Ali eintraf. Er zerrte eine Frau herein, die er an den Armen gepackt hielt. Sie hatte einen Schönheitsfleck wie ein Quittensamen auf der rechten Wange und zornig funkelnde Glutaugen. Ali schubste sie in Mohammeds Richtung.

»Ein Geschenk deiner Krieger«, sagte er. »Raihana, die Prinzessin der Kuraiza.«

Sie bespuckte Mohammeds Bart. Ali schrie auf, aber Mohammed hob eine Hand, um ihn zum Schweigen zu bringen.

»Du hast meinen Vater, meinen Mann und meinen Bruder getötet«, knurrte die Frau. »Eher sterbe ich, als deine Hure zu werden – wie die da.« Sie schleuderte ihre Hand in meine Richtung, ohne mich anzusehen.

Der Hass in ihrer Stimme ließ mich zusammenzucken. Aber wer hätte ihre Wut nicht verstehen können? Nachdem Abu Sofians Armee geflohen war, ausgelaugt vom Hunger und vertrieben vom *Samum*, hatten unser Krieger das Viertel der Kuraiza angegriffen und alle Männer getötet – der brutalste Akt, den Mohammed je angeordnet hatte. »Wir können nicht riskieren, dass sie uns verraten, wie die Nadir es getan haben«, hatte er gesagt. Aber ich hatte die tiefe Traurigkeit in seinen Augen gesehen, als wir zusahen, wie unsere Krieger die Männer enthaupteten und die Leichen in den Graben warfen.

Auch ich war von Trauer erfüllt, und dennoch hielt ich Mohammeds Entscheidung für richtig. Wären wir abgeschlachtet worden, hätte Ka'ab, der Anführer der Kuraiza, keine Träne vergossen. Und hätte Mohammed ihnen dieselbe Gnade erwiesen wie zuvor den Stämmen der Nadir und Kainuka, hätten unsere Männer rebelliert. Sie mussten sich an den verräterischen Kuraiza rächen.

Den Blick auf Raihana gerichtet, tupfte Mohammed sich den Bart mit dem Ärmel ab und erklärte ihr, er bedauere es, ihr Kummer verursacht zu haben. »Ich stelle dich nicht vor die Entscheidung, mich zu heiraten oder zu sterben.«

»Wenn du vorhast, mich in die Sklaverei zu schicken, dann töte mich lieber gleich«, entgegnete sie. »Der Tod durch Enthaupten wäre gnädiger als Vergewaltigung und Schläge. Ich bin eine ungeschickte Prinzessin mit zarten Händen und einer scharfen Zunge und als Sklavin untauglich.«

»Ich werde dich nicht zur Sklavin machen, Tochter des Ka'ab«, erwiderte Mohammed. »Auch wenn er uns jetzt verraten hat, habe ich deinen Vater immer bewundert. Aus Respekt vor ihm werde ich dir erlauben, hier zu wohnen, in meinem *Harim* – aber nicht als meine Frau, solange du nicht zum Islam übertrittst.«

Ich hatte ein ungutes Gefühl, behielt meine Einwände jedoch für mich. Die Frau war ein Geschenk von Mohammeds Kriegern, er konnte sie nicht zurückweisen. Aber dieses giftsprühende Geschöpf in den Harem zu bringen? Ich hätte die Gesellschaft einer Schlange vorgezogen.

»Dich heiraten und meinen jüdischen Gott aufgeben?« Raihanas Gelächter scheuerte wie Sand in einer frischen Wunde. »Das würde ich nie tun, nicht einmal um meine Söhne zurückzubekommen.«

»Du hast deine Kinder nicht verloren«, sagte Mohammed. »Sie dürfen mit dir zusammen hier leben.«

Raihana senkte den Blick – doch mir waren ihre Tränen nicht entgangen, die an ihren Wimpern hingen wie Tautropfen an Grashalmen. Ali schubste sie mit seinem Schwert. »Siehst du, wie freundlich unser Prophet ist?«, sagte er. »Bedank dich gefälligst bei ihm für seine Großzügigkeit.«

Sie bedachte Ali mit einem wütenden Blick. »Warum sollte ich mich dafür bedanken, dass er mir etwas geben will, was mir bereits gehört?«

»Was für ein Mann ist Mohammed?«, fragte Raihana an diesem Abend im Kochzelt, wo wir Schwesterfrauen uns vor den Männern verbargen, die Raihanas Hütte errichteten. »Ein Mörder oder ein Liebhaber?«

»Er tötet nur die, die den Tod verdient haben«, antwortete ich, immer noch gekränkt darüber, dass sie mich mit einer Hure verglichen hatte. »Zum Glück für dich ist er in der Liebe nicht besonders wählerisch.«

Sie schürzte ihre vollen Lippen. »Eifersüchtig?«, fragte sie. »Meinetwegen brauchst du dir keine Sorgen zu machen. Ich bin nicht interessiert an deinem falschen Propheten.«

»Falsch!«, rief Sauda aus, die in einer Ecke mit den Kindern spielte. Ihr Gesicht war so rot wie ein Granatapfel, als sie aufstand und zu uns herüberstapfte. »Der Prophet ist der wahrhaftigste Mann im ganzen Hidschaz.«

Raihana grinste abfällig. »Ein wahrhaftiger Blender. Behauptet, der Prophet zu sein, den unser jüdisches Buch vorhersagt. Würde Gott etwa einen Araber salben anstatt einen aus seinem auserwählten Volk?«

Sauda schnalzte missbilligend mit der Zunge und setzte sich zu mir, Hafsa, Dschuwairiya und Raihana. Ich schaltete mich ins Gespräch ein und genoss es, in die Rolle von Mohammeds Verteidigerin zu schlüpfen.

»Würde ein Blender alles aufs Spiel setzen, was ihm gehört?« Ich blickte Beifall heischend in die Runde meiner Schwesterfrauen. »Mohammed hatte eine wohlhabende Frau, eins der schönsten Häuser in Mekka, vier Töchter und ein angenehmes Leben. Warum sollte er sein Leben ändern wollen, wenn er es nicht musste?«

»Aha, verstehe – Gott hat ihn dazu gezwungen«, erwiderte Raihana und verdrehte die Augen.

»Richtig, genauso ist es gewesen«, sagte Hafsa.

»Es war der Engel Gabriel, *Dschibril*, der ihn gezwungen hat«, sagte Sauda. Ihre Stimme nahm einen geheimnisvollen, mystischen Tonfall an, als sie den Rest der Geschichte erzählte, den wir anderen schon auswendig kannten – wie Mohammed der Prophet Allahs geworden war.

Mohammed saß in einer Höhle auf dem Berg Hira, meditierte und betete zu den Göttern seiner Familie, als ein Geräusch wie Donnerhall die Wände erschütterte und eine dröhnende Stimme ertönte. »Trag vor!«, befahl sie ihm.

Vor Angst warf sich Mohammed auf den Boden und fragte sich, ob er vom langen Fasten Halluzinationen hatte. Im Dunkeln legten sich zwei Hände um seinen Hals und würgten ihn. »Trag vor!«, rief die Stimme wieder, und die Hände ließen ihn los.

So heftig zitternd, dass er kaum aufstehen konnte, stolperte Mohammed zum Eingang der Höhle, um einen Blick auf seinen Angreifer zu werfen und zu sehen, ob es sich vielleicht um einen *Dschinn* handelte. Was er sah, überwältigte ihn: Die riesige, leuchtende Gestalt eines Mannes – der Engel Gabriel – stand breitbeinig am Horizont und verdeckte den Mond und die Sterne. Mohammed warf sich zitternd zu Boden.

Raihana schnaubte verächtlich. »Ein *Dschinn*? So eine absurde Geschichte glaubt doch kein Mensch.«

In diesem Augenblick betraten Zainab und Umm Salama das Zelt, Fatima im Schlepptau wie eine Dienerin. Zainab baute sich abschätzig lächelnd vor mir auf.

»Mir ist soeben ein höchst interessantes Gerücht zu Ohren gekommen«, sagte sie.

Ich erstarrte. »Hat es etwas mit der Schwiegertochter eines Mannes und einem Vorhang zu tun?«, fragte ich sie zornig.

»Dieser alte Klatsch ist doch längst vergessen«, platzte Fatima heraus.

»Es handelt sich um eine neue Geschichte – und nach der Quelle zu urteilen, würde ich sagen, dass sie wahr ist«, sagte Zainab. »Eine Schwesterfrau deiner Mutter hat sie mir erzählt. Hat schon jemand davon gehört? Dass Mohammeds Kindbraut bis vor Kurzem zu ängstlich war, die Ehe zu vollziehen?«

Hafsas warnender Blick gab mir zu verstehen, dass ich mich besser zurückhielt. Sauda schüttelte den Kopf und ermahnte Zainab, sich von Klatschweibern fernzuhalten. Die Angst kroch mir in den Nacken. Entsprechend der Tradition, nach der eine Ehe erst durch den Vollzug Gültigkeit erlangte, war Zainab also schon länger Mohammeds Frau als ich, was ihren Führungsanspruch im Harem Nachdruck verlieh.

»Vielleicht war es gar nicht deine Ängstlichkeit, die Mohammed davon abgehalten hat, die Ehe zu vollziehen, sondern dieser magere Kinderkörper«, spottete sie. »Für mich siehst du immer noch aus wie ein Kind. Und, wie wir ja während der Belagerung feststellen konnten, benimmst du dich auch wie ein Kind.« Ihre Augen funkelten. »Wie ein Junge, der es nicht erwarten kann, ein Mann zu werden.«

Hafsa schlug sich die Hand vor den Mund und bedeutete mir zu schweigen, aber ich war zu wütend, um meine Zunge noch länger im Zaum zu halten.

»*Ya* Hafsa, hast du das auch gehört?«, sagte ich, bemüht, beiläufig zu klingen. »So ein merkwürdiges Krächzen wie von einem Papagei?«

Zainab sog die Luft ein. »Wir werden ja sehen, wer der Papagei in diesem *Harim* ist«, fauchte sie. Sie wandte sich an meine Schwesterfrauen. »Wir können hier und jetzt abstimmen.«

Sie setzte sich in die gegenüberliegende Ecke. »Diejenigen von euch, die wollen, dass Aisha euch anleitet, bleiben in ihrer Ecke. Diejenigen, die mich unterstützen, kommen her und setzen sich zu mir.«

Umm Salama folgte ihr nach kurzem Zögern, und Fatima, natürlich. Die drei saßen uns gegenüber.

Ich grinste. Fatima zählte nicht. Mit Sauda, Hafsa und Dschuwairiya auf meiner Seite hatte ich die Mehrheit. Ich warf Zainab einen triumphierenden Blick zu – aber sie lächelte Dschuwairiya erwartungsvoll zu, die aufstand und zu Zainab ging.

»Dschuwairiya und ich sind gute Freundinnen geworden, während du dich Safwan an den Hals geworfen hast«, sagte Zainab zu mir. Sie wandte sich an die Frauen neben sich. »Also, Schwestern, welche Aufgabe soll Aisha zuerst erledigen?«

»Vielleicht könnte ich die Stimmen zählen?«, sagte ich schnippisch. »Ich sehe außer dir nur zwei.« Ich schaute die Frauen an, die bei mir saßen. »Bei Allah, wir sind zahlenmäßig gleich.«

»*Ya* Zainab, noch hast du nicht gewonnen«, sagte Hafsa. »Du brauchst noch eine Stimme mehr.«

Zainab hob die Brauen und sprach Raihana an. »Es gibt noch ein weiteres Mitglied dieses *Harim*, dessen Stimme wir noch nicht gehört haben«, sagte sie. »Die liebenswerte Raihana.« Sie setzte ein bezauberndes Lächeln auf. »Willkommen in unserem Haus, Schwester. Wer soll nach deiner Meinung diesen *Harim* führen: ich, eine reife, intelligente Frau, oder dieses freche, kleine Gör?«

Raihana lachte laut. »Erwartet nicht von mir, dass ich in diesem Streit Partei ergreife«, erwiderte sie. »Ich habe schon zu viele Schlachten miterlebt. Außerdem bin ich nicht mit Mohammed verheiratet, also bin ich auch kein Mitglied dieses *Harim*. Und, so Gott will, werde ich es auch nie sein.«

22

MEUTEREI IN MEKKA

Medina, später Mekka und Al-Hudaybiyya, Mai 627

Die Auseinandersetzung mit Zainab war gerade noch einmal gut gegangen. Eine Stimme mehr zu ihren Gunsten, und ich hätte an dem Nachmittag die Latrine leeren müssen. Es war an der Zeit, schwanger zu werden. Da sie um meine Schwierigkeiten wusste, hatte Sauda begonnen, mir Heilmittel zuzustecken: Ein Zäpfchen aus der Wüstenpflanze *Chuzama*, das angeblich die Fruchtbarkeit der Frauen erhöht. Ich würde es ausprobieren, wenn Mohammed das nächste Mal zu mir käme. Dann würde ich ihm vielleicht mit Gottes Hilfe schon bald einen Sohn schenken können.

Aber ehe es dazu kam, verkündete Mohammed eine Pilgerreise zur Kaaba, um Allah dafür zu danken, dass er uns im Grabenkrieg gerettet hatte. Weil er fürchtete, dass die Koreischiten versuchen würden, uns den Zugang nach Mekka zu verwehren, würde er nur zwei seiner Frauen mitnehmen: mich und Umm Salama. Kurz darauf jedoch überredete Zainab ihn, sie ebenfalls mitzunehmen: *Du weißt doch, wie gut es mir in Mekka immer gefallen hat, Habib.*

Die Vorstellung, ein Zelt mit den beiden Weibern zu teilen, war mir so unangenehm, dass ich beinahe ablehnte, die Reise zu unternehmen. Aber ich sehnte mich danach, Mekka wiederzusehen. Und ich konnte nicht zulassen, dass Zainab die Pilgerreise unternahm und eine *Hadscha* wurde, und ich nicht.

Bei Einbruch der Dunkelheit brachen wir auf: tausend Männer, siebzig Kamele, die Allah geopfert werden sollten, zusätzlich weitere Kamele, Esel und Pferde, beladen mit Säcken voll Getreide und Datteln, Kochtöpfen, Zelten, Teppichen, Kleidern, Schüsseln, Kajal, Dolchen, Wasserschläuchen, Hoffnungen, Erinnerungen und Gebeten für eine friedliche Aufnahme in unserer Heimat. Natürlich gab es wie üblich auch einige Schwätzer, die großspurig verkündeten, dass wir die Koreischiten in die Knie zwingen würden, sollten ihre Anführer uns am Betreten der Stadt hindern wollen.

Aber Mohammed suchte nicht den Kampf. Den Entschluss, Mekka aufzusuchen, hatte er aufgrund eines Traums gefasst: Dass unsere Männer in weißen Gewändern in die Stadt strömten, aus dem heiligen Brunnen von Zamzam tranken und die Kaaba wie ein Fluss umspülten.

»Allah ruft uns zu sich«, sagte Mohammed zu mir.

Der Zeitpunkt für einen solch kühnen Schritt war perfekt gewählt. Der *Samum*, dem am Abend der geplanten Invasion von Medina Abu Sofians Lager zum Opfer gefallen war, hatte alle Einwohner des Hidschaz davon überzeugt, dass der Islam eine gewaltige Macht darstellte. Abu Sofian verlor an Ansehen unter den Koreischiten. Einige traten sogar dafür ein, ihn durch al-Abbas, den Onkel von Mohammed und Ali, zu ersetzen.

»Unser Volk ist es leid, immer wieder Schlachten und Karawanen an Mohammed zu verlieren«, sagte ein zum Islam Konvertierter. »Viele würden gern mit euch Frieden schließen.«

Begleitet von den Hochrufen und Klagegesängen der Frauen, Kinder und alten Männer, die die Straßen säumten, brachen wir von Medina auf. Die Vorfreude ließ die Augen der Männer noch heller strahlen als Sterne. Von der nächtlichen Wüstenluft belebt, trieben wir singend die Kamele an und konnten es kaum erwarten, unser geliebtes Mekka wiederzusehen. Aber in der zehnten und letzten Nacht unserer Reise senkten die Esel ihre Köpfe und weigerten sich weiterzugehen. Die Pferde scheuten und bäumten sich auf. Die Kamele stießen ihre gurgelnden Schreie aus, die wie das Gezeter von Dämonen klangen. Die Männer raunten etwas von einem Angriff der Koreischiten und murrten über Mohammeds Waffenverbot auf dieser Reise. Nur Dolche waren erlaubt, mit denen die Kehlen der Opferkamele aufgeschlitzt werden sollten.

»Mit diesen lächerlichen Spielzeugen wären wir nicht einmal in der Lage, einen Schwarm Vögel abzuwehren«, hörte ich den Treiber meines Kamels schimpfen. »Falls die Koreischiten uns angreifen, können wir uns gleich auf den Boden legen und abwarten, dass sie uns massakrieren.«

Wegen der allgemeinen Unruhe beschloss Mohammed schon in dieser letzten Nacht, die Kamele zu weihen, anstatt damit zu warten, bis wir in Mekka eintrafen. Wir Frauen sahen von unserem Zelt aus zu, als er das Leitkamel in die Mitte des Lagers führte und rief: »Gott ist groß!« Hochrufe und Jubel zerstreuten die düstere Stimmung, die sich unser bemächtigt hatte. Mohammed nahm einen Kajalstift und begann, sein Kamel zu schmücken. Er verzierte das mädchenhafte Gesicht und die kräftigen Lenden des Kamels mit Linien, Schnörkeln und Kreisen.

Mit dem Ruf »*Labbaika Allahumma labbaika!*« kündigte er Gott unser Kommen an, während er dem Kamel einen Kranz aus leuchtenden Blumen um den Hals legte.

Schon bald herrschte rege Betriebsamkeit, als die Männer die neunundsechzig restlichen Kamele vorführten. Mit ihren langen Wimpern und den Blumenkränzen erinnerten mich die Tiere an für ein Fest aufgeputzte Frauen. Am Tag darauf würde unser Pilgerzug sie nach Mekka hineinführen, in die heilige Stadt, der wir uns fünf Mal täglich im Gebet zuwandten. An der Kaaba sollten die Tiere Allah geopfert werden.

Als am nächsten Morgen die Sonne so heftig vom Himmel brannte, dass sie in die Augen stach und uns den Atem raubte, bereiteten wir uns auf die letzten Stunden unserer Reise nach Mekka vor. Wir würden die Stadt während der Mittagshitze betreten, wenn die Koreischiten-Krieger im Schatten dösten. Das war unser Plan.

Zuerst hörte ich das Hufgetrappel, dann die Schreie. Als ich die Vorhänge meiner Sänfte zur Seite schob, sah ich unseren Späher, der sein Pferd mit Peitsche und Fersen antrieb, durch die flirrende Hitze ins Lager galoppieren. Als er zum Stehen kam, reichte Omar ihm einen Trinkschlauch. Er sog das Wasser so gierig ein, dass er es auf seinen Kleidern verschüttete. Dann berichtete er atemlos, dass Chalid ibn al-Walid mit zweihundert schwer bewaffneten Kämpfern zu uns unterwegs war.

Unsere Männer gerieten in Aufruhr. »Bei Allah, wir werden sie mit bloßen Händen in Stücke reißen!«, rief Omar.

Mohammed jedoch blieb unbeeindruckt.

»Die armen Koreischiten!«, sagte er kopfschüttelnd. »Der Krieg hat sie völlig zerfressen. Es hätte ihnen in keiner Weise geschadet, uns einfach kommen und beten zu lassen. Aber sie haben nichts anderes im Sinn, als zu kämpfen und zu töten. Schon allein deshalb sind wir ihnen überlegen.«

Er wandte sich an meinen Vater und trug ihm auf, herauszufinden, ob es noch eine andere Route nach Mekka gab. Meine Schwesterfrauen und ich folgten Mohammed in unser Zelt. Einen Augenblick später platzten Ali und Omar herein. Sie waren außer sich.

»Wir hätten unsere Schwerter mitnehmen sollen!«, schrie Ali, der schweißgebadet im Zelt auf und ab ging. »Ich habe dir gesagt, Vetter, dass die Koreischiten uns angreifen würden. Sie haben die Macht des Islam immer noch nicht begriffen, und das werden sie auch nicht, bis wir ihnen eine Schmach beibringen wie in Badr.«

»Ich will nicht länger unsere Brüder töten«, sagte Mohammed. »Allah wird uns Frieden schenken. Heute hat er mir ein Bild von mir selbst gezeigt, wie ich in Mekka stehe, mit rasiertem Kopf und den Schlüsseln zur Kaaba in der Hand. In meinem Traum waren meine Kleider unbefleckt. Mekka wird unser sein, und zwar ohne dass ein einziger Tropfen Blut vergossen wird.«

»Hat die Hitze dir den Verstand vernebelt?«, fragte Omar. »In Uhud hat Chalid ibn al-Walid viele unserer Männer getötet. Er ist ein erbitterter Kämpfer, einer der blutrünstigsten. Wenn er uns erwischt, werden wir sterben.«

»So Allah will, wird Chalid uns nicht einholen.« Mein Vater war wieder zurück. »Ich habe mit einem Beduinen gesprochen, der eine alternative Route kennt. Er hat mir versichert, dass wir auf unserem Weg nach Mekka keinem einzigen Koreischiten begegnen werden.«

Ali funkelte meinen Vater wütend an, als wäre er ein Eindringling. »Aber Chalid ibn al-Walid verfügt auch über Spione«, sagte er. »Wenn er unsere Route entdeckt, wird er uns dann nicht folgen? *Ya Nabi*, ohne Waffen, mit denen wir uns schützen können, ist unser Schicksal besiegelt.«

»Der andere Weg führt durch unwegsames, zerklüftetes Gelände und dichtes Dornengestrüpp«, erklärte mein Vater. »Zwischen den Felsen lauern Schlangen. Unser Führer sagt, die Koreischiten werden uns dorthin nicht folgen.«

»Weichlinge, diese Kaufleute«, höhnte Omar und lachte laut auf.

»Dank der Koreischiten sind wir an Strapazen gewöhnt«, sagte Mohammed. »Dieser Weg mag beschwerlich sein, aber er ist überwindbar.«

»Für die Männer ja. Aber für die Frauen ist das etwas anderes«, sagte Omar. »Sie sind zu schwach, um solche Beschwernisse auf sich zu nehmen.«

»Aisha? Zainab? Umm Salama? Wollt ihr zu seinen Zweifeln etwas sagen?«, fragte Mohammed.

»Ich kann alles tun, was ein Mann tun kann«, sagte ich. Mohammed lächelte.

»Und ich kann alles tun, was Aisha kann«, fügte Zainab hinzu.

Alle Augen richteten sich auf Umm Salama, die mit im Schoß gefalteten Händen dasaß, den Rücken so gerade, als wäre sie aus Stein. Als Tochter eines reichen Mannes fürchtete sie wahrscheinlich, sie könnte sich Schwielen an den Händen zuziehen, vermutete ich. Doch dann schalt ich mich innerlich für diese unfreundlichen Gedanken. Hatte ich nicht bei meinen vielen Besuchen in der Zeltstadt gelernt, Mitgefühl zu zeigen?

Als könnte sie meine Gedanken lesen, schaute Umm Salama mich an.

»Ich habe vier Kinder zur Welt gebracht«, sagte sie. »Gibt es im

Hidschaz einen einzigen Mann, der das von sich behaupten kann? Ein steiniger Weg ist nichts im Vergleich dazu.«

Am liebsten hätte ich über die Zornesröte, die Omar ins Gesicht stieg, laut gelacht. »Bei Allah, *Nabi*, wenn das meine Frauen wären, würden sie nicht so dreist daherreden.«

Umm Salama nickte. »*Ya* Omar, deine Haltung gegenüber Frauen ist mir sehr wohl bekannt«, sagte sie. »Deshalb habe ich auch deinen Heiratsantrag abgelehnt.«

Unsere Route führte über scharfkantige Lavafelder und durch dichtes Dornengestrüpp. Wir kamen nur stockend voran, und die Pferde scheuerten sich die Hufe und die Beine an den Felsen auf. Als eine Schlange Umm Salamas Kamel erschreckte, ging es in die Knie, aber Umm Salama gab keinen Mucks von sich. Niemand beklagte sich, weder Männer noch Frauen. Ein verstauchter Zeh war einem Messer ins Herz allemal vorzuziehen.

Schließlich erreichten wir Al-Hudaybiyya, das Heiligtum vor den Toren von Mekka, wo wir gefahrlos unser Lager aufschlagen konnten. Während die Männer unser Zelt aufbauten, führte Mohammed Umm Salama, Zainab und mich zum Aussichtspunkt. Dort schwelgten wir im Anblick von Mekka, das sich unter uns ausbreitete wie ein mit Edelsteinen gefülltes Tuch, zusammengehalten von einer Halskette aus schwarzen Bergen. Auch wenn das Gelände hier staubiger war als in Medina, wirkte die Stadt viel größer und strahlender. Farbenfrohe Baldachine schmückten den geschäftigen Marktplatz, und Steinhäuser leuchteten weiß in der Sonne. Das am stärksten strahlende Weiß jedoch funkelte von der Kaaba, die flankiert wurde von den Zwillingshügeln, zwischen denen die Männer als Teil des Pilgerrituals hindurchlaufen würden.

Ali eilte mit vor Aufregung glühendem Gesicht herbei. »Jetzt, wo Chalid und seine Leute uns nicht den Weg verstellen, hält uns nichts davon ab, nach Mekka einzumarschieren«, sagte er zu Mohammed.

»Ich möchte in Frieden in die Stadt einziehen und sie in Frieden wieder verlassen«, erwiderte Mohammed. »Wir sind tausend Mann.

Wenn wir unangekündigt einmarschieren, werden die Menschen in Mekka denken, dass wir die Stadt einnehmen wollen. Die Koreischiten mögen Kaufleute sein, aber sie sind auch Araber. Sie werden kämpfen. Nein, wir werden einen Emissär zu Abu Sofian schicken müssen, um unsere Ankunft anzukündigen.«

Wortreich gestikulierend folgte Ali uns zu unserem Zelt – bis mein Vater ihn mit der Neuigkeit zum Schweigen brachte, dass Suhail ibn Amr, ein Freund Mohammeds aus Mekka, auf einem Pferd eingetroffen war, begleitet von drei Männern im Kettenpanzer.

»Er sagt, er will mit dir unter vier Augen reden.«

Ein Lächeln erhellte Mohammeds Gesicht. »Suhail, mein *Sahabi*«, sagte er. »Das ist eine gute Nachricht.«

»Aber er hält noch an seinem alten Glauben fest«, murrte Omar finster. »Verhandeln wir etwa neuerdings mit Götzenanbetern?«

Während Mohammed am Abend mit seinen Gästen sprach, saßen Zainab und Umm Salama, die mich wie Luft behandelten, im Zelt und tauschten Erinnerungen an Mekka aus. Ich beschäftigte mich mit meiner Spindel und lauschte ihrem Gespräch. Mit leiser, trauriger Stimme berichtete Umm Salama von ihrer letzten Begegnung mit ihrem Vater.

»Als mein Mann Abdallah und ich uns entschlossen, nach Medina umzusiedeln, hat mein Vater mich zum Bleiben gezwungen. Abdallahs Vater nahm uns Salama weg, weil er unseren Sohn für sich beanspruchte. Ich habe sie angefleht, uns ziehen zu lassen! Aber sie wollten nicht auf die Bitten einer Frau hören. Also habe ich mich an die Menschen von Mekka gewandt.«

In ihrem dunkelroten Trauergewand hatte sie sich auf den Markt begeben, auf den Boden gesetzt und ein Klagegeheul angestimmt. Vor den Augen aller hatte sie geweint, ihre Kleider zerrissen und zu Allah gebetet. Als die Sonne unterging und der Markt geschlossen wurde, ging Umm Salama zurück zum Haus ihrer Eltern. Am nächsten Tag tat sie dasselbe, ebenso am übernächsten – ein ganzes Jahr lang.

»Schließlich verbot mir mein Vater, auf den Markt zu gehen, aber ich habe nicht auf ihn gehört, genauso, wie er sich geweigert hatte, mir zuzuhören«, sagte sie. Wie die Menschen in der Stadt über sie geklatscht hatten! Es hieß, sie hätte den Verstand verloren.

»Als *Abi* schließlich die Schande nicht länger ertrug, brachte er mir mein Kamel und meinen Sohn und forderte mich auf, die Stadt auf der Stelle zu verlassen. Ich konnte mich nicht einmal mehr von meiner Mutter verabschieden. Ich frage mich, ob sie mich überhaupt noch einmal wiedersehen will.«

Während Umm Salama ihre Geschichte vortrug, konnte ich den Blick nicht von ihr abwenden, denn ihr Mut flößte mir Bewunderung ein. Oberflächlich betrachtet wirkte sie unterwürfig und gehorsam. Aber war sie nicht eingetreten für die Frauen, die zu Mohammed gekommen waren, um sich über die Grobheiten ihrer Männer zu beklagen? Vielleicht hatte sie ja dieselben Lektionen gelernt wie ich – dass eine Frau, die einen Einfluss auf ihr Schicksal haben wollte, ihr Leben in die eigene Hand nehmen musste.

Nach einer Weile nickte Umm Salama ein und überließ mich den bohrenden Blicken Zainabs, die sich offenbar vorgenommen hatte, wach zu bleiben. Am liebsten wäre ich hinausgeschlüpft, um Mohammeds Gespräch mit Suhail zu belauschen – und Informationen aufzuschnappen, mit denen ich mich als seine Beraterin nützlich machen konnte. Die Minuten zogen sich dahin, während Zainab mir ansah, wie ich mich wand, und mich verschlagen anlächelte, um mir zu verstehen zu geben, dass sie genau wusste, was ich vorhatte.

Schließlich murmelte ich, ich müsse mich erleichtern, zog mir den Umhang über und lief zu Mohammeds Zelt.

Natürlich hatten seine Gefährten nicht zugelassen, dass er Suhail unter vier Augen traf, ohne jeden Schutz. Deshalb war ich nicht überrascht, eine große Menge Männer in seinem Zelt zu sehen – aber es verblüffte mich zu hören, wie sie auf Mohammed einschrien.

»*Ya Nabi*, das kannst du nicht unterschreiben!«, brüllte Omar. Er wedelte mit einer Schafshaut, auf der etwas geschrieben stand. »Dieses Abkommen ist eine Beleidigung für den Islam.«

Ali nickte; Othman und mein Vater saßen mit versteinerter Miene auf dem Boden, die Arme vor der Brust verschränkt, und sagten nichts.

»Dieses Abkommen mit den Koreischiten zu unterzeichnen *ist* Islam, die Unterwerfung unter Allah«, gab Mohammed ruhig zurück. »Wir müssen unseren Stolz hintanstellen und tun, was er von uns verlangt.«

»Und erlaubt Allah den Koreischiten, dir deine Position streitig zu machen?«, fragte Ali. »Warum bist du im Abkommen nicht als Gottes Gesandter benannt?«

»Ich kenne Mohammed nicht als irgendjemandes Gesandter«, sagte Suhail. »Für mich ist er einfach Mohammed, Sohn von Abdallah ibn al-Muttalib. Er ist ein Mensch, kein Gott.«

Ali stürzte sich auf Suhail und setzte ihm seinen Dolch an die Kehle. »Sag das noch einmal, dann wirst du erfahren, wer ein Gott ist und wer nicht.«

»Lass ihn los!« Mohammed sprang auf, das Gesicht rot vor Wut. Die Ader auf seiner Stirn pulsierte, und die Sehnen an seinem Hals traten hervor. Ali nahm den Dolch von Suhails Kehle und stieß ihn zu Boden.

»Bitte verzeih, Suhail.« Mohammed half Suhail auf die Füße. »Alis Liebe zu mir führt dazu, dass er sich vergisst.«

»Ich habe noch nie einen Mann erlebt, der so sehr von seinen Leuten verehrt wird«, sagte Suhail. »Wenn dir ein Haar vom Kopf fällt, wetteifern sie darum, es zu ergattern. Sobald du den Mund öffnest, schweigen sie. Wen beten sie eigentlich an, Allah oder Mohammed?«

»Wie du selbst gesagt hast, Mohammed ist ein Mensch und kein Gott«, sagte mein Vater. »Ein Mensch macht Fehler. Allah nicht.«

»*Ya* Prophet, mir scheint, du begehst einen sehr großen Fehler«, sagte Othman. »Wir sollen uns dazu verpflichten, die Überfälle auf die Karawanen der Koreischiten einzustellen? Die *Umma* wird verhungern.«

»Allah wird für uns sorgen«, sagte Mohammed. »Den Gewinn aus unseren Überfällen zu verlieren ist ein vergleichsweise geringer Preis, den wir für den Frieden mit unseren Brüdern bezahlen müssen.«

»Abu Sofian ist nicht mein Bruder«, sagte mein Vater. »Hast du etwa vergessen, dass er uns alle abschlachten wollte?« Wie gern hätte ich meinen Vater lautstark unterstützt. Ich musste an die Szene denken, die ich in jener Nacht durch das Fenster meines Zimmers beobachtet hatte, als Abu Sofian Raha misshandelt hatte. In all den Jahren seitdem hatte seine Grausamkeit ebenso zugenommen wie sein Körperumfang.

Flüche und Schwüre wurden in der Menge laut. Mohammed lächelte Suhail an, der gerade seinen Namen auf die Schafshaut setzte. Mohammed nahm den Palmzweig, tauchte ihn in die Tinte und zeichnete einen Halbmond neben Suhails Namen. »Das wird genügen als meine Unterschrift«, sagte er. Er wandte sich zu seinen Gefährten um. »Der Pakt ist geschlossen. Im Morgengrauen werden wir Allah mit unseren Opfergaben danken.«

»Hier oder an der Kaaba?«, wollte Ali wissen. Er hielt die Arme steif am Körper.

»In unserem Lager natürlich.« Mohammeds Stimme war so ruhig, als redete er über das Wetter. »Wir haben uns soeben bereit erklärt, Mekka nicht vor dem nächsten Jahr zu betreten.«

Ich war zutiefst enttäuscht. Wir würden nicht nach Mekka gehen? Nachdem wir so weit gereist waren und elf Tage in Hitze und Staub auf schwankenden Kamelen ertragen hatten? Wir alle hatten während der beschwerlichen Reise von der heiligen Kaaba geträumt und uns danach gesehnt, im Schoße unserer Heimat Ruhe zu finden. Und jetzt verkündete Mohammed, dass wir umkehren würden. Mir lag ein wütender Aufschrei auf der Zunge, aber ich hielt ihn zurück. Meine Aufgabe bestand darin, ihn zu unterstützen – aber was war, wenn er einen schrecklichen Fehler beging?

»Ich habe mich zu gar nichts bereit erklärt!«, rief Ali und verließ erhobenen Hauptes das Zelt. Ich drückte mich gerade rechtzeitig in den Schatten. Mit wild klopfendem Herzen rannte ich zurück in unser Zelt, wo Zainab sich bei Kerzenlicht das Haar kämmte.

»Du hast ziemlich lange gebraucht, um dich zu erleichtern«, bemerkte sie. »Genau wie in der Nacht, als du die Karawane verloren hast, stimmt's, Aisha?«

Ich war zu durcheinander, um darauf zu reagieren. Ich ließ mich auf mein Lager fallen und versuchte zu schlafen, doch ich wälzte mich nur unruhig hin und her, während ich über alles nachgrübelte, was ich gesehen und gehört hatte. Wusste Mohammed wirklich, was er getan hatte? Suhail hatte die Wahrheit gesagt: Seit dem Grabenkrieg beteten die Menschen der *Umma* Mohammed regelrecht an. Er besaß so viel Macht wie ein König.

Jeder andere Mann wäre damit zufrieden gewesen – nicht so Mohammed. »Wie kann ich mich ausruhen, wenn ich weiß, dass meinem Volk die Hölle bevorsteht?«, sagte er immer wieder. Aber ich wusste, dass die Rettung der *Umma* nur eine seiner Sorgen war. Er würde nicht ruhen, bis er den Respekt der Koreischiten wiedergewonnen hätte.

Aber war ihre Anerkennung es wert, die *Umma* zu verlieren? Indem er den Vertrag gegen den Wunsch seiner Gefährten unterzeichnet hatte, war Mohammed ein großes Risiko eingegangen. Wenn schon seine engsten Gefährten diesem neuen Vertrag widersprachen, wie würden dann erst die anderen Männer reagieren? Was Abu Sofian betraf, so konnte ich mir jetzt schon das Grinsen in seinem Gesicht vorstellen, wenn er den Vertrag las. Ich hatte gehört, wie er nach dem Desaster am Graben geprahlt hatte: *Nicht einmal Allahs Prophet konnte eine Armee von zehntausend Mann aufstellen*. Die einzig richtige Antwort darauf hätte lauten müssen, dass auch hunderttausend Mann nichts ausrichten würden, wenn man Gott auf seiner Seite hatte, aber Mohammed scheute jede Prahlerei.

Und jetzt sah es auch noch so aus, als scheute er den Kampf. Aber warum? Dieser Vertrag beinhaltete die Zusicherung, die Überfälle auf koreischitische Karawanen einzustellen. Wie sollte die *Umma* ohne die Einnahmen aus diesen Unternehmungen an Lebensmittel und Kleider kommen? Stattdessen würden diese Reichtümer in Abu Sofians Kassen verbleiben, sodass er sich für den nächsten Angriff auf Medina Freunde unter den Beduinen kaufen konnte.

Trotz meiner Abneigung gegen Umm Salama kostete es mich am nächsten Morgen große Überwindung, ihr die schlechte Nachricht zu übermitteln. Als sie aufwachte, war sie voller Vorfreude, die allerdings wie Milch aus einer gesprungenen Schüssel versickerte, als ich ihr mitteilte, dass wir in diesem Jahr Mekka nicht betreten würden.

Zainab grinste mich süffisant an. »Woher weißt du das eigentlich, Aisha? Ist dir *Dschibril* erschienen, während du dich erleichtert hast?«

»Was spielt das schon für eine Rolle?«, fauchte ich. »Mohammed hat sich den Koreischiten unterworfen, ohne triftigen Grund. Abu Sofian würde es nie wagen, uns anzugreifen, nicht nach dem Grabenkrieg. Er glaubt, wir hätten diesen schrecklichen Sandsturm mit Hilfe von Zauberei herbeigerufen.«

Umm Salama warf ihre Tasse um, und das Wasser verlief im Sand. »Wir können die Wege Allahs nicht immer verstehen. Wir müssen an Mohammed glauben.«

Natürlich hatte sie recht. Dennoch konnte ich die Wut der Männer gut nachvollziehen. Vom Eingang unseres Zelts aus beobachteten wir, wie Mohammed die Männer dazu aufrief, mit dem Opferritual zu beginnen, doch alle Männer wandten ihm den Rücken zu. Als er sie erneut aufforderte, blieben sie einfach stumm stehen, als hätten sie nur den Wind gehört.

Sein Gesicht verfinsterte sich. Betrübt ließ er seinen Blick über das Lager schweifen, bis er mich entdeckte. Seine traurigen Augen schienen wie die Hände eines Blinden meine Hilfe zu suchen. Mit schweren Schritten, die im Sand knirschten, als würde Stoff zerrissen, kam er zu unserem Zelt.

»Ich weiß nicht, was ich tun soll«, sagte Mohammed heiser. »*Ya* Aisha, meine Gefährtin. Ich brauche deinen Rat mehr denn je.«

»Die Lösung liegt auf der Hand.« Als ich mich in der Nacht zuvor schlaflos hin und her gewälzt hatte, hatte ich mir eine Strategie für ihn ausgedacht. »Du musst diesen Vertrag widerrufen und uns nach Mekka führen, wie du es uns versprochen hast.«

Mohammed sah mich entgeistert an. »Du ergreifst also Partei gegen mich?« Er zupfte an seinem Bart. »Bei Allah, haben mich jetzt alle verlassen?« Hilfe suchend drehte ich mich zu Umm Salama um – sie war so enttäuscht gewesen von diesem Abkommen. Aber sie trat neben Mohammed und nahm seine Hände.

»Ein Führer widerruft seine Verträge nicht, Aisha«, mischte Zainab sich ein. Mit vor Zorn geröteten Wangen funkelte sie mich an.

»Bitte, mein Gemahl, erlaube mir, das Wort zu ergreifen«, sagte Umm Salama. »Ich weiß einen Rat, der dir helfen könnte.«

Als Mohammed nickte, fuhr sie fort. »Die Lösung ist einfach. Zainab hat recht, ein Führer muss ein Vorbild sein. Wenn du willst, dass die Männer sich den Schädel rasieren, musst du es als Erster tun. Wenn du willst, dass sie ihre Kamele opfern, musst du deins als Erstes opfern.«

»Und wenn sie mir nicht folgen?«

»Dann bete«, erwiderte Umm Salama. »Vollzieh das Ritual. Selbst wenn es niemandem gefällt, so wird Allah an dir Gefallen haben. Ist er nicht der Grund, aus dem wir hierhergekommen sind?«

Die Sorgenfalten in Mohammeds Gesicht verschwanden, als hätte eine zärtliche Hand sie ihm weggewischt. »Deine Weisheit ist mein Trost«, sagte er erschöpft lächelnd. »Ich werde tun, was du mir geraten hast. Ich vertraue darauf, dass Allah alles andere richten wird.«

Er trat aus dem Zelt, zog seinen Dolch und rief: »*Labbaika Allahumma labbaika*!« Mit einer Hand griff er in sein langes Haar, hielt es hoch und trennte es mit dem Dolch vom Kopf. »Gott ist groß!«, rief er aus.

»Das ist doch lächerlich«, fauchte ich. »Mohammed wird sich zum Narren machen. Er hat einen Fehler gemacht und sollte es zugeben. Die Männer wollen nach Mekka. Und ihr wolltet es doch auch, dachte ich.«

»Ich wollte es auch«, erwiderte Umm Salama. »Aber vor allem wünsche ich mir das Beste für Mohammed. Das ist der Pakt, den ich unterschrieben habe, als ich ihn geheiratet habe.«

Reumütig senkte ich den Blick. Umm Salama hatte die Wahrheit gesprochen: Vorbehaltlose Loyalität gegenüber ihrem Ehemann war die Pflicht jeder Ehefrau. Wieder einmal hatte ich mich von meinen Gefühlen leiten lassen.

Als mein Vater sich umdrehte, sah er Mohammeds geschorenen Schädel, seinen strahlenden Gesichtsausdruck, wie er die Arme zum

Himmel reckte, in einer Hand den Dolch, in der anderen seine Haare. »*Allahu akbar*«, rief Mohammed erneut aus. »Gott ist groß!« Mein Vater stieß einen Schrei aus und lief zu ihm, zog seinen Dolch und – ich hielt die Luft an – trennte sein eigenes graues Haar ab.

»Gott ist groß!«, rief er.

Im nächsten Moment schloss sich Talha ihnen an, dann Othman und schließlich Omar. Und sogar Ali. Als wäre das gesamte Lager in Raserei verfallen, schnitten sich bald alle unter lautem Geschrei die Haare ab und priesen Allah. Umm Salamas schönes Gesicht schimmerte tränenreich. Stolz sah Zainab dem Treiben zu und hob die Hände, als Mohammed auf einen riesigen Felsbrocken stieg und Allah für seine Güte und Gnade mit einem Gebet dankte. Tausend Männer um ihn herum fielen auf die Knie, berührten den Boden mit der Stirn, das Gesicht zu Mohammed und nach Mekka gewandt. Auch ich verbarg mein Gesicht und weinte, allerdings waren es keine Freudentränen.

Ich hatte Mohammed enttäuscht, und ich hatte Allah enttäuscht. *Benutze deinen Verstand und lass deine Gefühle beiseite.* Wann würde ich es lernen, diesen Wahlspruch nicht nur auf Schwertkämpfe, sondern auf das ganze Leben anzuwenden? Solange ich es nicht lernte, mich selbst zu beherrschen, würde ich auch niemals mein Schicksal beherrschen.

23

LÜGNER UND SPIONE

Medina, August 627 und 628
Alter: vierzehn, bald fünfzehn Jahre

Frieden. Das Wort rauschte durch die *Umma* wie eine erfrischende Brise. Es war in aller Munde, wir spürten es in Brust und Bauch. Es besänftigte unsere Ängste.

Solange ich denken konnte, waren wir Gläubigen Angriffen ausgesetzt gewesen von den Koreischiten, von Ibn Ubayy und den Heuchlern, von den Mustalik, von unseren jüdischen Nachbarn, von einer sich ständig ändernden Allianz unter den Beduinenstämmen. Ihnen allen hatten wir widerstanden, hatten einige Feinde besiegt und mit anderen Freundschaft geschlossen – außer mit den Koreischiten. Der jetzt mit ihnen geschlossene Friedensvertrag sicherte uns eine fragwürdige Koexistenz.

Nachdem sich die Aufregung über den Pakt gelegt hatte, musste ich zugeben, dass er eine gute Idee war. Die *Umma* brauchte Zeit, um die Narben der Schlachten verheilen zu lassen – um zur Ruhe zu kommen und neue Kräfte zu sammeln. Unsere Armee nutzte die Ruhe zur Ausbildung und zur Rekrutierung neuer Krieger. Mein Leben hingegen war alles andere als friedlich.

Seit unserer abgebrochenen Pilgerreise nach Mekka hatte sich

Mohammeds Verhältnis zu mir abgekühlt. Ohne ein Lächeln hatte er meine tränenreichen Entschuldigungen akzeptiert und mir deutlich gemacht, das ich mich würde sehr anstrengen müssen, um sein Vertrauen wiederzuerlangen. Nachts weinte ich bitterlich und betete um Allahs Beistand – und ich betete um einen Sohn. Wenn ich Mohammed einen Erben schenken könnte, würde das sein Herz wieder milder stimmen. Vielleicht würde es mir auch helfen, meinen Status im Harem zurückzuerobern.

Schon vor unserer Rückkehr nach Medina hatte Zainab die Rolle der Hauptfrau an sich gerissen; sie hatte die Kameltreiber herumkommandiert und das Zusammenpacken unseres Zelts überwacht. Meine Proteste hatte sie mit einem kühlen Blick quittiert.

»Du hast Mohammed verraten – bereits zum zweiten Mal«, sagte sie. »Damit hast du dein Anrecht auf die Führung seines *Harim* verwirkt.« Umm Salama, die majestätisch neben ihr stand, betrachtete mich mit hochgezogenen Brauen. Mich packte die Wut, und am liebsten wäre ich mit Fäusten auf die beiden losgegangen, aber eine ruhige Stimme, die nur die Allahs sein konnte, flüsterte mir zu: *Benutze deinen Verstand und lass deine Gefühle beiseite.*

»Anstatt mit offenem Mund herumzustehen, könntest du dich nützlich machen«, sagte Zainab. »Roll unsere Lagerstätte zusammen und bring sie zur Karawane, damit sie verstaut werden kann.«

Ich erstarrte, begriff jedoch, dass ich keine Wahl hatte. Zainab hatte recht: Ich hatte Mohammed verraten und es nicht verdient, seine Hauptfrau zu sein. Mit vor Scham glühenden Wangen rollte ich die Decken zusammen – eigentlich eine Aufgabe für die Diener – und eilte dann, das Gesicht unter meinem Kopftuch verborgen, zu meinem *Haudadsch*, um mich zu verkriechen. Eine halbe Ewigkeit, so schien es mir, vergoss ich Tränen über meinen starrköpfigen Rat an Mohammed und über den Verlust meiner Position, der die Folge davon sein würde. Als ich keine Tränen mehr hatte, brachte mich das Schwanken meines Kamels zur Besinnung. Wollte ich zulassen, dass man mich wegen eines einzigen Fehlers zur Dienerin degradierte? Zainab mochte zwar die Oberhand gewonnen haben, aber das würde nicht von Dauer sein. Irgendwie würde ich mich des Vertrauens der Schwesterfrauen und auch Mohammeds wieder als würdig erweisen.

Ein Jahr später ging ich mal wieder fluchend zum Brunnen, um Wasser zu holen, damit Zainab sich die Haare waschen konnte. Indem sie allen von meiner Treulosigkeit gegenüber Mohammed berichtet hatte, war es Zainab gelungen, Raihana und selbst Sauda dazu zu bewegen, sie als Hauptfrau anzuerkennen – und ich? Ich war nicht einmal der Papagei. Ich war auf der untersten Stufe gelandet, eilte zum Markt, wenn sie neues Kajal brauchte, und musste mich bei ihr entschuldigen, wenn ich nicht schnell genug wieder zurückkam; wenn ich ihr von dem Brot brachte, das ich gebacken hatte, musste ich mir anhören, wie sie daran herummäkelte; ich wusch ihre Kleider und leerte ihren Nachttopf. Nur wenn sie ihren Mittagsschlaf hielt, hatte ich ein bisschen Zeit für mich. Dann schüttelte ich mein eigenes Schlafbedürfnis ab, warf einen Sack mit Gerste oder Datteln über Scimitars Rücken und ritt in die Zeltstadt.

Abends war ich immer völlig erschöpft – zu müde, um Mohammed viel Freude zu bereiten, aber auch nicht mutig genug, mich bei ihm über meine Misere zu beklagen. Als ich Zainabs Tyrannei einmal erwähnte, hatte er nur gemeint, er sei zu sehr mit seinen eigenen Angelegenheiten beschäftigt, als dass er sich um kleinliche Streitereien im Harem kümmern könne.

»Wenn du eine Anführerin sein willst, Aisha, musst du lernen, diejenigen zu beherrschen, die dich beherrschen wollen.«

Und Mohammed hatte tatsächlich schwerwiegendere Sorgen. Unser Friedensvertrag mit den Koreischiten schloss auch deren Verbündete ein, aber nicht alle respektierten den Vertrag. Erzürnt darüber, dass wir viele Kuraiza getötet hatten, mit denen er verwandt war, hatte Huyayy, der Anführer der Nadir, sich damit gebrüstet, er werde »Medina vom Exkrement des Islam reinigen«. Etwas musste unternommen werden, sonst würde Mohammed die Achtung der anderen Wüstenstämme verlieren.

Mohammeds Gesicht wirkte verhärmt, und es lag kein Funkeln in seinen Augen, als er seine Armee zum Kampf gegen die Nadir führte. Er war des Kämpfens überdrüssig. Wir alle waren erschöpft. Der Kummer stand mir ins Gesicht geschrieben, als ich die Karawane davonziehen sah. Wie sollte er jemanden besiegen, wenn er selbst so besiegt wirkte?

In der ganzen *Umma* breitete sich Nervosität aus, ganz besonders im Harem, wo die Stimmung ohnehin schon zum Zerreißen gespannt war. Raihanas spöttische Bemerkungen, über die wir anfangs gelacht hatten, wurden so lästig wie Sandkörner im Bett. Bei Zainab war die monatliche Blutung ausgeblieben, und sie bestand darauf, ihren Taillenumfang täglich mit einem Seil zu messen, mit dem ich sie am liebsten erwürgt hätte. Zu meiner Erleichterung setzte nach ein paar Wochen ihre Blutung wieder ein. Und Fatima, mit ihrem Getue um ihr Baby und ihrem unverhohlenen Stolz auf ihren schon wieder dicker werdenden Bauch, zerrte an unser aller Nerven, bis Hafsa eines Tages eine Schale an die Wand hinter ihrem Kopf warf.

»Verschwinde!«, schrie sie. »Siehst du denn nicht, dass hier kein Platz ist für dich und dein Kind und deinen dicken Bauch und deine widerliche Fruchtbarkeit? Geh nach Hause und plustere dich vor deinem liebenden Ehemann auf!«

Irgendetwas musste sich ändern. Während Sauda Fatima anflehte, nicht zu gehen, und Zainab Hafsa Vorhaltungen machte, weil sie die Tochter des Propheten beleidigt hatte, dachte ich wieder einmal über die Gefahren des Müßiggangs nach. Langeweile war bereits vor Zainabs Ankunft im Harem und vor Anordnung des *Hidschab* der Grund für unser ewiges Gezänk gewesen, mit Kindern oder sonst irgendwas hatte das nichts zu tun. Ich hatte wenigstens meine Ausflüge in die Zeltstadt und musste Zainab bedienen, und Umm Salama hatte vier Kinder, die sie versorgen musste, aber Hafsa, Dschuwairiya, Zainab und Raihana hatten kaum etwas zu tun. Die Einzige, die sich nie beklagte, war Sauda, die ständig mit ihren Lederarbeiten beschäftigt war.

Meine Idee, unsere Fertigkeiten anderen Frauen zur Verfügung zu stellen, schien mir immer noch die Lösung des Problems zu sein – und würde mir vielleicht sogar in den Augen meiner Schwesterfrauen so viel Respekt verschaffen, dass sie sich mir unterordnen würden. Aber ich musste ihnen meinen schon so lange gehegten Plan im richtigen Moment und auf die richtige Art und Weise unterbreiten, sonst würden Zainab und ihre Busenfreundinnen ihn ablehnen.

Als ich ins Kochzelt kam und hörte, wie Umm Salama sich über ihre abgetragenen Sachen beklagte – »Seht her, mein einziges Kleid!« –, witterte ich meine Chance. Um meinem Plan zum Erfolg zu verhelfen, würde ich es so einrichten, dass meine Schwesterfrauen glaubten, sie wären selbst auf die Idee gekommen.

»Wie soll Mohammed stolz durch Medina schreiten, wenn seine Frauen in Lumpen einhergehen?«, fragte Zainab.

»Verarmt zu sein bedeutet doch nicht, keinen Stolz zu haben«, entgegnete ich. »Viele der Zeltstadtbewohner sind sehr stolz.«

»Ja, aber sie haben ihre Armut nicht freiwillig gewählt«, sagte Umm Salama. »Unser Ehemann zwingt sie uns auf.«

»Sauda trägt keine Lumpen«, bemerkte ich.

»Und warum nicht?« Zainab schnaubte angesichts meiner Dummheit. »Sie hat eine Einnahmequelle, wir nicht.«

»Wie traurig«, sagte ich mit einem Seufzer. »Ein ganzer *Harim* voller Frauen, und Sauda ist die Einzige, die etwas kann.«

Hafsa sah mich mit einem verwirrten Stirnrunzeln an. »*Ya* Aisha, du weißt, dass ich Hennakünstlerin bin.«

»Die beste in Medina«, sagte ich. »Aber würde jemand etwas dafür bezahlen?«

»Wieso nicht?«, sagte sie. »Viele Bräute leisten sich Expertinnen, die ihnen für ihre Hochzeitsnacht die Hände und Füße bemalen.«

»Sie lassen sich die Haare frisieren, aber ich könnte es besser«, sagte Dschuwairiya.

»Und wie sie sich das Gesicht schminken lassen! Bei Allah, es ist wirklich erstaunlich, dass die Männer nicht vor Schreck in Ohnmacht fallen, wenn so eine Braut ihren Schleier lüftet«, höhnte Zainab. »Ich dagegen könnte ein Kamel in eine strahlende Schönheit verwandeln. Ist das nicht eine Fähigkeit, die ich mir bezahlen lassen könnte?«

Es war, als würde man Schafe zur Schur führen. Auf der Stelle hatten meine Schwesterfrauen meinen Plan weitergesponnen: Sie würden ihre Dienste als Brautzofen für Hochzeitsfeiern anbieten. Umm Salama würde Schleierspitze herstellen, und Raihana würde die Hochzeitsgewänder besticken. Und ich erklärte mich bereit, mit meiner Spindel und meinem Webstuhl Stoffe zu weben, auch mit dem Hintergedanken, noch ein paar Dirhams für die Zeltbewohner abzweigen zu können. Abgesehen von meinem ständig knurrenden Magen hatte ich nur wenige Probleme, die sich mit Geld lösen lassen würden. Und bei der Dürre, die immer noch das Leben aus den Dattelpalmen und dem Grasland von Medina saugte und unsere Brunnen zum Versiegen brachte, gab es ohnehin kaum Lebensmittel zu kaufen.

»Ich weiß auch schon, wer unsere erste Kundin sein wird«, sagte Hafsa später zu mir, als wir nach dem Abendessen abwuschen. »Ich habe heute Umm Aiman sagen hören, dass Mohammed wieder heiraten wird. Und – du rätst nie, wen. Die Tochter von diesem Verräter Huyayy!«

»Du darfst nicht jeden Klatsch glauben«, erwiderte ich lachend. »Mohammed ist nach Khaibar gezogen, um Huyayy eine Lektion zu erteilen und nicht um ihn zum Verbündeten zu machen, indem er seine Tochter heiratet.«

Aber ich sollte mich irren. Als Mohammed nach Medina zurückkehrte, brachte er nicht nur Safiya bint Huyayy mit, er war sogar bereits mit ihr verheiratet.

Entgegen der Tradition hatte er sein hochnäsiges, schlitzäugiges Geschenk schon in der Nacht ausgepackt, als er es erworben hatte – und wenn man den Gerüchten Glauben schenken durfte, auch jede Nacht danach. Beim Anblick der beiden wurde mir klar, warum Mohammed sie begehrte: Als sie auf einem Kamel in Medina einritten, streichelte sie seine Arme, die er um ihre Wespentaille geschlungen hatte. Ihre Augen lachten, selbst wenn ihre Lippen schwiegen, und als Mohammed ihr aus dem Sattel half, zwinkerte sie ihm zu.

»Sie ist ja noch ein Kind«, bemerkte Hafsa, als wir Schwesterfrauen die Ankunft der Karawane beobachteten.

»Sie ist nicht viel älter als du, Aisha«, spottete Zainab. »Jetzt hast du endlich eine in deinem Alter, mit der du spielen kannst.«

»Ich bin nicht sonderlich beeindruckt«, sagte ich zu Hafsa und scherte mich nicht um Zainabs und Raihanas Kichern. »Sie ist nicht der Typ Frau, die das Interesse eines Mannes lange fesseln kann.«

»Im Moment jedenfalls ist der Prophet völlig hingerissen«, entgegnete Dschuwairiya. »So hat er mich seit dem Tag unserer Hochzeit nicht mehr angesehen.«

»So hat er noch nie eine Frau angesehen«, sagte Zainab. »Bis auf mich.«

»Lasst es euch gesagt sein«, erwiderte ich, »er wird bald das Interesse an ihr verlieren.«

Aber insgeheim kochte ich vor Wut, als ich das zierliche Händchen dieser neuen Ehefrau in Mohammeds großer Hand sah und ihre koketten Blicke, mit denen sie um seine Aufmerksamkeit buhlte. Ich schüttelte meine Eifersucht ab, denn ich wusste, dass diese Ehe die Nadir und ihre Stammesbrüder, die Kainuka, dazu verpflichten würde, in Zukunft auf unserer Seite zu kämpfen. Da die Neue außerdem ungefähr in meinem Alter war, wie Zainab bemerkt hatte, konnte sie zu einer Verbündeten für mich werden. Als Mohammed sie schließlich in den Hof brachte, um sie uns vorzustellen, fiel mir ein abschwellender blauer Fleck unter ihrem rechten Auge auf, und ich empfand Mitleid mit ihr.

Zumindest bis Raihana – ihre Kusine – sie fragte, woher der Fleck stammte. »Ist dies das Werk eines der heiligen Krieger Mohammeds?«, spöttelte sie mit hochgezogenen Brauen.

Safiya kicherte und errötete. »Oh, nein«, trällerte sie wie ein Singvogel. »Das hat mir mein Mann angetan.« Sie warf Mohammed einen Blick zu und kicherte wieder. »Nicht du, Geliebter, das war mein anderer Mann.«

Mohammed fuhr zärtlich mit einem Finger über den Fleck. Sie warf ihm einen so anzüglichen Blick zu, dass ich vor Scham errötete.

»Bevor du zu mir gekommen bist, habe ich geträumt, ich würde dir gehören, *Nabi*. In meinem Traum hat sich der Mond von Medina auf mich gesenkt, um mit mir Liebe zu machen. Als ich nach dem Erwachen meinem Mann Kinana davon erzählt habe, hat er mir einen Schlag mit der Faust versetzt.« Ihre Stimme zitterte, als wäre sie betrunken. »Er sagte: ›Du Hure! Du willst diesen Muslimpropheten heiraten?‹ Ich wusste gar nicht, was er meinte. Ich hatte den Traum nicht verstanden.« Sie lächelte Mohammed aus ihren durchscheinenden Augen an. »Jetzt verstehe ich ihn.«

»Bei Allah, was für eine Vorstellung«, sagte Zainab im Hof, als sie sich zurückgezogen hatten, um »zu ruhen«, wie Mohammed sich ausgedrückt hatte.

»Du meinst wohl, was für eine billige Posse«, sagte Raihana. »Safiya bint Huyayy ist die geborene Manipulatorin.«

Ich überlegte wieder, wie diese neue Frau mir vielleicht nützlich sein konnte. »Ich fand sie ganz nett«, sagte ich wenig überzeugend – woraufhin Hafsa nach Luft schnappte und mich anstarrte, als hätte ich plötzlich zwei Köpfe.

Sauda gesellte sich zu uns und wischte sich die Stirn mit dem Ärmel ab. Eine hochgewachsene, maskuline Frau mit breiten Hüften und ausgeprägten Wangenknochen – wo hatte ich dieses Gesicht schon einmal gesehen? – ging majestätisch hinter ihr her.

»Wo ist der Prophet? Ist er noch hier?«, fragte Sauda.

»Er ist mit seiner neuen Kindbraut ins Bett gegangen.« Zainab grinste mich abschätzig an. Sie und die anderen Schwesterfrauen trollten sich zum Küchenzelt und ließen Hafsa und mich mit Sauda und der Fremden stehen.

»Schon wieder eine neue Braut? Bei Allah, was für ein Chaos!«, rief Sauda händeringend aus. Nervös schaute sie zu ihrer Begleiterin, die unter einer Dattelpalme Platz genommen hatte. »Wie schrecklich«, sagte sie leise. »Wenn ich den Propheten jetzt störe, wird er zornig sein, aber wenn ich es nicht tue, dann bekommt *sie* einen Anfall.«

»Wer? Dieser Mann in Frauenkleidern da drüben?«, flüsterte Hafsa.

»Wer ist das, Sauda? Doch hoffentlich nicht schon wieder eine

Ehefrau.« Es sollte ein Scherz sein, aber Saudas bekümmertes Gesicht sagte mir, dass ihr nicht nach Scherzen zumute war.

Sie winkte Hafsa und mich näher zu sich heran. »Sie behauptet, Umm Habiba bint Abu Sofian zu sein.«

Mit angehaltenem Atem musterte ich die Frau, die mich ausdruckslos anstarrte. Die Tochter von Abu Sofian und dieser zänkischen Hind? Was wollte sie hier?

Noch leiser fügte Sauda hinzu: »Sie behauptet, die Frau des Propheten zu sein.«

In meinem Kopf begannen alle Alarmglocken zu läuten. Was war das für ein Trick? Ich konnte mir nicht vorstellen, worauf Abu Sofian hinauswollte, aber es konnte nichts Gutes sein.

»Bei Allah, hält Abu Sofian Mohammed für einen Trottel?«, sagte ich laut und zog Umm Habibas angewiderten Blick auf mich. »*Ya* Umm Habiba, sag deinem Vater, die List, mit der er diesmal versucht, den Propheten Gottes zu übertölpeln, ist das Erbärmlichste, was er sich je ausgedacht hat.«

»Das ist keine List, Aisha.« Mohammeds Stimme klang klar und fest, während er sich uns näherte. Er lächelte unsere Besucherin an und streckte ihr seine Hände entgegen. Umm Habiba erwiderte nur kühn seinen Blick.

»*Achlan*, willkommen zu Hause, Ramla«, sagte er und benutzte ihren Vornamen. »Ich hatte erst in einem Monat mit deiner Ankunft gerechnet.«

»Ich wollte Abessinien unbedingt verlassen und bin der Karawane vorausgeritten.« Ihre Stimme klang ebenso schrill wie die ihrer Mutter, aber Mohammed schien es nicht zu bemerken. Unter seinen schweren Lidern hervor schenkte er ihr einen dieser verliebten Blicke, von denen ich mittlerweile wusste, dass sie nicht lange Bestand hatten. Jede neue Ehefrau bezauberte Mohammed anfänglich – aber sobald der Reiz des Neuen abgeklungen war, würde er seine Aufmerksamkeit wieder mir widmen. Zumindest hoffte ich das jedes Mal.

Ich zählte die Nächte, bis er wieder bei mir übernachten würde. Jetzt, wo wir neun Frauen im Harem waren, würde ich also zwischen seinen Besuchen bei mir jeweils acht Nächte allein schlafen müssen?

»Entschuldige, Mohammed, aber wie konnte diese Ehe zustande kommen?«, fragte Hafsa. »Bist du auf einem Zauberteppich geflogen, während wir alle geschlafen haben?«

»Der König von Abessinien hat uns stellvertretend verheiratet«, sagte Mohammed. »Mit meiner Erlaubnis.« Er wandte sich an Sauda, um mit ihr zu klären, wo seine neue Frau schlafen sollte, während Hafsa und ich zu unseren Hütten gingen.

»Warum sollte Mohammed die Tochter seines Erzfeindes heiraten?«, fragte ich. Hafsa schüttelte nur den Kopf, es war ihr genauso ein Rätsel wie mir.

Mein alter Verdacht begann wieder an mir zu nagen. Nach dem Reinfall beim Grabenkrieg waren die mit Abu Sofian verbündeten Beduinen zu Mohammed übergelaufen. Aus Mekka strömten die Menschen scharenweise nach Medina, um zum Islam überzutreten. Mohammed hätte Abu Sofian zerquetschen können, wenn er gewollt hätte. Stattdessen hatte er einen Friedensvertrag unterzeichnet und verschaffte unserem Feind damit Zeit, neue Bündnisse zu schmieden. Nachdem wir jetzt auch die Überfälle auf seine Karawanen eingestellt hatten, wäre Abu Sofian in der Lage, noch mehr Reichtum anzuhäufen. Schon bald könnte er sich die Verbündeten kaufen, die er brauchte, um einen neuen Angriff gegen die *Umma* vorzubereiten.

Seine Tochter in Mohammeds Harem unterzubringen war ein Geniestreich.

»Bei Allah, diese Ehe ist kein Zufall«, sagte ich, als Hafsa die Tür ihrer Hütte öffnete.

»Ich kann nur hoffen, dass du dich irrst«, sagte sie. »Aber ich fürchte, du hast recht. Wenn Umm Habiba eine Spionin ist, dann gnade uns Gott.«

»Keine Sorge, ich werde sie schärfer im Auge behalten als Ali mich. Falls sie eine Spionin ist, werden wir es noch vor Allah wissen.«

24

DIE KLINGE DES MOHREN

Medina, April 629
Alter: sechzehn Jahre

Viele Monate lang behielt ich Umm Habiba im Auge, überzeugt davon, dass ihr Vater sie als Spionin geschickt hatte. Abu Sofian würde sich durch nichts davon abhalten lassen, Mohammed zu vernichten, Friedensvertrag hin oder her, denn er brauchte seine Götzen, um reiche Pilger nach Mekka zu locken. Seine Tochter sollte ihm zum Erfolg verhelfen, und ich würde diejenige sein, die sie entlarvte.

Allerdings hatte ich nur wenig Zeit zum Spionieren, da Zainabs Wünsche den größten Teil meiner Zeit in Anspruch nahmen. Ich bediente sie wie eine Sklavin, wusch ihre Wäsche mit Seife und Widerwillen und hielt den Kopf gesenkt, wenn sie mich wegen unsichtbarer Flecken auf tadellos gereinigten Kleidungsstücken schalt. Selbst wenn mir vor Hass fast der Schädel platzte, sprach ich so wenig wie möglich mit ihr und dachte immer an den Wahlspruch: *Benutze deinen Verstand und lass dich nicht von deinen Gefühlen leiten*, und wartete auf meine Chance, sie von ihrem hohen Ross zu stoßen.

Dann, eines Tages, näherte sich eine noch größere Gefahr aus einer gänzlich unerwarteten Richtung: aus Ägypten.

Bilals Rufe ließen alle Einwohner Medinas aus den Häusern

strömen, um die Karawane zu begaffen, die durch das Tor gezogen kam. Wir Schwesterfrauen standen vor der Moschee, die Gesichter bedeckt, und ließen die Bilder, die Geräusche und Gerüche auf uns wirken: das Bimmeln der Glöckchen an den Knöcheln der Kamele, das wie scheues Kichern klang, in hitzigem Rhythmus geschlagene Tamburine, Frauen mit blau-schwarzem Haar, das im Wind wehte wie die Fransen eines Perserteppichs, Männer in Faltenröcken mit Zöpfen und spitzen Bärten, die auf ihren Schultern eine gewaltige Ebenholzkiste trugen.

Hafsa und ich mussten über die geschminkten Gesichter der Männer lachen, aber meine gute Laune verflog, als zwei Frauen auf Kamelen vorbeiritten, deren Körper von den eng anliegenden Miedern und durchsichtigen Röcken kaum bedeckt wurden. Wie schamlos sie gekleidet waren – wie Sklavinnen, die auf dem *Suk* zum Verkauf angeboten wurden! Das mussten die Kurtisanen sein, die der ägyptische Herrscher Mohammed schon vor Monaten versprochen hatte.

»Ich habe Safiya immer für schamlos gehalten, aber im Vergleich zu den beiden ist sie eine Jungfrau«, bemerkte Hafsa.

»Sie sind es gewohnt, angestarrt zu werden«, sagte ich. »Das sind Konkubinen aus dem Palast in Alexandria.«

»Wie zügellos!« Safiya musste auch ihren Senf dazugeben. »Seht ihr, wie die Frauen die Tamburine schütteln? Die schütteln noch ganz andere Dinge, um die Männer am Hof zu unterhalten.«

Die Karawane kam zum Stehen. Ein Mann trat vor und grüßte Mohammed. Er trug weder ein Hemd noch ein Gewand über seinem nackten Oberkörper, sondern lediglich eine breite, gehämmerte Halskette und eine Fellschärpe. Ein goldener Gürtel umfasste seine Taille über einem weißen Rock, der ihm fast bis auf die Knöchel fiel. Den Oberarm schmückte ein goldener Reif, und in den Ohren steckten goldene Ringe. Besonders merkwürdig war, dass seine Augen mit Kajal umrandet waren. Von den Augenwinkeln bis zu den Schläfen waren ebenfalls mit Kajal Linien gezogen. Hafsa und Safiya kicherten, aber ich brachte sie zum Schweigen, als er seine Pergamentrolle öffnete und vorzulesen begann.

»Zu Ehren deiner militärischen Siege und deines religiösen Einflusses schickt dir der ägyptische Herrscher Muqawqis diese Geschenke als Zeichen seiner Huldigung und Lobpreisung. Wir bitten dich, dieses mit Myrrhe, Weihrauch, Kardamom, Zimt und Ölen aus Krokus und Lilie gefüllte Gefäß anzunehmen.« Als die Männer den Deckel anhoben und Düfte uns wie Träume umwaberten, ging ein Raunen durch die Menge.

Der Bote fuhr fort mit der Aufzählung der Geschenke: ein Maultier mit Sattel, mit Gold durchwirkte Zeremoniengewänder, wertvolle Edelsteine und zwei Tempelhuren vom Hofe Muqawqis.

Die Männer ließen die Kamele niederknien und halfen den Frauen beim Absteigen. Dann führte der Bote eine der beiden, eine dunkelhaarige Schönheit mit blutroten Lippen und kupfergrünem Lidschatten, zu Mohammed.

»Prophet, ich stelle dir Sirin vor, die Lieblingskurtisane des Muqawqis und zugleich seine beste Tänzerin.« Mohammed konnte seinen Blick nicht von ihrem üppigen Busen, der aus dem tief ausgeschnittenen Mieder zu quellen drohte, abwenden.

»Die wird er nicht behalten«, sagte ich zu Hafsa. »Sie ist zu dreist.«

Als der Bote jedoch die zweite Kurtisane präsentierte, blieb mir die Luft weg. Das Haar dieser Frau war so goldfarben wie die Sonne und fiel ihr in Locken über Gesicht und Schultern. Ihre Augen waren von einem tiefen, unergründlichen Blau, wie ich es noch nie gesehen hatte.

»Mariya, Sirins jüngere Schwester und die begnadetste Sängerin am Hof«, sagte der Bote. Scheu hob sie den Blick zu Mohammed. Beim Lächeln zeigten sich Grübchen auf ihren Wangen, und als sie ihn begrüßte, klang ihre Stimme wie plätscherndes Wasser.

Hafsa schnaubte. »Fremd und exotisch, Augen wie die Farbe des Himmels, Hüften und Bauch rund wie Kissen und die Stimme einer Nachtigall. Da schneiden wir schlecht ab.«

»Mohammed würde keine Kurtisane heiraten«, sagte Umm Salama – aber ihre normalerweise ruhige Stimme bebte. »Ich habe gehört, dass er eine der beiden Hassan ibn Thabit versprochen hat.«

Raihana lachte wie immer süffisant, wenn wir Mohammed priesen und in Schutz nahmen. »Da irrt ihr euch, dieses Schmuckstück wird Mohammed niemals hergeben.«

Raihana sollte recht behalten. An den Abenden, die er in meiner Hütte verbrachte, wirkte er getrieben und abwesend, und nach der Verdrossenheit zu urteilen, die aus den Augen meiner Schwesterfrauen sprach, waren ihre Nächte mit ihm auch kein Vergnügen. Umm Salama redete kaum noch mit ihren Kindern, wenn sie eine Nacht mit ihm verbracht hatte. Zainab war unzufriedener denn je und hatte an allem und jedem etwas auszusetzen – mein Brot habe zu viel Kruste, sie habe schon seit einem Jahr kein neues Kleid mehr bekommen, die Kissen im Kochzelt seien steinhart. Als Raihana nach Hafsas Nacht mit Mohammed ihre üblichen abfälligen Bemerkungen machte, warf Hafsa ihr eine Schüssel an den Kopf.

Indessen bewegte sich die christliche Konkubine Mariya unbekümmert wie eine goldene Wolke durch unseren sturmumtosten Harem, sang, während sie ihr *Tharid* für Mohammed zubereitete, das er lobte, als käme es direkt aus dem Paradies.

Mohammed hätte sie geheiratet, aber sie weigerte sich. Sie sagte, sie wolle nicht ihrem christlichen Glauben abschwören, aber ich wusste, dass sie die Freiheit genoss, sich unverschleiert in Medina zu bewegen. Keiner von Ubayys Männern wagte es, sie zu zwicken oder ihr gegenüber anzügliche Bemerkungen zu machen, wie sie das bei uns getan hatten. Mohammeds neue Macht hatte alle eingeschüchtert, selbst die Heuchler.

»Ich versteh das nicht«, schäumte Hafsa, als wir mit Safiya in meiner Hütte zusammensaßen. »Diese Frau hat Mohammed völlig in ihren Bann geschlagen. Ist sie vielleicht eine Zauberin?«

Was auch immer sie besaß, es war weit wirkungsvoller als Magie. Faszination und Zauber verblassen mit der Zeit, Mohammed jedoch verfiel ihr immer mehr. Eines Nachts nahm er nicht einmal seinen Besuch in meiner Hütte wahr, und als ich meine kalten Arme um mich schlang, betete ich, Allah möge endlich sein Samenkorn in mich pflanzen.

Eifersucht ergriff mich mit ihren scharfen Krallen. Aber ich widerstand ihr, weil ich begriffen hatte, dass es ein beeindruckender Schachzug war, Ägypten als Verbündeten zu gewinnen. Jetzt, wo wir auf den Beistand eines solch mächtigen Landes zählen konnten, würden die Koreischiten es nicht mehr wagen, uns zu überfallen. Trotzdem – musste Mohammed unbedingt seine gesamte Zeit darauf verwenden, sich mit seinen Geschenken zu vergnügen?

Ein Klopfen an der Tür riss mich aus meinen Gedanken. Barira war gekommen, um mich darüber zu informieren, dass Mohammed im *Madschlis* eine Versammlung abhielt. »Er weiß noch nicht, wann er ins Bett kommen wird. Er sagt, du brauchst nicht auf ihn zu warten.«

Trotz all meiner Empörung war ich erleichtert. Es war zum Glück nicht Mariya, die Mohammed davon abhielt, die Nacht mit mir zu verbringen. Ich schlüpfte in meinen Umhang und schlich in die Nacht hinaus. Die Neugier war einfach zu groß. Ich versteckte mich neben dem Eingang zum *Madschlis* und hörte die erregte Stimme meines Vaters.

»Zwanzig Angehörige der Ghatafaniten hielten sich mit ihren Schafherden in der Nähe von Mekka auf, als sie von Verbündeten der Koreischiten überfallen wurden. Beduinen«, sagte mein Vater. »Auch einige Koreischiten waren mit von der Partie, daher können wir davon ausgehen, dass Abu Sofian seinen Segen dazu gegeben hat.«

Der Friedensvertrag war gebrochen worden! Ich war erschüttert. Jetzt würde es bestimmt wieder einen Krieg mit den Koreischiten geben.

Wie um meine Ängste zu bestätigen, ergriff Ali das Wort. »Lasst uns eine möglichst große Armee zusammenstellen und nach Mekka marschieren«, knurrte er. »Verträge sind nur Worte. Gewalt ist die einzige Sprache, die Abu Sofian versteht.«

Als ich mich, nachdem ihre Gespräche ruhiger geworden waren, wieder davonstahl, stieß ich beinahe mit der grinsenden Safiya zusammen. »Ich habe Neuigkeiten von Mariya«, sagte sie. »Faszinierende Neuigkeiten.«

»Mariya?« Meine Neugierde war geweckt. »Was für Neuigkeiten?«

»Wir gehen in deine Hütte, dann erzähle ich dir alles«, sagte sie. »Aber vorher sagst du mir, was du beim *Madschlis* in Erfahrung gebracht hast.«

In meiner Hütte angekommen, zuckte sie nur die Achseln, als sie von den Plänen eines Angriffs auf Mekka hörte. Warum sollte sie sich auch darum scheren? Als Jüdin hatte sie keinerlei Bindungen zu dieser Stadt. Ich dagegen interessierte mich brennend für ihr Geheimnis.

»Die arme Mariya konnte unsere Frotzeleien keinen Tag länger ertragen«, sagte sie augenzwinkernd. »Mohammed hat ihr ein Haus außerhalb der Stadt geschenkt.«

»Gepriesen sei Allah«, sagte ich. »Vielleicht wird Mohammed sie ja jetzt vergessen.«

»Sie würde bestimmt nicht sonderlich darunter leiden, wenn es so wäre«, erwiderte Safiya. »Ich habe den Männern zugesehen, die ihr Hab und Gut in ihr neues Heim geschafft haben. Nachdem sie gegangen waren, hat ein schwarzhäutiger Mann bei ihr geklopft – und sie hat ihn eingelassen.«

»Weißt du, was du da behauptest?«, fragte ich ungläubig.

Safiya lächelte und nickte bestätigend. »Ich habe gewartet, um zu sehen, wie lange er bleiben würde. Er ist gar nicht mehr herausgekommen. Meines Wissens ist er immer noch dort und macht Gott-weiß-was mit ihr.«

Es verschlug mir die Sprache. Diese Neuigkeit, falls sie stimmte, war eine große Gefahr für Mohammed. Seine Gefolgschaft wuchs zwar stetig an, aber seine Position als mächtiger Anführer war noch nicht gefestigt. Ein Skandal konnte sein Ansehen irreparabel beschädigen. Falls Mariya einen anderen Mann zu Gast bei sich hatte, musste Mohammed das unbedingt erfahren.

Am nächsten Morgen schlich ich, eng in meinen Umhang gehüllt, durch die Straßen von Medina und ging zu den Schafweiden am Stadtrand. Mit klopfendem Herzen kletterte ich auf einen Baum auf einer Anhöhe, von dem aus man eine gute Aussicht auf Mariyas Haus hatte – eine Lehmziegelhütte im Schatten von Ghazabäumen, Akazien, Granatapfelbäumen und mit einem Garten, in dem Lavendel blühte. Es dauerte nicht lange, bis sich die Tür öffnete und Mohammed aus dem Haus trat. Mit Tränen in den Augen beobachtete ich, wie er sie eng an sich zog und leidenschaftlich küsste. Ihr zerzaustes Haar und ihr verschmierter Mund waren ein deutliches Zeichen dafür, wie sie den Nachmittag verbracht hatten. Er warf ihr einen letzten, langen Blick zu, dann stieg er auf sein Kamel und ritt mit dem verträumten Gesichtsausdruck eines Schlafwandlers zurück in die Stadt.

Mein Gesicht brannte vor Groll. Kein Wunder, dass Mohammed keine Energie mehr für seine Frauen hatte! Was er als Mann von neunundfünfzig Jahren noch zu bieten hatte, schenkte er alles seiner Konkubine. Während mich diese Gedanken plagten, trat eine große, dunkle Gestalt aus dem Schatten hinter dem Haus und näherte sich Mariyas Tür. Lächelnd öffnete sie ihm, und gleich darauf war er im Haus verschwunden.

Am Abend in meiner Hütte platzte ich fast vor Aufregung über meine Entdeckung. Aber Mohammeds finsterer Gesichtsausdruck sorgte dafür, dass ich erst einmal den Mund hielt.

»Es gefällt mir überhaupt nicht, wie ihr Mariya behandelt habt«, sagte er. »Ihr habt sie mit eurer Eifersucht aus der Moschee verjagt.«

Ich schnaubte verächtlich. »Bei Allah, wenn du meine Geschichte hörst, wirst du dir wünschen, wir hätten sie nach Ägypten zurückgejagt.« Ich erzählte ihm, was ich gesehen hatte, aber er schüttelte nur wütend den Kopf und rief nach Ali.

»Aisha behauptet, dass ein Mann bei Mariya ist«, sagte Mohammed, während ich mich hinter meinem Wandschirm verbarg. »Geh schnell zu ihrem Haus und sieh nach, ob an dem Gerücht etwas dran ist, aber sei vorsichtig. Wir wollen ihren Besucher nicht verängstigen, solange wir nicht die Tatsachen kennen, und ebenso wenig wollen wir Mariya beleidigen, falls sich die Geschichte als falsch herausstellt.«

»Ein großer schwarzer Mann?«, spottete Ali amüsiert. »Deine Fantasie kennt keine Grenzen, Aisha.« Ich spürte, wie ich errötete, als er die Hütte verließ.

Mohammed runzelte immer noch die Stirn, als die Tür sich

schloss. »*Ya* Aisha, wie kommst du überhaupt dazu, hinter Mariya herzuspionieren. Warum behandelst du sie so schlecht?«

Ich erstarrte. »Ich hatte ein Gerücht über sie und einen schwarzen Mann gehört und wusste, dass du nicht schon wieder einen Skandal gebrauchen kannst. Was würden wohl all diese Könige und Prinzen über einen Stammesführer sagen, der nicht einmal seinen eigenen *Harim* unter Kontrolle hat?«

»Ist Mariya diejenige, die ich nicht unter Kontrolle habe?« Er beäugte mich, als wäre mein Gesicht eine rätselhafte Schriftrolle. »Ich habe dich schon so oft gebeten, deine Eifersucht im Zaum zu halten, aber du hörst nicht auf damit, jede neue Frau, die ich in den *Harim* bringe, anzufechten.«

»Ich finde es eigentlich ziemlich großherzig, dich mit so vielen Frauen zu teilen.« Mit tränenverschleierten Augen funkelte ich ihn wütend an. »Vor allem, wo meine Chancen, ein Kind zu bekommen, mit jedem Neuzugang geringer werden.«

Er schlug sich mit der Faust in die offene Hand. »Seit dem Tag, an dem sie eingetroffen ist, wird Mariya von euch gequält. Eure Spötteleien haben sie aus dem *Harim* vertrieben, sodass sie jetzt ganz allein leben muss. Warum tust du das, Aisha? Glaubst du mir etwa nicht, wenn ich dir sage, dass ich dich von allen am meisten liebe?«

»Meine ganze Liebe gilt nur dir«, erwiderte ich. »Warum muss ich deine Liebe mit neun anderen Frauen teilen?«

»Darüber haben wir schon so oft gesprochen. Mariya ist ein Geschenk des mächtigsten Mannes in Ägypten. Damit erweist er mir seine Ehre – mir!« Seine Augen funkelten. »Der König von Jemen schickte mir die schönste Frau im Land, damit ich sie heirate – die Tochter eines seiner wichtigsten Minister. Was soll ich ihm antworten? ›Nein, danke – Aisha will nicht teilen.‹ Welchen Eindruck würde das auf den byzantinischen Kaiser machen?«

»Ach, du hast also ein Auge auf Byzanz geworfen«, sagte ich. »Das sind doch Christen, oder? Glaubst du vielleicht, sie werden jetzt ihre Kirchen und Statuen aufgeben und ihren Propheten, der von den Toten auferstanden ist?« Sein Gesichtsausdruck sagte mir, dass er genau das hoffte.

Ich wischte mir die Tränen aus den Augen. »Wo ist der Mohammed, den ich kannte? Die Herzen für Allah zu begeistern war sein sehnlichster Wunsch. Jetzt sind deine Nächte bestimmt von Fleischeslust und Parfüm, und du träumst davon, die Welt zu beherrschen.«

»Die Herzen für Gott zu begeistern ist immer noch mein Wunsch!«, rief er aus. »Jede Ehe, die ich eingehe, jede Konkubine, die man mir schenkt, dient nur zum Guten der *Umma*, zum Schutz gegen unsere Feinde. Und meine Strategie geht auf. Jeden Tag gibt es neue Konvertierte – mehr Seelen, die vor dem Höllenfeuer gerettet werden. Ägypten, Byzanz, Persien, Jemen – eines Tages werden all diese Völker sich vor Allah verneigen. Für ihn kämpfe ich, und für die *Umma*. Wenn ich nur an mich selbst dächte, hätte ich bis ans Ende meiner Tage von Chadischas Vermögen leben können.«

»Aber das wäre natürlich bei Weitem nicht so aufregend gewesen wie ein Leben, bei dem dir die Welt zu Füßen liegt«, schoss ich zurück. »Und nur vier Frauen zu heiraten, wie du es allen anderen erlaubst, wäre auch nicht so vergnüglich, wie der Herr über zehn Frauen in einem Harem zu sein.«

»Vergnüglich? Wenn man versucht, es zehn eifersüchtigen Frauen recht zu machen? Sehe ich vielleicht so aus, als würde mir das Spaß machen?«

Ein Klopfen an der Tür unterbrach uns. Ich verschwand hinter meinem Vorhang, und Ali trat mit einem breiten Grinsen ein.

»Dein Lächeln sagt mir alles, was ich wissen muss«, sagte Mohammed und warf mir einen finsteren Blick zu. »Offensichtlich sind die Gerüchte falsch.«

»Nein, sie sind sehr wahr«, erwiderte Ali. »Jemand besucht Mariya, so wie Aisha es berichtet hat.« Zufrieden lachte ich in mich hinein – das Lachen erstarb allerdings, als Mohammed sich auf ein Kissen sinken ließ, den Blick leer zu Boden gerichtet.

»*Ya* Ali, was gibt es da zu lachen?«, fragte er mit blecherner Stimme. »Machst du dich etwa über mich lustig?«

»Nein, Vetter. Wenn du meine Geschichte erst vernimmst, wirst du mit mir lachen.« Er setzte sich Mohammed gegenüber und klopfte ihm auf die Schulter. »Deine Konkubine hat einen Besucher, und es ist keine Frau – aber es ist auch kein Mann.«

Mit leuchtenden Augen erzählte er, wie er vorsichtig in Mariyas Fenster gespäht hatte. Und drinnen – nicht zu fassen! Ein riesiger schwarzer Mann kämmte ihr die Haare und sang gemeinsam mit ihr.

»Du hättest sie hören sollen, *Nabi*. Seine Stimme war so lieblich wie die einer Frau und mischte sich mit ihrer, als wären sie zwei Turteltauben, die ein Duett singen. Die Augen in Ekstase geschlossen schmiegte sie sich in seine Arme, während beide sich wie im Rausch davontragen ließen.«

Mohammeds Gesicht verdüsterte sich mit jedem Wort. Mir traten die Tränen in die Augen, weil es mir so leidtat, dass ich ihm solchen Kummer bereitete – aber gleichzeitig war ich erleichtert bei dem Gedanken, dass sie bald wieder weg sein und Mohammed ein Skandal erspart bleiben würde.

»Hast du ihn festgenommen?«, fragte Mohammed durch zusammengebissene Zähne. »Bei Allah, heute Nacht noch will ich seinen Kopf haben.«

»Das hatte ich vor. Mit gezücktem Schwert bin ich ins Haus gestürmt.« Ali sprang auf die Füße und zog sein Schwert mit einem metallischen Sirren. »Ich habe ihn an der Gurgel gepackt, da er keinen Bart trug. Du hättest ihn weinen sehen sollen! ›Spar dir deine Tränen auf‹, sagte ich zu ihm. ›Allah wird sich nicht als großzügig erweisen bei einem, der das Eigentum des Propheten stiehlt.‹«

»Du hast die richtigen Worte gewählt, Ali«, knurrte Mohammed.

»Als Mariya auch zu weinen anfing und beteuerte, er sei ihr Diener, habe ich ihr geantwortet, sie solle sich ihre Lügen sparen. Dann mischte sich der Mann ein, um sie zu verteidigen, und zeigte auf seinen Schritt.«

Ich seufzte tief und sank zu Boden, weil ich mir vorstellen konnte, wie Alis Geschichte enden würde. Mohammed würde Mariya nicht wegschicken, mich aber beschimpfen, weil ich hinter ihr herspioniert hatte. Wieder einmal hatte ich mir selbst geschadet, als ich ihm helfen wollte. Wann würde ich lernen, zu beobachten und zu warten, anstatt vorschnelle Schlüsse zu ziehen?

»Und dann«, fuhr Ali fort, »fummelte der schwarze Mann an seinem Gürtel und ließ den Rock fallen. Ich war außer mir vor Wut! ›Ich werde dir die Eier abschneiden für diese Beleidigung‹, rief ich. Aber er beugte sich vor und zeigte auf sein Hinterteil – und bei Allah! Ich entdeckte, dass mir schon jemand zuvorgekommen war.«

Ali musste so heftig lachen, dass ihm beinahe sein Schwert aus der Hand gefallen wäre. »*Ya* Vetter, du brauchst dir keine Sorgen zu machen. Der Scheide deiner Konkubine droht keine Gefahr von der Klinge des Eunuchen.«

25

EIN ERBE FÜR DEN PROPHETEN

Medina, Mai 629

Im Harem beäugte jede eifersüchtig den Bauch der anderen, weil wir wussten, dass diejenige, die dem Propheten einen Erben gebar, einen Sonderplatz im Hidschaz einnehmen würde. Und wenn Mohammed irgendwann Richtung Paradies entschwand, würde sein Sohn die *Umma* in Händen halten, um sie zu führen und zu beherrschen, wie sein Vater es getan hatte – und seine Mutter wäre wie eine Königin in diesem Leben und auch im nächsten.

Geschürt von der Konkurrenz, flackerten die Grausamkeiten heißer als das Feuer im Ofen.

»Heute Morgen bin ich mit einem leichten Schwindelgefühl aufgewacht«, verkündete Safiya und blicke verzückt um sich. Kreischendes Lachen, wie von einem Geier, erscholl aus Zainabs Ecke.

»Das ist kein Zeichen für Schwangerschaft«, entgegnete Raihana. »Der Schwindel steckt in deinem Kopf.«

Ich dagegen behielt meine Symptome für mich, bis ich mir sicher sein konnte. Das Ausbleiben der Monatsblutung konnte noch nicht als Beweis für eine Schwangerschaft gelten. Sie war schon früher manchmal ausgeblieben – es lag am Hunger, hatte Sauda gemeint.

Als mir aber wochenlang jeden Morgen übel war und meine Blutung das zweite Mal ausblieb, begann ich, Hoffnung zu schöpfen.

Abgesehen von der Konkurrenz unter uns Frauen war der Harem ein geschäftigerer und auch fröhlicherer Ort als zuvor, weil meine Schwesterfrauen nähten, spannen, klöppelten, stickten, aus zerstampften Blumen Farben herstellten, neue Lippenfarben ausprobierten und Düfte mischten in Erwartung ihres ersten bezahlten Auftrags als Brautzofen. Sauda hatte Umm Aiman von unserem Unternehmen erzählt, und schon nach ein paar Tagen hatte die Frau des reichen Landbesitzers Harun Ibn Malik uns bei guter Bezahlung für die Hochzeit ihrer Tochter angeheuert.

Während meine Schwesterfrauen arbeiteten und darüber plauderten, wofür sie ihre Einnahmen ausgeben wollten, schlich ich mich zu Saudas Hütte. Als sie die Tür öffnete und mein erwartungsvolles Gesicht sah, stockte ihr vor Freude der Atem.

»Bei Allah«, sagte sie. »Sind unsere Gebete erhört worden?«

Sie legte mich auf ihr Bett und drückte mit den Händen auf meinen Bauch, als wollte sie den Reifegrad einer Melone prüfen.

»Mmh, mmh«, sagte sie. »Genau was ich dachte.«

Sie spreizte meine Beine und spähte zwischen sie, als könnte sie in meine Gebärmutter hineinsehen. »Ja«, sagte sie schließlich. »Ja.«

Sie hob meine Brüste an.

»Schon ein bisschen voller. Ein gutes Zeichen.«

Dann untersuchte sie meine Zunge, sah mir in die Augen und gab die Erklärung ab, zu der ich mich nicht einmal allein vor dem Spiegel getraut hätte: Ich trug Mohammeds Kind in mir.

Mein Herz schien plötzlich Flügel zu bekommen und mich in die Luft emporzutragen. Endlich bekam ich ein Kind; ich würde es lieben können, mit ihm spielen, ihm Lieder vorsingen, es halten und umsorgen, und es würde mich im Alter mit Enkeln versorgen! Ich vollführte Freudensprünge wie ein Kind. Endlich würde ich Zainab nicht mehr bedienen müssen! Wenn ich Mohammed einen Erben schenkte, würde ich die Macht im Harem haben und nie wieder unter Zainabs Fuchtel stehen. Ich fiel Sauda um den Hals und drückte sie an mich.

»Gelobt sei Allah, er hat das Beste für die Jüngste aufbewahrt«, schwärmte sie mit einem breiten Lächeln, als ich sie schließlich losließ. Und dann nahm sie ihr Amulett gegen den bösen Blick in die Hand und fügte hinzu: »Sein Wille geschehe.«

Ich küsste sie noch einmal, um gleich darauf zu Hafsas Hütte zu laufen.

»Du wirst es nicht glauben!«, rief ich, als sie die Tür öffnete – aber die Wildheit in ihrem Blick und die Röte auf ihren Wangen unterbanden mein aufgeregtes Geplapper.

»Kommst du her, um mir komische Geschichten zu erzählen, Aisha? Haha. Ich kenne eine bessere. Nur ist sie zu schmutzig, um sie wiederzugeben.«

Sie drehte sich einfach um, also folgte ich ihr und schloss die Tür hinter mir. Ihre Hütte war wie meine, nur dunkler – Hafsa konnte die Hitze nicht ertragen –, und die Wände waren kahl. Es roch nach Staub und einer Spur von Moschus – Mariyas Duft. Als sich meine Augen an das Dämmerlicht gewöhnt hatten, bemerkte ich die Stücke zerbrochenen Tons an der Wand, und auf dem Boden Scherben von Töpfen und Schüsseln.

»Was ist passiert?« Ich zeigte auf den Scherbenhaufen. Hafsa sah mich wütend an. »*Ya* Hafsa, hast du hier eine Leiche versteckt?«

»Bei Allah, ich wünschte, es wären zwei!« Eine Träne lief ihr über die Wange, aber sie wischte sie weg. »*Ya* Aisha, Mohammed hat mir verboten, auch nur einer Menschenseele davon zu erzählen, aber ich muss mit jemandem reden. Warum sollte ich seine schäbigen Geheimnisse für mich behalten? Soll er mich doch verstoßen. Es ist mir egal! Dann müsste ich wenigstens nicht mein Schlafzimmer mit dieser ägyptischen Hure teilen.«

Dann erzählte sie es mir: Sie hatte den Nachmittag mit fürchterlichen Kopfschmerzen bei ihrer Mutter verbracht, hatte Brause getrunken, und Diener hatten ihr Luft zugefächelt.

Nachdem sie zur Moschee zurückgekommen war, Gesicht und Haare völlig verschwitzt, war sie direkt zu ihrer Hütte gegangen, um ein Nickerchen zu machen.

»Aber als ich die Tür aufmachte, lagen Mohammed und Mariya eng umschlungen auf meinem Bett und küssten sich.«

»Du hast sie zusammen gesehen?« Ich schnappte nach Luft. »Was haben sie gemacht?«

»Sie haben überhaupt erst gemerkt, dass ich da war, als ich eine Schale genommen und sie über dem Bett gegen die Wand geworfen habe. Sie haben sich fürchterlich erschrocken, ha!« Ihr lachender Mund war verzerrt vor Kummer – und Wut. »Dann habe ich noch eine Schale an die Wand geworfen, und Mariya hat sich ihre Kleider vor die Brust gehalten und ist hinausgerannt. Mohammed hat mich angefleht, ich solle mich beruhigen, bevor die ganze *Umma* zusammenliefe. Das war das Einzige, was ihn interessierte, Aisha – sein Ruf! Seine Gier, Herrscher über den Hidschaz zu werden, lässt ihn jedes Mitgefühl vergessen und den Verstand verlieren.«

Es klopfte an der Tür. »Diese Hütte hat an einem Tag mehr Besucher gesehen als sonst in einem Jahr«, grummelte Hafsa, als sie die Tür aufriss. Mohammed stand verlegen lächelnd auf der Schwelle.

»Ich bin gekommen, um dich zu fragen, wie du dich fühlst, Hafsa.«

»Warum? Befürchtest du etwa, ich könnte meinen Schwesterfrauen erzählen, wie ich dich beim Beischlaf mit deiner Konkubine in meinem Bett erwischt habe?«

»Es war kein Beischlaf. Wir haben uns nur im Arm gehalten. Darf ich eintreten?«

»Schöne Umarmung«, fauchte Hafsa. »So intensiv, dass ihr euch dabei hinlegen musstet. Oder ist das die ägyptische Variante?«

»Mariya fühlte sich schwach. Deshalb habe ich sie in deine Hütte gebracht. Ich konnte mir nicht vorstellen, dass du etwas dagegen hättest.«

»Was wollte sie überhaupt hier? Hat sie nicht ein ganzes Haus für sich allein?«

»Hafsa, ich möchte diese Unterhaltung nicht im Hof führen. Darf ich bitte eintreten?«

»Tu, was dir beliebt«, erwiderte Hafsa. »Wie du es immer tust.«

Ich begrüßte ihn mit einem wütenden Blick und versuchte gar nicht erst, meinen Ärger zu verbergen.

»Ich bin gekommen, um unter vier Augen mit Hafsa zu sprechen«, sagte Mohammed zu mir. »Würdest du uns bitte allein lassen?«

»Allein lassen? Warum? Ich weiß sowieso schon alles. Bis auf deine Ausrede natürlich.«

Die Ader auf seiner Stirn pochte. »Hatte ich dich nicht gebeten, unseren Konflikt für dich zu behalten, Hafsa?«

»Du hattest schließlich Gesellschaft, als du deine Tat begangen hast«, sagte sie. »Warum soll ich allein darunter leiden?«

Mohammed hatte Mühe, seine Fassung zu wahren. »Wir haben nichts getan! Aber du hast mein Vertrauen missbraucht. Wie kann ich mit einer Frau leben, der ich nicht vertrauen kann?«

»Hast du diese Frage auch gestellt, bevor du Abu Sofians Tochter geheiratet hast?«, fragte ich.

»Halt dich da raus, Aisha. Hatte ich dich nicht aufgefordert, uns allein zu lassen?«

»Bitte bleib.« Mit hochgezogenen Brauen sah Hafsa Mohammed von oben herab an. »Ich möchte eine Zeugin.«

»Ich habe Mariya nur geküsst«, sagte Mohammed mit gepresster Stimme. »Wir haben ihre guten Neuigkeiten gefeiert.«

»Mariya geht zurück nach Ägypten?«, fragte ich.

»Sie geht nirgendwohin«, erwiderte Mohammed. »Sie trägt mein Kind in sich.«

Ich versuchte, mein rasendes Herz zu beruhigen. Mariya war auch schwanger? Meine Freude jedoch konnte nichts schmälern. Ein Kind war das Einzige, was Mariya mir nicht wegnehmen konnte.

Hafsa krächzte wie eine Krähe. Mohammed lächelte mich an, als hätte er den Mund voll mit Süßspeise. Einen Sohn wollte er mehr als alles andere.

»Herzlichen Glückwunsch, *Zaudschi*«, sagte ich. »Das ist ein besonderer Tag für dich. Ich würde sogar sagen, er ist in doppelter Hinsicht ein besonderer Tag. Denn heute habe auch ich erfahren, dass ich schwanger bin.«

Sein Lächeln erstarb. Die Ader auf seiner Stirn trat hervor. »Bei Allah, eine solche Dreistigkeit hätte ich mir niemals vorstellen können, nicht einmal von dir«, sagte er. »Bist du so verzweifelt auf meine Zuneigung aus, dass du jetzt schon anfängst, Märchen zu erfinden?«

Diese Beleidigung brachte mich aus der Fassung, aber nur für einen ganz kurzen Moment. In mir schlug das Herz meines Kindes, und es gab meinem Mut und meiner Zunge Auftrieb.

»Ich folge nur deinem Beispiel, *Nabi*«, sagte ich. »Du selbst bist doch ein großer Meister im Erfinden von Märchen.«

»Wann hätte ich dich je belogen?«

»Vor nicht einmal fünf Minuten hast du gesagt, du hättest Mariya bloß geküsst, als Hafsa hereinkam. Aber nach Aussage von Hafsa hat sich Mariya ihre Kleider geschnappt, als sie aus der Hütte gestürmt ist.«

»Sie hat sich schwach gefühlt«, hielt Mohammed mir entgegen. »Deswegen hatte sie ihre Kleider ausgezogen.«

»Außerdem behauptest du, du würdest alle deine Frauen gleich behandeln. Aber wann hättest du das je getan? Deine wahren Frauen warten auf Zuneigung, die sie nur selten bekommen, während du deinen Samen in eine Frau pflanzt, die sich weigert, dich zu heiraten.«

»Genug!«, brüllte Mohammed. »Du hast schon zu viel geredet, Aisha, wie immer.«

»Dann werde ich reden«, sagte Hafsa. »Wir haben die Nase voll von gebrochenen Versprechen und leeren Betten.«

Mohammed funkelte sie wütend an. »Gewöhn dich schon mal an ein leeres Bett, Hafsa«, sagte er. »Weil du mein Vertrauen missbraucht hast, indem du Aisha erzählt hast, worüber zu schweigen ich dich gebeten hatte, werde ich dich verstoßen. Sobald ich mit Omar gesprochen habe, kannst du deine Sachen packen und wieder zu deinem Vater ziehen.«

Hafsa wurde so bleich, dass ich zu ihr eilte, aus Angst, sie würde in Ohnmacht fallen. »Wie kannst du von Verstoßen sprechen, wo du doch deinen Frauen verboten hast, noch einmal zu heiraten?«, fauchte ich.

»Allah hat das verboten, nicht ich.« In seinen Augen lag nur Finsternis. »Und die Offenbarung spricht nur von meinen Witwen, nicht von meinen geschiedenen Frauen. Jeder Frau, die ich wegschicke, steht es frei, wieder zu heiraten.«

Bilals Ruf zum Gebet brachte uns wieder zur Besinnung. Mohammed riss Hafsas Tür auf und trat in den Hof. Ich war schon im Begriff, ihm zu folgen, ließ es aber bleiben, um Hafsa zu beruhigen.

»Mach dir keine Sorgen«, sagte ich. »Er ist nur wütend. Und er hat die Verstoßung erst einmal ausgesprochen. Er wird es nicht noch zweimal wiederholen. Wenn ein Mann seine Frau verstoßen will, muss er diese Absicht dreimal kundtun.«

»Nein, du hast recht«, sagte Hafsa. »Verglichen mit Mohammeds exotischem Kätzchen aus Ägypten sind wir Frauen aus dem Hidschaz schwanzwedelnde Hündinnen.« Tränen liefen ihr über die Wange. »Da können wir nicht mithalten.«

Die Konkurrenz sollte sich noch verschärfen. Bilals Ruf hatte die Ankunft der heiß erwarteten Karawane aus dem Jemen angekündigt, mit der eine weitere neue Frau für Mohammed eintreffen sollte. Mit versteinerter Miene traten wir in den Hof, um sie in Augenschein zu nehmen. Die bunten Seidenstoffe, mit denen die Kamele geschmückt waren, ebenso wie der schwer in der Luft liegende Weihrauch, konnten uns nicht einmal mehr eine Bemerkung entlocken.

Allgemeines Gemurmel in der Menge kündigte die Braut an. Wir betrachteten sie zuerst schweigend, als lauschten wir einem Gedicht über hohe Wangen wie Feigen, Wimpern so lang wie der Kuss eines Geliebten, Lippen so voll und dunkel wie verbotener Wein, Haut wie Mandeln und Brüste wie die Zwillingshügel von Mekka.

»Verabschiedet euch lieber von eurem Gemahl, Schwesterfrauen«, sagte Raihana schließlich. »Dieses neue Spielzeug wird seinen Reiz so schnell nicht verlieren.«

»Sie ist eine exotische Blume, die alle Blicke auf sich zieht«, beklagte sich Safiya.

»Bei Allah, die nächste Ausländerin, die uns alle gewöhnlich erscheinen lässt«, bemerkte Hafsa. »Raihana hat recht – wir werden Mohammed nie wiedersehen.«

»*Ya* Hafsa, wo sind deine Lebensgeister?« Ich sah sie verblüfft an. »So schnell bist du doch sonst nicht unterzukriegen.«

Hafsas Gesicht sank in sich zusammen. »Sieh sie dir doch an, Aisha!«

Ich schaute hin – und sah, wie Mohammed seiner neuen Braut von ihrem Kamel half. Ihr Lächeln strahlte heller als die Edelsteine, die sie am Hals, an den Ohren, den Armen und Knöcheln trug – ein Lächeln, das ihre Augen nicht erreichte –, aber es waren die sanft geschwungenen Brüste, die sich wie weiche Kissen unter ihrem Gewand abhoben, die Mohammeds Blick gefangen nahmen.

»Lasst euch nicht von ihrer anzüglichen Kleidung blenden. Sie ist völlig unschuldig, mit einem Vater, der noch strenger ist als Omar«, raunte ich Hafsa und Safiya zu. Während Mohammed ihren Dienern Anweisungen gab, sah ich, wie ihr Blick zum Gesicht ihres Begleiters wanderte, eines hochgewachsenen Mannes in einem reich von Gold durchwirkten Gewand mit einer feinen langen Nase und Augen, die Dolche in Mohammeds Hals zu schleudern schienen. Das Gesicht der Frau war vor Angst verzerrt, als würde sie schreien, und ihre Lippen bewegten sich inständig flehend, aber das Gesicht des Mannes wurde hart, und sein Kiefer zuckte.

Im nächsten Moment lächelte Mohammed sie an. Sowohl sie als auch ihr Begleiter strahlten so freundlich, dass ich mich fragte, ob ich mir ihren Blickwechsel eingebildet hatte.

»Ich glaube, wir sollten uns mit ihr anfreunden«, sagte ich zu Safiya und Hafsa. »Wir bieten ihr an, ihr bei den Vorbereitungen für die Hochzeit zu helfen.«

»Du willst ihr helfen, sich für die Hochzeit zu schmücken?« Safiya schüttelte den Kopf. »Die Schwangerschaft hat dir offenbar den Verstand vernebelt.«

Hafsa beäugte mich misstrauisch. »Was geht in deinem Kopf vor?«

»Ich würde sie gern kennenlernen. Du etwa nicht?« Ich warf Hafsa einen verschwörerischen Blick zu. Sie zuckte die Achseln. Später, wenn wir allein wären, würde ich ihr erklären, was ich beobachtet hatte. Mein Instinkt sagte mir, dass Gefahr drohte – aber bevor ich damit zu Mohammed gehen konnte, musste ich erst mehr herausfinden. Er würde mir sonst nicht glauben, und einen weiteren Fehler konnte ich mir nicht erlauben.

Ich hakte mich bei Hafsa unter, als wir zu unseren Hütten zurückschlenderten. »*Ya* Hafsa«, flüsterte ich ihr ins Ohr. »Es gibt viele Möglichkeiten, eine Frau auf die Ehe vorzubereiten.«

26

VERSCHWÖRUNG MIT DEM FEIND

Später am selben Tag

Als ich in jener Nacht allein in meiner Hütte auf Mohammed wartete, machte ich mir Gedanken, was er zu Hafsa gesagt hatte. Würde er die Verstoßung noch zweimal wiederholen und Hafsa zu Omar zurückschicken? Ich fand die Vorstellung so entsetzlich, dass es mir die Kehle zuschnürte. Falls Mohammed sich von Hafsa trennte, der Tochter seines engen Gefährten, wie sicher konnten wir anderen uns dann fühlen? Wie sicher konnte ich mich fühlen?

Trotz des Gefühlsaufruhrs verlangte mein Magen etwas zu essen. Seit ich schwanger war, hatte ich einen nahezu unstillbaren Appetit. Auf dem Weg zum Kochzelt nahm ich im Hof plötzlich einen Schatten wahr, als würden Krähen durch die Nacht huschen. Als ein Ast knackte, drückte ich mich gegen die Mauer und rechnete schon mit dem Sturzflug eines Vogels oder dem Zähnefletschen und Knurren irgendeines wilden Tiers. Weil ihre Wasserlöcher von der Dürre ausgetrocknet waren, streiften Schakale nachts auf der Suche nach Wasser durch unsere Straßen. Sauda meinte, so verzweifelt würden sie sogar Menschen anfallen, um unser Blut zu trinken.

Ich hörte einen unterdrückten Schrei. Auf der gegenüberliegenden Seite des Hofs fiel eine dunkle Gestalt zu Boden. Als sie sich aufrappelte, sah ich, dass es kein Schakal war, sondern etwas weitaus Unheimlicheres. Mein Herz klopfte wie wild, als ich die Umrisse eines Mannes erkannte, der von Hütte zu Hütte stolperte und durch die Fenster lugte. Er spähte auch in meine Hütte, konnte jedoch niemanden entdecken und eilte weiter. Als das Licht auf seine Gestalt fiel, packte mich die Wut.

Es war Abu Sofian. Angesichts dessen, was er in Hafsas Hütte sah, grinste er, dann verweilte er kurz an Zainabs Hütte, um schließlich aufgeregt am Fenster seiner Tochter Umm Habiba zu winken. Er watschelte um die Hütte herum zur Tür, wartete, bis sie geöffnet wurde, und schlüpfte hinein. Und ich war die Einzige, die ihn hatte hineingehen sehen.

Umm Habiba war also doch eine Spionin! Wie oft mochte ihr Vater sie wohl in den vergangenen Monaten besucht haben? Hatte sie Abu Sofian geholfen, die Überfälle der Beduinen auf die Schafherden der Ghatafaniten zu planen, mit dem sie den Friedensvertrag gebrochen hatten? Hatte sie ihm Informationen darüber zugespielt, dass unsere Armee sich darauf vorbereitete, Mekka einzunehmen?

Wie viele in der *Umma* befürchtete ich, dass die Koreischiten uns zuerst angreifen könnten. Als ich Mohammed auf das Problem angesprochen hatte, meinte er nur, er habe davor keine Angst.

Was würde er wohl sagen, wenn ich ihm von Umm Habibas Verrat erzählte? Würde er mir glauben? Als ich ihm heute gesagt hatte, dass ich sein Kind trug, hatte er mich nur verspottet. »Verzweifelt«, hatte er mich genannt. Warum sollte er jetzt auf mich hören?

Ich lief zum *Madschlis*, wo Mohammed und seine Gefährten zu Abend aßen und sich mit dem jemenitischen Emissär, dem Begleiter seiner neuesten Verlobten, über Politik unterhielten. Als ich den Blick meines Vaters erhaschte, winkte ich ihn zu mir und klärte ihn mit gedämpfter Stimme darüber auf, was ich gesehen hatte.

»Abu Sofian ist hier?«, fragte er erschrocken. »Wir müssen Mohammed warnen.« Er drehte sich um und wollte wieder hineingehen, überlegte es sich jedoch anders. »Bist du sicher, dass er es war, Aisha?«

»Natürlich bin ich mir sicher!«

»Hast du denn sein Gesicht gesehen?«

Ich zögerte und versuchte mich zu erinnern. »Ich habe seinen fetten Körper gesehen«, erwiderte ich. »Und ich habe gesehen, wie er in Umm Habibas Hütte gegangen ist.«

Er strich sich über den Bart. »Am besten, ich gehe mal selbst nachsehen. Aber unser Abendessen ist bald zu Ende. Wenn Mohammed herauskommt, erklär ihm bitte, wohin ich gegangen bin.«

Ich bekam es mit der Angst zu tun und hielt ihn am Ärmel fest. »Nein, *Abi*! Du kannst nicht allein gehen. Es ist zu gefährlich ...«

Er tätschelte meine Schulter. »Ich habe schon öfter mit Abu Sofian zu tun gehabt«, sagte er. Er beugte sich zu mir vor und redete im Flüsterton weiter. »Seine Kampfkünste sind miserabel.«

Während ich darauf wartete, dass Mohammed auftauchte, zerrten Befürchtungen und Erregung meine Gedanken in gegensätzliche Richtungen. Würde er mir glauben, wenn ich ihm berichtete, was ich gesehen hatte? Meine Anschuldigungen gegen Mariya hatten ihn mir gegenüber misstrauisch gemacht. Er betrachtete mich inzwischen als eifersüchtige Intrigantin, die sich in den Kopf gesetzt hatte, seine anderen Ehen zu zerstören. In Wahrheit lag er damit völlig falsch – zwar ging es mir gegen den Strich, ihn mit allen anderen teilen zu müssen, aber ich kannte auch den Wert jeder einzelnen Verbindung. Was Umm Habiba betraf, hatte ich gute Gründe für meinen Verdacht. Nach einer Weile kamen die Männer zu zweit oder zu dritt aus dem *Madschlis*, angeregt plaudernd und ohne jede Ahnung von der Anwesenheit ihres Feindes in unserem Haus oder von der Gefahr, die in den Augen des jemenitischen Emissärs lauerte. Mein Gesicht unter dem Kopftuch verborgen, stand ich im Schatten und wartete auf Mohammed. Als er aus der Tür trat, bat ich ihn, mir in meine Hütte zu folgen.

In der Hütte ließ ich mein Kopftuch fallen. »Umm Habiba ist eine Spionin«, sagte ich. Aber bevor ich weiterreden konnte, bekam er einen Wutanfall.

»Schluss mit deinen Anschuldigungen!«, herrschte er mich an. »Wenn dir noch eine weitere Verleumdung deiner Schwesterfrauen über die Lippen kommt …«

»Das ist keine Verleumdung.« Ich gab mir Mühe, ruhig zu sprechen, auch wenn seine Wut mich zittern ließ. »Ich habe Abu Sofian im Hof gesehen. Mein Vater ist schon unterwegs, um ihn zur Rede zu stellen.«

»Abu Sofian?« Auf Mohammeds Stirn stand ein großes Fragezeichen.

»Er hat sich heimlich in die Hütte seiner Tochter geschlichen, die er zu uns geschickt hat, damit sie uns ausspionieren kann.«

Mohammed schäumte. »Umm Habiba ist keine Spionin.«

»Und ich bin kein *Rotschopf*.«

»Sie ist seit Jahren gläubige Muslimin. Abu Sofian hat versucht, ihren Ehemann zu töten, nachdem er zum Islam konvertiert war. Die beiden mussten vor Jahren nach Abessinien fliehen.«

»Und ohne ihren Mann, was ist sie jetzt?«, entgegnete ich aufgebracht. »Die Feindin ihres Vaters oder seine Verbündete?«

»Ihr Hass auf Abu Sofian bereitet ihr großen Kummer. Wenn er sie besucht hat, dann war es bestimmt ohne ihre Einwilligung.«

»Deshalb wollte sie dich also heiraten«, schleuderte ich ihm entgegen. »Nicht um für Abu Sofian zu spionieren, sondern um ihn zu bestrafen.« Ich spürte, dass er kurz davor stand, wieder zu schreien, aber das Klopfen meines Vaters unterbrach unseren Disput.

Mit grimmigem Lächeln trat er ein. »Meinen Glückwunsch. Dein Feind ist bezwungen. Abu Sofian zittert angesichts der Gerüchte über eine muslimische Invasion. Zwar gibt er es nicht zu, aber er ist hergekommen, weil er um Gnade bitten will.«

Mohammed holte tief Luft und schaute mich mit zerknirschter Miene an, bevor er das Lächeln meines Vaters erwiderte.

»Das ist allerdings eine gute Nachricht«, sagte er. »Aber warum kommt er nicht mit einer offiziellen Delegation zu mir?«

»Nachdem seine Männer den Friedensvertrag gebrochen hatten, kann er niemandem mehr trauen«, sagte mein Vater. »Er hat seine Leibwächter vor unseren Toren zurückgelassen, um Aufsehen zu vermeiden, und Umm Habiba gebeten, ihn sicher zu dir zu geleiten. Sie hat sich geweigert.«

Mohammed warf mir noch einen Blick zu – diesmal triumphierend. »Sie ist eine treue und ergebene Gläubige«, sagte er. Plötzlich runzelte er die Stirn. »Das hätte Abu Sofian eigentlich wissen müssen. Ya Abu Bakr, ist das eine Falle? Warum hat er das Risiko auf sich genommen, allein hier zu erscheinen?«

»Er hat sich abgesichert.« Die Stimme meines Vaters wurde heiser. »Sein Sohn Muawija hält das Haus meines Vaters in Mekka besetzt und weigert sich, es zu verlassen. Abu Sofian hat meinen Vater als Geisel genommen.«

Die Ader auf Mohammeds Stirn schwoll an, aber er klopfte Abi auf die Schulter. »Mach dir keine Sorgen, Abu Bakr. Dein Vater ist nicht in Gefahr. Wir werden Abu Sofian kein Haar krümmen.« Mein Vater entspannte sich, auch wenn sein Blick immer noch Sorge ausdrückte.

»Was Abu Sofians Bitte um Gnade betrifft, so würde ich sie gern selbst hören«, fuhr Mohammed fort. »Wir gehen zu ihm. Ich denke, wir können Mekka für Allah gewinnen, ohne Gewalt anzuwenden.«

»Obwohl er so oft versucht hat, dich zu töten?«, entfuhr es mir.

»Er ist schließlich mein Vetter, und dazu jetzt auch mein Schwiegervater«, sagte Mohammed geschäftsmäßig, als er sich zur Tür wandte. »*Ya* Aisha.« Er blieb mit dem Rücken zu mir stehen und fuhr in einem scharfen Tonfall fort: »Wir beide sind noch nicht fertig miteinander. Bitte warte hier auf mich.«

Es war schon spät, als Mohammed meine Hütte wieder betrat. Die ganze Zeit war ich auf und ab gegangen und hatte auf eine Möglichkeit gesonnen, sein Gespräch mit Abu Sofian zu belauschen. Ich wollte mich jedoch seinem Befehl nicht widersetzen, hier auf ihn zu warten. Sein Vertrauen in mich war schon zu sehr beschädigt, als dass ich seinen Zorn erneut heraufbeschwören wollte. Dass ich Abu Sofian entdeckt hatte, hätte ihn eigentlich freuen können, aber dass ich Umm Habiba beschuldigte, eine Spionin zu sein, hatte mir eher geschadet. *Bitte, Allah, gib mir die Chance, mich zu bewähren.*

Schließlich kam er in meine Hütte gestürmt wie ein Buschfeuer.

»Deine Eifersucht wird immer unerträglicher. Wenn ich mich nicht auf deine Unterstützung verlassen kann, wenigstens in diesem Harim …«

»Widersetzen sich deine anderen Frauen etwa auch?«, entgegnete ich, verwundert, wie gefasst meine Stimme klang. »Vielleicht trägst du ja selbst die Schuld daran.«

Er hob die Brauen angesichts meiner Unverfrorenheit. »Schuld? Und worin besteht mein Vergehen? Jede meiner Frauen bringt eine andere Beschwerde vor.«

»Einige von uns haben gute Gründe, sich zu beklagen«, sagte ich verbittert, in der Hoffnung, er würde mich fragen, was ich meinte, damit ich ihm von meiner Sklavenarbeit für Zainab erzählen konnte und davon, dass ich mich jeden Morgen vor dem Aufstehen fürchtete. Aber Mohammed war zu sehr in seine eigenen Probleme vertieft, um sich mit meinen Sorgen zu beschäftigen.

»Dschuwairiya hat seit einem Jahr keine neuen Kleider bekommen«, grummelte er. »Safiya schmeckt Saudas Essen nicht. Hafsa kann Mariya nicht leiden. Umm Habiba kann dich nicht leiden.«

»Was für ein Zufall! Das beruht durchaus auf Gegenseitigkeit.«

Sein Lächeln war humorlos. »Umm Salama spricht kaum noch mit mir, und Zainab will mich nicht in Ruhe lassen. Raihana hat gegen alle etwas, außer gegen Zainab, und alle haben etwas gegen Safiya.«

»Bei Allah, was für ein Wirrwarr!«, sagte ich. »Ich kann gut verstehen, warum du unbedingt noch einmal heiraten willst.«

»Du irrst dich, Aisha. Ich habe mich einfach damit abgefunden.«

»Abgefunden? Und was war das für ein Blick, als du das atemberaubende Gesicht deiner jemenitischen Braut gesehen hast?«

Er runzelte die Stirn. »Ich müsste lügen, wenn ich behaupten würde, ich hätte mich damit abgefunden, meine Zeit mit ihr zu verbringen. Aber aus eigenem Antrieb hätte ich mir keine weitere Frau mehr gesucht.«

»Warum sich auch selbst die Mühe machen, wenn sie dir alle so bereitwillig in die Arme laufen?«

»Da hast du recht.« Er seufzte. »Allah hat mir schon mehr Frauen gegeben, als mir zustehen.«

Ich nahm seine Hand und drückte sie gegen meine Brust, damit er spürte, wie mein Herz vor Sehnsucht flatterte. »Und warum willst du dann diese Neue auch noch heiraten? Schick sie doch zurück zum König von Jemen.«

»Um sein Missfallen zu erregen? Niemals.« Er schlug mit der Faust auf die Fensterbank. »Wir brauchen Jemen als Verbündeten. Mit ihnen können wir problemlos und ohne Blutvergießen in Mekka einmarschieren.«

»Aber Jemen ist doch mit den Koreischiten verbündet«, erinnerte ich ihn. »Sie treiben seit Generationen miteinander Handel. Und wie viele ihrer Karawanen haben wir überfallen?«

»All das hat durch den Friedensvertrag ein Ende gefunden. Die Handelswege sind jetzt offen.«

»Friedensvertrag?« Mir kam nur ein sarkastisches Lachen über die Lippen, denn ich begriff, dass Mohammed diese Hochzeit unbedingt wollte. »Dein Freund Abu Sofian hat ihn gebrochen, hast du das schon vergessen?«

Er löste seine Hand aus meinem Griff. »Ich habe heute einen neuen Vertrag mit ihm unterzeichnet.«

»Ist das dein Ernst?« Ich sah ihn ungläubig an. »Das ist so, als würdest du deine Hand in das Maul eines Löwen legen und darauf vertrauen, dass er nicht zubeißt.«

»Er wird diesen Pakt in Ehren halten, andernfalls bezahlt er mit seinem Leben.« Mohammed nahm mich an den Schultern und schaute mich mit leuchtenden Augen an. »Mekka ist unser, Aisha! Wir holen es uns zurück für Allah. Im Gegenzug wird Abu Sofian die Position eines Anführers behalten – wenn er mir gehorcht.«

»Du willst Mekka einnehmen?« Der Gedanke versetzte mich in Panik. »Aber du hast doch gesagt, du wärst es leid, deine Brüder und Vettern zu töten.«

Mohammed hob die Hand, um mir übers Haar zu streicheln. »Du hast nichts zu befürchten, Aisha. Keiner, der zum Islam konvertiert, wird zu Schaden kommen. Und wenn sie die Größe unserer Armee sehen, werden sie alle konvertieren – selbst Abu Sofian.«

27

JOSEFS BRÜDER

Der nächste Tag

Da Abu Sofian irgendwo versteckt gehalten wurde, konnte ich seine Gespräche mit Mohammed nicht belauschen. Ich traute Abu Sofian nicht, tröstete mich jedoch damit, dass Mohammed sich wenigstens der Gefahr bewusst war, während der jemenitische Emissär offenbar alle getäuscht hatte – bis auf mich.

Seine Geschichte machte mich zutiefst misstrauisch. Mohammeds derzeitiges Einflussgebiet umfasste ein paar tausend Anhänger, einige besiegte Stämme und eine Handvoll unzuverlässiger Beduinen. Warum sollte der König von Jemen sich plötzlich von seinem langjährigen Verbündeten Abu Sofian zugunsten von Mohammed abwenden, dessen Religion er nicht angenommen hatte? Wenn der Handelsweg von Jemen nach Damaskus wieder offen war, was konnte er sich dann von einem Bündnis mit uns versprechen?

Jedes Mal, wenn ich an den entsetzten Blick dachte, den Mohammeds zukünftige Braut Alia ihrem Begleiter zugeworfen hatte, richteten sich meine Nackenhaare auf. Und warum hatte der Emissär so höhnisch gegrinst, als Mohammed sich einen Moment lang abgewandt hatte?

Am nächsten Morgen stand ich früh auf und kleidete mich hastig an, denn ich hatte die Absicht, mehr über unsere Gäste in Erfahrung zu bringen. Als es an der Tür klopfte, bekam ich Herzrasen, weil ich fürchtete, das Schicksal hätte bereits seinen Lauf genommen – aber es war nur Zainab.

»Wir müssen das Festessen für die Hochzeit zubereiten«, sagte sie. »Wir brauchen dich im Kochzelt. Jetzt sofort!«

Die Hände fest verschränkt, um ihr nicht an die Gurgel zu gehen, folgte ich ihr. Als wir den Hof überquerten, warf ich heimlich einen Blick zu Alias Hütte hinüber. Im Licht der aufgehenden Sonne sah ich etwas Goldenes in ihrer Tür aufblitzen, bevor sie geschlossen wurde. Mir verschlug es den Atem. Dieses Gewand gehörte Nu'man, dem jemenitischen Emissär. Er befand sich also in ihrer Hütte. Ich musste unbedingt herausfinden, was die beiden vorhatten. Aber wie sollte ich das tun, solange Zainab in meiner Nähe war?

»Träumst du?«, fragte sie. Sie packte mich am Arm und zerrte mich zum Kochzelt. »Wir haben Arbeit, du faules Ding.«

Im Zelt angekommen, bemerkte ich, wie Saudas Gesicht rot anlief, als sie sah, wie grob Zainab mich behandelte. »Bei Allah, geh vorsichtig mit ihr um!«, schrie sie, kam zu uns gerannt und zog Zainabs Hand weg. »Unsere Aisha trägt den Erben des Propheten«, verkündete sie strahlend vor allen Anwesenden.

Verblüfftes Schweigen folgte. Zainab riss die Augen auf, und ihre Lippen bebten. Umm Salama blickte auf ihre Hände. Raihana verdrehte die Augen. »Gepriesen sei Allah, der Wettlauf um die Befruchtung hat ein Ende!«

Sauda trat zu mir und hielt mir ein Tablett mit Datteln, Gerstenbrei und Kaffee hin. »*Ya* Aisha, kannst du das in Alias Hütte bringen?«, fragte sie. Ich nahm das Tablett, froh darüber, einen Vorwand zu haben, der jemenitischen Braut und ihrem Begleiter auf den Zahn fühlen zu können.

Vor ihrer Hütte stellte ich das Tablett ab und ließ meinen Blick kurz über den Hof schweifen. Bei den Zelten, in denen Alias Dienerinnen und Wachen schliefen, rührte sich noch nichts. Ich schlich zum Fenster auf der Rückseite der Hütte und spähte durch die Vorhänge. Mit einer Hand hatte Nu'man Alia am Schopf gepackt und ihren Kopf nach hinten gerissen, sodass ihr Hals freilag, mit der anderen Hand führte er die Klinge seines Dolchs über ihre Kehle. Ihre Augen waren vor Panik geweitet, und alle Farbe war aus ihrem Gesicht gewichen.

»Du hast keine Wahl, *Habibati*«, sagte er. »Nicht, wenn du dein hübsches Köpfchen behalten möchtest.«

»Na los, schlitz mir doch die Kehle auf«, würgte sie. »Mohammeds Männer werden dich töten, dann können wir ja zusammen in der Hölle schmoren.«

Er ließ ihre Haare los, aber mit seinem Blick schien er sie erwürgen zu wollen. »Du hast mein Geld genommen. Jetzt verlange ich, dass du deinen Teil der Abmachung einhältst.«

Sie suchte in ihrem Beutel, den sie um die Taille geschlungen hatte, und warf ihm einige Münzen hin. »Hier hast du dein Geld zurück. Aber erspare mir diese schreckliche Tat! Gott wird mich für immer bestrafen, wenn ich seinen Propheten töte.«

Mein Herz schien in tausend Stücke springen zu wollen. Mohammed töten! Am liebsten wäre ich sofort zu ihm gelaufen mit dieser Neuigkeit – aber zuerst musste ich ihm mehr berichten können, wenn er mir diesmal glauben sollte.

Die Augen des Emissärs glitzerten so hell wie die Münzen, die er einfach auf dem Boden liegen ließ. »Über deine unsterbliche Seele hättest du dir Gedanken machen sollen, bevor du mein Geld genommen hast.«

»Ich musste die Schulden meines Vaters bezahlen.« Sie senkte den Blick. »Diese Männer, die du geschickt hast, hätten ihn sonst getötet.«

»Und sie werden es immer noch tun, wenn ich es ihnen befehle«, sagte er. »Und das werde ich tun, wenn du dein Versprechen nicht hältst.«

Alia murmelte etwas, mit dem sie offenbar einlenkte, denn Nu'man lachte und verstaute seinen Dolch in der Scheide unter der Achsel. »Und jetzt lass uns noch einmal den Plan besprechen«, sagte er. »Du zählst der Reihe nach auf, was du zu tun hast.«

»Ich soll die Droge in den Wein schütten, bevor ich die Ehe mit ihm vollziehe.«

»Richtig.«

»Aber …« Ihre Lippen zitterten. »Mir ist aufgefallen, dass der Prophet keinen Wein trinkt.«

»Dann mische sie in irgendein Getränk, das er zu sich nimmt.«

»Ich glaube kaum, dass er seine Schüssel mit Milch in meine Hütte mitbringen wird. Und in Wasser lässt sich die Droge zu leicht entdecken.«

»Hmm.« Nu'man zupfte sich am Bart. »Dann wirst du wohl die Ehe vollziehen müssen.«

»Ich soll mich ihm hingeben und ihn dann töten? Nu'man, das kann ich nicht! Das ist zu grausam.«

»Über Mohammed würde ich mir keine großen Sorgen machen. Zumindest wird er seine letzte Nacht auf dieser Welt genießen.« Er befeuchtete sich die Lippen. »Wenn irgendetwas schiefgeht, schrei einfach, dann eile ich dir zu Hilfe.«

Ich erschauderte, als ich mir diese schreckliche Szene vorstellte. Alia, die die Ehe vollzog mit dem Mann, den sie töten sollte, während der Mann, den sie hasste, draußen wartete. Ihre Mundwinkel zuckten, aber sie sagte nichts.

»Sobald er schläft, schlüpfst du zur Tür hinaus und kommst in mein Zelt«, sagte Nu'man. »Dann schleiche ich mit meinem Dolch in die Hütte, steche zu, und der Prophet segnet das Zeitliche. Mein Kamel wird vor der Moschee bereitstehen, und bevor der ganze Haushalt auf den Beinen ist, sind wir beide längst über alle Berge. Dann kann ich endlich wieder ruhig schlafen, weil ich weiß, dass meine Karawanen vor den Überfällen der Muslime sicher sind.«

Ich ließ den Vorhang los, aus Angst, sie könnten mein Herz klopfen hören. Mörder! Der jemenitische Emissär trachtete Mohammed ebenso nach dem Leben wie zuvor Abu Sofian – und aus demselben Grund: Geld. Sie würden ihn noch in dieser Nacht töten, wenn es mir nicht irgendwie gelang, sie aufzuhalten. *Allah hilf mir*, flüsterte ich. *Zeig mir den Weg.*

Auf Zehenspitzen schlich ich zur Eingangstür der Hütte, klopfte und trat mit dem Tablett ein. Ohne ihre Schminke und ihren Schmuck war Alia bei Weitem nicht mehr so schön. Bis zur Hochzeit am Abend lag noch eine Menge Arbeit vor ihr. Und plötzlich, als wäre mir ein Schleier vor den Augen gelüftet worden, sah ich die perfekte Möglichkeit, ihr Komplott zu vereiteln.

»*Marhaba*«, sagte ich, während ich das Tablett mit dem Essen vor ihr abstellte. »Ich bin Aisha bint Abu Bakr, Lieblingsfrau des Propheten Mohammed und deine zukünftige Schwesterfrau.«

»*Marhabtein*«, erwiderte sie. »Ich bin Alia.«

»Ich hoffe, du erlaubst mir, dir dabei zu helfen, dich auf die Hochzeit vorzubereiten«, sagte ich. »Wir könnten die Zeit dazu nutzen, uns besser kennenzulernen. Außerdem ist meine Schwesterfrau Hafsa unübertroffen in der Kunst des Hennamalens. Sie hat angeboten, deine Hände und Füße zu schmücken.«

Alia blinzelte verwirrt. »Dafür habe ich meine Dienerinnen.«

»Aber das ist unser Geschenk. Wenn unser Werk vollendet ist, wird deine natürliche Schönheit noch übertroffen werden. Stell dir nur vor, wie beeindruckend du den Jemen repräsentieren wirst.«

»Aber …« Sie schaute nervös zu dem Emissär hinüber, der jedoch nickte. Dann drehte sie sich wieder zu mir um. »Ich würde mich sehr darüber freuen«, sagte sie. »Schwester.«

Nachdem ich ihre Hütte verlassen hatte, lief ich auf der Suche nach Mohammed zu Safiya. »Er ist schon früh aufgestanden und in den Hammam gegangen«, sagte sie. »Was ist los, Aisha? Du bist ja ganz blass.«

Ohne auf ihre Frage zu antworten, machte ich auf dem Absatz kehrt und rannte los; mein einziger Gedanke war, dass ich Mohammed erreichen musste – ohne zu wissen, wie ich das anstellen sollte, während er sich im Männerbad aufhielt. Frauen war der Zutritt verwehrt, wie der Diener an der Tür mir lachend erklärte.

»Bitte hol ihn her. Es ist dringend«, sagte ich, aber er schüttelte nur den Kopf.

»Ich habe die ausdrückliche Anweisung, den Propheten nicht zu stören«, erwiderte er belustigt. »Es sei denn, es geht um Leben und Tod.«

»Aber genau darum geht es!«, rief ich. »Bitte sag ihm, Aisha ist da, und es handelt sich um einen Notfall.«

Während ich wartete, ging ich vor dem Bad auf und ab und ließ mir immer wieder die Szene durch den Kopf gehen, die ich in Alias Hütte beobachtet hatte, und überlegte bei jedem Wort, das ich gehört hatte, ob es vielleicht eine andere, vernünftigere Bedeutung haben konnte. Der Plan, dessen Einzelheiten ich vernommen hatte, schien selbst mir weit hergeholt zu sein. Aber die Worte der armen Frau und die Mordlust in Nu'mans Augen, als er gesagt hatte, er wolle Mohammed seinen Dolch ins Herz stoßen, waren unmissverständlich gewesen.

Als die Tür sich öffnete, wirbelte ich herum, um mich Mohammed an den Hals zu werfen und ihm alles zu erzählen, was ich gesehen und gehört hatte. Aber anstelle meines Gatten stand Ali mit spöttischer Miene vor mir.

»Der Prophet bereitet sich auf seine Hochzeit vor, Aisha«, sagte er. »Er hat heute keine Zeit für eifersüchtige Ehefrauen.«

Er stand breitbeinig da und streichelte sein Schwert, so als zöge er in Erwägung, es gegen mich zu benutzen. Ich starrte ihn wütend an und wünschte, ich hätte *mein* Schwert dabei. Wie befriedigend es sein würde, Ali in die Knie zu zwingen! Allerdings hatte ich im Moment weder die Zeit noch die Geduld zu kämpfen, nicht einmal zu streiten.

»*Ya* Ali, ich habe darum gebeten, Mohammed zu sehen«, sagte ich. »Ich habe wichtige Neuigkeiten.«

»Wie gesagt, er ist beschäftigt«, entgegnete Ali. »Was gibt's denn schon wieder Wichtiges? Ist Alia auch eine Spionin, so wie Umm Habiba? Oder hast du diesmal etwas ganz Neues aufgedeckt?«

Mein Gesichtsausdruck schien ihn zu verblüffen, denn er trat näher und blickte mir in die Augen. »Du solltest dein Gesicht sehen, Aisha, du siehst aus wie ein ungezogenes Kind, das beim Lügen ertappt wurde. Ich weiß ziemlich gut Bescheid über dein Taktieren im *Harim*, auch wenn Mohammed es nicht sieht.«

Mein Herz klopfte immer schneller. »Ali, ich muss Mohammed sehen. Sein Leben hängt vielleicht davon ab.«

»Solltest du versuchen, dieses Bündnis mit Jemen zu vereiteln, dann mache ich dir das Leben zur Hölle, das schwöre ich dir bei Allah«, sagte er. »Ich habe vergeblich versucht, Mohammed dazu zu bewegen, dich von der Hochzeitsfeier auszuschließen. Aber ich warne dich, Aisha: Ich habe meine Augen und Ohren überall. Ein falsches Wort, und ich sorge dafür, dass du in deine Hütte gesperrt wirst, bis die Ehe vollzogen ist.«

Ich drehte mich auf dem Absatz um und lief so wutentbrannt durch die Straßen, dass ich die neugierigen Blicke der Passanten gar nicht wahrnahm. Bestimmt wusste Mohammed gar nichts davon, dass ich ihn sehen wollte, sonst wäre er zu mir gekommen. Ich überlegte, ob ich zurückgehen und draußen auf ihn warten sollte, entschied mich dann aber dagegen. Was, wenn Omar bei ihm war? Gnade mir Gott, wenn er mich vor dem Badehaus der Männer herumstehen sähe!

Schon bald verlangsamte ich meine Schritte, rückte mein Kopftuch züchtig zurecht und dachte über Alis Worte nach. Sosehr ich ihn auch verabscheute, seine Worte hatten etwas Gutes bewirkt. Gerade erst hatte ich Umm Habiba beschuldigt, für ihren Vater zu spionieren, und war einem fürchterlichen Irrtum erlegen. Davor hatte ich Mariya fälschlicherweise des Ehebruchs beschuldigt. Wegen dieser Schnitzer hatte Mohammed mir gar nicht erst geglaubt, dass ich sein Kind trug. Warum sollte er mir jetzt die Geschichte eines Mordkomplotts glauben?

Um Alia auf die Hochzeit vorzubereiten, holte ich Hafsa zu Hilfe, die einzige Schwesterfrau, der ich traute. Als sie von dem Mordkomplott erfuhr, versprühten ihre Augen das vertraute, unternehmungslustige Feuer.

»Am liebsten würde ich ihr einen Dolch zwischen diese prächtigen Brüste rammen«, sagte sie.

»Geduld ist der Schlüssel zum Erfolg«, entgegnete ich. »Wenn wir sie töten, wird ihr Emissär einen anderen Weg finden, Mohammed zu ermorden.«

Sie fasste mich am Ärmel. »Und was ist, wenn dein Plan fehlschlägt, Aisha? Sollten wir nicht jemanden einweihen?«

Ich berichtete ihr von meinem Versuch am Männer-Hammam und von Alis Spott.

»Dann sprich mit deinem Vater, Aisha. Du schaffst das nicht allein.«

Ich nickte. »Von allen Menschen wird mir mein Vater noch am ehesten glauben. Wenn nicht, brauchst du dir auch keine Sorgen zu machen. Mein Plan ist gut. Sollte er nicht funktionieren, habe ich noch einen weiteren. Dieser Mörder wird nicht in Mohammeds Nähe gelangen.«

Ich verließ Hafsa und ging zum Haus meines Vaters. Zu meiner Überraschung fand ich ihn zusammen mit Abu Sofian in seinem *Madschlis*. »Du lässt ihn in dein Haus?«, sagte ich, als er herauskam, um mich zu begrüßen.

Mit zitternden Händen fuhr er sich durchs Haar. Sein leerer Blick war auf mich gerichtet, sah mich aber nicht. »Bei Allah, ich werde ihn keine Minute aus den Augen lassen, solange mein Vater seine Geisel ist.«

Ich zupfte ihn am Bart, um seine Aufmerksamkeit zu erlangen. »Ich brauche deine Hilfe, *Abi*. Mohammeds neue Braut …«

»Aisha, hast du nicht gehört, was ich gesagt habe. Ich bin beschäftigt. Ich habe keine Zeit für deine Intrigen.«

»Aber diesmal geht es um etwas sehr Ernstes!«

Endlich schaute er mich an – mit vor Zorn funkelnden Augen. »Ernst!«, rief er. »Du hast doch keine Ahnung, was ernst ist. Dein Weiberklatsch interessiert mich im Moment überhaupt nicht, Aisha, hast du verstanden? Ich mache mir Sorgen um das Leben meines Vaters. Und jetzt lass mich in Ruhe!«

Er drehte sich um. Nachdem er in seinem *Madschlis* verschwunden war, hatte ich das Gefühl, ich wäre soeben in einen *Samum* geraten. Verzweiflung drohte mich zu übermannen, doch ich holte tief Luft und riss mich zusammen. Ich würde Mohammed alleine retten müssen.

An diesem Nachmittag bemühte ich mich, meine Hände ruhig zu halten und meine Stimme entspannt klingen zu lassen, als Hafsa und ich die Braut zurechtmachten, schminkten und frisierten, bis selbst wir von ihrer Schönheit geblendet waren. Ich schmeichelte Alia und gab ihr schwesterliche Ratschläge, während Hafsa ihr zähneknirschend die Hände und Arme mit scharfzahnigen Schlangen und dornigen Rosen bemalte – der letzte Schrei, versicherte ich Alia.

Der nächste Teil meines Plans war entscheidend für sein Gelingen. Da ich wusste, dass Alia zu ihrer Rolle erpresst worden war, widerstrebte es mir beinahe, ihn durchzuführen. Ich tröstete mich mit dem Gedanken an Mohammed, und meine Liebe zu ihm schützte mein Herz mit einem harten Panzer.

»Und denk daran«, sagte ich, »wenn heute Nacht die Zeit zum Vollzug der Ehe kommt, gib dich Mohammed nicht sofort hin.«

»Zier dich«, riet Hafsa ihr. »So hat er es am liebsten.«

»Widersetz dich seinem Begehren – am besten kicherst du dabei, dann weiß er, dass du es nicht ernst meinst.«

»Männer gefallen sich in der Rolle des Eroberers«, sagte Alia. Dann lächelte sie uns verschmitzt zu. »Das habe ich zumindest gehört.«

»Mohammed wird das Interesse an dir verlieren, wenn er feststellt, dass du leicht zu erobern bist.«

»Aber was ist, wenn ich ihn abschrecke?«

»Den Propheten abschrecken? Den mächtigsten Krieger im Hidschaz?« Hafsa lachte sarkastisch.

»Und in dem Moment, wenn er die Ehe vollziehen will, schreist du laut: ›Ich suche Zuflucht bei Allah vor dir!‹«, sagte ich mit hochgezogenen Brauen. »Seine Reaktion wird dich überraschen.«

Tatsächlich hatte ich schon einmal die Wirkung dieses Satzes auf Mohammed erlebt. Während einer unserer abendlichen Stunden mit ihm hatte Safiya auf bewegende Weise davon berichtet, wie die *Umma* ihren Stamm überfallen hatte. Eine ihrer Kusinen hatte um Gnade gefleht, als ihr einer unserer Krieger die Kleider vom Leib riss. »Ich suche Zuflucht bei Allah vor dir!«, hatte die Frau gerufen, aber der Soldat hatte nicht von ihr abgelassen. Im Gegenteil, sagte Safiya, er hatte sie eine Schwindlerin genannt und sie noch gröber als vorher behandelt.

Mohammed erbleichte, noch bevor die Geschichte zu Ende war. »Wer ist dieser Krieger? Er wird in der Hölle schmoren für sein Vergehen.«

»Aber die Frau war keine Muslimin«, sagte Zainab.

»Glaubst du etwa, nur Muslime dürfen Allah anrufen?«, fragte Mohammed. »Jeder, der das tut, muss beschützt werden.«

Deshalb ließ ich Alia den Satz wieder und wieder einüben.

»Ich suche Zuflucht bei Allah vor dir«, wiederholte sie und runzelte die Stirn. »Bist du sicher, das wird Mohammed erregen?«

»Du wirst verblüfft sein über die Wirkung«, sagte Hafsa. Wir mussten beide grinsen, als die ahnungslose Alia aus ihrer Hütte trat und in die Moschee ging, in die Falle, die sie dort erwartete.

»Gepriesen sei Allah«, murmelte Zainab bei der Hochzeit, »zumindest ist das Hochzeitskleid nicht bis zum Nabel ausgeschnitten.«

»*Ya* Zainab, glaubst du etwa, du hättest diese Form der Verführung erfunden?«, neckte Hafsa sie.

»Meins war ein schulterfreies Nachthemd«, erwiderte Zainab. »Und es ist wahr, erfunden habe ich es nicht, aber ich habe es noch verbessert.«

»Ich dachte schon, sie würde aufgehen wie eine reife Feige, als sie gestern von dem Kamel stieg«, spottete Raihana.

»Was Züchtigkeit angeht, müssen die Jemeniten noch viel lernen«, bemerkte Umm Salama.

Mariya beteiligte sich nicht an unserer Lästerei, sondern stand ein wenig abseits von uns. Sie trug ein prächtiges weißen Leinengewand und lange, reich mit Edelsteinen besetzte Ohrringe und warf uns aus dem Augenwinkel kühle Blicke zu. Aber ich war mir ziemlich sicher, dass sie für ihre Einsamkeit sehr gut entschädigt wurde, so hingerissen, wie Mohammed sie anlächelte. Als sich unsere Blicke trafen und er sich hastig abwandte, traten mir Tränen in die Augen. Vielleicht würde er mir wieder seine Liebe und sein Vertrauen schenken, wenn ich ihm erst das Leben gerettet hatte.

Bitte, Allah, bitte lass meinen Plan funktionieren. Während die Gäste sich am Festessen gütlich taten, verschlug mir die Angst vor einer Katastrophe jeden Appetit. Was wäre, wenn Alia den Satz, den ich ihr beigebracht hatte, nicht hinbekam? Dann würden Mohammed und sie die Ehe vollziehen, und wie immer nach dem Liebesakt würde Mohammed in tiefen, befriedigten Schlaf fallen, aus dem ihn nicht einmal *Dschibril* wecken könnte. Ihm die Kehle durchzuschneiden würde dann ein Leichtes sein.

Ich versuchte mich zu beruhigen: Würde ich nicht in Mohammeds Nähe sein, bereit, ihn mit meinem Schwert zu verteidigen? Vor lauter Sorge probierte ich kaum etwas von den exotischen jemenitischen Speisen, die alle anderen als so köstlich anpriesen: saftiges Ziegenfleisch in Pfefferbrühe, Joghurt-Gurkensalat gewürzt mit Knoblauch, eine scharfe Soße und süße, leuchtende Scheiben reifer Mangos. Geistesabwesend stocherte ich in meinem Essen herum, obwohl ich unbedingt etwas in den Bauch bekommen musste

Nach dem Festmahl gingen wir Frauen zu ihm, um ihm zur Hochzeit zu gratulieren. Beim Anblick von Mohammeds Lächeln war mir, als würde mir ein Dolch an die Kehle gesetzt. Und die arme Alia zitterte am ganzen Körper, als sie mich umarmte.

»Ich habe den Satz nicht vergessen, den du mir beigebracht hast«, flüsterte sie.

»Vergiss nicht, ihn zu sagen, sonst ist er vielleicht nicht in der Lage, die Ehe zu vollziehen.« Ich errötete, als ich mit diesen Worten Mohammeds Männlichkeit verleumdete.

Ich hatte geplant, mich hinter Alias Hütte zu kauern und die Gespräche im Innern zu belauschen. So würde ich wissen, ob der Plan funktionierte. Sollte es ihr nicht gelingen, die Worte auszusprechen, würde ich mit meinem Schwert hervorspringen, bevor der Emissär dazu käme, auch nur den Türgriff zu berühren.

Aber als ich mich der Hütte näherte, das Schwert unter meinem Gewand verborgen, entdeckte ich an allen vier Ecken der Hütte dunkle Gestalten. Dieser gerissene Nu'man hatte Wachen aufgestellt – nicht gegen Übeltäter von außen, sondern um diejenigen im Innern zu schützen.

Zum Glück verdunkelten Wolkenfetzen den Mond. Ich hockte mich in den Schatten der Hütte nebenan, die Umm Habiba gehörte, und bemühte mich, das Gemurmel und Geflüster zu verstehen, das aus dem Fenster von Alias Hütte drang.

»Keine Angst«, glaubte ich, Mohammed sagen zu hören.

»Was für erregende Küsse«, schnurrte sie.

Seine hungrigen Blicke. Sein gieriger Mund auf ihrem Fleisch. Seine Finger, die ihre Kleider lösten und sie auszogen. Ich schüttelte den Kopf, um die Bilder zu vertreiben, aber sie kamen mir immer wieder in den Sinn, hervorgerufen durch sein animalisches Stöhnen und ihr schlüpfriges Lachen. Sie klang alles andere als unschuldig. Hatte sie vergessen, was wir ihr eingeschärft hatten, oder hatte sie es sich anders überlegt? Ich betete, dass sie ihren Satz nicht vergaß.

»Sag's schon!«, flüsterte ich, im Dunkeln an die Hütte gekauert, wischte mir den Schweiß von der Stirn und versuchte, mein Herz zu beruhigen, um besser lauschen zu können.

Ich hörte ihr Keuchen, scharf wie ein Dolch, und sein tiefes Lachen. Bei Allah, hatte er sich ihr schon gezeigt?

»Sag's endlich«, stieß ich gepresst hervor. *Allah, hilf! Bitte, lass es sie nicht vergessen*. Wenn es ihr nicht gelang, ihren Spruch aufzusagen, wäre ich machtlos und könnte Nu'man nicht aufhalten. Die Wachen würden mich überwältigen, und Mohammeds Schicksal wäre besiegelt.

Verzweifelt schaute ich mich im Hof um. Warum hatte ich nicht mehr Mühe darauf verwandt, Hilfe zu holen? Wie albern mir jetzt meine Ängste erschienen, niemand könnte mir Glauben schenken! Selbst der bloße Verdacht eines Komplotts hätte Mohammed vorsichtiger gestimmt oder meinen Vater alarmiert. Jetzt war es zu spät, Hilfe zu suchen, und möglicherweise würde Mohammed meinen eitlen Wunsch, ihn ganz alleine zu retten, mit dem Leben bezahlen.

Plötzlich tauchte der Mond zwischen den Wolken auf und warf ein fahles Licht auf die Szenerie. Eilig zog ich mich in den Schatten zurück, aber offenbar hatte meine Bewegung den Argwohn des Wachpostens an der Eingangstür erregt. Geräuschlos sprang er über das Gras und packte mich an den Haaren.

»Komm mit«, stieß er hervor, legte mir eine Hand über den Mund und zerrte mich zum Zelt des Emissärs.

Der Schmerz an meiner Kopfhaut trieb mir Tränen in die Augen, aber irgendwie gelang es mir, nach dem Dolch unter meiner Achsel zu greifen. Während der Wachposten mich wegzerrte, legte ich mir einen Plan zurecht: Sobald wir außer Sichtweite von Alias Hütte wären, würde ich ihm den Dolch in den Bauch stoßen, mir seine Kleider überstreifen und seinen Posten an der Tür einnehmen. Auf diese Weise würde es ein Leichtes sein, Mohammeds Mörder aufzuhalten.

Doch wir waren noch nicht weit gekommen, als ein schriller Schrei die Nacht zerriss, ein Kreischen wie von kämpfenden Katzen. Der Wachposten blieb stehen, drehte sich um, mich immer noch im Griff, und ich drehte mich mit ihm und entdeckte Mohammed, der halb angezogen mit unbedecktem Kopf in den Hof trat – und die tränenüberströmte Alia in einem durchsichtigen Gewand, die sich an seinen Arm klammerte. Hinter der Hütte war das Geräusch galoppierender Hufe zu hören, das sich entfernte.

Mein Herz schien zu zerspringen. Ich versuchte mich von dem Wachposten loszureißen und wollte Mohammed eine Warnung zurufen. Er stand da, unbewaffnet und umringt von seinen Mördern, ohne sich der Gefahr bewusst zu sein.

»*Ya* Mohammed, pass auf!« Hafsa rannte in den Hof, gefolgt von Omar und Talha, die mit gezückten Schwertern herbeistürmten. Als mein Wachposten sie bemerkte, ließ er mich los, zückte ebenfalls sein Schwert und lief zu Alia.

Nu'man war nirgendwo zu sehen.

»Mohammed, sieh dich vor!«, schrie ich. »Das sind Mörder!« Aber niemand hörte auf mich.

»Ich habe es nicht so gemeint!«, schluchzte Alia. »Deine anderen Frauen haben es mir eingeredet. Sie haben behauptet, es würde dir gefallen, diese elenden Hündinnen! Bitte schick mich nicht zurück nach Hause. Ich werde alles tun!«

Sie umklammerte erst seine Taille, dann seine Beine. Mohammed zog sie sanft wieder auf die Füße. Sie legte die Arme um seinen Hals, aber er machte sich von ihr los und übergab sie dem Wachposten.

»Meine Braut hat vor mir Zuflucht bei Allah gesucht«, sagte Mohammed. »Ich muss ihrem Wunsch gehorchen und sie unberührt nach Hause schicken.«

Der Wachposten runzelte die Stirn. »Aber du hast doch gehört, dass sie ihre Worte nicht so gemeint hat«, sagte er. »Sie ist getäuscht worden.«

»Das spielt keine Rolle«, erwiderte Mohammed. »Die Worte haben diese Bedeutung unabhängig von der Absicht, mit der sie geäußert werden.«

»Der König wird das als Beleidigung auffassen.« Der Wachposten schob die schluchzende Alia vorwärts und stieß sie gegen Mohammed, der einen Schritt zurückwich und sie abwehrte.

»Wird Allah mir erlauben, eine Frau zu heiraten, die seinen Schutz vor mir erbittet? Diese Entscheidung liegt nicht in meiner Hand«, sagte Mohammed. »Es tut mir schrecklich leid.«

In diesem Augenblick erblickte die tränenverschmierte Braut mich auf dem Hof. Sie versuchte sich von dem Wachposten loszureißen, hatte aber auch nicht mehr Glück als ich.

»Aisha!«, brüllte sie. »Du hast mir das eingebrockt. *Ya Nabi*, das ist die, die mich hereingelegt hat. Und die da auch!« Sie zeigte auf Hafsa, die sie wütend anfunkelte.

»Du solltest ermordet werden«, sagte ich.

Mohammeds gequälter Gesichtsausdruck, als er mir seinen Blick zuwandte, ließ mich wünschen, ich wäre diejenige, die er anstelle seiner neuen Braut wegschickte. Wenn er jedoch die Wahrheit gekannt hätte, würde er mich als seine Retterin loben.

»Mohammed«, sagte ich mit flehender Stimme. »Du musst mir glauben. Nu'man hatte vor, dich heute Nacht zu töten.«

»Jetzt reicht's!«, rief er mit zitternden Lippen.

»Nein, du musst mir glauben.« Ich sah mich um auf der Suche nach Nu'man, um ihn zu beschuldigen, aber er war nirgendwo zu sehen. Plötzlich erinnerte ich mich wieder an das Geräusch der davongaloppierenden Hufe nach Alias Schrei und wusste, dass er fort war.

»Wo ist Nu'man?« Ich drehte mich zu dem Wachposten um, dessen harter Blick mir verriet, dass er in Nu'mans Plan eingeweiht war.

»Er ist geflohen, stimmt's?« Triumphierend drehte ich mich zu Mohammed um. »Nur ein schuldiger Mann ergreift die Flucht.«

Der Wachposten ließ Alia los, die nur noch still vor sich hin schluchzte. »Der Emissär lässt seinen Abschiedsgruß ausrichten«, sagte er. »Der König hat ihn heute Nachmittag aus dringenden Gründen nach Jemen zurückgerufen.«

Mohammeds Miene verfinsterte sich. Die Ader auf seiner Stirn pulsierte heftig. Wütend sah er mich an, dann wandte er den Blick zu meinen Schwesterfrauen, die wie Gespenster in den Hof strömten.

»Es spielt gar keine Rolle, welche meiner Frauen diese Tat begangen hat, denn ich würde es jeder einzelnen zutrauen«, sagte er mit einer Handbewegung, die uns alle neun einschloss. »Diese Frauen sind wie Josefs Brüder, die ihn in die Sklaverei verkauft haben. Weil sie sich selbst mehr als jeden anderen lieben, würden sie auch denjenigen verraten, der ihnen nie ein Leid zugefügt hat.«

Er drehte sich um und ging mit wütenden Schritten in Alias ehemalige Hütte, wo er die Tür hinter sich zuschlug. Hafsa und ich drehten uns mit Tränen der Angst in den Augen zueinander um. »Jetzt wird er mich sicherlich verstoßen«, murmelte sie.

Ich sagte nichts, sondern schleppte mich zu meiner Hütte, als würde ein schweres Gewicht auf meiner Brust lasten. Hafsa war nicht die Einzige, die befürchten musste, verstoßen zu werden. Als Mohammed mich heute Nacht angesehen hatte, war mir klar geworden, dass seine Liebe zu mir in tausendundeine Scherbe zerbrochen war. Nur ein Wunder konnte uns jetzt noch retten.

28

RUHM UND EHRE

Drei Tage später

In der Verwirrung nach dem Vorfall mit Alia brach die jemenitische Karawane auf, bevor ich Mohammed erklären konnte, was vorgefallen war. Omar wies Hafsa scharf zurecht, sie hätte meinen »überspannten« Geschichten über Alia und Nu'man niemals Glauben schenken dürfen. Ich wartete indes ungeduldig auf eine Gelegenheit, Mohammed davon zu überzeugen, dass ich ihm durch das Täuschungsmanöver mit seiner Braut das Leben gerettet hatte. Doch er ging mir aus dem Weg, als wäre ich eine Aussätzige. Drei Abende lang hoffte ich auf seinen Besuch; er jedoch verbrachte seine Nächte mit Dschuwairiya, Raihana und Safiya.

Ich verließ meine Hütte kaum noch. Ich wollte meinen Schwesterfrauen nicht Rede und Antwort stehen müssen, denn ich hätte selbst keine Antworten gewusst. Mich quälte die Frage, wie ich Mohammeds Leben mit meiner eitlen Idee, ihn ganz allein beschützen zu können, so hatte gefährden können. Noch nie in meinem Leben war meine Angst so groß gewesen wie in jenem Moment, als mich der jemenitische Wachposten von Alias Hütte wegzerrte. Und wenn mein Plan tatsächlich schiefgegangen wäre? Hätte Alia meinen lächerlichen Rat nicht befolgt, wäre Mohammed möglicherweise tot – einzig und allein durch mein Verschulden.

Mohammeds Tod bedeutete unweigerlich auch den Tod der *Umma*. Wir würden herumschwirren wie ein Bienenvolk ohne Königin, und Abu Sofian hätte leichtes Spiel, die Straßen von Medina mit dem Blut der Gläubigen zu besudeln. Meine Schwesterfrauen und ich sowie alle Kinder – meins eingeschlossen – würden in die Sklaverei verkauft, die Kinder von den Eltern getrennt; die Frauen müssten die Demütigungen durch Männer ertragen, die mit ihren harten Augen und kalten Fingern unsere geheimen Stellen erkunden würden.

Für Mohammed hatte ich Gefahren auf mich genommen, aber nicht nur um seinetwillen. Ich hatte es auch für mich getan – lieber würde ich sterben, als in der Sklaverei leben – und für die *Umma*. Nun sah es so aus, als müsste ich meine Verwegenheit mit Mohammeds Liebe bezahlen, denn immer wenn ich ihm im Hof begegnete, wandte er den Blick ab, und selbst seine nächtlichen Besuche in meiner Hütte hat er eingestellt. Ich fühlte mich so leer, als wäre meine Seele weggeflogen.

Drei Tage nach Alias Aufbruch gab Mohammed bekannt, er müsse abreisen. Gemeinsam mit meinem Vater, Ali und Zaid wollte er die Ghatafaniten aufsuchen. Er schickte meinen Vater zu mir, um mir seine Abschiedsgrüße übermitteln zu lassen.

»Wir müssen leider überstürzt aufbrechen«, erklärte mir Abi mit abgewandtem Blick. »Mohammed hat im Moment keine Zeit, dich zu besuchen.«

»Aber er muss herkommen!«, rief ich. »Ich muss ihm etwas Wichtiges mitteilen.«

»Der Scheich der Ghatafaniten besteht auf Mohammeds sofortigem Erscheinen«, sagte *Abi*. »Ihn dürstet nach Rache an den Koreischiten, weil sie Angehörige seines Stammes getötet und den Friedensvertrag gebrochen haben. Und er ist außer sich vor Wut über Mohammeds jüngstes Abkommen mit Abu Sofian.«

Wer konnte es dem Scheich verübeln? Mohammed hatte nur für sich selbst verhandelt und dabei offenbar den Stolz der verbündeten

Beduinen außer Acht gelassen. Aber die Ghatafaniten würden sich leicht besänftigen lassen. Die größte Gefahr drohte Mohammed meiner Meinung nach von den Jemeniten.

Schon in einigen Stunden würde er – wie auch mein Vater – in die Wüste aufbrechen, wo sie leicht anzugreifen waren. Würde Nu'man so einfach aufgeben? Ich war mir sicher, dass er und sein Haufen irgendwo in der Nähe auf der Lauer lagen und darauf warteten, ihre tödliche Mission zu erfüllen.

»*Abi*«, sagte ich, »du musst Mohammed warnen. Diese Frau, die er beinahe geheiratet hätte, war eine Mörderin.« Ich erzählte ihm, wie ich Alia mit Nu'man in ihrer Hütte belauscht hatte und wie durch meinen Rat ihr Komplott vereitelt worden war. Während ich redete, verfinsterte sich seine Miene.

»Warum hast du so lange damit gewartet, mich darüber zu informieren? Mohammed hätte getötet werden können!«

»Ich habe es ja versucht«, erwiderte ich. »Auch Mohammed wollte ich es sagen. Aber niemand wollte mir zuhören.«

Er runzelte die Stirn. »Verzeih mir, Aisha. Ich hätte dich nicht abweisen sollen. Ich bin für all das genauso verantwortlich wie du.«

»Aber mein Plan ist doch aufgegangen, oder, *Abi*?« Stolz hob ich den Kopf. »Mohammed lebt.«

Mein Vater schloss die Augen und presste die Lippen aufeinander. Während ich auf seine Zurechtweisung wartete, erinnerte ich mich im Stillen daran, dass es keine Rolle spielte, was irgendjemand, selbst wenn es *Abi* war, über mich dachte oder darüber, was ich getan hatte, solange Mohammed vor der Klinge des Jemeniten beschützt wurde.

Als *Abi* die Augen wieder öffnete, dankte ich Allah, als ich sah, dass er wieder milder gestimmt war.

»*Ya* Aisha, wie oft habe ich mir schon gewünscht, dein Bruder Abd ar-Rahman hätte ein bisschen von deiner Pfiffigkeit«, sagte er. »Und ich habe mich oft gefragt, warum Allah so viel Intelligenz und Mut auf eine Frau verschwendet hat.«

»Leider wird Mut nur bei Männern gewürdigt«, erwiderte ich und senkte die Lider, um mir nicht anmerken zu lassen, wie sehr mich seine Bemerkung verletzt hatte. Offenbar dachte mein Vater, meine Bemühungen, Mohammed zu beschützen, seien unsinnig gewesen. Wäre ich ein Mann gewesen, hätte er jetzt vor Stolz über das ganze Gesicht gestrahlt. Als Frau war ich ihm nur peinlich.

»Du irrst dich«, sagte er, und als ich den Blick hob, sah ich sein breites Lächeln und seine leuchtenden Augen. »Ich habe mehr Respekt vor dir als vor deinem Bruder. Dass du eine Frau bist, hat dich nicht daran gehindert, für die *Umma* zu kämpfen.«

»Und doch werde ich kritisiert«, sagte ich. »Wäre ich ein Mann, würde man mich allerorten loben.«

»Ruhm«, spottete mein Vater, »ist es das, was du willst? Der ist nicht schwer zu erlangen. Frag Abu Sofian. Nach Ruhm lässt sich genauso leicht greifen wie nach einem Dolch. Wer über Ruhm verfügt, zieht Aufmerksamkeit auf sich wie eine Klinge, die in der Sonne blitzt. Ehre dagegen erfordert Disziplin und Mitgefühl und Respekt vor sich selbst. Sie arbeitet häufig im Stillen, ohne dass sie sonderlich anerkannt wird, und auch ohne den Wunsch danach. Ehre erwirbt man erst nach Jahren der Anstrengung, und wenn man sie einmal erworben hat, ist sie noch schwerer zu bewahren.«

»Was sie noch wertvoller macht«, kam mir in den Sinn.

Er hob die Brauen, als könnte er mich erst jetzt deutlich sehen. »So wertvoll wie eine mutige Tochter.«

Er trat vor und nahm mich bei den Ellbogen, so wie Männer sich begrüßen. Ich umfasste ebenfalls seine Ellbogen, schluckte den Kloß in meinem Hals und akzeptierte den Respekt, den er mir zollte. Wir würden nie gleich sein können – er war schließlich mein Vater –, aber in diesem Augenblick waren wir Gefährten und hatten beide dasselbe Ziel: Schutz für den Propheten und die *Umma* und die Freiheit, Gott in Frieden anbeten zu können.

»Du hast Mohammed gerettet, und du hast es auf hervorragende Weise getan«, sagte er. »Und damit hast du auch die *Umma* gerettet.« Mir traten Tränen der Dankbarkeit in die Augen, als er mich so nahe an sich zog, dass ich seinen Duft nach Kardamon einatmen konnte.

Mein Herz wollte schier überquellen, und ich brachte kein Wort heraus. Mein Vater war stolz auf mich und auf das, was ich getan hatte! Er hatte mich an den Ellbogen gefasst und meine Intelligenz gelobt. Ich schmiegte mich in seine Arme, in seinen langen, mit Henna gefärbten Bart, spürte die Liebe und das Vertrauen in seinem Herzen. Dann ließ er mich los und drehte sich um.

»Ich muss jetzt gehen und mich mit Mohammed beraten«, sagte er. »Am besten, wir behalten die ganze Sache für uns. Es würde die *Umma* nur unnötig beunruhigen.«

»Mir ist nur Mohammeds Anerkennung wichtig, von niemandem sonst – außer von dir«, sagte ich. »Und wenn er dir nicht glaubt?«

»Keine Sorge, Aisha. Er wird nicht nur deine Geschichte glauben, er wird auch sein Herz wieder für dich öffnen, wenn er begreift, was du für ihn getan hast – was du für uns alle getan hast.«

»Und was ist mit Nu'man, *Abi*? Hast du schon einen Plan?«

Er runzelte die Stirn. »Noch nicht, aber ich frage mich – du hast nicht zufällig eine Strategie, die ich dem Propheten präsentieren kann?«

Ich schaute ihn ungläubig an, unsicher, ob ich richtig gehört hatte. Mein Vater bat mich um meinen Rat? Wollte er mich aufziehen? Aber sein Gesicht drückte nur Respekt aus. Der Plan, den ich mir zurechtgelegt hatte, kam mir ganz leicht über die Lippen.

»Ich würde Kundschafter in alle Richtungen aussenden, um das Lager der Jemeniten zu finden. Sie können noch nicht sehr weit gekommen sein«, sagte ich. »Was meinst du?«

Er nickte. »Bei Allah, du hast recht.«

»Ali und Zaid und ein paar ihrer besten Leute sollen sich noch heute Nacht auf den Weg machen, um sie aufzuspüren, bevor ihr zu eurer Reise aufbrecht. Dann könnt ihr Nu'mans Kopf auf seinem eigenen Schwert an den König von Jemen schicken.«

Nachdem mein Vater und Mohammed aufgebrochen waren, um die Ghatafaniten zu besänftigen, übernahm Omar die Führung der *Umma*. Normalerweise hätten wir Frauen im Harem dieser Regelung mit Schrecken entgegengesehen, denn Omar gefiel sich nicht nur darin, Mohammeds Frauen immer neue Beschränkungen aufzuerlegen, er genoss es auch, sie mit immer größerer Strenge durchzusetzen. Aber da jetzt immer mehr zum Islam Konvertierte in Medina eintrafen, war er diesmal zu sehr damit beschäftigt, Streitereien zu schlichten, die Leute unterzubringen und Krieger zu rekrutieren, als dass er sich viel um den Harem hätte kümmern können. Zumindest eine Zeit lang.

Was uns betraf, nahm uns unser neues Unternehmen sehr in Anspruch. Die Hochzeit unserer ersten Kundin, Ghazala, sollte in knapp zwei Wochen stattfinden, und meine Schwesterfrauen mussten ein Gewand nähen und schmücken, Schminkfarben anrühren, Düfte extrahieren, Henna vorbereiten. Sie testeten ihre Tinkturen aneinander, um sie weiter zu verbessern. Dies würde ihr erster bezahlter Auftrag sein, und sie hatten sich vorgenommen, die Brautmutter beim Anblick der Schönheit ihrer Tochter in Entzücken zu versetzen. Wenn sie dann in der ganzen *Umma* von dem überwältigenden Ergebnis schwärmte, würde künftig jede Braut in Medina als Kundin zu den Frauen des Propheten kommen.

Ich war meinen Schwesterfrauen keine große Hilfe. Meine Schwangerschaft machte mir zu schaffen, und ich brauchte meine Kräfte für die Arbeit in der Zeltstadt. Die bereits seit drei Jahren andauernde Dürre hatte die Lage der Zeltbewohner noch weiter verschlimmert. Sie starben an Hunger und Krankheiten, die Frauen klagten, und die kleinen Kinder weinten, die Männer ließen verzweifelt die Köpfe hängen. Wie sollte ich ihnen bloß helfen? Aber ich gab nicht auf. Jeden dritten Tag führte ich Scimitar, beladen mit Gerste und Datteln, zu der traurigen Enklave am anderen Ende der Stadt, wo die Menschen mich so warmherzig empfingen, als wäre ich eine von ihnen.

Jedes Mal, wenn ich von meinen Besuchen bei Umm al-Masakins Armen zurückkam, begrüßten mich meine Schwesterfrauen im Kochzelt und präsentierten mir ihre Fortschritte. Umm Salama lüftete schwungvoll den Schleier über ihrem Gesicht und gab ihre geschminkten Augen frei, und Zainab hielt mir ihre nackten Arme hin, auf denen Hafsas jüngste Hennamalereien zu bewundern waren. Noch nie war im Harem so viel gelacht und so eifrig geschwatzt worden. Zum ersten Mal freute ich mich, nach Hause zu kommen.

Einige Tage vor Ghazalas Hochzeit erwartete mich bei meiner Rückkehr eine Überraschung: Raihana schlug das Tamburin und Sauda zupfte ihren Tanbur, während die sanfte Dschuwairiya im grün-goldenen Brautgewand tanzte, die Hände und Arme bemalt mit Pfauen, deren Schwanzfedern bunt zu schimmern schienen. Sie wurde umweht von einem Duft aus Kardamom und Rosen, einer neuen Kreation Raihanas; und dann entfernte sie zu meinem Entzücken ihr Kopftuch und gab ihr messingfarbenes Haar frei, das zu einem langen, glänzenden Zopf geflochten, schneckenförmig um den Kopf gelegt war; die Augen waren so dramatisch mit Kajal umrandet, dass sie ihr aus dem Gesicht zu springen schienen, und die roten Lippen schimmerten feucht, als hätte sie Tautropfen geküsst.

»Bei Allah! Zum Glück ist Mohammed nicht hier, um sich an diesem Traum von Liebreiz zu laben«, sagte ich lachend, aber es war nur halb im Scherz gemeint. Die anderen Frauen stimmten in mein Lachen ein, bis Hafsa aufsprang, sich Dschuwairiyas Tanz anschloss und zu unserer Überraschung ihr Haar herumwirbelte und sich wie eine Schlange wand. Im nächsten Moment tanzte auch Zainab und stimmte ein Lied über Dirhams an und über neue Kleider, die sie kaufen würden, während Safiya mit den Fingern schnippte, ihre Hände über dem Kopf anmutig zur Musik bewegte und mich zum Mitmachen aufforderte.

Erschöpft von meiner Schwangerschaft zögerte ich, aber Hafsa, die an mir vorübertanzte, zog mich hoch. Dann trat auch Umm Salama in unseren Kreis und schließlich sogar Umm Habiba. Schon bald tanzten wir alle und lachten und klatschten im Rhythmus der Musik, die immer schneller und schneller wurde, bis ich meine Müdigkeit vergaß und um mich herum alles verschwamm. Wir tanzten und sangen laut und wild, stießen alles zur Seite, was uns im Weg lag, bis das Kochzelt aussah, als wäre ein *Samum* hindurchgefegt.

Völlig versunken in unser lärmendes Vergnügen hörten wir Omars donnernde Stimme nicht. Sauda musste ihn im Eingang erspäht haben, denn ihre Musik hörte zuerst auf. Dann verstummte Raihanas Tamburin, wir hielten im Tanz inne und sahen die Musikerinnen verblüfft an. Wir folgten ihren angsterfüllten Blicken zu

Omar, der, die Hände in die Hüften gestemmt, dastand, das Gesicht zu einem hämischen Grinsen verzogen, mit dem er uns klarmachte, dass wir etwas sehr Verwerfliches taten.

Einen Augenblick lang herrschte Stille im Kochzelt, und dann, als ihm plötzlich einfiel, dass er unsere Gesichter nicht sehen durfte, befahl er uns, sie zu bedecken. Nachdem wir seinem Ansinnen Folge geleistet hatten, trat er ins Zelt, nahm Saudas Tanbur und zerbrach ihn über dem Knie. Sauda schrie auf, und wir anderen schnappten nach Luft, aber niemand sagte etwas. Der wutschnaubende Omar schüchterte sogar mich ein, besonders jetzt, wo ich ein verletzliches Kind in meinem Schoß trug.

»Dem Propheten würde diese Musik nicht gefallen«, herrschte er uns an.

Er hatte recht: Der bescheidene Mohammed konnte eine Vorführung genießen, die nur für seine Augen bestimmt war, aber öffentliche Darbietungen und ausgelassene Feiern, an denen er nicht teilnahm, lehnte er ab. Doch längst nicht alle Frauen erstarrten in Ehrfurcht angesichts von Omars Gepolter.

»Dann hat der Prophet ja großes Glück, dass er nicht hier ist«, entgegnete Umm Salama mit schneidender Stimme. Ich sah sie entgeistert an: War sie von einem *Dschinn* besessen? Niemand wagte es, Omar zu widersprechen.

»Er wird bald hier sein, und es wird Ärger geben, wenn er von dem Lärm erfährt, den ihr hier veranstaltet!«, schrie Omar. Dann fiel sein Blick auf die Mörser und Stößel und bunten Puder und Tinten, die Flaschen mit Duftöl, die Kleiderstoffe und die Schnittmesser und das Garn, auf all die Dinge, die zu seinen Füßen verstreut lagen wie verlorene Hoffnungen.

»Woher habt ihr das Geld für all diesen Schmuck und Tand?« Er erspähte eine Geldbörse mit Silbermünzen auf dem Boden – die Anzahlung von Ghazalas Mutter für das Material. Hafsa wollte die Börse aufheben, aber er entriss sie ihr.

»Diese Dirhams hast du nicht von mir, Tochter! Hat deine Mutter sie dir gegeben? Wenn ja, dann hat sie sie mir gestohlen, und ich nehme sie wieder an mich.«

»Ich habe sie nicht von *Ummi* bekommen«, sagte Hafsa beinahe flüsternd. »Und dir gehören sie auch nicht.«

»Woher hast du sie dann? Sicherlich nicht vom Propheten.«

»Der Prophet hat kein Geld zu verschenken, *Abi*.«

»Sag mir, woher ihr die Münzen habt, bei Allah!« Er hob die Faust. »Antworte mir, oder ...«

»Nein!« Ich stellte mich schützend vor sie. »Du hast sie nicht zu schlagen, Omar, nicht mehr. Und Mohammed schlägt seine Frauen nicht.«

»Geh mir aus dem Weg, Aisha.« Sein pockennarbiges Gesicht verdüsterte sich, während er die Faust erhoben hielt.

Entschlossen reckte ich das Kinn vor und tat so, als hätte ich keine Angst vor ihm, auch wenn mein Herz wie wild pochte. »Würdest du mich schlagen und damit riskieren, dass der Erbe Mohammeds Schaden nimmt?«, fragte ich herausfordernd.

Omars Mund öffnete sich. Seine Augen weiteten sich wie Vollmonde. Ich tätschelte meinen Bauch und beobachtete zufrieden lächelnd, wie er die Hand langsam sinken ließ.

»*Ya* Omar, das Geld gehört Umm Dschibrail, der Frau des Händlers«, sagte Umm Salama und trat vor ihn. »Sie hat es uns gegeben, damit wir diese Materialien kaufen können. Wir werden die Brautzofen ihrer Tochter sein.«

Omar fiel der Geldbeutel aus der Hand. Umm Salama bückte sich, um ihn aufzuheben.

»Die Frauen des Propheten arbeiten für Geld?«, fragte Omar perplex.

»Wir helfen Mohammed, indem wir uns selbst helfen«, sagte Zainab.

»Das darf nicht sein.« Er schüttelte den Kopf. »Ich verbiete es.«

Ich atmete hörbar ein. Hafsa trat vor. »*Abi*, nein! Wir haben es Umm Dschibrail versprochen. Wir haben ihr Geld doch schon ausgegeben, siehst du?«

»Ihr habt ihr Geld verschwendet. Ich werde heute noch mit ihrem Mann sprechen und ihm erklären, dass das Ganze ein Irrtum ist.«

»Dann sagst du nicht die Wahrheit«, entgegnete Umm Salama. »Es handelt sich keineswegs um einen Irrtum.«

Omars Gelächter schien die Zeltwände zum Beben zu bringen. »Ihr habt einen Irrtum begangen, als ihr diese Sache geplant habt, ohne euren Gemahl zu Rate zu ziehen«, sagte er. »Bei Allah! Er hat euch das Kommando über den Haushalt überlassen, anstatt sich selbst darum zu kümmern. Aber solange ich die Befehlsgewalt habe, werden Frauen nichts zu sagen haben.«

Ich fühlte mich so hilflos, dass ich kein Wort hervorbrachte.

»Eine eindrucksvolle Zurschaustellung von Macht, Omar«, ergriff Raihana spöttisch das Wort. »Genau wie dein Bauch. Sag mal, du mit deinen goldenen Ringen, was hast du heute gespeist? Lamm? Reis mit Safran?«

»Bei uns gab es Gerstenbrei«, ergänzte Dschuwairiya. »Und für jede zwei Datteln.«

»*Ya* Omar«, sagte ich, nachdem ich meine Stimme endlich wiedergefunden hatte. »Wenn du verhindern willst, dass wir uns Lebensmittel kaufen, dann gib uns wenigstens etwas von deinen ab.«

»Und diese hübschen Gewänder, die deine Frau besitzt«, sagte Zainab. »Das grüne, das Hafsas Mutter letzte Woche anhatte, würde mir wunderbar stehen.«

»Ruhe!« Omar wedelte mit den Armen, als wollte er uns allesamt niederschlagen. »Ihr seid die Frauen des Propheten, nicht meine.«

»Da hast du vollkommen recht«, sagt Umm Salama. »Und nur Mohammed kann uns verbieten, für Umm Dschibrail zu arbeiten.«

»Bei Allah, ich sage euch, ihr werdet diese Moschee nicht verlassen! Wer es versucht, wird ausgepeitscht – mitten auf dem Marktplatz.«

»*Ya* Omar, sie wollen doch keinen Skandal verursachen«, wandte Sauda ein, während sie ihr Amulett gegen den bösen Blick befingerte und die Augen niederschlug. »Die Frauen haben Hunger, das ist alles. Du weißt selbst, was für eine furchtbare Dürreperiode seit Langem herrscht. Und die Kinder sind schon groß. Ohne Kleinkinder, um die sie sich kümmern müssen, gibt es für sie nicht viel zu tun.«

»Das interessiert mich nicht«, knurrte Omar. »Ich habe gesagt, ihr werdet die Moschee nicht verlassen, und dabei bleibt es. Ich werde Wachposten aufstellen, um sicherzustellen, dass ihr mir gehorcht.«

Angesichts seiner unfassbaren Dreistigkeit musste ich laut lachen. Wie er sich da vor uns aufgebaut hatte in seinen teuren Gewändern und nach Lamm und Kumin und Honig roch, uns jedoch ein paar jämmerliche Silberstücke abnehmen wollte! Ich sah mich im Kochzelt um und bemerkte, dass die altvertrauten Falten wieder wie die dicken Taue eines Pferdegeschirrs an den Mundwinkeln der Frauen zerrten. Aber ich stand immer noch unter dem Eindruck der Fröhlichkeit, die unsere Glieder in Schwung gebracht und unsere Herzen wie ängstliche Vögel hatte aus dem Zelt fliehen lassen. Ein heftiger Beschützerinstinkt rührte sich in mir.

Ich zog meinen Dolch aus der Scheide und hätte am liebsten die Sorgen meiner Schwesterfrauen mit der Klinge ausradiert. »Keine Bange, Schwestern. Ich werde das Hochzeitsgewand abliefern und die Braut eigenhändig schmücken.«

»Eher werde ich dich eigenhändig fesseln und einsperren«, fauchte Omar. Als er auf mich zutrat, schlugen meine Schwesterfrauen auf ihn ein und drängten ihn zurück, und schon bald muss es im Himmel gebebt haben vom Geschrei von neun tobenden Frauen und einer Frau – Sauda –, die lautstark Frieden einforderte, und von dem Lärm eines stampfenden, schnaubenden, schreienden Manns, der Drohungen ausstieß so leer wie sein Herz.

Was für ein Anblick muss sich Mohammeds Augen geboten haben, als er in diesem Augenblick das Kochzelt betrat! Ich weiß nicht, wie lange er schon dort gestanden und dem Handgemenge zugesehen hatte, bevor Safiya laut seinen Namen rief und sich aus dem Gewühl befreite, um in seine Arme zu fliehen. Das murmelnde Geräusch, als er ihr etwas zuflüsterte, so leise, dass es an ein Wunder grenzte, dass es überhaupt zu hören war, brachte alle im Zelt zum Schweigen, als hätte er ein Zauberwort ausgesprochen.

Er stand da im Licht der untergehenden Sonne, das seine wild aus dem Turban quellenden Locken so glanzvoll schimmern ließ wie seine Augen. Sein Lächeln wirkte unheimlich, irgendwie deplatziert unter der anschwellenden, dunklen Ader auf seiner Stirn. Aber – ich hätte es am liebsten laut herausgeschrien – er war am Leben! *Dank dir, Allah, dass du ihn vor Schaden bewahrt hast.*

»*Afwan, Nabi*«, sagte Omar, der rot anlief. »Ich bitte um Vergebung. Aber ich habe versucht, Disziplin in diesen aus den Fugen geratenen Harim zu bringen.«

»Aus den Fugen geraten! Er meint ›rührig‹, Gemahl.« Stolz lächelnd erzählte ich ihm von dem Geschäft, das meine Schwesterfrauen betrieben – jedoch die dunkle Ader färbte sich noch dunkler und trat noch deutlicher hervor.

»Du kannst deinen Frauen nicht erlauben, von der *Umma* Geld anzunehmen«, sagte Omar. »Dann stehst du da wie ein Schwächling.«

»Bei Allah! Ich sinke jetzt schon in meinem eigenen Ansehen«, erwiderte Mohammed. »Haben meine Frauen das geplant, ohne mich zuvor um Rat zu fragen?« Sein Blick war streng. »Ich dachte, ihr hättet mehr Respekt vor mir.«

»*Ya Nabi*, ich fühle mich nicht respektiert, wenn ich fadenscheinige Kleider tragen muss«, sagte Umm Salama.

»Was ist das für ein Respekt, wenn ich gezwungen bin, zwei Jahre lang dasselbe Kleid anzuziehen?«, stimmte Raihana ein. »Ich war eine Prinzessin, als ich zu dir kam, und jetzt lässt du mich in Armut leben.«

»Hat eine von euch Löcher in den Kleidern?«, fragte Mohammed. »Müsst ihr frieren oder habt ihr nichts, um eure Blößen zu bedecken?«

»Was für alberne Fragen« schrie Zainab. »Ich habe zwei Kleider, und beide sind so abgetragen, dass sie mich ganz blass wirken lassen. Ich kann es nicht mehr ertragen, mich selbst im Spiegel zu sehen. Bei Allah! Lieber würde ich ganz ohne Kleider herumlaufen.«

»*Ya Nabi*, hörst du, wie deine Frauen reden?« Omars Gesicht war so rot wie rohes Fleisch. »Diese Frechheit verlangt die Peitsche.«

Mein Blut kochte angesichts von Omars Grausamkeit. Hier stand der Mann, der mir meine Freiheit geraubt hatte, indem er

Mohammed dazu überredet hatte, mich das Gesicht bedecken zu lassen, und der mich um die Chance gebracht hatte, für meine *Umma* zu kämpfen. Und jetzt, nur weil wir nicht so unterwürfig waren, wie er es sich wünschte, wollte er unsere Körper mit Peitschennarben verunstalten.

»*Ya* Omar, du scheinst die Frauen des Propheten für Tiere zu halten«, schoss ich zurück. »Erst willst du uns einsperren und jetzt auch noch schlagen.«

Mohammed sah mich verwirrt an. »Du weißt, dass Allah dir den Schleier verordnet hat, Aisha«, sagte er. »Du warst Zeugin, als er sich mir im Hof offenbart hat.«

Ich musste grinsen, denn an diese Offenbarung, die auf die skandalöse Hochzeit mit Zainab gefolgt war, konnte ich mich noch gut erinnern – und an Mohammeds Ärger über den verzögerten Vollzug der Ehe. Ich wusste noch zu gut, wie diese Offenbarung, die uns Frauen hinter Wandschirme und Kopftücher verbannte, mich wie die dunklen, kühlen Wände eines Grabs halb erstickt und beinahe in die Arme eines anderen Mannes getrieben hatte.

»Ja, ich war dabei«, sagte ich. »Ich habe alles gesehen – einschließlich deiner Verwandlung vom Befreier der Frauen zu ihrem Unterdrücker. *Ya Nabi*, war das auch das Werk Allahs?«

29

GESICHTER DER HOFFNUNG

Medina, Juni 629

Kaum hatte ich meine scharfe Erwiderung gegen Mohammed ausgesprochen, bereute ich sie auch schon. Zorn verdüsterte Mohammeds Gesicht wie ein Hornissenschwarm, und sein Blick sagte mir, dass ich nichts tun oder sagen konnte, um ihn zu beschwichtigen.

Vor Verzweiflung hätte ich mir am liebsten die Zunge abgebissen. Zwei Wochen lang hatte ich auf seine Rückkehr gewartet in der Hoffnung, in seinen Augen Liebe und Vergebung zu finden – und jetzt hatte ich alles durch meine Worte nur noch schlimmer gemacht. Noch ehe ich den Satz beendet hatte, drehte Mohammed sich wortlos um und verließ das Zelt.

Ich rief ihm nach, aber meine Stimme war kraftlos. Als ich ihm hinterherlief, hob er nur abwehrend die Hand. Wie sehr ich mich danach sehnte, meine Arme um ihn zu schlingen, so wie es die jemenitische Schönheit getan hatte! Aber ich kannte ihn zu gut, um es auch nur zu versuchen.

Mein Herz lag wie ein Stein in meiner Brust, als ich sah, wie er zu der Dattelpalme neben der Moschee ging und die Sprossen, die Ali erst vor einiger Zeit seitlich in den Baumstamm getrieben hatte, hinaufkletterte, um in seine Zuflucht über der Moschee zu gelangen, die er nur aufsuchte, wenn er ohne Allahs Rat nicht weiterwusste oder wenn die Gläubigen zu sehr an seinen Kräften zehrten. Er kletterte so leichtfüßig hinauf, als wollte er immer weiter aufsteigen bis ins Paradies. Aber als ich ihn mit erstickter Stimme fragte, was er jetzt tun wolle, hielt er inne.

»Ich werde mir Gedanken über die Zukunft machen«, sagte er. »Du tätest gut daran, dasselbe zu tun.«

Gedanken über die Zukunft? Meine Schwesterfrauen, die sich mittlerweile hinter mir versammelt hatten, drängten mich, ihn zu fragen, was er damit meinte. Aber ich traute mich nicht, denn ich befürchtete, die Antwort bereits zu kennen.

»*Ya* Mohammed, wann kann ich mit dir reden?«, rief ich.

Er kletterte weiter, als würde ihn eine unsichtbare Hand von Sprosse zu Sprosse heben. »Nachdem ich meine Beratungen mit Allah beendet habe.«

»Über unsere Zukunft?«, rief Safiya mit zitternder Stimme. Er hielt erneut inne und betrachtete uns mit den Augen eines Vaters, der sich anschickt, das Kind, das er liebt, zu züchtigen.

»Ja, über eure Zukunft«, antwortete er. »Und auch über meine.«

»*Ya* Mohammed, wie lange gedenkst du, dort oben zu bleiben?«, wollte Zainab wissen.

»Heute ist der erste Tag des Monats«, erwiderte er. »Am letzten Tag werde ich zurückkehren und euch meine Entscheidung mitteilen.« Er zog sich ins Innere des bescheidenen Raums zurück und war verschwunden.

»Entscheidung?«, sagte Hafsa. »Was für eine Entscheidung? Soll das heißen, er verstößt mich vielleicht doch nicht?« In all der Hektik der vergangenen Wochen hatte Mohammed noch nicht mit Omar über sie gesprochen.

»Glaubst du vielleicht, er geht da rauf, um nur über dich nachzudenken? Dafür würde er bestimmt keine dreißig Tage brauchen«, sagte Raihana. »Der Prophet zieht sich doch nicht zurück, um über nur eine von uns nachzugrübeln. In seinen Augen reiten wir doch alle dasselbe lahme Kamel.«

»Raihana hat recht«, sagte Umm Salama, als wir zurück ins Zelt gingen. »Sollte Mohammed eine von uns verstoßen, dann verstößt er uns alle.«

Ein Aufschrei, gefolgt von ersticktem Schluchzen unterbrach unsere Debatte – und Sauda floh mit rotem Gesicht, ihr Amulett gegen den bösen Blick umklammernd, aus dem Zelt.

Omar, den wir völlig vergessen hatten, seit Mohammed aufgetaucht war, stürmte an uns vorbei wie ein wild gewordener Bulle und stieß mich beiseite.

»Bei Allah, er wird keine Einzige von euch verstoßen, wenn ich es verhindern kann.« Er stampfte zu dem Baum und kletterte die Sprossen hoch, allerdings deutlich langsamer und mühsamer als Mohammed.

Mit hochgezogenen Brauen sah ich Hafsa an, die so verblüfft dreinschaute, wie ich mich fühlte. »Omar nimmt uns in Schutz?«, fragte ich. »Werden Sonne und Mond demnächst auch die Plätze tauschen?«

»*Ya* Aisha, er nimmt nicht uns in Schutz«, sagte Umm Salama. »Er verteidigt die *Umma*. Überleg doch mal, welche Konsequenzen es hätte, wenn Mohammed uns verstoßen würde? Wer würde einem Mann folgen, der nicht einmal seinen eigenen Harem im Griff hat?«

Während der nächsten Wochen lief es mir immer wieder kalt über den Rücken, wenn ich mir vorstellte, dass Mohammed aus seiner Zuflucht herabstieg und mich aus seinem Leben verbannte. Wenn ich daran dachte, wie sein Gesicht aussehen würde, gebrochen und voller Schatten wie die felsigen Hänge des Bergs Subh in der Dämmerung, schien sich in meiner Brust ein großes Loch aufzutun. Er war der einzige Ehemann, den ich je gehabt, der einzige Mann, den ich je geliebt hatte. Meine Schwesterfrauen schlichen wie Gespenster durch den Harem, mit gehetztem Blick, aber ihr Schmerz war gar nichts im Vergleich zu meinem. Sie waren Witwen, einige hatten Kinder, alle hatten sie Erinnerungen an ein Leben vor Mohammed, und vielleicht sogar an eine andere Liebe. Für mich war die Zeit vor ihm nur ein Tintenklecks im Buch meines Lebens, so unergründlich wie die Existenz meiner Seele vor meiner Geburt. Er war immer da gewesen, wie mein Vater und meine Mutter. Und seit ich mich erinnern konnte, war er mein Freund gewesen.

Ich wünschte, ich wäre eine Nachtigall! Ich würde auf den Wipfel der Dattelpalme fliegen, mich auf einem Palmwedel niederlassen und ein Lied der Reue anstimmen, weil ich Mariya so grausam behandelt hatte, die ja auch ein Kind von ihm erwartete. Ich würde in lang gezogenen Tönen tirilieren, um Allah für den Erben, der unser gemeinsames Kind wäre, zu danken, und die Töne so lange hinziehen, bis Mohammed mir glaubte und mit seiner kehligen Stimme in meinen Gesang einstimmte. Ich würde immer wieder von meiner Liebe zu ihm singen, einer Liebe so tief und rein, dass ich mir ein Leben ohne ihn nicht mehr vorstellen konnte, einer Liebe, die sich so sehr danach sehnte, ihn vor jedem Übel zu bewahren und bis in alle Ewigkeit nach Spionen und Mördern Ausschau zu halten, einer Liebe, die mich auf Irrwege geführt, die aber auch sein Leben gerettet hatte.

Aber leider war ich kein Vogel, und der einzige Weg zu Mohammed führte über diesen Baumstamm, ein Weg, so viel hatte Omar unmissverständlich klargemacht, der für jeden tabu war. Und da sich Tag und Nacht um den Baum herum Gläubige und Ansar versammelten und mit offenen Mundern wie Küken im Nest die Hälse reckten in der Hoffnung, einen Zipfel von Mohammeds Turban zu erspähen, konnte ich es mir aus dem Kopf schlagen, mit ihm zu sprechen.

Rastlos und gequält ging ich in meiner Hütte auf und ab, fragte mich, was Mohammed denken mochte, zu welchen Entscheidungen er gelangen mochte in seiner Zuflucht über der Moschee, von niemandem beeinflusst außer von Omar, der ihm täglich sein Essen brachte. Würde er mich wirklich verstoßen? Falls Mohammed beschloss, mich wegzuschicken, würde ich mein Kind verlieren, denn Kinder blieben grundsätzlich beim Vater. Ich klammerte mich an mein Kopfkissen, weil ich plötzlich an Umm Salamas Trauer um ihren Sohn denken musste, als er ihr von der Familie ihres Mannes aus den Armen gerissen worden war. Ich würde für den Rest meines

Lebens allein sein, denn wer in der *Umma* würde eine Frau heiraten, die vom Propheten Gottes verschmäht worden war? Würde ich wieder bei meinen Eltern leben müssen?

Ich musste dieses Schicksal verhindern, aber wie? Täglich wuchsen meine Verzweiflung und das Bedürfnis, Mohammed meine Geschichte zu erzählen, damit er begriff, dass ich immer nur aus Liebe zu ihm gehandelt hatte und nicht nur aus Eifersucht. Als ich zu dem Wachposten hinüberschaute, den Omar unter dem Baum postiert hatte, fühlte ich mich so hilflos wie in jenen Jahren unter Verschluss.

»Mach dir keine Sorgen, Aisha«, sagte *Abi* eines Tages zu mir. »Ich habe Mohammed von dem Komplott der Jemeniten berichtet und wie du ihm das Leben gerettet hast. Zuerst war er betrübt darüber, dass du ihn nach deiner Entdeckung nicht gewarnt hast. Aber ich glaube, er hatte dir schon vergeben, als wir nach Medina zurückgekehrt sind.« Aber seine Worte konnten mich nicht trösten. Und seine belegte Stimme verriet mir, dass er ebenfalls mit großer Sorge darauf wartete, was Mohammed tun würde.

Nach zwei Wochen verloren auch die Gaffer, die täglich den Baum umringten, um zu tratschen und über Mohammed zu spekulieren, das Interesse an ihm. Bei Einbruch der Nacht war der Wachposten ganz allein am Fuße der Palme übrig. *Bitte, Allah, schick ihn weg*, betete ich jedem Abend, aber als der Wachposten nach drei Wochen immer noch da war, beschloss ich, das Kamel bei der Nase zu packen – mit Hafsas Hilfe.

Als der Mond nur fahles Licht spendete, lief Hafsa zum Wachposten und zog ihn am Ärmel. »Ein Schatten!«, rief sie atemlos. »Hinter meiner Hütte hat sich etwas bewegt. Und als ich ans Fenster trat, um nachzusehen, habe ich etwas im Gebüsch knacken hören. Komm schnell!« Ihre Vorstellung war ziemlich beeindruckend. Von meiner Hütte aus beobachtete ich, wie der Wachmann seinen Posten verließ, dann eilte ich in meinem dunkelroten Gewand schnell durch das Gras zur Palme und kletterte hinauf.

Den Blick auf Mohammeds Zuflucht geheftet, wagte ich es nicht, nach unten zu sehen, aus Angst, mir könnte schwindlig werden. Aber zu viel stand auf dem Spiel, und nichts würde mich davon abhalten, Mohammed zu treffen. Als ich endlich hoch genug war, um ins Innere zu spähen, stockte mir der Atem.

Mohammed saß im Schneidersitz auf dem Boden und blickte aus dem kleinen Seitenfenster an mir vorbei hinaus in den Himmel. Er trug keine Kopfbedeckung, und seine Haare waren ebenso wirr wie meine Gefühle. Ich sehnte mich danach, mich ihm in den Schoß zu werfen und mein Gesicht in seinem Bart zu vergraben, wie ich es so oft getan hatte – aber gleichzeitig wollte ich auch sein Bedürfnis nach Zurückgezogenheit respektieren.

Ich beugte mich durch das kleine Fenster vor und flüsterte seinen Namen, in der Hoffnung, er würde mich einladen, seine Zuflucht zu betreten. Aber er saß nur reglos da und blickte ins Leere wie die Steingötzen an der Kaaba.

»*Ya* Mohammed!«, krächzte ich, aber er reagierte immer noch nicht. Ich wollte gerade seinen Namen etwas lauter rufen, als mich ein Rascheln im trockenen Gras nach unten zum Fuß des Baums blicken ließ, wo der Wachmann wieder seinen Posten eingenommen hatte. Ich konnte nur seinen Turban wie einen hellen Stein im fahlen Mondlicht ausmachen, aber im gleichen Moment überkam mich ein heftiges Schwindelgefühl; ich krallte mich an der Wand fest und sog die Nachtluft ein, bis wieder alles an seinem Platz war.

Mohammed saß weiterhin völlig unbeeindruckt da. Ob er in Trance war?

»Ich musste einfach herkommen und dich sehen, *Habibi*«, sagte ich so leise, dass mich der Wachposten nicht hören konnte. »Bevor du über mein Schicksal entscheidest, musst du wissen, warum ich so gehandelt habe, wie ich es getan habe.«

Er richtete sich auf, als wollte er mir zu verstehen geben, dass er mir zuhörte. Jetzt wäre der richtige Zeitpunkt gewesen, Mohammed zu sagen, wie sehr ich ihn liebte, ihm zu erklären, dass ich nur versucht hatte, Schaden von ihm abzuwenden, und dass Allah mich schon vor langer Zeit gerufen hatte, um für ihn und die *Umma* zu kämpfen.

Stattdessen erzählte ich eine ganz andere Geschichte, die Geschichte eines kleinen Mädchens, das ohne sein Wissen einem viel älteren Mann versprochen worden war, einem Mann, der so berühmt war, dass das Mädchen von seinen Eltern, die es ganz besonders schützen wollten, viel früher als normalerweise üblich, unter Verschluss gestellt wurde. Ich erzählte ihm, wie ich geweint hatte und in meinem Zimmer auf und ab gelaufen war, getrieben von der Sehnsucht nach dem Himmel und der würzig warmen Sonne auf meiner Haut. Ich erzählte ihm, wie ich hatte zusehen müssen, als meine Mutter von Qutaila drangsaliert worden war, und wie ich mir geschworen hatte, dass mir so etwas niemals passieren würde, und wie verzweifelt ich mich nach der Aufmerksamkeit meines Vaters gesehnt hatte. Ich erzählte ihm nichts davon, wie ich davon geträumt hatte, von Safwan gerettet zu werden, und auch nicht, dass ich mir Verse ausgedacht hatte, wie er mit mir in die Wüste ritt und mich von meinen Eltern und allen anderen befreite, die die Macht hatten, mich einzusperren.

Wie jene Nachtigall sang ich Mohammed von dem Schock und der Angst, die mich erfasst hatten, als ich zur Hochzeit ging und ihn dort vorfand, den Mann, den ich eher als Vater denn als Ehemann liebte. Ich erzählte ihm, wie einsam ich mich gefühlt hatte in dem Raum voller Verwandter und Freunde, die alle vor Freude und Stolz strahlten und meine Tränen priesen, die ich angeblich vergoss, weil ich meine Eltern verlassen musste, während ich in Wirklichkeit über den Verlust meines Traums geweint hatte und darüber, dass ich nie frei wie der Wind über die Wüstendünen reiten, meine eigenen Gesetze machen und mein eigenes Leben unabhängig von den Regeln der Nachbarn führen würde, wenn ich erst mit Mohammed verheiratet wäre.

»Das waren Kinderträume«, sagte ich, »aber es waren meine Träume. Und sie waren das Einzige, was ich wirklich besaß, denn was sonst kann ein Mädchen besitzen? Selbst ihr Körper gehört erst ihrem Vater und dann ihrem Ehemann.«

Eine innere Stimme riet mir eindringlich, ich solle aufhören, ich hätte schon zu viel gesagt, aber, bei Allah!, ich konnte einfach nicht. Es war, als wäre in meinem Herzen ein Damm gebrochen, sodass alle Traurigkeit und alle Enttäuschungen meines Lebens aus meinem Mund herausströmten. Ich erzählte Mohammed, welche Angst es mir bereitet hatte, als ich ihn am Tag meiner Hochzeit auf dem Sitz des Bräutigams erblickt hatte, und dass ich versucht hatte wegzulaufen, meine Mutter mich jedoch mit ihren starken Armen festgehalten hatte.

»Aber als ich schließlich auf deinem Schoß saß, war ich glücklich«, beeilte ich mich hinzuzufügen. »Ich wusste, dass du mich immer gut behandeln würdest. Und ich dachte, du würdest mich mit zu dir nach Hause nehmen und meiner Gefangenschaft ein Ende bereiten.«

Sie hatte jedoch kein Ende gefunden. Ich wurde fast drei weitere Jahre unter Verschluss gehalten. Ich erzählte Mohammed, dass ich meine erste Menstruation kaum abwarten konnte, um dann das dunkle, erstickende Gefängnis in meinem Elternhaus verlassen und mit ihm in die Stadt reiten zu können, wo ich mich als seine Frau frei auf dem Markt bewegen und die Sonne auf meinem Gesicht und meinen Händen spüren könnte, wann immer es mir beliebte.

»Mein Traum, wie eine Beduinin zu leben, war verflogen, nicht aber meine Sehnsucht nach Freiheit«, sagte ich. »Und dann hast du uns den Schleier verordnet und unsere Bewegungsfreiheit eingeschränkt. Bei Allah! Du hättest uns genauso gut Scheuklappen anlegen können.«

Alle diese Einschränkungen, so wurde uns gesagt, dienten nur zu unserem Schutz. Es war dieselbe Ausrede, die ich schon mein ganzes Leben lang gehört hatte. Und es spielte auch keine Rolle, dass ich, eine ausgebildete Schwertkämpferin, mich selbst beschützen konnte.

»Deshalb habe ich im Kochzelt so zornig zu dir gesprochen am Tag deiner Heimkehr«, sagte ich mit zitternder Stimme. »Verzeih mir, aber ich hätte nie geglaubt, dass Gott für mich ein Leben in einem Käfig bestimmt hat. Wenn es eine Sünde ist, dass ich solche Dinge sage, dann möge Allah mir verzeihen. Er kennt mein Herz. So wie du jetzt auch, mein Geliebter.«

Er saß nach wie vor reglos da, er blinzelte nicht einmal. »Mohammed!«, rief ich schluchzend. »Sag etwas zu mir. Irgendetwas!«

Er tat nichts, gab keinen Ton von sich, saß einfach nur da und starrte in die Nacht.

»*Ya Nabi*, was ist denn los da oben?«, rief der Wachposten, aber ich wagte es nicht, nach unten zu sehen. »He, du, was machst du da? Komm sofort runter!«

»Mohammed«, sagte ich und begann zu zittern. »Mohammed, bitte!«

»Komm sofort da runter!«, brüllte der Wachposten. Ich hörte Hafsa weinen und dann Sauda, und schon bald hatte sich der ganze Harem am Fuß des Baums versammelt, um zuzusehen, wie ich hinunterkletterte.

Meine Tränen fielen wie heiße Regentropfen in die nach oben gewandten Gesichter meiner Schwesterfrauen, während ich langsam Sprosse für Sprosse hinabstieg. Was mich betraf, hatte Mohammed seine Entscheidung getroffen, so viel stand fest. Wie herzlos er zugehört hatte, als ich ihm meine Seele offenbart, meine Ängste und Sorgen enthüllt und ihn um Vergebung gebeten hatte, ohne auch nur ein einziges Mal aufzusehen oder anerkennend zu nicken! Ich hätte genauso gut eine lästige Mücke sein können, die ihm um den Kopf schwirrte.

Die Tränen tropften mir vom Kinn, liefen mir den Hals hinunter und juckten auf der Haut. Ich hielt inne, um sie abzuwischen, bekam davon aber ganz feuchte Finger. Als ich versuchte, eine Hand an meinem Kleid abzuwischen, rutschte die andere Hand ab, und ich verlor den Halt – dann stürzte ich ab, und noch ehe sich ein Angstschrei meiner Kehle entringen konnte, schlug ich auf dem harten, ausgetrockneten Boden auf.

30

ENDLICH FREI

Ich hörte, wie sich einige Frauen erschrocken vor die Brust schlugen und wie Sauda »Bei Allah!« rief, bevor sie sich neben mich hockte, meinen Kopf in ihren Händen wiegte und an meinen Schläfen den Puls fühlte. Ich wusste, dass ich stundenlange Pflege- und Böser-Blick-Rituale würde über mich ergehen lassen müssen, wenn ich nicht unverzüglich aufstand, und so rappelte ich mich trotz des Pochens in meinem Schädel und der dumpfen Schmerzen in meinem Bauch mühsam auf.

»Ich bin nicht verletzt.« Ich rang mir ein Lachen ab. »Nur ein bisschen wackelig auf den Beinen.«

»Was hast du eigentlich da oben gemacht?«, wollte Zainab wissen und sah mich durchdringend an. »Wahrscheinlich hast du versucht, Mohammed einzureden, er soll uns alle verstoßen – bis auf dich.«

»Nicht alle. Wenn Hafsa und Sauda hierbleiben könnten, wäre ich glücklich.« Ich funkelte sie wütend an. Dann ging ich zu meiner Hütte, gefolgt von den beiden einzigen Freundinnen, die ich im *Harim* hatte.

»Ich fürchte, was mich betrifft, wird dein Wunsch nicht in Erfüllung gehen«, bemerkte Hafsa, nachdem wir eingetreten waren.

»Mohammed wird dich nicht verstoßen.« Ich musste mich an der Wand abstützen, um nicht das Gleichgewicht zu verlieren.

»Er hat es mir angedroht, hast du das schon vergessen?«, sagte Hafsa.

»Bei Allah, mich will er auch verstoßen!« Sauda rollte mit grimmiger Miene mein Bett aus.

»Dich doch nicht, Sauda.« Ich wollte sie umarmen, aber meine Kraft reichte nicht aus. »Du hast Mohammeds Töchter großgezogen und auch mich. Außerdem bist du die einzige seiner Frauen, die sich nie beklagt.«

»Vielleicht ist das ein Fehler«, sagte sie. »Vor einem Monat hat er mich gefragt, ob ich lieber in einem eigenen Haus leben und frei sein möchte, um jemanden zu heiraten, der mich körperlich begehrt.«

»Körperlich begehrt?«, entfuhr es Hafsa. »Soll das heißen, du und Mohammed habt keinen …« Saudas Schnauben ließ sie verstummen.

»Was soll eine alte Frau mit so was noch anfangen? Ich hatte meinen Spaß mit meinem ersten Mann As-Sakran. Als er starb, wollte ich keinen anderen mehr. Ich wollte mit ihm im Paradies zusammen sein.«

Sie führten mich langsam zum Bett, während Sauda weitersprach.

»Als der Prophet mich gebeten hat, seine Frau zu werden, war mir klar, dass er nur eine Frau brauchte, die sich um das Haus und seine Töchter kümmerte, dennoch fühlte ich mich geehrt. Natürlich bedeutete das, die Möglichkeit zu verspielen, wieder mit As-Sakran zusammen zu sein, aber ich wusste, er würde es verstehen.«

»Er ist ein wahrer Märtyrer«, sagte Hafsa. »Zuerst sein Leben für Mohammed hinzugeben und ihm dann auch noch die Frau zu überlassen.«

»As-Sakran hat ja jetzt eine schöne junge Huri im Paradies, und ich werde mit dem Propheten in seinem Schloss gleich neben Allah wohnen. Aber wenn er mich verstößt, habe ich gar nichts mehr!«

Sie wischte sich die Tränen ab und verschmierte den Staub über Wangen und Oberlippe. Mit einem Zipfel ihres Umhangs reinigte Hafsa Saudas Gesicht. »Mohammed und dich verstoßen? Das werden wir nicht zulassen«, sagte sie.

Plötzlich durchfuhr ein scharfer Schmerz meinen Bauch wie die heftigsten Menstruationskrämpfe, die ich je erlebt hatte, und ließ mich aufschreien. Flüssigkeit lief mir an den Beinen hinunter, Blut tropfte auf den Fußboden. Stöhnend brach ich zusammen, während die beiden Frauen besorgt durcheinanderriefen. Als ich die Augen wieder öffnete, lag ich nass geschwitzt auf meinem Bett. Der Geruch nach Blut füllte mir Nase und Mund. Sauda kniete zwischen meinen Beinen und wischte mir die Schenkel und meine intimen Stellen mit einem warmen Lappen ab. Sie gab ihn Umm Salama, die ihn in eine Schüssel tauchte und rosafarbenes Wasser auswrang. Ich grub die Fingernägel in meine Handflächen, um gegen die Schmerzen anzukämpfen, die wie ein Hitzestrom durch meinen Körper fuhren.

»Ich werde ihr den Schweiß abwischen.« Zainab nahm ein trockenes Tuch. Ich musste an die Worte denken, die ich unter der Dattelpalme ausgesprochen hatte, schreckliche Worte, denn ich wusste, dass es nicht nur für die anderen Schwesterfrauen und für mich tragisch wäre, verstoßen zu werden, sondern auch für Zainab. Um nicht ihr zufriedenes Grinsen angesichts meiner Schmerzen oder, schlimmer noch, ihr Mitgefühl, das ich nicht verdient hatte, sehen zu müssen, schloss ich die Augen.

»Schwebt sie in Lebensgefahr, Sauda?«, fragte Hafsa schniefend.

»Sie wird sich wieder erholen. Das Erste zu verlieren ist nicht ungewöhnlich. Aber über ihre Gefühle mache ich mir Sorgen, die Ärmste. Sie hat sich dieses Kind so sehr gewünscht.«

Gewünscht? Mein Kind, fort? Ein bitterer Geschmack legte sich auf meine Zunge. Ich spreizte die Finger über meinem Bauch und spürte ein Flattern wie von Flügeln.

»Nicht einmal sie kann sich jetzt noch sicher sein, dass sie nicht verstoßen wird«, sagte Raihana.

»Bei Allah, Raihana, wie kannst du nur so herzlos daherreden?«, fauchte Zainab sie an. Sie betupfte mir die Stirn, die Wangen, den

Hals mit dem Tuch und machte leise, beruhigende Geräusche, auch wenn sie nicht wissen konnte, dass ich sie hörte. Mein Kind, tot! *Allah, wie konntest du das geschehen lassen?*

»Für dich würde es überhaupt nichts bedeuten, Mohammed zu verlieren, Raihana«, mischte Hafsa sich ein. »Du bist ja nicht einmal seine Frau. Aisha hat ihn schon als kleines Mädchen geheiratet.«

»Mohammed zu verlieren wäre schwierig für uns alle«, bemerkte Dschuwairiya. »Allein bei dem Gedanken, als verstoßene Frau zu meiner Familie zurückzugehen, möchte ich mich am liebsten von einem Felsen stürzen.«

Mein Kind. Heiße Tränen liefen mir übers Gesicht. Keine winzigen Zehen, die ich kitzeln konnte, keine großen Augen, in die ich hineinsehen konnte, keine weichen Wangen, die ich küssen konnte. Waren die Finger und Zehen schon ausgebildet gewesen? Ich war erst knapp drei Monate schwanger gewesen. Hatte sein Herz schon geschlagen und hatte er schon Ohren gehabt, um die Lieder zu hören, die ich ihm gesungen hatte?

»Ich will ihn sehen«, flüsterte ich, aber niemand hörte mich. Dann musste ich an die Fehlgeburten denken, die ich in der Zeltstadt gesehen hatte: teilweise ausgebildete, groteske kleine Wesen, mehr Albtraum als Mensch. Plötzlich war ich froh, dass meine Bitte unbeachtet geblieben war. Ich wollte meinen Sohn so in Erinnerung behalten, wie ich ihn mir vorgestellt hatte: mit lockigem Haar wie sein Vater, lachend wie ich, wie er, ein Holzschwert in der Hand, mit seinen Freunden durchs Gras lief und jauchzend durch den aufgewirbelten Sand ritt. Wie er seine Mutter mehr als alle anderen Frauen verehrte. Aber jetzt war er gegangen, mein kleiner Sohn. Wer würde mich jetzt lieben? Wen würde ich über alles lieben, wenn Mohammed erst ins Paradies entschwunden war und mich zurückgelassen hatte? Wer würde mich vor einem erniedrigenden Leben als Zainabs Dienerin bewahren? Ein dunkler Wind blies durch das Loch in meinem Körper, das mein Sohn zurückgelassen hatte, und trieb mir erneut Tränen in die Augen.

»Du hast wenigstens ein Zuhause, in das du zurückkehren kannst«, sagte Raihana. »Mein ganzer Stamm ist entweder tot oder versklavt. Was wird aus mir? Ich nehme lieber Gift, ehe ich zur Sklavin irgendeines Mannes werde.«

Ich sehnte mich nach Trost, aber meine Schwesterfrauen trugen selbst schwer an ihren Sorgen. Sollten sie auch noch meine Last aufgebürdet bekommen? Verstoßen zu werden, so viel begriff ich, würde ihr Leben in einer Weise zerstören, die ich nicht zu fürchten hatte. Wenn Mohammed mich verjagte, konnte ich ins Haus meiner Eltern zurückkehren, wo ich zu essen und Kleidung bekäme. Umm Salamas Familie lebte in Mekka, ebenso wie die Familie von Umm Habiba. Keine von ihnen konnte zurückkehren, ohne den Islam aufzugeben, aber wenn sie in Medina blieben, würden sie verhungern. Um zu überleben, würden sie erneut heiraten müssen, aber wer würde sie noch nehmen, nachdem der Prophet Gottes sie nicht mehr haben wollte? Für Umm Salama war es noch schlimmer, sie hatte kleine Kinder, die von ihr abhängig waren. Wie sollte sie sie ernähren?

Zainab und Hafsa würden zu ihren Vätern zurückkehren – Zainabs Vater war schon alt und hatte nicht mehr lange zu leben. Sein Bruder – Zainabs Onkel – würde dann ihre Mutter heiraten, wie die Tradition es vorsah.

»Ich weiß noch, wie er mich immer mit seinen Blicken ausgezogen hat«, hörte ich sie sagen. »Wieder mit ihm unter einem Dach zu leben wäre eine Qual. Allah möge mich vor diesem Schicksal bewahren!«

Hafsa fürchtete ein Leben in Omars Haus, und wer wollte ihr das verübeln? Er würde sie misshandeln, weil sie so viel Schande über ihn gebracht hatte.

»Seine Schläge werden furchtbar sein«, sagte sie. »Irgendwann wird er mich töten – oder ich werde mir wünschen, ich wäre tot.«

Während ich zuhörte, wie sie über ihre Ängste sprachen, tränkten meine Tränen das Kopfkissen. Zainab, die mir das verschwitzte Gesicht trocknete, bemerkte meine Tränen nicht – zu meiner Erleichterung. Wie sollte ich ihren Trost ertragen, wenn ich ihnen nichts als Verzweiflung anzubieten hatte? Ich wünschte, sie würden endlich gehen, damit ich in Frieden um mein verlorenes Kind trauern konnte. Mein Bauch fühlt sich taub an, gepeinigt von der kalten Hand des Todes. Mein kleiner Sohn.

Ihr Reden erschöpfte mich. Bitte, *Allah, schick sie fort*. Aber warum betete ich zu Gott? Er hätte mich beschützen können vor der Hand des Todes. Ebenso wie Mohammed hatte Allah sich von mir abgewandt. Ich stand allein auf der Welt. Tränen sammelten sich in meiner Nase und in meinen Augen, aber wie sollte ich trauern in einem Raum mit all den Frauen, die selbst so viel Kummer hatten.

Sauda zog mir das Kleid wieder über die Beine und ließ ihren Lappen in die Wasserschüssel fallen.

»Wir sollten den Propheten rufen«, sagte sie. »Er wird wissen wollen, was mit der armen Aisha passiert ist.«

Als ich den Mund öffnete, um etwas zu sagen, blieb mir mein »Nein!« im Hals stecken. Stattdessen drückte ich Zainabs Hand. »Sie wacht auf!«, rief sie. Ich öffnete die Augen und ließ den Blick auf den Gesichtern meiner Schwestern ruhen, die um mich herum versammelt waren wie ein wunderschöner Blumenstrauß. Mein Herz quoll über vor Liebe für sie, selbst für Umm Habiba, die etwas abseits stand und sorgenvoll die Stirn runzelte, für Mariya, die lächelte, und für Zainab, die meine Hand umklammerte, als könnte ich von einem *Zauba'a* weggefegt werden.

»Lasst Mohammed seine Gebete beenden«, sagte ich mit erstickter Stimme. »Er kann im Moment nichts für mich tun.« In Wahrheit würde ich seinen mitleidigen Blick nicht ertragen können, vor allem, nachdem er mich beim letzten Mal, als ich ihn gesehen hatte, nicht einmal zur Kenntnis genommen hatte.

»Aber er wird dich trösten«, sagte Sauda. »Wir sollten ihn besser rufen, mein Kind.«

»Nein!«, fauchte ich. Mohammed zu sehen würde mir nur wieder das Herz brechen. Meine Schwesterfrauen starrten mich entgeistert an.

»Was ist da oben in der Palme vorgefallen?«, wollte Raihana wissen.

»Nichts.« Mir war nicht danach, über Mohammed zu reden. Würde er mich für den Verlust unseres Kindes verantwortlich machen? Wenn ich seine Anordnung, ihn in Ruhe zu lassen, respektiert hätte, wäre ich nicht vom Baum gefallen. Wie sollte ich seine Vorwürfe aushalten? Ich würde wie ein Fels unter dem Schlag eines Hammers zerspringen.

»Mohammed trauern zu sehen würde mich nur noch tiefer in die Verzweiflung stürzen«, sagte ich. Ich lächelte die Frauen, die um mich herum versammelt waren, an. »Außerdem habe ich doch euch, meine Schwestern. Wer könnte mir mehr Trost spenden?«

Tagelang pflegten sie mich von morgens bis abends. Sie gaben mir zu essen, badeten mich, erzählten mir Geschichten und halfen mir dabei, gesund zu werden. Nachts ließen sie mich allein, damit ich ruhen konnte – doch ich schlief nur wenig. Mein verlorenes Kind beherrschte meine Träume: das fröhliche Lachen, das ich nie hören würde, das pausbäckige Gesichtchen, das ich nie küssen würde. Eines frühen Morgens erwachte ich in einem Meer von Tränen und musste an Mohammed denken. Der Monat war fast vorüber. Am nächsten Morgen würde er aus seiner Zuflucht herabsteigen und uns seine Entscheidung verkünden. Was würde er wohl sagen? Würde es ihm leidtun zu erfahren, dass ich wirklich sein Kind getragen hatte? Oder würde er erleichtert sein, dass ich es verloren hatte und er mich bedenkenlos wegschicken konnte?

Wie vollständig ein einziger Augenblick, ein Ausrutscher, mein Leben verändert hatte! Im Vergleich zu dem schwarzen Loch, das der Tod meines Kindes hinterließ, erschien mir die Möglichkeit, verstoßen zu werden, gar nicht mehr so schrecklich. Die Hand, die mir mein Kind entrissen hatte, hatte mir auch meine Illusionen genommen, und jetzt sah ich mein Leben, wie es wirklich war. Mein Schicksal war mir vorherbestimmt worden an dem Tag, als ich als Mädchen geboren wurde. Ich hatte den Mann geheiratet, den mein Vater ausgesucht hatte, und ich war in die Fußstapfen meiner Mutter getreten, indem ich ein Leben der Unterwerfung führte: dem Willen meines Gemahls ausgeliefert und unter der Fuchtel seiner Hauptfrau. Und meine Zukunft sah genauso trüb aus. Mohammed wurde alt. Er würde bestimmt sterben, während ich noch in der Blüte meiner Jugend stand, und was würde dann aus mir werden?

Verwitwet und kinderlos würde ich den Rest meines Lebens allein verbringen.

Nachdem mich Mohammed ignoriert hatte, als ich ihn besuchen wollte, schien mir jedoch die Möglichkeit, verstoßen zu werden, weit realistischer. Schon jetzt malte ich mir die scharfen Worte meiner Mutter aus – und sie hätte recht mit ihren Vorwürfen.

Ich ließ mir meine Möglichkeiten durch den Kopf gehen. Vielleicht könnte ich doch einen anderen Mann heiraten – Talha vielleicht, der bei Zainabs Hochzeitsschmaus damit geprahlt hatte, er würde mich eines Tages zur Frau nehmen. Bei einem anderen Ehemann würde ich mich mit höchstens drei anderen Ehefrauen herumschlagen müssen. Und ich hätte wieder die Freiheit, mich mit unbedecktem Gesicht in der Öffentlichkeit zu bewegen.

Vielleicht würde ich bei einem anderen Ehemann auch wieder schwanger werden. Bei dem Gedanken an den Tod meines Kindes verkrampfte sich mein Magen. Ich sank auf die Knie, um zu beten, fiel jedoch vornüber und gab mich meinen Tränen hin. Von Mohammed schwanger zu werden hatte so lange gedauert, weil er seine Energie auf zehn Frauen verteilen musste und seine Vitalität überdies abnahm. Wenn er mich behielt, würde ich ihm jemals noch einen Sohn schenken können?

Ich hörte einen Mann etwas rufen und stand auf, um den Vorhang am Fenster zuzuziehen. Das Morgengebet hatte noch nicht stattgefunden, und schon schlichen die ersten Gaffer durch den Hof! Aber ich hatte mich geirrt. Im trüben Licht der Morgendämmerung sah ich Mohammed in einem strahlend weißen Gewand näher kommen. Das Leuchten seiner kupferfarbenen Augen war gedämpft, wie Sterne hinter Wolken, und sein Gesicht war von tiefen Falten durchzogen. Für jedermann sichtbar wirkte er wie ein Bote mit schlechten Nachrichten, und am liebsten hätte ich mich versteckt oder wäre in die Moschee geflohen. Ich hatte schon genug Kummer zu ertragen.

Aber ein wahrer Krieger flieht nicht, denn obwohl mir das Kämpfen verboten war, betrachtete ich mich weiterhin als Kriegerin. Ich riss die Tür auf und trat meinem Schicksal hoch erhobenen Hauptes entgegen. Hier kam der Mann, der mein inständiges Flehen um

Liebe und meine Tränen ignoriert hatte. War ich nicht wegen ebendieser Tränen abgerutscht und zu Boden gestürzt? Was auch immer er jetzt sagen oder tun würde, mit nichts konnte er mich schlimmer verletzen als in jenem Moment.

»Achlan, ya Nabi«, sagte ich. »Was für eine Überraschung, dich heute hier zu sehen! Du hast gesagt, du kämst in einem Monat wieder, aber heute ist erst der neunundzwanzigste Tag.«

Der Schatten in seinem Blick lichtete sich und ließ seine Augen einen Moment lang aufleuchten. »Dieser Monat, Aisha, hat nur neunundzwanzig Tage.«

Ich verweigerte ihm das Lächeln, das er erwartete, ebenso wie er sich geweigert hatte, mich in seiner Zuflucht zur Kenntnis zu nehmen. Mit gestrafftem Rücken drehte ich mich um und ging hinein, als wäre es mir völlig gleichgültig, ob er mir folgte oder nicht. Ich hörte, wie sich die Tür schloss, und drehte mich um, um ihm in die Augen zu sehen. Um mich mit meinem Schicksal zu konfrontieren, das er in seinen Händen hielt, weil nichts mehr, was mein gewesen war, mir noch gehörte.

Er betrachtete mich forschend, als wäre er derjenige, der Fragen hatte. Sein Haar lag ihm in feuchten Locken am Kopf, und er duftete frisch gebadet. Er streckte die Hände aus, als wollte er mich in die Arme nehmen.

»Du siehst blass aus, Aisha. Bist du krank?«

Ich schloss die Augen und nahm all meine Kraft zusammen.

»Ich dachte, du hättest davon gehört«, erwiderte ich. »Hat Omar dir nichts erzählt?«

»Ich habe in diesem Monat mit niemandem außer Allah gesprochen. Am ersten Tag habe ich gelobt, nur auf ihn zu hören.«

»Hast du mich deshalb ignoriert, als ich dich besucht habe?«

»Du hast meinen Wunsch, in Ruhe gelassen zu werden, missachtet.«

Zu meiner Überraschung brachen Schluchzer aus mir heraus, so scharf wie zersplitterndes Glas. »Du hast meinen Wunsch, mit dir zu reden, missachtet, bevor du dich zurückgezogen hast. Ich hatte dir so vieles zu sagen! Aber jetzt ist es zu spät.«

Er trat auf mich zu und legte die Hände auf meine Schultern. »Zu spät wofür, *Habibati*?«

Ich riss mich von seiner Berührung los, als wären seine Hände Flammen. Wie sehr hatte ich mich in diesen vergangenen Tagen nach seinem Trost gesehnt, als ich um unser Kind getrauert hatte, das ich verloren hatte! Aber jetzt, wo er vor mir stand und beabsichtigte, mich zu verstoßen, war mir nicht danach, mich von ihm trösten zu lassen. Seine Freundlichkeit würde mich nur zum Weinen bringen, und ich wollte seine Entscheidung nicht unter Tränen vernehmen. Ich war Aisha bint Abu Bakr, und ich würde vor niemandem im Staub kriechen. Ganz gleichgültig, wie sehr ich ihn liebte.

»Dein Sohn ist tot, Mohammed.«

Er zupfte an seinem Bart. »Mariya …«

»Nein, nicht Mariya!« Ich holte tief Luft, und als ich weitersprach, war meine Stimme ganz ruhig. »Nicht Mariya. Ich. Ich hatte einen – Unfall, und ich habe unser Kind verloren.« Gegen meinen Willen begann ich zu weinen. »Er war fast drei Monate alt, und ich habe ihn so sehr geliebt, und jetzt ist er gegangen, und ich habe niemanden mehr. Er wäre so wunderbar gewesen, Mohammed. Er wäre unser Kind gewesen.«

Ich schlug mir die Hände vors Gesicht, um meine Tränen aufzufangen und meine Scham zu verbergen, und hoffte, er würde mich nicht fragen, wie es passiert war. Wenn ich ihm erzählte, dass ich von der Palme gestürzt war, würde er wissen, dass unser Kind durch meine Schuld gestorben war.

Ich spürte, wie sein Arm sich um meine Schultern legte, und ich begrub mein Gesicht in seinem Bart, atmete den Duft von Sandelholz und *Miswak* ein und genoss den Trost, der mir gefehlt hatte und den ich nach diesem Morgen bestimmt nie wieder bekommen würde.

»Es tut mir leid, Aisha«, sagte Mohammed. Seine Stimme zerriss wie Stoff an einem Dornbusch, und als ich aufblickte, sah ich, dass er Tränen vergoss. »Ich hätte bei dir sein sollen. Ich hätte dich nicht allein lassen sollen.«

»Du hast mir ja nicht geglaubt, dass ich schwanger war. Wie solltest du auch? Ich hatte mich bis dahin wie ein Kind benommen, habe Mariya beschuldigt, einen Liebhaber zu haben, habe Umm Habiba als Spionin bezeichnet und Mörder bekämpft, um zu beweisen, was für eine gute Kriegerin ich bin.«

»Du hast mir das Leben gerettet.« Seine Augen leuchteten. »Dein Mut verblüfft mich immer wieder. Und jetzt weiß ich, wie tapfer du schon immer gewesen bist. Mit mir verheiratet zu sein war für dich schwieriger, als ich es mir vorgestellt hatte.«

Auch wenn sein resignierter Tonfall mir das Blut in den Adern gefrieren ließ, rang ich mir ein zaghaftes Lächeln ab. »Warum sprichst du in der Vergangenheitsform, *Habib*?«, fragte ich, bemüht, nicht verzweifelt zu klingen. »Sind wir nicht immer noch verheiratet?«

Er sah mich lange schweigend an. Und ich hielt mein Lächeln wie einen Schutzschild dagegen.

»Das hängt von dir ab«, erwiderte er.

»Von mir?« Ich zwang mich zu lachen. »Da irrst du dich, *Zaudschi*. Nur du hast das Recht zur Trennung, nicht ich.«

»Ich gebe es dir jetzt.«

An ihn geschmiegt, fühlte ich seinen Herzschlag wie Fäuste, die in seiner Brust pochten. Ich hob den Blick zu seinen tränennassen Augen und sah mein eigenes verdattertes Spiegelbild.

»Das ist eine Entscheidung, die du treffen musst, Aisha.« Mein Herz schlug so vehement wie die mächtigen Schwingen eines Adlers. Plötzlich waren seine Tränen verschwunden und seine Gesichtszüge starr, als trüge er eine Maske.

»Welche Entscheidung?«, fragte ich.

»Du kannst dich für mich und dieses Leben entscheiden, oder du kannst dich von mir trennen und jemand anderen heiraten.«

Mein Magen verkrampfte sich. Was für ein merkwürdiges Spiel sollte das jetzt sein? Sein Gesicht war so leer, dass ich seine Gefühle nicht darin lesen konnte. Ich löste mich aus seinen Armen und trat ans Fenster. Draußen begrüßte die Sonne gerade den neuen Tag.

»Ich verstehe dein Spiel nicht. Wenn du mich verstoßen willst, dann sag es mir bitte.«

»Es ist kein Spiel, Aisha. Ich hatte gelobt, nur auf Allah zu lauschen, aber er hat mir die Ohren geöffnet für deine Worte in jener

Nacht. Nachdem du gegangen warst, habe ich Tränen der Wut über meine Ignoranz vergossen. Wie wenig ich von dir wusste! Ich wusste nicht, wie unglücklich diese Jahre unter Verschluss für dich waren.«

»Und später warst du es, der meine Freiheit eingeschränkt hat«, sagte ich.

»Die *Umma* beobachtet mich auf Schritt und Tritt, und meine Feinde ebenfalls. Und dich beobachten sie auch«, erwiderte Mohammed.

»Lass sie doch! Ich habe nie viel darauf gegeben, was andere denken!«

»Als Lieblingsfrau von Allahs Botschafter musst du lernen, etwas darauf zu geben. Ich liebe deinen unabhängigen Geist, *Habibati*, aber andere tun das nicht unbedingt.« Mit ein paar Schritten trat er zu mir ans Fenster. »Aisha, solange du meine Frau bist, wirst du dich verbergen müssen, sowohl vor dem öffentlichen Gerede als auch vor den Drohungen meiner Feinde. Ich kann mir diese Unsicherheit und auch die zusätzlichen Gefahren nicht leisten.«

»Und ich kann nicht wie ein Vogel in einem Käfig leben.«

»Niemand sperrt dich in einen Käfig. Du bist jetzt frei zu fliegen, wenn du es willst. Es war nie mein Wunsch, dass Frauen, weder du noch andere, gezwungen werden, mich zu heiraten.«

»Glaubst du vielleicht, ich hätte dich mit sechs Jahren ausgesucht?«, fuhr ich ihn an, ungehalten über so viel Naivität. »Glaubst du etwa, in dem Alter hätte ich überhaupt irgendeine Entscheidung treffen können?«

»Ich habe nicht darüber nachgedacht, muss ich gestehen. Was du mir da oben in der Palme gesagt hast, hat mir viele Dinge deutlich gemacht, die ich einfach nicht gewusst habe. Ohne die Freiheit, dein eigenes Schicksal zu bestimmen, bist du nichts als eine Sklavin, Aisha. Und du weißt, ich halte keine Sklavinnen.«

»Was willst du damit sagen?« Mir blieben die Worte fast im Hals stecken.

»Dass du frei bist, dich zu entscheiden.« Er ging zu den Kissen in der Ecke der Hütte, machte es sich bequem und wartete.

Während Gedanken und Gefühle in mir aufeinanderprallten,

drehte ich mich wieder zum Fenster um und versuchte, mir einen Reim auf Mohammeds Angebot zu machen. Ich sollte über mein Schicksal entscheiden? Das war so, als würde man einem Kamel die Entscheidung darüber überlassen, auf welcher Weide es grasen wollte. Die Morgenbrise trug den Duft nach Lavendel in meine Hütte, und als ich sie einatmete, musste ich daran denken, wie ich als kleines Mädchen in den Hügeln herumgewandert war und Blumen gepflückt hatte. Wenn ich Mohammed verließ, könnte ich das wieder tun, würde ich mich nie wieder in meinem eigenen Zuhause hinter einem Wandschirm verbergen oder das Gesicht verschleiern müssen. Als freie Frau würde ich noch einmal heiraten oder auch allein bleiben können.

Safwan beobachtete mich immer noch mit gierigem Blick, wann immer ich mich aus dem Haus wagte. Er würde mich nur allzu gern heiraten – aber er würde noch strenger sein als Mohammed. Talha wäre ein freundlicher und respektvoller Ehemann, und ich könnte mit ihm glücklich sein. Aber wie glücklich? Würde ich vor Freude lachen und singen bei der Vorstellung, mit ihm zusammen zu sein, wie es mir bei Mohammed ging? Würde meine Haut elektrisiert sein, wenn er mich berührte, würde mein Körper erzittern, wenn er mich küsste?

Ich drehte mich zu Mohammed um, der im Schneidersitz mit geschlossenen Augen dasaß, die Brauen sorgenvoll gekräuselt, den Mund zusammengepresst zu einem schmalen Strich. Hier war der Mann, den ich mein ganzes Leben lang geliebt hatte, der Mann, der mich gelehrt hatte zu kämpfen, der mir die Wege der Leidenschaft gezeigt hatte, der Vater des Kindes, das ich wegen meiner Liebe zu ihm verloren hatte. Mit Mohammed war ich wahrhaft frei – zu sprechen, zu träumen, Fehler zu machen, ich selbst zu sein. Ich mochte nicht die Königin in seinem Harem sein, aber ich war die Frau seines Herzens. Und jetzt hatte er mir auch noch die Freiheit und das Recht gegeben, über mein Schicksal zu entscheiden, das größte Geschenk, das mir je gemacht worden war. Indem er das getan hatte, war ich ganz und gar die Seine geworden.

Ich kniete mich vor ihn und nahm ihm den Turban vom Kopf. Als er die Augen öffnete, sah ich darin die Angst flackern wie ein kaltes Feuer. Ich hob seine Hand und drückte sie gegen meine Wange. Das Feuer erlosch, gelöscht von seinen Tränen.

»Ich habe mich für dich entschieden«, sagte ich.

Er beugte sich zu mir herunter, um mich zu küssen, und wir tranken so gierig voneinander, als wäre unsere Liebe der Regen, auf den wir seit Jahren warteten. Ich drückte meinen Kopf an sein Herz, spürte es für mich klopfen, spürte mein Blut pulsieren im Rhythmus mit seinem Seufzen und Wimmern, dem Lied seiner Liebe.

»Aisha«, murmelte er, »meine Geliebte.«

Er drückte mir einen letzten, innigen Kuss auf die Lippen, einen Kuss, der noch auf viele weitere in den nächsten Tagen und Jahren hoffen ließ. Und schließlich, viel zu früh, löste er sich aus meinen Armen und griff nach seinem Turban.

»Geh noch nicht, *Habibi*«, bat ich ihn. »Bleib noch ein bisschen bei mir.«

Aus seinen Augen sprach die reine Liebe. »Ich werde zurückkommen«, sagte er. »Schon bald.«

Ich spürte einen Stich der Eifersucht, bis mir klar wurde, dass sein Lächeln grimmig war. Ich begriff, dass es ihm widerstrebte, mich zu verlassen, dass er jedoch eine Pflicht zu erfüllen hatte. Ich erinnerte mich an die Tränen meiner Schwesterfrauen, als sie mich gepflegt und sich über ihre Zukunft gesorgt hatten, und die Angst um sie ließ mich aufspringen, um ihn aufzuhalten.

»Mohammed, warte!«, sagte ich. Als er sich zu mir umdrehte, ergriff ich seine Hände. »Wirst du deine anderen Frauen verstoßen?«

Die Ader auf seiner Stirn schwoll an. »Das ist es, was du dir wünschst, nicht wahr?«

Ich senkte den Blick aus Scham für die Person, für die er mich hielt. »Es gab eine Zeit, wo das vielleicht so war. Aber jetzt nicht mehr. Meine Schwesterfrauen, sie haben alle solche Angst.« Ich erzählte ihm, was ich gehört hatte, als sie mich gepflegt hatten, wie trostlos ihr Leben sein würde, falls er sie verstieß. »Sie brauchen dich, Mohammed.« Ich schluckte meine eigene Angst hinunter und sah ihm in die Augen. »Mehr noch als ich.«

Die Ader verschwand in den Falten seines breiten Lächelns. »Meine Aisha«, sagte er. »Endlich eine Frau.« Bei diesen Worten durchströmte mich warme Glut von meinem Herzen aus bis in die Fingerspitzen, und ich richtete mich noch ein bisschen mehr auf.

Wieder wandte er sich zum Gehen, aber ich hielt ihn noch einmal mit einer Berührung auf.

»Bitte sag den anderen Schwesterfrauen nicht, was ich dir erzählt habe. Was sie gesagt haben, war unter Frauen und nur für ihre Ohren bestimmt, und sie werden nicht wollen, dass du über ihre Ängste Bescheid weißt.«

Er nickte nur knapp. »Andererseits wären sie vielleicht sehr erfreut darüber zu erfahren, wie du dich für sie eingesetzt hast. Und dieses Vergnügen würde ich ihnen eigentlich nur ungern vorenthalten.«

Ich musste ziemlich lang warten und lief so rastlos in meiner Hütte hin und her, dass sich auf dem Lehmboden regelrecht Trampelpfade bildeten. Wenn Mohammed zurückkam, würde er gute oder schlechte Neuigkeiten mitbringen? Manche Leute waren der Auffassung, es würde die *Umma* retten, indem er uns alle verstieß. Nur so könnte er die zum Schweigen bringen, die behaupteten, er sei zu schwach, wenn es um seine Frauen ging. Andere meinten, dass es den Islam vernichten würde, wenn er die Bindungen löste, die er mit den Ehen eingegangen war. Was mich betraf, wusste ich nur, dass es meine Schwesterfrauen vernichten würde, Mohammed zu verlieren.

Als es an der Tür klopfte, zuckte ich zusammen. Mit rasendem Herzen lief ich hin, um zu öffnen. In der Tür stand Mohammed mit Grabesmiene – und hinter ihm alle anderen Frauen des Harems in Tränen aufgelöst. Kummer legte sich über mich wie die Erde eines Grabs, und ich schrie auf, denn ich wusste, sie waren verloren.

Sauda trat mit blitzenden Augen vor und streckte mir ihre dicken Arme entgegen. »Wir haben gehört, wie du dich bei unserem Gemahl für uns eingesetzt hast«, sagte sie. »Deshalb«, nur mit Mühe konnte sie ein Schluchzen unterdrücken, um weiterzureden, »sind wir hergekommen, um uns bei dir zu bedanken und dich zu unserer Hauptfrau zu wählen.«

Ich machte den Mund auf, aber ich war so verblüfft, dass ich kein Wort herausbekam. Und dann kamen alle gleichzeitig mit ausgestreckten Armen auf mich zu. Mohammed stand mitten unter ihnen mit seinen wehenden, ungebändigten Haaren, nahm mit einem breiten Lächeln seinen Turban ab und erwies mir seine Ehre.

31

ZEHNTAUSEND FEUER

Medina, anschließend Mekka, Februar 630
Alter: siebzehn Jahre

Jeder Tag war ein unvollendeter Gedanke. Die Nacht war ein Geheimnis, das offenbart werden wollte. Die Menschen sprachen nur noch in verschwörerischem Ton. Fragen standen uns ins Gesicht geschrieben.

Unsere Invasion von Mekka stand kurz bevor, und alle warteten so begierig darauf wie auf den nächsten Regen. *Warum lässt der Prophet sich so viel Zeit?*, fragten mich meine Schwesterfrauen. Ich zuckte nur die Achseln und tat so, als hätte ich keine Ahnung. Tatsächlich verheimlichte Mohammed auch mir den Tag unseres Aufbruchs. Er hatte vor, die Mekkaner mit unserer Armee zu überrumpeln. Ich ahnte jedoch, warum wir noch abwarteten, denn ich entdeckte die Antwort in Mohammeds Gesicht, wenn er seine Hand auf Mariyas dicken Bauch legte. Er wartete – wir alle warteten – auf ein Kind.

Ich war nicht eifersüchtig. Von diesem Kind oder von meinen Schwesterfrauen hatte ich nichts zu befürchten. Seit sie mich auserwählt hatten, konnte mir niemand mehr diesen Status nehmen, nicht einmal die Mutter von Mohammeds Erben. Und niemand würde es auch wollen, denn ich regierte den Harem mit gerechter Hand, und auch Zainab, der ich einst Rache geschworen hatte, hasste ich längst nicht mehr. Meine Schwesterfrauen hatten mir die Ehre erwiesen. Warum sollte ich ihnen ohne Respekt begegnen?

In Wahrheit bewunderte ich Zainab dafür, dass sie bereit gewesen war, ihre Position aufzugeben. Anfangs hatte sie sich noch gesträubt, wie ich von Hafsa wusste, doch dann hatte sie sich zum Beten und Meditieren zurückgezogen und sich schließlich einverstanden erklärt – und sogar Umm Salama davon überzeugt, ihre Entscheidung zu unterstützen. *Es ist nur eine bescheidene Geste verglichen mit dem, was Aisha zu unseren Gunsten geleistet hat*, hatte Zainab erklärt.

Zwar waren wir Frauen nicht länger verfeindet, aber damit waren meine Probleme noch lange nicht aus der Welt geschafft. Seitdem ich dem Harem vorstand, kritisierte mich Ali schärfer denn je, beschwerte sich über die Unordnung im Kochzelt, als wäre diese neu, spuckte das Essen aus, das ich kochte, und behauptete, es schmecke nach Gift, und folgte mir auf den Markt wie ein ständiger Schatten, offenbar in der Hoffnung, mich bei irgendeiner Sünde zu erwischen, die mich und meinen Vater bei Mohammed in Misskredit bringen würde.

Mohammed schenkte Ali kaum Beachtung. Seine einzigen Gedanken galten dem Kind, das Mariya erwartete. »Es ist sehr geduldig, genau wie sein Vater«, neckte ich Mohammed, als er sich wieder einmal darüber beklagte, wie lange die Geburt auf sich warten ließ.

»Auch dieses Kind wird zur Welt kommen, wenn Allah es will, nicht, wenn wir es wünschen«, beruhigte Sauda den Propheten.

Doch die Zeit zog sich in die Länge und zerrte an unseren Nerven. Ein paar Pferde brachen aus der Koppel aus und galoppierten in die Moschee, wo sie einen betenden Mann mit ihren fliegenden Hufen verletzten. Währenddessen war Mariya, die sich keine Gedanken über unsere bevorstehende Invasion machte, guter Dinge; sie sang und lachte, als wäre für sie jeder Tag Frühlingsanfang. Jeden Morgen auf dem Weg zu Mariya redeten Sauda und ich über nichts anderes als unsere Angst vor der erneuten Schlacht mit den Koreischiten und die Sorge über unsere Verwandten in Mekka, bis Mariyas weiß getünchtes Steinhaus in Sicht kam. Wie alle anderen im Harem war ich froh gewesen, dass sie in das Haus vor den Toren der Stadt ausquartiert worden war, aber mittlerweile beneidete ich sie regelrecht darum. Hier hatte sie ihren eigenen Blumengarten und von ihrem Fenster aus einen guten Blick auf die schroffe orange-schwarze Felsenlandschaft um Medina. Hier, abseits von den Anforderungen der stetig anwachsenden *Umma*, fand sie ihren Frieden.

Jeder Tag brachte neue hungrige Münder, die gefüttert werden wollten. Mohammeds Einfluss breitete sich aus wie Sonnenlicht über ein Land, das von Ignoranz verdunkelt war. Zum Islam Konvertierte strömten in Scharen nach Medina, aber nur wenige von ihnen kannten sich mit Ackerbau aus. Ebenso wie wir seinerzeit, litten die Leute am Medina-Fieber und vor allem an Geldmangel.

Als Mohammeds Hauptfrau war es meine Aufgabe, die Neuankömmlinge mit einer ersten Mahlzeit zu versorgen. Unter meiner Aufsicht wurde ständig Gerste gekocht, die von den Dienern in Schüsseln an nahezu fünfzig Menschen pro Tag verteilt wurde. Bekleidet mit einem neuen, von Umm Salama entworfenen Schleier, der uns ermöglichte, die Hände beim Arbeiten frei zu bewegen, mahlten wir Frauen das Mehl, holten Wasser aus dem Brunnen, buken Brot und melkten Ziegen.

Mohammed schickte Zaid und andere Gefährten zum byzantinischen Kaiser, um diesen aufzufordern, sich dem Islam anzuschließen, aber in Konstantinopel wurden sie nur ausgelacht und fortgeschickt. Auf ihrer Rückreise durch die Wüste ereignete sich eine Tragödie. Die Krieger des Kaisers hatten unsere Männer verfolgt und töteten sie alle. Zaids Tod war ein schwerer Schlag für die *Umma*, selbst Zainab vergoss bittere Tränen. Umm Aiman trug ihren Kummer wie ein Banner vor sich her, stolperte mit glasigem Blick durch die Straßen und kreischte ständig Zaids Namen, als würde ein *Dschinn* sie quälen.

Mohammed behielt wie immer seinen Kummer für sich, verschwand für einige Tage in seiner Zuflucht und sprach, als er wieder herunterkam, mit heiserer Stimme ein Gebet für Zaid. Dann zog er sich mit seinen Gefährten für lange Gespräche in den *Madschlis* zurück.

Wenn Mohammed mich besuchte, sprach er nicht nur über Zaid, sondern auch über die Zurückweisung durch den byzantinischen Kaiser. Aus diesem wohlhabenden Reich war keine Unterstützung zu erwarten. Immer noch litten wir unter der Dürre, die uns schon seit der Zeit vor dem Grabenkrieg plagte. Wenn wir nicht an Hunger sterben wollten, würden wir von unseren Verbündeten Steuerzahlungen verlangen müssen.

»Aber es gibt immer noch viele, die uns wie der Kaiser für unbedeutend halten«, sagte Mohammed. »Nur wenige werden bereit sein, auch nur einen Dirham an uns zu zahlen, solange wir nicht unsere Macht demonstrieren, indem wir die Koreischiten unterwerfen.« Mekka einzunehmen war entscheidend für unser Überleben.

Wenn wir zu Mariya gingen, nahmen wir meinen wieder aufgefüllten Medizinbeutel und Saudas Weihrauch und Zaubermittel mit. Anfangs besuchte ich Mariya nur widerstrebend und aus Loyalität zu Mohammed. Aber schon bald wurde ihr Haus, das geschmückt war mit wertvollen roten und goldfarbenen Teppichen, mit weißen, violetten und gelben und grünen Kissen, die überall verstreut lagen wie Blütenblätter, für uns zur Oase in der Oase. Auf einem Wandteppich war die schwangere Jungfrau Maria mit Heiligenschein auf einem Esel abgebildet, und über ihr am Himmel ein hell leuchtender Stern. Aus einem Fenster blickte man über Weideflächen mit grasenden Schafen und ausgelassen umherspringenden Lämmern, die mich ansahen, als wollten sie mit mir spielen. Aber ich hatte Wichtigeres zu erledigen: Ich musste Mariyas schlecht durchblutete Hände und Füße massieren und ihren Bauch, in dem Mohammeds Kind sich den Weg nach draußen freizutreten schien.

Nicht ein einziges Mal hörte ich eine Klage aus Mariyas Mund: Nicht, wenn das Kind strampelte und die glänzende Haut über dem Bauch spannte, und auch nicht, wenn ihr enormer Umfang das Gehen beschwerlich machte. Sie lachte nur und hielt sich am Arm ihres Dieners Akiikis fest.

»Das Haus meines Kinds ist mittlerweile fast so groß wie das seiner Mutter«, sagte sie. »Aber es wird es bald verlassen müssen, denn mein Körper hat keine Fenster.«

Es fiel uns jeden Tag schwerer, in die Moschee zurückzukehren. Wir verabschiedeten uns gut gelaunt, dann schlenderten wir Arm in Arm durch die fruchtbaren Gärten und über die hügeligen Wiesen, bis uns die Stadt wieder mit ihrem Gestank und ihrem Trübsinn umfing. Unsere bedeckten Gesichter wiesen uns selbst gegenüber Fremden als Mohammeds Frauen aus, und immer wieder mussten wir uns abwenden, um den unausweichlichen Fragen – *Warum wartet er noch? Wann brechen wir endlich auf?* – und den begierigen Blicken der Leute auszuweichen.

Eines Abends, als wir das Haus noch nicht lange verlassen hatten und die frische Luft in den Gärten einsogen und unsere Kopftücher anlegten, um zur Moschee zurückzukehren, hörten wir Schreie hinter uns. Akiiki kam aufgeregt mit den Armen wedelnd hinter uns her gerannt. Er sprach kein Arabisch, aber seine Gestik war leicht zu verstehen. Als er seine Hände über einen imaginären Kugelbauch ausbreitete und dann nach unten schob, begriffen wir, dass das Kind unterwegs war. Sauda watschelte zurück zu Mariyas Haus, begleitet von Akiiki, während ich losrannte, um Umm Hanifi, die Hebamme, zu verständigen.

Ich fand die alte Frau bei der Arbeit in der Zeltstadt, wo sie gerade einen glitschigen Säugling zwischen den Beinen einer Frau hervorzog, als würde sie eine Pflanze mit Stumpf und Stiel aus dem Boden reißen. Kinder und alte Männer betasteten mein Kleid auf der Suche nach Gerste und Datteln, die ich sonst immer mitbrachte. Ich versprach, ihnen am nächsten Tag etwas zu essen zu bringen, aber sie klammerten sich so verzweifelt an mich, dass ich fürchtete, sie würden mich verschlingen.

»*Ya* Umm Hanifi, das Kind des Propheten kommt bald«, rief ich ihr über das Getümmel hinweg zu. »Sauda hat mich geschickt, um dich zu Mariya zu holen. Die Wehen haben eingesetzt und kommen immer schneller.« Sie nickte nur, als hätte ich etwas über das Wetter gesagt, und zog ein langes Messer aus der Scheide an ihrem Gürtel.

»Sauda weiß, was zu tun ist«, sagte sie, während sie die Nabelschnur des Säuglings durchtrennte. »Haltet nach mir und meinem Esel Ausschau, nachdem ich gebadet und mich ausgeruht habe.«

Als ich zurückkam, lag Mariya schwitzend und keuchend auf dem Bett, während Mohammed, der herbeigeeilt war, ihr eine Hand hielt und Akiiki die andere. Sauda reichte Mohammed einen Palmwedel, damit er Mariya Luft zufächeln konnte.

»Am besten fängst du schon mal mit der Räucherung an, *ya* Aisha«, sagte Sauda. »Umm Hanifi wird herkommen, wenn sie so weit ist, aber wir können in der Zwischenzeit alles vorbereiten.«

Mariya stöhnte. Ich legte die Hand auf ihren Bauch und betete still zu Allah, um sie zu trösten. *Vergib mir auch meinen Neid auf dieses Kind*, betete ich. *Bitte lass meinen Neid weder der Mutter noch dem Kind schaden*. Wie zur Antwort begann das Kind in Mariyas Bauch zu strampeln.

»Was für ein Tritt!«, sagte ich, woraufhin Mohammed und Mariya lächeln mussten. »Dein Kind ist ein Kämpfer, *ya* Mariya.«

»Es kann nur ein Junge sein, bei Allah«, bemerkte Sauda. »Kein Mädchen war je so stürmisch – außer vielleicht du, Aisha.« Sie atmete tief ein und hielt ihr Amulett. »Mädchen oder Junge, was auch immer Allah wünscht«, fügte sie hastig hinzu.

Ich kramte in meiner Tasche nach Mörser und Stößel, dann suchte ich noch einen Beutel mit Rosenwurz heraus, ein Kraut, das ich zusammen mit Weihrauch zerstoßen würde, um seinen stechenden Geruch zu überdecken, dann würde ich es entzünden und in meinem Kohlebecken glimmen lassen, um anschließend Mariyas Genitalien zu beräuchern. Die Dämpfe würden das Kind vor Entzündungen schützen – falls die Hebamme je erschien.

»Wieso, bei Allah, braucht die denn so lange?«, rief Mohammed, der Akiiki schon zum fünften Mal nach draußen schickte, damit er Ausschau nach Umm Hanifi hielt. Der Eunuch rief irgendetwas Unverständliches. Als ich zur Tür lief, sah ich die stattliche Hebamme auf einem Esel langsam über die Wiese reiten; sie trug einen festlichen, bunten Umhang, der sich in der Nachmittagsbrise bauschte, und Ohrringe, die ihr bis auf die Schultern baumelten, ihre Augen waren stark mit Kajal umrandet und die Lippen grellrot geschminkt. Hunderte von Gläubigen waren in ihrem Gefolge, streuten Blumen auf ihrem Weg, stießen Jubelrufe aus und brachten Glückwünsche.

Im Haus beschrieb ich Mohammed, was ich gesehen hatte. »Während die Hebamme in der Liebe der *Umma* badet, schwebt Mariya in Lebensgefahr!«, rief er aus. Nur mit Mühe konnte ich ein Lachen unterdrücken. War das der mächtige Prophet Gottes? Er könnte eine ganze Menge vom Eunuchen Akiiki lernen, der trotz aller Aufregung die Ruhe bewahrte.

Mariya zwinkerte mit den Augen, während Sauda verächtlich den Kopf schüttelte. »Krieger sind die schlimmsten«, murmelte sie. »Sie töten und machen ihre Gegner zu Krüppeln, ohne mit der Wimper zu zucken, aber beim Anblick einer Frau, die ein Kind zur Welt bringt, wird ihnen flau im Magen und sie fangen an zu zittern.«

Majestätisch wie eine Königin betrat Umm Hanifi den Raum. Sauda verstreute eine Handvoll Koriander und begann, ihre Beschwörungsformeln gegen den bösen Blick zu murmeln. Beim Anblick von Mohammed und Akiiki setzte die Hebamme eine strenge Miene auf.

»Raus hier, und lasst die Frauen ihre Arbeit tun!«, rief sie und gestikulierte mit ihren muskulösen Armen. »Falls wir männliche Hilfe benötigen, rufen wir Allah an.«

Und tatsächlich riefen wir ihn während der folgenden Stunden viele Male an. Die Geburt dauerte lange, und die Wehen waren heftig, aber die einzigen Schreie kamen von Sauda, die gegen die Mächte des Bösen wetterte, die das Kind nicht zur Welt kommen ließen.

»Du darfst ruhig schreien, wenn die Schmerzen kommen, *Ya Mariya*«, sagte ich, als sie mir fast die Finger zerquetschte. »Du brauchst nicht tapfer zu sein.«

Tränen liefen ihr übers Gesicht. »Die Schmerzen zerreißen mich. Aber wenn ich schreie, hört Mohammed mich vielleicht und macht sich Sorgen um sein Kind.«

Schließlich kam der Augenblick, in dem wir ihr in den Geburtsstuhl halfen, wo sie presste und wimmerte, während Umm Habibi ihr den Bauch und die Beine massierte.

»Dieses Kind will nicht auf die Welt«, sagte die Hebamme stirnrunzelnd. »Normalerweise würde man daraus schließen, dass ihm nur ein kurzes Leben bevorsteht.«

Sauda schrie auf, dann wedelte sie mit dem Korianderstrauß vor dem Mund der Hebamme hin und her, »um die bösen Worte zu verscheuchen, bevor sie das Kind erreichen konnten«, erklärte sie mir später.

Die letzten schädlichen Geister, die sich möglicherweise noch im Raum aufhielten, wurden sicherlich vertrieben, als wir ein ohrenbetäubendes Geheul anstimmten, mit dem wir die Geburt des Kindes ankündigten und das Jubel und Hochrufe unter den Gläubigen auslöste, die sich um das Haus herum versammelt hatten. Mariya wiegte das verschrumpelte Kind und betrachtete es so hingerissen, als wäre es das Schönste, was sie je gesehen hatte. Ich schluckte meine Tränen herunter und versuchte, nicht an das Kind zu denken, das ich verloren hatte, und die höhnische Stimme in mir zum Schweigen zu bringen, die mir einflüsterte, dass jetzt mein Status gar nichts mehr bedeutete, dass der Säugling ein Junge war und Mohammeds Liebe in erster Linie ihm und seiner Mutter gelten würde, gleichgültig, wie viele Kinder ich noch zur Welt bringen würde. Aber Liebe, so rief ich mir ins Gedächtnis, war kein Wettbewerb. Und sie war auch keine Portion *Tharid*, die sich aufteilen und verschlingen ließ, bis alles aufgegessen war. Nur das Geben von Liebe konnte sie zum Wachsen bringen. Ich strich Mariya das feuchte Haar aus dem Gesicht, woraufhin sie mir die Hand drückte.

»Hoffentlich bist du die Nächste, Aisha.«

Zehntausend Lagerfeuer: Darin bestand Mohammeds Strategie, die Koreischiten niederzuwerfen. Nachdem sich unsere Armee rund um Mekka verteilt und jeder Mann ein Feuer entzündet hatte, verzierte eine Lichterkette die Hügel und ließ uns so zahlreich wie die Sterne erscheinen. Mohammed und ich standen am erhöhten Rand von Al-Hudaybiyya und betrachteten staunend die hellen Flammen zu unseren Füßen und lauschten auf die Rufe unserer Krieger, die den Mekkanern androhten, dass am nächsten Tag der Sieg unser sein werde.

»Stell dir nur vor, was die Koreischiten jetzt denken.« Mohammeds leises Lachen kitzelte in meinen Ohren, während er mir die Taille drückte. »Sie müssen doch glauben, dass Allah erschienen ist.«

Doch in seinen Augen leuchtete ein anderes Feuer. Sein Kuss schmeckte metallisch und würzig. Ich atmete den Rauch der Feuer, den Duft von *Miswak* und den Staub unseres Feldzugs ein. »Endlich, *Habibi*, kehrst du nach Hause zurück«, sagte ich. »Und wenn du nach Mekka einmarschierst, wirst du der Herrscher sein. Diesmal wird Abu Sofian sich dir nicht entgegenstellen.«

Und tatsächlich traten Abu Sofian vor Angst die Augen aus den Höhlen, als Ali ihn in jener Nacht zu unserem Zelt eskortierte, wo er sich auf die Knie warf und seine Arme um Mohammeds Beine schlang, sodass Safiya vor Schreck aufschrie. Ali packte ihn am Umhang, riss ihn zurück und hielt dem fetten Erzfeind den Dolch an die Kehle.

Abu Sofian zitterte wie eine Kerzenflamme. »Ich bitte dich inständig, Sohn von Abdallah, vernichte die Koreischiten nicht!«, rief er mit erstickter Stimme. »Sei gnädig mit unserem Volk.«

»Wer mich unterstützt, wird verschont, Abu Sofian.« Mohammeds Tonfall war beiläufig, so als wäre es das Normalste von der Welt, dass er in seinem Zelt mit seinen Feinden verhandelte. »Was dich betrifft, habe ich aus deinem Munde noch kein Glaubensbekenntnis vernommen.«

»Wie kann ich ein Glaubensbekenntnis zu deinem Gott ablegen und mein Volk verraten?«, krächzte Abu Sofian. »Ich bin das Oberhaupt der Koreischiten. Ihr Gott ist mein Gott.«

»Und ihre Hölle ist deine Hölle, du erbärmlicher Feigling!« Ali zog seine Klinge über Abu Sofians Hals und rasierte ihm eine Strähne seines rotgrauen Barts ab. »Bekenne dich hier und jetzt zu Allahs Prophet, oder du stirbst.«

»Warte!« Abu Sofians Bart bebte. »Ich habe das Licht Allahs in Alis Klinge erblickt. Die Wahrheit hat sich mir offenbart! Beim Barte des Propheten, es gibt keinen Gott außer Allah, und Mohammed ist sein Prophet.«

»Lügner!« Ali stieß Abu Sofian zu Boden und bespuckte ihn. »Kann eine Konvertierung so schnell vonstattengehen, Prophet?«

»Nur Allah kennt die Herzen der Menschen.« Mohammed streckte Abu Sofian die Hand hin. »Ich akzeptiere jeden Mann, der mich Prophet nennt. Steh auf, Abu Sofian, ich heiße dich willkommen in der *Umma*.«

Enttäuschung verdüsterte Alis Blick. Er wollte Abu Sofian töten – und ich hätte es am liebsten auch getan. Denn obwohl er endlich in unsere Hände gefallen war und wir ihn für seine Missetaten hätten bestrafen können, hatten ein paar Worte genügt, um sich in Mohammeds Augen von jeder Schuld reinzuwaschen. Doch ich ermahnte mich im Stillen, dass es als Mohammeds Hauptfrau meine Aufgabe war, seine Entscheidungen zu tragen, und nicht, sie in Zweifel zu ziehen.

Hinter unserem Wandschirm belauschten Safiya und ich die Männer, wie sie die Pläne für den nächsten Tag diskutierten. Die gesamte Armee würde in die Stadt einmarschieren, gefolgt von den Frauen. Jeder, der sich uns in den Weg stellte, würde getötet.

»Allerdings würden wir es vorziehen, in Frieden einzurücken«, sagte Mohammed. »Wir sind gekommen, um Mekka für Allah zu beanspruchen, nicht um Krieg zu führen.«

Abu Sofians Augen huschten zwischen Ali und Mohammed hin und her. Er leckte sich die dicken Lippen.

»Die meisten von uns haben sich mit euren Bedingungen einverstanden erklärt«, sagte er. »Nur ein paar junge Hitzköpfe haben gelobt, dich zu bekämpfen, aber die stellen natürlich keine Gefahr dar. Du kannst sie leicht überwinden, ohne auch nur einen Mann zu verlieren.«

Mohammed lächelte ihn an und nickte: Genau das hatte er hören wollen. »Du erweist dich schon jetzt als wertvoller Verbündeter, Abu Sofian«, sagte er. »Deine Freundschaft wird gut belohnt werden.«

Noch war die Nacht nicht vorbei. Die Lagerfeuer zischten und glommen und unterlagen schließlich der Kälte und der Dunkelheit. In meinem Zelt spürte ich die Wärme unseres eigenen Feuers, das ebenfalls zur Neige ging, an meinen Wangen. Durch die geschlossenen Lider betrachtete ich die flackernden Bilder, die wie Schattenrisse auf ihrem Weg nach Mekka tanzten. In die Heimat. An die Stadt hatte ich kaum Erinnerungen. Zuhause. Wo Mohammed war, war auch mein Zuhause. *Er* war mein Zuhause.

Sein Kuss weckte mich noch vor Bilals Ruf zum Morgengebet. Die Sonne war noch nicht am Horizont zu sehen, dennoch sprang ich auf und zog mein strahlend weißes Kleid an. Endlich würde ich die berühmte, von Abraham und seinem Sohn Ismael schon vor ewigen Zeiten errichtete Kaaba besuchen, das Heiligtum mit seinem mysteriösen schwarzen Steinwürfel im Zentrum, den Allah persönlich auf die Erde geschleudert hatte.

»Die Kaaba wurde für Allah errichtet, nicht für die Götzenanbeter, die sie heutzutage entweihen«, sagte Mohammed. »Heute werden wir sie ihm zurückgeben.«

Auf dem Rücken unserer Kamele ließen wir Frauen die Prozession an uns vorbeiziehen und warteten darauf, als Letzte die Stadttore zu durchqueren. In der Nähe stand Abu Sofian mit seinem Berater Al-Abbas, dem Onkel von Mohammed und Ali. Von meinem Aussichtspunkt aus konnte ich sehen und hören, wie die beiden Männer lachten, als die Angehörigen des Muzayna-Stammes barfuß vorüberschlurften, einander schubsend und drängelnd, als wollte jeder von ihnen der Erste sein.

»Denen haben wir uns unterworfen?«, höhnte Abu Sofian, während Al-Abbas lächelnd schwieg.

»Das Gelächter der Koreischiten ängstigt mich mehr als dieser zerlumpte Haufen«, bemerkte Abu Sofian beim Anblick der Sulaym mit ihren schlechten Zähnen und den vom Staub verschmutzten Kleidern.

Aber als die Männer aus Medina in perfekter Formation vorbeidefilierten, in voller Rüstung auf ihren prächtigen Pferden mit den grünen Kapuzen, verstummte Abu Sofian. Zum Schluss kam Talha und führte die Frauen der *Umma* durch das Tor von Mekkas hoher Stadtmauer. Fast alle Frauen saßen in einem *Haudadsch*, von ihren Männern zu diesem schwankenden Ritt verdonnert in Nachahmung der Frauen des Propheten. Durch meinen Vorhang konnte ich erkennen, dass Mekka absolut nichts mit Medina gemein hatte. Die Luft roch rein und frisch, nur ein bisschen Staub wurde von den Hufen unserer Kamele aufgewirbelt. Die Häuser aus Stein und ausgebleichtem Lehm glänzten in der Sonne. Der Markt im Schatten des düsteren, unförmigen Bergs Hira wirkte mit seinen langen Reihen von Ständen ohne Händler verlassen, aber entlang den Straßen wehten überall festliche Fahnen. Ich konnte mich noch schwach an das geschäftige Treiben auf dem Markt an einem ganz gewöhnlichen Tag erinnern: die klingenden Glocken und die Gerüche nach Fleisch und Weihrauch, das blökende Vieh und die zwitschernden Vögel in ihren Käfigen, die Marktschreier und die Männer und Frauen, die in fremden Sprachen um Preise feilschten.

Wir hielten vor der Kaaba an, einem riesigen, würfelförmigen Gebäude, das so weiß erstrahlte, als wäre es für uns frisch gestrichen worden. Zwar hatte ich sie als Kind schon oft gesehen, doch ich war immer zu sehr vom Markt fasziniert gewesen, um der Kaaba viel Aufmerksamkeit zu schenken. Jetzt allerdings erschauderte ich, als ich auf einer der schwarzen Steinplatten stand, die um sie herum verlegt waren. Die Kaaba erstrahlte so makellos, aber die wogende Menge aus Pferden und Männern schien sie mutwillig zu beschmutzen; Staub und Sand wirbelten in dichten Wolken auf, als die Krieger der *Umma* mit ihren Schwertern auf die auf Sockeln ruhenden Götzenfiguren einschlugen.

Mohammed stand mit einem schiefen Lächeln und schweißnassen Haaren am Eingang zur Kaaba und reckte sein Schwert in die Luft. »Die Kaaba ist gereinigt!«, rief er aus. »*Allahu akbar*! Gott ist groß!«

Vom Dach der Kaaba ertönten Bilals Rufe. Die Kamele der Frauen gingen in die Knie, und wir kamen hinter unseren Vorhängen hervor, die Gesichter vor Gott entblößt, und schlossen uns der Welle der Gläubigen an, die sich in den Sand warfen und ihre Arme ausstreckten. Immer lauter erschallten unsere Gebete und Lobpreisungen für den Gott, der seinen Propheten endlich nach Hause geführt hatte.

Wir beobachteten, wie Ali Mohammed einen schwarzen Turban um den Kopf wickelte. Er reichte ihm eine weiße Fahne, die Mohammed schwenkte, während er im Laufschritt – nicht im gemütlichen Schritttempo, damit die Koreischiten ihn nicht für schwächlich hielten – erst drei Mal um die Kaaba trabte und dann noch zwei Mal zwischen den heiligen Hügeln der Stadt hindurch, bis er schließlich mit vor Schweiß glänzendem Gesicht unter den Jubelrufen der Männer und Frauen die Fahne in die Luft reckte, woraufhin die Gläubigen Schwerter, Taschentücher und Hände hochreckten.

Die Menge teilte sich vor den Stufen zur Kaaba, um Platz für meinen Vater zu machen. Vorsichtig geleitete er einen sehr alten, runzligen und knochigen Mann hinauf, der am Stock humpelte und dessen Kleider ihm um den Körper schlackerten.

»Mein Vater ist bereit, sich zu Allah und seinem Gesandten zu bekennen«, verkündete *Abi*. Ich eilte an seine Seite, um zum ersten Mal, seit ich mich erinnern konnte, meinen Großvater zu begrüßen. Als Mohammed mich sah, streckte er mir seine Hand entgegen, und ich stieg die Stufen hinauf, um an seiner rechten Seite Platz zu nehmen.

Schon bald war der ganze Platz von Freudengeschrei erfüllt, als Gläubige und lange verloren geglaubte Familienmitgliedern einander in die Arme fielen.

»*Ummi!*«, rief Umm Salama aus und lief los, um eine hochgewachsene Frau in einem hellen Seidenkleid zu begrüßen, die die gleichen vorstehenden Wangenknochen hatte wie sie. Ali näherte sich Mohammed zusammen mit Al-Abbas, der eine junge Frau mit dichtem schwarzen Haar vor sich herschob.

»Wirst du mir die Ehre erweisen und meine Tochter Maimuna heiraten und damit unsere Familien wieder vereinen?«, fragte Al-Abbas. Stirnrunzelnd musterte ich die junge Frau. Al-Abbas war Mohammeds Onkel, zugleich aber auch Abu Sofians engster Gefährte. Ob er seine Tochter benutzen wollte, um Mohammed zu schaden?

Othman führte seine ganze Familie zu Mohammed, Talha brachte seinen Vater mit – den Bruder meiner Mutter, die vor Freude jauchzte. Aber als Abu Sofian seine Frau Hind mit ihrem verkniffenen Gesicht die Stufen hinauf zu Mohammed führte, ging ein unruhiges Zischeln durch die Menge.

Die Ader auf Mohammeds Stirn schwoll an, als er ihr mit finsterer Miene entgegensah. Bei dem Gedanken an ihr kreischendes Lachen, als sie bei der Schlacht von Uhud die blutige Leber unseres Generals Hamza an ihren Mund geführt hatte, drehte sich mir der Magen um. Ali stürmte die Stufen hinauf, in der zitternden Hand sein Schwert Zulfikar.

»Du Hure von Hubal«, knurrte er. »Ich werde dein Blut auf diesen Stufen verspritzen.«

Zu Alis und auch meinem Erstaunen hob Mohammed eine Hand, um ihn aufzuhalten.

»*Ya* Hind, dein Mann hat heute um dein Leben gefleht«, sagte er. »Bevor ich über dein Schicksal entscheide, möchte ich wissen: Erkennst du mich als den Propheten Gottes an?«

Entsetzt senkte ich den Blick, um meine Missbilligung zu verbergen. Würde Mohammed etwa ebenso vor Hind, dieser Personifizierung des Bösen, kapitulieren, wie er sich mit ihrem verräterischen Ehemann arrangiert hatte?

Sie funkelte ihn wütend an und bespuckte ihn. Ich musste mich beherrschen, um mich nicht auf sie zu stürzen.

»Ich soll dem mächtigen Hubal und der wunderbaren Al-Lat abschwören – für einen Sohn der Haschim?«, schrie sie. »Im Gegensatz zu meinem hasenfüßigen Gemahl werde ich meine Götter nicht verraten. Und ebenso wenig werde ich so tun, als würde ich an euren Gott glauben, nur um mein erbärmliches Leben zu retten. Mach mit mir, was du willst, Ibn al-Muttalib.«

Spottrufe wurden laut, jedoch Mohammed hob die Hand und brachte die Menge zum Schweigen.

»Dein Mann hat um Allahs Gnade gebetet, und Gott hat beschlossen, sie ihm zu gewähren, ob du konvertierst oder nicht«, sagte Mohammed. »Geh jetzt nach Hause mit deinem Mann und mach keinen Ärger mehr. Allahs Geduld ist unendlich, aber meine nicht.«

Hinds Augen wurden so rund wie ihr verblüffter Mund, und ihr Körper begann zu beben. Die Beine versagten ihr den Dienst, und sie fiel auf die Knie, dann drückte sie ihr Gesicht schamlos in Mohammeds Schoß. Seine Wangen liefen rot an, als hätte jemand ein Feuer in seinem Mund entfacht, und auch mein Gesicht errötete.

Als Hind jedoch den Kopf hob und ich ihre Tränen sah, verflog meine Wut. Stolz durchfloss mich, wie Wasser einen leeren Kessel füllt. Mohammed wusste, was er tat. Indem er ihr das Leben schenkte, hatte er sie als Verbündete gewonnen.

»Nach allem, was ich gegen dich unternommen habe, willst du mich am Leben lassen?«, fragte sie. »Was bist du für ein Mann, Sohn des Haschim? Bei Gott, ich habe noch nie solche Milde erlebt.« Sie stand auf und hob die Arme zum Himmel, als wollte sie die gesamte *Umma* umarmen. »Hiermit erkläre ich deinen Gott zu meinem Gott, Mohammed ibn Abdallah ibn al-Muttalib, und erkenne dich als seinen Propheten an.«

Und dann, nachdem seine Feinde entweder durch Gewalt oder durch Vergebung überwältigt waren, hörte Mohammed endlich, nach Jahrzehnten der Angst und der Qualen, wie sein Volk und seine Feinde ihn gemeinsam priesen. Einer nach dem anderen, jeder Alte, jede Großmutter, jeder Krieger und jede Ehefrau, jedes Mädchen und jeder Junge aus der Stadt, ließ sich zu Mohammeds Füßen auf die Knie sinken, erklärte ihn zum Propheten des einen Gottes, und alle hatten, wenn sie die Stufen wieder hinunterstiegen, einen roten Fleck auf der Stirn, wo sie sie auf den Stein gepresst hatten. Einige grinsten wie die Schakale; andere zogen misstrauisch die Brauen zusammen. Viele wirkten erschöpft – aber nicht Mohammed, der die ganze Nacht unter dem Vollmond im Freien stehen blieb und die Ehrbezeugungen seines Volks entgegennahm, das Gesicht heller strahlend als das Licht von tausend Feuern.

Und ich? Ich führte meine Schwesterfrauen, wie Talha zuvor seinen Vater, zurück in unser Lager und schlief den langen, friedlichen Schlaf der Hauptfrau des mächtigsten Mannes im Hidschaz.

32

DIE SCHLÜSSEL ZUM PARADIES

Medina, Februar bis Juni 632
Alter: neunzehn Jahre.

Mohammeds Stolz auf seinen Sohn kannte keine Grenzen. »Ist er nicht ein hübscher Junge?«, sagte er, wenn der rosenwangige Ibrahim ihm am Bart zupfte. Und dann, mit einem Augenzwinkern: »Sieh doch, wie ähnlich er mir ist, Aisha.«

Tatsächlich war Ibrahim in fast jeder Hinsicht wie sein Vater. Er schien nie ruhig zu sein, selbst wenn er schlief, und wenn er etwas erreichen wollte, ließ er sich durch nichts aufhalten. Sauda erzählte gern die Geschichte, wie sie und Mariya ihm bei seinen ersten Gehversuchen zugesehen hatten: Weil er auf allen vieren nicht schnell genug war, um Abu Hurairas Katze zu fangen, hatte er sich auf die Beine gezogen und sich der Länge nach hinter der Katze hergeworfen. Und wie sein Vater liebte er die Frauen. Öfter noch als Mohammed drehte er seine Runden durch den Harem, von Hütte zu Hütte.

Und obwohl ich nicht wieder von Mohammed schwanger wurde, war ich genauso entzückt von dem Kleinen wie alle anderen Frauen im Harem. Bei seiner Geburt war ich sicherlich eifersüchtig gewesen, und beim Anblick von Mariya, die den Kleinen hätschelte, hatte ich mich danach gesehnt, ein eigenes Kind in meinen Armen zu wiegen. Aber so abgöttisch Mohammed sein Kind auch liebte, schienen doch seine Liebe zu mir und seine Achtung vor mir im Lauf der Jahre zu wachsen; ich verlor die Angst, er könnte mich zugunsten seiner Konkubine fallen lassen, und ich konnte den kleinen Ibrahim so vorbehaltlos mögen wie meinen Neffen Abdallah. Außerdem lernte ich von Mohammed, wie mächtig Liebe und die Fähigkeit zu vergeben sein konnten – viel mehr als Eifersucht und Hass.

Eines Tages wurde Ibrahim krank. Er hatte so heftiges Fieber, als hätte er nicht nur eine, sondern tausendundeine Sonne verschluckt, und seine Augen glänzten, als wären sie aus Glas. Mohammed, der ihm nicht von der Seite wich, wurde von Tag zu Tag magerer und ausgemergelter. Als das Freitagsgebet bevorstand, erbot sich mein Vater, ihn zu vertreten, doch Mohammed lehnte ab. »Vielleicht werden ihm ja meine Gebete helfen«, sagte er.

Als Sauda und ich nach dem Gottesdienst gerade damit begonnen hatten, das Essen vorzubereiten, kam Akiiki wild gestikulierend ins Kochzelt gelaufen und brabbelte in seiner gebrochenen Mischung aus Arabisch und Ägyptisch irgendein wirres Zeug. Wir schnappten uns einige Medikamente und rannten los – oder vielmehr rannten Akiiki und ich unter den Wolken, die wie schwarze Pferde über den Himmel jagten, während Sauda hinter uns herwatschelte und uns zurief, wir sollten uns beeilen und nicht auf sie warten, sie würde nachkommen.

Es bestand jedoch für Sauda kein Grund zur Eile. Ich wusste es, sobald wir das Haus betraten und ich Mariya sah, die das steife, kleine Bündel in den Armen hielt und an ihre Brust drückte.

»Er friert, das ist alles«, sagte sie. »Ich muss ihn einfach nur wärmen.«

Ich streckte die Hände aus, aber Mariya wich zurück.

»Ich bin den ganzen Weg von der Moschee bis zu dir gerannt«, sagte ich. »Siehst du? Ich bin so erhitzt, dass ich schwitze. Gib ihn mir, ich kann versuchen, ihn zu wärmen.« Seine kleine Faust umklammerte den Anhänger, den Mariya unter der Saphir-Halskette trug, die Mohammed ihr geschenkt hatte. Seine Mundwinkel glänzten fahlblau. Sein Körper fühlte sich in meinen Armen an wie ein Holzklotz oder ein Stein. Ich legte ihm meine Hand über die Nase, um seinen Atem zu spüren, obwohl ich wusste, dass es vergeblich war. Ich schrie auf in dem Moment, als Mohammed die Tür aufstieß und ins Zimmer stürmte.

»Ich habe euch weglaufen sehen – was ist passiert?«, wandte er sich an Sauda und mich. Dann, als er das Entsetzen in Mariyas Gesicht gewahrte, schaute er mich mit angsterfüllten Augen an. Vor lauter Tränen brachte ich kein Wort hervor und hielt ihm das Kind mit zitternden Armen hin.

Er nahm den Kleinen und fiel auf die Knie, bedeckte Ibrahims Wangen mit Küssen und schüttelte ihn, sodass ich schon befürchtete, er könne ihm Schaden zufügen – bis er begriff, dass es zu spät war. Laut schluchzend sank ich ebenfalls zu Boden.

»Allah!«, weinte Mohammed. »Allah! Warum hast du mir meinen Sohn genommen? Habe ich ihn zu sehr geliebt? Allah! Gib ihn mir zurück und ich werde ihn weniger lieben. Nimm mich statt seiner.«

Draußen ertönte ein lautes Krachen. Ein Geruch nach Salz und Meer blies zur offenen Tür herein. Schwere Tropfen schlugen aufs Dach, während Mohammeds Tränen auf Ibrahims stilles Gesicht fielen. In Medina würden die Menschen jetzt einen Freudentanz aufführen und ihre Gesichter in den ersten Regen seit Jahren recken. Sauda erschien völlig durchnässt in der Tür, ein breites Lächeln auf den Lippen, das so vergänglich war wie das Leben eines Kindes.

Bei der Beerdigung betete Mohammed mit leerem Blick über Ibrahims Leichnam. Seine Stimme war so tonlos, als wäre seine Seele ebenfalls von dieser Welt fortgeflogen. Mariya, deren blaue Augen in einer stürmischen See schwammen, lehnte sich an den weinenden Akiiki. Wir Schwesterfrauen standen im immer noch prasselnden Regen um sie herum und schützten sie mit unseren Umhängen gegen den Wind.

Angesichts ihrer tiefen Trauer war ich beinahe dankbar, dass ich mein Kind nicht zur Welt gebracht hatte. Hatte nicht auch Chadidscha zwei Jungen geboren, die beide als Kleinkinder gestorben waren? Ich hatte gehört, was in der *Umma* getuschelt wurde: *Es ist nicht Allahs Wille, dass der Prophet einen Erben hinterlässt.* Wenn das wirklich stimmte und ich einen Sohn geboren hätte, wie viel größer würde mein Schmerz gewesen sein, ihn jetzt zu verlieren!

Tage, Wochen und Monate konnte niemand Mohammed trösten. Düsterkeit überschattete seine Augen, und er war für uns so wenig greifbar wie ein Schatten unter dem Neumond. Wir flehten ihn an, etwas zu essen, aber stattdessen betete er auf Knien in seiner Zuflucht über der Moschee und wartete auf Gottes Trost. Wir boten ihm an, ihn in unseren Betten nachts in den Armen zu halten, aber er schlief auf dem Friedhof neben Ibrahims Grab.

Eines Nachts, vier Monate nach Ibrahims Tod, besuchte er mich im Morgengrauen. Schlaftrunken absolvierte ich das Morgengebet, weil ich die ganze Nacht auf ihn gewartet hatte. Nach dem Gebet setzte Mohammed sich neben mich und hielt meine Hand; es war die erste Berührung seit Wochen.

»Du hast schon zu lange um ein Kind getrauert, das du doch im Paradies wiedersehen wirst«, sagte ich leise zu ihm. Ich richtete mich auf und klopfte auf meinen Schoß. »Komm her und ruh dich aus.«

»Du hast recht, Habibati.« Er legte seinen Turban ab und bettete dann den Kopf in meinen Schoß. Seine Augen flackerten wie verlöschende Feuer. »Ich werde Ibrahim schon bald wiedersehen.«

»Du, mein Liebster? Ein starker und gesunder Krieger? So Allah will, werde ich vor dir sterben.«

»Aisha.« Er senkte die Stimme. Ich beugte mich zu ihm hinunter, um ihn verstehen zu können. »Wenn du vor mir sterben solltest, würdest du mir erlauben, das Leichentuch über dich zu decken und für dich zu beten?«

»Damit du anschließend zum Festmahl mit deinen anderen Frauen gehen kannst? Ich habe es mir soeben anders überlegt«, scherzte ich lächelnd. »Ich werde lieber doch nicht vor dir sterben.«

»Ein guter Entschluss.«

Ich strich ihm die Haare aus der Stirn. »Mohammed, deine Haut ist ja ganz heiß. Hast du auf dem Friedhof ein Feuer angezündet, um dich zu wärmen?«

»Seit Ibrahims Tod verlässt mich meine Energie. Ich habe so fürchterliche Kopfschmerzen, dass ich kaum noch etwas sehen kann.« Er schloss die Augen und rieb sich die Schläfen. »Aisha. Allah hat mich vergangene Nacht vor die Wahl gestellt: Entweder die Schlüssel zu meinem Königreich und die Schätze dieser Welt oder ein baldiges Zusammentreffen mit ihm im Paradies.«

»Bei Allah, ich hoffe doch, du hast dich für dein neues Königreich und die Schätze dieser Welt entschieden!« Meine Stimme zitterte wie die angeschlagene Saite eines *Tanbur*.

Er öffnete die Augen, aber sein Blick war entrückt. »Der Reichtum dieser Welt ist ein Hindernis auf dem Weg zu Allah«, murmelte Mohammed. »Ich würde lieber jetzt gehen, bevor zu viele Besitztümer mir den Weg zu ihm versperren.«

»So asketisch, wie du lebst, ist die Gefahr wohl nicht sehr groß.« Tränen gerannen mir wie Blut auf der Zunge. Meine Hand strich mechanisch über seine Stirn, losgelöst von den Gedanken, die mir durch den Kopf wirbelten. Was konnte ich sagen, um ihn zu mir zurückzuholen? *Hilf mir, Allah, bevor er endgültig verloren ist.*

»Hab es nicht so eilig, ins Paradies zu gelangen, *Zaudschi*. Die Ewigkeit streckt sich noch lange genug hin, aber ich bin erst neunzehn. Mir bleiben in meinem Leben noch viele Tage und Nächte. Könntest du etwa so grausam sein und mich jetzt allein lassen? Bleib noch eine Weile bei mir, *Habibi*.«

»Es soll nicht sein, Aisha.« Er schloss die Augen. Sein Atem verlangsamte sich. Sein rechter Arm zuckte. Seine Lippen wurden schlaff. Die Ader auf seiner Stirn pulsierte nur noch schwach und schimmerte leicht bläulich. »Ich habe meine Entscheidung getroffen.« Bald füllte sein Schnarchen das Zimmer wie Musik, begleitet von meinen schluchzenden Gebeten. *Bitte nimm ihn nicht von mir, noch nicht.*

Obwohl meine Beine taub wurden, rührte ich mich nicht. Zwei Mal wurde zum Gebet gerufen. Hafsa klopfte an meine Tür, aber ich bat sie nicht herein. Ich saß da, den Blick auf Mohammed fixiert, als wäre er ein Stern am nächtlichen Himmel, der mich nach Hause führte. Falls seine Tage gezählt waren, wollte ich ihn mir ins Gedächtnis einprägen, bevor der Tod ihn holte.

Als er am Abend erwachte, hatte sich sein Fieber gelegt. Sein lächelnder Mund zuckte, und seine Augen tanzten.

»Ich dachte schon, die Runzeln auf deiner Stirn hätten dein gesamtes Gesicht erobert«, scherzte ich. *Danke, Allah, dass du meine Gebete erhört hast*. »Und deine Krankheit, *Habib*? Ist sie verschwunden?«

»Ich fühle mich erholt genug, um meine Frauen zu besuchen.« Er trat an die Waschschüssel, um sich die Zähne zu putzen und das Gesicht zu waschen. Ich wickelte ihm den Turban neu und setzte ihn ihm auf den Kopf.

»Ich habe dich zu lange vernachlässigt, Aisha«, sagte er. »Bitte verzeih mir.« Er zog mich in seine Arme und küsste mich so innig, dass der Turban zu Boden fiel. Ich klammerte mich an ihn und trank aus ihm auf dieselbe Weise, wie wir unsere durstigen Münder dem Regen entgegengestreckt hatten in der Nacht, als Ibrahim gestorben war. Nachdem Mohammed gegangen war, rollte ich meinen Gebetsteppich aus und dankte Allah, bis mir die Knie wehtaten.

Schließlich führte mich das Grummeln meines Magens zum Kochzelt. Auf dem Weg über den Hof hörte ich einen Schrei. Die Tür zur Hütte von Maimuna wurde aufgestoßen, und Maimuna rief um Hilfe. Ich entdeckte Mohammed, der aschfahl und stöhnend auf dem Fußboden kauerte. Als mir der Duft nach gedünstetem Fleisch in die Nase stieg, bemerkte ich in der Ecke des Zimmers eine halbvolle Schüssel mit *Tharid*. Ob sie ihm etwas ins Essen getan hatte? Ich stürzte zu Mohammed und berührte sein Gesicht, das fiebrig heiß war. Er wand sich vor Schmerzen.

»Oh, mein Kopf«, stöhnte er.

Die anderen Schwesterfrauen kamen in Maimunas elegant eingerichtete Hütte gelaufen und redeten aufgeregt durcheinander. Maimunas Vater Al-Abbas hatte gut für sie gesorgt: Teppiche, Weihrauch, Seidenvorhänge, Samtkissen, Ohrringe, die mit Mohammeds Halskette wetteiferten. Ali und Al-Abbas schoben sich zur Tür hinein und halfen uns, Mohammed auf Maimunas weiches Federbett zu legen.

»Hier kannst du dich gut ausruhen«, sagte ich, aber Mohammed schüttelte nur den Kopf.

»Das ist nicht Maimunas Nacht«, sagte er. »Wessen Nacht ist es? Ist es deine, Aisha?«

»Das war letzte Nacht, kannst du dich noch erinnern?« Ich drückte ihm die kraftlose Hand.

»Wann bist du denn wieder dran?«

»Mach dir darüber keine Sorgen, Prophet«, sagte Sauda. »Du brauchst jetzt Ruhe. Wenn nötig, werden wir alle die ganze Nacht hier bei dir bleiben.«

Er fasste sich stöhnend an den Kopf. Umm Salama legte mir die Hand auf den Arm. »*Ya* Aisha, hast du etwas gegen Kopfschmerzen in deinem Beutel?«, fragte sie.

»Ja, bei Allah, unternehmt etwas gegen seine Schmerzen!«, schrie Zainab. Sie sank zu Boden und presste ihre feuchten Wangen gegen seine Knöchel, wobei ihr Haar über seine nackten Füße fiel.

Ich rannte zu meiner Hütte, holte den Beutel mit den Medikamenten und eilte wieder zurück. Hastig durchwühlte ich den Beutel und verstreute dabei die Hälfte der Medikamente über den Fußboden. Rosenöl. Ich riss das Fläschchen auf und gab ein paar Tropfen auf Mohammeds Stirn.

»Das wird ihm guttun«, sagte ich, während ich ihm das Öl in die Haut massierte. »Gleich geht es dir wieder besser, mein Geliebter.«

»Nein«, erwiderte er mit einem schwachen Lächeln. »Du irrst dich, Aisha. Ich habe meine Entscheidung getroffen. Schon bald werde ich bei Ibrahim sein.« Nach einer Weile ließen Mohammeds Kopfschmerzen nach. Er stand zitternd auf und ging, von Ali gestützt, langsam zu Hafsas Hütte.

»Das ist wirklich nicht notwendig«, sagte Hafsa, die ihnen auf dem Fuße folgte. »Ich wünschte, du würdest dich einfach ausruhen, *Zaudschi*.«

Auf diese Weise verbrachte er eine Woche. Trotz seiner Schmerzen leitete er sogar noch das Freitagsgebet. Seinem Fieber trotzend taumelte er von einer Hütte seiner Frauen zur nächsten und scherte sich auch nicht um unser Flehen, er solle sich nicht um uns kümmern, sondern um sich selbst. Ich wusste, dass sein Schicksal besiegelt war, genau, wie er gesagt hatte. Aber wenn meine Schwesterfrauen einander mit dem neuesten Scherz trösteten, den er gemacht, oder mit der Mahlzeit, die er zu sich genommen hatte, behielt ich mein Wissen für mich.

Dann, eines Morgens, betrat Safiya das Kochzelt mit bekümmerter Miene.

»Mohammed hat die ganze Nacht nach dir gefragt, Aisha«, sagte sie.

Hafsa betrachtete ihre verschränkten Hände, dann schaute sie mich an. »In der Nacht, als er bei mir war, hat er auch nach dir verlangt«, murmelte sie. »Aber ich war zu selbstsüchtig, um es dir zu sagen.«

»›Bei welcher von euch bin ich morgen?‹, hat er die ganze Nacht gefragt, als er bei mir war«, bekannte Zainab. »›Wann werde ich wieder in Aishas Hütte sein?‹«

»Er will dich, Aisha«, sagte Hafsa. Sie klang klein und sehr weit weg.

»Natürlich will er sie!«, sagte Sauda mit belegter Stimme. »Habt ihr gehört, wie er redet? Sein Ende naht. Er möchte mit derjenigen zusammen sein, die er am meisten liebt.«

Schluchzer entfuhren Safiyas Lippen. »Er stirbt?« Sie bedeckte ihr Gesicht mit den Händen. »Unser Mohammed, er geht von uns! Was soll nur aus uns werden?«

»Wer wird sich um uns kümmern?«, fragte Dschuwairiya. »Wir können nicht noch einmal heiraten. Wohin sollen wir gehen? Was wird aus unseren Kindern?«

»Es ist sinnlos, sich jetzt darüber Gedanken zu machen«, erwiderte Raihana.

»Wenn es nur etwas gäbe, was wir für ihn tun könnten«, sagte Hafsa.

»Es gibt etwas.« Umm Habiba schaute mir in die Augen. »*Ya* Aisha, verbringe die heutige Nacht an meiner Stelle mit ihm.«

»Meine Nacht mit ihm trete ich dir auch ab«, sagte Maimuna ruhig.

Alle meine Schwesterfrauen waren sich einig, dass Mohammed seine letzten Tage und Nächte in meinem Bett verbringen sollte. Sollten sich einige von ihnen nur widerstrebend zu dem Entschluss durchgerungen haben, wurden sie durch das warmherziges Lächeln entschädigt, das sich auf seinem Gesicht ausbreitete, als er die Neuigkeit vernahm.

»Allah wird euch alle dafür segnen, wenn ich von euch gegangen sein werde«, sagte Mohammed. »Dafür werde ich persönlich Sorge tragen, wenn ich neben ihm im Paradies sitze.«

Ich vergoss bittere Tränen über seine Worte. Wie gern hätte ich alle meine Nächte mit ihm dafür gegeben, wenn er dafür unter uns hätte bleiben können! Er konnte nicht einmal mehr aus eigener Kraft zu meiner Hütte gehen. Al-Abbas und Ali mussten ihn tragen, und als er ihnen in meiner Hütte kraftlos aus den Armen fiel, hatte ich das Gefühl, von einer Klippe auf scharfe Felsen zu stürzen.

Mohammeds bevorstehender Tod schweißte uns Frauen im Harem enger zusammen als je zuvor. Mit ihrem Organisationstalent sorgte Umm Salama dafür, dass wir die Nerven behielten. Sie wies Hafsa und Raihana an, welche Art und Menge von Speisen sie für die Besucher zubereiten sollten, die in meine Hütte strömten. Sie trug Sauda auf, die beste Heilerin in Medina ausfindig zu machen, die uns in der Behandlung Mohammeds unterweisen sollte. Ich befolgte die Ratschläge der Frau, aber mit meinen zitternden Händen gelang es mir nicht, ihm die schmerzlindernden Mittel zu verabreichen. Umm Habiba erwies sich trotz ihrer bösen Vorahnungen als fähige Assistentin, umsichtig genug, um die Aufgabe für mich zu übernehmen. Um Mohammeds Genesung zu beschleunigen, organisierte Umm Salama ein Unterhaltungsprogramm: Ich rezitierte Gedichte, Hafsa tanzte, während Mariya für ihn sang, bis seine zerfurchte Stirn sich entspannte.

In der Zwischenzeit begann die *Umma* auseinanderzufallen, als würde sie von unsichtbaren Händen in verschiedene Richtungen gezerrt. Mit rot geränderten Augen setzte sich mein Vater eines Nachts zu mir, während Mohammed schlief, und erzählte mir von den Machtkämpfen, die eingesetzt hatten. Männer der Stämme Aus und Chadradsch, die um die Führerschaft in Medina gekämpft hatten, bevor wir angekommen waren, stritten sich in aller Öffentlichkeit darum, wer von ihnen nach Mohammeds Tod herrschen würde. Neuankömmlinge in der *Umma* verbreiteten Gerüchte von bevorstehenden Überfällen durch Beduinen und von einem neuerlichen Angriff durch die Koreischiten auf das geschwächte Medina.

»Die Leute wollen wissen, wer sie nach Mohammeds Tod führen wird«, sagte mein Vater. »Aber er hat mir erklärt, dass er Allah die Entscheidung überlassen will.«

Für mich lag auf der Hand, wer das neue Oberhaupt sein sollte: Mein Vater war von Anfang an Mohammeds treuer Begleiter gewesen. Er war neben Ali der Erste gewesen, der zum Islam konvertiert war – und er besaß weitaus mehr diplomatisches Geschick als der laute und impulsive Ali. Er hatte Mohammed Lebensmittel und andere Vorräte zukommen lassen, nachdem die Gläubigen von den Mekkanern in die Wüste vertrieben worden waren. Er hatte sich für Mohammed eingesetzt bei Zusammenkünften der Führer in Mekka und hatte ihm geholfen, Mordanschlägen zu entgehen. Er hatte ihm seine Lieblingstochter gegeben – mich –, um ihre Freundschaft zu besiegeln. Er hatte ihn bei der Planung jedes Überfalls auf Karawanen und in jeder Schlacht beraten, und er hatte an seiner Seite gekämpft trotz Mohammeds Protest, der meinte, das Risiko sei zu groß und mein Vater ein zu wertvolles Mitglied der *Umma*, als dass wir ihn verlieren dürften.

Ich bat meinen Vater, mich zu seinen Gunsten bei Mohammed einsetzen zu dürfen, aber er lehnte mein Ansinnen ab. Andere waren nicht so prinzipientreu. Als ich eines Abends nach dem gemeinsamen Essen nach Hause kam, stritten sich Al-Abbas und Ali so lautstark in meiner Hütte, dass ich es durch die geschlossene Tür hören konnte.

»*Ya* Neffe, da brauchst du gar nicht die Hände zu ringen«, sagte Al-Abbas. »Ich habe dir schließlich nur vorgeschlagen, dass du ihn fragst.«

»Bei Allah, wie kannst du nur über seinen Tod sprechen, solange er noch lebt?«, rief Ali. Als Al-Abbas ihm zu verstehen gab, er solle seine Stimme mäßigen, fuhr er leiser fort: »Es gehört sich nicht.«

»Ich habe schon andere Mitglieder der Familie Al-Muttalib sterben sehen«, sagte Al-Abbas. »Mohammeds Zustand gefällt mir überhaupt nicht. Er erinnert mich an seinen Vater, der an Pleuresia gestorben ist.«

»Pleuresia? Nein, das ist nicht die Art und Weise, wie ein Prophet stirbt«, sagte Ali. »Mir wäre lieber, er würde auf dem Schlachtfeld getötet.«

»Leider haben wir keinen Einfluss darauf, wie er stirbt«, entgegnete Al-Abbas. »Allerdings haben wir möglicherweise einen Einfluss auf das, was nach seinem Tod geschieht. Willst du ihn beerben, Ali? Willst du den Hidschaz beherrschen und unseren Clan wieder zu seinem früheren Status verhelfen?« Seine Stimme klang leise und verschlagen. Ich erinnerte mich an die Schüssel mit *Tharid* in Maimunas Hütte und wünschte, ich hätte ein wenig davon probiert, um es auf Gift zu überprüfen.

»Du weißt, dass ich ihn beerben will«, sagte Ali. Bei dem Gedanken bekam ich Herzflattern. Falls Ali die Herrschaft über die *Umma* übernahm, was würde dann aus meiner Familie werden, und aus mir? »Aber wie kann ich ihn bitten, mich zu seinem Nachfolger zu ernennen? Dann würde er ja sich selbst dem Tod übereignen. Bei Allah! Lieber wäre mir, er würde weiterleben.« Alis Stimme klang erstickt, als kämpfte er mit den Tränen.

»Nachdem sein Kind gestorben ist, hat Mohammed keinen Erben mehr. Sein Adoptivsohn Zaid ist ebenfalls tot. Wer ist noch da außer dir, der Vater seines Enkels, um ihn zu beerben?«

»Dann soll er mich zu seinem Nachfolger ernennen. Ich werde ihn nicht darum bitten.«

»Und was ist, wenn er dich nicht ernennt?«, sagte Al-Abbas mit zischender Stimme. »Und was ist, wenn er überhaupt niemanden ernennt? Du bist jung und ohne Einfluss in seiner Gemeinschaft. Es gibt andere, die keine Skrupel hätten, seine Nachfolge zu beanspruchen – Abu Bakr, der nicht einmal mit dem Propheten verwandt ist, oder Omar! Du würdest übergangen werden. Der Clan der Haschim würde aussterben.«

»Wenn ich ihn nicht frage und er auch niemanden ernennt, könnten die Mitglieder der *Umma* mich immerhin wählen«, erwiderte Ali. »Aber wenn ich ihn frage und er ernennt einen anderen, dann werden sie niemals einen Haschimiten wählen.« Als Al-Abbas widersprechen wollte, schnitt Ali ihm das Wort ab. »Nein, Onkel, ich werde ihn nicht fragen.«

Ich öffnete die Tür und gab mit einem erstaunten Aufschrei zu verstehen, dass ich gerade erst eingetroffen und ahnungslos war. Al-Abbas schenkte mir sein gönnerhaftes Lächeln – hinter dem sich, wie ich jetzt wusste, ein berechnender Charakter verbarg. »Wie glücklich sich der Prophet schätzen kann, von einem Engel bedient zu werden«, sagte er. »Wenn er aufwacht, werde ich es ihm sagen.«

Ich zog mein Tuch fester um mein Gesicht. »Ich hoffe, dass er bald aufwacht«, sagte ich, »denn ich habe ihm auch einige Dinge zu sagen.«

Als Mohammed am nächsten Morgen erwachte, dachte er weder an Engel noch an Nachfolger. Seine einzige Sorge galt dem Freitagsgebet.

»Ich muss in die Moschee«, sagte er. »Die *Umma* wartet auf mich.«

Er warf seine Decke beiseite und versuchte aufzustehen – aber seine Beine zitterten so sehr, dass es ihm nicht einmal gelang, auf die Knie zu kommen. Ali und Al-Abbas eilten ihm zu Hilfe und brachten ihn wieder ins Bett.

»Wäre es nicht ratsam, heute jemand anderen die Predigt halten zu lassen?«, fragte Al-Abbas. Sein Blick zuckte immer wieder zu Ali hinüber. »Jemanden, dem du vertraust?«

Mohammed seufzte. »Wahrscheinlich ist es das Beste«, sagte er. »Schon bald wird ein anderer meine Pflichten übernehmen müssen.« Er verfiel wieder in Schweigen. Die Stille im Raum kam einer nicht gestellten Frage gleich. Ich sah Mohammed an, um ihn mit meiner Willenskraft dazu zu bewegen, einen anderen als Ali zu wählen. Eine Entscheidung für Ali wäre eine Entscheidung für Al-Abbas, der sich für nichts als die Macht interessierte.

»Bitte lasst Abu Bakr holen«, sagte Mohammed.

Al-Abbas' Gesicht verfinsterte sich wie eine ausgepustete Kerze. Ich lächelte hinter meinem Tuch.

»Dein Wille sei mir Befehl«, erwiderte Ali gepresst. Dann folgte er Al-Abbas zur Tür hinaus.

33

KRIEGERBRAUT

Medina, Juni 632

Schweißgebadet und zitternd wachte Mohammed an diesem letzten Tag auf, um am Gottesdienst teilzunehmen. Allein sich in seinem Bett aufzurichten kostete ihn große Anstrengung, aber er war hocherfreut, als ich ihn im Hof badete und ihm die Haare wusch. Anschließend trocknete ich ihn in meiner Hütte ab und summte dabei eine der Melodien, die Mariya in der Nacht zuvor gesungen hatte – und es machte mir nicht einmal etwas aus, als er über meine dünne Stimme lächelte. Ich hätte mich für ihn noch tausendundein Mal zur Närrin gemacht, nur um ihn lachen zu hören.

Aber selbst zum Lachen war er zu kraftlos. Das Fieber hatte ihn verzehrt und ließ von seiner sonst so glühenden Seele nur noch ein bisschen glimmende Asche übrig. Ihn anzuziehen und ihm seinen Turban zu binden versetzte mich jedoch in eine hoffnungsvolle Stimmung. Vielleicht hatte ja Gott mein Flehen erhört und ließ Mohammed am Leben.

Ich stützte ihn beim Aufstehen. Er verharrte lange Zeit schweigend, rang nach Luft und hob seine kraftlose Hand langsam an sein bleiches Gesicht, um sich den Schweiß abzuwischen. Schließlich schlurfte er, indem er sich mit einer Hand auf meiner Schulter und mit der anderen an der Wand abstützte, zu der schmalen Tür, die in die Moschee führte. Er strich sich seine Kleider glatt und holte mehrmals tief Luft. Dann nickte er mir zu, und ich stieß die Tür auf.

Augenblicklich verstummten alle Geräusche. Die Gebete meines Vaters flogen wie Tauben zum Fenster hinaus. Die Moschee erstrahlte hell, und in dem Licht wirkte Mohammed, als würde er glühen. Seine Haut glänzte.

»*Assalaamu aleikum.*« Mohammeds kräftiger, klarer Gruß hallte von den Wänden der Moschee wider. Freudig lächelnd schlug ich mir die Hände vors Gesicht und dankte Allah! Er war wieder gesund!

»*Wa aleikum assalaam*«, antwortete erst mein Vater, dann Omar, Ali und Othman, und schließlich hallte die ganze Moschee wider von den Jubelrufen und Glückwünschen Hunderter Gläubiger, die Lobgesänge auf den Propheten Gottes anstimmten. Von einem Freudentaumel erfasst, fühlte ich mich plötzlich leicht wie Luft. Mohammed war im Begriff zu genesen – jeder konnte es sehen!

Mein Vater trat vom Baumstumpf herunter und streckte Mohammed eine Hand entgegen. Unter seinem langen Bart strahlte er über das ganze Gesicht. »Bitte, Prophet, komm und führe unser Gebet.«

»Heute bin ich gekommen, um zu folgen, nicht um zu führen«, erwiderte Mohammed. »Aber wenn du deine Gebete beendet hast, möchte ich gerne zu euch sprechen.«

Die Predigt meines Vaters war ein Musterbeispiel an Redegewandtheit. Erbauliche Worte rollten wie Musik von seiner Zunge und brachten mir meine Lebensgeister zurück. Er sprach von Gottes Liebe, darüber, wie großherzig Allah sich offenbart hatte durch seinen Propheten, wie unerschütterlich er uns gegen unsere Feinde verteidigt hatte.

»Er ist allgütig und allmächtig«, sagte mein Vater. »Niemand von uns kann sich mit ihm vergleichen – nein, nicht einmal der Prophet. Denn Mohammed sagt selbst: Er ist nichts als ein Mensch. Menschen werden geboren, Menschen sterben. Aber Allah lebt ewig – und der Islam wird noch leben, wenn wir längst vergangen sind.«

Mohammed lauschte den Worten meines Vaters aufrecht stehend, musste sich aber mit den Händen im Türrahmen abstützen. Als mein Vater seine Predigt beendete, richteten sich alle Augen auf Mohammed.

»Es ist an der Zeit, meine Angelegenheiten zu regeln«, sagte Mohammed. Schier endlos stellte er den Männern der *Umma* Fragen. Hatte er jemals einem etwas weggenommen, ohne ihn dafür zu entschädigen? Hatte er irgendjemanden grob behandelt, der es nicht verdient hatte? Gab es jemand, der ihn um ein Gebet bitten wollte?

Männer standen auf, um zu sprechen. Streitereien brachen aus. Einmal zog Omar sein Schwert und bedrohte einen Mann, erzürnt über dessen Bitte um ein Gebet. Mohammed hob seine Hand, und Omars Schwert polterte zu Boden.

»*Ya* Omar, bitte zügle deine Hitzigkeit«, sagte Mohammed. »Alle Sorgen der Menschen sind für Allah wichtig, egal wie unbedeutend sie erscheinen mögen.«

Irgendwann versagte Mohammed die Stimme. Der Schweiß stand ihm auf der Stirn. Seine Augenlider wurden schlaff wie verwelkte Blüten.

»Hilf mir, mich hinzusetzen, Aisha«, sagte er heiser.

Omar schritt quer durch die Moschee und verkündete lauthals, dass der Gottesdienst beendet sei. »*Ya Nabi*, du hast dich zu sehr verausgabt, und wofür?«, murrte er. »Für diese Narren.«

»Diese ›Narren‹ sind der Grund, warum ich lebe«, erwiderte Mohammed mit schwacher Stimme.

Tränen brannten mir in den Augen, als Omar und ich ihn durch die schmale Tür zurück in meine Hütte geleiteten. »Es schien ihm viel besser zu gehen«, sagte ich. »Aber jetzt verwelkt er wie eine Rose, die man vom Busch gepflückt hat.«

»Ja, es ging ihm besser«, entgegnete Omar. »Sein Gesicht strotzte vor Gesundheit, bei Allah! Aber wie ich gesagt habe, er hat sich zu sehr verausgabt. Er muss sich ausruhen, dann wird er sich wieder erholen.«

Als er sich umwandte, um die Hütte zu verlassen, rief Mohammed seinen Namen. Omar trat zu ihm und beugte sich zu ihm hinab, um ihn verstehen zu können.

»Bitte bring mir mein Schwert«, keuchte Mohammed. »Es hängt in der Moschee. Ich brauche es jetzt.«

Omar lachte in sich hinein. »Habe ich nicht recht gehabt, Aisha? Unser Prophet bereitet sich auf eine Schlacht vor. Das klingt nicht gerade nach einem Mann, der kurz vor dem Tod steht.«

Aber als ich meinen Gemahl betrachtete, begriff ich, dass sein Ende nahte. Seine Augen blickten trübe ins Leere. Sein Atem ging stoßweise. Ängstlich legte ich mein Ohr auf sein Herz, lauschte auf seinen unregelmäßigen Rhythmus, wünschte, es würde ewig schlagen.

Mohammed legte mir seine kraftlose Hand auf den Kopf. »Aisha«, sagte er, »ich möchte mir die Zähne putzen. Ich muss mich bereitmachen.«

Die Angst schlug in meiner Brust wie Hände auf eine Trommel, aber irgendwie gelang es mir, wie in einem Albtraum, eins von den *Miswak*-Stöckchen zu holen, die zum Einweichen in einem Gefäß neben meiner Waschschüssel standen. Ich setzte mich zu Mohammed, kaute auf dem Stöckchen, um die Enden auszufransen, und spürte, wie sich das Salz meiner Tränen mit dem scharfen Geschmack des Holzes mischte. Seit ich vor acht Jahren in Mohammeds Haus gezogen war, fiel mir diese Aufgabe zu. Ein Vergnügen, das ich nie wieder haben würde.

Ich zitterte vor Sehnsucht, mich an seine Brust zu werfen. Gierig schaute ich ihm zu, als er den *Miswak* über Zähne und Zahnfleisch rieb, und war nur noch von dem Wunsch beseelt, mir jede seiner noch so banalen Handlungen einzuprägen, die jetzt so wertvoll für mich waren. Die stolze Kopfhaltung, selbst in der Krankheit. Das kaum wahrnehmbare Senken seines linken Augenlids, wenn er sich konzentrierte. Die Lachfältchen um seine Augen herum, als er bemerkte, wie ich ihn in mich aufnahm. Unsere Blicke trafen sich, und etwas sprang über zwischen uns, wie ein kleiner Funke, der ein großes Feuer nährt. *Ich werde dich jetzt verlassen, aber nur für eine Weile*, schien sein Blick mir zu sagen. Und mit Tränen in den Augen antwortete ich ihm: *Bitte bleib bei mir, Mohammed. Verweile noch ein paar Jahre hier, damit wir noch unsere Liebe genießen können.*

Omar trat so leise ein, dass ich beim Geräusch seiner Stimme zusammenzuckte.

»Er putzt sich die Zähne? Gelobt sei Allah, das ist doch überhaupt das beste Zeichen«, sagte er. Ich verbarg mein Gesicht, denn ich wollte nicht, dass mein Kummer seine Hoffnung dämpfte.

Er legte das Schwert aufs Bett und wollte sich gerade auf ein Kissen setzen, als Mohammed ihn aufhielt.

»*Ya* Omar, bitte lass uns einen Moment allein. Ich möchte mit Aisha sprechen.«

Omars Lächeln war unbeirrt. »Ich komme später wieder, wenn der Vollmond aufgegangen ist«, sagte er. »*Ya* Prophet, dann werden wir zusammen in den Hof gehen, um ihn zu sehen.«

Mohammeds Augen flackerten wie eine Kerze im Luftzug, als Omar gegangen war.

»Wozu brauche ich den Mond, wenn ich meine Aisha habe?«, sagte er. Ich nahm seine Hände und drückte sie, um meine Kraft durch die Berührung auf ihn zu übertragen, aber seine Finger zuckten nur.

»Aisha, nimm das Schwert«, sagte er. »Zieh es aus der Scheide.«

Verwirrt runzelte ich die Stirn. Was würde er mich mit einem gezogenen Schwert tun lassen? Aber er hatte die Augen geschlossen und schien all seine Gedanken auf den nächsten Atemzug zu konzentrieren. Ich nahm das goldene Heft, das warm in meiner Hand lag, und zog die lange Klinge langsam aus der mit Edelsteinen besetzten Scheide. Zwei goldene Schlangen, deren Köpfe zueinander zeigten, bildeten den Griff. Sowohl der Griff als auch die Scheide waren besetzt mit glitzernden, türkis- und smaragdfarbenen Edelsteinen – grün wie Mohammeds Banner, das mir selbst durch meinen Tränenschleier hindurch leuchtender denn je erschien.

»Ich habe ihm den Namen Al-Ma'thur gegeben«, sagte Mohammed. »›Das Vermächtnis‹. Mein Vater hat es mir vererbt. Wie du weißt, hat es mich in vielen Schlachten geschützt.«

»Ich habe mich immer gefragt, wieso du es riskiert hast, einen so wertvollen Gegenstand dadurch zu beschädigen, dass du ihn zum Kämpfen benutzt«, erwiderte ich. »So ein wertvolles Juwel.«

»Ein Schwert ist nur so wertvoll wie derjenige, der es führt«, sagte Mohammed. »Deshalb schenke ich es dir.«

»Mir?« Ich hielt es hoch ans Fenster und drehte es im schwindenden Tageslicht, bewunderte die Schärfe seiner schmalen Klinge, den warmen Glanz der Farben. Dann wurde mir wieder bewusst, warum er mir dieses Geschenk machte, und ich begann so heftig zu schluchzen, dass ich das Schwert beinahe auf seine Brust hätte fallen lassen.

»Ich will es nicht haben«, sagte ich. »Ich möchte lieber dich als alle Schwerter des Hidschaz zusammen.«

»Du hast mich doch, *Habibati*.« Tränen traten ihm in die Augen. »Aisha, ich weiß, wie neidisch du die Halsketten beäugt hast, die ich meinen anderen Frauen geschenkt habe. Auch für dich wollte ich eine anfertigen lassen, aber ich habe nie den Edelstein gefunden, der wertvoll genug gewesen wäre, um unsere Liebe auszudrücken. Ich hoffe, du wirst mir vergeben, *Humaira*.«

»Es gibt nichts zu vergeben«, erwiderte ich und wischte mir die Tränen ab. »Du hast mir deine kostbare Liebe geschenkt. Mehr habe ich nie gewollt.«

Er lächelte. »Wie tapfer du bist. Meine kleine Kindbraut. Nein – meine Kriegerbraut. Nimm dieses Schwert und benutze es gut, *Habibati*. Es wird dir im *Dschihad*, der bevorsteht, wertvolle Dienste leisten.«

»Im heiligen Krieg?« Ich runzelte die Stirn. »Die Koreischiten werden uns nicht noch einmal angreifen, selbst wenn du nicht mehr da bist. Unsere Armee würde sie zermalmen.«

»Es wird kommen, wie Allah es will«, sagte er. »Aber ich spreche auch von inneren Kämpfen.« Er zuckte zusammen, als hätte ihm eine Flamme die Haut verbrannt, und vor Schreck zuckte auch ich zusammen.

»Aisha«, krächzte er, »tröste mich!«

Scham packte mich mit knochigen Fingern, weil ich so schreckhaft war. War der Tod etwa eine Ratte mit scharfen Zähnen, die jeden beißen konnte? Ich setzte mich hinter Mohammed und bettete seinen Kopf an meine Brust. Wieder kamen mir die Tränen, doch ich blinzelte sie fort. »Kriegerbraut«, hatte Mohammed mich genannt. Ich würde seinen Tod nicht fürchten, auch nicht das Leben, das danach kam. Ich hatte Al-Ma'thur und ich hatte Mohammeds Liebe für alle Ewigkeit. Sanft streichelte ich ihm die Stirn. Wenn ich ihm doch nur seine Schmerzen hätte nehmen können.

»Aisha, dein Wunsch ist in Erfüllung gegangen«, sagte er. »Mit deiner Berührung ist der Schmerz verschwunden.«

Ich seufzte erleichtert. »Gelobt sei Allah …«

Aber sein Körper zuckte erneut, als würde Leben in seine Gliedmaßen fahren. Er hob die Hände zur Decke. »Es gibt keinen Gott außer Allah!«, rief er. Dann atmete er tief aus und sank schwer wie ein Fels gegen mich.

»Mohammed!«, schrie ich. »Mohammed! Oh, Allah, warum?« Ich tätschelte sein Gesicht und schüttelte ihn, aber er lag schlaff wie ein Stück Stoff in meinem Arm. Ich spürte die Klauen des Todes im Nacken, und es lief mir eiskalt über den Rücken. Plötzlich wollte ich meinen Vater bei mir haben. Obwohl die Tränen meine Stimme erstickten, gelang es mir, nach ihm zu rufen.

»Vater! *Ya Abi*! Vater, komm schnell!«

Die Tür von der Moschee zu meiner Hütte wurde aufgestoßen, und mein Vater eilte mit weit aufgerissenen Augen herein.

»Ich kann ihn nicht aufwecken«, stieß ich schluchzend hervor und vergaß, dass ich jetzt eine Kriegerin war, vergaß alles, außer dass Mohammed von uns gegangen war.

Abis Gesicht schien zu zerfallen wie ein Gebilde aus Sand, als er auf Mohammed hinunterblickte. Er hob Mohammeds Augenlider an und versuchte, in seine Seele zu spähen, dann hielt er ihm die Handfläche über die Nase.

»Von Allah kommen wir, und zu Allah kehren wir zurück«, murmelte er mit gebrochener Stimme. Hemmungslos schluchzend küsste er die Stirn des Propheten Gottes, auf der sich seine und meine Tränen vermischten.

»Schaut euch diesen Propheten an!« Er küsste Mohammed erneut auf die Stirn.

»Schaut euch diesen Mann der Reinheit an!« Er küsste Mohammed ein drittes Mal auf die Stirn. In jeder Falte zeichnete sich seine Trauer ab. »Schaut euch diesen Freund an! Gottes Gesandter ist tot.«

Weinend kämmten wir Mohammeds Locken, wuschen ihm das Gesicht und strichen ihm die Kleider glatt. Dann beschloss mein Vater, die *Umma* zu informieren, während ich allein bei Mohammed blieb und mir wehklagend die Haare raufte. Schon bald wurde die Tür aufgestoßen und meine Schwesterfrauen kamen in einem Meer aus Tränen herein und stimmten ihre Klagelieder an. Hafsa zog mir die Hände vom Gesicht und hielt mich im Arm, aber auch ihre Liebe konnte das Loch, das sich in mir aufgetan hatte, nicht füllen. Bilals Rufe ertönten von der Moschee. Fatima gesellte sich zu uns, gefolgt von Ali und Al-Abbas, und ließ sich auf die Knie sinken, um ihrem toten Vater die Füße zu küssen. Ali kniete neben seiner Frau, während Al-Abbas die weinende Maimuna in den Armen wiegte. Er war der Einzige im Raum, der eine unbeteiligte Miene aufsetzte, während er das Szenario betrachtete. Als ich seinen Blick auf mir spürte, fiel mir auf, wie grimmig er das Schwert anstarrte, das ich umklammert hielt.

An diesem Abend trat ich in den Hof, um den Mond zu betrachten. Er schwebte wie ein Zierstück am mit Edelsteinen geschmückten Himmel, in Gold getaucht und so nah, dass ich versucht war, meine Hände auszustrecken und ihn zu pflücken. Mohammed hätte der Anblick gefallen.

Aus dem Innern der Moschee vernahm ich die murmelnde Stimme meines Vaters. Ich huschte über das Gras, um ihn zu sehen. Am Eingang blieb ich jedoch stehen; mein Vater hielt Omar an den Schultern, die sich schwer keuchend hoben und senkten, und er hatte seine Stirn an die Omars gelegt.

»Im Paradies werden wir wieder Spaziergänge mit ihm unternehmen«, sagte *Abi*.

Ein kleiner, untersetzter Mann mit einem Leberfleck auf dem Kinn so groß wie ein Käfer – Abu Ubaida, Omars Freund, betrat die Moschee und zupfte an Omars Bart. »Die Männer der Aus und der Chadradsch haben eine Versammlung einberufen, um Medinas zukünftiges Oberhaupt zu bestimmen«, sagte er. »Ich denke, du solltest dabei sein.«

»Bei Allah, der Leichnam des Propheten ist ja noch nicht einmal kalt!«, knurrte Omar und klang wieder wie er selbst.

»Ich bin auch deiner Meinung, dass der Zeitpunkt unglücklich gewählt ist«, sagte mein Vater. »Aber diese Entwicklung kommt nicht unerwartet. Wenn die Versammlung ohne uns abgehalten wird, werden wir alles verlieren, wofür Mohammed gekämpft hat.«

»Sein Leben wird nicht vergeblich gewesen sein, so wahr ich Omar ibn al-Chattab heiße«, stieß Omar heiser hervor. Die drei Männer eilten auf die Straße – gefolgt von mir. Ich spürte, dass Mohammed bei mir war und mich behütete wie der Mondschein, den er so sehr geliebt hatte.

Sie betraten Medinas Versammlungshaus. Ich schlüpfte in eine Nische und spähte hinein. Der quadratische Raum war geräumig, und die Decke war so hoch, dass nicht einmal der größte der Männer sie berühren konnte, selbst wenn er auf den Schultern eines anderen Mannes gestanden hätte. Eine steinerne Treppe führte steil hinauf zu einer geschlossenen Tür. Der Gestank ungewaschener Körper schlug mir entgegen, sodass ich mir mit meinem Kopftuch die Nase zuhalten musste. An den Steinmauern hingen Öllampen, die dämmriges Licht verbreiteten. Die Menge im Innern verstummte, als mein Vater, Omar und Abu Ubaida eintraten.

Ein Mann mit platter Nase und riesigen Ohren trat vor und fasste ihnen zur Begrüßung an die Bärte. »Wir fühlen uns geehrt durch eure Anwesenheit, aber ich muss euch warnen: Wir sind entschlossen, ein Oberhaupt aus unserer Mitte zu wählen.«

Bevor Omar, der schon den Mund geöffnet hatte, etwas erwidern konnte, ergriff mein Vater das Wort.

»Wir respektieren euren Wunsch, euch selbst zu regieren«, sagte er. »Aber vielleicht habt ihr ja schon wieder vergessen, wie es war, bevor Mohammed nach Medina gekommen ist.« Er wandte sich an die Versammelten, beschrieb die Fehden zwischen den Aus und den Chadradsch, die solche Ausmaße angenommen hatten, dass zu befürchten war, sie würden sich gegenseitig auslöschen.

»Unter Mohammed herrschte Frieden zwischen euren Stämmen«, sagte *Abi*. »Aber in Wahrheit war es Allah, der euch diesen Frieden beschert hat, als Belohnung dafür, dass ihr seinem Propheten beigestanden habt. Mohammed ist heute gestorben, ja, das ist richtig – aber Allah wird nie sterben. Allah wird weiterhin herrschen, wenn ihr einverstanden seid. Und im Gegenzug wird er aus Medina die wohlhabendste und ruhmreichste Stadt der Welt machen. Nicht einmal Mekka wird sich daran messen können.«

»Ich erinnere mich noch allzu gut an diese Fehden«, sagte ein Alter vom Stamm der Aus und zeigte mit dem Finger auf die Männer der Chadradsch ihm gegenüber. »Ihr habt zwei meiner Söhne getötet.«

»Sie hatten es verdient zu sterben!«, stieß einer der Chadradsch hervor. »Sie hatten meinen Bruder getötet und seine Frau vergewaltigt.«

»Dein Bruder hatte ein Haus auf unserem Eigentum gebaut und behauptet, es würde ihm gehören.« Einer der noch lebenden Söhne des Alten ballte die Faust in Richtung des Chadradsch. »Und als wir ihm durch unsere Sklaven ausrichten ließen, dass er sich im Irrtum befand, hat er die auch gleich gestohlen!«

Schon bald war der ganze Saal im Aufruhr. Schreie und Beschuldigungen hallten von den Wänden wider. Schwerter krachten gegeneinander, Dolche wurden gezückt und waren bald blutig, Männer traten andere, die verwundet zu Boden gingen, mit Füßen. Mitten in dem Getümmel standen die Männer der *Umma* und sahen mit düsterem Blick zu. Schließlich stieg mein Vater die Stufen hinauf und befahl ein Ende der Rauferei.

»Genau das erwartet euch, wenn ihr versucht, euch Medina von uns zurückzuholen«, rief er. »*Ya* Aus und Chadradsch, ich fordere euch auf, das Bündnis mit unserer *Umma* und mit unserem Gott fortzusetzen. Wir sind jetzt stärker als je zuvor, aber nur mit euch an unserer Seite.«

»Abu Bakr hat recht«, rief der Alte der Aus. »Ich würde eher einen der Männer des Propheten unterstützen, als einem Chadradsch zu folgen.«

»Und ich würde eher einem Mann der *Umma* folgen, bevor mich einer vom Stamm der Aus irgendwohin führt«, fauchte sein Gegner.

Kurz darauf bekundeten fast alle Männer im Saal ihre Unterstützung für meinen Vater, und Omar und Abu Ubaida riefen freudestrahlend seinen Namen aus. Ich schlich aus meinem Versteck und wäre am liebsten zu Mohammed gelaufen, um ihm die Nachricht zu überbringen. Er wäre hocherfreut gewesen! Mein Vater liebte Mohammed mehr als sich selbst. Er würde die *Umma* genauso regieren, wie Mohammed es getan hätte.

Die Trauer trieb mir erneut Tränen in die Augen. Wie sollte ich ohne Mohammed leben? Ich wusste, dass er vom Paradies aus über mich wachen würde. Und dennoch sehnte ich mich danach, im Dunkeln bei ihm zu sitzen, die Versammlung mit ihm zu diskutieren und seine Anwesenheit wenigstens ein letztes Mal zu spüren.

Aber als ich bei meiner Hütte eintraf, stand die Tür einen Spalt weit offen. Ich blieb draußen stehen und lauschte wie schon zuvor den Stimmen von Al-Abbas und Ali, die sich jetzt vermischten mit klirrenden, kratzenden und klopfenden Geräuschen.

»Dieser Boden ist hart wie Stein«, sagte Ali. »Ich denke immer noch, wir sollten ihn auf dem Friedhof bei seinem Sohn begraben.«

»Und zulassen, dass Abu Bakr die Zeremonie leitet?«, brummte Al-Abbas. »Das würde seinen Ruf als Nachfolger des Propheten ein für alle Mal festigen.«

»Wenn die Leute Abu Bakr wollen, dann sollen sie ihn doch haben«, erwiderte Ali.

»Die Leute wollen sich satt essen können«, sagte Al-Abbas. »Darüber hinaus wissen sie wenig darüber, was sie eigentlich wollen. Wenn Abu Bakr sich zu ihrem Oberhaupt proklamiert, indem er das Gebet bei der Beerdigung des Propheten spricht, wird niemand es mehr wagen, seine Autorität in Frage zu stellen. Du bist Mohammeds rechtmäßiger Erbe. Du bist die einzige Hoffnung für unseren Clan. Du musst dich diesem Versuch, dein Erbe zu stehlen, widersetzen.«

Durch den Türspalt erblickte ich Al-Ma'thur, mein Schwert, und wünschte, ich könnte es mir in die Hand zaubern. Ohne eine Waffe traute ich mich nicht, dieses Begräbnis aufzuhalten. Al-Abbas, so fürchtete ich, würde nicht zögern, mich zu töten und mit Mohammed ins Grab zu werfen.

Fieberhaft suchte ich nach einer Lösung. Mein Vater war viel zu weit weg und schwelgte im Jubel über seine Wahl. Ich konnte meine Schwesterfrauen wecken, aber Ali und Al-Abbas würden die Beerdigung zu Ende bringen, während ich weg war – außerdem würde ich ihre Pläne nicht mitbekommen. Ich würde *Abi* alles haarklein berichten müssen.

Jeder Aufprall der Spitzhacke fühlte sich an wie ein Schlag in meine Magengrube. Ich lehnte mich an den Türrahmen und lauschte der Graberei, hörte, wie sie keuchten, als sie Mohammed aus dem Bett hoben.

»Bei Allah, er ist schwerer ohne seine Lebensgeister«, sagte Al-Abbas. *Mohammed hatte über ausgesprochen viele Lebensgeister verfügt*, wollte ich ihnen zurufen, aber ich verhielt mich still und drückte mir die Hand gegen das Herz, damit es nicht zersprang.

Ein weiteres Ächzen, noch ein dumpfer Schlag: Mohammed lag in seinem Grab. Ich stellte mir vor, wie sein Körper in das Loch fiel, und musste mich am Türrahmen festhalten, damit mich das Gewicht meines Kummers nicht ebenfalls nach unten zog.

»Möge Allah dich segnen, mein geliebter Vetter«, sagte Ali mit erstickter Stimme. »Und mögest du mir vergeben für dieses hastige Begräbnis, das eines Propheten nicht würdig ist.«

»Aber notwendig«, fügte Al-Abbas hinzu. »Er wird das verstehen. Übrigens«, fuhr er sarkastisch fort, »kann seine eifersüchtige Kindbraut jetzt jede Nacht mit ihm verbringen, wie sie es sich immer gewünscht hat.«

Kurz darauf hörte ich, wie Erde festgestampft wurde. Ich schluchzte bei der Vorstellung, wie er in der kalten Erde lag, verborgen vor dem Mond.

»Gute Arbeit«, sagte Al-Abbas. »Vergiss dein Schwert nicht.«

»Welches Schwert?«, fragte Ali. »Ich habe kein Schwert mitgebracht.«

»Das mit Edelsteinen verzierte Schwert da in der Ecke. Gehört das nicht dir? Mohammed hat dir doch seine Waffen hinterlassen, oder etwa nicht?«

Mein Puls raste, ich musste etwas unternehmen. Ich stieß die Tür auf und sprang zum Schwert. Blitzschnell griff ich nach dem Heft und riss es aus der Scheide. »Das Schwert gehört mir«, sagte ich. »Wenn einer von euch es mir abnehmen möchte, soll er es doch versuchen.«

Al-Abbas grinste, als wäre ich das Amüsanteste, das er je erblickt hatte.

»Eine Kriegerin!«, höhnte er. »Ya Ali, das hast du mir ja nie erzählt. Vergib mir, Aisha. Ich dachte, Mohammeds Schwert wäre irrtümlich hier liegen geblieben.«

»Irgendjemand hat hier heute Abend einen Fehler begangen, aber sicherlich nicht Mohammed.« Ich bohrte meinen Zeh in die frisch zusammengescharrte Erde.

»Es war der Wunsch des Propheten, dort beerdigt zu werden, wo er gestorben ist«, sagte Al-Abbas ungerührt.

»Raus aus meiner Hütte, ihr verlogenen Diebe.« Ich wedelte mit der Schwertspitze vor Al-Abbas' Nase herum. »Wenn ihr nicht ebenfalls hier beerdigt werden wollt.«

Nachdem sie sich verzogen hatten – Al-Abbas, der mir Frieden wünschte, als hätte er mir gerade einen Besuch abgestattet, und Ali, der mit finsterer Miene den Kopf hängen ließ –, stand ich mit dem Rücken zum Fenster und starrte auf die Stelle, wo mein Gemahl lag. Heftiges Schluchzen erschütterte meinen Körper, und Tränen flossen mir in Strömen über die Wangen, tropften auf den Boden und sammelten sich in einem kleinen Wadi, um zu Mohammeds Grab zu fließen. Sein Geschenk wog schwer in meiner Hand. Als ich es zitternd anhob, um es wieder in der Scheide zu verstauen, nahm ich einen Lichtstrahl wahr. Ich bewegte die Klinge vor und zurück und sah, wie sich der Mond in Mohammeds Schwert spiegelte.

Und dann, wie ich es gehofft hatte, füllte die Anwesenheit meines Gemahls mein Herz, trocknete meine Tränen wie ein warmer Wind und gab mir neue Kraft.

Mein Schwert wird dir im Dschihad, *der bevorsteht, wertvolle Dienste leisten*. Jetzt verstand ich, was Mohammed gemeint hatte mit »inneren Kämpfen.« Schon am Tage seines Todes hatte der *Dschihad* begonnen. Und ich? Ich würde dort sein mit meinem Schwert, ich war endlich frei zu kämpfen, mein Schicksal in die Hand zu nehmen – und meinem Namen Ehre zu machen.

»Aisha.« Der Name bedeutet »Die Lebende«. Möge es jetzt so sein und in alle Ewigkeit.

Träume werden doch wahr. Meiner jedenfalls ist wahr geworden. Am 21. Mai 2007 erfüllte ich mir meinen seit 40 Jahren gehegten Traum, als ich mit einem großen, amerikanischen Verlagshaus einen Vertrag über meinen ersten Roman, *Aisha. Das Juwel von Medina*, sowie dessen Fortsetzung unterschrieb.

Ein Jahr später, am Vorabend der Veröffentlichung von *Aisha*, zerbrach mein Traum, als ein Mitarbeiter des amerikanischen Verlags mich anrief, um mir mitzuteilen, dass der Verlag sich entschlossen habe, das Erscheinen meiner Bücher »auf unbestimmte Zeit« zu verschieben. Der Grund: Man fürchtete terroristische Anschläge durch radikale Muslime.

Ich war zutiefst enttäuscht – und verwirrt. Obwohl der Verlag keine terroristischen Drohungen erhalten hatte, wollte er sich plötzlich von meinen Büchern und meinem Namen distanzieren. Das war eine abrupte Kehrtwendung, nach der anfänglichen Begeisterung für *Aisha* und dem großen Interesse an dessen Fortsetzung.

Die Verlagsmitarbeiter hatten nicht mit Lob gegeizt, sondern meinen Roman als »potentiellen Bestseller« bezeichnet, ein aufwendig gestaltetes Leseexemplar herstellen lassen, die Übersetzungsrechte in verschiedene Länder verkauft, Verträge mit dem Book-of-the-Month-Club und dem Quality-Paperback-Book-Club geschlossen und für mich eine Lesereise durch acht US-Städte geplant. Und die Werbekampagne war gerade erst angelaufen!

Ich ahnte nicht, wie viel Werbung die Entscheidung des Verlages, meinen Roman nicht zu drucken, mir einbringen würde. Bestrebt, meine Bücher zu veröffentlichen, solange sie relevant sind – solange sie zu der weltweit geführten Diskussion über den Islam beitragen können –, löste ich meinen Verlagsvertrag in der Überzeugung, dass meine Romane schon bald ein anderes Zuhause finden würden. Wenige Wochen später schrieb die ehemalige Wall-Street-Journal-Autorin Asra Nomani, eine amerikanische Muslimin, die das Leseexemplar von *Aisha* mit Begeisterung gelesen hatte, einen Artikel über die Entscheidung des Verlagsriesen: »Über Mohammed darf man immer noch nicht schreiben.«

Zwei Tage später war die Story im Internet, im Radio, im Fernsehen und in Zeitungen auf der ganzen Welt. Blogger und Interviewer wollten wissen: Wie konnte so etwas in den USA passieren, einem Land, in dem die Redefreiheit zu den höchsten Gütern gehört? Hitzige Debatten wurden geführt über die Definition der Zensur und darüber, ob der Verlag meine Romane zensiert hatte. (Bei der Auseinandersetzung mit dem Thema bin ich zu dem Schluss gelangt, dass der Verlag »Selbstzensur« geübt hat und sich selbst aus Angst zum Schweigen gebracht hat.) Aber die eigentliche Frage, die die Leute beschäftigte, lautete: »Wie steht es mit *meiner* Redefreiheit? Werde ich demnächst auch zum Schweigen gebracht?«

Gleichzeitig tauchten andere Themen auf. Gemäßigte Muslime wie Frau Nomai, die Autorin Irshad Manji und die Journalistin Shahed Amanullah sprachen sich für die Veröffentlichung von *Aisha* aus, mit dem Argument, dass Extremisten (beziehungsweise, in diesem Fall, die Angst vor ihnen) nicht die Macht haben dürften, die Maßstäbe für alle Muslime zu bestimmen. Andere äußerten die Meinung, es sei unzulässig, heilige Figuren wie den Propheten Mohammed oder Jesus Christus zu fiktionalisieren. Und es ging um die Frage, was in einem historischen Roman erlaubt ist und was nicht. Wie weit darf sich eine Autorin mit ihrer Fantasie von der Realität entfernen?

Während der ganzen Aufregung, die mehrere Wochen andauerte, war das Leben für mich ziemlich hektisch. In den zahlreichen Interviews, die ich gab, lenkte ich das Gespräch immer wieder auf das Thema, das *mich* am meisten interessierte: meine Bücher. Ich sprach über meinen Respekt vor dem Islam, darüber, dass Mohammed ein sanftmütiger, weiser und mitfühlender Führer gewesen war, über Mohammeds Hochachtung vor den Frauen, vor allem vor seinen Ehefrauen, und über die entscheidende Rolle, die Frauen bei der Bildung der frühen islamischen Gemeinde gespielt hatten. Zwar war es mir ein Bedürfnis, über diese Themen zu sprechen, aber gleichzeitig wurde ich mehr und mehr frustriert. Ein einseitiges Gespräch ist kein Dialog, sondern ein Monolog. Und so gern ich rede, ich war es irgendwann leid, meine eigene Stimme zu hören.

Aber wie sollte irgendjemand zu einem Gespräch beitragen, solange niemand das Buch gelesen hatte?

Jetzt, wo *Aisha* endlich erschienen ist, kann die Diskussion beginnen. Ich hoffe, dass dieses Buch Sie dazu inspiriert, mehr über die bemerkenswerte Aisha bint Abu Bakr, den Islam und seinen Propheten zu lernen. Außerdem hoffe ich, dass Sie die Fortsetzung lesen werden, sobald sie erscheint. Die Fortsetzung erzählt die Geschichte abwechselnd aus der Perspektive von Ali und einer gereiften, klügeren Aisha. *Aisha. Das Juwel von Medina* ist ein Buch über die Macht der Frauen und die Ursprünge des Islam. Die Fortsetzung handelt von Versöhnung und Frieden – beides hat die Welt bitter nötig.

In diesem explosiven politischen Klima schrecken viele Menschen davor zurück, Ansichten zum Ausdruck zu bringen, die, wie sie fürchten, als aufrührerisch betrachtet werden könnten. Diese Angst verhindert jede Diskussion, die Menschen aus unterschiedlichen Kulturen helfen könnte, einander besser zu verstehen. Shahed Amanulla, die Chefredakteurin von Altmuslim.com, sagt: »... Die beste Reaktion auf Redefreiheit ist noch mehr Redefreiheit. Jeder sollte das Recht haben, alles, was er möchte, über den Islam und die Muslime zu veröffentlichen – selbst wenn seine Ansichten Anstoß erregen –, ohne Zensur oder Vergeltung fürchten zu müssen. ... In einer idealen Welt würden beide Seiten einander mit Verständnis begegnen.« Diskussionen, Gespräche und vor allem Zuhören tragen zum Entstehen dieses gegenseitigen Verständnisses bei – dem ersten, entscheidenden Schritt in Richtung Frieden. Ich habe mit diesem Buch den ersten Schritt getan, alles andere liegt nun in Ihren Händen, liebe Leser. Ich freue mich darauf zu erfahren, welche Anstöße es Ihnen geben wird.

Sherry Jones

Mohammeds Frauen und Geliebte, der Reihe nach

Chadidscha [Cha-DI-dscha]
Sauda [SAU-da]
Aisha [A-ischa]
Hafsa [HAF-sa]
Zainab bint Chuzaima [ZAI-nab bint Chu-Zai-ma]
Umm Salama [Umm SA-lama]
Zainab bint Dschahsch [ZAI-nab bint Dschahsch]
Dschuwairiya [Dschu-WAI-riya]
Raihana [Rai-HA-na]
Safiya [Sa-FI-ya]
Ramla [RAM-la]
Mariya [MAR-ya]
Maimuna [Mai-MU-na]

Glossar

Anmerkungen zur Aussprache:
– h wird im Arabischen immer ausgesprochen (es gibt kein Dehnungs-h)
– q wie k tief im Rachen
– s immer stimmlos wie im englischen *song*
– th wie stimmloses englisches th in *thing*
– z wird als stimmhaftes s gesprochen

Abi	»mein Vater«
Ahlan	»Willkommen«
Afwan	»Entschuldigung«
Allah	Gott
Allahu akbar	»Gott ist mächtig«
Ansar	Die medinensischen Anhänger Mohameds (hauptsächlich Angehörige der Stämme Aus und Chadradsch), die ihn nach der Auswanderung aus Mekka unterstützen
Assalaamu aleikum	Begrüßung »Möge Frieden mit dir sein«
Az-Zaniya	Ehebrecherin
Barid	Distanzangabe
Bint	Tochter, in der Namensverknüpfung heißt es »Tochter von«, z.B.: Fatima bint Ali = Fatima, Tochter von Ali

Chatmi	Medizin aus Eibisch, bot. *Althaea officinalis*
Chuzama	duftende Wüstenpflanze, wahrscheinlich eine Lavendelart
Dinar	Goldmünze
Dirham	Silbermünze
Dschahiliya	die so genannte »Zeit der Unwissenheit« vor dem Islam
Dschellaba	weites arabisches Männergewand
Dschibril	arab. für Erzengel Gabriel
Dschihad	Anstrengung, Kampf (für Gott und den Islam), der Heilige Krieg
Dschinn	mystische Geister mit übernatürlichen Kräften und Fähigkeiten
Fahischa	Hure
Habib	Liebster
Habibi	mein Liebster
Habibati	meine Liebste
Hadschadscha	Ehrenbezeichnung einer Frau, die die Pilgerreise nach Mekka vollzogen hat
Ha(m)mam	öffentliches Bad
Harem, Harim	eigener Wohnbereich für Frauen (in größeren Häusern, Harem = verbotener Bezirk), auch: alle Ehefrauen eines Mannes bilden seinen Harem
Haudadsch	Kamelsänfte mit Vorhängen; die darin reisende Frau war so den Blicken aller anderen entzogen
Hidschab	Vorhang oder Schleier
Hidschaz	die arabische Westküste am Roten Meer
Hidschra	Mohammeds Emigration nach Medina im Jahr 622, Beginn der islamischen Zeitrechnung
Humaira	kleiner Rotschopf
Hummus	Kichererbsenbrei
Huri	großäugige, edle Jungfrau im Paradies des Islam
Ibn	Sohn, in der Namensverknüpfung: Marwan ibn Muhammad = Marwan, Sohn von Mohammed
Islam	Hingabe (an Gott), Ergebung in Gottes Willen
Kaaba	wörtlich: Würfel, der Heilige Schrein in Mekka
Kahin	vorislamischer Wahrsager
Kajal	schwarze Farbe zum Betonen der Augen, Antimon zum Färben der Augenlider
Koran	»Sammlung der von Mohammed empfangenen Offenbarungen Gottes«
Labbaika Allahumma labbaika	»Hier bin ich, Gott, ich folge Deinem Ruf!«
Madschlis	Raum der Zusammenkunft der Männer; auch: beratende Versammlung
Marhaba	Begrüßung

Miswak	»Hölzchen« (dessen Spitze vor dem Gebrauch weich gekaut oder geklopft wird) zum Reinigen und Polieren der Zähne
Nabi	»Prophet«
Raka'at	Verbeugungen während des muslimischen Gebets
Sahabi	Gefährte/Genosse des Propheten Mohammed
Samne	Butter, Butterschmalz
Samum	heißer Sandsturm, Glutwind
Suk	orientalischer Markt, Basar
Tanbur	Saiteninstrument
Tharid	Gericht aus eingeweichtem Brot, Fleisch und Brühe
Umma	die muslimische Gemeinde der Gläubigen
Ummi	»meine Mutter«
Wadi	ein – meist ausgetrocknetes – Flussbett
Wars	jemenitische Färberpflanze (bot. Memecylon tinctorium)
ya	»oh, ach«, oft als Anrede
Zauba'a	Sturm, Sturmwind, Orkan
Zaudschi	»mein Gemahl«

Von der Autorin konsultierte Werke

Abbott, Nabia. *Aishah, The Beloved of Mohammad.* Chicago: The University of Chicago, 1942.

Arberry, A.J. *Aspects of Islamic Civilization As Depicted in the Original Texts.* New York: A.S. Barnes and Co., Inc., 1964.

Armstrong, Karen. *Muhammad: A Biography of the Prophet.* New York: Harper Collins, 1992.

Bodley, R.V.C. *The Messenger: The Life of Mohammad.* New York: Doubleday & Co., 1946.

Brooks, Geraldine. *Nine Parts of Desire: The Hidden World of Islamic Women.* New York: Anchor Books, Doubleday, 1995.

Bulandshehri, Maulana Muhammad Ashiq Elahi. *The Wives of the Prophet Muhammad.* New Delhi: Islamic Books Service, 2002.

Burton, Richard F. *The Book of The Thousand Nights and One Night* (Fußnoten). New York: The Heritage Press, 1934.

Croutier, Alev Lytle. *Harem: The World Behind the Veil.* New York: Abbeville Press, 1989.

Cuddihy, Kathy. *An A to Z of Places and Things Saudi.* London: Stacey International, 2001.

Elkhadem, Saad. *Old Arabic Sayings Similes & Metaphors.* Fredericton, N.B., Canada: York Pres Ltd., 1991.

Gibb, H.A.R. (Übers.). *The Travels of Ibn Battuta, Vol. 1, 1325–1354*. London: Cambridge University Press, 1958.
Goodwin, Jan. *Price of Honor: Muslim Women Lift the Veil of Silence on the Islamic World*. New York: Plume, 1995.
Guthrie, Shirley. *Arab Social Life in the Middle Ages: An Illustrated Study*. London: Saqi Books, 1995.
Guthrie, Shirley. *Arab Women in the Middle Ages: Private Lives and Public Roles*. London: Saqi Books, 2001.
Haleem, M.A.S. Abdel (Übers.) *The Qur'an*. London: Oxford University Press, 2004.
Ibn Kathir (1313–1384). *The Life of the Prophet Muhammad, Vols. I–IV*. UK: Garnet Publishing Ltd., 2000.
Ibn Sa'd, Muhammad. *The Women of Madina*. London: Ta-Ha Publishers, Ltd., 1997.
Jones, Jameelah. *The Sahabiyat (During the Prophet's Era)*. London: Ta-Ha Publishers, 1994.
Kabbani, Shaykh Muhammad Hisham und Laleh Bakhtiar. *Encyclopedia of Muhammad's Women Companions and the Traditions They Related*. ABC International Group, 1998.
Levy, Ruben. *The Social Structure of Islam*. London: Cambridge University Press, 1957.
Mernissi, Fatima. *Women and Islam: An Historical and Theological Enquiry*. New Delhi: Women Unlimited, 2004.
Moosa, Matti und D. Nicholas Ranson (Übers.). *The Wives of the Prophet by Sh. Muhammad Ashraf*. Pakistan: Ashraf Press, 1971.
Rodinson, Maxime und Arthur John Arberry, Charles Perry, Claudia Roden. *Medieval Arab Cookery*. UK: Prospect Books, 2001.
Rodinson, Maxime. *Muhammad*. New York: Random House, 1980.
Salahi, M.A. *Muhammad: Man and Prophet: A Complete Study of the Life of the Prophet of Islam*. Shaftesbury, Dorset, UK: Element Books Ltd., 1995.